WILLIAM BOYD
UNSER MANN IN AFRIKA

ROMAN

Aus dem Englischen von
Hermann Stiehl

K
A
M
P
A

Die englische Originalausgabe erschien 1981 unter dem Titel
A Good Man in Africa im Verlag Hamish Hamilton, London.
Die deutschsprachige Erstausgabe erschien 1994
im Rowohlt Verlag, Reinbek bei Hamburg.

Für den Blick hinter die Verlagskulissen:
www.kampaverlag.ch/newsletter

KAMPA POCKET
DIE ERSTE KLIMANEUTRALE TASCHENBUCHREIHE
Gedruckt auf säurefreiem und chlorfrei gebleichtem Papier
zur Unterstützung verantwortungsvoller Waldnutzung,
zertifiziert durch das Forest Stewardship Council. Der
Umschlag enthält kein Plastik. Kampa Pockets werden
klimaneutral gedruckt, kampaverlag.ch/nachhaltig informiert über das unterstützte CO_2-Kompensationsprojekt.

Veröffentlicht im Juni 2024 als Kampa Pocket
Copyright © 1981 by William Boyd
Für die deutschsprachige Ausgabe
Copyright © 2024 by Kampa Verlag AG, Zürich
Covergestaltung: Lara Flues, Kampa Verlag
Covermotiv: © Julie Guillem
Satz: Tristan Walkhoefer, Leipzig
Gesetzt aus der Stempel Garamond LT / 240120
Druck und Bindung: GGP Media GmbH, Pößneck
Auch als E-Book erhältlich
ISBN 978 3 311 15094 7

www.kampaverlag.ch

Für Susan

Irgendwo geht ein eigenartiges und kluges Morgen zu Bett,
plant einen Test für Menschen aus Europa;
niemand ahnt, wer sich am meisten schämen,
wer reicher und wer tot sein wird.

W. H. Auden

I

I

S ehr freundlich«, sagte Dalmire und nahm dankbar den Gin entgegen, den Morgan Leafy ihm reichte. »Wirklich sehr freundlich.« Er bietet seine beflissene Männerfreundschaft dar wie ein Geschenk, dachte Morgan; er ist wie ein Hund, der darauf wartet, dass ich ein Stöckchen fortschleudere, das er apportieren kann. Wenn er einen Schwanz hätte, würde er damit wedeln.

Morgan lächelte und hob sein Glas. Ich hasse dich, du selbstgefälliger Bursche, schrie er innerlich. Du Häufchen Scheiße, du hast mein Leben ruiniert! Aber er sagte nur: »Herzlichen Glückwunsch. Sie ist ein wunderbares Mädchen. Entzückend. Sie können sich glücklich schätzen.«

Dalmire stand auf und trat ans Fenster, von dem aus man die Einfahrt des Konsulats überblickte. Hitze flimmerte von den geparkten Wagen auf, und alles war in ein gleichmäßig dunstiges Licht getaucht. Es war später Nachmittag und über dreißig Grad warm. Bis Weihnachten war es keine ganze Woche mehr.

Morgan beobachtete mit Abscheu, wie Dalmire seinen verschwitzten Hosenboden zurechtzog. O Priscilla, Priscilla, fragte er sich, warum ihn? Warum Dalmire? Warum nicht mich?

»Und wann ist der große Tag?«, fragte er mit dem Ausdruck höflichen Interesses.

»Noch nicht so bald«, entgegnete Dalmire. »Die gute

Ma Fanshawe scheint für eine Hochzeit im Frühjahr zu sein. Pris auch. Aber mir ist alles recht.« Er deutete auf die dunkle Wolkenbank, die über der ausfächernden rostfarbenen Masse von Nkongsamba, der Hauptstadt der Mittelwestregion von Kinjanja in Westafrika, heraufzog. »Sieht so aus, als bekämen wir Regen.«

Morgan wollte den Gin wieder in den Aktenschrank stellen, überlegte es sich dann aber anders und schenkte sich noch einen kräftigen Schluck ein. Er schwenkte die grüne Flasche zu Dalmire hin, der in gespieltem Entsetzen die Arme hochwarf.

»Um Gottes willen, Morgan – könnte keinen mehr verkraften. Das lass ich lieber.«

Morgan rief nach Kojo, seinem Sekretär. Der Mann kam sogleich aus dem Vorzimmer herein. Er war klein und sehr ordentlich gekleidet – gestärktes weißes Hemd, Krawatte, blaue Flanellhose, schwarze Schuhe. In Kojos Gegenwart kam sich Morgan jedes Mal wie ein Landstreicher vor.

»Ah, Kojo. Tonicwater, mehr Tonicwater«, sagte er, wobei er an sich zu halten versuchte.

»Sofort, Sah.« Kojo wandte sich um.

»Warten Sie. Was haben Sie da?« Kojo hielt mehrere Girlandenstreifen in der Hand.

»Weihnachtsschmuck, Sah. Für Ihr Büro. Ich dachte, dieses Jahr, vielleicht …«

Morgan verdrehte die Augen. »Nein«, rief er. »Kommt nicht infrage. Nicht hier.« Verdammt schöne Weihnachten werde ich feiern, dachte er voller Bitterkeit. Dann fuhr er, als er Dalmires verwirrten Blick sah, in ruhigerem Ton fort: »Nicht für hier, Sie wissen doch. Ich nicht mögen für hier.«

Kojo lächelte und ignorierte das Pidgin-Englisch. Morgan forschte in dem Gesicht des kleinen Mannes nach Zeichen der Verärgerung oder der Verachtung, entdeckte aber keine. Er schämte sich seiner Rüpelhaftigkeit: Es war nicht Kojos Schuld, dass Dalmire und Priscilla sich verlobten.

»Natürlich nicht, Sah«, sagte Kojo höflich. »Es wird so wie üblich gemacht. Tonicwater kommt gleich.« Er ging hinaus.

»Ein guter Mann?«, fragte Dalmire, die Brauen hochziehend.

»Ja, allerdings«, erwiderte Morgan, als überrasche ihn dieser Gedanke. »Verdammt fleißig.« Er wünschte, Dalmire würde gehen. Die Neuigkeit drückte ihn zu sehr nieder, als dass er noch lange unbeschwerte Heiterkeit verströmen konnte. Er verwünschte sich dafür, dass er in den letzten Wochen nicht mehr auf Priscilla geachtet hatte, aber es waren unmögliche Wochen gewesen, mit die schlimmsten, die er in seinem nicht leichten Leben in diesem heißen, stinkenden, frustrierenden Scheißland durchgemacht hatte. Denk nicht darüber nach, sagte er sich, dadurch wird alles nur noch schlimmer. Denk lieber an Hazel – die neue Wohnung. Geh heute Abend zu dem Barbecue im Club. Jammer nicht den verpassten Gelegenheiten hinterher.

Er blickte Dalmire an, der als Zweiter Konsulatssekretär sein Untergebener war. Er sagte sich jetzt, dass er ihn eigentlich nie gemocht hatte. Vom ersten Tag an nicht. Etwas an seiner unbekümmerten Oxbridge-Selbstgefälligkeit, etwas an der Art, wie Fanshawe sofort von ihm angetan gewesen war. Fanshawe war der Konsul in Nkongsamba, Priscilla war seine Tochter.

»Schön, dass Sie schon mit Morgan gesprochen haben, Dickie«, hatte Fanshawe zu Dalmire gesagt. »Morgan ist ein alter Hase. Schon an die drei Jahre hier in Nkongsamba, oder, Morgan? Gehört schon fast zum Mobiliar. Haha. Aber ein tüchtiger Mann, Dickie. Finger immer am Puls der Zeit. Haben große Pläne, was, Morgan?«

Morgan hatte die ganze Rede hindurch breit gelächelt, während ihm ein kurzes, aber bösartiges Wutgeheul durch den Kopf ging.

Er blickte Dalmire an, wie er jetzt so am Fenster stand. Er trug ein weißes Hemd, weiße Shorts, beige Kniestrümpfe und glänzend polierte, derbe braune Halbschuhe. Da war noch etwas, das er an dem Mann verachtete: seine affektierte, altkoloniale Kleidung. Grässliche weite Shorts, bauschige Aertexhemden und diese schmale, diskret geknüpfte Collegekrawatte. Morgan bevorzugte ausgestellte, hellfarbene Flanellhosen, bunte Hemden und diese neuen breiten Krawatten mit faustgroßen Windsorknoten, die, wie seine Schwester ihm versicherte, zu Hause der letzte Schrei waren. Doch wenn er Fanshawe, Dalmire oder Jones, dem Buchhalter des Konsulats, begegnete, kam er sich billig und aufgemacht vor, wie ein Handelsreisender. Sogar Jones war seit Dalmires Ankunft zu Shorts übergegangen. Morgan verabscheute den Anblick seiner dicken kleinen walisischen Knie, die zwischen dem Saum der Shorts und den Kniestrümpfen hervorsahen wie zwei kahle, runzlige Babyköpfe.

Morgan wandte seine Aufmerksamkeit mühsam wieder Dalmire zu, der etwas sagte, während er noch immer verträumt zum Fenster hinaussah.

»... wie das Schicksal manchmal spielt. Erstaunlich, dass

mein erster Posten gerade Nkongsamba war, Priscilla hat das auch gesagt.«

Morgan hätte plötzlich heiße Tränen der Verzweiflung weinen mögen. Wie konnte er es wagen, ihm mit dem Schicksal zu kommen! Wo so leicht er jetzt dort hätte stehen können als der Frischverlobte, wenn nur Hazel ... wenn Priscilla nicht ... wenn Dalmire nicht gekommen wäre ... wenn Murray ... Murray. Er stoppte die Gedanken, die mit ihm durchgegangen waren, dicht vor dem Abgrund. Ja, Murray. Das Schicksal hatte Überstunden gemacht.

»Ganz recht«, sagte Morgan und blickte angestrengt nach der Annigoni-Reproduktion Ihrer Majestät an der Wand seines Büros. »Unbedingt. Gar keine Frage.« Er seufzte leise. Er warf einen Blick zu Dalmire hin, der über die erstaunliche Natur der Dinge verwundert den Kopf schüttelte. Was war so bemerkenswert an Dalmire, fragte er sich. Freundliche, nicht unangenehme Gesichtszüge, dichtes braunes Haar mit einem scharfen, sehr geraden Scheitel, schlanke sportliche Figur. Sehr im Gegensatz zu ihm, wie er zögernd zugeben musste, aber darüber hinaus nichts als untadelige Langweiligkeit. Und er musste auch zugeben, dass Dalmire stets freundlich und fügsam gewesen war; es gab keinen erkennbaren Grund für den giftigen Hass, den er jetzt in seiner Brust nährte.

Aber er wusste, dass er Dalmire auf abstrakte Weise hasste, *sub specie aeternitatis* gewissermaßen. Er hasste ihn, weil sein Leben so leicht war und er dies keineswegs mit erstaunter Dankbarkeit zur Kenntnis nahm, sondern eher als eine so feststehende und natürliche Tatsache wie die unsichtbaren Planetenbahnen über ihren Köpfen. Er war nicht einmal besonders klug. Als Morgan sich in seiner Personalakte seine Prüfungsnoten ansah, stellte er zu seinem Erstaunen fest, dass Dalmire viel schlechter abgeschnitten hatte als er. Aber er war nach Oxford gegangen, während Morgan eine der erst nach dem Krieg gegründeten Universitäten in den Midlands besucht hatte. Er besaß schon ein Haus – in Brighton, geerbt von einer entfernt verwandten Tante –, während Morgans Stützpunkt in England die beengte Doppelhaushälfte seiner Mutter war. Und doch war Dalmire gleich im Anschluss an seine Ausbildungszeit nach Übersee versetzt worden, während Morgan drei Jahre lang zu Hause in einem überheizten Büro in einer Seitenstraße der Kingsway geschwitzt hatte. Dalmires Eltern wohnten in Gloucestershire, sein Vater war Oberstleutnant. Morgans Eltern wohnten in Feltham, sein Vater war in Heathrow für die Lieferung von Speisen und Getränken zuständig gewesen … Er hätte die Aufzählung fortsetzen können. Es ist einfach nicht *fair*, stöhnte er in sich hinein, und jetzt hat er auch noch Priscilla bekommen. Er wünschte, dass Dalmire etwas Grausames und Unerklärliches zustieß, etwas Schockierendes und Willkürliches, nur damit er wieder mit dem wirklichen Leben in Berührung kam. Aber nein, die Laune eines bourgeoisen Ex-Public-School-Gottes hatte es noch gefügt, dass Priscilla Dalmire schon wenige Wochen nach seinem Eintreffen erlegen war.

Seine Gedanken wurden unterbrochen durch ein Klopfen und gleich darauf durch Denzil Jones, den Buchhalter, der den Kopf um die Tür herum streckte.

»Entschuldigen Sie, Morgan. Ah, da sind Sie ja, Dickie. Wir sehen uns dann im Club. So gegen fünf, ja?«

»Wunderbar«, sagte Dalmire. »Werden Sie auch mit achtzehn Löchern fertig, Denzil?«

Jones lachte. »Wenn Sie das können, kann ich's auch. Also dann bis später, okay?« Jones verschwand wieder.

Morgan sagte sich, dass von allen Akzenten, die ihm missfielen, der walisische der ärgerlichste sei. Abgesehen vielleicht vom australischen ... oder vielleicht dem von Newcastle upon Tyne, wenn man's genauer bedachte ...

»Ist ein guter Golfspieler, Denzil«, bemerkte Dalmire freundlich.

Morgan machte ein verblüfftes Gesicht. »Er? Golf? Sie machen wohl Witze. Mit so einem Bauch?« Er zog den seinen ein. »Es überrascht mich, dass er überhaupt den Ball sehen kann.«

Dalmire verzog sein Gesicht zu höflichem Widerspruch. »In Denzil steckt mehr, als man ihm auf den ersten Blick ansieht. Handicap sieben. Allenfalls so kann ich ihn schlagen.« Er hielt kurz inne und setzte dann hinzu: »Da wir gerade beim Golf sind – ich habe gehört, Sie spielen auch ab und zu einmal. Wollen Sie nicht mitkommen?«

»Nein, danke«, sagte Morgan. »Ich habe das Golfspielen aufgegeben. Es hat mein seelisches Gleichgewicht ruiniert.« Ihm fiel plötzlich etwas ein. »Ach, sagen Sie, haben Sie Murray mal auf dem Platz gesehen?«

»Dr. Murray?«

»Ja. Den Schotten. Den Arzt.«

»Ja, ich sehe ihn dort so ein-, zweimal die Woche. Spielt recht gut dafür, dass er nicht mehr der Jüngste ist. Ich glaube, er bringt zurzeit seinem Sohn das Golfspielen bei – er war letzte Woche gewöhnlich mit einem Jungen zusammen. Warum?«

»Reine Neugierde«, sagte Morgan. »Ich habe etwas mit ihm zu besprechen. Vielleicht erwische ich ihn im Club.« Er machte ein nachdenkliches Gesicht.

»Wie gut kennen Sie Murray denn?«, fragte Dalmire.

»Ich kenne ihn nur als Arzt«, sagte Morgan ausweichend. »Ich musste ihn vor etwa zwei Monaten aufsuchen, als ... als ich mich nicht wohl fühlte. Kurz bevor Sie kamen, genauer gesagt.« Morgan errötete, als er sich der peinlichsten Augenblicke seines Lebens erinnerte, und er setzte in bissigem Ton hinzu: »Ich kann den Burschen nicht ausstehen. Ein scheinheiliger Kalvinist. Absolut unsympathisch – kann mir nicht vorstellen, warum er Arzt wurde – schikaniert und kommandiert herum.«

Dalmire sah ihn überrascht an. »Komisch, ich habe gehört, er ist recht beliebt. Bisschen streng, vielleicht – aber ich kenne ihn weiter nicht. Es wird gesagt, er sorgt dafür, dass dieser Gesundheitsdienst an der Universität gut funktioniert. Ist wohl schon lange hier?«

»Ja, ich glaube schon.« Morgan kam sich ein wenig töricht vor; seine Attacke hatte gar nicht so heftig ausfallen sollen, aber so wirkte Murray auf ihn. »Wahrscheinlich haben wir uns einfach nicht richtig verstanden. Konflikt zwischen unterschiedlichen Persönlichkeiten, die Art der Krankheit und so weiter.« Dabei beließ er es.

Er wollte nicht weiter über Murray reden, weil er den Mann als eine höchst unwillkommene und äußerst ärgerliche Größe in seinem Leben betrachtete. Aus irgendeinem Grund schien er immer wieder seinen Weg zu kreuzen. Was er auch tat, immer schien er irgendwo Murray zu begegnen. Ja, wenn er jetzt so darüber nachdachte, hatte Murray ihn Priscilla gekostet; indirekt war Murray für diese letzte katastrophale Neuigkeit verantwortlich, die Dalmire ihm so freundlich lächelnd mitgeteilt hatte. Er erstarrte unwillkürlich vor Zorn. Ja, erinnerte er sich, wenn Murray ihm an jenem Abend nicht gesagt hätte … Er riss sich zusammen, denn er sah, dass die Wenns nicht aufhören wollten. Es hatte keinen Sinn, sagte er sich, sagte ihm die kalte Vernunft. Murray war – wie der junge Dalmire – nur ein bequemer Sündenbock, ein nützliches objektives Korrelat für seine eigenen dummen Fehler, seine eifrig betriebene Pfuscherei, für die Farce, die er unbedingt aus seinem Leben zu machen versuchte: Morgan Vollidiot Leafy, R. I. P.

Er blickte ostentativ auf seine Uhr und riss dann Dalmire aus seiner Träumerei. »Seien Sie mir nicht böse, Richard« – er konnte sich nicht einmal jetzt dazu bringen, Dalmire Dickie zu nennen –, »aber ich habe noch schrecklich viel zu tun …«

Dalmire sah auf seine Füße und schob beide Hände vor, als wollte er ein Bücherregal vor dem Umkippen bewahren. »Nichts liegt mir ferner, mein Bester«, sagte er gespielt unterwürfig. »Rackern Sie sich um Gottes willen weiter ab.« Er ging zur Tür und schwang einen imaginären Golfschläger. »Sind Sie wirklich nicht an einer Runde heute Nachmittag interessiert? Zu dritt?«

Morgan ging die Art auf die Nerven, wie Dalmire seine Bemerkungen ständig mit den entsprechenden Gesten untermalte, als wäre er Moderator einer Fernsehshow für Kleinkinder. Und so schüttelte er zur Entgegnung übertrieben heftig den Kopf und deutete mit theatralischer Geste Stapel von Papierkram auf seinem Schreibtisch an. Dalmire machte das Daumen-hoch-Zeichen und ging hinaus.

Morgan lehnte sich in gequälter Erleichterung zurück und starrte zu dem stillstehenden Ventilator an der Decke hinauf. Er saß da und lauschte auf das Summen seiner Klimaanlage. Wie, fragte er sich mit einem Lächeln trauriger Ungläubigkeit auf dem Gesicht, wie nur konnte ein sittsames, gebildetes ... *liebes* Mädchen wie Priscilla diese absolute Null heiraten, diesen dummen Abkömmling der englischen oberen Mittelschicht? Er kniff sich in herzzerreißender Fassungslosigkeit in die Nase. Sie wusste, dass ich sie liebte, sagte er sich, warum nur hat sie nicht gesehen ... Er hielt den Strom seiner Gedanken zum dritten Mal an. Er musste aufhören, sich etwas vorzumachen: Er wusste, warum.

Er erhob sich und ging um den Schreibtisch herum zum Fenster. Dalmire hatte recht gehabt mit dem Wetter. Dort im Westen zog eine Bank von dichten violettgrauen Wolken über Nkongsamba herauf. Es würde wahrscheinlich heute Nacht regnen; um die Weihnachtszeit gab es unweigerlich ein paar Gewitter. Er schaute über die Provinzhauptstadt hinweg. Was für eine Sackgasse, dachte er wie jedes Mal bei diesem Anblick. Die einzige größere Stadt in einer kleinen Region in einem nicht sehr bedeutenden westafrikanischen Land: der Diplomatenposten eines Lebens! Er verzog das Gesicht: »Tiefste Provinz« war noch zu hoch gegriffen. Ihm war elend zumute: Die Ironie wollte ihm heute nicht beispringen. Manchmal erfasste ihn Panik, wenn er sich vorstellte, dass die Unterlagen über seine Versetzung hierher tief in einem Aktenschrank in Whitehall verloren gegangen waren und dass niemand sich mehr erinnerte, dass er hier war. Bei dem Gedanken kribbelte es ihn auf der Kopfhaut.

Wie Rom war Nkongsamba auf sieben Hügeln erbaut, aber damit war die Ähnlichkeit auch schon zu Ende. Umgeben von leicht gewelltem tropischem Regenwald, sah es aus der Luft aus wie ein riesiger Kotzbrei auf einem großen ungemähten Rasen. Jedes Haus war gedeckt mit Wellblech in unterschiedlich fortgeschrittenen Stadien der Erosion durch Rost, und vom Fenster des vornehm auf einem Hügel oberhalb der Stadt erbauten Konsulats aus überblickte Morgan die zahllosen Dächer, ein ockerfarbenes Damebrett, ein hässliches metallisches Meer, die paranoische Vision eines verrückten Stadtplaners. Abgesehen von einem einzigen Wolkenkratzer im Stadtzentrum, einer Bank, den modernen Studios des kinjanjanischen Fernsehens und dem großen Warenhaus hatten nur wenige Gebäude mehr als drei Geschosse, und die meisten waren aufs Geratewohl zusammenstehende zerbröckelnde Häuser aus Lehmstrohwänden entlang enger Straßen mit Schlaglöchern und tiefen, schlammigen Abzugsrinnen. Morgan stellte sich die Stadt gern als eine riesige Hefekultur vor, die ein geistesabwesender Labortechniker in einem feuchten Schrank vergessen hatte und die nun unter idealen Wachstumsbedingungen unkontrolliert wucherte.

Abgesehen von der klaustrophobischen Dichte der Gebäude und dem widerlichen Geruch von Abfall und verwesender Materie der verschiedensten Art, war es die wogende Manifestation organischen Lebens in allen seinen Formen, die Morgan an Nkongsamba am meisten beeindruckte. Ganze Generationen von Familien trieben sich vor den Lehmhütten herum wie vorspielende Statisten für einen Dokumentarfilm über die Lebensalter des

Menschen, von verhutzelten flachbrüstigen Großmüttern bis zu dickbäuchigen Knirpsen, die angestrengt die Stirn runzelten, wenn sie in die Gosse pinkelten. Hühner, Ziegen und Hunde wühlten auf der Suche nach essbaren Brocken in jedem Abfallhaufen herum, und der Strom der Fußgänger, der sich vorsichtig zwischen dem verrückt hupenden Verkehr und den abbröckelnden Rändern der Abflussrinnen bewegte, versiegte nie.

In der wimmelnden Masse bunt gekleideter Menschen gab es beunruhigend verunstaltete leprakranke Bettler mit knotigen, stumpfen Gliedmaßen; sie schwankten und hüpften und bewegten sich gelegentlich in besonders schlimmen Fällen auf Holzwägelchen fort. Da sah man auf Parkplätzen wendige Schwarzhändler, die breithüftige Verkäuferinnen begleiteten; kleine Jungen boten auf umgehängten Brettern Kugelschreiber, Kämme, Kleiderbügel, Sonnenbrillen und billige russische Uhren zum Kauf an; höckerige weiße Kühe wurden von ernst dreinblickenden, schmalgesichtigen Fulanis aus dem Norden durch die Straßen getrieben. Manchmal sah man staubbedeckte, erdverkrustete Irre aus den Wäldern, die verstört ihren Weg durch die Menge suchten. Morgan hatte einen von ihnen einmal an einer geschäftigen Straßenkreuzung stehen sehen. Er trug seinen schmutzigen Lendenschurz, und sein Haar war orangegrau gefärbt. Er stand mit starren, weit aufgerissenen Augen da und blickte über das Menschengewimmel hin, wobei er von Zeit zu Zeit schrille Beschimpfungen und Verwünschungen ausstieß und die Füße wie zu einem Bannfluchtanz bewegte. Die Menge lachte nur oder ignorierte ihn – die Verrückten erfahren in Afrika großzügige Duldung – und ließ ihn ruhig plappern und gestikulieren. Aus irgendeinem Grund hatte sich Morgan diesem harmlosen Narren in seiner schrecklich fremden Umgebung stark verbunden gefühlt – er schien seinen Standpunkt zu teilen und zu verstehen –, und er hatte ihm im Vorübergehen spontan eine Pfundnote in die schwielige Hand gedrückt. Der Verrückte hatte ihm kurz die gelben Augen zugekehrt, ehe er sich den Geldschein in den breiten, feuchten Mund steckte, um ihn mit schmatzendem Genuss zu zerkauen.

Morgan dachte voller Scham an die Episode, während er den Blick über die Stadt schweifen ließ. Je nach Stimmungslage heiterte Nkongsamba ihn auf oder drückte ihn nieder. In der letzten Zeit – zumindest während der letzten drei Monate – hatte es ihn in zutiefst misanthropische Gefühle versetzt, hätte er eine überschüssige Atombombe oder Polarisrakete besessen, er hätte sie mit Wonne hierher umdirigiert. Hätte die sieben Hügel in einer Sekunde ausgelöscht. Den Boden gereinigt. Den Dschungel wieder darüber wachsen lassen.

Einen Augenblick lang stellte er sich den Atompilz vor. Der Staub fiel langsam herunter und mit ihm ein schwerer, zeitloser Friede. Aber in ihm selbst, so argwöhnte er, richtete das wahrscheinlich gar nichts aus. Dort herrschte einfach zu viel rohes, brutales Leben, das sich nicht so leicht auslöschen ließ. Es würde sicher eher so gehen wie mit dieser Kakerlake, die er neulich abends zu Hause töten wollte. Er hatte gerade in irgendeinem grässlichen Taschenbuch gelesen, als er aus dem Augenwinkel heraus ein richtiges Ungetüm hatte über den Betonfußboden seines Wohnzimmers krabbeln sehen: zwei Zoll lang, braun und glänzend wie ein Blechspielzeug, mit zwei zuckenden Fühlern. Er hatte das Insekt in eine Wolke von Fliegenspray eingehüllt, hatte mit dem Taschenbuch danach geschlagen, war mit dem Fuß darauf getreten, war auf dem abscheulichen Wesen herumgehüpft wie ein übergeschnapptes Rumpelstilzchen – alles umsonst. Obwohl das Ding eine transparente Schleifspur nach sich zog und die Fühler geknickt waren, obwohl es zwei Beine verloren hatte und kaum Kurs halten konnte, hatte es dennoch die schützende Fußleiste erreicht.

Er wandte sich ab von dem Anblick und dem leisen Geräusch hupender Wagen, das durch die fest geschlossenen Fenster drang. Der Regen würde guttun, dachte er, würde den Staub binden und für eine Stunde oder so Kühle bringen. Es war wichtig, dass man kühl blieb, sagte er sich, besonders jetzt. In seinem Büro fühlte er sich recht wohl, er hatte die Klimaanlage auf vollen Touren laufen, aber draußen lag seine Feindin, die Sonne, auf der Lauer und wartete nur darauf, den Kampf von Neuem zu beginnen. Er vermutete, dass seine Hitzeempfindlichkeit etwas mit seiner Gesichtsfarbe zu tun hatte, die blass und zart war, mit einer dicken Schicht subkutanen Fetts darunter. Er war jetzt seit fast drei Jahren in Afrika und hatte noch immer nicht das entwickelt, was man eine anständige Bräune nannte. Nur noch mehr Sommersprossen, Millionen davon. Er hob die Unterarme hoch und musterte sie; aus einiger Entfernung sah es so aus, als wäre er recht braun, aber bei näherem Hinblicken stellte sich das als Illusion heraus. Er war wie ein lebendiges pointillistisches Gemälde. Dennoch sollten, wenn seine Berechnungen stimmten, in einem weiteren Jahr die Sommersprossen alle zusammengeschmolzen sein und einen kontinuierlichen bronzefarbenen Schimmer bilden, und dann brauchte er nie mehr ein Sonnenbad zu nehmen.

In einem weiteren Jahr! Er lachte bitter in sich hinein; so wie es im Augenblick aussah, würde es an ein Wunder grenzen, wenn er es nur bis über Weihnachten und die Wahlen schaffte. Dieses letzte Ereignis war so verrückt und unwahrscheinlich, dass es ihn jedes Mal fassungslos machte, wenn er daran dachte. Nur in Kinjanja konnte man auf die Idee kommen, zwischen Weihnachten und Neujahr Wahlen abzuhalten. Und auch nicht irgendwelche unbedeutenden Wahlen: Der Urnengang um die Weihnachtszeit würde sich wohl zum wichtigsten Ereignis seiner Art in der kurzen Geschichte dieses gottverlassenen Landes entwickeln. Diese Überlegungen erinnerten ihn an seine Arbeit, und er trat vom Fenster fort und schritt vorsichtig um seinen Schreibtisch herum, als könnte der gleich explodieren. Behutsam setzte er sich und schlug die grüne Akte auf, die auf der einen Seite der Schreibunterlage seiner harrte. Er las die vertraute Aufschrift: KNP. Die Kinjanjan National Party. Und er erblickte die noch vertrauteren Züge ihres mittelwestlichen Repräsentanten, Professor Chief Sam Adekunle, der ihn unter dem berühmten Schnauzer und zwischen den Koteletten heraus anlächelte. Benommen blätterte er die Seiten um, und sein Blick überflog die Hochrechnungen und Einschätzungen, die grafischen Darstellungen, demographischen Erhebungen, die Aufgliederung von Wahlprogrammen und vertraulichen Analysen der politischen Tendenzen der Partei. Es war ein Stück Arbeit, das sich sehen lassen konnte: gründlich, methodisch und professionell zusammengestellt. Und das alles von ihm allein.

Er gelangte zur letzten Seite und las seinen abschließenden Bericht, in dem er zu dem Urteil kam, dass die KNP mit Adekunle die probritischste unter den zahlreichen exotischen Parteien war, die bei den Wahlen antraten, und diejenige, deren Sieg die hohen – und höchst profitablen – Investitionen des Vereinigten Königreichs am wahrscheinlichsten sichern und dafür sorgen würde, dass diese auch in den kommenden Jahren sich behaupteten, wenn nicht expandierten. Er erinnerte sich mit nur begrenzter Befriedigung jetzt, wie erfreut Fanshawe über seine Arbeit gewesen war, wie der Fernschreiber gesummt und getickt hatte zwischen Nkongsamba und der Hauptstadt an der Küste, zwischen Nkongsamba und London. Großartige Arbeit, Morgan, hatte Fanshawe gesagt, weiter so, weiter so.

Morgan verwünschte seine Tüchtigkeit, seinen Scharfsinn, seine zuversichtlichen Beurteilungen. Da hat das Schicksal wieder mal mitgemischt, dachte er grimmig; warum hatte er sich nicht die People's Party of Kinjanja oder die Kinjanjan People's Progress Party oder auch die United Party of Kinjanjan People ausgesucht? Weil er so verdammt eifrig war, sagte er sich, so verdammt schlau, das war's. Weil er einmal im Leben eine gute Arbeit liefern, etwas Beifall ernten und aus dem Kram herauskommen wollte. Er schlug die Mappe mit einem Knurren ohnmächtigen Zorns zu. Und jetzt, klagte er sich mitleidlos an, jetzt hat Adekunle dich am Wickel, nicht wahr? Ganz fest, dass du nur noch zappeln kannst.

Erpressung, so lehrten ihn die Kriminalromane, die er las, war ein hässliches Wort, und es überraschte ihn, dass er es in so enger Verbindung mit seinem eigenen Namen aussprechen konnte, ohne heftigere Gewissensbisse dabei zu empfinden. Adekunle erpresste ihn – so viel war klar –, aber vielleicht rührte seine relative Gelassenheit daher, dass das, wozu er erpresst wurde, recht bizarrer Natur war. Wie unangenehm es auch war, es konnte nicht als beschwerlich bezeichnet werden, ja, er hatte in den zehn Tagen, seit es ihm aufgetragen worden war, noch keinen Handschlag getan. Adekunle hätte alles verlangen können – den Inhalt der Aktenschränke des Konsulats, die Namen der Kandidaten für eine Auszeichnung an Neujahr, den Orden des Britischen Empire für seine eigene Person, freien Zugang zur Diplomatenpost –, Morgan wäre ihm gern zu Willen gewesen, so verzweifelt klebte er an seinem Job. Aber Adekunle hatte nur eine simple Forderung gestellt, simpel, was ihn, alpdruckhaft, was Morgan betraf. Lernen Sie Dr. Murray näher kennen, hatte Adekunle gesagt. Das ist alles, werden Sie sein Freund.

Morgan spürte, wie sein Geist von selbst langsamer arbeitete, eine Art Sicherheitssystem, wenn er überlastet zu werden drohte. Murray. Wieder dieser verdammte Kerl. Warum bloß wollte Adekunle, dass er sich mit Murray anfreundete? Was konnten zwei so grundverschiedene Menschen wie Murray und Adekunle gemein haben, das für beide von Interesse war? Er hatte nicht die leiseste Ahnung.

Er schüttelte heftig den Kopf wie jemand mit Wasser im Ohr. Er legte die Akte wieder in ihre Schublade und drehte lustlos den Schlüssel im Schloss herum. Er musste Adekunle wie ein Geschenk des Himmels vorgekommen sein, ein dicker Weißer, der sich fröhlich als Opfer anbot … An diesem Punkt ließ er um seine Vorstellung herum die verstärkten Titanstahlklappen herunter, ein geistiger Trick, in dem er es zur Perfektion gebracht hatte: Er wollte nicht über die Zukunft nachgrübeln und befahl seinem Denken entschlossen, diese bedrohliche Dimension zu ignorieren. Er vermochte den gleichen Effekt der Selbstabschließung auch bei anderen widerspenstigen Fähigkeiten wie Erinnerung oder Gewissen zu erreichen, die unter bestimmten Umständen sehr lästig sein konnten. Wenn sie sich nicht benehmen wollten, wurde nicht mehr mit ihnen gesprochen. Er schloss die Augen, lehnte sich zurück, tat ganz tiefe Atemzüge und ließ das monotone Summen der Klimaanlage in seinen Kopf eindringen.

Er war im Begriff einzunicken, als es an der Tür klopfte und er, durch die Wimpern blinzelnd, Kojo hereinkommen sah.

»Mein Gott«, sagte er ungeduldig. »Ja, was gibt es?«

Kojo trat, durch seine Feindseligkeit nicht berührt, an den Schreibtisch. »Die Briefe, Sah. Zum Unterschreiben.«

Leise vor sich hin murrend, ging Morgan den Postausgang durch. Drei Absagen zu halboffiziellen Anlässen; Einladungen an prominente Briten zu einem kalten Büfett anlässlich des Besuchs der Herzogin von Ripon in Nkongsamba; die üblichen Visaerteilungen, obwohl es hier eine Ablehnung gab im Fall eines sogenannten Pfarrers der Non-Denominational Methodist Brethren's Church von Kinjanja, der eine Schwestergemeinde in Liverpool besuchen wollte. Schließlich war da noch ein Brief an den British Council in der Hauptstadt: Ja, man konnte einen Dichter zwei Tage lang unterbringen, während dieser an einem anglo-kinjanjanischen Kulturfestival in Nkongsamba teilnahm. Morgan las noch einmal den

Namen des Dichters: Greg Bilbow. Er hatte noch nie von dem Mann gehört. Er unterschrieb rasch im Vertrauen auf Kojos saubere Arbeit. So hält man den Union Jack im Wind, dachte er, rüstet die Welt für die Demokratie. Doch dann zügelte er seinen Spott. In gewissem Sinn war es der geistlose, bürokratische Stumpfsinn seiner üblichen Arbeit gewesen, der ihn dazu gebracht hatte, sich mit solch patriotischem Eifer dem KNP-Dossier zu widmen – und was hatte er sich damit eingebrockt, ha!

Er reichte Kojo die Briefe zurück und blickte auf seine Uhr. »Gehen Sie jetzt nach Hause?«, fragte er, um einen verbindlichen Ton bemüht.

Kojo lächelte. »Ja, Sah.«

»Wie geht es der Frau ... und dem Baby? Es ist ein Junge, nicht wahr?«

»Es geht ihr gut, Sah. Aber ... ich habe drei Kinder«, erinnerte Kojo ihn freundlich.

»O ja. Natürlich. Dumm von mir. Alle gesund, ja?« Er erhob sich und ging mit Kojo zur Tür. Der kleine Mann reichte ihm mit seinem wolligen Kopf gerade bis zur Achsel. Morgan spähte in Kojos Bürozimmer: Es war festlich geschmückt und funkelte von billigen Papierschlangen.

»Sie mögen Weihnachten, Kojo, wie?«

Kojo lachte. »O ja, Sah. Sehr. Die Geburt unseres Herrn Jesus.« Morgan erinnerte sich jetzt, dass Kojo katholisch war, und ihm fiel auch wieder ein, dass er ihn mit seiner Familie gesehen hatte – einer winzigen Frau in einem prächtigen Spitzenkleid und drei ganz kleinen Kindern in genau gleichen weißen Hemden und roten Shorts vor der katholischen Kirche auf dem Weg in die Stadt an einem Sonntag vor ein paar Wochen.

Morgan musterte seinen kleinen Gehilfen mit unverhohlener Neugierde.

»Alles okay, Kojo?«, fragte er. »Ich meine, keine Probleme, keine größeren Sorgen?«

»Verzeihung, Sah?«, erwiderte Kojo ehrlich verwirrt.

Morgan machte weiter, ohne eigentlich zu wissen, auf welche Antwort er aus war. »Sie sind … glücklich, ja? Alles läuft wie geschmiert, nichts bekümmert Sie?«

Kojo hatte »glücklich« aufgeschnappt. Er stieß ein hohes, keuchendes, ansteckendes Lachen aus. »O ja, ich bin ein glücklicher Mensch.« Während er zu seinem Tisch zurückging, sah Morgan Kojos schmale Schultern noch immer vor Belustigung zucken. Kojo hielt ihn wahrscheinlich für verrückt. Keine unvernünftige Diagnose unter den Umständen, wie Morgan zugeben musste.

Er trat wieder ans Fenster und versuchte, nicht an Priscilla und Dalmire zu denken, während er zur Zufahrt hinunterblickte. Er sah Peter, den schwachsinnigen, rücksichtslosen Konsulatsfahrer, der Fanshawes langen schwarzen Austin Princess polierte. Er sah Jones zu seinem Volkswagen hinausgehen zusammen mit der unerbittlich vergnügten Mrs Bryce, die mit einem Geologen von der Universität verheiratet war und als Fanshawes Sekretärin fungierte. Es gab einige englische Ehefrauen, die als Teilzeitkräfte im Büro des Konsulats arbeiteten, aber Mrs Bryce war als Einzige fest angestellt. Sie war sehr groß und schlank, und ihre Waden waren immer von shillinggroßen roten Mückenstichen bedeckt. Der dickliche Jones watschelte neben ihr her. Sie blieben einen Augenblick bei Mrs Bryces Moped stehen und sprachen miteinander. Sicher erzählt sie Jones, sie sei die glücklichste

Frau von Nkongsamba, dachte Morgan säuerlich, und sie murre nie und alles sei wirklich »nett«, wenn man nur die rechte Einstellung dazu habe. Jones ging so freundlich auf sie ein – hatten sie vielleicht etwas miteinander? Diese Idee hätte überall außerhalb Westafrikas ungläubiges Gelächter ausgelöst, aber Morgan wusste von noch seltsameren Paarungen. Nicht ohne einen leisen Ekel über sich selbst versuchte er sich Jones und Mrs Bryce dabei vorzustellen, wie sie es miteinander trieben, doch die schiere Diskrepanz ihrer beiden Körper vereitelte alle seine Bemühungen. Er wandte sich vom Fenster ab und fragte sich, warum er mit seinen Gedanken immer wieder beim Sex landete. War das normal, und ging es anderen ähnlich? Er fühlte sich niedergedrückt.

Während er diese Stimmung loszuwerden versuchte, überlegte er, dass Fanshawe, wenn Mrs Bryce sich auf den Heimweg begab, Feierabend gemacht haben musste, und er war fest entschlossen, es ihm gleichzutun. Er war gerade im Begriff, seine leichte Tropenjacke von dem Bügel an der Tür herunterzunehmen, als das Haustelefon auf seinem Schreibtisch läutete. Er hob den Hörer ab.

»Leafy«, bellte er ein wenig aggressiv in die Sprechmuschel.

»Ah, Morgan«, sagte eine sonore, gebildete weibliche Stimme am anderen Ende. »Hier Chloe.«

Zwei verzweifelte Sekunden lang war Morgan überzeugt, keine Chloe zu kennen, bis er plötzlich den Namen mit der Person verband, die Fanshawes Gattin war: Mrs Chloe Fanshawe, Ehefrau des britischen Konsuls in Nkongsamba. Das verzögerte Erkennen rührte daher, dass sie in Morgans Gedanken nie Chloe und nur selten

Mrs Fanshawe war. Gewöhnlich waren noch die freund-
lichsten Namen »fettes Aas« oder »alte Schachtel«. Die
Sache war einfach die, dass sie einander nicht ausstehen
konnten. Es war nie zu offener Feindseligkeit, zu einem
heftigen Zusammenstoß, zu einem bestimmten Vorfall gekommen, der den Konflikt ausgelöst hätte. Es war eine
Übereinkunft, zu der sie beide ganz spontan, ganz natürlich und wie selbstverständlich gelangt waren, als hätte
ein besonderer genetischer Umstand zu dieser Animosität
geführt. Manchmal sagte sich Morgan, dass es für sie beide
von einer gewissen Reife zeugte, sich dies so stillschwei-
gend einzugestehen: Es vereinfachte das Miteinander. So
wusste er jetzt sofort, dass dieser betonte Gebrauch von
Vornamen bedeutete, dass sie etwas von ihm wollte; und
so erwiderte er jetzt vorsichtig: »Hallo ... ah ja, Chloe«,
den Namen auf der Zunge testend.

»Doch nicht zu viel zu tun, Morgan, oder?« Wenn es
auch als Frage formuliert war, fungierte es doch als Feststellung: Eine Antwort war nicht erforderlich. »Möchten
Sie auf einen Sherry herüberkommen? Fünf Minuten?
Dann bis gleich.« Es klickte.

Morgan überlegte. Einen Moment lang weitete ihm
eine ungewohnte Hochstimmung die Brust, als er an die
Möglichkeit dachte, dass dies etwas mit Priscilla zu tun
haben könnte, der einzigen Frucht der Fanshawe'schen
Lenden, doch dieses Gefühl erstarb so schnell, wie es
sich eingestellt hatte: Vor noch nicht zwanzig Minuten
hatte Dalmire in diesem Zimmer von seinem Triumph
berichtet – nichts konnte daran so schnell etwas geändert
haben.

Während er sich fragte, was sie wohl von ihm wollte,

streifte sich Morgan die Jacke über und schritt durch Kojos Zimmer und dann die Treppe hinunter. Der plötzliche Übergang von der Kühle der Klimaanlage zur spätnachmittäglichen Hitze und Feuchtigkeit war für ihn der übliche Schock. Seine Augen begannen leicht zu tränen, er wurde sich jäh des Kontakts zwischen Haut und Kleidung bewusst, und seine breiten Oberschenkel rieben unterhalb der feuchten Leistengegend unbehaglich aneinander. Als er die Treppe hinuntergegangen war und das Gebäude durch die Eingangshalle verlassen hatte, waren alle Vorteile seines kühlen Nachmittags verschwunden. Die Sonne hing tief über Nkongsamba und machte die Gewitterwolken drohend dunkel, und ihr blendendes Licht stieß ihm voll ins Gesicht. Die Sonne schien groß und rot durch den Dunstschleier des Harmattan – eines heißen, trockenen Mistrals aus der Sahara, der Westafrika jedes Jahr um diese Zeit heimsuchte und der die Feuchtigkeit um einige wenige vernachlässigenswerte Prozente herabsetzte, dafür aber die Luft und jede Ritze mit feinem sandigem Staub erfüllte und Holz und Plastik zerbrach und verzog wie ein unsichtbares Kraftfeld.

Morgan bog um das Konsulat herum und schritt den kiesbedeckten Weg zu Fanshawes Dienstvilla einige hundert Meter entfernt auf dem großen Grundstück hinunter. Der Harmattan hatte alle Grashalme zu einem uniformen Braun verfärbt, von dem sich die Hibiskusgruppen und Bougainvilleabüsche abhoben wie Oasen in der Wüste. Zu seiner Linken, hinter einer unregelmäßigen Baumreihe, lagen die Unterkünfte der Dienstboten des Konsulats, zwei niedrige Betongebäude, voneinander getrennt durch eine roterdige freie Fläche. Morgan sah bei den rauchgeschwärzten Veranden die Stände der Händler mit ihrem Obst und Gemüse, und er hörte das Singen von Frauen, die Kleider stampften am Waschplatz beim oberen Ende des Geländes, das Schreien von Kindern und das Gackern von schmutzigen Hühnern. Offiziell gab es dort sechs Wohneinheiten für das Konsulatspersonal, aber Anbauten waren entstanden und Grashütten, Vettern, Gelegenheitsgärtner und umherziehende Verwandte hatten sich eingefunden, und nach der letzten Zählung wohnten dort dreiundvierzig Menschen. Fanshawe hatte Morgan angewiesen, alle nicht dorthin gehörenden Bewohner auszuweisen, und gesagt, der Lärm werde unerträglich und der Abfallhaufen hinter den Gebäuden sei unschön und breite sich auf die Hauptstraße aus. Morgan hatte noch nichts unternommen und bezweifelte stark, dass er dies je tun würde.

Er schritt quer über den Rasen vor Fanshawes Haus. Er hielt nach Priscillas kleinem Fiat Ausschau, und sein Herz machte einen Satz, als er dessen Hinterende aus der Garage rechts vom Haus herausschauen sah. Dann war sie also zu Hause, wenn Dalmire sie nicht zum Golf mitgenommen hatte. Unwillkürlich rückte er seinen Schlips zurecht.

Die Residenz des Konsuls in Nkongsamba war ein stattliches zweigeschossiges Gebäude. Ein mit Säulen versehener Eingang erhob sich oberhalb von Stufen, die zu einer langen Veranda mit Terrassentüren hinaufführten. Innen waren schöne, große Empfangsräume, und die Rückseite des Hauses blickte auf die vornehmeren Außenviertel am Südwestrand von Nkongsamba hinaus. Die Sonne war im Begriff, in den finsteren Wolken im Westen zu versinken, und warf dramatische Strahlen auf die weiß getünchte Fassade.

Morgan wollte gerade die Stufen hinaufgehen, als sich Fanshawe über die Verandabalustrade lehnte. Er trug ein chinesisches Hemd mit einem runden Kragen, der mit purpurfarbenen Zeichen betüpfelt war.

»Abend, Morgan«, sagte er in lebhaftem Ton. »Kann ich was für Sie tun?« Offenbar wusste er nichts von dem Anruf seiner Frau. Das war ein schlechtes Zeichen.

»Chloe ... Mrs Fanshawe hat mich gebeten herüberzukommen«, erklärte er.

»Ach ja?«, sagte Fanshawe, als könne er diese Verirrung seiner Frau nicht begreifen. »Nun, dann kommen Sie bitte herein.«

Morgan ging die Stufen hinauf. Fanshawe stand neben einer roten Gießkanne aus Plastik. »Gebe gerade den Pflanzen Wasser«, sagte er und deutete mit dem Kopf zu einigen schwarzen Steinguttöpfen, die von üppigem Grün überflossen. Mit ausgebreiteter Hand wies er auf die offene Tür. Morgan ging hinein und setzte sich.

Es fiel ihm schwer, seine Gefühle für Fanshawe genau zu beschreiben: Sie schwankten zwischen naserümpfender Verachtung, totaler Gleichgültigkeit und schläfenpochender Gereiztheit wie eines dieser technischen Spielzeuge, bei denen eine an einem Draht aufgehängte Kugel zwischen drei Magneten hin und her zuckt. Er war ein schmächtiger, asketisch wirkender Mann mit streng aus der Stirn zurückgekämmtem, schütterem grauem Haar. Er hatte einen schmalen, akribisch gestutzten Schnurrbart, der eine waagerechte Linie genau in der Mitte zwischen Nase und Oberlippe bildete. Wegen dieses Strichs, der sich nicht um Gesichtskonturen kümmerte, sah es immer so aus, als würde er gleich lächeln, selbst wenn er seine ernste Miene aufgesetzt hatte. Fanshawe war ein Fernostmann und hatte sein halbes Leben in Konsulaten und Botschaften so exotischer Plätze wie Sumatra, Hongkong, Saigon und Singapur verbracht. Nkongsamba war sein letzter Posten vor der Pensionierung, und er fasste ihn als eine eindeutige Kränkung auf. Er hatte noch fast zwei Jahre Dienst vor sich, und die Aussicht, sie als Konsul an einem so gottverlassenen, unbedeutenden Ort herunterreißen zu müssen, mochte sein Berufsstolz nicht so ohne Weiteres hinnehmen. Er träumte insgeheim von einer dramatischen letzten Versetzung, dem brillanten Abschluss einer ereignislosen Laufbahn. Dies führte zu Perioden missionarischen Eifers in seiner Führung des Konsulats, so wie ein Mustergefangener im Todestrakt hofft, sein gutes Verhalten werde ihm Begnadigung in letzter Minute bescheren. Und es erschwerte es ihm auch, in Afrika zu sein, zumal in einem vergleichsweise so unzivilisierten Land wie Kinjanja. »Kulturschock«, hatte er bei mehreren Gelegenheiten düster zu Morgan gesagt, womit er sich auf seine Ankunft auf dem schwarzen Kontinent bezog. »Wie ein Hieb zwischen die Augen. Ich glaube nicht, dass sich Chloe je davon erholen wird.« Beide Fanshawes neigten zu lyrischen Ausbrüchen über die würdevolle Anmut des Ostens, sie sprachen voller Ekstase über die Jahrhunderte, die Äonen von Kultur und geordneter Entwicklung, die der Osten genossen hatte. »Viel zivilisierter, viel gebildeter als wir, mein Lieber«, pflegte Fanshawe in enthusiastischem Ton zu versichern. »Und der Afrikaner – nun ja, was soll ich sagen?« Hier folgten dann ein wissendes Lächeln und eine hochgezogene Augenbraue. »Ein schöner, vornehmer Mensch, der Orientale. Harmonie, wissen Sie, darauf beruht alles. Yin und Yang, nicht wahr, Darling. Yin und Yang«, rief er dann ungeniert über eine lebhafte Cocktailparty hinweg seiner verlegenen Gattin zu. Fanshawe hatte sich, wie Morgan klar geworden war, dazu gezwungen, dies alles zu glauben, und war wie alle Fanatiker unfähig, auch nur zu erkennen, dass es irgendwelche anderen Ansichten gab, und so hatte Morgan es widerstrebend aufgegeben, ihn in eine Diskussion über Dschingis Khan, das Gefängnis von Changi und Pearl Harbour zu verwickeln. Fanshawe mochte wirklich davon überzeugt sein, aber bei seiner Frau, das erkannte Morgan sofort, war es reine Schauspielerei.

So wirkte die Villa zum Beispiel wie eine Kreuzung zwischen einem behelfsmäßigen buddhistischen Tempel und einem chinesischen Restaurant. Da gab es holzgeschnitzte Schirmwände, Papierlaternen, unmöglich niedrige Möbel, Blumenfiguren aus Treibholz, Seidenmalereien und in einer Ecke einen riesigen Gong, der an einem von zwei halblebensgroßen vergoldeten Holzfiguren gestützten Pfosten hing. Als er mit Priscilla abends einmal nach Hause gekommen war (es schien jetzt Jahre her zu sein, sie hatten gerade begonnen, miteinander »auszugehen«), hatte Morgan, erkühnt durch die aufkeimende Romanze und den Alkohol, den gepolsterten Klöppel ergriffen und zu einem langsamen Schwung gegen den Gong ausgeholt und dabei über die Schulter hinweg mit tiefster Bassstimme gerufen: »James Arthur Rank presents.« Das war nicht gut angekommen. Die schockierten, säuerlichen Gesichter der Familie, die angespannte Atmosphäre, die nervösen Sekunden, während er sich bemühte, den Klöppel wieder an seinen winzigen, unpraktischen Haken zu hängen ... Es überlief ihn, als er sich jetzt daran erinnerte beim Anblick des Gongs in der Ecke, und er fragte sich, was die alte Schachtel wohl von ihm wollte.

Als könne er seine Gedanken lesen, sagte Fanshawe: »Chloe wird bestimmt gleich unten sein«, und wie auf ein Stichwort kam seine Ehefrau gemessenen Schritts die Treppe vom Obergeschoss herunter. Bevor er ihr begegnet war, hatte Morgan angenommen, Frauen mit dem Vornamen Chloe seien entweder die neurotischen, brillanten Töchter von Oxbridgeprofessoren oder aber törichte, komische Debütantinnen. Mrs Fanshawe war weder das eine noch das andere, und Morgan hatte seine Chloevorstellung beträchtlich revidieren müssen, damit sie hineinpasste. Sie war eine hochgewachsene, mäßig gut aussehende, leicht korpulente Frau mit kurzem, schwarz gefärbtem Haar, das in einer dramatischen Welle aus dem Gesicht zurückgekämmt war und von einem sehr starken Haarspray selbst bei den heftigsten Windstößen unerbittlich in Form gehalten wurde. Morgan hatte nie auch nur ein einziges Haar aus dieser soliden Frisurmasse ausbrechen sehen. Sie hatte eine Brust wie eine Opernsängerin, einen einzigen Keil stark geschnürter und verstärkter Unterwäsche, von dem aus der übrige Körper sich allmählich zu den erstaunlich kleinen und eleganten Füßen hinunter verjüngte – Füßen, die, wie Morgan immer schien, zu klein waren, um das imposante Ungleichgewicht des Busens stützen zu können. Ihre Haltung – Füße leicht auseinandergestellt, Schenkel steif, Kopf zurückgeneigt, als fürchte sie, nach vorn aufs Gesicht zu fallen – schien diesen Eindruck noch zu betonen. Sie setzte sich nur selten der Sonne aus und bewahrte sich ihre Blässe durch diese Vorsicht und mithilfe ihrer Puderdose, deren sie sich oft auch in der Öffentlichkeit bediente, wie eine Memsahib der guten alten indischen Zeit. Ihr zweites kosmetisches Hauptwerkzeug war ein hellroter Lippenstift, der nur dazu diente, die Schmalheit ihrer Lippen noch hervorzuheben.

»Ah, da sind Sie ja endlich, Morgan«, sagte sie (als wäre sie die Person, die man hatte warten lassen), rauschte durch den Raum und ließ sich vorsichtig in einen niedrigen Sessel sinken. »Sherry, glaube ich, Arthur«, sagte sie zu Fanshawe, der pflichtschuldigst alle mit einem hellen Amontillado versorgte.

»Nun –«, Mrs Fanshawe hob ihr Glas. Dann sagte sie etwas, das sich für Morgans Ohren ganz wie *Nakanahischana* anhörte. »Ein siamesischer Trinkspruch«, fügte sie, sich zu einer Erläuterung herablassend, hinzu.

»Ehem, *nakahisch* … ehem, zum Wohl«, erwiderte Morgan und nippte widerwillig an seinem warmen, klebrigen Sherry. Er spürte, wie ihm am ganzen Körper der Schweiß ausbrach. Kein Mensch in Afrika trank Sherry, schäumte er innerlich, und schon gar nicht zu dieser Tageszeit, wenn der Körper nach mehr Flüssigkeit mit klirrendem Eis und einem starken Kick darin verlangte. Morgan sah Mrs Fanshawes bleiche Knie an, während sie den Saum ihres seidenen Thaikleids darüber zurechtzupfte. Niemand hatte auch nur nebenbei den Namen Priscilla erwähnt, also packte er entschlossen den Stier bei den Hörnern.

»Gute Nachricht, das mit Priscilla, ehem … hat mich

sehr gefreut«, sagte er in etwas lahmem Ton und hob sein klebriges Glas, um zum zweiten Mal an diesem Tag auf das Wohl des Paares zu trinken.

»Oh, Sie haben schon davon gehört«, entgegnete Mrs Fanshawe mit volltönender Stimme. »Ich bin so froh. Hat Dickie es Ihnen erzählt? Wir freuen uns sehr, nicht wahr, Arthur? Er hat eine so aussichtsreiche Zukunft vor sich ... Dickie, meine ich.« Das kam alles in einem Schwall heraus, und es folgte ein verlegenes Schweigen, während der angedeutete Vergleich erfasst und innerlich verarbeitet wurde.

»Priscilla kommt gleich herunter«, fuhr Mrs Fanshawe fort, und ihre bleiche Haut weigerte sich zu erröten. »Sie wird sich freuen, Sie zu sehen.«

Sherry drückte immer auf Morgans Stimmung, und diese Lüge verstärkte noch die düstere Laune, die sich so unausweichlich wie die Nacht auf ihn herabsenkte. Er starrte grämlich auf die drachengemusterten Teppiche auf dem Fußboden der Fanshawes, während sie ihn eingehender über Dickies und Priscillas Glück und die ausgezeichneten Verbindungen ihrer neuen Schwiegereltern unterrichteten.

»... und was ganz erstaunlich ist: Es scheint, Dickies Familie ist mit der der Herzogin von Ripon befreundet. Was sagen Sie zu so einem Zufall?« Morgan blickte auf. Gleich würde sie mit ihrem Anschlag auf ihn herausrücken. Sein unfehlbarer Instinkt meldete ihm immer, wenn sich ein neues Thema ankündigte. »Und das bringt mich zu dem, worüber ich mit Ihnen sprechen wollte, Morgan«, sagte sie dann auch tatsächlich und fuhr sich mit den Händen unter die Oberschenkel, um die Seidenfalten zu glätten.

»Hast du mal eine Zigarette, Arthur?«, fragte sie ihren Mann.

Fanshawe hielt ihr ein Etui aus Rosenholz hin, dessen Deckel eine Hokusai-Landschaft aus Perlmutt zierte. Sie nahm sich eine Zigarette und steckte sie in eine Spitze. Morgan winkte ablehnend, als ihm das Etui angeboten wurde. »Hab's aufgegeben«, sagte er. »Sie dürfen mich nicht in Versuchung führen, nein, nein.« Warum muss ich mich so geistig minderbemittelt anhören, fragte er sich, als Mrs Fanshawe ihn durch zusammengebissene Zähne hindurch anlächelte. Sie zündete ihre Zigarette an. Ich weiß, warum sie eine Zigarettenspitze benutzt, dachte Morgan: Sie beißt gern in etwas. Die Falten an Mrs Fanshawes weichem Hals verschwanden für Augenblicke, als sie den Kopf zurückneigte, um Rauch zu dem rotierenden Deckenventilator hinaufzublasen.

»Ja«, sagte sie, als antworte sie auf eine Frage, »die Herzogin wird irgendwann am Weihnachtstag hier eintreffen. Sie hat sich liebenswürdigerweise bereit erklärt, an der Feier für die Kinder am Nachmittag im Club teilzunehmen.« Sie ließ das so unbestimmt in der Luft hängen. Oh, nein, dachte Morgan verzweifelt; die Spiele, sie will, dass ich mich um die Spiele kümmere. Das würde er ablehnen; ganz gleich, wie heftig sie ihn bearbeiteten, er würde den Weihnachtstag *nicht* damit verbringen, Horden von kreischenden Kindern im Zaum zu halten.

Mrs Fanshawe klopfte Asche von ihrer Zigarette in den Aschenbecher. »Die Herzogin«, fuhr sie leichthin fort, »gibt allen Kindern der englischen Kolonie kleine Geschenke, und« – sie wandte sich um und strahlte Morgan an – »hier haben wir gehofft, Sie einspannen zu können.«

Morgan war verwirrt. »Ich fürchte, ich verstehe nicht ganz ...«

Fanshawe schaltete sich ein. »Dass es schön weihnacht-lich wird, weiter nichts.« Morgan war nicht klüger, aber schlimme Vorahnungen drückten auf sein Gemüt.

»Genau«, krähte Mrs Fanshawe, als wäre alles klar und ganz einfach. »Wir dachten – nicht wahr, Arthur? –, wir dachten, da *wir* ja die Gastgeber der Herzogin sind, wäre es schicklich, wenn eine höherrangige Person aus dem Konsulat irgendwie ... irgendwie bei dieser so großzügi-gen Geste mitwirkte.«

Morgan war verstört. »Heißt das, ich soll die Geschenke verteilen?«

»Genau«, sagte Mrs Fanshawe. »Wir möchten, dass Sie den Weihnachtsmann machen.«

Morgan spürte, wie Zorn und Empörung in ihm hoch-kamen. Er packte die Seitenlehnen seines Sessels und ver-suchte, seine Stimme unter Kontrolle zu halten. »Habe ich das richtig verstanden«, sagte er langsam, »Sie wollen, dass ich mich als Weihnachtsmann *verkleide*?« Er fühlte, wie seine Oberlippe angesichts einer solchen Zumutung bebte. Für was zum Teufel hielten sie ihn – für einen Hof-narren?

»Was höre ich da, Morgan?«, klang es von der Treppe herunter. »Sie wollen als Weihnachtsmann gehen?« Es war Priscilla. Sie trug eine ausgestellte weiße Hose und ein graublaues T-Shirt. Sein klopfendes Herz riss Morgan aus dem Sessel. Priscilla. Diese Brüste ...

Er riss sich zusammen. »Nun, ehem ...«, sagte er sehr gedehnt, um seine widerstrebende Ablehnung zu unter-streichen.

»Aber das ist ja *herrlich*!«, quiekte Priscilla und ließ sich auf der Armlehne eines Sofas nieder. »Sie werden ein ganz großartiger Weihnachtsmann sein. Ein guter Einfall von dir, Mami.«

Morgans Verwirrung nahm noch zu: Wie konnte jemand einen so klaren Tonfall missdeuten? Aber gleichzeitig war er erfreut: erfreut, dass sie erfreut war. »Ich weiß nicht«, fuhr Morgan zögernd fort, »ich dachte, Dalm... Dickie würde ...«

Schallendes Gelächter folgte auf diesen angedeuteten Vorschlag. »Oh, Morgan, was reden Sie da!«, rief Priscilla aus. »Dickie ist doch viel zu schlank. Oh ...« Sie zog in gespielter Zerknirschung mit dem Zeigefinger die Unterlippe herunter. »O Gott, entschuldigen Sie, Morgan.« Doch alle lächelten, er inbegriffen. Er hätte sich umbringen können.

»Sie müssen den Weihnachtsmann machen«, sagte Priscilla und lehnte sich zurück, die Brüste zu ihm hingereckt. »Sie sind bestimmt ganz phantastisch.«

In diesem Augenblick hätte er alles für sie getan. »Na schön«, sagte er, wobei er sich bewusst war, dass er diesen Entschluss wahrscheinlich für den Rest seines Lebens bereuen würde. »Soll mir eine Freude sein.«

»Sehr nett«, sagte Fanshawe und kam mit der Sherryflasche näher. »Sie trinken noch einen Schluck, ja?«

Priscilla verließ das Haus zusammen mit Morgan. Sie fuhr zum Club, wo sie Dalmire nach seinem Golfspiel treffen wollte. Morgan begleitete sie zu ihrem Wagen. Seine Niedergeschlagenheit hatte sich verstärkt, und er verspürte einen beginnenden dumpfen Kopfschmerz.

»Das wollte ich nicht vergessen«, sagte er. »Herzlichen Glückwunsch. Er ist ein netter Bursche, ehem, Dickie. Glückspilz«, setzte er mit einem gequälten Verlierer-lächeln hinzu – zumindest hoffte er, dass es so aussah.

Priscilla blickte träumerisch zum Konsulat hinüber. Ihre Augen schwangen zu den Gewitterwolken herum, hinter denen die Sonne jetzt, die purpurnen Ränder mit bren-nendem Orangerot säumend, versunken war. »Danke, Morgan«, sagte sie. »Da.« Sie zeigte ihm die eine Hand. »Gefällt er Ihnen?«

Morgan nahm behutsam den dargebotenen Finger und betrachtete den Diamantring. »Hübsch«, sagte er.

»Es ist der seiner Großmutter«, belehrte ihn Priscilla. »Er hat ihn mit der Diplomatenpost schicken lassen, als er wusste, dass er um mich anhalten würde. Ist das nicht lieb?«

»Das ist es«, bestätigte Morgan und dachte: der heim-lichtuerische kleine Bursche.

Priscilla zog die Hand wieder zurück und polierte den Stein an ihrer linken Brust. Morgan spürte, wie ihm die Zunge anschwoll und die Kehle zu verschließen drohte. Sie schien alles vergessen zu haben, was zwischen ihm und ihr gewesen war, schien es völlig aus dem Gedächt-nis gelöscht, fortgewischt zu haben wie Feuchtigkeits-hauch von einem Fenster, alles fort, sogar jene Nacht. Er schluckte: jene Nacht. Die Nacht, als sie seinen Hosenlatz aufgezogen hatte ... das Beste war, er vergaß es auch. Er sah ihr rundes Gesicht, das dichte, dunkle Haar, jungen-haft kurz geschnitten mit einem Pony, der auf ihren Au-genwimpern zu ruhen schien. Sie war ein fast hübsches Mädchen auf eine typisch schlichte englisch-insulare Art, aber dieser bescheidenen Schönheit stand die Nase im Wege. Sie war lang und schmal und hob sich am Ende wie eine Sprungschanze. Selbst der geneigteste Beobachter, selbst der vernarrteste Liebhaber musste zugeben, dass dies ein beherrschender Gesichtszug war, der letztlich sogar die starken Reize ihres herrlichen Körpers verdrängte. Morgan erinnerte sich an einen Nachmittag, den er mit ihr beim Sonnenbaden verbracht hatte: Sein Blick war unwiderstehlich die schlanken Beine hinaufgewandert, über die Lendenpartie hinweg, an diesen unmöglichen Brüsten hinauf, um schließlich starr auf dieser seltsamen Nase ruhen zu bleiben. Sie hatte eine makellose Haut, ihre Lippen waren im Gegensatz zu denen ihrer Mutter voll und weich, ihr Haar war voller Glanz. Aber …

Morgan kümmerte sich natürlich überhaupt nicht um ihre Nase, hatte sich nie darum gekümmert, aber im Geist rein ästhetischer Objektivität musste er zugeben, dass sie ein unübersehbares Merkmal war. Nach einem Jahrzehnt oder so im Gegenüber am Frühstückstisch wäre sie ihm vielleicht auf die Nerven gegangen, sagte er sich, wie der Fuchs die zu hoch hängenden Trauben sauer machend, wenn ihn das auch nur ganz von fern befriedigte.

Sie standen einen Augenblick lang schweigend da, Morgan beobachtete eine Soldatenameise, die tapfer über die endlose Gebirgskette des Wegkieses kletterte, und Priscilla hielt ihren Ring in einen letzten Strahl Sonnenlicht.

»Sieht aus, als bekämen wir ein richtiges Gewitter«, bemerkte sie.

Morgan hielt es nicht länger aus. »Pris«, sagte er voller Gefühl, »wegen dieser Nacht damals …«

Sie warf ihm ein Lächeln verständnisloser Offenheit zu. »Sprechen wir nicht mehr davon, bitte, Morgan. Es ist jetzt vorbei.« Sie hielt inne. »Dickie wird im Club schon auf mich warten. Kann ich Sie mitnehmen?« Sie öffnete die Tür ihres Wagens und stieg ein.

Morgan beugte sich herunter und sah zum Wagenfenster hinein. Er machte ein ernstes Gesicht. »Ich weiß, in der letzten Zeit ist es nicht gut gegangen, Pris, aber ich kann es erklären. Es gibt« – er lächelte schwach – »für alles überzeugende Gründe, glauben Sie mir.« Er überlegte eine Sekunde, ehe er hinzufügte: »Ich glaube, wir sollten darüber sprechen.« Das klang gut: durchdacht, abgewogen, ruhig.

Priscilla hatte mit dem Zündschlüssel herumgefummelt. Sie warf ihm noch einmal das gleiche Lächeln zu: jenes Lächeln, das sagte, du kannst reden, so viel du willst, aber hören kann ich nichts davon.

»Kommen Sie zum Barbecue?«

»Was?«

»Heute Abend. Im Club.«

Es hatte keinen Zweck. »Ja, ich nehme an.«

»Dann bis später.« Sie ließ den Motor an, stieß aus der Garage heraus und fuhr die Zufahrt hinunter davon. Morgan sah dem Wagen nach. Wie konnte sie ihn so behandeln.

»Du Aas«, murmelte er dem davonfahrenden Wagen hinterdrein. »Egoistisches, gefühlloses Aas.«

2

Morgan ging verdrossen zum Konsulat zurück. Er sah auf seine Uhr: halb sechs. Er hatte Hazel gesagt, er werde vor fünf in der Wohnung sein. Er konnte den Rauch der Kohlebecken in den Dienstbotenwohnungen riechen: Abendessenszeit, das Konsulat würde geschlossen sein. Er ging zum Parkplatz für das Personal und sah, dass als Einziger sein Wagen noch da stand, sein cremefarbener Peugeot 404 oder »Peejott«, wie sie hier am Ort hießen. Er hatte ihn im Sommer gekauft, zu einer Zeit, da jeder in Urlaub fuhr. Hazel hatte den Peugeot vorgeschlagen, ein Peugeot verlieh in Kinjanja Prestige. An seinem Wagen sollt ihr ihn erkennen. Der Mercedes stand ganz oben auf der Liste; erst mit einem Mercedes hatte man es wirklich geschafft. Mercedeswagen waren für Staatsoberhäupter, einflussreiche Regierungsbeamte, hohe Offiziere, sehr erfolgreiche Geschäftsleute und Chiefs. Danach kam der Peugeot, für die höheren Berufe: Anwälte, höhere Beamte im Staatsdienst, Ärzte, die Leiter von Universitätsfachbereichen. Der Peugeot stand für Ansehen und Solidität. Nummer drei, der Citroën, war für junge Aufsteiger, für aufstrebende leitende Angestellte, Hochschullehrer, Karrieremacher aller Art. Morgan machte sich über solche Statussymbole lustig und rechtfertigte den Kauf des Peugeots mit handfesten technischen Gründen, genoss aber dennoch die anerkennend-prüfenden Blicke, die er ihm einbrachte, und fühlte sich ein wenig geschmeichelt durch die Einschätzung, der man ihn unterwarf, wenn er aus dem Wagen stieg: nicht wichtig genug für einen Mercedes, aber dennoch ein Mann von gewisser Bedeutung. Es war Hazels Pech, dass er mit ihr nur im Schutz der Dunkelheit fuhr; keiner ihrer Freunde hatte sie in dem Wagen gesehen.

Er fuhr zum Haupttor, grüßte den Nachtwächter und bog in die Straße zur Stadt ein. Das Konsulat lag zwischen der Stadt Nkongsamba und dem Campus der Universität. Bis zur Stadt waren es drei Kilometer, einen leicht abfallenden Hang hinunter. Das Konsulat lag auf einem niedrigen Hügelkamm im Nordosten von Nkongsamba. Zwei Kilometer weiter die Straße hinauf lag der Universitätscampus, wo ein großer Teil der örtlichen englischen Kolonie wohnte und arbeitete.

Morgan wollte zuerst nach Hause fahren und duschen, überlegte es sich dann aber anders. Nach Hause, das war eine umzäunte Siedlung mit Namen New Reservation (er kam sich bisweilen wie ein Indianer vor, wenn er diese Adresse angab), die etwa zwanzig Minuten vom Konsulat entfernt an der Hauptstraße gelegen war, die nach Norden aus Nkongsamba herausführte. Er hatte seinen Dienstboten Moses und Friday gesagt, sie sollten mit seiner Rückkehr rechnen, aber er konnte sie immer noch vom Club aus anrufen. So kamen die faulen Gesellen nicht aus dem Trab, dachte er grimmig.

Die Straße war gesäumt von farbenprächtigen Bäumen, die bald scharlachrot erblühen würden. Der Regen, wenn er denn kam, würde bewirken, dass sich alle Blüten öffneten. Er fuhr an dem Sägewerk vorbei, dessen Direktor namens Muller der westdeutsche Geschäftsträger war. Es gab noch einen französischen Agronomen an einer nahegelegenen landwirtschaftlichen Forschungsstation, der sich um die Interessen der wenigen Franzosen im Land kümmerte, aber diese beiden und das englische Konsulat stellten auch schon die gesamte diplomatische Vertretung in Nkongsamba dar. Alle großen Botschaften und Konsulate waren in der Hauptstadt an der Küste konzentriert, in vier Stunden auf einer nicht ungefährlichen Straße zu erreichen.

Er begann sich den Außenbezirken der Stadt zu nähern. Die Straßenränder, staubig und ohne Graswuchs, wurden breiter; leere Stände und abgeräumte Tische, an denen tagsüber Handel getrieben wurde, säumten die Fahrbahn. Er kam an einer Agip-Tankstelle, einer Schuhfabrik und einem Fahrzeugpark vorbei, und dann war er plötzlich in der Stadt, in der es geschäftig zuging, während sich Menschen und Autos mühsam ihren Heimweg bahnten. In den Außenbezirken gab es einige größere Betonbauten, die mit schmiedeeisernen Arbeiten geschmückt waren und in ihren eigenen niedrig ummauerten Gärten standen. Eigenartige süße, brandige Gerüche wehten durch das offene Fenster ins Wageninnere.

Er ging auf Schritttempo herunter, als die Straßen sich verengten, und schloss sich der dahinschleichenden, hupenden Prozession von Wagen an, die Nkongsamba während achtzehn von vierundzwanzig Stunden verstopften. Er ließ die Hand zum Fenster heraushängen und dachte ziellos an den vergangenen Tag und die Phalanx seiner derzeitigen Probleme. Er fragte sich, ob er wegen der Sache mit Priscilla und Dalmire so schockiert war, ob sie ihm wirklich so naheging. Er bekam keine klare Antwort: Zu viel verletzter männlicher Stolz versperrte ihm den Blick. Er fuhr vorbei an den dicht bevölkerten Lehmhütten, die ein wenig unterhalb der Straße standen, vorbei an den neonbeleuchteten Friseurläden, den Limonadereklamewänden, den allgegenwärtigen Colaplakaten, den Garagen unter freiem Himmel, den Möbelgeschäften, den Schneidern, die auf Maschinen mit Fußbedienung wild drauflosnähten. Er sah die hoch aufragende, in Flutlicht getauchte Fassade des Hotels de Executive, und wie jedes Mal in den letzten zwei Monaten verließ ihn der Mut, als jäh die Erinnerung an das erste vertrauliche Treffen mit Adekunle auf ihn einschoss, das dort stattgefunden hatte. Blecherne Reklametafeln blinkten um die Tür herum auf, die Lichter reflektierend, die jetzt überall angingen, während die Dämmerung sich auf die Stadt herabsenkte. Er hörte raue amerikanische Soulmusik aus dem Innenhof mit seiner Tanzfläche herausdringen. »Heute Abend JOSY GBOYE und seine Top Dandies Band!!!«, verkündete eine schwarze Tafel neben dem Eingang. »Fans, das dürft ihr nicht versäumen!!!« Morgan fragte sich, ob Josy Gboye an jenem schicksalhaften Abend auch gespielt hatte.

Er bog in eine Straße voller Schlaglöcher ein, die am Sheila-Kino vorbeiführte, das mit Michèle Morgan und Paul Hubschmid in *Tell me Whom to Kill* und *Neela Akash* lockte, einem »prickelnden und tollen indischen Film«, wie es hieß. Er fuhr an dem Kino vorbei und steuerte den Peugeot auf den Vorhof einer Apotheke. Er gab dem Aufseher ein paar Münzen und ging dann die Straße entlang, ohne sich um die kleinen Jungs zu kümmern, die neben ihm herhüpften und »Oyibo, oyibo«

riefen, was so viel wie »Weißer« hieß. Das war etwas, was jedes kinjanjanische Kind fast wie selbstverständlich tat; es störte ihn nicht, es war nur die ständige Erinnerung daran, dass er in ihrem Land ein Fremder war. Er schüttelte seine Eskorte ab, indem er schneller ausschritt, und erreichte nach zwei Minuten eine noch recht neue Reihe von Läden. Da gab es einen Optiker, eine libanesische Boutique und ein Schuhgeschäft; über den Läden waren drei Wohnungen. Hazel wohnte – Morgan machte es möglich – über der Boutique.

Er blickte sich rasch um, ehe er die Stufen an der Seite des Gebäudes hinaufrannte bis zum gemeinsamen Außengang im ersten Stock an der Rückseite. Er zog den Schlüssel heraus und öffnete die Tür. Das Erste, was ihm auffiel, war der Geruch von Zigarettenrauch, und seine reizbare Stimmung schwoll sofort zu Zorn an, da er Hazel das Rauchen ausdrücklich verboten hatte, seit er selbst nicht mehr rauchte. Der Raum war auch dunkel, da die Läden heruntergelassen waren. Er tastete nach dem Lichtschalter und knipste. Es tat sich nichts.

»Nie Strom hier«, sagte eine Stimme.

Morgan fuhr zusammen, sein Puls ging schneller. »Wer ist denn das?«, fragte er zornig, spähte in die Richtung, aus der die Stimme gekommen war, und machte, als seine Augen sich an das Dunkel gewöhnten, eine Gestalt aus, die am Tisch saß. »Und wo zum Teufel ist Hazel?«, fuhr er in dem gleichen empörten Ton fort und stampfte durchs Zimmer, um die Läden hochzuziehen.

Er drehte sich um. Der unerwartete Besucher war ein schlaksiger, schwarzer Jüngling, der ein bis zur Taille offenes gelbes Hemd und eine grässlich enge graue Hose trug. Er rauchte auch eine Zigarette und trug eine Sonnenbrille. Er hob eine blassbraune Hand zu Morgan hin.

»Hallo«, sagte er. »Ich bin Sonny.«

»O ja?«, sagte Morgan, noch immer wütend. Er öffnete die Tür zum Schlafzimmer. Hazels billige Kleider lagen überall verstreut. Er hörte plätschernde Geräusche aus dem kleinen Badezimmer. »Ich bin's!«, brüllte er und schloss die Tür.

Sonny hatte sich erhoben. Er war sehr groß und schlank, und er blickte verdrossen auf die Straße hinunter, wobei sich Rauch von seiner Zigarette aufkräuselte. Er trug, wie Morgan bemerkte, sehr spitze braune Schuhe.

»Erfreut, Sie kennenzulernen«, sagte Sonny in einem schleppenden Ton, der Morgans Ohr verletzte. »Hübsche Wohnung, die Sie Hazel da besorgt haben.« Morgan erwiderte nichts: Hazel würde einiges zu erklären haben. Sonny blickte auf das Zifferblatt seiner Uhr an der Innenseite des Handgelenks. »Ah-ah«, sagte er. »Sechs Uhr. Ich muss gehen.« Er machte einen großen Satz zur Tür. »Danke für das Bier«, sagte er, »so long«, und schlüpfte hinaus.

Morgan bemerkte zwei leere Bierflaschen auf dem Tisch. Er stürmte in die Küche und riss den Kühlschrank auf. Noch eine Flasche übrig. Er beruhigte sich ein wenig. Wenn das Stück diesem Sonny das ganze Bier gegeben hätte, sagte er sich, hätte er sie erwürgt. Dann verdunkelte sich sein Gesicht. Er fragte sich, was zum Donnerwetter dieser Kerl überhaupt in seiner Wohnung zu suchen gehabt hatte. Sein Bier getrunken hatte, während Hazel sich wusch. Drohungen vor sich hin murmelnd, schenkte er sich ein Glas aus der übriggebliebenen Flasche ein und ging zurück zur Schlafzimmertür. »Beeil dich!«, rief er. Er setzte sich auf die Plastiksitzbank und streckte die Beine von sich. Er trank einen großen Schluck Bier, und die eisige Kühle ließ kurz seine Schläfen schmerzen. Er blickte sich wohlgefällig um. Die Wohnung hatte ihn einiges gekostet, aber es war die Sache wert gewesen: Er hatte Hazel aus den hässlichen Hotels herausbekommen, in denen sie vorher gewohnt hatte. Er wollte sie forthaben von den Bars und den Clubs, wollte sie an einem festen Ort wissen, an einem unauffälligen Ort, wo er sie haben konnte, wann er wollte. Selim, der libanesische Besitzer der Boutique, von dem er die Wohnung gemietet hatte, behielt das wenige, das er wusste oder ahnte, für sich, darauf konnte er sich verlassen.

Die Wohnung war klein und auf einfachste Weise ausgestattet nach den normalen Maßstäben des kinjanjanischen Hausbaus. Nackte Betonwände mit lockeren, funkensprühenden Lichtschaltern und Stromanschlüssen in Hüfthöhe; verzogene Fenster- und Türrahmen, die leicht klemmten, unvollständige Fußleisten und so weiter, aber es war doch so etwas wie ein Zuhause. Hazel hatte eine purpurrote Binsenmatte auf den Terrazzofußboden gelegt, doch das war ihr einziger Beitrag zur Einrichtung. Von der Sitzbank abgesehen, auf der er jetzt saß, waren die einzigen Möbelstücke, die Selim gestellt hatte, ein Plastiktisch mit wackligen Aluminiumbeinen und zwei Stahlrohrstühle, wie man sie gewöhnlich an Wänden von Versammlungsräumen aufgestapelt sieht. Die enge, kleine Küche am Ende des Hauptraums verfügte über einen Spülstein, einen Gasherd, der mit Flaschengas arbeitete, und einen Kühlschrank. Das Einzige, was Morgan zu seinem Liebesnest beigesteuert hatte, war ein großer Ventilator, der normalerweise im Schlafzimmer stand und einen ständigen Strom kühler Luft über das Bett blies. Plötzlich gingen die Lichter an, und der Kühlschrank erzitterte und begann leise zu brummen.

Hazel betrat das Zimmer. Sie trug ein zerschlissenes, unter den Achselhöhlen festgestecktes rosa Handtuch um den Körper geschlungen. Sie hatte noch nicht ihre Perücke aufgesetzt, und ihr kurzes, wolliges Haar glänzte von Wassertropfen. Sie war ein hübsches Mädchen mit einem hellbraunen Gesicht und einem spitzen Kinn. Sie hatte kräftige Lippen und eine kleine, breite Nase, nur die Augen passten nicht in das klassisch negroide Gesicht. Sie waren schmal und mandelförmig und verliehen ihr einen eigenartigen, unsicheren, argwöhnischen Ausdruck. Sie war klein und hatte kräftige Brüste und Hüften und Beine mit schlanken Waden. Die Zehen waren aufgewölbt und verkrümmt von den modischen Schuhen, in die sie ihre breiten Füße zwängte. Um des kultivierten Aussehens willen hatte sie sich die Brauen zu kleinen Anführungsstrichen ausgezupft. In seinen weniger menschenfreundlichen Augenblicken klagte Morgan sie des Leichtsinns und der schamlosen Käuflichkeit an – sie hatte zwei uneheliche Kinder, die bei ihrer Familie in ihrem Heimatdorf wohnten und von denen sie selten sprach. Stattdessen sprach sie von Kleidern und gesellschaftlicher Stellung, für sie die zwei wichtigsten Dinge im Leben, und Morgan war sich wohl bewusst, dass ein weißer Liebhaber und diese Wohnung einen Sprung von mehreren Sprossen auf der unsichtbaren Statusleiter darstellten.

Er hatte sie bei einer Party auf der Universität kennengelernt. Damals sagte sie ihm, sie sei früher Volksschullehrerin gewesen, eine Laufbahn, die sie, wie er vermutete, um der Gelegenheitsprostitution willen aufgegeben hatte, wenn ihm auch klar war, dass dem Begriff hier wenig Schändliches anhaftete, wie sich daran erkennen ließ, dass über ihre zwei unehelichen Kinder kaum geredet wurde. Bei all seiner zynischen Einschätzung war ihm Hazel eine Notwendigkeit, jetzt mehr denn je, wie er sich bewusst wurde, als Stärkung für sein angeknackstes Ego und als Quelle verlässlicher, unkomplizierter sexueller Lust. So sah es zumindest der Plan vor, und er behandelte sie entsprechend selbstsüchtig und gebieterisch. Aber irgendwie hatte das nie richtig geklappt; die erwartete Befriedigung hatte sich nicht eingestellt, und er musste sich dieser Tage mit dem wachsenden Verdacht herumschlagen, dass die Dinge in Wirklichkeit nach einem subtilen, von Hazel entworfenen Programm abliefen und dass *er* es war, der ausgebeutet wurde, und nicht sie; ein Gefühl, das durch das plötzliche Erscheinen von Personen wie Sonny in seinem Leben nur noch verstärkt wurde.

Er bemerkte, dass sie eine unangezündete Zigarette in der Hand hielt.

»Ach, könnte ich bitte Feuer haben?«, fragte sie, als wäre er ein Fremder.

Morgan seufzte innerlich. Er würde dem jetzt ein Ende machen müssen. Er erhob sich. »Hör zu, ich habe dir doch gesagt: nicht mehr rauchen.«

Die Zigarette zwischen ihren Lippen sank nach unten. »Du bist drei Tage nicht gekommen«, sagte sie schmollend. »Was soll ich denn tun? Und dann schickst du noch meine Gäste fort«, setzte sie anklagend hinzu.

»Ich habe ihn nicht fortgeschickt, er ist von sich aus gegangen«, sagte Morgan, aber dann fragte er sich, warum er das Gefühl hatte, sich verteidigen zu müssen, und da brach es aus ihm heraus: »Außerdem ist mir das vollkommen egal. Wenn ich das Rauchen aufgebe, tust du das auch, und damit basta. Was glaubst du, wie das für mich ist, dich zu küssen?«

Sie blickte geziert drein.

»Und wer war dein ›Gast‹ überhaupt?«, fuhr er fort. »Sonny, oder wie er hieß?«

Sie legte die Zigarette auf den Tisch und vergewisserte sich, dass das Handtuch fest saß. »Das war mein Bruder«, sagte sie in knappem Ton. Morgan spürte, wie seine Empörung langsam versickerte. Er versuchte nicht nach den Wölbungen ihrer großen Brüste unter dem Tuch zu sehen, versuchte das Rühren in seinen Lenden zu ignorieren; vorher musste er das noch klären.

»Sagtest du nicht, du hättest keine Brüder?«

»Ja, von meiner Mutter. Das ist derselbe Vater, aber andere Mutter.« Sie blickte ihn ruhig an. Morgan vermochte nicht zu sagen, ob sie die Wahrheit sprach: Unter diesen Umständen konnte er nicht mithalten.

»Schön«, sagte er widerwillig, »aber ich will nicht, dass er noch einmal hierherkommt, okay?«

Morgan warf das Kondom in den Papierkorb unter dem Waschbecken im Badezimmer. Er ließ noch immer Vorsicht walten. Murray hatte ihm geraten, »jedes Mal den Schutz zu gebrauchen«. Typisch für Murray, von »Schutz« zu sprechen, dachte er; er hatte noch den trockenen schottischen Akzent des Mannes im Ohr. Typisch außerdem, überlegte er grimmig weiter, dass Murrays Einfluss in die privatesten Winkel seines Lebens hineinreichte. Er schüttelte ungläubig-resigniert den Kopf, es war schon unheimlich. Aber er war auch mit Hazels Erklärung, was Sonny betraf, noch nicht ganz zufrieden, und er mochte kein Risiko eingehen. Er hatte immer damit gerechnet, Hazel werde sich über seinen Gebrauch von Verhütungsmitteln und die damit verknüpften Implikationen aufhalten, zumal er sie vor zwei Monaten gezwungen hatte, regelmäßig die Pille zu nehmen, aber sie hatte sich nichts anmerken lassen und nichts gesagt, als er das Präservativ umständlich über sein erschlaffendes Glied gestreift hatte. Der Ventilator war voll aufgedreht gewesen und hatte das Bett mit einem kühlen Hauch überweht und ihm den Schweiß auf Hinterbacken und Rücken getrocknet.

Nachher stellte er fest, dass er aus irgendeinem Grund noch immer den Geschmack des Fanshawe'schen Sherrys im Mund hatte, und er hatte eine aufbegehrende Hazel zum Bierholen fortgeschickt. »Ja, wenn du es nicht diesem Sonnyboy zu trinken gegeben hättest, könntest du jetzt hierbleiben«, hatte er befriedigt bemerkt.

Während sie fort war, hatte er beschlossen, ein Bad zu nehmen. Dieser simple Vorgang erwies sich als voller Tücken. Er drehte den Kaltwasserhahn auf, und eine volle Minute lang hörte er nur ein dumpfes Luftpfeifen, dann vibrierte der Hahn, gab zwei metallische Rülpser von sich, und eine Zeit lang floss unter schwachem Druck stockend ein dünner Strahl heraus, der die Wanne fünf Zentimeter hoch mit Wasser füllte, ehe er zu einem kraftlosen Rinnsal zusammenschrumpfte. Morgan ließ seinen verschwitzten Körper behutsam hinab und hielt die Luft an, als seine Genitalien eintauchten. Er seifte sich ein, so gut er konnte, und platschte den Schaum ab. Hazel brachte ihm sein Bier, und er saß so zehn Minuten in der Wanne und trank gleich aus der Flasche. Dann begann ein wohltätiger Alkoholnebel alle seine unerwünschten Erinnerungen zu verschleiern. Er drehte abermals den Hahn auf, stellte fest, dass der Druck stärker geworden war, und wusch sich das Haar.

Als er aus der Wanne stieg, sah er, dass Hazel in Büstenhalter und Schlüpfer dasaß und sich die Nägel lackierte. Morgan trank seine Bierflasche aus. Das Leben in Afrika hatte zwei Pluspunkte, sagte er sich in gelockerter Stimmung: genau zwei. Bier und Sex. Sex und Bier. Er war sich nicht sicher, in welcher Reihenfolge er sie einordnen sollte – im Grunde war es ihm gleich –, aber es waren die einzigen Dinge in seinem Leben, die ihn nicht ständig enttäuschten. Gewiss, manchmal taten sie das schon, aber nicht auf so blindlings grausame und launenhafte Weise, auf die die anderen Besonderheiten der Welt sich zusammentaten, um ihn zu verwirren und zu frustrieren. Sie waren so verlässlich wie nichts anderes in diesem schrecklichen Land, dachte er, und er bekam, so überlegte er in jähem Gefühlsaufschwung selbstgefällig weiter, wahrhaftig von beiden genug.

Er trocknete sich gemächlich ab. Hazel hatte ihr Transistorradio eingeschaltet, und leise monotone Soulmusik drang aus dem knisternden Lautsprecher. Morgan dachte daran, das Ausschalten des Geräts zu fordern, beschloss aber dann, sich zuvorkommend zurückzuhalten. Auch Hazel war verlässlich, dachte er freundlich: na ja, fast, auf ihre besondere, bizarre Art. Er war ihr dankbar.

Wenn er ganz gerade dastand und den Kopf vorneigte, konnte er unterhalb der knospenden Wölbung seines Spitzbauchs eben die Spitze seines Penis sehen. Bier und Sex, dachte er. Wenn er ihn nicht mehr sehen konnte, würde er sich eine Diät verschreiben. Er rieb sich weiter regelmäßig mit dem Tuch über den Körper, richtete damit aber nichts mehr aus: Er war nicht mehr nass, blieb aber unveränderlich feucht. Er stapfte durchs Schlafzimmer und stellte sich vor den Ventilator. Er nahm eine große Dose Talkum von Hazels vollgestelltem Frisiertisch und puderte sich großzügig Achselhöhlen und Lenden damit ein. Als sein Schamhaar gespenstisch weiß geworden war, zog er seine Unterhose an – blassblaue bauschige Boxershorts. Das war eine weitere Empfehlung von Murray gewesen. Da war der Mann schon wieder, schäumte Morgan innerlich, aber er musste zugeben, dass es vernünftig und angenehm war. Das feuchte Klima in Kinjanja war nichts für enge, die Genitalien einzwängende Slips: Man musste die Luft an diese dunklen, feuchten Regionen heranlassen.

Sein Blick fiel auf einen Teil seines Oberkörpers in Hazels Frisierspiegel. Fett lappte über das Hüftband seiner Boxershorts. Besonders bekümmerten ihn die zwei Polster, die sich offenbar unbeweglich in der Nierengegend – wie hartnäckige fremde Parasiten – an seinen Rücken geheftet hatten. Er wurde zu dick: achtundneunzig Kilo beim letzten Wiegen. Er erschauerte bei dem Gedanken daran. Er war immer eher kräftig gewesen; in seinen Jünglingsjahren hatte ihn seine Mutter taktvoll »starkknochig« genannt, obwohl er sich jetzt lieber als »stämmig« bezeichnete. Er war von durchschnittlicher Größe, so um die eins vierundsiebzig herum, und hatte immer eine untersetzte Figur gehabt, aber in seinen jetzt fast drei Jahren in Nkongsamba hatte er fast zwölf Kilo zugenommen, und seine Silhouette schien von Woche zu Woche breiter zu werden.

Er ging in die Hocke und musterte über Hazels Schulter hinweg im Spiegel sein Gesicht. Er fuhr sich die Kinnlade entlang. Du liebe Güte, dachte er bestürzt, über dem Knochen liegt ein guter Zentimeter fettes Fleisch. Er reckte den Hals hin und her, drehte den Kopf, um nach seinem Profil zu schielen. Er hatte ein breites Gesicht, es wurde mit dem zusätzlichen Fleisch ganz gut fertig, urteilte er. Er warf sich sein kraftvolles Lächeln zu, das alle seine Zähne entblößte. Er hatte den Eindruck, dass er etwas hatte, das verschwommen an Marlon Brando erinnerte. Hazel blickte von ihrem Nagellackieren auf, glaubte, er lächle sie an, und lächelte zurück.

Er erhob sich, wölbte die Brust vor, zog den Bauch ein und straffte die Hinterbacken. Er kam zu dem Schluss, dass er eigentlich nicht wie vierunddreißig aussah – wenn man sein Haar außer Acht ließ. Das Haar war sein großer Fluch: Es war dünn und spröde, blass rötlich braun und fiel aus. Die Schläfen nahmen von Monat zu Monat auf seinem Kopf mehr Raum ein. Irgendwie hielt der spitze Haaransatz über der Stirn noch aus, ein struppiges, immer einsameres Vorgebirge. Wenn der Rückzug dort oben nicht bald aufhörte, sah er noch aus wie ein Hurone oder einer von diesen verrückten amerikanischen Marines, die gerade in Südostasien einfielen und die sich den Kopf bis auf einen Mittelstreifen rasierten. Behutsam, mit allen zehn Fingerspitzen, strich er sich das weiche Haar über die Stirn: Es war wirklich zu traurig.

Nachdem er sich angekleidet hatte, wandte er seine

Aufmerksamkeit wieder Hazel zu. Sie machte sich unter viel Zeitaufwand für etwas zurecht, womit er nichts zu tun hatte. Er blickte sich im Zimmer um, und dessen gewöhnliche Aufmachung lenkte sein Denken in die jetzt schon vertraute Bahn: das Metallgestellbett mit seiner dünnen Dunlopillomatratze, die billigen einheimischen Einrichtungsgegenstände, die helle Deckenlampe mit ihrem Kranz von summenden Insekten und Hazels grellbunte Miniröcke und Unterhemden, die so zufällig überall herumlagen wie Seetang an einem Strand.

»Kannst du dieses Zimmer nicht ein bisschen in Ordnung halten?«, sagte er in mürrischem Ton. Dann setzte er hinzu: »Und wohin gehst du heute Abend?«

Hazel zwängte sich in ein enges rosafarbenes Minikleid aus Baumwolle und hüpfte auf hochhackigen Lackschuhen herum. »Ich kann nicht den ganzen Abend hierbleiben«, sagte sie, was sich nicht unvernünftig anhörte. »Ich gehe ins Executive, dort spielt Josy Gboye.«

Morgan lachte bitter. »Ach ja? Und dahin gehst du gewiss allein?«

Hazel setzte ihre stark zurückgekämmte, glatthaarige schwarze Perücke auf, die der Frisur einer britischen Popsängerin nachempfunden war. »Natürlich nicht«, sagte sie ruhig. »Ich gehe mit meinem Bruder.« Sie legte ihre goldenen Ohrringe an. Morgan fand, dass sie wie eine Nutte aussah, aufgedonnert und sexy und äußerst attraktiv. Er wurde sich bewusst, dass er eifersüchtig war; er wäre gern mit ihr ins Executive gegangen, aber das galt als inoffizielles Wahlkampfzentrum für die Helfer von Adekunles Partei, und es wäre unklug gewesen, sich dort so kurz vor der Wahl sehen zu lassen. Außerdem war Adekunle der

Letzte, dem er im Augenblick begegnen wollte. Das Barbecue im Club war sicherer: sicher und langweilig.

Hazel sah seinen düsteren Blick und trat zu ihm und legte die Arme um ihn.

»Ich will ja mit dir gehen«, sagte sie, sich an seine Brust kuschelnd. Die steifen Nylonhaare der Perücke kitzelten Morgans Nase, sodass er einen Niesreiz verspürte. »Aber wenn du mich nicht mitnimmst, was kann ich tun?«

Mit dieser Logik konfrontiert, beschloss er zu resignieren. »Na schön«, sagte er. »Na schön. Aber sei um halb elf wieder hier. Ich glaube, ich komme später noch einmal vorbei.« Er hielt dies für höchst unwahrscheinlich, mochte es aber nicht, dass man ihn für absolut berechenbar hielt.

Er beugte sich vor und drückte ihr die Lippen auf den Hals. Ihre Haut war glatt und trocken. Er roch »Amby« – ein Hautaufhellungsmittel, das die meisten kinjanjanischen Mädchen benutzten –, Talkum und einen ganz leichten säuerlichen Hauch von frischem Schweiß. Er fühlte sich plötzlich stark erregt. Er war immer wieder überrascht über die Schnelligkeit seiner Erektionen – und ihres Abklingens – in Afrika. Er presste sich an Hazel, und sie wich lachend zurück, die Mandelaugen noch schmaler vor Belustigung. Sie stieß ihr ansteckendes helles Lachen aus.

»Diese Mann«, sagte sie in Pidgin-Englisch. »Diese Mann, er nie befriedigt, aha!« Sie klatschte entzückt in die Hände.

Aus irgendeinem Grund musste Morgan verschämt lächeln, wie er sich bewusst wurde, und er errötete wie ein Schuljunge von einem Ohr zum anderen.

3

Morgan parkte seinen Peugeot auf dem Clubpark-platz. Er stieg aus und blickte über die warmen Dächer der anderen Wagen zum Clubgebäude hinüber. Es war eine dunkle Nacht, und die sich zusammenballenden Regenwolken hatten die Sterne verdeckt. Eine kühle Brise wehte von Westen herein, und Morgan roch den Geruch feuchter Erde, der dem Regen vorausgeht.

Der Club lag im Norden der Stadt, in einem der besse-ren Randbezirke. In der Nähe waren eine Pferderennbahn, ein Poloplatz und das einzige Kino von Nkongsamba, das regelmäßig von Europäern besucht wurde. Der Club selbst war ein weitläufiges Gebäude, das im letzten halben Jahrhundert immer wieder vergrößert worden war und die Vielfalt der Kolonialstile widerspiegelte. Er rühmte sich auch eines halben Dutzends rotbödiger Tennisplätze, eines ansehnlichen Schwimmbeckens und eines bunt-scheckigen Golfplatzes mit achtzehn Löchern. Innen wa-ren zwei Bars, ein Billardzimmer, eine Art Gesellschafts-suite, die auch als Diskothek diente, und eine große Halle voller wackliger, schlecht gepolsterter Lehnsessel, die bei festlichen Anlässen ausgeräumt wurde, damit Platz ge-schaffen wurde für Tanzveranstaltungen, Tombolas und Laiendarbietungen, wenn sie nicht als Versammlungsort ängstlicher Briten diente.

Es war ein etwas heruntergekommen wirkendes Ge-

bäude, das ständig einen neuen Anstrich nötig zu haben
schien, doch mangels Alternative war es immer gut besucht, und wenn Morgan es nicht gerade wieder einmal als
Ausdruck der schlimmsten Wertvorstellungen selbstgefäl-
ligen kolonialen britischen Mittelschichtdenkens verabscheute, genoss er selber oft die Atmosphäre: die breiten
Dachvorsprünge, die den langen Veranden Schatten spen-
deten, die wirbelnden Deckenventilatoren, die die dünnen Luftpostausgaben der *Times* zum Rascheln brachten,
die barfüßigen Kellner in ihren Goldknopfuniformen, die
über den losen Parkettfußboden tappten, wenn sie einem
eine weitere große, grüne, eisgekühlte Flasche Bier an den
Platz brachten.

Doch der Club war für ihn nicht immer in diesen nos-
talgischen Nebel gehüllt: Da gab es Saufeulen und lästige Typen, Salonlöwen und Wüstlinge. Ehebrecher und
Hahnreie verkehrten miteinander in den Billardzimmern,
müßige Ehefrauen spielten Bridge oder Tennis oder lagen
um das Becken herum in der Sonne, während ihre Kinder
sich in der Obhut von Nannies befanden, Personal die
Arbeiten im Haus erledigte und die Ehemänner den ganzen Tag hindurch schöne Gehälter verdienten. Sie klatsch-
ten und meckerten, fassten Affären ins Auge und hatten
bisweilen tatsächlich welche, und die gefährliche Trägheit,
die ihre heißen, wolkenlosen Tage infizierte, brachte so
manche Zeitbombe zum Ticken unter der behaglichen
Oberfläche ihrer vereinten Kleinfamilien.

So wechselte Morgans Einstellung zum Club von Zeit
zu Zeit. Er hatte ihm einige Sexpartner beschert – die
strenge, schmalgesichtige Frau eines Bauingenieurs mit
fünf Kindern, die korpulente, energische, schnurrbärtige

Gattin des italienischen Fiatvertreters in Nkongsamba –, und dafür war er wirklich dankbar. Er mochte auch das Schwimmbecken, wenn es frei war von den Ehefrauen und ihren kreischenden Gören, und benutzte gern die Tennisplätze und den Golfplatz, wenn ihm danach zumute war. Was er weniger liebte, das war die abstumpfende Vertrautheit der Umgebung nach drei Jahren: die immer gleichen ermüdenden alten Junggesellen, die sonnenrunzligen, gingetränkten Ehepaare mit ihren endlosen Dinnereinladungen und einfallslosen Gesprächen. Seine Stellung als Erster Konsulatssekretär machte ihn zu so etwas wie einem gesellschaftlich begehrten Objekt, und wer sich auch nur eine winzige Chance ausrechnete, einen OBE oder MBE verliehen zu bekommen, suchte schamlos seine Nähe, bearbeitete ihn mit Drinks und Einladungen zum Essen und erzählte ihm mit bemerkenswertem Mangel an Finesse von Jahren unermüdlichen Dienstes in Kinjanja und was man alles für Großbritannien erreicht und geopfert hatte. Nachdem er das jetzt drei Jahre mitgemacht hatte, begann er sich zu fragen, ob nicht er selbst eine Art Belohnung verdiente für die Stunden seines jungen Lebens, die er geopfert hatte, um sich sentenziöse politische Analysen und dumme rassistische Hetzreden anzuhören.

Es gab noch einen anderen Club an der Universität, in dem er Ehrenmitglied war und den er manchmal besuchte. Er hatte auch ein Schwimmbecken und Tennisplätze, aber keinen Golfplatz, war neuer und kleiner, und das intellektuelle Niveau seiner Mitglieder war geringfügig höher. Diese zwei Orte, das Kino und private Dinnerpartys stellten die einzigen gesellschaftlichen Betätigungsfelder dar, die der europäischen Kolonie in Nkongsamba zur

Verfügung standen. Kein Wunder, dachte Morgan, als er sich zwischen den parkenden Wagen hindurch der bunt erhellten Fassade des Clubgebäudes und dem Klang von Popmusik näherte – kein Wunder, dass wir ein so hoffnungsloser Haufen sind.

Er betrat die mit Säulen ausgestattete Eingangshalle. Ein großes schwarzes Brett war vollgeschrieben mit Clubbestimmungen, Sitzungsprotokollen und Hinweisen auf Veranstaltungen. Sein zynischer Blick überflog die angepriesenen Ereignisse: WEIHNACHTSFEIER, las er, IN ANWESENHEIT IHRER HOHEIT DER HERZOGIN VON RIPON. Er erschauerte und fragte sich, warum um alles in der Welt er sich bereit erklärt hatte, den Weihnachtsmann zu spielen. Daneben kündigte der Golfclub seinen GROSSEN WETTKAMPF AM ZWEITEN WEIHNACHTSFEIER-TAG an, *jedermann willkommen, Preise für alle, bitte unten Namen eintragen.* Er wandte sich verzweifelt ab. Vor der großen Tür gab es einen Zeitungskiosk, der europäische Zeitungen und Zeitschriften verkaufte. Zwischen dem Angebot von der Hitze verblasster Ausgaben von *Newsweek, Marie-Claire* und *Bunte* steckten, wie Morgan wusste, auch einige amerikanische Sexmagazine. Er blätterte verstohlen in einem, das *Over 40* hieß – es war kein Heft für Gerontophile, die Zahl bezog sich nicht auf das Alter der Modelle, sondern auf ihre Oberweite in Zoll –, als er hinter sich Schritte hörte. Er griff rasch nach einem *Reader's Digest,* und als er sich schlechten Gewissens umblickte, sah er Dr. Murray zusammen mit einem Jungen näher kommen.

Morgan spürte, wie gegensätzliche Gefühle durch seinen Körper jagten: Hass, widerwillige Bewunderung,

Angst und Verlegenheit. Er bemühte sich, Unbekümmertheit an den Tag zu legen.

»Abend, Doktor«, sagte er, die Augen schmerzhaft aufgerissen und mit der Hand dorthin winkend, woher die Musik zu kommen schien. »Wollen Sie das Tanzbein schwingen?«

Murray blickte ihn an, als wäre er leicht verrückt, sagte aber durchaus höflich: »Nein, ich liefere meinen Sohn hier ab.« Er stellte Morgan vor. »Das ist Mr Leafy vom Konsulat.« Der Junge, der vierzehn Jahre alt sein mochte, war groß und schlank, und eine braune Locke fiel ihm in die Stirn. Er sah seinem Vater ähnlich. Er grüßte ebenfalls höflich, aber Morgan glaubte so etwas wie ein argwöhnisches Wiedererkennen in seinen Augen zu entdecken, als ob sie sich schon einmal unter fragwürdigen Umständen begegnet wären.

Murray war um die fünfzig und gleichfalls groß und schlank. Er trug eine weite, dunkle Flanellhose und ein kurzärmeliges weißes Hemd; Morgan hatte ihn eigentlich nie in anderer Kleidung gesehen. Murray hatte ein kräftiges, wettergegerbtes Gesicht mit tiefen Lachfalten um die Augen und kurzes welliges graumeliertes Haar. Die Nase schien ein wenig klein für sein Gesicht, und in den blauen Augen blitzte es manchmal humorvoll auf, aber meistens blickten sie forschend und unversöhnlich. Morgan kannte diesen Blick gut.

»Geh schon hinein«, sagte Murray zu seinem Sohn. »Ruf an, wenn du nach Hause willst.«

»Okay, Dad«, sagte der Junge, der ein wenig nervös wirkte, und ging in den Club hinein. Murray wandte sich zum Gehen.

»Ferien?«, fragte Morgan, verzweifelt bemüht, das Gespräch fortzusetzen. Er erinnerte sich beklommen an Adekunles Auftrag.

Murray blieb stehen. »Ja. Die ganze Familie ist jetzt beisammen, mein Sohn ist vor etwa einer Woche gekommen.«

»Aha«, sagte Morgan. In seinem Kopf war plötzlich eine hallende Leere. »Muss nett sein, ihn hier zu haben«, setzte er einfältig hinzu.

Murrays Augen hatten wieder den durchdringenden Blick bekommen. »Ist alles in Ordnung?«, fragte er. »Kein Rückfall, alles funktioniert normal?«

Morgan spürte, wie er errötete. »O ja«, sagte er rasch, »alles in Ordnung. Vollkommen.« Er hielt inne und fuhr dann in grässlich unbeholfen-jovialem Ton fort: »Ach – wie wär's mit einer Runde Golf? Müssen mal zusammen spielen.« Warum brachte Murray immer den Tölpel in ihm zum Vorschein, fragte er sich, entsetzt über seinen Mangel an Finesse.

Einen Augenblick lang zeigte sich Überraschung auf Murrays Gesicht. »Nun ... ja, gut. Ich wusste gar nicht, dass Sie Golf spielen, Mr Leafy.«

»Morgan, bitte.« Murray ging nicht auf die freundliche Aufforderung ein. »Ja, ich spiele sehr gern«, log Morgan. »Komisch, dass wir uns auf dem Platz noch nicht begegnet sind. Wann sind Sie frei?«

Murray zuckte die Achseln. »Wann's Ihnen passt. Aber entschuldigen Sie mich jetzt, ich muss gehen, im Wagen sind meine Töchter. Wir wollen ins Kino«, fügte er zur Erklärung hinzu. *»Die zehn Gebote.«*

»Schön«, sagte Morgan, und Erleichterung klang in

seiner Stimme mit, konnte er Adekunle jetzt doch einen kleinen Erfolg melden. »Sagen wir Donnerstagnachmittag – um vier?«

»Gut«, bestätigte Murray. »Bis dann, beim ersten Tee.« Er sagte gute Nacht und ging zurück zum Parkplatz. Morgan sah ihm nach und fühlte sich plötzlich schwach von der Anspannung. Du Bursche, dachte er, wenn du nur wüsstest, was ich deinetwegen mitmache.

Er ging ein wenig benommen in den Club hinein, in dem reges Treiben herrschte, und bemerkte mit einem Missvergnügen à la Scrooge überall Anzeichen von Weihnachten. Die Bänder, die Schmuckfiguren, die Glöckchen erinnerten ihn abermals an sein törichtes Vorhaben, den guten Geist dieses Festes selbst zu verkörpern, und eine ganze Minute lang tobte er innerlich gegen die Fanshawes, Mutter und Tochter. Draußen im Garten erhellten Scheinwerfer das Barbecue. Clubangestellte in weißen Jacken hatten sich um drei badewannengroße Grills versammelt, die aus längs durchgeschnittenen Ölfässern gemacht waren. Diese waren mit glühender Holzkohle gefüllt, und darüber zischten Hunderte von Fleischstückchen auf Drahtnetzen. Morgan sah Lee Wan, einen aus Malaya stammenden Biochemiker der Universität, der gerade Punsch ausschenkte. Er war ein fröhlich-freundlicher kleiner Mann – »Wie wär's mit einer Partie Golf, müssen mal zusammen spielen« –, und unter seiner Obhut war Morgan zwei Monate nach seinem Eintreffen im Lande in Nkongsambas Clubbordelle eingeführt worden. Er wollte sich zuerst in die Schlange vor den Grills einreihen, aber der Appetit war ihm vergangen, und er wünschte schon, er wäre nicht gekommen; das Gewimmel und die weihnachtliche Atmosphäre waren ihm in seiner augenblicklichen Stimmung ein Alpdruck.

Sein Blick fiel auf eine Tafel, die mit einem Pfeil den Weg zur »Teenagerdisco« wies. Morgan seufzte, eine Mischung von Sehnen und Wut. Mit dem Beginn der Weihnachtsferien hatte die weiße Bevölkerung von Nkongsamba durch den Zustrom der Söhne und Töchter aus den Internatsschulen in Europa beträchtlich zugenommen. Einen Monat lang belegten diese jungen Hedonisten jetzt die Tennisplätze und das Schwimmbecken mit Beschlag. Sie würden in Gruppen um den Beckenrand herumliegen wie sich sonnende Robben, rauchend und trinkend, mit sexuellen Hintergedanken im Wasser spielend und sich gelegentlich mit schamloser Hingabe küssend. Spät am Abend war er einmal in eine der Teenagerdiscos des Clubs geschlendert – von den Mädchen waren ein paar atemberaubend attraktiv – und hatte gesehen, dass es im Raum völlig dunkel war. Drei Paare schwankten auf der Tanzfläche in einer Pose vertikaler Kopulation, und die Lehnsessel im Umkreis waren besetzt von kauernden und verschlungenen Verbindungen von zwei jungen Menschen. Morgan war nie, *nie* in seinem Leben auf einer solchen Party gewesen, schon gar nicht, als er in dem entsprechenden Alter war, und angesichts dieser Ungerechtigkeit musste er vor unartikuliertem Neid zittern.

Einige dieser Teenager wanderten jetzt im Club umher, lässig gekleidet in Jeans und T-Shirts, lachend und scherzend. Morgan sah auch Murrays Sohn, wie er ein Stück Grillfleisch aß. Er stand allein, offenbar hatte er keine Freunde hier. Morgan winkte ihm zu, aber der Junge reagierte nicht. Kleiner Fiesling, dachte Morgan, wandte sich ab und steuerte auf die Bar zu. Er brauchte unbedingt etwas zu trinken.

Die englische Kolonie benutzte gern jeden Anlass zum Feiern, und das Große Weihnachts-Barbecue war da keine Ausnahme. Morgan erwiderte immer wieder ein Lächeln oder ein Kopfnicken, während er sich durch das Gedränge um die Bar vorarbeitete. Der Gesprächslärm war sehr laut, und die Menschen hatten gerötete, erregte Gesichter. Unter den Europäern befanden sich auch einige Kinjanjaner, aber nicht sehr viele. Der Club kannte keine Rassentrennung, aber seine schwarzen Mitglieder schienen sich im Großen und Ganzen fernzuhalten. Sie hatten interessantere Treffpunkte, dachte Morgan und fragte sich, wie es jetzt im Hotel de Executive zuging. Er sah auf seine Uhr: kurz nach neun – er würde Hazel anrufen, um sich zu vergewissern, dass sie sich an den von ihm befohlenen Zapfenstreich von halb elf hielt. Dann fiel ihm ein, dass die Wohnung ja kein Telefon hatte; wenn sie also die ganze Nacht fortblieb, würde er es nie erfahren. Er spürte, wie sich ein heftiger Zorn in ihm aufbaute: Beruhige dich, sagte er sich, beruhige dich. Nur weil er von einem skrupellosen Politiker erpresst wurde, nur weil sich das Mädchen, das er heiraten wollte, mit seinem Untergebenen verlobt hatte, nur weil seine Geliebte mit ihrem »Bruder« zu irgendeiner Veranstaltung ging, brauchte er noch nicht in Wut zu geraten, oder? Nun komm, ermahnte er sich mit vernichtendem Spott, sei vernünftig, es könnte schlimmer sein, oder etwa nicht?

Er bestellte einen großen Whisky und bat um das Telefon. Man stellte den Apparat für ihn ans Ende der Theke, und er schlängelte sich, an seinem Glas nippend, um die anderen herum dorthin und wählte die Nummer seiner Wohnung.

»Allo?« Das war Friday, Morgans Hausboy. Er kam aus Dahomey und sprach französisch; sein Englisch ließ sehr zu wünschen übrig.

»Friday«, sagte Morgan, »hier ist Master.«

»Masta nicht da. Er noch nicht gekommen.«

Morgan kehrte das Gesicht von der Menge ab, denn unter dem anarchischen Zorn, der in seinem Kopf explodierte, musste er die Augen so fest zudrücken, wie er nur konnte.

»Hör zu, du dummer Kerl, *ich* bin's«, fauchte er in die Sprechmuschel. »*C'est moi, ton maître.*«

»Ah-ah«, rief Friday aus. »Verzeihung, Masta. *Désolé.*« Er fuhr fort mit einem Strom von Entschuldigungen.

»Schon gut, schon gut«, bellte Morgan. »Ich komme um zehn nach Hause. Sag Moses, ich will ein Omelett haben. Ja, wenn ich komme – ein Käseomelett.« Dabei sollte ihnen übel werden, dachte er mit boshafter Befriedigung.

»Entschuldigung, Masta, kann ich gehen? Mein Bruder, der ...«

»Nein, das kannst du nicht«, brüllte Morgan und knallte den Hörer auf die Gabel. Zu seiner Überraschung fühlte er, wie seine Hände zitterten. Wenn sie auf mich warten, dachte er düster, dann sehen sie nur bei mir fern, essen mein Essen und trinken meinen Schnaps. Es war schon anstrengend, sich an der Welt zu rächen, sagte er sich, da konnte man es sich nicht leisten, schwach zu werden.

Er hörte jemanden seinen Namen rufen und blickte auf. Zu seinem Schrecken sah er am anderen Ende der Bartheke die grinsenden Gesichter von Dalmire und Jones.

Sie winkten ihn zu sich herüber. »Kommen Sie, Leafy«, hörte er Jones bierselig rufen. Bei seinem Akzent war das kaum zu verstehen. Er schob sich durch die Menge zu ihnen durch. Dalmire und Jones waren ein wenig beschwipst. Sie trugen noch ihre Golfkleidung und hatten offenbar gleich nach dem Spiel mit dem Trinken angefangen. Morgan kamen sie vor wie zwei Schuljungen, die sich bei einem Ausflug davongestohlen hatten und in einer Kneipe verschwunden waren.

»Hallo, Morgan, alter Junge«, sagte Dalmire jovial und legte Morgan die Hand auf die Schulter. Er sprach ein wenig undeutlich, und die normalerweise straffen Gesichtszüge waren vom Alkohol gelockert. »Was darf's sein?«

»Ich trinke noch einen Whisky, bitte«, sagte Morgan und bemühte sich, die Kälte aus seiner Stimme zu verbannen. Er leerte sein Glas und stellte es auf die Theke. »Einen großen, wenn's recht ist.«

»Mit Vergnügen, Chef«, beteuerte Dalmire.

»Muss schon sa'n«, meinte Jones und schüttelte bewundernd sein dunkles, rundes Haupt. »Sie putzen ganz schön was weg.« Er kicherte albern. Morgan bemerkte Bierschaum an seiner Oberlippe. Dalmire klatschte Morgan kräftig auf den Rücken.

»Is'n feiner Kerl, Morgan«, sagte er mit schwerer Zunge. »Verdammt feiner Kerl. Hat mir heute Nachmittag um halb vier ein' Gin verpasst. Bursche hält das Zeug im Aktenschrank versteckt.« Das löste bei Jones eine Lachlawine aus. Morgan blickte finster vor sich hin.

Jones setzte ein Verschwörergrinsen auf. »Stille kleine Feier, wie? Doch erfreuliche Neuigkeit, das mit Dickie 'n Pris, was, Morgan?« Er legte den Arm um Morgans

Schultern. »Aber lassen S' sich lieber von Arthur nicht ›wischen‹«, hauchte er in Morgans Ohr.

Morgan wollte gerade ganz ausführlich schildern, was er Fanshawe mit besagter Ginflasche antun würde, sollte er versuchen, ihn deshalb zusammenzustauchen, als ihm klar wurde, dass der Konsul ja Dalmires zukünftiger Schwiegervater war, und so behielt er es für sich. Er begnügte sich damit, vielsagend zu lächeln und sich mit dem Zeigefinger an einen Nasenflügel zu tippen. Das brachte seine zwei Gefährten erneut zum Kichern.

»Mann, Sie sind ein ganz Gerissener«, wieherte Jones. »Das ist noch 'ne Runde wert. Boy«, rief er dem Barkellner zu, »noch mal dasselbe.«

Morgan blickte sie voller Groll an: Dalmire, Mitte zwanzig, vom Alkohol erhitzt wie ein Jüngling, und Jones, fettglänzendes Gesicht mit feisten Hängebacken, verheiratet mit einer blassen, kränklichen Frau mit zwei blassen, kränklichen Kindern. Man könnte meinen, sie hätten den Abfall hierhergeschickt, sinnierte er. Aber dann wurde er sich bewusst, dass er sich ja in diese allgemeine Verdammung eingeschlossen hatte, ein Gedanke, der ihn einen Augenblick lang zutiefst deprimierte, bis sein Stolz ihm sagte, dass er anders war als die anderen, die Ausnahme von der Regel. Die Selbstverständlichkeit dieser Einschätzung traf ihr Ziel aber nicht mit der Genauigkeit, die er erwartet hatte, und so wechselte er das Thema.

»Wo ist Priscilla?«, fragte er Dalmire. »Ich dachte, sie wollte sich mit Ihnen treffen.«

»Sie ist mit Geraldine und den Kindern fort«, erwiderte Dalmire. Geraldine war Jones' Frau. »Grillfleisch holen. Essen Sie hier? Setzen Sie sich doch zu uns.«

Jones schloss sich diesem Vorschlag an. Sie schienen es beide ehrlich zu meinen. Morgan kam, wie schon einige Male zuvor bei ähnlichen spontanen Einladungen, der Gedanke, dass sie ihn tatsächlich mochten, seine Gesellschaft suchten, ihn faszinierend und unterhaltsam fanden. Er war auch immer ein wenig verwirrt bei solchen Gelegenheiten, und Gefühle schlichter Dankbarkeit stiegen jäh in ihm auf. Es ärgerte ihn jedoch, Leuten wie Dalmire und Jones gegenüber Dankbarkeit zu empfinden, das schien in gewisser Weise erniedrigend, und so machte er es sich zur Regel, derartige Emotionen rücksichtslos auszulöschen, wenn sie sich einstellten.

»Ehem … nein, danke«, sagte er, sich wieder an einen Nasenflügel tippend, und spielte die Rolle des Lebemanns, Teufelskerls und Wüstlings, die sie ihm zugedacht hatten. »Muss bald gehen. Hab noch eine Verabredung.«

Dies bewirkte eine Folge von kehligen Lachlauten, gegenseitigem Anstoßen und leisen Ausrufen wie »Oh-ho-hoho«. Morgan fragte sich, warum er das tat. Er wurde in seinen Überlegungen unterbrochen durch Priscillas und Geraldines Hinzutreten. Geraldine Jones trug ein grünes Kleid, das ihr schlaff von den schmalen Schultern hing und die obere Hälfte ihrer Bügelbrettbrust freigab. Sie hatte große Augen in einem kleinen Gesicht, wie ein Potto oder ein Lemur, und kurze Haare von einem unbestimmbaren Braun.

»Hallo, alle miteinander«, sagte sie mit gezwungener Heiterkeit. »Hallo, Morgan, nett, Sie zu sehen. Was ist denn hier so lustig?«

Morgan wusste sofort, was für eine Art Antwort Jones auf diese Frage geben würde, und beobachtete mit wachsendem Horror, wie der kleine Waliser die plumpen Gesichtszüge zu einem lüsternen Grinsen verzog, sich geheimnistuerisch vorneigte und mit seiner Singsangstimme sagte: »Un-ser Mor-gan hat eine kleine Ver-ab-re-dung.«

Während der rote Schleier eines wilden Zorns ihm die Sicht nahm, war Morgan danach zumute, Jones die Augen auszukratzen, seinen Kopf zu Brei zu zertreten und alle Arten von teuflisch stumpfen, groben Werkzeugen in seine verschiedenen Leibesöffnungen zu schieben, doch stattdessen gelang ihm durch einen unerbittlichen Akt von Selbstbeherrschung ein verzerrtes, weißlippiges Lächeln, wobei er deutlich gewahrte, wie Priscilla neben ihm eine starre Haltung einnahm. Während ihm das Herz in die Schuhe sank, kam ihm der milde, tröstliche Gedanke, dass dies bedeutete, dass es ihr nicht völlig gleichgültig war, wie oder mit wem er seine Abende verbrachte. Dennoch trat sie von ihm fort und stellte sich zu Dalmire, dessen Augen jetzt einen deutlich glasigen Blick bekamen, und gab ihm einen liebevollen, leichten Kuss auf die Stirn. Dalmire legte den Arm um sie und tätschelte ihre Hüfte. Sie sah Morgan an: Er glaubte in ihren Augen so etwas wie einen Triumph zu lesen. Aber ehe sie noch etwas sagen konnte, platzte Morgan mit dem ersten harmlosen Gedanken heraus, der ihm in den Sinn kam.

»Habe heute Abend Dr. Murrays Sohn kennengelernt. Seinem Vater wie aus dem Gesicht geschnitten.« Er reckte den Hals, als suche er den Raum nach ihm ab. Als erwarte er, die anderen würden es ihm nachtun.

»Ich habe ihn draußen beim Grill gesehen«, bemerkte Geraldine. »Stiller Junge, ganz allein. Ein Jammer.«

»Ausgezeichneter Arzt, dieser Murray«, versicherte

Jones wichtigtuerisch. »Ich weiß nicht, was wir ohne ihn gemacht hätten oder was mit Gareth und Bronwyn passiert wäre. Anstrengend, dieses Land, für unsere zwei.«

Alle machten einen Augenblick lang ein ernstes Gesicht, als ob sie darüber nachdächten.

»Er könnte einen Schluck von der guten alten Milch der Menschenliebe vertragen, finde ich«, bemerkte Morgan.

Geraldine blickte erstaunt. »Ach nein, glauben Sie wirklich? Ich fand ihn immer so nett und hilfsbereit.«

»Das kommt vielleicht darauf an, was einem fehlt«, warf Priscilla ein. »Es gibt hier so viele Hypochonder. Ich glaube, die kann Murray schon von Weitem erkennen.« Weitere allgemeine Zustimmung. Morgan gefiel diese Wendung des Gesprächs gar nicht. Er fragte sich beunruhigt, wie viel Priscilla wusste.

Eines von Jones' Kindern kam herbeigerannt. Es war die kleine Bronwyn, und sie hielt einen roten Luftballon hoch. »Daddy, Daddy, schau mal, was ich bekommen habe«, piepste sie. Jones hob sie hoch, drückte sein Gesicht in einer Stimmung trinkselig-väterlicher Liebe schmusend an ihren Hals und sagte: »Wer ist ein kluges kleines Mädchen, hm? Wer ist Daddys kluges kleines Mädchen, hm? Brrr«, und so weiter, bis sie schließlich ängstlich aufschrie und abgesetzt werden wollte. Worauf alle außer Morgan sich zu ihr hinunterbeugten, um den roten Luftballon zu bewundern und sich über seine ausgefallene exotische Schönheit und die nobelpreiswürdige Intelligenz auszulassen, die Bronwyn bei seinem Erwerb an den Tag gelegt hatte. Inmitten des Durcheinanders bemerkte Morgan, wie sich Dalmires Hand von Priscillas Hüfte zu ihrem Hintern hinunterbewegte und diesen drückte. Die Eifersucht ergriff wieder von Morgan Besitz, doch ihre Herrschaft wurde gleich darauf durch das Eintreffen eines Clubdieners beendet, der einen Zettel überbrachte. Zu Bronwyn hatte sich inzwischen ihr Bruder Gareth gesellt, der gleichfalls einen Ballon hochhielt – nur war es jetzt ein gelber – und auch Zuspruch und Bewunderung forderte, und so konnte Morgan ungestört den Zettel in Empfang nehmen, dem Mann danken und die Nachricht verwirrten Blicks lesen. Sie lautete:

»Ich bin in der kleinen Bar. Kommen Sie doch kurz herüber. Sam Adekunle.«

Morgan glaubte, ihm müsse schlecht werden, er fühlte sich sogar plötzlich ein wenig wacklig auf den Beinen. Er schob den Zettel in die Tasche und dachte angestrengt nach. Seine starke innere Anspannung fiel schließlich den anderen auf, und sie hörten auf zu reden und sahen ihn neugierig an.

»Ist alles in Ordnung?«, fragte Priscilla.

»Doch keine schlechte Nachricht?«, meinte Jones mit unsicherem Lachen. »Von der Freundin versetzt worden?«

Morgan zwang sich zu einem Lächeln. »Nein, nein.« Er wollte Zeit gewinnen. »Viel schlimmer.« Er erzählte die erstbeste entfernt plausibel klingende Lüge, die ihm in den Sinn kam. »Offenbar hat so ein Dichter vom British Council, den wir hätten unterbringen sollen, sich irgendwo verirrt. Na ja, diese Künstler und Literaten.« Er beließ es bei diesen vagen Andeutungen. »Tja, die Pflicht ruft.« Man bedauerte ihn, das Gespräch wurde wieder aufgenommen. Morgan trank seinen Whisky aus, erschauerte, ging um die Gruppe herum und stellte das Glas auf die Theke.

Er fühlte Priscillas Hand auf seinem Arm. »Ist *wirk-*

lich alles in Ordnung, Morgan?« Sie hörte sich besorgt an, und das ließ ihn nicht kalt. Er blickte zu Dalmire hin, der gerade mit Jones sprach, und sah dann wieder Priscilla an und nahm den Pony, die dumme Nase, die herrlichen Brüste in sich auf, als wäre es das erste Mal. Liebe flammte wie Napalm in seinem Herzen auf: eine törichte, irrationale, vom Alkohol hervorgerufene Liebe, die nichts mit der wahren Liebe zu tun hatte. Er dachte: Wenn ich sie nur *haben* könnte, bevor sie und Dalmire heiraten, dann, ja, dann wäre alles gerechter und anständiger. Ihre Hand lag noch immer auf seinem Arm, und Morgan legte seine Hand auf die ihre.

»Es ist alles in Ordnung, Pris«, sagte er leise, edel in der Niederlage und ihr gleichzeitig verstehen zu geben suchend, dass sie da einen schrecklichen Fehler machte, aber – na ja, so etwas gab es eben im Leben. »Unter den Umständen«, setzte er gequält hinzu. Er entfernte seine Hand, um den Verlobungsring sichtbar werden zu lassen. Priscilla zog ihre Hand zurück, als wäre sein Arm plötzlich brennend heiß geworden, und steckte sie in die Tasche ihrer Jeans. Sie blickte verwirrt vor sich zu Boden.

Morgan beugte sich vor. »Glauben Sie nicht Denzils Unsinn von dieser Verabredung«, flüsterte er. »Das ist sein eigenartiger walisischer Humor.« Er tätschelte beruhigend ihre Schulter und sagte dann laut: »Bis später, alle miteinander.« Er schritt davon und frohlockte sekundenlang über dieses gelungene Spießumdrehen, bis ihm wieder einfiel, welchem Ziel er zustrebte. Er stockte und blickte sich sehnsüchtig nach dem kleinen Kreis um, den er gerade verlassen hatte. Ein schreckliches Gefühl der Isolierung senkte sich auf ihn herab. Adekunle wartete.

4

Die kleine Bar hieß jener Clubraum, von dem aus man das achtzehnte Loch überblickte. Normalerweise saßen hier schweißbedeckte Golfspieler und stürzten ihre Schoppen Bier mit Limonade hinunter; aber zu dieser späten Stunde schien niemand da zu sein. Ein müder Kellner saß zusammengesunken an der Theke. Morgan fragte sich, wo Adekunle war, und war ihm dankbar für seine Diskretion.

Da rief jemand von der Veranda her seinen Namen, und als er hinaustrat, sah er am anderen Ende Adekunles breiten Umriss und die Glut seiner Zigarette in der Dunkelheit.

»Ah, Mr Leafy«, sagte Adekunle noch einmal und kam mit ausgestrecktem Arm auf ihn zu. »Ich glaube, wir bekommen heute Nacht Regen.« Morgan schüttelte ihm die Hand und pflichtete dieser Ansicht bei. Adekunle war ein kräftig gebauter Mann mit prallen Backen und gut gepolsterten Unterkiefern. Er war eine unverwechselbare Erscheinung; Bilder seines schnurrbärtigen Gesichts zierten zurzeit Bretterwände im gesamten Mittelwesten. Heute Abend wirkte er sogar noch größer als gewöhnlich, da er seine Traditionskleidung trug, einen bestickten, losen, knielangen, cremefarbenen Kittel mit erstaunlichen weiten, über die Schultern zurückgefalteten Ärmeln, dazu passende cremefarbene Pyjamahosen,

die zu den Knöcheln hin zuliefen, und einen mit Gold-
faden durchwirkten schwarzen Samttarbusch, der ihm
nach kinjanjanischer Mode schräg auf dem Kopf saß. Der
offenkundige Reichtum und Glanz dieser Aufmachung
und dazu sein beträchtlicher Körperumfang ließen ihn als
einen allmächtigen einheimischen Potentaten erscheinen,
einen afrikanischen Heinrich VIII.

»Entschuldigen Sie den Aufputz«, sagte er. Er hatte
eine dunkle, gebildete Stimme mit einem fast makellosen
englischen Akzent, gefärbt von amerikanischen Beiklän-
gen, die er sich während seines Studiums an der Harvard
Business School angeeignet hatte. »Aber ich gehe zu einer
Parteiversammlung.«

»Ich hatte Sie nicht so früh zurückerwartet«, erwiderte
Morgan mit unnatürlich heiserer Stimme und wenigstens
zwei Tonlagen höher. »Hatten Sie eine gute Reise?«

Adekunle stellte ein breites Lächeln zur Schau. »Eine
ausgezeichnete Reise, wirklich, und höchst erfolgreich.
London war kalt und voller Menschen.« Adekunle
machte eine Pause, und als er fortfuhr, fehlte die freundliche Note in seiner Stimme. »Ich wollte Sie sprechen ...
dringend. Deshalb können Sie sich vorstellen, wie froh
ich war, Sie hier draußen zu entdecken. Ich habe leider
schlechte Nachrichten.« Er blies Zigarettenrauch in die
Nacht hinaus. »Wie ich befürchtete, haben wir ein Problem. Ein Problem mit Dr. Murray.«

»Ich bin froh.« Morgan räusperte sich, um natürlicher
sprechen zu können. »Ich meine, ich bin froh, dass Sie so
diskret waren. Meine Kollegen sind auch hier.«

»Ist doch selbstverständlich«, sagte Adekunle weltmännisch. »Ich verstehe Ihre Lage sehr gut.«

»Würde es Ihnen etwas ausmachen, wenn ich mir noch einen Drink hole?«, krächzte Morgan. Er hielt inne und wusste nicht, ob er die nächsten Worte herausbrachte. »Ehe ich mir Ihr Problem anhöre.« Er ging in die Bar, rüttelte den Kellner wach und ließ sich noch einen Whisky geben. Er trank einen kräftigen Schluck und ging wieder zu Adekunle hinaus auf die Veranda. Adekunle zündete sich eine neue Zigarette an und fragte in seinem gelassenen, sonoren Ton: »Da wir schon bei Murray sind – macht Ihre Freundschaft mit ihm Fortschritte? Geht alles wie geplant?«

Morgan schluckte und war froh, wenigstens einen kleinen Erfolg melden zu können. »Es geht recht gut. Ich habe Ihren Vorschlag befolgt und versucht, gesellschaftlich mit ihm zu verkehren, was ... einige Schwierigkeiten bereitet, da er nicht gerade der geselligste Mensch ist. Aber ich spiele im Lauf dieser Woche eine Partie Golf mit ihm.«

»Golf«, sagte Adekunle nachdenklich. »Ausgezeichnet. Nur Sie und Murray?«

»Ja ... ich gehe zumindest davon aus.«

»Gut. Belassen Sie es dabei.«

»Ich hoffe, Sie verübeln mir die Frage nicht«, sagte Morgan in wehleidigem Ton, »aber worum geht es da eigentlich? Ich verstehe noch immer nichts. Was genau erwarten Sie von mir?«

Adekunle blickte Morgan forschend an. »Ich glaube, ich kann es Ihnen jetzt wohl sagen«, meinte er. »Vielleicht ganz gut, ja.« Er hielt inne und sagte rasch, als wäre es das Natürlichste von der Welt: »Sie sollen sich mit Murray anfreunden, weil ich will, dass Sie ihn bestechen.«

Morgan war sich nicht sicher, ob er richtig verstanden hatte. »Was?«, fragte er stockend. »Murray? Bestechen? Sie scherzen wohl.«

»Ich scherze keineswegs, mein Freund«, sagte Adekunle in einem Ton, der in der Tat keinen Zweifel mehr übrigließ. Morgan glaubte, ihm müsse übel werden: Eine Alpdruckvision der Zukunft entstand in seinem verwirrten Hirn, Ereignisse, die bisher in keinem Zusammenhang gestanden hatten, rückten in diesem Schreckensbild an die für sie vorgesehenen Plätze, vieldeutige Bemerkungen und Verhaltensweisen stellten sich auf einmal beklemmend erklärlich dar. Es kostete ihn einige Mühe weiterzusprechen.

»Sie wollen, dass ich Murray besteche? Was soll er denn tun?«

Adekunle fasste ihn am Arm und führte ihn ans Ende der Veranda. Die Lichter der Bar warfen einen schwachen Schein auf sie. Irgendwo in der Dunkelheit jenseits der erhellten Fläche zogen sich die Spielbahnen in den Wald hinein. »Ich will es Ihnen erklären«, sagte Adekunle ganz ruhig. »Es gibt ein Bauprojekt an unserer Universität hier in Nkongsamba, an dem ich sehr interessiert bin – nicht nur wegen meiner, ehem, beruflichen Verbindung zur Universität, sondern auch aus anderen Gründen. Sehen Sie«, fuhr er fort, »unsere Universität vergrößert sich, und da soll jetzt ein neues Studentenwohnheim mit fünfhundert Zimmern und Cafeteria entstehen. Das Grundstück, auf dem sie das Gebäude errichten wollen, gehört mir. Ich will es seit einigen Monaten schon verkaufen, aber es hat Schwierigkeiten gegeben.« Er hob Schweigen gebietend die Hand, als Morgan ihn unterbrechen wollte. »Es gibt da auch einen Universitätsausschuss, den Ausschuss für Gebäude, Bauarbeiten und Grundstücke. Seine Aufgabe ist es, geplante Bauvorhaben der Universität auf ihre Durchführbarkeit zu überprüfen und zu gewährleisten, dass dagegen keine gesundheits-, gesellschafts- oder umweltpolitischen Bedenken bestehen, und dem Universitätssenat Bericht zu erstatten. Es ist ein sehr wichtiger Ausschuss, er kann gegen jedes Bauvorhaben sein Veto einlegen, und sein Vorsitzender ...«

»Ist Dr. Alex Murray«, würgte Morgan hervor.

»Genau«, bestätigte Adekunle. »Sie scheinen es zu erfassen.«

Er zupfte an der Stickerei seines Gewands. »Ich wurde durch gewisse Kontakte, die ich habe, vor einiger Zeit auf das Problem aufmerksam. Aber gestern, bei meiner Rückkehr aus London, erfuhr ich von meinen Quellen, dass sich meine schlimmsten Befürchtungen bestätigt haben. Dr. Murray« – eine Spur von Verärgerung schwang mit, als Adekunle den Namen des Mannes aussprach; Morgan wusste, wie ihm zumute war –, »Dr. Murray beabsichtigt, das vorgeschlagene Grundstück negativ zu beurteilen. Wenn er damit durchkommt, wird diese Parzelle nicht erworben, und es kommt zu keinem Verkauf.« Adekunle lächelte grimmig. »Ich hatte so etwas befürchtet«, setzte er hinzu. »Ich musste Vorbereitungen treffen, deshalb beschloss ich damals, wie soll ich das ausdrücken – Ihre Dienste in dieser heiklen Angelegenheit, in der es auf Überredungskünste ankommt, in Anspruch zu nehmen.«

»Sie wollen, dass ich ...«

»Sie sollen Dr. Murray dazu überreden, seine Meinung zu ändern.«

»O mein Gott«, keuchte Morgan, von einem Anfall neurotischer Hellsichtigkeit heimgesucht. »Ich weiß nicht …«

»Bitte«, sagte Adekunle schmeichelnd und drückte Morgans Arm. »Ziehen wir einen Misserfolg gar nicht erst in Betracht.«

»Aber was ist das Problem?«, fragte Morgan. »Warum ist er dagegen?«

Adekunle schnippte das Ende seiner Zigarette in die Nacht hinaus. »Gewisse Einwände waren zu erwarten: die Nähe der Dorfgemeinde Ondo, der störende Verlauf des nahen Flusses, aber das wären keine größeren Schwierigkeiten, sie könnten ohne Mühe überwunden werden. Dörfler kann man zum Umsiedeln bewegen, Flüsse können umgeleitet werden.« Er seufzte ärgerlich. »Leider geht Dr. Murray sehr gründlich vor. Ein sehr gründlicher Mensch.« Er zog eine Zigarettenpackung aus einer Tasche seines Kittels. »Vielleicht wissen Sie«, fuhr er fort und zündete sich eine Zigarette an, »dass meine Familie in dieser Weltgegend die Häuptlingsfamilie ist. Uns gehört recht viel Land rings um Nkongsamba. Doch leider verursacht das politische Leben beträchtliche Kosten, und deshalb musste ich vor zwei Jahren einiges Land aus dem Besitz meiner Familie verkaufen. Land, das jetzt an das für das neue Studentenheim vorgesehene Grundstück angrenzt.« Adekunle lächelte, ins Leere blickend. »Ich war damals Vorsitzender der Handelskammer von Nkongsamba, und da war es für mich, sagen wir, zweckdienlich, es an die Stadt Nkongsamba zu verkaufen. Ihr gehört das Land jetzt.«

Morgan runzelte die Stirn. Er fragte sich, ob er in seiner Naivität etwas Offensichtliches nicht erkannte. Er vermochte noch immer nicht zu sehen, wie das alles zusammenhing. Vielleicht waren Adekunles gewichtige Euphemismen ein Code, den er sofort hätte mitkriegen müssen. »Weiß Murray, dass Ihnen das Land gehört?«, fragte er.

»Nein«, sagte Adekunle. »Nein, nein. Dessen bin ich sicher. Keine dieser Transaktionen ist mit meinem Namen verbunden«, setzte er herablassend hinzu, als unterdrücke er seine Verzweiflung über Morgans schwerfälliges Begriffsvermögen. »Ich glaube nicht, dass die Universität von Nkongsamba Hunderttausende von Pfund ausgeben würde, wenn sie wüsste, dass das Geld an ihren eigenen Professor für Volks- und Betriebswirtschaft geht. Nein, das Problem ist die Stadtverwaltung. Das Land, das ich vor zwei Jahren verkauft habe, ist heute die neue Müllhalde der Stadt Nkongsamba.«

»Oh«, sagte Morgan, dem plötzlich alles klar wurde. »Ich verstehe.«

»Man hat mit dem Müllabladen dort vor etwa einem halben Jahr begonnen. Zurzeit ist die Halde noch recht klein und unbedeutend und ein ganzes Stück von dem für das Studentenheim vorgesehenen Gelände entfernt. Aber in einem weiteren Jahr wird sie nicht mehr zu übersehen sein, ja, wenn es so weitergeht wie bisher, wird der Müll an die Mauern des Gebäudes stoßen. Wenn jedoch bis dahin die Bauarbeiten im Gang sind« – sein Ton klang gespielt betrübt –, »wird es zu spät sein, sich nach einem neuen Grundstück umzusehen.« Morgan war von seiner Sorge um die Gesundheit seiner Studenten beeindruckt. »Niemand«, fuhr Adekunle mit Nachdruck fort, »niemand konnte das bis jetzt wissen. Es sei denn, er hätte die städtischen Planungsunterlagen eingesehen.«

»Und Murray hat das ... ja.«

»Da haben Sie's, mein Freund. Ein sehr gründlicher Mann, wie gesagt.«

»Aber können Sie die Stadt nicht veranlassen, dass sie die Müllhalde verlegt oder so?«, fragte Morgan hoffnungsvoll.

Adekunle lachte verächtlich angesichts der Unbrauchbarkeit dieses Vorschlags. »Und wo schaffen Sie Tausende von Tonnen verwesenden Mülls hin? Außerdem musste ich, als ich in die große Politik ging, meine einflussreicheren Positionen im Stadtrat aufgeben aus Gründen des – des Anstands, sagen wir mal.« Das Wort schien einen sauren Geschmack in seinem Mund zu hinterlassen. »Es tut mir leid, mein Freund, aber es gibt keine andere Lösung. Und auf jeden Fall kommt es darauf an, dass die Sache jetzt über die Bühne geht. Ich kann es mir nicht leisten, noch länger zu warten.« Er breitete die Hände aus. »Wahlkampfkosten. Und wenn wir gewinnen, muss ich mich auf substanzielle Reserven stützen können. Nein, Murray muss seinen Bericht abändern. Ohne Murray gäbe es kein Problem, das Land wäre schon verkauft.« Er sah Morgan an. »Sie sind ein Weißer, Vertreter des diplomatischen Dienstes Ihrer Majestät der Königin und mit ihm befreundet. Ich rechne damit, dass Sie ihn zu einer Meinungsänderung bringen.«

Morgan blickte düster himmelwärts. Er spürte das lastende Gewicht der unsichtbaren Regenwolken über sich als persönliche Bedrohung, als letzten rachsüchtigen Schlag eines verdrießlichen und boshaften Gottes. Über die blanke Unmöglichkeit der Aufgabe, die Adekunle ihm da stellte, hätte er in hysterisches Lachen, über die schiere Kühnheit der Vorstellung in hilflos-verzweifeltes Heulen ausbrechen mögen. Hatte der Mann keine Ahnung von Murray? Vermochte er in diesen strengen Gesichtszügen nicht die moralische Rechtschaffenheit eines neuen John Knox zu erkennen?

Morgan begann mit einer behutsamen Erklärung. »Wenn Sie Dr. Murray so gut kennen würden wie ich, wüssten Sie, wie unmöglich ...«

Adekunle unterbrach ihn. »Bitte, ich kenne Murray. Er ist ein Mensch, Mr Leafy, ein ganz gewöhnlicher Mensch wie Sie und ich. Er ist kein Gott, er ist keine Heldenfigur, wie Sie ihn sich wahrscheinlich vorstellen.« Adekunle wackelte mit einem mahnenden Finger. »Vergessen Sie das nicht bei Ihren Gesprächen, mit wem auch immer. Dr. Murray ist einfach ein rühriger, arbeitsamer Mensch, er hat drei Kinder, Schulen in England sind teuer.« Er lächelte. »Sie dachten doch wohl nicht, ich würde mich allein auf Ihre ... Ihre Überredungskünste verlassen. Sie können ihm zehntausend Pfund Sterling anbieten. Auf irgendeiner Bank: Schweiz, Jersey, Guatemala – wo er will.«

Morgan schwieg. Er dachte an zehntausend Pfund.

»Jeder hat seinen Preis, heißt es. Ich glaube, zehntausend Pfund sind genug für einen armen Mann wie Dr. Murray.«

Morgan war erschüttert von der Höhe der Bestechungssumme. Selbst Murray ... Üble Perspektiven und schändliche Pläne begannen in Morgans Kopf herumzuschwirren wie Schmeißfliegen um verwesendes Fleisch. Ganz zuoberst kam die köstliche Vorstellung, diesen strengen, selbstgerechten Menschen vom Pfad der Tugend abzubringen. Nur dabei sein, dachte er, und zusehen, wie die Korruption ihn durchtränkt wie eine Säure. Adekunles breite Lippen waren zu einem leisen Lächeln geöffnet, während er Morgan beim Grübeln beobachtete.

»Sie können recht haben«, gab Morgan zu. »Es könnte vielleicht klappen.«

»Wir haben nicht mehr viel Zeit«, mahnte Adekunle. »Es muss vor den Wahlen erledigt sein, auf jeden Fall vor der nächsten Sitzung des Ausschusses für Gebäude, Bauarbeiten und Grundstücke gleich in den ersten Tagen des neuen Jahres.« Er blickte auf seine Uhr. »Ich muss gehen. Ich gehe hintenherum.« Er schritt die Veranda entlang zu den Stufen, die zum Golfplatz hinüberführten. Oben an der Treppe blieb er stehen und drehte sich zu Morgan um.

»Ich möchte Sie nicht an Ihre, sagen wir, Verpflichtung mir gegenüber erinnern, Mr Leafy. Und ich glaube, ich muss Ihnen auch nicht die möglichen unangenehmen Folgen vor Augen führen. Aber Sie können sich natürlich – wenn diese Sache erledigt ist – auf meine absolute Diskretion verlassen und« – er lächelte, auf seine letzte Umschreibung zusteuernd – »auf meine, sagen wir, fortwährende Unterstützung Ihrer Arbeit, solange Sie in meinem Land sind.« Er wandte sich um und verschwand im Dunkel.

5

Als Morgan nach Hause kam, spritzten die ersten schweren Regentropfen gegen seine Windschutzscheibe. Er fuhr den Peugeot in die Garage und stieg aus. Der hellgraue Staubboden seiner Einfahrt wurde vor seinen Augen zu schwarzem Schlamm, während sich über ihm die Himmelsschleusen öffneten. Er beobachtete die Gewalt des herunterprasselnden Regens, der auf das Wellblechdach der Garage klatschte und das Geräusch des starken Winds übertönte, der durch die Büsche und Bäume im Garten fegte.

Das Licht über seiner Eingangstür brannte, aber sonst war im Haus kein Lebenszeichen zu erkennen. Wo zum Teufel waren Friday und Moses, fragte er sich zornig. Es waren keine dreißig Meter von der Garage zur Haustür, aber bei diesem Regen würde er in Sekunden durchnässt sein.

»SCHIRM!«, brüllte er zum Haus hinüber, in der Hoffnung, dass seine Stimme bei dem Lärm zu hören war. Ein Blitz zuckte auf, gleichsam als spöttische Antwort auf seinen kraftlosen Schrei, und tauchte den Garten für einen Moment in ein grelles Licht, dem gleich darauf ein erschütternder Donner folgte. Morgan musste sich davor zurückhalten, dem dunklen Himmel die geballte Faust zu zeigen, während er patschend zu seinem Haus rannte, den gurgelnden Bach übersprang, der schon seine Türschwelle umspülte, und einen keuchenden Satz zur Veranda hinauf machte.

Sein Haus war ein langer, flacher Bungalow inmitten eines Gartens, den Gruppen von roten Jasmin- und Avocadobäumen zierten und der von mehreren Kasuarinabäumen überragt wurde. Nur die Hälfte des Hauses – die zwei Schlafzimmer und sein Arbeitszimmer – waren gegen Mücken abgesichert. Die andere Hälfte, die aus einem luftigen Wohn- und Esszimmer sowie Küche und Vorratskammer bestand, ging auf die übliche breite Veranda hinaus, auf der er jetzt durchnässt stand. Die Regenfluten donnerten auf das Dach und schossen aus den Traufen zu Boden und machten die Kiesrinnen um das Haus herum zu rauschenden Strömen, die über den verdorrten Rasen flossen und am unteren Ende des Gartens, bei den Weihnachtssternhecken der Umrandung, einen immer größer werdenden Tümpel bildeten. Im häufigen Aufblitzen des Wetterleuchtens sah Morgan deutlich den lautlos expandierenden Minisee, dessen Oberfläche von Regentropfen festgenagelt zu werden schien.

Er kam langsam wieder zu Atem, ein wenig bestürzt darüber, dass knapp dreißig Meter ihn so zum Keuchen brachten, kickte sich die nassen Schuhe von den Füßen und ging, auf der Suche nach seinen dienstbaren Geistern, in die Küche. Dort fand er Friday schlafend vor – er saß, den Kopf auf die Arme gelegt, an dem blanken Holztisch in der Mitte des Raums. Ohne das Licht anzuknipsen, ging er leise an ihm vorbei und blickte durch die offene Küchentür hinaus in den rückwärtigen Garten. Neben den Stufen, die aus der Küche hinunterführten, stand ein alter Tisch, und darauf saß, wie er erwartet hatte, sein betagter Koch Moses – vor dem Regenguss geschützt durch die Traufen, die gut anderthalb Meter vorsprangen. Moses saß da, die langen Unterschenkel unter sich geschlagen, und starrte in den herabstürzenden Regen hinaus. Er paffte an seiner übelriechenden Pfeife, und neben ihm standen eine schmutzige Kalebasse und ein Glas mit trübem blassgrünem Palmwein. Dauerdonner hielt den Himmel umklammert, und durch die Blitze erwachte die Szene wiederum zu gespenstischem Leben. Das Gewicht des auf die Erde herabfallenden Wassers schien die Oberfläche des Gartens in eine langsam sich bewegende sirupartige Strömung verwandelt zu haben. Wasser floss, hielt inne, kroch wieder zentimeterweise vorwärts; Tümpel bildeten sich und barsten, Blätter und Gras wurden kurze Strecken fortgeschleppt und dann liegengelassen, und noch immer kam der Regen herunter. Ein schlimmes Unwetter, dachte Morgan.

Moses rülpste leise, wandte sich um und wollte sich nachschenken, als er plötzlich Morgan dort stehen sah, die Hände in die Hüften gestützt. Er ließ die Pfeife fallen und sprang auf.

»Ah-ah, der Regen, Sah, Sie nicht gehört, Masta«, sagte er und huschte an Morgan vorbei die Stufen hinauf, knipste in der Küche das Licht an und rüttelte Friday wach, der sogleich eine lange Erklärung für seine Müdigkeit losließ.

»Sei still, Friday«, befahl Morgan. »Ein Käseomelett, bitte, Moses. Und du, Friday, du schaltest meine Klimaanlage ein und bringst mir eine Flasche Bier.« Er ging ins Wohnzimmer, knipste das Licht und den Deckenventilator an und freute sich, seine Hausangestellten beim Dösen ertappt zu haben.

Er hatte die Flasche Bier zur Hälfte geleert, als Friday ihm das Omelett brachte und es vor ihm auf ein Beistelltischchen stellte. »*Ça va*, Masta?«, fragte er fröhlich.

»Nein, tut es nicht«, sagte Morgan. »Ich brauche auch noch so etwas wie eine *fourchette* und ein *couteau*, oder? Und Salz und Pfeffer!«, rief er dem in die Küche zurückgeeilten Friday noch nach.

Friday war ein sehr kleiner, aber kräftig gebauter Mann, Anfang zwanzig, der auf der Suche nach Arbeit aus seiner französischen Kolonie herübergekommen war. Morgan war sich sehr klug und kosmopolitisch vorgekommen, als er ihn eingestellt hatte – kam gleich nach einem französischen Hausmädchen in Kinjanja, hatte er witzig geprahlt –, aber der kleine Mann war hoffnungslos untauglich, hatte nie das Englische in den Griff bekommen und wurde von Moses von ganzem Herzen verachtet. Moses dagegen war groß und schlank und schon recht alt. Keiner kannte sein genaues Alter – nicht einmal er selbst –, aber er hatte ein runzliges Gesicht, und in seinem Haar waren viele graue Spiralen, was wahrscheinlich hieß, dass er weit über sechzig war. Er war ein verschlagener Bursche, der Morgan regelmäßig beklaute und nicht daran dachte, sich durch die Pflichten seines Arbeitsplatzes aus der Ruhe bringen zu lassen. Er konnte Omeletts, Fischfrikadellen, eine Art Stew, Currychicken, Rhabarberdessert mit Streuseln und Biskuitauflauf mit Sherry zubereiten, und das war es. Jeden Tag sprach der Palmweinverkäufer an der Küchentür vor, und dann kaufte Moses einen Schoppen oder zwei von diesem starken Getränk. Er schnitt sich seinen eigenen Tabak, den er in feuchten Streifen wie geschwärzte Speckschwarten kaufte und in einer Pfeife mit einem winzigen Kopf rauchte, die er stets hervorzog, wenn er sich zu einem Glas Palmwein hinsetzte. Was er kochen konnte, kochte er aber gut, und Morgan stellte fest, dass er der begrenzten Diät wegen weniger oft müde wurde, als man hätte meinen können. Sie wurde von Zeit zu Zeit gewürzt durch Einladungen zum Abendessen, und wann immer ihn die Laune packte oder ihm die Aussicht auf Fischfrikadellen weniger verlockend erschien, aß er in einem der Clubs in der Stadt oder in der Universität oder in einem der libanesischen oder syrischen Restaurants, deren Küchen für die Einhaltung eines hygienischen Mindeststandards bekannt waren.

Als Morgan sein Omelett gegessen hatte, ging er auf die Veranda und spähte in die Nacht hinaus. Der Regen schien nachzulassen und das Gewitter nach Osten abzuziehen. Er konnte das Quaken von Fröschen und Kröten hören, das aus dem Dunkel herauskam.

Er beschloss, ins Bett zu gehen. Er wusste, wie es nach einem Regen war: Alle Insekten breiteten die Flügel aus und schwangen sich zu irrem Flug in die Luft. Er sagte Friday und Moses, sie sollten abschließen und nach Hause gehen. Er schlug die Korridortür hinter sich zu, wobei er das Rollen der Glastüren des Wohnzimmers hörte, die zugeschoben wurden, und ging ins Schlafzimmer hinüber.

Er stellte sich kurz unter die Dusche, trocknete sich ab und setzte sich auf die Badewannenkante, um über Murray nachzudenken. Wie konnte er an den Mann herankommen? Wie sollte er ihm den Gedanken an eine Bestechung nahebringen? Wie würde Murray reagieren? Es erschütterte ihn plötzlich, dass er, ein Beamter des diplomatischen Dienstes der Regierung Ihrer Majestät, hier ganz beiläufig solch korrupte und kriminelle Pläne schmiedete, dass sein verdammtes Pech ihn in eine so üble und unglückselige Lage gebracht hatte. Auf der Suche nach einem Trost dachte er an den Sex, den er am frühen Abend mit Hazel zusammen genossen hatte, doch langsam und unausweichlich begann sich, wie nicht selten in solchen Momenten, ein nicht völlig unangenehmes Gefühl der Melancholie auf ihn herabzusenken. Im Haus war es, abgesehen von dem beruhigenden Summen der Klimaanlage, still, der Regen schien aufgehört zu haben, nur aus den Traufen tropfte es noch in die Kiesrinnen. Er glaubte hören zu können, wie die Grillen draußen zu singen begannen, brr-brr, brrr-brrr, um der Welt zu sagen, wie kalt ihnen war.

Seine Gedanken wandten sich, was in dieser Stimmung nicht verwundern konnte, der Heimat zu. Er dachte an seine Mutter in Feltham, eine freundliche, fröhliche Witwe, die es, wie sie in ihrem letzten Brief angedeutet hatte, vielleicht noch fertigbrachte, ihren alten Freund Reg zu heiraten. Reg war Zeitungshändler, ein netter Mann; Morgan kannte ihn seit frühester Kindheit. Er war kahlköpfig, gehörte aber zu denen, die sich einbilden, mit einer feuchten Haarlocke, die den glänzenden Schädel von Ohr zu Ohr entzweiteilt, könne man den anderen etwas vormachen. Reg war in Ordnung, dachte Morgan voller herzlicher Gefühle: Er war freundlich, hatte nichts gegen einen Drink, kam gut mit seiner Mutter aus. Das galt auch für Jill und Tony, seine Schwester und seinen Schwager. Ja, sie waren alle nett; es ging immer alles sehr gut, wenn er einmal auf Urlaub nach Hause kam.

Doch dann flammte jäher Zorn in ihm auf. Sie waren

alle so verdammt *gewöhnlich*, sagte er sich erbarmungs-
los, so deprimierend uninteressant, so harmlos. Er dachte
an seinen Vater – eine undeutliche, rätselhafte Gestalt für
ihn jetzt –, der gestorben war, als Morgan fünfzehn Jahre
alt gewesen war. Von einem Herzinfarkt dahingerafft, als
er gerade einem Arbeiter in einer Cafeteria in Heathrow
beim Anschließen einer neuen Geschirrspülmaschine half.
Morgan betrachtete gelegentlich die lächelnden Gesichter
seiner Eltern im Fotoalbum seiner Familie und fragte sich,
wie er so geworden war, wie er war: egoistisch, dick und
menschenfeindlich.

Er stand mit düsteren Gedanken auf, sein Rücken
schmerzte von der harten Wannenkante. Er schritt niedergedrückt durchs Schlafzimmer und warf sich aufs Bett.
Alles lief falsch. Er schloss die Augen und dachte an den
vergangenen Tag: durchschnittlich katastrophal. Zuerst
Priscillas Verlobung, dann die in Aussicht stehende Weih-
nachtsmannsache, dann Adekunles »schlechte Nachrichten«. Jetzt brauchte er nur noch Murray zu bestechen: Er
machte Fortschritte. Er drehte sich abrupt um und zog
sich ein Kissen über den Kopf. Gütiger Gott, dachte er,
was für eine Büchse voller Würmer, was für eine Schlan-
gengrube. Auch Murray. Irgendwie führte alles zu Murray zurück. Der Mann war in sein Leben eingedrungen
mit dem Takt einer einfallenden Armee. Vor drei Monaten kannte er ihn kaum, wusste gerade, wie er aussah,
und jetzt musste er ihn bestechen, um einem verschlage-
nen Politiker bei der Finanzierung einer betrügerischen
Kampagne zu helfen. Einen schrecklichen Augenblick
lang glaubte er, er werde gleich kitschige, essigsaure Tränen des Selbstmitleids weinen, und so setzte er sich mit

einem Ruck auf, klopfte mit zornigen Fäusten die Kissen zurecht und griff nach einem Taschenbuch. Er warf einen Blick auf den Titel. *Die Hölle kommt morgen!*, schrie es ihn in knalligen roten Buchstaben an. Von einer Woge vorahnungsvollen Ekels erfasst, warf er das Buch an die Wand.

Er knipste die Nachttischlampe aus, streckte sich aus und versuchte zu schlafen. Er nahm eine unbehagliche, stockende Bestandsaufnahme seines Tages vor. Hatte er irgendetwas getan, worauf er wenigstens ein bisschen stolz sein konnte? Hatte er irgendetwas Gutes getan? Hatte er etwas Zuvorkommendes, Selbstloses, Uneigennütziges getan? Hatte es irgendein Ereignis gegeben, das nicht einzig auf die Förderung des materiellen, körperlichen und geistigen Wohls von Morgan Leafy ausgerichtet gewesen wäre? Nun ... nein. Er musste es zugeben: ein ganz klares Nein. Er gestand sich reuevoll ein, dass er grob, mürrisch, tyrannisch, selbstsüchtig, unangenehm, heuchlerisch, feige, eingebildet, faschistisch etc. etc. gewesen war. Ein ganz normaler Tag. Aber, dachte er. Ja, aber. War er da vielleicht anders als die anderen in diesem verdammten Land, auf dieser weiten menschenwimmelnden Welt? Wiederum ein Nein, soweit er das beurteilen konnte, so weit seine Erfahrung reichte. Nein war die einzige ehrliche Antwort. Wie gewöhnlich war ihm diese brutale Analyse kein großer Trost. Unruhig und unglücklich drehte er sich um, schloss die Augen und rief den Schlaf herbei.

6

Das Telefon klingelte. Der Apparat stand neben seinem Bett, und das Klingeln war zu dieser Stunde gehirnerschütternd. Während er den Hörer abhob, blickte er auf den Wecker. Zwölf Minuten nach zwölf. Er konnte kaum mehr als zehn Minuten geschlafen haben.

»Hallo, hier Leafy«, murmelte er in die Sprechmuschel.

»Hallo, Morgan. Entschuldigen Sie die Störung um diese Zeit. Hier spricht Arthur Fanshawe.« Fanshawes Stimme klang nervös und beunruhigt.

»Arthur«, sagte Morgan. »Ist etwas passiert?«

»Ja«, entgegnete Fanshawe ohne Umschweife. »Etwas sehr Dummes. Können Sie herüberkommen?«

»Was? Jetzt?« Morgan ließ mehr Aufbegehren in seinem Ton mitschwingen, als klug war.

»Wenn Sie nichts dagegen haben.« Fanshawe hörte sich plötzlich kurz angebunden und beleidigt an.

Morgan saß zusammengekauert auf der Bettkante. Er rieb sich die Augen. »Hören Sie, können Sie mir nicht sagen, was los ist? Ich meine, sind Sie sicher, dass ich ...« Fanshawes Schweigen am anderen Ende sagte mehr als Worte. »Ich bin in einer Viertelstunde dort. Bis dann.« Morgan legte auf. So eine blöde Scheiße, dachte er wütend, was zum Teufel geht da vor? Soweit er sich erinnern konnte, hatte er nicht einmal Bereitschaftsdienst. Heute Nacht war Dalmire dran: Hatten sie Dickies Schönheitsschlaf gestört?

Während er seine Zweifel daran vor sich hin murmelte, zog Morgan die Sachen an, die er tagsüber getragen hatte, und spritzte sich Wasser ins Gesicht. Draußen hatte der Regen aufgehört, und die feuchte Nacht war von Geräuschen erfüllt. Kröten rülpsten, Grillen zirpten, Fledermäuse flogen umher und piepsten. Als er über die Veranda schritt, sah er Geschwader von Faltern und fliegenden Ameisen um das Licht über der Haustür schwärmen. Seine Schuhe knirschten über das zuckende Gewimmel von Myriaden erschöpfter Insekten, die beim Einsetzen des Regens neue Flügel entfaltet und sich aufgeschwungen hatten zu kurzen fröhlichen Flügen, angelockt vom Schein der heißen Glühbirne. Seine Füße quatschten durch den Matsch auf dem Weg zur Garage. Oben hatte sich der Himmel aufgeklärt, und der vertraute Baldachin von Sternen leuchtete herunter. Man sah in Afrika immer mehr Sterne als zu Hause, dachte er.

Die Straße hinaus zum Konsulat war ruhig, einige wenige Taxis kamen zurück, Nachtschwärmer, und ein riesiger Sattelschlepper raste die Straße hinunter nach Süden, hoch beladen mit Erdnusssäcken. Als er in den Konsulatsparkplatz einbog, fand er ihn zu seinem Ärger leer vor. Dalmire war offensichtlich nicht in der Nachtruhe gestört worden. Wenn dieses Problem so dringend war, fragte er sich gereizt, wo waren dann die anderen alle? Im Konsulatsgebäude schien sich niemand aufzuhalten, es brannte nirgendwo Licht.

Morgan parkte seinen Wagen und eilte quer durch den Garten zur Residenz der Fanshawes hinüber, die über beide Geschosse hinweg erhellt war wie ein Passagierschiff. Er ahnte, dass das Problem häuslicher Natur war, und verdrehte die Augen zum Himmel. Wiederum konnte er keine anderen Wagen in der Einfahrt entdecken. Morgan stieg die Stufen hinauf und klopfte an die Glastür des Wohnzimmers. Durch sie hindurch konnte er Mrs Fanshawe und Priscilla auf einem der Sofas sitzen sehen. Priscilla hatte den Arm um die breiten Schultern ihrer Mutter gelegt. Bei Morgans Klopfen hoben sie beide beunruhigt die Köpfe, und Priscilla sprang auf und eilte durchs Zimmer, um die Tür zu öffnen.

»Oh, Morgan«, sagte sie, offenkundig erleichtert. »Ich bin so froh, dass Sie gekommen sind.«

Die Aufrichtigkeit ihres Ausdrucks erstaunte ihn so sehr, dass er fast ihr reizvolles Aussehen nicht bemerkte, das zerzauste Haar und die Knappheit des japanischen Hauskleids, das sie trug und das ihre Schenkel nur zur Hälfte verdeckte.

»Hallo, Morgan.« Das war Mrs Fanshawe. Morgan bemerkte, dass sie gerötete Augen hatte. Morgan fragte sich, ob sie geweint hatte, da weichere Empfindungen noch nie auf ihrem Gesicht zu sehen gewesen waren. »Es ist schrecklich«, wimmerte sie zusammengesunken auf dem Sofa. Sie hielt ein zerknülltes Taschentuch in der Hand, und ihr kräftiger Körper war von einem schweren blassblauen Morgenrock aus Chenillestoff verhüllt.

»Einen Drink?«, fragte Priscilla.

»Nein ...« Morgan wirbelte auf dem Absatz herum und musterte die Flaschen auf einem glänzenden Mahagonischränkchen, wobei er sich die Hände rieb, als wäre ihm kalt.

»Der Kaffee wird jetzt fertig sein«, verkündete Mrs Fanshawe lustlos.

»Kaffee wäre wunderbar«, sagte er, ein starres Lächeln auf dem Gesicht. »Milch und drei Stück Zucker, bitte.« Er betrachtete bewundernd Priscillas Beine, als sie aus dem Wohnzimmer in die Küche ging. »Wo ist Arthur?«, fragte er, der Abwesenheit seines Vorgesetzten bewusst. »Ihm ist doch nichts passiert?« Er merkte zu spät, wie desinteressiert er sich anhörte.

»Natürlich nicht«, gab Mrs Fanshawe gereizt zurück. Das klingt schon eher nach ihr, dachte Morgan, sie erholt sich wieder. »Nein«, fuhr Mrs Fanshawe fort, »er ist draußen« – sie machte eine Handbewegung ins Dunkel hinaus –, »um zu sehen, ob er etwas tun kann.«

Das Mysterium begann Morgan auf die Nerven zu gehen. Weshalb um alles in der Welt hatten sie ihn aus dem Bett gezerrt? »Ehem, was ist eigentlich passiert?«, erkundigte er sich höflich.

»Innocence ist tot«, sagte Mrs Fanshawe traurig. »Mein Hausmädchen Innocence.«

»Oh.« Ist das alles, schrie er sie im Stillen an. Warum bin ich dann hier, zum Donnerwetter? Er war im Begriff, die Erkundigungen in diesem Sinn ein wenig energischer fortzusetzen, als er Fanshawe die Stufen heraufsteigen sah.

»Morgan«, sagte Fanshawe erschöpft. »Gut, dass Sie da sind.« Er sah höchst merkwürdig aus, fand Morgan. Er trug einen grünseidenen chinesischen Morgenmantel mit großen orangeroten Lotosblumen darauf. Gestreifte schlichte Pyjamahosenbeine passten nicht recht zu dieser Opulenz. Fanshawes Gesicht war bleich, und das normalerweise glatte graue Haar stand ihm in kleinen Büscheln vom Kopf ab.

»Wir haben da ein sehr ernstes Problem«, fuhr er fort,

den Kopf schüttelnd. »Dachte, Sie sind vielleicht der Bursche, der damit fertig wird.« Er blickte Morgan an. »Kann diese Afrikaner einfach nicht verstehen«, sagte er in hoffnungslosem Ton, wie ein Verbrecher, der seine Schuld eingesteht. »Kann mich nicht in sie hineinversetzen, weiß einfach nicht, was in so einem kinjanjanischen Kopf vorgeht. Ist für mich ein Buch mit sieben Siegeln. Ja, wenn wir hier im Osten wären ...« Er brachte den Gedanken nicht zu Ende. Morgan fragte sich, weshalb Fanshawe glaubte, er könne der »Bursche« sein, der mit diesen unergründlichen Mysterien fertig würde. Inzwischen hatte sich Mrs Fanshawe erhoben, schnürte den Morgenrock um die Taille fest zu und betonte damit noch die Körperfülle, die sich unter dem Chenillestoff verbarg. Morgan bemerkte die erstaunlichen Hügel, die ihre Brust darstellten, und ihm fiel auf, dass sie eigenartigerweise horizontal schwankten, als sie zu ihrem Gatten hinüberging.

»Komm, Arthur«, befahl sie. »Überlass alles Weitere Morgan. Er kennt diese Leute besser als wir.«

»Moment«, fiel Morgan ein, ehe Fanshawe ins Schlafzimmer zurückgelotst werden konnte. »Ich habe leider noch immer keine Vorstellung von dem, was sich zugetragen hat. Innocence ist tot, ja, aber ich weiß nicht, was ich dabei soll.«

»Entschuldigen Sie.« Fanshawe strich sich zerstreut mit der Handfläche über die Stirn. »Das war alles ein Schock, tut mir leid. Innocence ist drüben, wo die Dienstboten wohnen. Sie wurde während des Gewitters vom Blitz getroffen, war auf der Stelle tot, wie ich glaube. Ich habe die Polizei verständigt – ein Beamter ist gerade gekommen –, aber offenbar gibt es da irgendein unheimliches –

wie nennen sie das? Ein Jujuproblem. Zauberei, Hokuspokus, Sie wissen ja, habe nicht mitbekommen, wovon sie da sprachen. Ich dachte, Sie wären der richtige Mann dafür.« Er hielt inne. »Weiter kann ich Ihnen, fürchte ich, nichts sagen. Sie müssen sehen, ob Sie mehr begreifen als ich. Sehen Sie zu, dass Sie die Sache heute Nacht noch erledigen können.« Die Fanshawes bewegten sich auf die Treppe zu. »Ich glaube«, sagte Fanshawe müde, »es hat etwas mit dem Abtransport der Leiche zu tun. Ich weiß es nicht. Wie dem auch sei, tun Sie Ihr Bestes, Morgan. Bis morgen früh.«

Morgan sagte gute Nacht, und die Fanshawes begaben sich in ihre Betten. Er wollte gerade auf die Getränke zusteuern, da er das Gefühl hatte, dringend einen kräftigen Schluck zu brauchen, als Priscilla mit einer Tasse Kaffee für ihn zurückkam. Er nahm sie ihr ab, und ihre Fingerspitzen berührten sich kurz. Er fragte sich, was sie wohl unter ihrer Robe trug. Zu seiner Überraschung stieß sie mit einem Zeigefinger gegen seinen Bauch. »Ja, das dachte ich mir«, sagte sie. »Drei Stück Zucker, kein Wunder. Muss so sein, wie wenn man Sirup trinkt.« Innocences Tod schien sie nicht allzu sehr zu bekümmern, sie gab sich ihm gegenüber sogar recht vertraut. Ob das ein gutes Zeichen war?

»Übrigens«, sagte Priscilla, »haben Sie den Dichter gefunden?«

»Dichter?« Morgan wusste im ersten Augenblick nicht, was sie meinte, doch dann fiel ihm der Vorwand wieder ein, den er am Abend gebraucht hatte. »Oh, diesen Dichter meinen Sie.«

»Sind mehrere in der Gegend?«

»Nein, o nein. Und ... wir haben ihn nicht gefunden.«
Er glaubte plötzlich, aus ihrer Zweisamkeit Nutzen ziehen zu sollen. »Hören Sie, Priscilla, kann ich ...?«

»Nicht schlimm«, unterbrach sie ihn fröhlich. »Er wird
schon wieder auftauchen.«

»Was? O ja ... aber ich ...« Es war zu spät, sie war schon
an der Treppe.

»Ich sehe Sie wahrscheinlich morgen früh nicht«, sagte
sie. »Ist das nicht einfach schlimm, das mit Innocence?
Gute Nacht.«

Mit einem Aufscheinen brauner Beine war sie verschwunden. Diese Familie, dachte Morgan grimmig, behandelt mich nicht, wie es sich gehört; ich bin für sie ein
immer verfügbares Ding. Zuerst bin ich der Weihnachtsmann, jetzt soll ich den Leichenbestatter spielen. Er goss
sich einen Schluck Brandy in den Kaffee, rührte alles um
und trank die Tasse aus. Schön, sagte er zu sich selbst, sehen wir nach, worum es da eigentlich geht.

Die Unterkunft der Konsulatsdienstboten bestand aus
zwei niedrigen Häuserblocks aus Lehmziegeln, zwischen
denen sich mitten durch eine festgetretene freie Fläche ein
ausbetonierter Abflusskanal hinzog. Am einen Ende dieses Platzes waren ein Standrohr und eine Waschstelle, ein
großes Betonbecken unter einem von dicken Holzpfosten
getragenen Wellblechdach. Neben der Waschstelle war ein
großer Baumwollbaum. Um die zwei Wohnblöcke herum
standen kleine Schuppen, Verkaufsstände und Hütten aus
Stöcken, Kisten und Palmwedeln. Zwischen der Hauptstraße und dem am weitesten vom Konsulat entfernten
Block war im Lauf der Jahre eine ziemlich große Ablade-

halde emporgewachsen, auf der zwei Fahrgestelle ohne Räder lagen und die die Hauptnahrungsquelle der verschiedenen Ziegen, Hunde und Hühner war, die ungehindert herumliefen.

Als Morgan näher kam, vernahm er gedämpfte Geräusche. Er hörte das Plappern erregter Stimmen und leisen Singsang klagender Frauen. Er wurde ein wenig nervös und bedachte zum ersten Mal richtig, was ihm da bevorstand. Er würde es gleich mit dem Tod zu tun bekommen, was für ihn etwas Neues war. Er bog um die Ecke des nächstgelegenen Blocks und erblickte verschwommen etwa dreißig Menschen, die sich am anderen Ende des freien Platzes bei dem Baumwollbaum versammelt hatten. Er ging quer über den Platz, wobei er vorsichtig einen großen Schritt über den Abflussgraben machte. Er verspürte eine leise Beunruhigung. Er sah, dass einige Mütter mit jüngeren Kindern bei den Laternen auf den kleinen Veranden saßen, die an den Blocks entlangführten. Als er sich näherte, löste sich von der großen Gruppe bei dem Baum eine Gestalt und kam auf ihn zu. Es war, wie er sah, der Polizist in makelloser Uniform, bestehend aus Hemd, Shorts und Kniestrümpfen. Im Sternenschein sah Morgan seine schwarzen Stiefel aufblitzen. Er trug eine Fackel, und an seinem Gürtel hing ein langer Schlagstock.

»Abend, Constable«, sagte Morgan, ganz ruhige Autorität. »Ich bin Mr Leafy vom Konsulat. Was geht eigentlich vor?«

»Ah. Die Frau ist tot, Sah. Blitz hat sie getroffen.« Er wandte sich um und leuchtete mit der Fackel. Die Menge war nicht um die Tote herum versammelt, wie Morgan angenommen hatte, sondern stand in bestürztem Schweigen gute zehn Meter von ihr entfernt. Der Fackelschein glitt über die schwarze Masse von Innocences Körper, und einige Zuschauer gaben erstickte Laute von sich. Innocence war in der Lücke zwischen dem einen Ende der Wohnblocks und dem Betonbecken der Waschstelle vom Blitz getroffen worden.

Morgan schluckte. »Ich glaube, wir sehen sie uns erst einmal etwas näher an.« Er wusste nicht, weshalb er das glaubte, aber das war alles, was ihm im Augenblick einfiel. »Darf ich?« Er nahm dem Polizisten die Fackel ab und schritt auf die Leiche zu. Das löste ein allgemeines Atemeinziehen und Hin- und Hertrampeln aus. Morgan wurde sich mit einiger Beklemmung im Näherkommen bewusst, dass dieses Hausmädchen Innocence der erste tote Mensch war, mit dem er in Berührung kam, und er wusste nicht so recht, was er eigentlich zu sehen erwartete und wie er reagieren würde.

Ehe er jedoch noch nahe genug bei der Toten war, kam jemand aus der Menge auf ihn zugerannt und zupfte ihn am Ärmel. Es war Isaac, wie Morgan sah, als er sich umwandte, einer der Pförtner des Konsulats, der als Mädchen für alles fungierte. Er war ein ernst aussehender Mann mit einem hitlerähnlichen Bürstenschnurrbart.

»Mr Leafy, Sah«, sagte er. »Ich bitte Sie, Sah. Berühren Sie sie nicht. Nur nicht anfassen, Sah.« Seine Stimme klang ernst.

Morgan sah ihn überrascht an. »Keine Sorge, Isaac«, sagte er. »Ich habe nicht die Absicht, sie anzufassen.«

»Seien Sie vorsichtig, Sah, bitte.« Isaacs Augen waren weit aufgerissen vor Besorgnis. »Das ist Shango-Tötung. Nie die Leiche anfassen.«

»Wie bitte?« Morgan hielt die Fackel ein gutes Stück entfernt von dem leblosen dunklen Klumpen, der einmal Innocence gewesen war. »Eine Shango-Tötung? Wer zum Teufel ist Shango?«

Isaac deutete himmelwärts. Morgan blickte zu den Sternen hinauf. »Shango ist Gott«, sagte Isaac in frommem Ton. »Shango ist Gott für Blitz.« Er illustrierte dies mit einem Zickzackschwung seines Arms. »Shango hat diese Frau getötet. Sie dürfen Sie nicht berühren. Keiner darf sie berühren.«

Ach du liebe Güte, dachte Morgan säuerlich, kein Wunder, dass der schlaue Hund von Fanshawe sich da herausgehalten hat. Ach du liebes bisschen. »Okay, Isaac«, sagte er resigniert, »ich werde sie nicht anfassen, aber ich muss sie mir ansehen.« Er schritt weiter auf Innocences Leiche zu und ging etwa einen Meter vor ihr in die Hocke. Die Kinnmuskeln anspannend, hielt er die Fackel so, dass sie das Gesicht beleuchtete. Er erinnerte sich gut an sie, eine dickliche, stets vergnügte Frau, die im Fanshawe'schen Haushalt immer zugange war. Jetzt lag sie hier tot auf der Seite, den Oberkörper herumgedreht, sodass ihr Gesicht ausdruckslos den Himmel betrachtete, aus dem der tödliche Blitzstrahl gekommen war. Nicht weit vom Körper entfernt lagen ein Eimer aus galvanisiertem Stahl und verstreute, ausgewrungene Bündel gewaschener Kleider. Morgan stellte sich vor, was wohl geschehen war. Sie hatte gerade gewaschen, als das Gewitter losbrach, hatte die Wäschestücke in den Eimer geworfen, hatte sich den Eimer auf Kopf oder Schulter gehoben und war die kurze Strecke von der Waschstelle zur schützenden Veranda hinübergerannt. Nur hatte sie es nicht ganz geschafft.

Morgan ertappte sich dabei, dass er sich fragte, ob ein Blitz ein zischendes Geräusch machte, ob es einen Knall gab, Rauch ...

Er war völlig empfindungslos, als der Lichtschein Innocences Gesicht erfasste, hatte nur ein angespanntes Gefühl im Körper. Ihre Augen und ihr Mund standen weit offen, wie mitten in einem Schrei erstarrt. Auf der rechten Schulter und die rechte Seite des Gesichts hinunter war ein eigenartiger versengter oder verbrannter Streifen, eine nässende Strieme, die sich purpurrot von der schokoladenbraunen Haut abhob. Der übrige Körper schien völlig unberührt zu sein und kompakt in seiner unbeholfenen Ruhelage. Ihre Kleider – eine billige kurzärmelige Nylonbluse, ein landesüblicher Überwurfrock – waren durchnässt vom Regen. Die rechte Hand lag auf dem noch feuchten Boden, mit der Handfläche nach oben, die Finger leicht gekrümmt.

Arme Innocence, dachte er, was für ein Tod.

Er richtete sich auf und ging zu Isaac zurück, zu dem sich der Constable gesellt hatte. Morgan gab ihm die Fackel zurück.

»Isaac«, sagte Morgan, »wir müssen sie fortschaffen.« Er fühlte sich ein wenig unsicher auf den Beinen. »Wir können sie hier nicht liegen lassen. Wo wohnt sie?« Isaac deutete auf eine Tür in der Mitte des Blocks. »Hat sie irgendwelche Angehörige?«, fragte Morgan.

»Eine Tochter«, sagte Isaac. Morgan erinnerte sich auch an sie, ein schlankes Mädchen im Teenageralter, das ebenfalls bei den Fanshawes arbeitete. Sie war erst vierzehn oder fünfzehn. Er seufzte.

»Gut«, sagte er. »Würden Sie und Ezekiel« – das war der

andere Konsulatsportier – »mir bitte helfen, sie ins Haus zu schaffen, bis wir einen Leichenbestatter verständigt haben. Ezekiel?«, rief er in die Menge hinein, und Ezekiel kam herbei, ein großer säbelbeiniger Mann mit einem Spitzbauch. Er trat ein wenig unwillig zu ihnen.

»Constable«, sagte Morgan, »wenn Sie zusammen mit mir die Arme nehmen und Sie, Isaac, zusammen mit Ezekiel die Beine – okay? Dann los.«

Niemand rührte sich. Es folgte ein kurzer, heftiger Wortwechsel in einheimischem Dialekt, dann sagte Isaac:

»Wir dürfen sie nicht anfassen, Sah. Ich bitte noch einmal. Wenn Sie sie jetzt berühren, Sie schaffen sich Ärger. Schaffen für alle Wahallah. Sie keinen schönen Tod haben«, schloss er feierlich.

Ezekiel blickte düster und nickte bestätigend. »Ganz viel Wahallah, Sah, für alle.«

Der Polizeibeamte zog Morgan beiseite. »Entschuldigen Sie, Sah. Diese Leute glauben an Shango. Sie glauben, wenn sie diese tote Frau anfassen, müssen sie selber sterben.« Der Constable lächelte herablassend. »Sie glauben, Shango ist böse auf sie. Sie müssen hier großes Juju machen. Müssen dazu einen Fetischpriester holen.«

Wahallah, Juju, Fetischpriester, Blitzgötter … Morgan stand auf dem dunklen Platz, die feuchte, warme Nacht in der Nase, lauschte den Geräuschen rings um sich her, hatte die Augen auf die Tote gerichtet und fragte sich, ob das alles nur ein böser Traum war, was ihm da widerfuhr. Er massierte sich mit beiden Händen die Schläfen. »Constable«, sagte er im Verschwörerton, »würden Sie mir helfen, sie hier wenigstens aus dem Weg zu schaffen. Wir beide zusammen müssten das können.«

»Ah.« Der Constable breitete die Hände aus. »Ich kann nicht. Wenn ich die Leiche berühre, bevor sie Juju machen, werden sie glauben, ich mache Shango zornig. Das werden sie nicht mögen.« Er zuckte bedauernd die Schultern. »Ich muss gehen. Ich werde meinen Bericht schreiben.« Er grüßte, wandte sich um und schritt aus der kleinen Siedlung hinaus.

Morgan spürte, wie die Panik in Wellen über ihn hereinbrach. Er dachte angestrengt nach. Die Leute machten keine Anstalten, sich zu zerstreuen, sie standen geduldig weiter in ihrer Gruppe bei dem Baumwollbaum, als erwarteten sie die Ankunft irgendeines hohen Tieres, gebannt von diesem Zeichen von Shangos Unmut, das der Gott ihnen hier auf ihren Hinterhof geschickt hatte. Morgan rief Isaac zu sich. »Isaac«, sagte er in behutsamem Ton, »es ist gegen das Gesetz, einen Toten so im Freien liegenzulassen. Ich muss einen Leichenbestatter holen. Lassen Sie diese Leute dann die Tote fortschaffen?«

»Das werden sie nicht tun«, sagte Isaac ruhig.

»Wie bitte?«

»Wenn sie sehen, dass Shango Frau getroffen hat. Sie werden sie bestimmt nicht anfassen.«

Morgan lächelte. »Nun, das müssen wir eben darauf ankommen lassen.«

Eine Stunde später saß Morgan verzweifelt auf der Betoneinfassung der Waschstelle. Innocence lag noch immer unberührt fünf, sechs Meter vor ihm auf dem Boden. Er hatte mit der Polizei telefoniert, die den Standpunkt vertrat, da kein Verbrechen vorliege, gehe sie die Sache nichts an. Dann hatte er ein Bestattungsunternehmen in

Nkongsamba angerufen und zur Antwort bekommen, man werde in einer Stunde da sein.

Die Leute waren gerade wieder fortgefahren. Isaac und Ezekiel hatten mit ihnen gesprochen, und die zwei Leichenbestatter, dunkel gekleidet genau wie ihre europäischen Kollegen, hatten es rundweg abgelehnt, die Leiche anzufassen, bevor der Fetischzauber vollzogen war. Sie wurden sogar einmal recht zornig und warfen Morgan vor, sie dazu bewegen zu wollen, Shango zu kränken.

Im Osten begannen sich die Baumwipfel von einem blassgelblichen Himmel abzuheben. Es war zehn vor vier. Innocences Körper würde jetzt gewiss erstarren, dachte er mit einem leichten Übelkeitsgefühl, die Augen und den Mund für immer weit aufgerissen, den Körper für immer verdreht. Er hatte an die christliche Gesinnung der Dienstboten zu appellieren versucht – sie waren alle Christen, man hatte es hier nicht mit einem heidnischen Nest zu tun –, aber ihre höflichen und gleichmütigen Hinweise auf Stammesgepflogenheiten, ihr Verlangen nach dem Fetischpriester, nach den verschiedenen Riten, die zu vollziehen waren, nach dem obligatorischen Schlachten einer Ziege bestätigten Morgan nur, was er immer vermutet hatte: dass sie ihr Christentum so leicht abstreifen konnten wie eine Hose. Er stand auf, ging auf Innocence zu und blickte auf sie hinunter. Ihr Tod ließ ihn jetzt unbeteiligt. Der Umstand, dass er hier auf eine Tote hinuntersah, jemanden, den er gekannt hatte, löste keine Empfindungen in ihm aus. Sie war keine Person mehr, sie war ein Objekt, ein Ding, das durch diesen Blitzstrahl konkretisiert worden war: ein Ding zudem, das sich zu einem verdammt schwierigen Problem entwickelte.

Er fühlte sich sehr müde und rieb sich die Wange, wobei seine Hand über die Bartstoppeln schabte. Es war noch recht dunkel, doch durch die Zedrachbäume hindurch konnte er die Ecke des Hauses der Fanshawes sehen. Er stellte sich die Familie vor: Vater, Mutter und Tochter, alle fest schlafend in ihren Betten liegend. Während er hier auf diesem düsteren Platz umherstapfte wie ein Dämon, der die Leiche haben wollte, die ihm zustand. Das machte ihn ganz krank, er hasste sie alle miteinander samt ihren bourgeoisen Affektiertheiten, ihrem grässlichen unechten Chinakult, ihren beschränkten kleinen Hirnen … Er spürte, wie ihm heiß wurde im Gesicht. So geht es nicht, sagte er sich, es gibt keinen Grund, jetzt über die Fanshawes herzuziehen, beruhige dich, ermahnte er sich, beruhige dich. Er schritt zu dem Baumwollbaum hinüber. Nur ein halbes Dutzend hielt jetzt noch Wache, auf den hohen verschlungenen Wurzeln sitzend, die sich wie riesige Krampfadern vom Fuß des Stammes her ausbreiteten.

»Isaac?«, sagte Morgan voller Hoffnung.

Eine große, gebeugte Gestalt erhob sich. »Ich bin Joseph, Sah. Joseph der Putzmann. Isaac schlafen gegangen.«

Kluger Mann, dachte Morgan. »Okay, Joseph«, sagte er in festem Ton – es war, als hätte man es mit einer Gesellschaft von alttestamentlichen Propheten zu tun. »Sie verstehen dieses Fetischding?«

Joseph nickte. Er hatte einen glattrasierten Schädel und war sehr schwarz, fast nubisch in der Erscheinung. Im frühen Licht sah er zweidimensional aus, wie ein aus der Umgebung herausgeschnittenes Loch. »Ja, Sah«, sagte er. »Ich verstehe.«

»Schön«, sagte Morgan, den sachlichen Ton beibehaltend. »Sehr schön. Dann holen Sie doch den Jujumann, und wir machen das mit dem Fetischding.«

»Bitte, Sah, ich nicht der Richtige dafür«, sagte Joseph. »Die Familie dieser toten Frau muss das tun.«

O verdammt noch mal, fluchte Morgan verzweifelt, immer ist ein Haken dabei. »Gut, dann holen Sie Maria«, sagte er. Vielleicht würde man diese morbide Farce doch noch irgendwie beenden können. Bald wurde Maria herbeigebracht, weinend, mit geschwollenen Augen und von zwei Frauen gestützt. Sie hielt einen Rosenkranz in den Händen. Wenn es nicht so ernst wäre, dachte Morgan, wäre es kolossal lustig.

»Maria«, begann er behutsam, wobei er sich deutlich seiner großen Müdigkeit, seiner strapazierten Nerven und der geballten Frustration bewusst war, die ihn einschnürte, »Maria, du weißt, dass … dass wir einen Fetischpriester holen müssen, ehe deine Mutter fortgeschafft werden kann?« Sie nickte schwach. »Nun«, fuhr er fort, »es sieht so aus, als könntest nur du das möglich machen. Du musst den Priester holen.« Da stieß Maria einen lauten Klageruf aus und brach in den Armen der zwei Frauen zusammen. Morgan trat bestürzt zurück. »Joseph«, rief er. »Sehen Sie doch mal nach, was los ist.«

Joseph kehrte kurz darauf mit seiner Information zurück. »Sie weint, Sah, weil sie sagt, sie hat kein Geld.«

»Kein Geld? Wozu braucht sie denn Geld?«

»Um den Priester zu bezahlen«, sagte Joseph.

»Um Gottes willen, ich werde ihr ein paar Shilling leihen«, erbot sich Morgan ungeduldig und griff in die Tasche. »Wieviel braucht sie denn?«

Joseph stellte im Kopf eine Berechnung an. »Sie braucht

vierzig Pfund. Nein, sie muss auch noch eine Ziege und etwas Bier kaufen.« Er zuckte die Achseln. »Ich glaube, fünfzig Pfund, vielleicht sechzig. Aber da ist auch noch Beerdigung. Bei Shango-Tötung muss man besondere Beerdigung haben. Sie weint, weil sie nur fünfzehn Pfund hat.«

Angesichts dieses letzten Schlags verließ Morgan der Mut. Fünfzehn Pfund, das war in Kinjanja ein normaler Monatslohn. Er wandte sich ab und schritt ziellos auf dem Platz hin und her und versuchte sich etwas einfallen zu lassen. Eine erste schwache graue Morgenhelle lud jetzt die Atmosphäre auf. Er hatte nicht mehr viel Zeit. Fanshawe würde mit Ergebnissen rechnen, nachdem eine Nacht verstrichen war, und er war noch keinen Schritt weitergekommen, er hätte genauso gut zu Hause bleiben und Fanshawes Anruf ignorieren können. Aber es ging nicht nur darum, was Fanshawe sagen würde, ein viel ernsteres Problem war die Auswirkung der afrikanischen Sonne auf Innocences Leiche … Er hätte sich die Haare ausraufen mögen. Was er brauchte, war eine Organisation, die nicht mit verflixten Shango-Verehrern besetzt war, waren normale, gewöhnliche Leute, die eine normale Arbeit verrichteten, Leute, die die Tote abholten und sie in irgendein Leichenschauhaus brachten, bis eine Beerdigung stattfinden konnte. Er hatte den Eindruck, lang genug Rücksicht auf heidnische Gefühle genommen zu haben, jetzt war die Zeit für energisches, rücksichtsloses Handeln gekommen.

Während er über die ihm zur Verfügung stehenden Möglichkeiten nachdachte, stellte sich die Antwort mit langsamer Unausweichlichkeit ein, wie eine Melodie in seinem

Kopf, deren Titel ihm schon einfallen würde, wenn er sich genügend Zeit ließ. Eine leistungsfähige Organisation, unbeeinflusst vom Shango-Kult: Es gab nur eine in und um Nkongsamba, auf die diese Beschreibung passte und die für die delikate Aufgabe infrage kam. Nur eine Einzige. Murray. Murray und sein Universitäts-Gesundheitsdienst. Murray mit seinen getreuen, gut ausgebildeten Helfern und seiner leuchtend weißen Ambulanz. Sie konnten hierherfahren, Innocence einladen und sie fortschaffen, ehe noch einem unterm Kragen heiß geworden war.

Die Unausweichlichkeit dieser Entscheidung zerstreute jedoch weder seine Zweifel noch die leicht beschämende Ironie, dass er den Mann zu Hilfe rief, den er zu bestechen gedachte, um sich selbst aus einer prekären Situation zu retten. Als er durch das taufeuchte Gras zum Haus der Fanshawes zurückging, versuchte er sich davon zu überzeugen, dass er das Richtige tat, um die Warnglocke zum Schweigen zu bringen, die irgendwo in seinem Hinterkopf so hartnäckig läutete. Wenn man einen Arzt nicht wegen eines Todesfalls anrufen konnte, sagte er sich, weshalb sollte man ihn *dann* anrufen? Außerdem war Murray nicht irgendein Arzt, er war *sein* Arzt. Und dazu war er ein Weißer, und Weiße im schwarzen Afrika halfen anderen Weißen, wenn sie in Not waren. Herrgott, Murray war praktisch ein Freund, sagte er sich, spielten sie nicht am kommenden Donnerstag zusammen Golf? Er empfand plötzlich warme freundschaftliche Gefühle für den Doktor, die er eifrig anfachte. Murray war ein standhafter, unbeugsamer Mensch, aber das Bemerkenswerte an ihm war, dass man wusste, wie man zueinander stand. Man nahm ihn so, wie er war, und er hielt es umgekehrt genauso. Ja, bei all seiner Unnachgiebigkeit war er ein anständiger, aufrechter Mensch. Alle unangenehmen Gedanken an die bevorstehende Bestechung waren aus seinem Kopf vertrieben, als er, beschwingt von Zusammengehörigkeitsgefühl und Sympathie und fröhlich darauf vertrauend, dass dieser schreckliche Zustand bald der Vergangenheit angehören werde, die Eingangsstufen hinaufsprang und dann leise das Wohnzimmer der Fanshawes betrat. Er blätterte im Telefonbuch, bis er die Nummer der Universitätsvermittlung fand. Er wählte die Nummer.

»Hallo«, sagte er, »würden Sie mich bitte mit der Wohnung von Dr. Murray verbinden?« Er hörte das Klicken, während die Verbindung hergestellt wurde. Am anderen Ende klingelte es. Und klingelte. Er wollte schon die Vermittlung bitten, einmal nachzuprüfen, ob man ihn mit der richtigen Nummer verbunden hatte, als er hörte, wie der Hörer abgenommen wurde.

»Ja!« Die barsche Gehässigkeit in der Stimme beunruhigte Morgan.

»Ehem. Dr. Murray?«, forschte er vorsichtig.

»Ja.«

»Oh, gut. Hier Morgan … Morgan Leafy. Vom Konsulat. Ich habe hier ein Problem, und ich …«

»Für den Arzt?« Murrays knappe schottische Stimme klang, obschon Morgan seinen Namen genannt hatte, noch genauso feindselig wie zuvor. Morgan überraschte dies ein wenig, und er bemühte sich erneut, starke Zweifel zu unterdrücken, die ihm plötzlich kamen. Dafür war es jetzt zu spät, er musste weitermachen.

»Ja, natürlich. Sie glauben doch nicht, ich rufe Sie an, wenn …«

»Haben Sie die Universitätsklinik angerufen?« Etwas Müde-Resigniertes schwang in Murrays Stimme mit, als er ihn zum zweiten Mal unterbrach. Morgan kam sich wie ein Idiot vor.

»Nein, das nicht. Aber es ist ein Notfall.«

»Die Klinik ist für jeden Notfall die richtige Stelle«, sagte Murray geduldig. »Mein Stab entscheidet dann, ob ich gerufen werde oder nicht – auf diese Weise kann ich von Zeit zu Zeit eine Nacht durchschlafen. Lassen Sie sich in der Zentrale die Nummer geben. Wiederhören.«

»Einen Augenblick noch«, sagte Morgan, der sich über eine so schroffe Behandlung zu ärgern begann: Der Mann war schließlich Arzt! »Wenn Sie mich das erklären lassen würden … Ich habe es hier mit einer toten Frau zu tun, und ich … ich brauche Ihre Hilfe.« Morgan konnte schwören, dass er im Hintergrund Murray unterdrückt fluchen hörte.

»Sagten Sie tot?«

»Ja.«

»Ich gehe davon aus, dass es sich nicht um Mrs oder Miss Fanshawe handelt.«

»O nein«, sagte Morgan überrascht. »Es handelt sich um eine Dienstbotin von Fanshawes. Warum fragen Sie?«

»Weil Mrs Fanshawe und ihre Tochter die einzigen Frauen im Konsulat sind, die den Universitäts-Gesundheitsdienst beanspruchen dürfen. Uns ist es verboten, Personen zu behandeln, die nicht zum Stab des Konsulats zählen. Es ist uns *ausdrücklich* untersagt, außerhalb des Universitätsbereichs tätig zu werden – ausgenommen sind einzig und allein die britischen Konsulatspersonen. Die diensthabende Schwester in meiner Klinik hätte Ihnen das sagen können, Mr Morgan. Und jetzt lassen Sie mich vielleicht noch ein Stündchen schlafen.« Murrays schottischer Akzent verlieh diesen letzten Worten eine deutliche Schärfe.

Morgan glaubte zu spüren, wie seine aufgescheuerten Nerven Funken aussandten. »Herrgott«, rief er aus, »was interessieren mich Ihre Regeln und Bestimmungen, ich bitte Sie, mir aus einer Klemme zu helfen. Diese Frau wurde vom Blitz erschlagen, und sie ist tot, aber niemand will sie anfassen, weil da so ein verdammter Hokuspokus um einen Shango-Gott oder so etwas gemacht wird.« Morgan hielt inne, dieses neue Hindernis war zu schrecklich, um es ernsthaft in Betracht zu ziehen. Er sah seine letzte Rettung entschwinden, nur weil Murray so lächerlich unnachgiebig war. Verzweiflung kam in ihm hoch. »Es ist ein grässliches Problem. Ich brauche Sie zum Fortschaffen der Leiche. Niemand sonst will das tun.«

»Zum Donnerwetter«, hörte er Murray protestieren, »a) ist es fünf Uhr morgens, b) kann ich, wie ich Ihnen erklärt habe, nichts für jemanden tun, der nicht Mitglied der Universität ist, und c) führe ich meinen Gesundheitsdienst nicht auf der Basis privater Gefälligkeiten. Sie verlangen von mir, dass ich gegen die Satzung der Universität Nkongsamba verstoße und die gewöhnlichen Bestattungsunternehmen aufgrund einer sogenannten persönlichen Freundschaft umgehe. Nein, Mr Leafy. Das ist Ihr Problem, ich habe damit nichts zu tun. Setzen Sie sich mit den zuständigen Behörden in Verbindung, dazu sind sie da. Und jetzt lassen Sie mich bitte in Ruhe!«

Morgan saß zitternd und bebend im Sessel während dieser ganzen Schimpfkanonade. Die großen Anspannungen der letzten vierundzwanzig Stunden erwiesen sich endgültig als zu viel für ihn, und ohne auch nur eine Sekunde über die Konsequenzen nachzudenken, erwiderte er wütend: »Und was ist mit dem berühmten hippokratischen Eid, hm? Sie sind ein armseliger Doktor, Sie scheinheiliger schottischer ...«

Murray knallte den Hörer auf die Gabel. Morgans Stimme erstarb, noch einige rassistische Verwünschungen murmelnd. Der sture, dickschädelige, starrköpfige ... Er warf den Kopf zurück und entblößte die Zähne zu einem stummen Schrei des aufgestauten Zorns, der Frustration und des Hasses auf das Universum.

Er taumelte auf Fanshawes Barregal zu und schenkte sich ein Glas Gin ein. Er ging hinaus auf die Hinterveranda und trank einen großen Schluck. Tränen standen ihm in den Augen, und er erschauerte, als der Alkohol hinunterfloss. Sein in pfirsichfarbenes Morgenlicht getauchtes Bild des südlichen Nkongsamba zitterte und verschwamm an den Rändern. Er stellte das Glas klappernd auf die Betonbalustrade der Veranda. Er wackelte heftig mit dem Kopf; ein manischer, rasender Zorn schien dort zu toben wie ein Irrer in einer Gummizelle. Dieser Kerl, giftete er in den frühen Morgen hinaus, dieser gemeine, schmutzige Bursche! Er geiferte weiter, seiner Phantasie freien Lauf lassend. Es schien zu helfen, zumindest ein klein wenig. Er spürte, wie überlastete Systeme auf behutsame, zarte Hände in der Kontrollstelle reagierten. Er kam sich vor wie ein erfahrener Pilot, der eine schwer beschädigte Maschine zu einer gefahrlosen Bauchlandung hinunterdirigierte. Doch als sein Zorn nachzulassen begann und das logische Denken den Leidenschaften die Vorherrschaft wieder abnahm, drängten sich seinem schockierten Bewusstsein die Folgen seiner Wut auf. O nein, sagte er stockend zu sich selbst, o nein, das Golfspiel. Das war jetzt geplatzt. Unwiederbringlich verloren. Und Adekunle, dachte er weiter, was würde Adekunle sagen? Er malte sich Adekunles Zorn aus und erschauerte. Wie konnte er Murray jetzt bestechen? Und Fanshawe? Die Tote lag noch da. Was würde Fanshawe tun, wenn er hörte, dass Innocence in der Morgensonne schmorte?

Er schüttete den Rest Gin in ein Blumenbeet. Er fühlte sich angewidert, erschöpft und schmutzig; ihm war, als hätte irgendein boshafter Mensch seine Augenlider aufgerissen und hochgezogen und kleine Phiolen feinen Sands dort ausgeleert. Er hatte alles so schlecht gehandhabt, hatte alles falsch beurteilt und eingeschätzt. Das ist ganz normal, dachte er zynisch, hat keinen Zweck, jetzt seine Verhaltensweise zu ändern. Er wusste im Grund seiner Seele, dass er ganz schön in der Bredouille steckte. Bis zum Hals.

Der neue Tag brach kühl über Nkongsamba herein mit seiner üblichen Zurschaustellung frischer, atemberaubender Schönheit. Regungslose Rauchfäden stiegen von tausend Holzkohlefeuern in blassblaue Himmelshöhen hinauf. Das Grün der Bäume prüfte das Gold der freundlichen Morgensonne wie eine Braut, die ihre Aussteuer begutachtet. Ektoplasmische Dunstfetzen klammerten sich an die mäandernden Läufe von Bächen und Flüssen und hüllten die höheren Berge ein. Afrika, wenn es am verführerischsten war.

Aber Morgan wusste, dass keine zweihundert Meter entfernt Innocence im Freien lag. Die Gallerte ihrer Augäpfel ausgetrocknet und undurchsichtig. Die rosenfarbene Zunge im aufgerissenen Mund zusammengezogen, auf dem Körper überall Milben und Insekten auf der Suche nach Feuchtigkeit, das Blut stagnierend und gerinnend, Muskeln und Gliedmaßen steif und unbeugsam.

Er starrte ausdruckslos das Fortschreiten des neuen Tages an, gleichgültig gegenüber seiner Herrlichkeit. Murray *hätte* ihm helfen können, wenn er gewollt hätte, das wurde ihm klar; wenn er nur ein wenig Sympathie, eine Spur Gefühl für ihn übrig gehabt hätte. Aber ihm war das gleich, so viel stand fest, er klammerte sich an seine Bestimmungen, an die Buchstaben des Gesetzes. Morgan betrachtete mit zusammengekniffenen Augen die Landschaft und beobachtete, wie ihre Konturen verschwammen und verschwanden. Er war wie üblich auf sich allein gestellt. Da wusste er plötzlich, dass er Murray bestechen, sein strahlendes Bild beflecken, seinen makellosen Ruf ruinieren wollte, mehr als alles andere auf der Welt. Dieses Verlangen kam noch vor dem Wunsch, Innocences Leiche los zu sein, Priscilla zu heiraten, mit allen möglichen schönen Frauen zu schlafen. Von der Macht und Kraft dieses Verlangens wurde ihm ganz schwach. Der Vorstellung dieses Menschen von sich selbst musste etwas Drastisches widerfahren: Das war längst überfällig, und er, Morgan Leafy, würde dafür sorgen, dass es dazu kam, vor allem jetzt, da Murray ihn so niedergeschmettert hatte – fast so, wie Shango Innocence erschlagen hatte.

Es war alles Murrays Schuld, sagte er sich ruhig und unaufgeregt. Alles war Murrays Schuld.

II

I

Morgan erinnerte sich gut an seine erste Begegnung mit Dr. Murray. Damals kannte er ihn kaum. Murray kam nie zu den Cocktailpartys des Konsulats, obwohl sein Name oft fiel, da die meisten Briten an der Universität oder ihre Kinder irgendwann einmal krank geworden waren und Murrays Dienste in Anspruch genommen hatten. Morgan hatte nur Gutes über ihn gehört: Die drei Universitätskliniken funktionierten besser denn je zuvor, tollwütige Hunde gab es auf dem Campus nicht mehr dank der Registrierungs- und Impfprogramme, die er eingeführt hatte, alle Welt war zufrieden. Murray stand – trotz einer gewissen Steifheit im Umgang – im Ruf, ein guter Arzt zu sein, dessen Diagnosen stets zutreffend und dessen Therapien wirksam waren. Morgan hatte von dieser Art von Cocktailpartytratsch kaum Notiz genommen. Er interessierte sich nicht für den Arzt und seine Kliniken, er hatte sich seit seinem Eintreffen in Kinjanja bester Gesundheit erfreut, einmal abgesehen von einem verdorbenen Magen oder einem Insektenstich, und nie den Universitäts-Gesundheitsdienst zu bemühen brauchen, der für die weißen Konsulatsangehörigen offiziell zuständig war.

Eines Morgens, kurz nachdem Morgan die Beziehung zu Hazel aufgenommen hatte, sprach er mit Lee Wan an der Bartheke des Universitätsclubs über das schwierige

Problem der Empfängnisverhütung in Afrika. Lee Wan saß auf einem Barhocker, und ein beträchtlicher Teil seines braun-ledrigen Spitzbauchs war sichtbar durch die aufgedrückten Lücken in der Knopfleiste seines olivgrünen Hemds.

»Mein Junge«, sagte er, während er mit einem braunen Finger die Eiswürfel in seinem rosa Gin umrührte, »Sie müssen sehen, dass die Kleine diese Antibabypillen nimmt – und zwar möglichst schnell. Ihre Gummis können Sie vergessen – es sei denn, Sie hätten jemand, der Ihnen welche aus England mitbringt.« Lee Wan hatte die britische Staatsbürgerschaft erworben und jede Spur eines malayischen Akzents aus seiner Sprache verbannt. »Benutzen Sie um Gottes willen nicht das Zeug von hier«, fuhr er fort, die Stimme dämpfend wegen der zwei Damen, die in der Nähe der Theke saßen. »Das wäre, als stießen Sie mit dem Finger durch einen Handschuh.« Er lachte wiehernd über seinen Vergleich und schlug Morgan auf den Arm. »Einen Schaffellhandschuh!«, prustete er. Er wischte sich die Augen. »O Gott«, keuchte er vor Ausgelassenheit. »Ach du lieber Gott … Simeon«, rief er dem Barkellner zu. »Noch zwei Gin, ja?«

Morgan hatte über Lee Wans Witz gelächelt, aber nur vorsichtig. Manchmal kam ihm der kleine, dicke Malaye als der ekelhafteste Mensch vor, dem er je begegnet war, und er verachtete sich dafür, dass er an seiner Gesellschaft Gefallen fand. Ihm gefiel die Wendung nicht, die das Gespräch genommen hatte, und er blickte aus dem kühlen Schatten der Bar auf die helle Terrasse vor dem Schwimmbecken hinaus. Draußen plätscherte Wasser über einen modernen würfelförmigen Brunnen, und zwei kleine

Kinder spielten kreischend auf der Betoneinfassung. In der Nähe nahm ihre Mutter ein Sonnenbad.

Es war Mitte September. Die meisten Weißen in Nkong-samba waren auf Urlaub in Europa gewesen und kehrten allmählich zurück, um ihre Arbeit wieder aufzunehmen nach der Sommerpause, die mit Kinjanjas Regenzeit zusammenfiel. Morgan hatte seinen letzten Urlaub im März genommen, und da Fanshawe und Jones in Großbritannien weilten, war er die beiden letzten Monate im Konsulat allein gewesen. Die Zeit war ihm lang geworden bei der nur spärlich anfallenden Arbeit, dem täglichen schwülen Regenguss und den stillen Clubs. Er war ganz froh gewesen, seine Freundschaft mit Lee Wan erneuern zu können, und war bald zu Kneipentouren durch Nkongsamba, gefährlichen Saufgelagen in Lee Wans Campusbungalow und darmausdehnenden Currylunches an den Sonntagen mitgeschleppt worden. Es war im Rückblick eine unangenehme Zeit der Ausschweifung gewesen, und er hatte sich immer wieder Vorwürfe gemacht. Aber immerhin hatte er so die Regenzeit überstanden, die schlimmsten Wochen des kinjanjanischen Jahres, und er hatte Hazel kennengelernt.

Morgan sah auf seine Uhr. Die Fanshawes trafen am frühen Nachmittag mit der aus der Hauptstadt kommenden Maschine auf dem kleinen Flughafen von Nkongsamba ein, und er sollte sie dort mit dem Dienstwagen des Konsulats abholen. Fanshawe hatte ihm in einem Brief mitgeteilt, dass ihre Tochter mitkommen und eine Zeit lang bei ihnen bleiben werde. Morgan fragte sich, wie eine Tochter von Arthur und Chloe Fanshawe wohl aussah. Jones war vor einer Woche von seinem Urlaub in Swansea oder

Aberystwyth oder einem noch walisischer klingenden Ort zurückgekehrt; auch der Regen hatte aufgehört. Das Leben, so dachte er, würde sich vielleicht wieder aufrappeln und versuchen, ein wenig erträglicher zu sein.

Morgan nahm von Simeon einen neuen Gin entgegen und füllte ihn mit Tonic auf. Er beschloss, nach diesem Glas nichts mehr zu trinken: Es ging nicht an, dass er die Fanshawes auf dem Flughafen mit einer Alkoholfahne begrüßte. Er lehnte sich gegen die Theke zurück, genoss müßig das Glitzern der Sonne auf dem Beckenwasser und fand das Plätschern des Brunnens angenehm besänftigend. Es war kein so schlechtes Leben, dachte er, das kalte Glas an die Lippen setzend: Das Wetter war schön, er war angesehen in seinen Kreisen, hatte ein gutes Gehalt, ein großes Haus, Dienstboten und – er lächelte selbstzufrieden – eine schwarze Freundin mit tollen Brüsten. Dies brachte ihn zu dem Thema zurück, über das sie gerade gesprochen hatten.

»Für Sie ist das alles schön und gut«, bemerkte er, an Lee Wan gewandt, »aber ich kann kaum verlangen, dass mir per Diplomatenpost zwölf Dutzend Durex Fetherlite geschickt werden.« Lee Wan prustete in seinen Gin und schlug sich vor Vergnügen aufs Knie. Morgan lächelte: Er war doch kein so übler Bursche, der gute alte Lee, dachte er und revidierte seine frühere unbarmherzige Meinung. Echter Kolonialtyp, tüchtig, wertvoll als Freund.

»Aber wo kriegt man diese Antibabypille her?«, fragte Morgan.

»Schicken Sie sie zu einem Arzt«, riet Lee Wan.

»Mmm … aber wie viel kostet mich das? Kriegt man die nicht auch in der Apotheke?«

Lee Wan fand auch das lustig. »Gott, Sie fauler Casanova«, sagte er bewundernd zu Morgan. »Sie bumsen bis zum Durchdrehen und wollen keinen Penny dafür ausgeben. Mein Gott, Mann.« Er dachte einen Augenblick nach und meinte dann: »Sie könnten es bei Murray versuchen. Er gibt Ihnen vielleicht welche. Alle weißen Ehefrauen hier draußen nehmen die Pille und Librium. Haha.« Er lachte kurz auf. »Da haben Sie Afrika – sorgenfreier Sex und Tranquilizer. Wie nennt man das? Post-Pillen-Paradies oder so. Ganz großer Blödsinn. Habe noch nie in meinem Leben eine so neurotische, verdrossene Gesellschaft gesehen.«

»Glauben Sie, Murray gibt mir welche?«, fragte Morgan grübelnd. »Ich meine, kennen Sie ihn gut? Ist er der Typ für so etwas?«

»O ja«, sagte Lee Wan strahlend. »Mein alter Freund Alex Murray? Sagen Sie ihm, wir kennen uns gut.«

»Ja, das mache ich vielleicht auch«, entgegnete Morgan. »Ich fahre auf dem Weg zum Flughafen bei seiner Klinik vorbei.« Er stieß mit seinem Glas gegen das von Lee Wan. »Kommen Sie, trinken Sie aus. Ich habe gerade noch Zeit für einen Gin vor dem Lunch. Simeon? Noch zwei Gin hier, ja?«

Morgan fuhr, Lee Wans Anweisungen folgend, durch das Universitätsgelände zu Murrays Klinik. Die Universität Nkongsamba war die größte des Landes und lag inmitten eines ausgedehnten, gutausgestatteten Campus, der alles beherbergte, auch Häuser für die leitenden Mitarbeiter und eine Siedlung für die unteren Ränge des Personals und die Dienstboten. Alles zusammengerechnet lebten mindestens 20 000 Leute auf dem Gelände. Morgan fuhr lässig durch hübsche, von Bäumen gesäumte Straßen auf das Verwaltungszentrum der Universität zu. Links und rechts waren fruchtbare Gärten und große Professorenbungalows. Die blassfarbenen Asbestdächer schienen vom Gewicht der Mittagssonne flach gepresst zu werden und die Mauern Zoll um Zoll in den harten Boden zu drücken. Morgan hatte im Clubrestaurant gegessen: ein recht zähes Brathähnchen und eine halbe Flasche Wein, die zusammen mit den Gins inzwischen einen leisen, nagenden Kopfschmerz ausgelöst hatte.

Er kam an dem prächtigen neuen Universitätsbuchladen vorüber. Ein Arbeiter überpinselte gerade eine Wandmalerei; man konnte noch ÄHLT KNP lesen. Ach ja, die Wahlen – Morgan lächelte in sich hinein: Die würden gewiss ganz lustig werden. Nach dem Buchladen kamen die Verwaltungsbüros der Universität, der zentrale Versammlungssaal, das Auditorium der philosophischen Fakultät, das Senatsgebäude und ein großer freier Platz, der von einem hohen Uhrturm beherrscht wurde. Zwischen diesem Komplex und dem anderthalb Kilometer entfernten Haupttor verlief eine breite, gerade, von Bäumen gesäumte Schnellstraße. Sie war ein eindrucksvolles Stück Landschaftsgestaltung – die Europäer unter den Universitätsangehörigen nannten sie die Champs-Élysées. Morgan bog jetzt von ihr ab und fuhr eine schmale Straße zu Murrays Klinik hinunter. Diese bestand aus zwei miteinander verbundenen Bungalows für leitendes Personal. Dahinter lag ein zweigeschossiges Krankenrevier mit zwei Stationen und insgesamt zwölf Betten. Ernste Fälle mussten in die Hauptstadt überwiesen werden, wo es ein großes, von den Amerikanern finanziertes Lehrkrankenhaus gab.

Auf dem Parkplatz herrschte Betrieb. Im Schatten der Veranda hockten drei afrikanische Mütter mit kranken Kindern. Morgan schritt mit unbehaglichen Gefühlen an den winzigen, gequälten Gesichtern vorüber und betrat den Hauptwarteraum. An der Wand teilte ein ins Auge fallender Hinweis die Sprechstunden ein: Studenten 7–10, unteres Personal 10–12, leitende Mitarbeiter 12–2. Morgan sah auf seine Uhr – fünf vor zwei, er hatte es gerade noch geschafft, aber er konnte sich ein langes Warten nicht leisten: Die Fanshawes trafen um Viertel vor drei ein. Auf den in Reihen aufgestellten schwarzen Plastikstühlen saßen mehrere leitende Angestellte, und Morgan grüßte lächelnd zu zwei bekannten Gesichtern hin. Alles war sauber, und die Atmosphäre war von dem üblichen Krankenhausgeruch getränkt. Am anderen Ende des Raums war in der Wand ein Fenster mit dem Schild »Anmeldung« darüber. Hinter seiner Glasscheibe saß ein dienstbeflissener kleiner Angestellter. Morgan näherte sich dem Schalter. Es war wie auf einer Bank oder einem Bahnhof.

»Guten Tag, Sah«, begrüßte ihn der Mann.

Morgan stützte sich auf das schmale Schalterbrett. »Ich hätte gern Dr. Murray gesprochen«, sagte er. »So bald wie möglich.« Er blickte auf seine Uhr, um zu demonstrieren, dass er wenig Zeit hatte.

»Dr. Obayemi und Dr. Rathmanatathan haben heute Sprechstunde. Bitte, nehmen Sie Platz, Ihr Name wird aufgerufen.«

Morgan war eine Gleichbehandlung, die ihn nicht bevorzugte, nicht gewohnt, aber er war dieser bürokratischen Wichtigtuerei schon öfter begegnet und wusste, wie man damit umging. »Ist Dr. Murray überhaupt da?«, fragte er ganz ruhig.

»Ja, Sah«, sagte der Angestellte. »Aber er hat keine Sprechstunde.«

Morgan lächelte eisig. »Würden Sie ihm bitte sagen, dass Mr Leafy vom Konsulat hier ist. Mr Leafy. Konsulat. Ja, gehen Sie nur. Sie können es ihm sagen.« Morgan schob die Hände in die Hosentaschen. Diese kleinen Leute, dachte er, man muss sie nur richtig zu behandeln wissen.

Der Mann kam in zwei Minuten zurück. »Dr. Murray wird bald da sein«, sagte er mürrisch. »Bitte, nehmen Sie Platz.«

Morgan gönnte sich das kurze Aufleuchten eines Triumphgefühls auf seinem Gesicht und setzte sich dann. Verschiedene Türen und ein Korridor gingen von dem Warteraum ab, der einen Terrazzofußboden hatte. An den Wänden hingen keine Bilder oder Plakate, nur eine Uhr, und es lagen keine Zeitschriften zum Lesen aus. Durch die Nachmittagshitze war es drinnen warm und schwül.

Fünf Minuten später kam Murray den Korridor entlang. Morgan erhob sich erwartungsvoll, aber Murray winkte ihn nicht herbei, sondern betrat stattdessen den Warteraum. Morgan kannte ihn flüchtig vom Sehen: Er schien um die fünfzig zu sein, war groß und schlank und trug eine tropentaugliche leichte graue Flanellhose, ein weißes Hemd und eine blaue Krawatte. Er hatte kurzes welliges graubraunes Haar und ein wettergegerbt-sommersprossiges Gesicht. Er streckte die Hand aus. Morgan schüttelte sie. Sie war kühl und fühlte sich trocken und sauber an. Morgan war sich der eigenen schweißfeuchten

Handfläche und der Tatsache bewusst, dass er sich die Fingernägel hätte schneiden müssen.

Murray stellte sich vor. »Ich bin Alex Murray«, sagte er und blickte ihn mit einem forschenden Blick an. »Ich glaube nicht, dass wir uns schon begegnet sind.«

»Morgan Leafy«, sagte Morgan. »Ich bin Erster Sekretär am Konsulat.«

»Was kann ich für Sie tun, Mr Leafy?« Murray hatte einen schottischen Akzent. Morgan trat einen halben Schritt näher auf ihn zu.

»Ich möchte Sie wegen etwas sprechen«, sagte er. Er war ein wenig verwirrt. Natürlich mochte er nicht mitten im Warteraum von seinem Problem anfangen.

»Oh«, sagte Murray. »Eine medizinische Angelegenheit. Ich dachte, es habe mit dem Konsulat zu tun, so wie Sie sich durch meinen Angestellten vorstellen ließen.«

»Nein«, gab Morgan zu. »Es ist eine persönliche Angelegenheit.« Murray blickte auf die Uhr, deren Zeiger über die Zwei hinausgerückt war. Morgan bemerkte den Blick und fügte hinzu: »Ich war vor zwei hier.«

»Was haben Sie an meinen Kollegen auszusetzen?«

»Wie bitte?«

»Sie müssen etwas gegen die zwei Ärzte haben, die heute Dienst tun. Ich habe heute keine Sprechstunde«, setzte er betont hinzu.

Das ging etwas zu weit. Morgan war dieses strenge Verhör leid. Was glaubte Murray, wen er vor sich hatte? Einen arbeitsscheuen Studenten? Es war offenbar Zeit, sich einmal ins rechte Licht zu rücken.

»Ich bin jetzt seit zwei Jahren hier am Konsulat«, sagte er mit einem selbstsicheren Lächeln. »Da wir noch nicht das Vergnügen hatten, uns kennenzulernen, und dies mein erster Besuch in der Klinik ist, dachte ich, ich könnte ein Geschäft mit dem anderen verbinden – wenn Sie verstehen, was ich meine?« Er hielt inne, damit der freundlich-entschiedene Ton seine Wirkung ausüben konnte. »Ich habe absolut nichts gegen Dr. Obayemi oder Dr. Rathna... math... wie war noch sein Name?«

»Dr. Rathmanatathan. *Ihr* Name.«

»Ja, ganz recht. Aber sie sind keine Briten – nehme ich an –, und Sie sind einer. Und da ich Sie noch bei keiner unserer Konsulatsveranstaltungen gesehen habe, dachte ich, es wäre vielleicht ganz nett, verstehen Sie.« Das müsste eigentlich genügen, dachte er, obwohl es ihn ärgerte, in der Öffentlichkeit einen Grund erfinden zu müssen. Murray entschuldigte sich nicht.

»Kommen Sie mit«, sagte er nur und führte Morgan den Korridor entlang zu seinem Sprechzimmer. Es war geräumig und bar jeder Ausschmückung und nur mit einem Tisch, zwei Stühlen, einer hohen Untersuchungsliege und einem Wandschirm ausgestattet. Die untere Hälfte der Fensterscheiben war weiß gestrichen. Durch die obere Hälfte sah Morgan den Ast eines Baumes und eine Ecke des Krankenreviers. Eine Klimaanlage war in die Wand eingebaut; die Kühle war köstlich. Sie setzten sich beide.

»Wunderbare Apparate«, sagte Morgan freundschaftlich, »haben Afrika für den Europäer gerettet, haha.« Er stieß ein leises Lachen aus. Er war nach der leicht frostigen ersten Fühlungnahme im Warteraum um eine angenehme Atmosphäre bemüht, zumal er sich erinnerte, weshalb er überhaupt hier war.

Murray jedoch schien nicht zu irgendwelchen Präliminarien aufgelegt, sondern kam gleich zur Sache. »Was genau ist Ihr Problem?«, fragte er.

Dies überraschte Morgan. »Nun«, sagte er, »Lee Wan meinte, ich sollte einmal bei Ihnen vorbeikommen. Wegen meiner kleinen Angelegenheit.« Er lächelte in der Art, die dem Zuhörer zu verstehen gibt, dass ihm gleich etwas Vertrauliches mitgeteilt wird – etwas eigentlich Törichtes, aber unter Männern von Welt nur zu Verständliches.

»Ja«, sagte Murray in knappem Ton. »Fahren Sie fort.«

»Ach so, ja. Ich – ehem – ich habe da eine Freundin, wissen Sie.«

»Ist sie schwanger?«

Das lief alles ganz falsch, dachte Morgan. Murray hatte die Augen ein wenig zusammengekniffen, als leuchte in ihnen ein heller Lichtstrahl.

»Um Gottes willen, nein«, versuchte es Morgan noch einmal mit Lachen, aber in seinen Ohren klang das nervös, fast pervers. »Nein, nein. Das möchte ich ja gerade verhindern. Nein, ich hatte gehofft, Sie könnten mir die Pille für sie verschreiben, verstehen Sie, die Empfängnisverhütungspille ... Lee Wan meinte, Sie ... meinte, das wäre möglich.« Zu seinem großen Unbehagen spürte Morgan, wie er von den Ohren her zu erröten begann.

Murray beugte sich vor. Seine Augen blickten kalt. »Stellen wir einmal zwei Dinge klar, ehe wir weitermachen, Mr Leafy«, sagte er. »Erstens: Mr Lee Wan ist nicht Leiter dieser Klinik, deshalb kann er nicht wissen, welche Dienste wir hier bieten.«

»Du liebe Güte«, begehrte Morgan auf, »ich hatte doch nicht die Absicht ...«

»Zweitens«, fuhr Murray ungerührt fort, »wenn diese

›Freundin‹ eine Angehörige der Universität ist, dann schicken Sie sie zur Sprechstunde hierher, und wir sehen dann, was wir tun können. Wenn sie das nicht ist, muss ich bedauern. Dann muss sie sich an eine andere Stelle wenden.«

»Nun, sie ist keine Angehörige der Universität«, sagte Morgan etwas kleinlaut. »Sie ist ein Mädchen, das ich – ehem – in der Stadt kennengelernt habe … Ich dachte nur …« Er kam sich sehr dumm vor.

Murray lehnte sich auf seinem Stuhl zurück und deutete mit einem Kugelschreiber auf Morgan. »Mr Leafy«, sagte er in ruhigerem Ton, »Sie können doch von mir nicht erwarten, dass ich für alle Freundinnen meiner Patienten orale Verhütungsmittel beschaffe.« Er lächelte. »Alle Nutten von Nkongsamba würden vor meiner Tür Schlange stehen.« Er erhob sich, das Gespräch war beendet. Morgan schob seinen Stuhl zurück, als Murray um den Tisch herumkam. »Sie sollte zu einem Arzt in der Stadt gehen. Dürfte nicht allzu viel kosten.« Er legte die Hand auf den Türgriff. »Darf ich Ihnen noch einen Rat geben, Mr Leafy?«, setzte Murray hinzu. »Ich bin seit über zwanzig Jahren in Afrika, und ich habe hier in diesem Zimmer viele junge Männer wie Sie gehabt, die gewisse Freiheiten genossen, wie sie das Leben hier draußen bietet.« Er hielt inne, als wüsste er nicht, ob er fortfahren sollte. »Ich will ganz offen sein. Wenn Sie regelmäßig Verkehr mit einem Mädchen haben … aus der Stadt, dann empfiehlt es sich, jedes Mal den Schutz zu gebrauchen. Er verhindert Infektionen aller Art. Und kann Ihnen viel Ärger und Peinlichkeit ersparen.«

Morgan war empört: Das war ja, als würden einem auf der Schule von seinem Lehrer die Gefahren des Masturbierens vor Augen geführt. Er versuchte mit ganz eisiger Stimme zu sprechen. »Ich glaube nicht, dass das nötig sein wird. Dieses Mädchen lebt nicht in einem Bordell, es ist sehr anständig.«

»Gut«, sagte Murray. Er wirkte völlig ruhig und unbeteiligt. »Es war nur etwas, worauf ich hinweisen wollte. Ein guter Rat, nichts weiter.«

Schön, dachte Morgan finster, nun, du kannst dir deinen guten Rat in deinen engen schottischen Arsch schieben. Er konnte es nicht fassen, Briten sprachen einfach nicht so mit Leuten vom Konsulat, sie waren respektvoll, ehrerbietig. Er hatte sich nie so gedemütigt gefühlt, war niemals so abgekanzelt worden.

Die Gänge knirschten, und er fuhr davon, dass der Kies von den Hinterrädern aufspritzte. Es war unglaublich, sagte er sich, als er zum Tor des Universitätsgeländes hinausbrauste, Murray nahm einfach an, er vögele eine Nutte, ging davon aus, dass sie schwarz war, und da musste sie natürlich krank sein. Dass er da zumindest in zwei Punkten recht hatte, spielte überhaupt keine Rolle. Er lächelte zynisch vor sich hin: Lee Wan war ein sehr schlechter Menschenkenner.

Er schäumte noch, als er in den kleinen Flughafen von Nkongsamba einbog. Er sah Peter, den Fahrer des Konsulats, neben dem Dienstwagen stehen, dem glänzend schwarzen Austin Princess. Morgan parkte seinen Wagen und ging zu ihm hinüber. Die Hitze war drückend, und Morgan spürte die Sonne durch das schüttere Haar hindurch auf der Kopfhaut. Der vom Vorfeld des niedrigen Flughafengebäudes aufsteigende Hitzeschleier erweckte den Eindruck, als stünde die Asphaltfläche in Flammen. Seine Augen waren geblendet von den Lichtblitzen, die die Chrom- und Glasteile der parkenden Wagen aussandten. Die kinjanjanische Flagge hing schlaff an dem Mast neben dem klotzigen Kontrollturm herunter. Morgan zog seine Sonnenbrille aus der Brusttasche und setzte sie auf. Alles beruhigte sich; die Farben sahen weniger gebleicht aus, die Windschutzscheiben waren gestreift und gesprenkelt wie Makrelen.

»Maschine pünktlich, Peter?«, fragte er den Fahrer.

Peter grüßte. »Zehn Minuten Verspätung, Sah«, sagte er mit einem breiten Lächeln, das die großen Lücken zwischen seinen Zähnen entblößte.

»O verdammt«, sagte Morgan zornig. Er musterte den Wagen, dessen polierte Seitenwand seinen Körper widerspiegelte, ihn zusammendrückte wie eine Harmonika, sodass er aussah wie eine Kiste auf zwei Beinen. Er fuhr sich mit dem Finger um den verschwitzten Kragen und zog die Krawatte gerade.

Er schlenderte über den Parkplatz zum Flughafengebäude hinüber, einer aus Fertigteilen zusammengesetzten modernen Konstruktion. Drinnen war es kaum kühler. Eine afrikanische Familie saß an einem Tisch vor einer kleinen Erfrischungstheke. Ein Militärpolizist döste bei der Ankunftstür. Draußen auf dem Vorfeldasphalt stand eine alte Dakota mit dem Zeichen der Kinjanjan Airways, die eine Motorgondel war von einer Plane bedeckt. Im Schatten des Rumpfs schliefen zwei Mechaniker.

Morgan hoffte, dass im Kontrollturm alle wach waren. Er ging zu der Erfrischungstheke hinüber, neben der ein Drehgestell mit abgegriffenen Zeitschriften stand. Er griff nach einer monatealten Nummer von *Life* und blätterte darin. Verdreckte, verängstigte GIs in Vietnam, unwahrscheinliche Fotos von der Erde, von einer Raumsonde aufgenommen, die über zwei Seiten reichende Beschreibung der Bel-Air-Villa eines Filmstars.

Die Familie am Tisch hatte ihren Sonntagsstaat angelegt. Der Mann trug gelbe und purpurfarbene Kleidung, die junge Frau, das Gesicht mit Puder aufgehellt, ging in silberglänzender Spitze, auf dem Kopf ein dickes verknotetes Tuch, und die beiden kleinen Jungen hatten scharlachrote Pyjamaanzüge an. Wahrscheinlich wollten sie einen Verwandten abholen, der es zu etwas gebracht hatte. Die Jungen leerten geräuschvoll Gläser mit Limonade. Das schien Morgan eine gute Idee zu sein, zumal es über der Theke verlockend hieß »Coca-Cola eisgekühlt«.

Morgan blickte über die Theke hinüber. Ein mürrisches Mädchen in einem engen, ausgeblichenen Kleid saß auf einem Bierkasten. »Ich hätte gern eine Cola, bitte«, sagte Morgan. Sie stand langsam auf und ging zum Flaschenkühler hinüber. Hier regierte eindeutig die Trägheit, dachte er und wischte sich den Schweiß von der Stirn. Er wusste, dass das hellblaue Hemd, das er am Morgen frisch angezogen hatte, jetzt zwei suppentellergroße dunkle Flecken unter den Armen haben würde und möglicherweise einen unterbrochenen Streifen den Rücken herunter. Er hätte ein weißes anziehen sollen, dachte er zornig, es würde prächtig aussehen, wenn er die Tochter der Fanshawes begrüßte, als wäre er die »Vorher«-Version einer Deoreklame. Er musste einfach die Arme möglichst am Körper halten.

Das Mädchen hinter der Theke suchte müßig unter

den Flaschen im Kühler. Sie hatte kräftige Hinterbacken, die bewirkten, dass sich das Kleid in straffen Falten quer über das Gesäß spannte. Sie wählte eine Flasche aus und brachte sie zur Theke herüber. Ihre Augen waren ausdruckslos von Langeweile und Müdigkeit. Sie wollte gerade den Kronkorken abhebeln, als Morgan sah, dass es sich um Fanta-Orange handelte. »Augenblick, warten Sie«, sagte er. »Ich Coca-Cola verlangt.« Er verfiel ganz natürlich wieder ins Pidgin-Englisch und ahmte auch unbewusst die heiseren, nasalen Akzente nach.

»Kein Coke«, sagte das Mädchen und entfernte den Kronkorken mit einem Öffner. Sie nahm einen Strohhalm und steckte ihn in die Flasche. »Ein Shilling«, verlangte sie.

Morgan befühlte die gerippte Flasche. Warm. »Warum nicht kalt?«, fragte er.

»Maschine kaputt«, sagte sie und ging mit dem Shilling zu ihrem Sitzplatz zurück.

»Okay«, sagte er. »Geben Sie mir stattdessen eine Flasche Seven-Up.« Warme Zitronenlimonade war erträglicher als warme Orangenlimonade.

Das Mädchen sah ihn an, als wollte sie sagen, leg dich lieber nicht mit mir an. »Nur Fanta«, verkündete sie barsch.

Wieder einmal typisch, dachte Morgan, als er einen zögernden Schluck von der klebrigen warmen Flüssigkeit trank, wieder einmal so verdammt typisch. Seine Kopfschmerzen wurden schlimmer.

Die Maschine der Fanshawes – eine Fokker Friendship – hatte schließlich fünfundvierzig Minuten Verspätung. Morgan beobachtete, wie sie über Nkongsamba in die Kurve ging, während die Sonne von den Tragflächen aufblitzte, und dann zur Landung ansetzte. Er rief Peter in die Ankunftshalle, damit er beim Gepäck helfen konnte. Die Maschine landete, rollte auf der Asphaltbahn aus und kam neben der Dakota zum Stehen. Die schlafenden Mechaniker rührten sich nicht. Eine Gangway wurde herangerollt, und ein Wagen fuhr hinüber, um das Gepäck abzuladen. Die Fanshawes erschienen als Erste: Sie in einem zerknitterten rosa Kleid und dazu passendem Turban, er in einem braunen Anzug – ihm schien recht heiß zu sein. Aber es war die Tochter, die Morgans Aufmerksamkeit in Anspruch nahm. Sie war bedeutend attraktiver, als man hätte meinen sollen, wenn man die Eltern kannte: Mitte zwanzig, schätzte er, kurzes weißes Kleid mit einem roten Würfelmuster, das Gesicht beschattet von einem weißen Strohhut mit breitem herabhängendem Band. Morgan sagte dem schläfrigen Militärpolizisten, dass da der britische Konsul komme, und der Mann salutierte, als Fanshawe durch die Tür kam.

»Morgan«, sagte Fanshawe. »Schön, Sie zu sehen. Mussten Sie lange warten?«

»Nein, nein«, log Morgan, der zuvorkommend erscheinen wollte. »Hatten Sie einen schönen Urlaub?«, fragte er Mrs Fanshawe, die müde und verschwitzt aussah. Morgan bemerkte, dass sie hinkte, ihre vom Flug geschwollenen Füße quollen aus den hochhackigen Schuhen. Sie brachte ein schwaches zustimmendes Lächeln zustande.

»Priscilla – Schatz«, rief sie zu ihrer Tochter hinüber, die aus dem in der Ankunftshalle abgeladenen Gepäckstapel einen roten Kosmetikkoffer heraussuchte. »Komm, ich mache dich mit Mr Leafy bekannt.«

Priscilla kam herüber und nahm ihren lächerlichen Hut ab. Morgan sah straffe Beine, eine Spur von Hockeyspielerwaden, einen recht schlanken Körper und unter dem Baumwollstoff sich abzeichnende unglaublich spitze Brüste oder einen entsprechenden Büstenhalter. Er blickte in das Gesicht unter dem Pony und sah die hochmütigen ausgezupften Brauen und die trägen Augen. Er sah auch die bedauerliche Sprungschanzennase. Doch das alles ignorierte er, war ihm gleich, er dachte hingerissen: Sie ist für mich, sie ist mehr, als ich hätte erhoffen können, geht über meine kühnsten Träume hinaus, dies ist das Mädchen, auf das ich gewartet habe.

»Puh«, sagte sie, »schrecklich heiß!« Der Akzent war eindeutig vornehm. Morgan fragte sich, ob diese Bemerkung auf die Flecken unter seinen Armen anspielen sollten. Hatten sie sich etwa über die Brust bis zur Krawatte ausgebreitet? Doch diese Paniksekunde verging schnell wieder.

»Priscilla«, sagte ihre Mutter, allen weiteren Spekulationen ein Ende bereitend, »das ist Mr Leafy, unser Erster Sekretär.«

»Guten Tag, Mr Leafy«, sagte sie und reichte ihm die Hand.

»Morgan, bitte.« Er lächelte sein gewinnendstes Lächeln.

Die Damen waren bald darauf im Ofen des wartenden Wagens untergebracht. Man hörte leise Aufschreie, als Schenkel und Hinterbacken mit der heißen Lederpolsterung in Berührung kamen.

»Gütiger Himmel, ist das heiß«, rief Fanshawe aus, als er und Morgan zusahen, wie Peter das Gepäck im Kofferraum verstaute. »Zu Hause hatten wir die letzte Woche nur Kälte und Nebel.«

»Klingt herrlich«, meinte Morgan neidisch.

Fanshawe rieb sich die Hände und ließ einen nachdenklichen Blick über den Parkplatz des Flughafens schweifen. »Haben interessante Monate vor uns, Morgan, sehr interessante. Wird viel zu besprechen geben«, setzte er eifrig hinzu.

»Ach ja?«, entgegnete Morgan. Er vermochte sich nicht vorzustellen, worauf Fanshawe anspielte.

»Die Wahlen«, fuhr Fanshawe angeregt fort. »An Weihnachten. O ja, ja. Sehr wichtig.« Er hielt inne. »Ich habe natürlich Anweisungen bekommen. Inoffiziell, wohlgemerkt, aber es liegt auf der Hand, was getan werden muss.« Seine Augen leuchteten vor Erregung. »Eine einmalige Gelegenheit.«

Morgan, noch immer verwirrt, zog die Brauen in die Höhe. »Wirklich?«, sagte er.

»O ja. Erstaunlicher Glücksfall. Für uns, meine ich.« Er lachte still vor sich hin. »Sie schicken uns sogar einen neuen jungen Mann, der die Routineaufgaben erledigt, damit wir öfter die Hände frei haben. Sollte in vierzehn Tagen oder so eintreffen.«

Als Fanshawe in den Wagen stieg, sagte er im Verschwörerton über die Schulter hinweg: »Dann bis morgen. Wir bekommen auch königlichen Besuch. Na ja, halbwegs königlichen. Zu Weihnachten, da passiert alles.«

Als der Wagen davonfuhr, glaubte Morgan zu sehen, dass das Mädchen ihm zuwinkte. Für alle Fälle winkte er zurück.

2

Fanshawe rief Morgan am Tag darauf in sein Büro und erklärte ihm die Sache ausführlicher. Offenbar machten sich Leute im Außenministerium, mit denen er während seines Urlaubs gesprochen hatte, wegen der bevorstehenden Wahlen in Kinjanja einige Sorgen. Die jüngst in Kinjanja entdeckten Erdölvorkommen waren allem Anschein nach größer, als man zuerst geglaubt hatte, und daher kam der Frage, wer die nächste Wahl gewann, innerhalb der labilen Sphäre westafrikanischer Politik einige Bedeutung zu. Über die größeren Parteien des Landes hatte man schon vorläufige Erkundigungen eingezogen, und eine hatte sich dabei als potenziell probritischer als die anderen erwiesen. Diese Partei besaß auch durchaus die Chance, die derzeitige, unpopuläre Regierung abzulösen, und angesichts dieser Lage waren alle vier Konsuln vom Außenministerium aufgefordert worden, vorsichtig die regionalen Machtbasen dieser Partei zu erforschen, ihre wahren Motive und Verbindungen zu ermitteln und einzuschätzen, wie sie den britischen Interessen im Lande förderlich sein könnten. Fanshawe berichtete dies alles sehr rasch, als wäre es das offizielle Evangelium. Doch dann wurde seine Erregung deutlicher sichtbar. »Die Partei, um die es geht«, sagte er, »ist, wie Sie wahrscheinlich schon geahnt haben, die Kinj anj an National Party, die KNP.« Morgan hatte das nicht geahnt; er hatte sich nach

Kräften bemüht, möglichst wenig über die bevorstehenden Wahlen zu erfahren, aber er nickte dennoch, weil es nicht schaden konnte. »Jedenfalls«, fuhr Fanshawe fort, »ist ihr nomineller Kopf irgendein alter Emir aus dem Norden, eine religiöse Galionsfigur bei den Stämmen, aber ein Mann von Ansehen und mit einer treuen Gefolgschaft. Was bei dieser Partei noch wichtiger ist, soweit es uns betrifft, das sind ihre zwei Jungtürken – sozusagen.« Morgan zwang seine erschlaffenden Gesichtszüge in einen Anschein von lebhaftem Interesse hinein, was unter anderem bedingte, dass er seiner Stirn ein angestrengtes Runzeln verordnete und die Unterlippe zwischen die Zähne zog. »Ja«, dozierte Fanshawe weiter, »der eine von ihnen ist ein Anwalt – Gunlayo oder so ähnlich –, er wohnt in der Hauptstadt und ist der eigentliche Kopf der Partei und ihr Verfassungsexperte, aber der andere, der mit der Verantwortung für die Außenpolitik und die internationalen Angelegenheiten, das ist … na, raten Sie mal?«

Morgan hatte nicht die leiseste Ahnung. Er machte ein paar Mal »ah« und »mmm« und kratzte sich den Kopf, um schließlich zuzugeben, dass Fanshawe da mehr wusste als er.

»Nun«, sagte Fanshawe triumphierend. »Sie werden es kaum glauben … Sam Adekunle«, verkündete er. »Unser guter alter Sam Adekunle, Professor für Wirtschafts- und Betriebswissenschaft an der Universität Nkongsamba.« Morgan fragte sich, weshalb dies so bedeutsam war, aber Fanshawe würde ihn gewiss noch aufklären. »Erstaunlicher Glücksfall«, fuhr Fanshawe fort. »Da sind wir hier im Hinterland, aber dann stellt sich heraus, dass wir dieses hohe politische Tier direkt vor unserer Haustür haben.«

»Ja«, sagte Morgan langsam. »Erstaunlicher Glücksfall.« Er rekelte sich auf seinem Stuhl, rieb sich nachdenklich das Kinn, nickte ein paarmal. »Wirklich erstaunlich.«

»Sie verstehen, was das bedeutet.« Fanshawe stand von seinem Tisch auf und stellte sich ans Fenster. Er verschränkte die Hände hinterm Rücken und wippte auf den Fußspitzen auf und ab. »Unsere Analyse und Einschätzung wird von entscheidender Bedeutung sein.« Er wirbelte herum und sah Morgan an, der bei der unerwarteten plötzlichen Bewegung ein wenig zusammenzuckte. »Wir können hier am besten herausfinden, wie die KNP funktioniert, was sie denkt, was sie für Ziele verfolgt. Was wir an das Außenministerium berichten, wird großes Gewicht haben. Großes Gewicht. Seine Stellung innerhalb der Partei macht Adekunle, vom Standpunkt des Vereinigten Königreichs aus, zum interessantesten Mann in der KNP. Und« – das Frohlocken in seiner Stimme war unverkennbar – »der Mann sitzt direkt vor unserer Tür.«

Morgans Gehirn arbeitete träge an diesem Morgen, er konnte sich einfach nicht konzentrieren. »Das ist eine gute Nachricht für Sie, Arthur«, sagte er zerstreut. »Was genau werden Sie tun?«

»O nein«, sagte Fanshawe. »Nicht ich.«

Morgan lächelte. »Wie bitte?«, sagte er freundlich.

»Nicht ich«, sagte Fanshawe. »Sie.«

»*Ich?*« Morgan wachte plötzlich auf.

»Natürlich. Ich kann doch unmöglich anfangen, kinjanjanische Parteien zu erforschen und zu ermuntern, oder?«

Morgan fragte sich, was er mit »ermuntern« meinte. »Nein, das wohl nicht«, sagte er mit vernehmlich bestürzter Stimme. »Aber ich sehe nicht, was ich da tun kann …

Ich meine, ich habe schon so viel auf dem Schreibtisch, und ...«

»Was glauben Sie denn, wofür wir einen neuen Mann kriegen?«, unterbrach ihn Fanshawe. »Er soll Ihnen die tägliche Routine abnehmen, damit Sie freie Hand haben für die wirkliche Arbeit.« Er blickte Morgan wie verzückt an. »Das ist es, worum es geht, Morgan, wirkliche Arbeit. Wirkliche Diplomatie. Nicht dieser endlose, geistlose gesellschaftliche Verkehr. Nein, hier können Sie wirklich etwas Positives leisten, etwas Kreatives. Für Ihr Land.«

Morgan hatte den Kopf gesenkt vor jäher schmerzlicher Verlegenheit, während diese Rede ihren Fortgang nahm, und drückte sich die Spitzen seiner Zeigefinger gegen die Schläfen. Was um alles in der Welt redete der alte Bursche da für Zeug, fragte er sich. »Für Ihr Land«, etwas Kreatives für Ihr Land; jeden Tag eine Cocktailparty, dagegen hatte er nichts. »Entschuldigen Sie, Arthur«, sagte er. »Aber was meinten Sie gerade eben mit ›ermuntern‹?«

»Darauf komme ich gleich«, erwiderte Fanshawe. »So wie ich das sehe, wird Ihre Mission« – in seiner Stimme schwang ein Beben mit, als er dieses Wort aussprach – »darin bestehen, dass Sie versuchen, Adekunle möglichst persönlich kennenzulernen. Verkehren Sie gesellschaftlich mit ihm. Versuchen Sie herauszufinden, was Sie können. Nicht das übliche Zeug, das in ihren Parteiprogrammen steht, sondern das, was man Realpolitik nennt. Sie wissen schon –« Morgans Mangel an Begeisterung schien ihn zunehmend zu frustrieren –, »Realitäten, harte Fakten, die wir weitergeben können. Ich möchte, dass Sie alles in einen Bericht hineinpacken, alles, was Sie über Adekunle und die KNP in Erfahrung bringen können. Ich setze mich dann mit unserem Botschafter in der Hauptstadt in Verbindung, damit alles zum Schluss nach Whitehall gelangt.«

Morgan gefiel gar nicht, was er da hörte. Fanshawe schien das zu spüren und versuchte dem schnell entgegenzuwirken. »Ich kann Ihnen natürlich im Vertrauen sagen, Morgan, dass ein wirklich erstklassiger Bericht uns – ehem – unseren Zukunftsaussichten nicht schaden würde. Denn wir sind doch wohl beide der Meinung, dass Nkongsamba nicht das Nonplusultra eines Diplomatenpostens ist ... Ich glaube, ich gehe nicht zu weit, wenn ich sage, dass wir beide nichts gegen eine Versetzung auf einen attraktiveren Posten einzuwenden hätten. Wenn man an Washington, Paris, Tokio, Caracas denkt, dann ist Nkongsamba nicht gerade ... na, Sie wissen schon.« Er fummelte an seinem Krawattenknoten herum, befühlte die Stoppeln seines Schnurrbarts und runzelte die Stirn. Morgan war verblüfft: Er hatte Fanshawe noch nie so offen und vertraulich reden hören. »Wir kennen uns jetzt schon eine ganze Weile«, fuhr er fort, »und ich glaube, ich verrate kein Familiengeheimnis, wenn ich Ihnen sage, dass Chloe und ich immer gehofft hatten, die letzten Jahre meines diplomatischen Dienstes würden anderswo und nicht gerade in Nkongsamba enden. Dasselbe gilt gewiss auch für Sie. Sie sind ein junger Mann ... mit großen Fähigkeiten – Sie müssen vorausdenken.«

Die gedämpfte Schmeichelei klang tröstlich in Morgans Ohren, und einen Augenblick lang empfand er Mitleid mit Fanshawe, einem in die Jahre geratenen Versager, dessen Träume sich nicht erfüllt hatten, aber ihm war weiterhin klar, dass er den größten Teil der Arbeit zu bewältigen haben würde.

»Was genau erwarten Sie von mir – was genau hätte ich zu tun?«, fragte er zögernd. Er war bestrebt, das Gespräch aus dem Bereich unangenehmer und peinlicher persönlicher Enthüllungen herauszuhalten.

»Versuchen Sie als Erstes, Adekunles Bekanntschaft zu machen. Er ist ein gebildeter Mensch, moderne Geschmacksvorstellungen, englische Ehefrau, Kinder auf einer Vorbereitungsschule in England, so dieser Typ. Sollte Ihnen nicht allzu schwer fallen, in sein Umfeld an der Universität hineinzugelangen. Sie kennen doch dort ein paar Leute, nicht wahr? Sollte nicht unmöglich sein. Und dann geben Sie ihm behutsam zu verstehen, dass wir auf seiner Seite sind.«

»Ich bin mir nicht ganz sicher«, sagte Morgan. »Ich weiß, wer Adekunle ist, aber gesellschaftlich komme ich eigentlich nicht mit ihm zusammen. Er scheint nur in seinen eigenen Kreisen zu verkehren.« Zu seiner Überraschung erwachte auf einmal sein Interesse, als er an die sich auftuenden Möglichkeiten dachte. »Ich mache Ihnen einen Vorschlag«, fuhr er fort, und Begeisterung schlich sich in seine Stimme ein, »laden wir doch zur nächsten größeren Party alle Politiker hier am Ort ein. Auf diese Art gewinnen wir vielleicht einen Zugang.«

»Ausgezeichnete Idee«, beglückwünschte ihn Fanshawe, offensichtlich sehr angetan von dem Gedanken. »Wir werden uns irgendeinen Grund einfallen lassen. Geburtstag des Herzogs von York oder so etwas.« Er lachte leise über seine eigene Schalkhaftigkeit. »Ja. Sie halten mich auf dem Laufenden? Über jeden Schritt?«

»Natürlich«, versicherte Morgan.

»Gut«, sagte Fanshawe. »Wunderbar. Wir schaffen das

schon gemeinsam, Morgan. Werden bald höheren Orts etwas vorzeigen können.«

Morgan hatte plötzlich noch eine Idee. »Was ist mit diesem königlichen Besuch, von dem Sie sprachen? Kommt der bald? Wir könnten ihn als Vorwand benutzen.«

»Nein, das geht leider nicht«, sagte Fanshawe. »Der Besuch ist erst für Weihnachten vorgesehen. Und es ist kein richtiger königlicher Besuch – es handelt sich um die Herzogin von Ripon, eine Cousine dritten Grades oder so der Königin. Sie vertritt Ihre Majestät bei den Feiern zum Unabhängigkeitstag. Zehnter Jahrestag am ersten Januar, wissen Sie. Sie absolviert die Tour durchs Land – dürfte so zwei Tage hier bei uns verbringen – und ist dann zu den großen Feiern in der Hauptstadt.«

»Und zu den Wahlen«, fügte Morgan hinzu.

»Ja«, sagte Fanshawe sinnend. »Wissen Sie was – Chloe soll ein kleines Fest organisieren. So etwas macht sie gern. Priscilla kann ihr dabei helfen.« Fanshawe strich sich nachdenklich über das Bärtchen. »Da fällt mir ein – könnte ich Sie vielleicht um einen kleinen Gefallen bitten?«

»Nur zu«, ermunterte ihn Morgan freundschaftlich; einem Gefallen, der auch nur entfernt mit Priscilla Fanshawe zu tun hatte, war er nicht abgeneigt.

»Chloe bringt mich um, wenn sie erfährt, dass ich Ihnen das jetzt erzähle«, sagte er traurig. »Aber es ist besser, Sie sind im Bilde.« Er hielt inne und fuhr dann fort: »Priscilla hat gerade eine etwas schwierige Zeit hinter sich. Sie war mit einem jungen Burschen bei der Armee verlobt – bei den Marines, genauer gesagt –, den sie schon seit Jahren kannte. Sind sich begegnet, als wir in Kuala Lumpur waren. Nun, diesen Sommer jetzt geht er plötzlich zurück nach Malaysia, löst die Verlobung auf, scheidet aus der Armee aus und heiratet eine Chinesin. Wohnt jetzt dort draußen und ist bei ihrem Vater angestellt.« Fanshawes Gesichtszüge drückten traurige Fassungslosigkeit aus. »Begreife das nicht. So eine schreckliche Verschwendung. War auch noch ein guterzogener Junge, gute Familie und so weiter. Völlig unerklärlich.«

Morgan schwieg. Seit er regelmäßig mit Hazel schlief, war Rassenmischung ein heikles Thema geworden.

Fanshawe räusperte sich. »Ich hatte gedacht, Sie könnten vielleicht ab und zu mal vorbeikommen. Ihr vielleicht die Gegend zeigen. Sie ein bisschen aufheitern, wenn es geht, da sie natürlich sehr niedergedrückt ist, seit die Sache auseinanderging. Ich wäre Ihnen sehr dankbar.«

»Keine Ursache«, sagte Morgan. »Tu ich gern. Wird mir ein Vergnügen sein.«

3

Morgan versuchte seine Zunge in Priscilla Fanshawes Mund zu schieben, doch ihre zuckende Spitze begegnete nur der unbeweglichen Barriere ihrer Zähne. Resigniert begnügte er sich mit einem weiteren innigen Kuss im Hollywoodstil, bis seine Lippen vom ständigen Schürzen zu schmerzen begannen. Er ließ die Hand von ihrem Unterarm auf ihre Hüfte rutschen und spürte, wie ihr Körper sich versteifte. Er ließ sie noch zwei Sekunden dort ruhen, bis er sie wieder auf ihren unerogenen Arm legte. Er hatte sich einem so zaghaften, harmlosen Vorspiel, einem so zurückhaltenden taktischen Schmusen seit den frühen Tagen seiner Jünglingszeit nicht mehr hingegeben, aber der nostalgische proustsche Erinnerungsglanz war bald verflogen, und er wurde des Spiels rasch müde.

Sie saßen auf den Vordersitzen von Morgans Peugeot in einer dunklen Ecke auf dem Parkplatz des Hotels Ambassador. Es war etwa halb elf Uhr abends. Das Ambassador war Nkongsambas exklusivstes Hotel. Es lag stolz auf einer Anhöhe etwa drei Kilometer nördlich der Stadt. Es war ein moderner sechsgeschossiger Gebäudeblock mit einem angeblich internationalen Restaurant, einem Swimmingpool und einem Spielkasino. Das Essen im Restaurant war grässlich, der Service erbärmlich schlampig, und im Swimmingpool wuchsen Algen, obwohl das Wasser so stark gechlort war, dass man praktisch das Gas von der Oberfläche aufsteigen sehen konnte. Das Kasino dagegen war der einzige Ort in Nkongsamba, an dem nicht zähe Mittelmäßigkeit den Ton angab, sondern eine Spur Kultiviertheit vorsichtig Fuß gefasst hatte. Es wurde geführt von einem syrischen Unternehmer, der aus Beirut zwei mollige weibliche Croupiers herübergeholt hatte, und wurde fast ausschließlich von anderen Levantinern besucht. Morgan und Priscilla hatten gerade eine leichtsinnige Stunde drinnen am Roulette- und Bakkarattisch verbracht, und Morgan hatte nach und nach dreiundzwanzig Pfund verloren, bis die Vernunft ihm schließlich sagte, dass Priscilla wohl kaum durch sein unfehlbares Talent, auf die falschen Zahlen zu setzen, zu beeindrucken war.

Es wurde ein teurer Abend – der zweite, den er in Priscillas Gesellschaft verbrachte. Sie hatten im Restaurant des Universitätsclubs angefangen, wo Morgan den teuersten Wein bestellt hatte, einen süßlichen, stark duftenden Piesporter, und von dort waren sie weitergefahren, um in der Bar des Hotels Ambassador noch ein paar Drinks zu nehmen. Als Priscilla ihm sagte, sie sei noch nie in einem Spielkasino gewesen, erbot sich Morgan sogleich, sie mit einem bekannt zu machen.

Der Abend hatte dann gemäß seinen Plänen geendet. Er hatte nach ihrer Hand getastet, als sie vom Kasinoeingang zum Parkplatz hinüberschlenderten. Finger verschränkten sich, sie wandten sich wortlos zueinander um, sahen sich lächelnd an. Dann saßen sie im Wagen, weiterhin stumm, und blickten auf Nkongsambas schimmernde Lichter hinunter, ehe sie mit heiseren Stimmen etwas über den Reiz dieses schönen Bilds sagten. Ganz allmählich entstand eine »Stimmung«, ein prickelndes Bewusstsein ihrer warmen, atmenden Körper, so dicht beieinander im umschlossenen, allen Blicken entzogenen Dunkel des Wagens. Priscilla war sich mit beiden Händen durchs Haar gefahren, wobei sich ihre spitzen Brüste unter der cremefarbenen Atlasbluse hoben.

»Es war ein herrlicher Abend«, hatte sie gehaucht. Morgan hatte sich vorgeneigt, den linken Ellenbogen auf der Rückenlehne seines Sitzes, und »Priscilla« geflüstert, und ihr Kopf wandte sich zu ihm um, und ihre Lippen berührten sich, wie sie dies beide vorher gewusst hatten.

Und so saßen sie noch immer im Wagen.

Jetzt drückte Morgan ihr abermals den Mund auf die Lippen, behutsam zuerst, zärtlich, sanft – sie hatte angenehme weiche Lippen. Dann begann er, Leidenschaft vorzutäuschen, schnell durch die Nase zu atmen – ein-aus, ein-aus – und bewegte den Kopf hin und her, als vermöchten ihre Lippen sich nicht mehr zu trennen und als versuche er vergeblich, sie voneinander zu lösen. Priscilla reagierte in etwas gedämpfter Tonart, die Augen geschlossen, die Schultern hebend und senkend. Solchermaßen ermutigt, ließ Morgan seine Hand von ihrem Oberarm zu ihrer linken Brust wandern. Priscillas Augen gingen sofort auf, und sie stützte sich mithilfe des Armaturenbretts in die Höhe.

»Morgan, bitte«, sagte sie vorwurfsvoll.

Er wäre fast in schallendes Gelächter ausgebrochen über diese Zurschaustellung spröder Zurückhaltung. Da hatte er, sagte er sich grimmig, in einem Hotel in der Stadt eine äußerst attraktive, willfährige schwarze Geliebte – und hier ließ er sich diesen Hindernislauf aufnötigen. Geduld, dachte er weiter und sagte: »Entschuldigung, Priscilla«, mannhaft an der erforderlichen Formel festhaltend. »Das hätte ich nicht tun sollen, aber daran sind Sie schuld«, und er berührte ihr Gesicht, wie um ihre provokative Schönheit zu versinnbildlichen, und lächelte sie hilflos an. Sie lächelte auch und senkte den Blick. Er ließ den Motor an. »Jetzt bringen wir Sie lieber nach Hause«, sagte er.

Während der Rückfahrt fragte er sich, warum er sich die Mühe machte, und was er auch an Gründen vorbringen mochte – Langeweile, männliche Herausforderung, Sex und so weiter –, er wusste doch instinktiv, dass es in Wirklichkeit war, weil er schon immer – er suchte nach dem passenden Wort – ausgehen, verbunden sein und, ja, sogar verheiratet sein wollte mit einem Mädchen wie Priscilla Fanshawe. Er war nie mit einem Mädchen wie ihr auch nur flüchtig befreundet gewesen, deshalb stellten selbst eine keusche und ermüdende Zehnminutenumarmung und der millisekundenlange Eindruck einer unmöglich straffen Brust unter seiner Handfläche einen beträchtlichen Triumph in der knappen Spannweite seines Lebens dar, einen Schritt nach oben in seiner verarmten Welt. Und obwohl er dies nur mit einer gewissen Scham zugab, wusste er, dass sich ein großer Gewinn an Selbstachtung und Ansehen daraus ergeben würde, wenn es ihm nur gelang, die augenblickliche Situation weiter zu pflegen und womöglich zu verbessern. Vielleicht kam es sogar zu einem großen Sprung auf dem Feld der gesellschaftlichen Mobilität, bei dem er seine farblose Vergangenheit weit hinter sich ließ.

Die Entschlossenheit seines Verlangens nach Priscilla und nach dem, was sie für ihn darstellte, überraschte ihn eher, wenn er bedachte, dass bestimmte Aspekte ihres Äußeren und ihres Charakters doch störend waren, um es vorsichtig auszudrücken. Da waren ihre Stimme und ihre Nase und die inneren Einstellungen, die sie zu verkörpern schien: eine völlige Gleichgültigkeit gegenüber jeder Welt außer der ihren, eine kühle Oberflächlichkeit in allen ihren persönlichen Beziehungen: immer freundlich und charmant – als ginge nie ein böser, hässlicher oder verletzender Gedanke durch ihren zum größten Teil leeren Kopf, oder wenn doch, dann als alberne Rippenstoßstichelei verkleidet. Paradoxerweise – denn dies waren Einstellungen, die er sonst zu verabscheuen und zu verurteilen vorgab – stellte er fest, dass er sich in diese Verhaltensmuster mit der Leichtigkeit eines Quislings einfügte. Alles war bei ihr super oder grässlich, einzelne Schattierungen von Grau wurden nicht zugelassen. Leute waren entweder »süß«, »wirklich süß« oder »schrecklich süß«, wenn sie nicht unverhohlen gegen einen konspirierten. Menschliches Bemühen und allgemeine Liebenswürdigkeit gab es reichlich im Kreis der richtigen Leute, und mit Frechheit, Mut und Kameradschaftlichkeit ließen sich alle möglichen schmuddeligen Probleme aus der Welt schaffen.

In diesem Sinn verlegte Morgan seinen Geburtsort näher an die Themse nach Kingston, verschaffte sich nachträglich ein Stipendium für eine kleinere Public School, beförderte seinen Vater zum Personalchef und versah seine Mutter mit einem privaten Einkommen.

Sie fuhren am Sägewerk vorüber, und er warf Priscilla einen Blick zu. »Sind gleich da«, sagte er. Doch als sich das Tor des Konsulats näherte, rief Priscilla plötzlich »Halt!«, und Morgan fuhr gehorsam links heran.

»Ich will noch nicht nach Hause«, sagte Priscilla und drehte ihm das Gesicht zu. »Es ist noch früh – können wir noch irgendwohin gehen?«

Morgan überlegte rasch. »Wir könnten zu mir fahren … Auf eine Tasse Kaffee«, fügte er sogleich hinzu. »Es ist nicht weit, und ich habe Sie rasch nach Hause gebracht, ehe es zu spät wird.« Freundliche, selbstlose Töne kennzeichneten seine Stimme. Er kam sich so edel, so rechtschaffen vor. So heuchlerisch.

Priscilla legte ihre Hand auf die seine, die auf dem Lenkrad ruhte. »Das wäre wunderbar«, sagte sie.

Morgan und Priscilla saßen nebeneinander auf Morgans Couch. Sie sahen im Fernsehen einen Film, in dem ein Mann mit einem zerbeulten Koffer und einer Zigarette im Mundwinkel Probleme löste, mit denen CIA und MI5 nicht fertig wurden. Er endete damit, dass der Held die Zigarette aus dem Mund nahm, um die schöne Tochter eines amerikanischen Diplomaten zu küssen. In seiner zufriedenen Stimmung deutete Morgan dies als günstiges Omen. Priscilla hatte ihre Sandaletten abgestreift und die Beine unter sich gezogen. Sie lehnte sich an ihn und hatte ihren Kopf in den Winkel zwischen seinem Hals und seiner Schulter gelegt.

»Noch Kaffee?«, fragte er. »Noch einen Brandy?« Moses und Friday waren die Nacht über nicht da.

»Um Gottes willen, nein«, kicherte Priscilla. »Sonst muss ich die ganze Nacht Pipi machen.« Als wäre diese ganz brave Ungehörigkeit ein Signal, beugte Morgan den Kopf herum und küsste sie. In der letzten halben Stunde hatte sie sich so weit entspannt, dass ein vorsichtiges

Zungenspiel und gelegentlich ein kurzes Liebkosen einer Brust erlaubt waren. Morgan küsste ihren Hals, er war feucht und schmeckte leicht salzig. Er bemerkte, dass ihr der kurze schwarze Rock erfreulich hoch die Schenkel hinaufgerutscht war.

»Morgan«, sagte sie mit schwacher Stimme, »wissen Sie, warum ich hierhergekommen bin? Nach Nkongsamba?«

»Ich habe nicht die leiseste Ahnung«, log er und beschnupperte ihr Ohr, während er einen Knopf ihrer Bluse öffnete. Er schob die Hand unter den Atlasstoff und tastete sich langsam weiter, bis er dem jähen Anstieg ihrer Brust und der Spitzenverstärkung des Büstenhalters begegnete. Er bekam die Finger nicht darunter, wie er es auch anstellte – und die andere Hand konnte er kaum zu Hilfe nehmen.

»Ich wollte Ihnen einfach danken«, sagte sie. Morgan zog die Hand zurück und blickte sie erstaunt an.

»Aber wofür denn?«, fragte er.

Sie gab ihm einen flüchtigen Kuss auf die Wange. »Dafür, dass Sie nicht wütend davongestürmt sind, weil ich nicht … entspannt war.«

»Was reden Sie da …«

»Es ist einfach so, dass ich recht unsicher bin … Ich bin ein wenig – ›zickig‹ sagt man, glaube ich, heute.« Sie nahm Morgans rechte Hand und musterte sie aufmerksam, als wäre sie ein geheimnisvolles und seltenes Kunstwerk. »Weshalb ich hierhergekommen bin.«

»Oh«, sagte Morgan betont unverbindlich.

»Ich war so gut wie verlobt mit einem Mann namens Charles, aber dann hatten wir einen schrecklichen Krach. Das Ganze war eine recht ernste Sache. Ich … ich war praktisch schon in seine Wohnung gezogen.« Morgan nahm dies mit Interesse zur Kenntnis. »Als ich plötzlich merkte, dass er nicht der Richtige für mich war. Eines Tages, ohne besonderen Grund, wurde mir plötzlich bewusst, dass die Sache nicht stimmte. Dass alles falsch war. Hoffnungslos.« Sie hielt inne und fuhr dann fort: »Charles war ein lieber Kerl, aber nichts für mich, wenn Sie wissen, was ich meine.« Sie sah ihn hilfesuchend an. »Man kann, man darf die Sache unter solchen Umständen nicht weiterlaufen lassen. Es ist dann besser, einen Schlussstrich zu ziehen.«

»O ja, da haben Sie recht«, pflichtete ihr Morgan bei. »Unbedingt. Doch.« Er machte ein ernstes, äußerst verständnisvolles Gesicht.

Sie kuschelte sich an ihn. »Es war schaurig. Viel Geschrei und Tränen. Er war schrecklich verstört. Aber ich wusste, ich musste es tun.« Morgan strich ihr Haar glatt. »Deshalb bin ich ein bisschen, na, Sie wissen schon, steif und vorsichtig. Emotional angeknackst, nennt Mummy das. Sie verstehen.«

Morgan nickte. »Geschichte vom gebrannten Kind.«

»Genau«, sagte sie, »genau«, und drückte ihn voller Dankbarkeit.

Morgan hauchte einen Kuss auf ihre Nasenspitze. »Jetzt schaffen wir Sie aber lieber nach Hause«, sagte er.

Sie genossen die letzte und leidenschaftlichste Umarmung des Abends in der dunklen Einfahrt des Fanshawe'schen Hauses. Anschließend auf der Heimfahrt glühte Morgan vor Selbstbewunderung und schrieb den hartnäckigen dumpfen Schmerz in seiner Lendengegend einer stundenlangen Erektion zu. Später, in seinem Bett liegend, sah er die lebhaften Erinnerungen an Priscillas kräftige, glatte Beine vor seinem inneren Auge vorüberziehen und versuchte sich vorzustellen, wie ihre Brüste aussahen, während er behutsam seine Frustration in ein Bündel Toilettenpapier entließ. Als das prickelnde Wonnegefühl die Beine entlangkribbelte und zu den Zehen hinauszuckte, wurde es abgelöst durch ein leichtes, aber unbehagliches Brennen an der Spitze seines Penis. Eine genauere Untersuchung ergab, dass dort ein leichtes Wundsein zu verzeichnen war, das durch das Auftragen von etwas Niveacreme deutlich gelindert werden konnte. Er nahm an, dass sich sein hartes Glied am Reißverschluss der Hose oder am verrutschten Saum der Unterhose gerieben hatte – kein zu hoher Preis, sagte er sich, für einen Abend, an dem seine Annäherungsversuche so erfolgreich verlaufen waren.

Bevor er einschlief, dachte er an Priscillas Lüge und wunderte sich verächtlich über die Illusionen, die Menschen zur Vorspiegelung falscher Tatsachen um sich herum aufbauten, bis ihm bewusst wurde, dass es ihm schwerlich zustand, über diese Verhaltensweise zu spötteln. In Priscillas Darstellung war sie es gewesen, die mit Charles Schluss gemacht hatte; sie erschien außerdem als reife, vernünftige Person, der es vor allem um eine beide Seiten befriedigende Regelung ging – und nebenbei hatte sie ihn wissen lassen, dass sie keine Jungfrau mehr war. Morgan lächelte in sich hinein: Zu den Gaben, mit denen er gesegnet war, zählte die Fähigkeit, andere Leute zu durchschauen, sie richtig einzuschätzen, zu erkennen, wie es unter der zur Schau gestellten Pose wirklich aussah: ein unschätzbares Talent.

Während er noch so nachsann, kam ihm der Gedanke, dass das Erscheinen Priscillas, die jung und ungebunden war und seine Reize offenbar zu schätzen wusste, vielleicht bedeutete, dass sich sein Schicksal zum Besseren wenden wollte. Diese trostlosen Jahre als Verwaltungsbeamter in grell erhellten, überheizten staatlichen Büros in Südengland, die katastrophalen Vorstellungsgespräche und das wiederholte Versagen in Prüfungen des Außenministeriums, bis es schließlich so gerade eben geklappt hatte – die beschämende Ausbildungszeit, das snobistische Verhalten, die kalten Schultern seiner Kollegen, das lange Warten auf einem Whitehall-Abstellgleis, die fünftrangige Versetzung nach Nkongsamba, wo er schon wieder achtzehn Monate länger schmachtete, als es hätten sein sollen: vielleicht, vielleicht war das alles so eingerichtet worden, damit er Priscilla begegnen konnte. Schicksal, Bestimmung, Gott – er brachte für alle Fälle ein Dankgebet dar – wer weiß? Zum einzigen Mal in seinem Leben war er der rechte Mann zur rechten Zeit am rechten Ort. Er fühlte, wie in seinem Herzen eine Wärme aufstieg, wie eine Mattigkeit seinen Körper erfüllte; er spürte, wie seine Muskeln spielten, er streckte die Arme über das Bett hin aus, spreizte die Finger ab. Er wusste, was das war; er war zufrieden mit sich, ja, er war sicher, dass er sich in Priscilla verlieben würde.

4

Strategisch an Fenstern des ersten Stocks angebrachte starke Scheinwerfer tauchten den Rasen des Konsulats in gelbes Licht. Gut hundert Menschen, Schwarze und Weiße, drängten sich um die Tische mit dem kalten Büfett und die zwei Bartheken. Drüben zur Linken war eine große Leinwand mit Stuhlreihen davor aufgestellt. Morgan sah, unsichtbar hinter der Scheinwerferhelle, von einem der Fenster auf die Menge hinunter. Er hatte Adekunle unten nicht entdeckt und war hinaufgegangen, um alles besser überschauen zu können. Er sah die Gesichter vieler Vertreter der besseren Gesellschaft von Nkongsamba, die die Aussicht auf kostenlose Bewirtung hierhergelockt hatte und die für diesen Köder bereit waren, die Vorführung eines weiteren Films über die königliche Familie über sich ergehen zu lassen. Das war, wie Morgan zugeben musste, ein Geniestreich von Fanshawe gewesen. Dieser als »sehr persönliches Porträt« deklarierte Film war als Bestandteil einer großangelegten Werbekampagne an die britischen Botschaften in aller Welt gegangen. Er hätte Nkongsamba erst in einigen Monaten erreichen sollen, doch durch klug eingesetzten Druck hatte es Fanshawe erreicht, dass er vorzeitig aus der Hauptstadt herübergeschickt wurde. Rasch arrangierte man eine private Vorführung und verschickte offizielle Einladungen. Es sollte ein Vorwand für eine chauvinistische Selbstbeweihräucherung der im Ausland lebenden Briten sein, und die zu erwartenden üblichen Aufnahmen von herrlichen Schlössern, historischen Artefakten, strahlenden Mitgliedern der königlichen Familie und endlosen blitzenden Paraden würden gewiss allen anwesenden Nichtbriten auf sanfte, aber überzeugende Weise vor Augen führen, was sie eben nicht besaßen und weshalb sie nicht ganz so besondere Menschen waren. Normalerweise übten solche Veranstaltungen auf Morgan die gleiche Wirkung aus wie Hochzeitsfeiern: Sie waren Anlass für ein Schauspiel von Vortäuschung, Heuchelei und schulterklopfender Jovialität, das ihn jedes Mal peinlich berührte.

Heute Abend jedoch war das anders. Er hatte zu seiner Überraschung gemerkt, dass er sich darauf freute, und als er jetzt auf die vielen verschiedenen Köpfe hinuntersah – blondes, brünettes und schütteres Haar, wolliges Pfefferkorn und hochgeschlungene Kopftücher –, durchströmte ihn unverkennbar eine Welle der Erregung. Das hier war eine Inszenierung, rief er sich ins Gedächtnis zurück; er arbeitete – ja, *unter Geheimhaltung* – für seine Regierung. Es war vielleicht nur ein kleiner Job, lediglich das Sammeln von Informationen über eine Partei, von eher drittrangigem Interesse, aber solche Jobs, so sagte er sich, waren die breite Basis des Geheimdienstwesens, der unbemerkte Hintergrund der ministeriellen Initiativen, die dann Schlagzeilen machten.

Morgan musste zugeben, dass Fanshawes Begeisterung für ihren Plan ansteckend gewesen war. Er hatte sich benommen wie ein aufgeregter Schuljunge, der Spion spielt; er hatte für das Projekt in einem Aktenschrank ein Fach freigemacht, zu dem nur er und Morgan einen Schlüssel hatten. Er hatte der Operation sogar einen Code-namen verliehen: Er nannte sie »Projekt Kanapee« nach den Initialen von Adekunles Partei – KNP. »Wir sollten uns zu einem Kanapee-Gespräch treffen«, sagte er bei-spielsweise auf dem Gang leise zu Morgan, oder »Das ist Material für die Akte Kanapee« oder »Macht Kanapee Fortschritte?«. Morgan hatte zuerst geglaubt, das sei alles eigentlich ein wenig traurig, hatte aber doch mitgemacht und die Früchte dieser neuen Verbindung mit Priscillas Vater geerntet. »Übrigens – Daddy ist in der letzten Zeit von Ihnen sehr beeindruckt«, hatte ihm Priscilla bei einer ihrer letzten Begegnungen gesagt. »Er singt den ganzen Tag Lobeshymnen auf Sie. Was hecken Sie beide denn da aus?«

»Eigentlich nichts«, hatte er bescheiden gesagt. »Reine Routinesachen.«

Einige Zeit zuvor am Abend hatte Morgan gerade im Gespräch mit der übergewichtigen Frau eines Maschinen-bauunternehmers den ausgezeichneten Punsch gerühmt, als Fanshawe sich von der Seite herangepirscht und ihm ins Ohr geflüstert hatte: »Kanapee ist gekommen«, worauf er sich davongestohlen hatte wie ein Höfling, der einen Fürsten von einem geplanten Anschlag auf sein Le-ben in Kenntnis gesetzt hat.

Als er jetzt auf die Herde loyaler Staatsbürger hinun-terblickte, sah er Adekunle an der Biertheke stehen, mit einer weißen Frau, die er für die Gattin des Politikers hielt. Adekunle trug einheimische Kleidung und hatte einen geschnitzten Elfenbeinstock bei sich. Seine Frau sah, wie Morgan scheinen wollte, unglücklich und ver-loren aus in einem Wickelrock mit flach ausgeschnittener loser Bluse und einem umfangreichen Kopftuch um das Haar. Morgan fiel auf, dass die Leute sich Adekunle fast so näherten, als wäre er der Gastgeber. Er bemerkte auch, dass sich zwei andere Politiker tunlichst aus dem Weg gingen. Der eine war Femi Robinson, ein finsterer kleiner Marxist und örtlicher Vertreter der People's Party of Kinjanja, und der andere Chief Mabegun, Gouverneur der Mittelwestregion und Vorsitzender der regierenden United Party of Kinjanjan People in diesem Gebiet. Weitverbreitete Unzufriedenheit mit ihren aufgeblasenen Mitgliedern und den mageren Jahren, die Kinjanja unter ihrer Regentschaft durchgemacht hatte, hatte das Verlangen nach den demnächst stattfindenden Wahlen ausgelöst. Mabegun, so schien es Morgan, sah so aus, als kandidiere er wieder für Korruption. Er war ein sehr dicker Mann, der durch die eigene behagliche Korpulenz auszudrücken schien, dass die Macht ihm gutgetan hatte und eine für ihn abgegebene Stimme möglicherweise jedermann ähnliche Segnungen bescherte.

Doch beide, Robinson wie Mabegun, waren neben Adekunle kleine Fische. Die maßgeblichen Leute der PPK und der UPKP saßen in der Hauptstadt; die Vertreter des Mittelwestens waren Persönlichkeiten der zweiten und dritten Garnitur, die außerhalb ihrer Region nur geringen oder gar keinen Einfluss besaßen. Adekunle dagegen war von anderem Format. Er war ein angesehener Akademiker, der auf der letzten Tagung der Organisation für Afrikanische Einheit gesprochen hatte. Nach Morgans bisherigen Erkenntnissen schien Adekunle mehr Zeit mit Flügen um die Welt zu verschiedenen Dritte-Welt-Konferenzen oder Sitzungen von UN-Sonderausschüssen zu verbringen als am Vorlesungspult oder in seinem Dekanszimmer. Es war, wie Morgan gehört hatte, auch die Rede davon, dass er der nächste Vizekanzler der Universität sein könnte.

Während er die Szene weiter beobachtete, sah er Fanshawe und seine Frau näher kommen und mit Adekunle plaudern, der lächelte und sie mit weltmännischer Freundlichkeit anstrahlte. Er sah, wie Fanshawe auf eine Bemerkung Adekunles hin nervös lachte und über die Schulter einen raschen Blick zu den Fenstern im ersten Stock hinaufwarf. Morgan trat schnell zurück, obwohl er ziemlich sicher war, dass man ihn nicht sehen konnte. Typisch Fanshawe, schäumte er innerlich, der Mann war für diese geheime Arbeit nicht geeignet, wenn er so leichtsinnig die Position eines Mitverschworenen verriet. Es war Zeit, dass er, Morgan, hinunterging und sich um die Sache kümmerte.

Während er langsam auf dem Weg zu Adekunle die Treppe hinunterstieg, begann sein Puls schneller zu schlagen, und hinter dem Brustbein schien sich so etwas wie eine harte Kugel zu bilden. Er verließ das Konsulatsgebäude durch den hinteren Eingang und trat auf den belebten Rasen hinaus.

Als er sich zwischen den Grüppchen hindurch auf Adekunle zubewegte, bekam er feuchte Hände und einen trockenen Mund. Adekunle war ein Mann von kräftiger Statur. Er wurde ständig dicker, wie das für alle erfolgreichen Kinjanjaner zu gelten schien – als wäre dies eine generelle Begleiterscheinung von Macht und Ansehen –, und ihn umgab eine Aura von Selbstbewusstsein so unerschütterlich wie ein Kraftfeld. Er sprach streng und mit leiser

Stimme zu seiner Frau, die verdrossen aussah unter ihrem Kopftuch. Sie rauchte eine Zigarette und blickte nervös auf das zertrampelte Gras hinunter. Als Morgan sich näherte, blickten sie beide in gut eingeübter unaufrichtiger Weise plötzlich lächelnd auf.

»Professor Adekunle«, sagte Morgan. »Guten Abend. Ich bin Morgan Leafy, Erster Sekretär hier am Konsulat. Ich glaube, wir sind uns schon einmal kurz begegnet.« Das stimmte nicht, sie hatten sich nur einmal in demselben Raum aufgehalten, aber es war eine beliebte Einführungsformel Morgans, und die so Angesprochenen gerieten oft in Verwirrung, wenn sie sich den Kopf darüber zerbrachen, bei welcher Gelegenheit diese Begegnung stattgefunden haben mochte. Adekunle reagierte da anders. Er lächelte unter seinem breiten Schnurrbart.

»Ach ja? Ich fürchte, ich kann mich nicht erinnern, aber auf jeden Fall guten Abend.« Er schüttelte Morgan die Hand. »Das ist meine Frau Celia.«

»Hallo«, sagte Celia Adekunle in zurückhaltendem Ton. Sie hielt den Blick auf Morgans Gesicht gerichtet. Wie bei jedem direkten Blick fühlte er sich auch jetzt ein wenig beunruhigt – er vermutete, solche Blicke rührten tief in ihm ruhende Schuldreservoire auf. Er wandte sich wieder Adekunle zu.

»Sehr freundlich von Ihnen, dass Sie uns eingeladen haben«, meinte Adekunle mit kaum verschleiertem Sarkasmus in der Stimme, ehe Morgan noch etwas sagen konnte. »Wie ich sehe, sind meine verehrten Rivalen auch anwesend.«

Morgan lächelte. »Alles im Interesse der Ausgeglichenheit«, lachte er. »Aber da wir gerade davon ...«

»Und Sie wollen uns einen Film über Ihre wunderbare königliche Familie zeigen«, fuhr Adekunle unbeirrt fort. »Höchst aufmerksam. Höchst erbaulich.«

»Nun, ganz unter uns«, sagte Morgan in vertraulichem Ton. »Für so eine Party ist jeder Vorwand gut, wenn Sie verstehen, was ich meine.«

»Tiefere Beweggründe. Jetzt begreife ich. Verschlagene Leute, ihr Diplomaten.« Er winkte einen Kellner herbei, der ein Tablett mit Getränken herumtrug, und nahm sich einen Orangensaft. Morgan bedrückte der leicht feindselige, missvergnügte Ton, der noch immer Adekunles Stimme färbte. Er beschloss, ohne Umschweife zu sprechen. »Wie läuft der Wahlkampf?«, fragte er wie beiläufig. »Gut, hoffe ich.«

Adekunle zeigte sich überrascht. »Mein Wahlkampf? Warum sollten sich denn die Briten für meinen Wahlkampf interessieren? Warum fragen Sie nicht meine politischen Gegner, Mr Leafy? Ich bin sicher, sie können seine Auswirkungen besser beurteilen als ich.«

»Oh, Professor, tun wir nicht so naiv«, entgegnete Morgan mit einem wissenden Lächeln. »Ich glaube, es ist allgemein bekannt, dass die britische Regierung am Ausgang der Wahlen sehr interessiert ist.«

»*Sehr* interessiert?«

Morgan sah sich um und nahm erneut Celia Adekunles angespannten Blick wahr. »Doch, ja, ich glaube, das könnte man sagen.«

»Wie interessiert?«

»Einen Augenblick, Professor«, sagte Morgan rasch, der sich bewusst wurde, dass das Gespräch schneller auf wichtige Dinge zusteuerte, als ihm vorgeschwebt hatte.

»Über diese Fragen können wir kaum hier reden.« Er ließ ein nervöses Lächeln aufblitzen.

»Aber natürlich können wir das«, beharrte Adekunle ungerührt. »Wenn Sie Vertreter der drei großen Parteien zu einer Veranstaltung wie dieser einladen, müssen Sie damit rechnen, dass die Politik ihr Gesicht zeigt, wie man so sagt. Ist das nicht so, Celia?« Morgan vermochte nicht zu sagen, ob das Scherz oder Ernst war.

»Sie zeigt ihr Gesicht überall«, sagte Celia Adekunle trocken. »Warum also nicht auch hier?«

Mit leiser Unruhe bemerkte Morgan, dass Femi Robinson näher kam.

»Konsul Fanshawe schien sich auch für meinen Wahlkampf zu interessieren«, fuhr Adekunle fort.

»Ach ja?« Morgan sagte das in möglichst gleichgültigem Ton und ärgerte sich dabei über Fanshawe, diesen dummen, alten Trottel: Wahrscheinlich hatte er Adekunle gereizt. »Er ist gerade erst aus dem Urlaub zurückgekommen«, gab Morgan als Erklärung an. »Er will sich wahrscheinlich wieder ins Bild setzen.«

»Sie haben ihm nicht Bericht erstattet?«, fragte Adekunle.

Morgan hatte das Gefühl, ihm werde der Kragen zu eng. Das lief alles gar nicht so, wie er es sich gedacht hatte. Adekunle gab sich höchst aggressiv. »Ich glaube, wir sollten das Thema wechseln«, sagte er, Celia Adekunle flehend anblickend, mit einem breiten Lächeln.

»Ich glaube, man zeigt gleich den Film«, sagte sie. Morgan blickte sich erstaunt um und sah, wie Fanshawe in die Hände klatschte und die Gäste zu den Stuhlreihen hin geleitete. Dieser Dummkopf!, fluchte Morgan im

Stillen. Fanshawe hatte auf ein Zeichen von ihm warten sollen – sah er denn nicht, dass er und Adekunle noch miteinander sprachen?

Adekunle hatte inzwischen seinen noch unberührten Orangensaft auf die nahe Bartheke gestellt. »Endlich«, sagte er und rieb die Hände aneinander. »Das ist der Zuckerguss auf dem Kuchen, wie man so sagt. War nett, Sie kennenzulernen, Mr Leafy.« Er bewegte sich zusammen mit seiner Frau auf die Stühle zu. Morgan wollte ihm schon folgen, als ihn jemand am Ärmel zupfte. Er wandte den Kopf und sah in das ungleichmäßig bärtige Gesicht des Marxisten Femi Robinson.

»Mr Leafy?«, sagte Robinson. »Kann ich kurz mit Ihnen sprechen?«

»Was?« Er fragte sich, woher Robinson seinen Namen kannte. »Nein«, sagte er barscher, als er beabsichtigt hatte, und riss seinen Ärmel los. Er rannte Adekunle nach. »Professor!«, rief er verzweifelt.

»Ah, Mr Leafy – Sie scheinen immer wieder aufzutauchen, wie?«

Morgan sprach mit leiser Stimme. »Ich glaube, wir sollten uns einmal unterhalten.«

»Ach ja?«, erwiderte Adekunle skeptisch. Er wandte sich an seine Frau. »Setz dich schon, Celia.« Er sah wieder Morgan an. »Und worüber sollten wir sprechen, Mr Leafy?« Er setzte sich zu seiner Frau. Sein Stuhl war am Ende einer Reihe zum Mittelgang hin. Morgan sah, dass die meisten inzwischen schon Platz genommen hatten.

Er beugte sich vor, wobei er in Celia Adekunles unerschütterlichen Blick hineingeriet. »Nun«, sagte er, »wir könnten über … über Interessen und Interessenausgleich reden, so in dieser Richtung.«

Adekunle lächelte, und die auseinandergehenden Backen zogen die Koteletten in die Höhe. »Nein, Mr Leafy«, sagte er schließlich. »Ich glaube nicht, dass das verlockende Themen sind. Und ich fürchte, Sie stehen dem Projektionsapparat im Wege.«

Morgan sah sich um. Jones, der die Filmvorführung überwachte, winkte ihn ungeduldig zur Seite. Er hörte Fanshawe seinen Namen rufen und sah ihn auf einen freien Stuhl in der vorderen Reihe zwischen Mrs Fanshawe und Chief Mabegun deuten. Priscilla saß drei Plätze weiter neben den Jones-Kindern. Da kam plötzlich ein Surren, und blendendes Licht traf die eine Seite seines Gesichts, und sein runder Kopf und das schüttere Haar zeichneten sich scharf auf der Leinwand ab. Man hörte ein paar lustige Pfiffe und Rufe wie »Kopf runter«. Er bückte sich und eilte den Gang entlang zum Projektionsapparat hin. Eine Stunde und zehn Minuten lang setzte er sich ganz bestimmt nicht zu Mrs Fanshawe. Er ärgerte sich darüber, dass sein Gespräch mit Adekunle so unbefriedigend verlaufen war, und seine Laune besserte sich auch nicht, als er an Jones vorüberkam und dieser ihn anzischte: »Was machen Sie denn für Faxen, Morgan?«

Halt die Klappe, du blöder Waliser, fluchte Morgan in sich hinein, ohne ihn im Übrigen zur Kenntnis zu nehmen. Er blieb einen Augenblick hinter der letzten Stuhlreihe stehen und sah vor dem Hintergrund eines riesigen Kronenwappens den Vorspann ablaufen. Eine Katastrophe, das Gespräch mit Adekunle. Und was für ein zynischer Bursche war das – ihn so abblitzen zu lassen. Morgan schämte sich seiner Ungeschicklichkeit, seiner Unfähigkeit, auch nur eine neue Begegnung zu vereinbaren. Hatte er es zu raffiniert angestellt – oder war es andersherum gewesen? Er schüttelte verzweifelt den Kopf. So viel zur Geheimdiplomatie, dachte er verächtlich. Alle mussten gesehen haben, wie er Adekunle nachlief gleich einem aufdringlichen Verkäufer, der unbedingt sein Geschäft machen will. Er knirschte vor Scham und Verlegenheit mit den Zähnen.

Langsam wurde er sich der Gegenwart von Personen im Dunkel um sich herum bewusst. Zu beiden Seiten von ihm hatten sich leise die Dienstboten des Konsulats versammelt und verfolgten hingerissen den Film, die Gesichter mit den vor Staunen offen stehenden Mündern vom reflektierenden Licht gespenstisch erhellt. Morgan wandte die Aufmerksamkeit der Leinwand zu. Die königliche Familie war damit beschäftigt, sich in einer schablonenhaften schottischen Umgebung zu einem Picknick niederzulassen. Man trug Kilts, Tweedjacken oder dicke wollene Jerseys. Im Hintergrund war ein kleiner See, und weiter fort sah man purpurrot-grüne Anhöhen und Kiefernwälder. Es war ein bedeckter Tag mit kleinen Flecken von kräftigem Blau zwischen den Wolken, die ein böiger Wind dahintrieb, der Kilts aufbauschte und Haarsträhnen über königliche Gesichter wehte. Die jungen Prinzen rannten in kindlicher Ausgelassenheit umher, aber die älteren Personen waren sich quälend der Anwesenheit des Kamerateams bewusst, und die Konversation wurde *sotto voce* geführt und war nichts sagend. Gelegentlich kam eine behutsam humorvolle Bemerkung zu Stande – »Drei Würstchen! Du Nimmersatt!« –; das reichte, um die Zuschauer zum Lachen zu bringen.

Morgan blickte sich um. Oben leuchteten die Sterne, ringsum zirpten die Grillen, die Luft war heiß und feucht, und die Abendkleidung lastete schwer und unbehaglich auf den Gästen. Der von dem Projektionsapparat ausgesandte Lichtkegel wimmelte von flatternden Faltern und anderen Insekten, die ihre winzigen Schatten auf die schottische Landschaft warfen. Von Zeit zu Zeit ging eine Fledermaus im Sturzflug auf die schwirrenden Insekten herunter, und dann zuckte eine dunklere, dickere Masse über die Picknickgesellschaft hinweg. Der Kontrast der Szene war so bizarr, so surreal – die faszinierten Dienstboten, die einen Blick auf diese Familie in ihrer fernen nordischen Landschaft warfen –, dass Morgan das Gefühl hatte, er wollte ihm etwas Wichtiges sagen, doch er vermochte nur den Kontrast, das Unvereinbare zu sehen. Außerdem fand er solche Nebeneinanderstellungen verwirrend. Er konnte fast das kühle schottische Wetter spüren, die klare, reinigende Brise, und die plötzliche Idealvision von Britannien drückte ihn nieder, erinnerte ihn schmerzhaft an seine gegenwärtige Situation.

Als die Szene nach Windsor Castle wechselte, wandte er sich ab, da er wusste, dass nur ein kleines Stück weiter Feltham lag. Er ging mit bleiernen Füßen zum Konsulatsgebäude zurück, innerlich gebeugt von einem Gefühl der Unzufriedenheit und des Versagens. Er blieb an einer Bartheke stehen und nahm einen großen Whisky mit, ehe er den Weg fortsetzte. Er ging hinauf in den ersten Stock. Auf dem Treppenabsatz war ein kleines Badezimmer, ausgestattet mit Wanne, Waschbecken und WC, denn außer den Hauptbüroräumen lagen hier auch noch einige Zimmer für wichtige Gäste. Morgan benutzte die

Toilette und setzte sich dann in düsterer Stimmung auf die Kante der Badewanne. Von einer schon alten Duschvorrichtung an der Wand tropfte es. Er drehte den Hahn fester zu, und es hörte auf. Er fingerte abwesenden Sinnes an dem Duschvorhang aus Plastik herum, der mit einem Muster aus Engelhaien, Blasen und Tangwedeln verziert war. Ein ähnlicher Vorhang verdeckte das Badezimmerfenster. Er zog ihn zur Seite und blickte auf den Rasen hinunter. Die Filmleinwand brannte mit flackernden Farben wie ein Juwel in der weiten dunkelblauen Nacht. Die Schar gebannt hinstarrender Dienstboten war verstärkt worden durch Familienangehörige aus den nahen Wohnquartieren. Er sah das rote und schwarze Muster einer Parade und hörte verschwommen die blechernmartialische Musikbegleitung. Er trank sein Glas leer und stellte es ab. Aus irgendeinem Grund hätte er am liebsten geheult.

Er spritzte sich Wasser ins Gesicht und rückte die Fliege gerade. Er blieb einen Augenblick auf dem Treppenabsatz stehen und überlegte sich, wie er Fanshawe die Ereignisse des Abends beschreiben sollte, ehe er langsam hinunterging.

Er war gerade unten angekommen, als eine Frauenstimme »Oh ... Hallo«, sagte.

Er zuckte zusammen, da er geglaubt hatte, er sei hier ganz allein. Er drehte sich um und sah Mrs Adekunle im Dunkel des großen Flurs stehen. Sie hatte das Kopftuch abgenommen und hielt es jetzt in der Hand. »Hallo«, sagte er. »Konnten Sie den Film auch nicht ertragen?«

»Habe Heimweh bekommen«, sagte sie und trat ins Licht hinaus. Morgan sah, dass sie mittelblondes Haar hatte, ein wenig dünn und glatt, und eine starke Bräune, die ihm draußen nicht aufgefallen war.

Sie hielt das Kopftuch hoch. »Das hat sich gelöst. Und ich muss mal auf die Toilette.« Sie klappte ihre Handtasche auf, die klein war und teuer aussah, und nahm ein Päckchen Zigaretten heraus. »Zigarette?«

»Nein, danke«, sagte Morgan. »Hab's aufgegeben.«

»Mmm.« Celia Adekunle machte ein anerkennendes Geräusch, als sie ihre Zigarette anzündete. »Wo ist sie?«

»Wie bitte?«

»Die Toilette.«

»Oh. Die offiziellen sind hier am Ende dieses Ganges. Aber gehen Sie doch hinauf, dort ist die inoffizielle, etwas vornehmer, zweite Tür links auf dem Treppenabsatz.«

»Oh, ich fühle mich geehrt, vielen Dank.« Sie ging auf die Treppe zu.

»Aber lassen Sie sich warnen«, sagte er. »Aus irgendeinem Grund lässt sie sich nur von außen abschließen. Sie müssen sich alle fünf Sekunden laut räuspern oder ein Lied pfeifen, wenn Sie nicht gestört werden wollen.«

Sie lachte. »Danke – aber ich glaube, alles sitzt gebannt vor der Leinwand.«

Morgan sah auf seine Uhr. »Noch zwanzig Minuten. Ich glaube, die schenke ich mir.«

»Das ist nicht sehr britisch von Ihnen.«

»Von Ihnen wohl auch nicht.«

»Ich bin keine Britin mehr.« Sie lächelte ein wenig grimmig. »Ich bin Kinj anj anerin.«

»Ach so, ja«, sagte er. »Dann bin ich der einzige Schuldige.«

»Was machen Sie genau?«, fragte sie. »Hier im Konsulat?« Das klang ehrlich interessiert, und so sagte er es ihr.

»Es ist viel Routinearbeit an einem so kleinen Ort wie hier. In der Hauptsache muss einfach jemand da sein, für den Fall, dass Probleme auftauchen und so. Worum ich mich vor allem kümmere, ist die Einreise nach England. Prüfung der Anträge auf Einreisevisen, deren Ausstellung und Eintragung, so diese Dinge. Es ist erstaunlich, wie viele Leute in das Vereinigte Königreich einreisen wollen, selbst von einem Ort wie Nkongsamba aus. Das verursacht viel Schreibarbeit und Dokumente. Nicht gerade ein sehr aufregendes Leben, wenn es nicht durch Anlässe wie diesen Abwechslung bekommt.« Er deutete auf den Rasen hinaus, aber sie überging seine Ironie.

»Aha«, sagte sie und nickte. »Dann entscheiden Sie also, wer reisen darf.«

»So ungefähr.«

»Gut. Ja, dann gehe ich mal und sehe, ob ich noch pfeifen kann.« Sie stieg die Treppe hinauf. »Zweite Tür links?«

»Ganz recht«, rief er ihr nach. »Ich halte hier unten Wache, wenn Sie wollen.«

Sie lachte. »Du liebe Güte, das nenne ich Vorzugsbehandlung.«

Morgan hörte sie oben über den Treppenabsatz gehen und die Tür öffnen und schließen. Sie schien ganz nett zu sein, und er fragte sich, wie man sich wohl fühlte, wenn man mit jemandem wie Adekunle verheiratet war. Er schritt im Flur auf und ab und versuchte, sie sich nicht auf der Toilette sitzend vorzustellen, musste aber mit leisem Selbstekel feststellen, dass er es dennoch tat. Er war dankbar, als er das laute Spülgeräusch hörte.

Sie kam kurz darauf die Treppe herunter und steckte gerade noch eine Falte in ihrem neu geschlungenen Kopftuch hoch.

»Sieht hübsch aus«, sagte er. »Wie Sie gekleidet sind.« Er fand, dass sie lächerlich aussah.

»Danke«, sagte sie trocken, dem Kompliment offenkundig keinen Glauben schenkend. »Sam will, dass ich die Sachen zu diesen offiziellen Anlässen trage, seit er in die Politik eingestiegen ist, obwohl ich mir immer noch ein wenig wie eine Schauspielerin vorkomme. Ich glaube, für diese Mode braucht man eine schwarze Haut. Ich habe einfach das Gefühl, ich sehe darin dünn und müde aus.«

»Ich finde, es sieht gut aus«, versicherte er nicht sehr überzeugend.

»Sie sind sehr freundlich.« Ihr leicht zynischer Ton erinnerte ihn an ihren Mann. In diesem Augenblick ertönte im Garten lauter Applaus.

»Sieht so aus, als hätten Sie das Ende versäumt«, sagte er.

»Ja, ich gehe lieber wieder zu Sam.« Sie schien einen Teil ihrer Selbstsicherheit verloren zu haben. »Ach«, fuhr sie plötzlich fort, »wollten Sie wirklich mit ihm sprechen?«

Morgan war verwirrt. »Nun, ja, doch, das würde ich schon gern, aber … inoffiziell, wissen Sie.« Er lächelte betreten. »Er schien nicht allzu begeistert zu sein.«

»Er war nicht auf heimischem Boden. Da ist er immer … schwieriger. Deshalb sollten Sie zu seiner Geburtstagsparty kommen.«

»Er hat Geburtstag?«

»Ja, nächste Woche. Die Party ist Freitagabend im Hotel de Executive.« Sie betonte den Namen im Bewusstsein des Standards, der damit verbunden wurde. »Sie kennen es?«

Morgan nickte. »Es liegt auf dem Weg von hier in die Stadt.«

»Gut«, sagte sie. »Ich schicke Ihnen eine Einladung. Sie können als mein Gast kommen.«

»Wird er denn nichts dagegen haben?«, fragte Morgan. »Ich meine, wird er mich auch nicht als Eindringling betrachten? Und muss ich ein Geschenk mitbringen?«

Sie lachte laut heraus. »Nein, nein. Es werden etwa dreihundert Leute da sein. Aber seien Sie unbesorgt. Ich werde ihm sagen, dass Sie kommen. So, jetzt muss ich aber gehen.«

Morgan hatte gemischte Gefühle von Erleichterung und Dankbarkeit. »Das ist äußerst liebenswürdig von Ihnen, Mrs Adekunle. Ich bin Ihnen sehr verpflichtet. Sehr.«

»Keine Ursache«, sagte sie. »Dann bis Freitag.«

5

Der Konsulatsstab winkte dem letzten abfahrenden Wagen nach. Morgan stand auf den Eingangsstufen neben Jones und Fanshawe; hinter ihnen, wie zu einem Foto, hatten sich Mrs Fanshawe, Priscilla, Mrs Jones und ihre Kinder sowie ein weiteres Ehepaar aufgestellt, das Morgan nicht kannte. Er blickte auf seine Uhr: Es war kurz nach zehn, um elf sollte er Hazel abholen.

»Großer Erfolg«, fand Jones, und sein walisischer Akzent kam Morgan ausgeprägter denn je vor. »Herrlicher Film, hatte ich den Eindruck, großartig. So ... so *entspannt*, nicht? So wie man sich vorstellt, dass sie wirklich sind, unter sich, meine ich.«

Fanshawe brummte geistesabwesend etwas. Morgan schwieg, er dachte an Hazel, nun, da Celia Adekunle sein dringendstes Problem gelöst hatte. Jones ging auf die Suche nach enthusiastischeren Einschätzungen und trat ein Stück zur Seite.

»Wie sind Sie vorangekommen?«, fragte Fanshawe sogleich, Morgan aus seinem Sextraum herausreißend. »Ich habe selbst versucht, ihn ein wenig auszuhorchen. Ausgefuchster Kunde, hatte ich das Gefühl«, gestand er widerwillig ein. »Erstaunlich ... wie soll ich sagen – weltklug. Sehr selbstbewusster Mann.« Er hielt inne. »Wie ist es also gegangen?«

Morgan musterte seine Fingernägel. »Oh, gar nicht so

schlecht«, sagte er bescheiden, seinen Glückstreffer gehörig ausspielend. »Er hat mich zu einer Party eingeladen, die er nächsten Freitag gibt – zu seiner Geburtstagsparty, genauer gesagt.«

Fanshawes Gesicht hellte sich überrascht auf. »Aber das ist ja großartig, Morgan. Einfach großartig. Großer Erfolg. Wo findet die Party statt?«

»Im Hotel de Executive, in der Stadt.«

»Wunderbar. Dann geht's in die Höhle des Löwen, was? Wie hat er denn auf Ihre Annäherungsversuche reagiert?«

»Er ist ein sehr argwöhnischer Mensch«, sagte Morgan ausweichend. »Ich habe eigentlich nur vorgefühlt. Er ... scheint aber doch zugänglich zu sein.«

»Dann läuft ja alles prima. Gute Arbeit für einen Abend. Verdient festgehalten zu werden.« Fanshawe sah sich um. »Kennen Sie die Wagners?«, fragte er, womit er sich auf das Ehepaar bezog, das Morgan unbekannt gewesen war. »Er ist beim amerikanischen Konsulat in der Hauptstadt. Kommen Sie, ich mache Sie mit ihnen bekannt. Wir gehen alle zu uns hinüber und trinken noch etwas.«

»Oh, ich glaube, ich fahre lieber nach Hause, Arthur, wenn Sie nichts dagegen haben«, sagte Morgan. »Es war ein langer Tag.«

»Schön, schön, ganz wie Sie wollen.« Sie gesellten sich zu den anderen, die schon weitergegangen waren, und Morgan wurde den Wagners vorgestellt. Erroll und Nancy Wagner hatte der Film sehr gefallen, wie man hörte. Mrs Fanshawe wandte sich an Morgan, als er gerade etwas zu Priscilla sagen wollte, und lächelte ihn an, aber nur mit dem Mund. Ihre Augen blickten argwöhnisch und forschend.

»Kommen Sie auf einen Drink mit uns, Morgan?«, fragte sie ohne erkennbaren Überredungswillen.

»Nein, ich bin leider ...«

»Schade. Macht nichts.« Sie wandte sich den anderen zu. »Na, dann los alle miteinander. Kommen Sie, Geraldine? Sind die Kinder so weit?« Die Gruppe bewegte sich fort und ließ Morgan allein mit Priscilla zurück. Sie hatte schon eine leichte Bräune entwickelt, die durch ein ärmelloses weißgrünes Kleid und weiße Schuhe noch betont wurde. Morgan begann mit einer Entschuldigung, denn er spürte, dass sie sich durch ihn vernachlässigt fühlte.

»Es tut mir wirklich leid, Priscilla, aber ich musste in amtlicher Mission einem hiesigen Würdenträger um den Bart streichen.«

»Nun, für mich war es nicht sehr schön.«

Er blickte verstohlen zu den anderen hin, die im Dunkel jetzt kaum noch zu erkennen waren, und gab Priscilla einen brüderlichen Kuss auf die Wange.

»Für mich war es auch nicht gerade lustig«, sagte er vorwurfsvoll. »Ich wäre viel lieber mit Ihnen zusammen gewesen.« Sie sah sehr verlockend aus heute Abend. Wenn sie nur diesen schmollenden, leicht gequälten Ausdruck hätte ablegen können.

»Aber warum können Sie jetzt nicht mitkommen? Ich habe den ganzen Tag noch kein Wort mit Ihnen gesprochen, Morgie.«

Jede Sehne, jeder Muskel in seinem Körper schien sich zu verkrampfen bei dieser ekelhaften Verkleinerungsform, die sie seit Kurzem gebrauchte. Sehe ich denn auch nur entfernt wie ein »Morgie« aus, fragte er sich angewidert. Wo zum Teufel hatte sie das Wort aufgelesen? Niemand hatte ihn je so genannt. Er beherrschte sich mit Mühe und versuchte sich eine vernünftige Ausrede einfallen zu lassen. Er dachte einen Augenblick nach. »Ich habe eine Idee«, sagte er. »Hätten Sie Lust, nächste Woche angeln zu gehen? Bei einem Tagesausflug? Mit Picknick und so weiter?«, setzte er rasch hinzu, der königlichen Familie im Stillen für diese Inspiration dankend.

»Angeln?«

»Ja, das macht viel Spaß. Ich war ein-, zweimal dort. Ein Ort namens Olokomeji, etwa hundert Kilometer von hier.«

»Nun ... ja.« Sie überlegte. »Hört sich nicht schlecht an.«

»Wunderbar«, rief Morgan zutiefst erleichtert aus. »Sie brauchen sich um nichts zu kümmern, ich treffe alle Vorbereitungen.« Er legte ihr die Hände auf die Schultern. »Vielleicht sehen wir uns morgen. Ich bin wirklich erledigt. Es tut mir leid«, wiederholte er. Er küsste sie auf den Mund, ließ seine Lippen einen Moment dort verweilen, aber er spürte, dass sich nichts Leidenschaftlicheres ergeben würde. Er erkannte, dass sein Verhalten nach den Regeln des Spiels, das sie spielten, an diesem Abend nicht befriedigend gewesen war und er seine Strafe wie ein Mann auf sich nehmen musste – auch wenn die Aussicht auf den Angelausflug sie ein wenig besänftigt hatte.

6

Die Straße nach Olokomeji führte durch dichten Regenwald. Sie waren früh aufgebrochen, gegen sieben Uhr, da es bis zu dem Fluss eine Fahrt von zweieinhalb Stunden war. Ab und zu kamen sie an kleinen Ansammlungen von Lehmhütten und Verkaufsständen vorüber, die auf Dörfer hindeuteten. Die faszinierten Blicke, die Morgan und Priscilla auf sich zogen, ließen auf den Neuigkeitswert schließen, den Weiße außerhalb der wichtigeren Orte und Straßen noch immer besaßen. Morgan hatte von Moses ein Picknick zubereiten lassen – kaltes Brathuhn und Sandwiches – und hatte eine Kühltasche mit Bierflaschen aus dem Kühlschrank gefüllt. In einem der größeren Dörfer hielten sie an und kauften Obst: eine Ananas, Orangen und Bananen. Priscilla war, wie sie sagte, von der ursprünglichen Natur der Umgebung hingerissen, aber ihre gedrückte Stimmung, als sie recht gleichmütig die nackten Kinder, in Holzmulden Maniok zerstampfende Frauen und geschickt Zuckerrohr zerhackende schlaffbrüstige Großmütter wahrnahm, schien dem zu widersprechen. Priscilla trug ein rotes gepunktetes Kleid mit großen weißen Knöpfen auf der Vorderseite. Als sie die Sonnenbrille abnahm, hatte sie dunkle Ringe um die Augen.

Als sie sich der großen Brücke über den Fluss näherten, hielt Morgan angestrengt nach der ein wenig versteckten

Abzweigung Ausschau, die sie zu ihrem Angelplatz hinunterbringen würde. Er sah sie im letzten Augenblick und musste ein Stück zurücksetzen. Es war ein von Spurrinnen zerfurchter Weg, der sich in behutsamen Windungen an einem dicht bewaldeten Hang zu einer kleinen Lichtung hinunterschlängelte. Dort hielt Morgan an und stieg aus. Die Bäume mit der hellen Rinde ragten hoch über sie hinauf und verbargen die Sonne; Vögel und Insekten zwitscherten und summten erstaunlich lautstark herum. Ein ausgetretener Pfad führte zu den Angelplätzen hinunter.

Morgan klopfte sich gegen die Brust, wobei er »Aaahooahoah, ooahooah!« machte und in kehligem Basston hinzufügte: »Ich Jane.«

Es war nicht sehr lustig, jedes Stückchen Wald gab zu der gleichen Schaustellung Anlass, aber Priscilla musste wie erwartet kichern. »Kasper«, sagte sie. Das war schon besser, dachte er, sie musste ein bisschen aufgeheitert werden – sie hatte wahrscheinlich seit Jahren nicht mehr so früh aufstehen müssen. Sie luden die Picknicksachen und das Angelgerät aus und gingen zum Fluss hinunter. Zu ihrer Rechten, etwa zweihundert Meter stromaufwärts und durch eine Flussbiegung fast der Sicht entzogen, waren die hohen Bögen der Straßenbrücke. Der Fluss war ungefähr fünfzig Meter breit und hatte die Farbe von Milchkaffee. Vor ihnen ragten Felsvorsprünge zehn, fünfzehn Meter in den Fluss hinein, und davor lagen die tiefen Stellen, an denen sich der Nigerbarsch aufhielt. Am anderen Ufer stieg eine steile Felsklippe empor, in deren Zerklüftungen eine Paviankolonie hauste. Es war sehr still. Der Himmel war von ausgewaschenem Blau, und das Wasser war so träge, dass es sich kaum zu bewegen schien.

»Schon recht eindrucksvoll, wie?«, meinte Morgan stolz, als wäre er der Besitzer. »So richtig à la *Herz der Finsternis*, finden Sie nicht auch?«

»Wie sagten Sie?«

»So richtig à la *Herz der* ... ach, nichts. Nicht wichtig.«

»Kann man darin wirklich schwimmen?«, fragte Priscilla. »Das Wasser sieht so schmutzig aus.«

»Natürlich«, sagte Morgan, legte ihr den Arm um die Schulter und gab ihr ein Küsschen auf die Wange. »Ich meine, natürlich kann man darin schwimmen. So, helfen Sie mir mal beim Ausbreiten der Bodenplane.« Sie legten die Plane auf den schmalen Streifen grauen Sands am Uferstrand. Morgan öffnete eine Flasche Bier, hob sie an die Lippen und trank einen herzhaften Schluck.

»Gut«, sagte er. »Hinein in die Schwimmklamotten.« Dieser spezielle Vorgang sollte für ihn ein Hinweis darauf sein, wie der Tag weiter verlaufen würde, und gleichzeitig zeigen, welchen Intimitätsgrad seine Beziehung zu Priscilla schon erreicht hatte. Seine letzte Gefährtin an ebendiesem Ort, die schnurrbärtige Gattin des Fiathändlers mit den rubensschen Formen, hatte die Urwüchsigkeit der Szenerie dazu veranlasst, sich für die Dauer ihres Aufenthalts sämtlicher Kleider zu entledigen, und sie und Morgan hatten herumgeplantscht und geangelt und gevögelt wie zwei fleischige, nackte Überlebende eines nuklearen Holocaust. Doch bei all ihrer spontanen edlen Wildheit hatte er gespürt, dass ihre verweichlichten Körper, ihre empfindlichen Hautpartien und sonnenbrandgeröteten Gesäßbacken, ihr gekühlter Gancia und die Papptrinkbecher sie zu einem schreienden Anachronismus machten in dieser urtümlichen und unkultivierten Landschaft. Er erwartete von Priscilla keine solche Verwandlung, hoffte aber doch, sie würden nicht die traditionellen züchtigen Konventionen beachten müssen, wenn sie ihre Badekleidung anzogen. Er war daher sehr enttäuscht, als Priscilla ihr Kleid aufknöpfte und offenbarte, dass sie darunter schon ihren Badeanzug trug. Er war marineblau und reichte bis zum Hals, und unter dem straffen Nylon zeichnete sich um die Brust herum eine komplizierte Korsettapparatur aus Plastik ab: Es war in etwa der Badeanzug, wie ihn die Kapitäninnen von Schwimmteams an Mädchenschulen trugen.

Ein wenig verwirrt und jäh seines naturistischen Elans beraubt, schlang er sich ein Tuch um die Taille, ließ mit einigen Schwierigkeiten die Unterhose herunter und schlüpfte in die Badehose, psychedelisch gemusterte Surfingshorts, aus den USA importiert und in Nkongsamba im Kaufhaus erworben. Diese weiten Shorts verhüllten seine dicken Schenkel und sollten mit ihrem Gewirr von Farben von seinem überhängenden Bauch ablenken.

»Du liebe Güte« war alles, was Priscilla zu sagen vermochte, als er schwungvoll das Tuch entfernte. Sie schien in unempfänglicher Stimmung zu sein, und so richtete er die Angelruten her und versah sie mit fingerdicken Würmern, die Friday am frühen Morgen aus dem Komposthaufen im Garten ausgegraben hatte. Eine purpurrote klebrige Masse und eitriger Schleim bedeckten bald seine Finger, als er die Würmer an den großen Haken befestigte. Priscilla wandte sich dabei ab – ihr werde sonst schlecht, sagte sie. Sie war zweifellos launisch heute. Sie wateten zum größten der Felsbrocken hinaus. Das Wasser war fast wannenwarm, und vom Flussbett löste sich Schlamm ab. Priscilla breitete ihr Tuch auf einem flachen Felsblock aus, während Morgan zurückstapfte, um das Bier zu holen. Als das sicher untergebracht war, warf er Priscillas Angelleine ins Wasser hinaus und klemmte die Rute in das Gestein neben ihrem Kopf.

»Sie sind hier zum Angeln, denken Sie daran«, ermahnte er sie scherzend. »Ein Sonnenbad können Sie jeden Tag im Club nehmen.«

»Oh, seien Sie kein solches Ekel«, sagte sie, flach auf dem Rücken liegend, Augen geschlossen, die Arme neben sich ausgestreckt, Handflächen nach unten. »Es ist so herrlich.«

Morgan vollführte vor Wut einen kleinen Tanz auf seinem eigenen Felsen nebenan, wobei er lautlose Verwünschungen ausstieß und mit den Fingern zu ihr hin das V-Zeichen machte. Dass sie sich so benahm, war nicht vorgesehen. Aber er sagte sich, dass sie ja noch Zeit hatten; der Vormittag war erst zur Hälfte um. Olokomeji wirkte immer beruhigend auf ihn. Die Sonne brannte herunter, ein Auto brummte über die Brücke, der Schwimmer an seiner Angelleine hing ruhig im Wasser. Er nahm einen großen Schluck aus seiner Bierflasche, die kalte, bittere Flüssigkeit rann ihm die Kehle hinunter, und mit dem Alkohol breitete sich ein Gefühl der Zufriedenheit in seinen Adern aus.

Zwei Stunden später schwammen der Fluss und seine Ufer in einem angenehmen alkoholischen Dunstschleier. Morgan hatte sich einen alten Buschhut aufgesetzt und ein Hemd über die Schultern geworfen gegen die Sonne, die immer heißer brannte, je mehr sie sich dem Zenit näherte. Er hatte seine Leine mehrmals ausgeworfen, aber der erste Wurm hing noch immer an seinem Haken. Er wollte gerade Lunch und eine anschließende kleine Mittagsruhe vorschlagen, als Priscilla mit geschlossenen Augen ausrief:

»Was ist das für ein ratterndes Geräusch? Sind Sie das, Morgan?« Er blickte hinüber und sah, dass ihre Angelrute wie wütend bebte und das Fiberglas zuckte und sich krümmte, als wäre plötzlich Leben hineingefahren. Er krabbelte hinüber.

»Donnerwetter!«, rief er. »Sie haben einen Fisch gefangen!« Er packte die Rute, die sich in seiner Hand aufbäumte, als er die Beute heranzog. Priscilla sah ihm fasziniert zu.

»O Gott, ... es ist ... auch noch ... ein recht großer«, knurrte er entgeistert. Er hatte bei Olokomeji noch nie einen Fisch gefangen.

Der zappelnde Fisch wurde gleich darauf in das flache Wasser um den Felsen herum gezogen. Morgan schob Priscilla die Angelrute in die Hand und kletterte hinunter. Er schlang sich die Leine ein paar Mal um die Hand und zog den zuckenden Fisch aus dem Wasser. Es war ein Nigerbarsch, der seine fünf, sechs Pfund schwer sein mochte, ein strammer, brauner Bursche mit einem stumpfen Gesicht. Er hob ihn auf die ebene Felsfläche hinauf, wo er auf dem heißen Stein zuckte und bebte.

Das eine sichtbare Auge des Fisches schien sie feindselig anzustarren, als sie zu ihm hinunterblickten.

»Sollte man ihn nicht töten?«, meinte Priscilla. »Sie können ihn doch nicht so backen und – na ja, sterben lassen.« Morgan pflichtete ihr bei. Das Dumme war nur, dass er noch nie einen so großen Fisch gefangen und sich auch nie gefragt hatte, wie man so ein Tier von seinen Qualen erlöst. Hatten geübte Angler für so einen Zweck eine Pistole dabei oder ein elektrisches Betäubungsgerät?

Er drückte mit der Handfläche auf das schlüpfrige Ding und zog mit der anderen Hand den Haken aus dem Maul. Diese neue Tortur trieb den Fisch zu erneuten Anstrengungen, und er hüpfte und zappelte wild auf dem Felsen herum.

»Lassen Sie ihn nicht wieder hineinfallen!«, quiekte Priscilla.

Morgan packte den Barsch mit beiden Händen; der Fisch war so dick, dass seine Finger sich nicht ganz um ihn schlossen. Es war, als hielte man einen abgetrennten, aber noch von Leben vibrierenden Schenkelmuskel in den Händen. Mit den Winzlingen, mit denen er es bisher zu tun gehabt hatte, war er leicht fertig geworden: Er hatte den Schwanz zwischen Daumen und Zeigefinger genommen und den Kopf auf einen Stein geklatscht. Er wollte es mit einer Abwandlung dieser Methode versuchen und beugte sich, den erschöpften Fisch noch immer umklammert haltend, zu einigen unregelmäßigen Auswüchsen des Felsens hinunter.

»Schnell!«, kreischte Priscilla. »Töten Sie ihn – lassen Sie ihn nicht länger leiden.«

Das ist leichter gesagt als getan, du dummes Ding, fluchte Morgan in sich hinein und klatschte den Kopf versuchsweise gegen den Felsen. Der Fisch, durch diesen Schlag zu einem letzten Aufbäumen inspiriert, wand sich, glitt ihm aus den Händen und fiel von der Felskante herunter auf einen Sandstreifen zwischen diesem und dem nächsten Vorsprung.

Böse fluchend sprang Morgan ihm nach und packte den zuckenden Fisch zum letzten Mal.

»Gut, du Aas, jetzt kriegst du's!«, knurrte er und schmetterte die obere Hälfte des Fisches gegen die Seite des Felsens. Einmal, zweimal, dreimal, Fleischstückchen und Blut spritzten ihm auf die Unterarme, und sehr bald fühlte sich der Fisch schlaff und leblos an.

»Sie haben ihn doch nicht verdorben?«, fragte Priscilla mit bebender Stimme.

Morgan blickte auf. Priscilla stand über ihm auf der Felskante. Er drehte den Fisch um; ein Puppenauge hing aus dem Matsch heraus, den er aus dem Kopf gemacht hatte. Silbrige Schuppen blinkten vom Felsen auf.

»Nein«, sagte er, »alles in Ordnung.« Er richtete sich auf. Feuchter Sand klebte an seinen Beinen, Fischblut bedeckte seine Finger und tropfte ihm von den Unterarmen. Er sprang so behände, wie er vermochte, wieder auf die Felsplatte hinauf.

»So, da haben Sie Ihren Fisch«, sagte er mit rauer Stimme, und die Brust wogte ihm noch von der Anstrengung.

Morgan und Priscilla verzehrten ihr Mittagessen in unbehaglichem Schweigen. Sie war recht kleinlaut geworden, während er mit urtümlichem Genuss in ein Hühnerbein biss. Er war in Hochstimmung. Herrgott, dachte er, D. H. Lawrence hätte diese Episode nicht geschickter einfädeln können: das Gewalttätige, das Blut, die männliche Aggression, die bewundernde Frau – die Luft zitterte von empfundenem Leben. Außerdem – der Gedanke kam Morgan plötzlich – wenn DHL sich nicht völlig täuschte, sollte er jetzt leichtes Spiel mit ihr haben.

Priscilla legte sich auf ihr Tuch zurück. »Autsch!«, kreischte sie fast sogleich danach und setzte sich wieder auf, mit der Hand nach dem Rücken tastend. Morgan sah eine halb betäubte große schwarze Ameise wacklig über das Tuch krabbeln.

»Da ist der Bösewicht.« Er deutete darauf und verfolgte, wie Priscilla die Ameise mit dem Absatz ihrer Sandale platt klatschte. Großartig, dachte er, jetzt haben wir beide getötet.

»Das hat wehgetan«, klagte sie und drehte den Rücken zu ihm hin. Er sah die Bissstelle, einen kleinen Wulst gleich links vom oberen Ende ihres Rückgrats. Er bedeckte sie mit seinen Lippen und fuhr behutsam mit der Zunge darüber.

»So«, sagte er und nahm sie in die Arme. Sie küssten sich, und er ließ sie wieder auf das Tuch hinuntersinken. Er blickte, auf den Ellenbogen gestützt, in ihr Gesicht. Liebevoll strich er ihre Ponyhaare mit den Fingern beiseite und küsste sie dann noch einmal mit bewusster Zurschaustellung leidenschaftlicher Hingabe.

Dies ging zwei Minuten so weiter, bis Morgan aufhörte und wieder die Ellenbogenstellung einnahm. Er streifte ihr wie beiläufig den rechten Träger ihres Badeanzugs von der Schulter. »Also ich glaube«, sagte er im Tonfall kindlichen Tadels, »Sie gefallen mir allmählich gefährlich gut.« Priscilla lehnte sich zurück, die Lippen leicht geöffnet. Vielleicht hatte sie zu viel Bier getrunken, mutmaßte Morgan, daher ihre Passivität. Sie fuhr ihm mit der Hand durchs Haar, was er gar nicht gern hatte.

»Warum gefährlich?«, fragte sie neckend.

Morgan schob den anderen Träger herunter, so weit es

ging, und beugte sich hinunter, um sie aufs Schlüsselbein zu küssen. »Weil ich glaube« – er sah sie ernst an und nahm seinen ganzen Mut zusammen –, »dass ich im Begriff bin, mich in Sie zu verlieben ...«

»O Morgie«, seufzte sie, legte ihm die Arme um den Hals und zog sich hoch, damit sie ihn küssen konnte, und als sie das tat, hakte er die Finger unter das Rückenteil ihres Badeanzugs und streifte ihn herunter. Er spürte die Kühle einer entblößten Brust an der seinen. Er ließ sie wieder auf das Tuch hinuntergleiten. Eine hellrosa Brustwarze zeigte sich über dem dunkelblauen Nylonstoff des Badeanzugs. Behutsam entblößte er die andere und zog Priscillas Arme aus den Trägern, als entkleide er ein Kind. Ihre konischen Brüste waren unglaublich fest und mädchenhaft und ragten der Schwerkraft zum Trotz stracks vom Brustkorb auf. Morgan küsste sie ehrfurchtsvoll, sie waren kalt und betüpfelt mit winzigen Sandkörnern. Priscilla lag still da, einen etwas ratlosen Blick auf dem Gesicht und die Schultern hochgezogen, als wäre sie sich nicht ganz sicher, wie sie in diese Lage gekommen war.

Morgan kniete neben ihr nieder. »Sie sind sehr schön«, sagte er in angemessen ehrfurchtsvollem Ton. Er löste die Halteschnur seiner Badehose, erhob sich und schob die Daumen unter den Hosenbund. »Sehr schön«, wiederholte er und schob die Hose herunter, wobei er bemerkte, dass Priscilla sich nicht bewegt hatte. Er hatte die Hose schon über die Gesäßbacken hinuntergeschoben, als Priscilla plötzlich sagte:

»Morgan, um Gottes willen – was machen Sie da?«

Er zog die Hose wieder hoch und legte sich abermals

neben sie. Er küsste ihr Gesicht und ihren Hals. Dumm von mir, dachte er, die Reihenfolge zu verwechseln. »Tut mir leid, Schatz«, sagte er und ließ die Hand unter ihren Badeanzug gleiten, der sich jetzt um ihre Taille bauschte. Sie zog abwehrend die Knie hoch.

»Nein, Morgan, bitte nicht.«

»Aber warum, Liebes? Ich liebe Sie wirklich, ich hab's Ihnen doch gesagt.« Er versuchte jeden weinerlichen Ton in der Stimme zu vermeiden. Priscilla setzte sich auf und zog das Vorderteil des Badeanzugs über ihre Brüste. Morgan sah ungläubig zu. Sie lächelte ihn traurig an und legte ihre Stirn gegen die seine. Sie küsste ihn auf die Nase.

»Ich weiß, Morgie«, sagte sie in einem überzeugten Ton, den er irritierend fand. »Aber ich kann nicht. Nicht heute. Haben Sie das nicht bemerkt, Sie Dummerchen? Ich habe meine Tage.«

Am späten Nachmittag waren sie wieder in Nkongsamba, mehrere Stunden früher als geplant. Kurz vor dem Konsulat bat ihn Priscilla, am Straßenrand anzuhalten. Sie ergriff mit beiden Händen seine rechte Hand.

»Es war ein wunderschöner Tag«, sagte sie. »Sie waren so lieb. Es tut mir nur leid …«

»Nein, *mir* tut es leid«, sagte er. Er meinte das auch so. »Unglaublich dumm von mir.« Sie beließen es dabei und saßen noch eine Weile stumm im Wagen. Morgan verspürte ein leichtes Übelkeitsgefühl, als hätte er eine ganze Sahnetorte oder fünf Tafeln Schokolade gegessen.

»Mor?«, sagte sie zögernd.

Mor? Es dauerte einen Augenblick, bis ihm mit einem

weiteren inneren Erschauern bewusst wurde, dass sein Name noch einmal verkürzt worden war.

»Ja?«

»Haben Sie … haben Sie das ernst gemeint, was Sie vorhin gesagt haben?«

»Was?«

»Das mit mir … wie Sie zu mir stehen.«

Er beugte sich zu ihr hinüber und küsste sie. »Natürlich«, sagte er rasch. Sie klammerte sich eine Sekunde lang fest an ihn.

»Oh, ich werde Sie vermissen«, sagte sie in verlangendem Ton.

»Mich vermissen?«, fragte er. »Wo zum … wo gehen Sie denn hin?«

»Habe ich das nicht gesagt? Ich hatte es Ihnen sagen wollen. Mami und ich fahren ein paar Tage zu den Wagners.« Sie drückte seinen Arm. »Aber ich bin bald wieder da.« Sie küsste ihn auf die Wange und öffnete die Tür. »Sie brauchen nicht mit hereinzukommen.« Sie stieg aus, schloss die Tür und warf ihm durchs offene Fenster eine Kusshand zu. »Bis in ein paar Tagen.«

Morgan griff hinter sich nach einem nassen, in Zeitungspapier eingewickelten Bündel. »Hier«, sagte er und versuchte, keine Bitterkeit in seiner Stimme mitschwingen zu lassen, »vergessen Sie Ihren Fisch nicht.«

Er wendete den Wagen und fuhr sofort in die Stadt zurück zu dem Hotel, in dem Hazel zurzeit wohnte. Er drückte ungeduldig fünf Minuten lang auf die Hupe, bis der Besitzer herauskam, um zu sehen, was los war.

»Hazel?«, fragte Morgan. »Ich warte auf Hazel.«

Der Besitzer breitete die leeren Hände aus. »Tut mir leid, Sah«, sagte er voller Mitgefühl. »Sie nicht da. Gestern Abend nicht heimgekommen.«

Das war der Augenblick, in dem Morgan beschloss, eine Wohnung für sie zu suchen.

7

Celia Adekunles Einladung traf wie versprochen ein, und Morgan und Fanshawe besprachen eingehend die bevorstehende Party. Morgan hatte schon vorher einen zusätzlichen Köder gefordert – Britanniens guter Wille allein genügte nicht, um Adekunle aus seiner behaglichen neutralen Position hervorzulocken.

»Ihn wissen zu lassen, dass wir ihm die Daumen drücken, ist schön und gut«, sagte er am Freitagmorgen vor der Party. »Aber wir müssen noch mehr tun, wenn wir zu einer verbindlicheren Interessengemeinschaft gelangen wollen.«

»Gewiss«, gab Fanshawe zu, »aber der Mann darf nicht das Gefühl bekommen, unsere Unterstützung sei das Selbstverständlichste von der Welt.«

»Nein«, pflichtete ihm Morgan vorsichtig bei.

»Wir müssen erreichen, dass er uns für diese frühe Anerkennung dankbar ist. Dass er uns gegenüber eine Verpflichtung empfindet.«

»Ja. Nun, ich bin da nicht so ganz sicher.« Nicht zum ersten Mal fragte sich Morgan, ob er und Fanshawe in die gleiche Richtung dachten.

»Ich habe heute Morgen mit der Hauptstadt telefoniert«, informierte ihn Fanshawe. »Sie sind dort zufrieden mit der Entwicklung hier, sehr zufrieden. Es sieht immer mehr so aus, als hätte die KNP bei den Wahlen die größten Chancen, und sie wollen, dass wir unsere Linie weiterverfolgen. Sie möchten, dass Adekunle nach London kommt.«

»Nach London?«

»Ja, irgendwann vor den Wahlen. Aber nur, wenn wir uns seiner Einstellung sicher sind.«

»Ich weiß nicht, ob wir …«, begann Morgan unsicher.

»Unsinn.« Fanshawe wischte seine Bedenken beiseite. »Aber ich will Ihnen was sagen: Bieten Sie es ihm als eine Art Belohnung an. Sie wissen schon. Tickets erster Klasse, zwei Übernachtungen im Claridge's. Das sollte ihn richtig einstimmen«, meinte Fanshawe zuversichtlich. Morgan fragte sich, ob sie von demselben Adekunle sprachen. Fanshawes Vorgehensweise schien einem anderen Zeitalter anzugehören, als wären Flugtickets und Hotelreservierungen die neueste Version von Glasperlen und Decken.

Morgan saß da und machte ein eher skeptisches Gesicht. »Nur keine Angst«, sagte Fanshawe. »Wir bieten der KNP praktisch die offizielle Anerkennung, ehe noch eine einzige Stimme abgegeben ist. Darauf muss er anbeißen. Ha, er sollte Ihnen eigentlich aus der Hand fressen.«

So war es denn ausgemacht worden. Wenn sich Adekunles probritische Einstellung erst erwiesen hatte, sollte er – eine Geste des guten Willens – auf Kosten der britischen Steuerzahler nach London fliegen. Morgan war nicht glücklich über diesen Schritt, der zu viel als selbstverständlich vorauszusetzen schien, und als er am Abend in die Stadt fuhr, war er in recht nervöser Verfassung. Fanshawe erwartete große Dinge von ihm, aber er hielt es durchaus für denkbar, dass Adekunle ihn als Eindringling vor die Tür setzte.

Das Hotel de Executive war ein viergeschossiger, L-förmiger Betonklotz, der, ein wenig von der Straße zurückgesetzt, auf einem von einer hohen Mauer umgebenen Grundstück stand. Am Bürgersteig parkte eine lange Reihe von Wagen, und er musste einige hundert Meter weit fahren, bis er eine Lücke fand. Zu seiner Überraschung herrschte beim Hotel kaum Betrieb. Einige wenige junge Leute saßen müßig an Gartentischen, aber er hörte Musikgeräusche und Stimmenlärm von der Rückseite des Hotels her. Im Foyer zeigte er seine Einladung einem Mädchen, das an einem Tisch saß und ihn einen dunklen Gang hinunterwies. Als er aus diesem heraustrat, befand er sich auf einem großen Hof, den zwei Seiten des L und eine Art erhöhte, überdachte Galerie einfassten. Er stand im Winkel des L: Zu seiner Linken spielte eine Band, und vor ihm war eine betonierte Tanzfläche. Darum herum waren Tische und Stühle aufgestellt, und auf der erhöhten Galerie gegenüber der Band war eine lange bambusverkleidete Bartheke. Lampen leuchteten von der Seitenwand des Hotels herunter, und überall auf dem Hof hingen an Schnüren farbige Glühbirnen.

Es wimmelte von Gästen. Morgan machte ein paar weiße Gesichter aus, aber die meisten Gäste waren Schwarze und trugen die prächtige kinjanjanische Tracht. Er schob sich ein wenig befangen auf die Bar zu. Oben war ein Transparent gespannt mit der Aufschrift HERZLICHEN GLÜCKWUNSCH, SAM!, und auf einem anderen darunter hieß es JETZT HANDELN! WÄHLT KNP! WÄHLT SAM ADEKUNLE! Soweit Morgan erkennen konnte, war von dem Geburtstagskind und seiner Frau nichts zu sehen. Es war sehr heiß wegen der Lampen und des Gedränges, und der Lärm war fast unerträglich. Die Band schmetterte blecherne Highlife-Musik, die eigentlich jede Unterhaltung hätte unmöglich machen sollen, aber die Gespräche gingen trotzdem erregt und schrill weiter. Er bestellte ein Bier, aber als er bezahlen wollte, wurde abgewinkt. Getränke frei für so viele – Morgan war beeindruckt; Adekunle war nicht knauserig. Er trank von seinem Bier und ließ den Blick über die Menge schweifen. Er sah einige vertraute Gesichter, so zum Beispiel den Bürgermeister von Nkongsamba und Ola Dunyodi, Kinjanjas berühmtesten Dramatiker, sowie einige Kollegen Adekunles von der Universität. Die ganze Szene erinnerte an eine amerikanische Wahlkampagne, bis hin zu den Nutten. Denn an der Bar hielten sich einige auffällig nach der letzten westlichen Mode gekleidete Mädchen auf, die hochaufgetürmte Perücken und teuren Schmuck zur Schau stellten. Wahrscheinlich waren sie aus der Hauptstadt herübergekommen, denn für Nkongsamba sahen sie zu flott aus.

Jemand berührte ihn am Ellenbogen. Es war Georg Muller, der Sägewerksbesitzer und westdeutsche Geschäftsträger. Er war Anfang fünfzig und hatte ein faltiges, müde wirkendes Gesicht. Manchmal sah er auch krank aus, aber heute Abend war es nur Müdigkeit. Er hatte gelbliche Flecken auf den Zähnen und einen störrischen, drahtigen Spitzbart, der Morgan an Lauchwurzeln erinnerte. Er trug ein ungebügeltes weißes Hemd und eine senffarbene Hose, die fast zu seinem Lächeln passte.

»Der Anzug gefällt mir, Morgan«, sagte er. Er sprach etwas schleppend und heiser, als erhole er sich gerade von einer Kehlkopfentzündung. »Maßgeschneidert, wie?«

»Nein«, sagte Morgan und kam sich neben Mullers zerknitterter Lässigkeit peinlich herausgeputzt vor. »Ich habe noch was vor. Bin nur kurz vorbeigekommen.«

»Ich wusste gar nicht, dass Sie ein Freund von Sam sind«, sagte Muller.

»Ich bin ihm ein-, zweimal begegnet ... Celia hat mich eingeladen.«

»Aah, die reizende Celia.« Muller machte mit seinem Glas eine Bewegung zum Hof hin. »Keine üble Party. Haben Sie die Flittchen gesehen? Man sagt, Adekunle hätte einige von Lagos und Abidjan einfliegen lassen. Er wird heute Abend viele beeindrucken. Trotzdem, ich wünsche ihm Glück.«

»Ist das die offizielle Politik der BRD?«, fragte Morgan.

Muller lachte. »Uns ist es ziemlich egal, wer gewinnt. Nein, ich spreche als Geschäftsmann. Sam kauft bei mir viel Holz, und wenn er gewinnt – na ja, Sie wissen ja, wie diese Dinge laufen –, dann wird das Geschäft boomen.«

Morgan war neugierig geworden. »Was macht ein Professor für Wirtschaftswissenschaft denn mit Holz?«

»Ha, Mann – ihm gehört doch die größte Baufirma im Mittelwesten, die Ussman Danda Limited. Wo haben Sie denn die letzten Jahre zugebracht, Morgan?«

Morgan errötete. Davon stand nichts in der Kanapeeakte. Er kannte den Namen, im Fernsehen liefen sogar Werbespots der Firma. »Ist das allgemein bekannt?«

Muller zuckte die Achseln und strich sich den Spitzbart. »Ein paar Leute wissen davon«, sagte er. »Es ist kein ganz großes Geheimnis. Ich dachte, Sie hätten davon gehört.«

Morgan wechselte das Thema. »Gehen diese Flittchen auch auf Kosten des Hauses? Wie das Bier?«

»Probieren Sie's doch mal aus.«

»Nein, danke.« Einige wenige Leute waren auf der Tanzfläche und bewegten sich rhythmisch herum, in der betont steifen Art der besseren Gesellschaft, während die Band tapfer schwitzend ihr Bestes gab. Morgan warf Muller einen verstohlenen Blick von der Seite zu. Seine Frau war schon lange tot, und man raunte, er schlafe mit der dreizehnjährigen Tochter seiner Köchin. Aber Muller verriet nie etwas, und Morgan vermutete, dass die Geschichte – wie die meisten der bösartigen Anekdoten, die in Nkongsamba kursierten – ihren Ursprung in einem rachsüchtigen mitternächtlichen Gespräch unter Alkoholeinfluss hatte. Muller sah für Sex zu asketisch aus, wie jemand, der sein Leben lang Opium geraucht hat und dessen Geschlechtsteile vertrocknet sind. Er fand es recht ekelhaft, dass er derart über den Zustand von Mullers Lenden spekulierte, und deshalb wechselte er das Thema.

Kurz darauf gab es eine kleine Aufregung an der Tür, als man einen Weg durch die Menge freimachte und Adekunle erschien, flankiert von Leuten des Parteipräsidiums. Er hielt seinen kurzen Stab über den Kopf und winkte damit. Die Band hörte mitten in einem Stück auf zu spielen, und die Menge brach in lauten Applaus aus. »KNP, KNP, KNP«, wurde gerufen.

Heute Abend ähnelte Adekunle mehr denn je einem afrikanischen Heinrich VIII. Sein schon beträchtlicher Körperumfang wurde noch betont durch die voluminösen Falten seines einheimischen Kostüms, das weiß war und besetzt und bestickt mit Goldfäden. Er bewegte sich langsam zwischen seinen Gästen, Hände schüttelnd, winkend und breit lächelnd. Einige verbeugten sich, andere machten einen Kniefall, duckten sich nieder und strichen über den Boden vor ihm mit den Fingern ihrer rechten Hand.

»Natürlich«, flüsterte Morgan Muller zu, »er ist ja ein Chief, nicht wahr?«

»Einer der größten«, erwiderte Muller. »Seinem Vater gehörte praktisch ganz Nkongsamba, ehe die Briten es ihm fortnahmen.«

»War das so?«, sagte Morgan erstaunt.

»O ja. Durch Enteignung, irgendwann vor dem Krieg. Ich glaube, sie haben ihm zweihundert Pfund dafür gegeben.« Er hielt inne und sah Morgan belustigt an, während der diese Information verdaute. »Ach«, setzte er hinzu, »da ist Celia.« Morgan sah hin und entdeckte Celia Adekunle unter den anderen in Adekunles Gefolge. Sie trug ein prächtiges einheimisches Kostüm in Rot und Blau, und ihr schmales Gesicht wirkte noch kleiner unter dem hoch aufgeknoteten Kopftuch. Sie lächelte ein wenig verkrampft, während sie die Grüße der treuen Anhänger entgegennahm und erwiderte. Er hatte plötzlich großes Mitgefühl mit ihr.

Adekunle bewegte sich schließlich zur Mitte der Tanzfläche, wo man ein kleines Podium hingerückt hatte. Er bestieg dieses Podium und hob die Hände, damit es still wurde.

»Freunde«, dröhnte seine Stimme, »Freunde, ich danke euch, ich danke euch. Ich habe nur ein paar Worte für euch heute Abend. Bekanntlich heißt es, ›Du müssen reden, eh' sie ganzes Bier getrunken.‹« Der Einschub in Pidgin-Englisch löste schallendes Lachen und Füßetrampeln aus. Morgan und Muller benutzten die Gelegenheit, um sich zur Bartheke zurückzuziehen, wo Bruchstücke von Adekunles Rede über die Köpfe der Zuhörer zu ihnen herüberwehten. Es steckte viel lautstarke Rhetorik und grobe Verleumdung darin, und an einer Stelle bekam Morgan den Politiker zu Gesicht, der, das Gesicht vor Emphase verzerrt, den Stab schwingend und die breiten Schultern hebend, die von einem Opponenten verfolgte Linie schlechtmachte. Morgan wusste, dass er um des Projekts Kanapee willen eigentlich aufmerksam hätte zuhören sollen, aber Demagogik schien in seinem Hirn entscheidende Stromkreise abzuschalten. Als die Beifallsrufe an Lautstärke zuzunehmen begannen, flüsterte Morgan Muller ins Ohr:

»Auf einem Podium scheint er ein anderer zu sein.«

»Sie erwarten das«, sagte Muller. »Sie glauben, wenn jemand sich nicht Gehör verschaffen kann, dann kann er sich auch nicht durchsetzen.«

Morgan wurde sich plötzlich seines fast völligen Mangels an Erfahrung bewusst. »Wie lange sind Sie schon hier unten, Georg?«, fragte er.

»In Kinjanja? Seit 1948. Aber davor war ich schon in Kamerun.«

»Glauben Sie, Adekunle gewinnt?« Er sagte das betont beiläufig.

»Hier im Mittelwesten gewinnt er. Und ich glaube, die KNP gewinnt auch in den anderen Landesteilen. Das heißt, wenn das Militär sie lässt.«

Morgan nickte zustimmend, als ob er Bescheid wüsste, und fragte sich im Stillen verwirrt, was das Militär wohl damit zu tun hatte.

»Ich sehe hier keine Leute von der Armee heute Abend – Sie?«, fragte er, auf Zeit spielend.

Muller ließ den Blick über die Menge wandern. »Sie haben recht«, sagte er. »Gut gesehen. Nicht mal in Zivil. Natürlich sind die Politiker zurzeit beim Militär sehr unbeliebt.«

Diese Zufallsbeobachtung verschaffte Morgan eine leise Erregung, doch die damit verbundene Problematik verwirrte ihn ein wenig. Aber immerhin hatte er heute Abend doch schon einige Informationen gesammelt. Er konnte jetzt zu Fanshawe sagen: »Übrigens – auf Adekunles Party gestern Abend war kein einziger Bursche von der Armee. Recht interessant, finde ich.« Und Fanshawe würde nicht die leiseste Ahnung haben, wovon er sprach, aber dennoch beeindruckt sein. Seinem Glück weiter vertrauend, erinnerte sich Morgan einer Schlagzeile in einer Lokalzeitung über Beförderungen in der Armee.

»In den Kasernen sind einige interessante Umgruppierungen im Gange«, sagte er aus dem Mundwinkel heraus zu Muller.

Muller nickte. »Orimi-Peters ist Moslem, wissen Sie.«

»Ganz recht«, sagte Morgan. »Sehr interessant.« Die undurchsichtige, wolkige Leere seiner Ignoranz schien sich vor ihm hin in die Ferne zu erstrecken. Er beschloss, lieber nichts mehr zu sagen, ehe Muller merkte, was für ein Schwindler er war. Er schämte sich plötzlich. Kinjanja war ihm, wie er sich eingestand, ein Geheimnis, er wusste so gut wie nichts über die Denkweise seiner Bevölkerung, über die Art, wie der durch die Kolonialzeit bedingte institutionelle Überbau mit dem traditionellen Stammeshintergrund verknüpft war; er wusste nichts darüber, wie ethnischer, rassischer und religiöser Druck insgeheim das Geschehen beeinflusste. Er wäre plötzlich am liebsten gegangen und war sich eines absurden, gegen Muller gerichteten Grolls bewusst, gegen den Mann mit seinem gesicherten Wissen und seiner Erfahrungsbreite. Vielleicht kommt das davon, wenn man mit den Kindern seiner Dienstboten schläft, dachte er und schämte sich sofort erneut seiner Bösartigkeit. Da zeigte ein längerer Applaus das Ende von Adekunles Rede an.

»Noch ein Glas?«, fragte Morgan, als wolle er seine kleinmütigen Gedanken wettmachen.

»Nein, danke«, sagte Muller. »Nie mehr als eins, sagt der Onkel Doktor.«

»Doch nicht Dr. Murray?«, sagte Morgan verächtlich.

»Alex Murray? Ich wollte, der wär's, aber um den zu kriegen, muss man an der Universität sein.«

»Zumindest ist er konsequent.«

»Oh, sehr konsequent«, sagte Muller, Morgans Feststellung missdeutend. »Ein sehr konsequenter Mann.«

Muller ging kurz darauf, und Morgan plauderte noch eine Weile mit einigen Leuten von der Universität, die er kannte, und fragte sich, wie er an Adekunle herankommen konnte, um ihm seinen neuen Vorschlag vorzutragen. Er verbrachte einige Zeit damit, sich innerlich wiederaufzurüsten, denn sein Selbstvertrauen hatte doch seit seinem Eintreffen im Hotel de Executive stark gelitten. Er kam sich vor wie ein Untergebener im Mittelalter, der einem Feudalherrn oder einem beleibten Bischof ein Anliegen vortragen will, oder wie eine jener zweitrangigen Figuren in Shakespeares Römerdramen, die den Hauptpersonen mit ihren kleinlichen Streitereien in Erbschafts- oder Eigentumsfragen auf die Nerven fallen. Adekunles Format und Prestige beeindruckte ihn jetzt viel stärker nach all den massiven Lobhudeleien, die die versammelten Würdenträger ihm zollten. Gleichzeitig empfand er das Unwirkliche, Törichte und Undurchdachte von Fanshawes »Mission« für ihn. Er und Fanshawe waren wie zwei zurückgebliebene Kinder, die zusammen ein Spiel spielten, während die wirkliche Welt unberührt an ihnen vorbeibrauste.

»Lächeln«, sagte Celia Adekunle, die auf ihn zukam. »Warum so trübsinnig? Das hier soll doch eine Party sein.«

»Entschuldigen Sie«, sagte er bedrückt. »Ich habe so vieles im Kopf.«

»Wirklich? Kann ich etwas für Sie tun?«

Morgan lachte bitterer, als er beabsichtigt hatte. »Das bezweifle ich.« Dann setzte er hinzu: »Entschuldigen Sie. Danke der Nachfrage, aber so wichtig ist es nicht. Ich muss sagen, das ist ein herrliches ... ehem, Kostüm, das Sie da tragen.« Das Tuch war schwer, und die Farben leuchteten, und sie trug viel Gold um Hals und Handgelenke.

»Vielen Dank«, sagte sie nicht sonderlich begeistert. »Ich trage dieses Zeug nicht ständig, wissen Sie, und möchte nicht, dass Sie glauben, ich sei völlig zur Eingeborenen geworden.« Der überraschende Nachdruck, den sie auf dieses Wort legte, brachte sie beide in Verlegenheit. Morgan blickte in eine andere Richtung.

»Viele Leute hier«, sagte er. »Glauben Sie, es gibt eine Gelegenheit, mit Ihrem Gatten zu sprechen? Oder hoffe ich da vergeblich?«

»Sie scheinen sehr an einem Gespräch mit Sam interessiert zu sein«, entgegnete sie nachdenklich und zündete sich eine Zigarette an. »Ich habe ihm gesagt, dass Sie kommen. Er erwartet Sie.«

»Oh«, sagte Morgan dankbar. »Das war sehr liebenswürdig von Ihnen.«

»Schon gut.« Celia Adekunle musterte ihn durch eine Rauchwolke. »Warten Sie einfach, bis der offizielle Teil der Party vorüber ist.«

»Gut«, sagte Morgan. »Darf ich Ihnen inzwischen etwas zu trinken besorgen?« Er brachte ihr ein neues Glas und plauderte dann eine Weile mit ihr. Er fragte sie, wo sie und Adekunle sich kennengelernt hatten.

»Ausgerechnet in Sheffield«, sagte sie. »Sam hat dort sein Diplom gemacht. Ich war die Sekretärin seines Professors. Sam hatte einmal Schwierigkeiten bei seinem Stipendium, und da habe ich ihn ein Semester lang oft im Büro gesehen – es waren Formulare zu unterschreiben und Briefe abzufassen gewesen.« Sie hielt inne und fuhr dann fort: »Er war so anders als die anderen Studenten. Viel älter natürlich, sehr ehrgeizig und irgendwie erfahren, obwohl er sich in Sheffield zuerst etwas verloren vorkam. Ein schwarzer Student zu sein, das war damals nicht gerade lustig. Wir sind ein paar Mal ausgegangen ... haben schon so manchen schiefen Blick auf uns gezogen.«

»Wann haben Sie geheiratet?«, forschte Morgan nicht ganz uninteressiert weiter.

»Sam hat anschließend seinen Doktor in Harvard gemacht. Er kam dann plötzlich nach einem Jahr zurück und hat mir einen Antrag gemacht, und dann haben wir geheiratet.« Sie zuckte die Achseln. »Wir sind zwei Jahre in den Staaten geblieben. Mein erster Junge kam dort zur Welt. Dann sind wir hierhergezogen.«

Morgan lächelte verlegen. Diese Geschichte war in eigenartig leidenschaftslosem Ton erzählt worden, und er wusste nicht, was er davon halten sollte. »Dann sind Sie also von Beruf Sekretärin«, sagte er etwas unbeholfen.

»Nein, angefangen habe ich als Krankenschwester. Aber ich habe es nicht ausgehalten. Meine Mutter war Hebamme, und ich bin in den Beruf eher hineingezwungen worden. Aber dieser Beruf ist nicht für jeden etwas, man muss dazu veranlagt sein. Mich hat es einfach niedergedrückt. Ewig kranke Menschen, Leute, die sterben.« Sie stieß ein schrilles, helles Lachen aus. »Ich hätte Hebamme werden sollen. Die Leute auf die Beine stellen, anstatt ihnen erst am Ende des Lebens zu begegnen.«

»So sind Sie dann Sekretärin geworden.« Morgan hatte das Gefühl, dass er nicht gerade die intelligentesten Fragen stellte, aber sie schien ganz gern von sich zu erzählen.

»Ich habe zunächst abgewartet, war noch nicht fest entschlossen. Es schien eine ganz gute Zwischenlösung zu sein, aber dann habe ich gemerkt, dass es mir Spaß macht, vor allem die Arbeit an einer Universität. Lauter intelligente Leute um einen herum und so. Mein Chef war auch ein sehr netter Mensch.«

»Sams Professor.« Morgan vermutete, dass da noch eine Geschichte schlummerte.

»Ja. Er war ein freundlicher Mensch. Er … Dann« – sie machte eine gespielt dramatische Geste – »trat Sam Adekunle in mein Leben und brauchte eine Unterschrift auf einem Stipendiumsformular.«

Morgan sah alles vor sich: die gelangweilte, frustrierte Sekretärin, Adekunle – schwarz, kraftvoll, Häuptlingssohn, zweifellos Andeutungen von großem Reichtum und riesigen Stammesländereien. Ein Gefühl des Versagens, das zur Rebellion führt: Geh aus mit einem Schwarzen, zeig allen, wie frei du bist, wie du dich über die Konventionen deines Daseins hinwegsetzt ...

»Ich weiß, was Sie denken«, sagte sie, »aber ich kann Ihnen versichern, es war nicht so, wie Sie es sich vorstellen.« Morgan begehrte entrüstet auf. »Ist schon gut«, fuhr sie fort. »Ich weiß, was hier draußen über die weißen Ehefrauen von Kinjanjanern gesagt wird, und wahrscheinlich ist das auch ungefähr so. Aber bei Sam war es nicht so. Er war damals ein ganz anderer Mensch.«

Morgan spürte, wie er errötete. »Glauben Sie mir«, versicherte er, »ich habe gar nichts gedacht. Wie käme ich denn ...«

»Ich glaube Ihnen.« Celia Adekunle lächelte. »Beruhigen Sie sich. Es ist nur einfach so, dass ich seit so langer Zeit nicht mehr von mir und Sam gesprochen habe. Und ich weiß, wie die Europäer hier reden, mir ist genug zu Ohren gekommen.«

»Bitte, stufen Sie mich nicht als einen typischen Auslandseuropäer ein, nur das nicht.«

»Entschuldigen Sie«, sagte sie. »Aber ich habe inzwischen Übung darin, diesen ›Blick‹ in den Augen von anderen zu erkennen.« Sie stieß zum Spaß mit zwei Fingern nach Morgans Augen. »Ich glaubte ihn da aufblitzen zu sehen.« Sie sah sich kurz um. »O gut«, fuhr sie fort, »ich glaube, Sam ist jetzt verfügbar.«

Adekunle steuerte Morgan in eine Ecke des Hofs. Er murmelte etwas zu seinen Begleitern. »Keine Sorge«, sagte er zu Morgan, »wir werden nicht gestört werden.«

Morgan blickte sich um. »Geht es nicht weniger ... exponiert?«

Adekunle lachte laut auf. »Mein lieber Freund, es würde sicher mehr Aufmerksamkeit erregen, wenn ich dabei gesehen würde, wie ich meine Geburtstagsparty zusammen mit Ihnen verlasse.« Morgan sah ein, dass er recht hatte.

»Ich fand Ihre Rede sehr interessant«, sagte er.

»Wirklich?«, fragte Adekunle skeptisch. »Und wie schätzt das Konsulat die Chancen der KNP ein?«

»Gut.« Morgan sprach das Wort ein wenig gedehnt, als wäre es das Produkt reiflicher Überlegung. »Wenn das Militär mitspielt.« Adekunle blickte ihn scharf an. Morgan bereitete es Genugtuung, dass sein Schuss auf gut Glück so genau getroffen hatte.

»Wie meinen Sie das?«, fragte Adekunle. Er zeigte sich jetzt interessierter.

»Oh, ich glaube, das brauchen wir nicht näher zu erörtern, oder?«

»Wie Sie wollen«, erwiderte Adekunle. »Vielleicht kommen wir später noch darauf zurück. Ja, Mr Leafy, ich glaube, Sie wollten mit mir sprechen.«

Morgan holte tief Atem. »Ich bin hier – inoffiziell –, um Sie, wie soll ich das ausdrücken – um Sie des *weniger* inoffiziellen Charakters von Englands, ehem, Interesse am Schicksal der KNP zu versichern.«

Adekunle dachte darüber nach. »Aha«, sagte er. »Aber da sollten Sie nicht mit mir sprechen. Ich bin, wie unsere französischen Freunde sagen, nur ein *fonctionnaire*.«

»Schon, aber ein bedeutender. Jedenfalls auf dem Gebiet der Außenpolitik.«

»Nur eine Mutmaßung, Mr Leafy. Ich weiß noch nicht

einmal, ob ich der Nationalversammlung angehören werde.«

Morgan lächelte nachsichtig. »Ja, gut, aber schließlich gelangt ein großer Teil der Diplomatie nie über Mutmaßungen hinaus. Und auf der Basis *dieser* hier wären wir ... wären wir doch an einer vorbereitenden Konsultation mit dem, ehem, mutmaßlichen Außenminister interessiert.« Morgan war mit der Art, wie er das formuliert hatte, und mit seinen geschickten vagen Ausdrücken recht zufrieden.

»Konsultation?«

»In London«, sagte Morgan.

»Aha, in London.«

»Ja«, sagte Morgan, gegen seine Ungeduld ankämpfend. Dieses gezierte Drumherumreden ging ihm plötzlich auf die Nerven. »Es wird uns ein Vergnügen sein, für den Flug zu sorgen – erster Klasse, natürlich – und für Ihre Unterkunft.«

»Im Claridge's, nehme ich an«, sagte Adekunle mit einem breiten Grinsen.

»Ja, allerdings, das stimmt.« Morgan war überrascht.

Adekunle lachte kurz auf. »Also wirklich«, sagte er. »Ihr Briten seid in der Tat erstaunlich. Ihr glaubt noch immer, alles, was ihr braucht, damit euch ein afrikanischer Politiker aus der Hand frisst, sind Erster-Klasse-Flugtickets und Übernachtung mit Frühstück im Claridge's.« Er wieherte vor Lachen. Ein paar Leute blickten sich um und begannen ebenfalls zu lachen.

»Vielen Dank«, sagte Adekunle schließlich. »Vielen Dank für Ihr Angebot. Ich will sehen, ob ich es in meine Reiseroute einfügen kann.«

»Reiseroute?«, wiederholte Morgan fassungslos. »Heißt das ...?«

»Ja, mein verehrter britischer Konsulatsmensch. Diesmal habt ihr eine etwas lange Leitung gehabt, wie man so sagt. Wenn ich in Washington, Paris, Bonn und Rom war, will ich sehen, ob ich noch nach London kommen kann. Nochmals vielen Dank, Mr Leafy« – er lächelte noch immer –, »kein Wunder, dass das Empire zu Bruch ging, nicht wahr?« Er verstummte und ging davon, um mit seinen wartenden Gästen zu sprechen.

Morgan bestellte beim Barmann einen Whisky mit Soda. Die heiße Röte war ihm inzwischen aus dem Gesicht gewichen, aber er spürte, dass seine Ohren noch immer glühten. Dieser dumme alte Narr von Fanshawe, tobte er innerlich, nichts als Schmach und Schande und öffentliche Demütigung hatte sich an dieses so fehlgeschlagene Stück Geheimniskrämerei geheftet, und das meiste davon war an ihm hängen geblieben. Er hörte Adekunles Lachen durch den Gesprächslärm hindurch und stellte sich vor, wie er im Kreise seiner Freunde Einzelheiten ihrer Unterhaltung zum Besten gab.

Der Barmann stellte das Glas vor ihn hin.

»Was ist mit Eis?«, fragte Morgan brummig.

»Eis aus«, gab der Barmann ebenso kurz angebunden zurück und wandte sich ab. Ungehobelter schwarzer Flegel, schimpfte Morgan in sich hinein, dieses verdammte Land wollte ihn wohl unbedingt ...

»Alles geklappt?«, fragte eine Stimme neben ihm. Es war Celia Adekunle.

»O ja, danke«, sagte Morgan frostig. »Ach, könnten Sie

diesem unhöflichen Burschen da sagen, dass er mir etwas Eis für meinen Drink bringen soll?«

Morgan lag ausgestreckt auf dem Bett in Hazels Hotelzimmer. Er konnte das hohe Summen einer Stechmücke hören, kümmerte sich aber nicht darum. Er schlug das Tuch von seinem feuchten Körper zurück, Schweiß sammelte sich in jeder Spalte und Falte. Die Helle der Neonlichter an der Fassade des billigen Hotels drang durch die Läden, die blecherne Musik aus der Bar wetteiferte mit dem Hupen und Dröhnen des Verkehrs auf der Straße. Er blickte auf das Leuchtzifferblatt seiner Armbanduhr: zwanzig nach zwölf. Hazel schlief ruhig neben ihm auf dem schmuddeligen Bett. Er verspürte ein Jucken überall gleichzeitig am ganzen Körper. Er hätte Wasser lassen müssen. Er brauchte ein Bad. Er fühlte sich grässlich: Er hatte viel zu viel getrunken, er war verschwitzt, ihm war unwohl, und die Heftigkeit des Geschlechtsverkehrs mit Hazel hatte einen prickelnden elektrischen Schmerz in seinem Penis hinterlassen. Die Einzelheiten der unbefriedigenden Ereignisse des Abends stürmten auf ihn ein. Er stieß einen reumütigen Seufzer aus: Er war zu Celia Adekunle unverzeihlich grob gewesen. Als ihm gesagt wurde, dass wegen der großen Nachfrage an der Bartheke in der Tat das Eis ausgegangen war, hatte er laut geschimpft, das entspreche genau dem Bild, das er inzwischen von Kinjanja habe, und zeige auf seine Weise, was mit dem Land nicht stimme. Dann hatte er ihr in knappem Ton eine gute Nacht gewünscht und war verächtlich gegangen. Er sah noch deutlich ihr erstauntes, verletztes Gesicht vor sich, als er an ihr vorbeigeschritten war. Er ballte die Fäuste und stöhnte in sich hinein. Es war nicht ihre Schuld, dass er wie ein Tölpel ausgesehen hatte: Sie war nur freundlich und hilfsbereit gewesen. Er drückte sich in qualvoll nutzloser Reue die Fingerknöchel in die Augen.

Er war gleich zu Hazels Hotel gefahren. Zu seiner Überraschung war sie da. Er hielt ihr den schmutzigen Zustand ihres Zimmers vor und ließ sie unten in der Bar eine Flasche Whisky holen, die jetzt noch halb voll war. Lautlos schwang er die Beine aus dem Bett, stand auf und streckte sich. Es war warm, und es roch nicht gut. Mit den Händen als Wedel fächelte er seinen Genitalien Luft zu. Der Penis fühlte sich heiß und wund an von den zwei brutalen Akten, die er mit Hazel gehabt hatte. Seine Versuche, seinen verletzten Stolz bei ihr abzureagieren, waren so unbefriedigend verlaufen wie immer; sie hatte auf seine grobe Lust genauso grob geantwortet, ohne sich zu beklagen oder zu ärgern, mit großer Geduld und ohne Groll, soweit er das beurteilen konnte, und war, sobald er das Licht gelöscht hatte, in einen tiefen und offenbar ungestörten Schlaf gesunken.

Er schlüpfte in Hose und Hemd. Draußen auf dem Flur war so etwas wie eine Toilette, die er aufzusuchen gedachte. Er öffnete die Zimmertür einen Spaltbreit und spähte hinaus. Draußen schien niemand zu sein. Er tappte den Flur hinunter und in die Toilette. Der Gestank wollte ihm den Atem rauben, und er knipste das Licht an. Zwei Geckos huschten in ihre Ritzen in der Decke zurück, und ein großer Falter sackte ab, schoss gegen den Spülkasten und fiel flatternd zu Boden.

Er hob den Deckel des Spülkastens hoch: wie er erwartet hatte, war kein Wasser darin. Mit Daumen und Zeigefinger rüttelte er am Schwimmerhahn, aber es floss kein Wasser. Fluchend zog er den Hosenlatz auf und zielte grob in die Richtung der brackigen Toilettenschüssel. Das war wirklich ganz ekelhaft, dachte er. Warum musste er sich immer mit diesen primitiven Verhältnissen und solch hässlicher Umgebung abfinden? Er musste Hazel in eine Wohnung bekommen. In seinem Leben musste es eine Veränderung geben, etwas Revolutionäres und Drastisches musste es geben, so konnte es einfach nicht weitergehen. Er dachte dabei liebevoll an Priscilla, Symbol eines hellen Morgens, so wie ein Märtyrer das Bild der Jungfrau heraufbeschwören mochte, wenn ihm die Flammen um die Knie leckten. Da, so sagte er sich, da lag seine Hoffnung, und er entspannte den zuckenden Schließmuskel, um die strapazierte Blase zu erlösen.

Der heftig brennende Schmerz entriss ihm einen schrillen Aufschrei, und er vollführte vor Qual und Überraschung eine Art Freudentanz – nur dass es keiner war –, und sein Urinstrom spritzte achtlos über den Toilettensitz und die unmittelbare Umgebung. Der erste stechende Schmerz ließ rasch nach, und sobald er konnte, lehnte er sich erschöpft an die Wand. Eine sorgfältige Untersuchung ergab nichts weiter als eine postkoitale Entzündung und eine Rötung – eine Minute lang hatte er geglaubt, es könnte sich um den Stich eines rachsüchtigen Toiletteninsekts handeln, das er gestört hatte –, und als er den Hosenlatz zuzog, schrieb er das Phänomen der kombinierten Wirkung von Latex, Hitze und längerem Reiben eines schließlich recht empfindlichen Organs zu.

8

An diese Diagnose dachte Morgan nicht mehr, als er am nächsten Morgen in den Klauen eines Katers durchschnittlicher Güte auf seiner Veranda saß. Etwas in Hazels Zimmer hatte ihn später tatsächlich und auch noch recht schmerzhaft am rechten Schenkel gebissen, an dem er sich jetzt immer wieder kratzen musste, während er trübsinnig auf die *Daily Graphic* starrte, eine von Kinjanjas anspruchsvolleren Zeitungen, deren Schlagzeile lautete: »UPKP Korruptionsuntersuchung gefordert.« Es wurde auf diese Entfernung nicht deutlich, ob die UPKP die Untersuchung forderte oder ob gegen sie selbst ermittelt wurde – sein Kopfweh erlaubte es ihm nicht, das Kleingedruckte darunter scharf in den Blick zu bekommen.

Er hatte sein gekochtes Ei gegessen und rief zu Friday hinein, er solle ihm noch mehr Orangensaft bringen. Er zog den Gürtel seines Morgenrocks fester zu. Die Aussicht auf die Arbeit im Büro bereitete ihm nicht gerade Freude. Friday hatte ihm ausgerichtet, dass Fanshawe am Abend zuvor zwischen neun und halb elf dreimal angerufen hatte: Er wartete gewiss auf den Eingangsstufen des Konsulats auf seinen, Morgans, Bericht. Er trank den Saft aus, sagte »Scheiße« zu der Lampe über dem Verandatisch, stand auf und ging in sein Schlafzimmer. Friday hatte ihm ein frisches gebügeltes Hemd, Socken und Hosen aufs Bett gelegt. Morgan sah, dass er die Unterhose vergessen hatte. Er zog die Schublade für Unterhosen auf, fand aber darin nur solche, die er abgelegt hatte, weil das Gummiband gerissen war, sodass sie nur noch für Leute mit Riesentaille taugten. Er runzelte die Stirn, da er sich im Augenblick dieses Mysterium nicht zu erklären vermochte. Soweit er sich erinnern konnte, hatte er drei »gute« Unterhosen. Friday wusch sie täglich. Er hatte die Unterhose zweimal gewechselt, aber da hätte noch immer eine saubere für heute Morgen übrig sein müssen.

In der Ecke des Zimmers stand ein Weidenkorb, in den er alle Sachen warf, die gewaschen werden mussten. Er hob den Deckel hoch. Drei schmutzige weiße Unterhosen kuschelten sich unten am Boden wie die junge Nachkommenschaft eines Nagetiers, der ein Frettchen arg mitgespielt hatte.

»Friday!«, rief Morgan die Veranda entlang.

Friday kam erschrocken herbeigekeucht.

»Unterhose!«, fauchte Morgan seinen kleinen Dienstboten an. »Keine Unterhose da! Warum du nicht waschen?«

Friday ließ den Kopf hängen. »*Je ne peux pas le faire*«, sagte er in sanftmütigem Ton. »Ich mag die nicht waschen.«

Morgan nahm eine Unterhose heraus und ließ sie an der Hand baumeln. Friday wich zurück, ein bestürztes Grinsen auf dem Gesicht.

»Ist *gar nicht* lustig!«, knurrte Morgan wütend. »Nur weil du so pingelig bist, muss ich in schmutzigen Unterhosen zur Arbeit gehen. Großer Witz, was? Du wäschst sie seit zwei Jahren, warum jetzt aufhören?«

Friday gestikulierte zu den Wäschestücken hin. »*C'est dégueulasse*. Ich mag diesen Ding nicht wegen innen. Kann so nicht waschen.«

Morgan war verwirrt. Was redete er da? Kotspuren? Schweißflecken? Er nahm das anstößige Wäschestück und spreizte es am Gummiband mit beiden Händen auseinander. Was hatte dieser dumme Bursche da nur zu beanstanden, fragte er sich, als er hineinspähte.

Morgan saß auf dem Parkplatz der Universitätsklinik in seinem Wagen und ermahnte sich zur Ruhe. Sein Herz schien im Begriff zu sein, sich in die warme Nische in seiner Brust zurückzuziehen. Er atmete langsam aus: Es war ein böser Schock gewesen – dieses abscheuliche *Zeug* – er hatte die Hose aus den zitternden Händen fallen lassen und war mit weit aufgerissenen Augen zurückgetaumelt. Er trug jetzt eine der ausgeweiteten Unterhosen, die er mithilfe einer Sicherheitsnadel enger gemacht hatte. Er betrachtete die ausgestreckten Hände: Sie zitterten noch ein wenig, aber es würde schon gehen. Er stieg aus und schritt nervös auf die Klinik zu. Er bemerkte überrascht eine lange Schlange von Studenten, die aus dem Warteraum herausreichte. Drinnen waren alle Stühle besetzt. Er trat an den Anmeldungsschalter, an dem wieder der kleine Angestellte saß. Morgan lehnte sich an die Wand.

»Dr. Murray da?«, fragte er mit müder Stimme wie jemand, der die ganze Nacht über kein Auge zugetan hat. Er erinnerte sich, dass er sich geschworen hatte, Murray nie mehr aufzusuchen. Solch forsche Vorsätze taugten nur, wenn man gesund war, aber ganz anders sah es aus, wenn einem scheußliche Absonderungen aus dem Körper kamen.

»Ja, Sah«, sagte der Mann. »Entschuldigen Sie, Sah, aber sind Sie leitender Mitarbeiter?«

»Was? ... Ja, ich denke schon. Sagen Sie Dr. Murray nur, Mr Leafy sei hier. Und dass ich ihn dringend sprechen muss.«

»Tut mir leid, Sah. Leitende Mitarbeiter um zwölf Uhr. Wenn Sie dann wiederkommen können ...«

»O Gott«, sagte Morgan zornig-verzweifelt. »Was geht hier eigentlich vor? Ich bin schließlich kein Auto oder so etwas, ich kann doch nicht nach irgendeinem Zeitplan krank werden, den Sie sich ausgedacht haben. Kommen Sie« – er schob die Hände zu dem Angestellten hin –, »gehen Sie zu Dr. Murray und sagen Sie ihm, es sei dringend. Ich bin Mr Leafy vom Konsulat. Haben Sie das verstanden? Jetzt gehen Sie schon.«

Der Mann hielt ihm entgegen: »Doktor sagen, Sie sollen wiederkommen.«

»Und wennschon«, zischte Morgan. »Lassen Sie das meine Sorge sein. Richten Sie es ihm nur aus.« Der Angestellte verließ widerwillig seinen Platz. Morgan schritt ungeduldig auf und ab, die Hände in den Taschen, und versuchte die bösen Blicke und das feindselige Gemurmel der Studenten zu ignorieren, die dagegen aufbegehrten, dass er sich nicht in die Schlange einreihte. Da kam der Mann zurück und erklärte ihm im Flüsterton, er solle um die Ecke herum in der Klinikapotheke warten. Morgan ging hinaus und um das Gebäude herum und betrat einen von Flaschen gesäumten Anbau, in dem ihn ein freundlicher Apotheker zu einer Reihe von Holzstühlen an der

Verandawand wies. Dort saßen schon zwei schwarze Frauen, von denen die eine ein Kind stillte, und Morgan nahm zögernd neben ihr Platz und blickte schamhaft zur Seite. Was trieb Murray da für ein Spiel? Ihm war heiß und unbehaglich. Für wen hielt sich der Mann, dass er ihn hierher aufs Abstellgleis schob wie einen Sozialhilfefall! Ein kleiner Junge, der nichts als ein Hemd auf dem Leib trug, kam hinter der anderen Frau hervor, baute sich vor ihm auf und starrte den großen weißen Mann unverhohlen neugierig an. Er hatte einen fürchterlichen Schnupfen, und grauer Schleim bedeckte seine Oberlippe wie ein kleiner Schnurrbart. Unter dem Saum seines Hemdchens lugte ein gewölbter Nabelknoten gut fünf Zentimeter hervor. Morgan schaute peinlich berührt weg. Das Baby schlürfte geräuschvoll an der Brust seiner Mutter. Der dünne, dunkle Penis des kleinen Jungen deutete auf Morgans glänzende Schuhe. Die raue Wirklichkeit verfolgte einen in Afrika auf Schritt und Tritt, dachte Morgan; gerade wenn man ein wenig gedankenlosen Frieden brauchte, fing sie einen ein.

Zwanzig schweißklamme Minuten später kam Murray. Er sah fit und kein bisschen erhitzt aus in seiner üblichen Kleidung, zu der sich diesmal ein um den Hals hängendes Stethoskop gesellte. Morgan erhob sich und kam ihm die Veranda entlang auf halbem Weg entgegen.

»Ah, Dr. Murray«, sagte er, »ich bin so froh …«

»Meine Sprechstunde für die leitenden Mitarbeiter ist erst in einer Stunde, Mr Leafy.« Murray sprach in entschiedenem Ton und lächelte nicht.

»Das weiß ich«, sagte Morgan ungeduldig, »aber es ist wichtig.« Er hielt inne und kam zu dem Schluss, dass es wohl klüger sei, einen freundlicheren Ton anzuschlagen. »Ich halte es für einen dringenden Fall.«

»Ich gebe Ihnen fünf Minuten«, sagte Murray. »Dort draußen sind sechzig Studenten, die länger warten als Sie.« Morgan folgte ihm in sein Sprechzimmer. Der Mann war unmöglich, dachte Morgan, benahm sich fast wie ein Geistesgestörter. Es war, als täte er einem einen ungeheuren Gefallen, wenn er sich dazu herabließ, seine Patienten zu behandeln. Dennoch beschloss er, seine Gefühle für sich zu behalten; diese ganze Sache war viel zu ernst und zu heikel, als dass er seiner persönlichen Abneigung gegen Murray freien Lauf lassen durfte. Er erinnerte sich mit einigem Bedauern der frostigen Worte, die man beim letzten Mal gewechselt hatte – das durfte sich diesmal nicht wiederholen.

»Worum geht es denn?«, fragte Murray, hinter seinem Tisch Platz nehmend. Morgan suchte nach den rechten Worten für die Beschreibung seines Problems.

»Nun, ich habe heute Morgen …« begann er. »Das heißt, ich habe einen leichten Schmerz verspürt – eigentlich mehr ein unangenehmes Gefühl, eine Art Kribbeln, genauer gesagt.« Er musste schlucken, seine Zunge war plötzlich trocken wie Bimsstein. Murray blickte ihn ebenso unverwandt wie ausdruckslos an. Morgan fragte sich, was er dachte.

»Was *sind* nun Ihre Beschwerden?«, fragte Murray.

»Ein Ausfluss.« Morgan brachte das Wort hervor, als wäre es eine grässliche Obszönität. »Heute Morgen habe ich in der Unterhose so etwas wie eine, ehem, eine Absonderung entdeckt.«

»Ist das alles?«

»Wie bitte? O nein, wie gesagt, ich habe ein unangenehmes Gefühl, wenn ich ... beim Urinieren, meine ich.«
Morgan fühlte sich erschöpft, als wäre er kilometerweit
gerannt. Er wischte sich Feuchtigkeit von der Oberlippe.
»Nicht immer«, sagte er leise. »Nur manchmal.«

»Seit wann haben Sie das schon?«, fragte Murray. Der
Mann war unglaublich, dachte Morgan, weder eine Spur
von Mitgefühl noch ein lockeres Vorgespräch, um dem
Patienten die Nervosität zu nehmen.

»So seit zwei Tagen, glaube ich«, gestand Morgan. Murray zog seinen Stuhl um die Seite des Tisches herum.

»Gut«, sagte er rasch. »Sehen wir es uns mal an.«

»Sie meinen ...?« Morgan räusperte sich. »Ausziehen?«

»Gewiss doch. Hosen runter und so weiter.«

Morgan hielt es durchaus für möglich, dass er gleich
ohnmächtig wurde. Mit bebenden Fingern löste er die
Hose und ließ sie zu den Fußknöcheln herunterfallen.
Zu spät erinnerte er sich der schon ausrangiert gewese-
nen gummibandlosen Unterhose. Sein Gesicht war flam-
mend rot vor Verlegenheit, als er die Sicherheitsnadel aufdrückte, die die Unterhose oben hielt.

»Ich sollte vielleicht sagen, dass das nicht meine normale
Unterhose ist«, begann er hastig. »Mein Boy wollte nicht
waschen ... Ich musste ... ich habe natürlich *gute* ...«
Das war einfach *schlimm,* schrie er in sich hinein. Mur-
ray blickte unbewegt. Morgan konnte kaum atmen, so
sehr bemühte er sich, ruhig zu bleiben; der starke Drang,
Erklärungen abzugeben, überwältigte ihn. Mit äußerster
Sorgfalt legte er die Sicherheitsnadel auf die Kante von
Murrays Tisch. Es war nutzlos, er ließ die Unterhose her-
unterfallen und blickte beklommen zur Decke hinauf.

Ihm war schwindlig und schwach. Der durchschnittliche menschliche Organismus, wie er einen besaß, vermochte, dessen war er sicher, die Extreme von Scham und Demütigung, denen man den seinen in der jüngsten Zeit unterworfen hatte, nicht zu ertragen. Vielleicht war dieser grässliche Ausfluss ein Zeichen, dass er endlich versagte, auseinanderfiel.

Er griff nach der Tischkante, um sich festzuhalten. Er fühlte, wie sich seine Genitalien in der kühlen Luft des Sprechzimmers zusammenzogen. Sein Penis war bestimmt auf zwei, drei Zentimeter eingeschrumpft. Murray konnte ihn wahrscheinlich nicht mehr sehen; er würde ein Vergrößerungsglas oder ein Mikroskop dazu brauchen.

»Wie sieht es aus?«, krächzte er.

»Ganz gut«, sagte Murray, ohne sich festzulegen. Er suchte nach etwas in einer Schublade. Morgan schielte hinunter: Es war ein hölzerner Spatel, wie der Stiel von einem Lolly. Murray benutzte ihn, um damit Morgans Penis anzuheben. Ihm wurde schwindlig.

»Mal Schanker gehabt?«, fragte Murray.

»*Was?*«, kreischte Morgan entsetzt auf.

»Entzündungen, Läuse, Filzläuse, Ausschläge?«

»Du lieber Gott – nein!«

»Fein. Sie können die Hose wieder anziehen.«

Morgan zog mit zitternden Händen die Unterhose hoch und befestigte sie mit der Nadel. Er spürte, wie sich große Schluchzer der Verzweiflung in seiner Brust aufbauten und ihm immer mehr das Atmen erschwerten. Er zog sich die Hose mit betäubten, gefühllosen Fingern zu wie jemand bei Temperaturen unter null.

»Was ist es?«, keuchte er ängstlich.

Murray wusch sich an einem kleinen Waschbecken die Hände. »Das kann man im Augenblick noch nicht sagen«, antwortete er ganz ruhig. »Vielleicht liegt gar nichts vor. Leute haben oft Ausflüsse aus keinem besonderen Grund, das ist ein natürlicher Abwehrmechanismus. Andererseits könnte es eine Toxämie sein, die nicht gleich etwas mit Gonokokken zu tun haben muss.«

»Ach du lieber Gott!«

»Solche Fälle hat man sehr oft hier. Aber machen Sie sich keine Sorgen. Sie sehen durchaus gesund aus, aber wir wollen uns doch lieber vergewissern. Gehen Sie zu der Schwester am Ende des Flurs. Sehen Sie zu, dass Sie etwas Ausfluss auf ein Glasscheibchen bekommen. Und wir werden auch eine Urinanalyse vornehmen.«

»Gut.« Morgan schluckte und versuchte zu verhindern, dass sich seine Kehle schloss – sein Adamsapfel schien auf die dreifache Größe angeschwollen zu sein.

Murray ging mit ihm den Flur hinunter. »Was glauben Sie, was es ist?«, fragte Morgan noch einmal. »Etwas Ernstes? Bin ich …?«

»Ich bezweifle das sehr«, sagte Murray in beruhigendem Ton. »Aber es wäre nicht sehr klug von mir, Vermutungen anzustellen, bevor wir die Testergebnisse haben, finden Sie nicht auch?« Sie blieben an einer Tür stehen, an der »Untersuchungsraum« stand. »Kommen Sie morgen wieder, Mr Leafy«, sagte Murray. »Aber halten Sie sich bitte an die vorgeschriebenen Zeiten.«

Fünf Minuten später nahm eine freundliche untersetzte Schwester in strahlend weißer, frisch gestärkter Tracht zufrieden das beschmierte Glasplättchen und die randvolle kleine Flasche von einem stummen Morgan entgegen, dessen Gesicht noch immer rötlich glühte und der das Gefühl hatte, dass nur irres Geplapper herauskommen würde, wenn er jetzt den Mund aufmachte. Er schwankte mechanisch zu seinem Wagen hinaus und saß dann volle zehn Minuten über das Lenkrad gebeugt da und versuchte über die wie verrückt in ihm umherkreisenden Emotionen ein Minimum an Kontrolle auszuüben.

Als er sich einigermaßen beruhigt hatte, fuhr er langsam zum Konsulat, wo er sich still an seinen Schreibtisch setzte und methodisch die eingegangenen Arbeiten erledigte. Er versuchte sich ganz auf diese Tätigkeit zu konzentrieren, an nichts sonst zu denken und den Vormittag aus seinem Gedächtnis zu löschen.

Fanshawe unterbrach ihn dabei und bestellte ihn zu einem Bericht über die Begegnung mit Adekunle in sein Büro und schien über den Mangel an greifbaren Fortschritten enttäuscht zu sein. Morgan sagte ihm, dass er wie verlangt Adekunle das Angebot gemacht und dass dieser entgegnet hatte, er werde darüber nachdenken. Er hielt es für sicherer, die katastrophalen Ereignisse des Vorabends in etwas abgemilderter Form darzustellen.

»Über einen Freiflug nach London und einen Gratisaufenthalt im Claridge's *nachdenken*?«, entgegnete Fanshawe. »Was gibt's denn da nachzudenken, Herrgott noch mal?«

Morgan versuchte einen vernünftigen Ton in das Gespräch zu bringen und griff spontan zu einer Lüge: »Es scheint, er muss zuerst sein Zentralbüro oder den Emir oder so befragen. Er kann nicht plötzlich so auf und davon, ohne jemandem etwas zu sagen.«

»Nun, ich weiß nicht«, sagte Fanshawe, der es offenbar nicht fassen konnte, dass jemand bei einer solchen Gelegenheit lange überlegen musste.

»Es geht nicht nur einfach darum, ihren guten Willen zu erkaufen«, gab Morgan zu bedenken und versuchte damit den komplizierten Prozess einzuleiten, der Fanshawe auf den Boden der Tatsachen zurückbringen sollte. »Sie sind kluge Politiker.«

»Glauben Sie?«, sagte Fanshawe zweifelnd, anscheinend überrascht über eine gänzlich neue Vorstellung. »Um ganz ehrlich zu sein – mir kommen sie eher wie ein Haufen Cowboys vor.«

»Nehmen Sie es mir nicht übel, Arthur«, sagte Morgan, »aber ich glaube, da unterschätzen Sie sie. Besonders Adekunle.«

Fanshawe, noch keineswegs überzeugt, schnaubte verächtlich. »Nun, bleiben Sie dran, Morgan. Stoßen Sie in ein, zwei Tagen noch einmal nach. Wir kommen zwar ganz gut voran, aber wir müssen vermeiden, dass das Projekt Kanapee in diesem Stadium ins Stocken gerät.«

Morgan erhob sich, niedergedrückt von dem Wissen, dass das Projekt Kanapee am Abend zuvor aller Wahrscheinlichkeit nach gestorben war. Später würde er Fanshawe eine Geschichte von amerikanischem oder französischem Gegendruck auftischen müssen, aber im Augenblick war das Beste, ihn in dem Glauben zu lassen, dass die Sache vorankam.

Er verließ Fanshawes Büro und ging missgestimmt in sein eigenes Arbeitszimmer hinüber. Unterwegs begegnete er Jones.

»Hallo, Morgan«, sagte der kleine Waliser fröhlich.

»Machen Sie sich keine Sorgen. Es gibt Schlimmeres, was einem passieren könnte.«

»Was?« Morgans Gereiztheit schwang in seiner Stimme mit.

»Kopf hoch. Sie sehen ja schrecklich aus.«

»Tue ich das?«, fragte er, plötzlich bestürzt. »Was stimmt nicht?«

»Es ist Ihr Kinn«, sagte Jones zum Spaß. Morgan fasste sich ans Kinn. Hatte einer von Murrays Schankern dort seine eitrige Blüte entfaltet?

»Mein Kinn?«, sagte er verwirrt, über die Haut fühlend.

»Ja, es schlenkert Ihnen um die Knöchel. Sie stolpern gleich darüber.« Morgan fand das gar nicht lustig.

Jones fuhr ungerührt fort: »Was ist passiert? Hat Ihnen Arthur wegen irgendwas die Hölle heißgemacht?«

Morgan wünschte, Jones wäre endlich verschwunden. »Nein«, sagte er kurz angebunden. »Mir geht nur einiges im Kopf herum.«

»Sie müssen sich ein bisschen entspannen, Mann. Sie arbeiten zu angestrengt. Gehen Sie doch heute Abend mal mit mir und Geraldine zum Tanz.«

»Zu welchem Tanz?«

»Zum Tanz im Club. Zu der monatlichen Tanzveranstaltung dort. Kommen Sie zuerst zu uns zum Essen, und dann fahren wir später zusammen hin.«

Morgan überraschte Jones' Aufmerksamkeit. »Nein, vielen Dank, Denzil, sehr nett von Ihnen. Aber ich habe leider anderes zu tun.« Ein Abendessen zusammen mit Jones und seiner Frau war das Letzte, wonach ihm der Sinn stand. Aber warum war Jones so liebenswürdig?

»Nun, arbeiten Sie nicht so viel«, riet ihm Jones. »Lassen

Sie noch was für den neuen Mann übrig. Er soll nächste Woche kommen.«

Morgan saß an seinem Schreibtisch und starrte auf das Panorama von Nkongsamba. Die Nachmittagssonne wurde durch einen Dunstschleier gefiltert, und die Berge am fernen Horizont zeichneten sich weich ab wie in einem Aquatintastich. Er hatte zweimal an diesem Tag die Toilette aufgesucht, ohne dass es zu den üblen Begleiterscheinungen vom Vorabend gekommen wäre, und er begann Hoffnung zu schöpfen. Vielleicht traf Murrays Annahme zu: Es war wahrscheinlich irgendein fatales Zusammentreffen: das Klima, sein Sexualleben, eine vorübergehende Stoffwechselstörung. So etwas passierte hier nur allzu oft. Er musste einfach etwas besser auf sich aufpassen. Er nahm sich vor, am Abend ein paar ruhige Stunden zu verbringen: zwei Taschenbücher, und Moses sollte ihm eine seiner Spezialitäten zubereiten. Als er sich besser fühlte, gestattete er sich ein gequältes Lächeln bei dem Gedanken an seine Verzweiflung in Murrays Sprechzimmer. Der Mann war einfach unmöglich, ohne eine Spur von Mitgefühl, und er führte diese Klinik, als wäre sie eine fleischverarbeitende Fabrik oder eine Militärkaserne.

Das Telefon auf seinem Tisch klingelte. Er nahm den Hörer ab. »Leafy«, sagte er.

»Morgie«, ließ sich eine vertraute Stimme vernehmen. Es war natürlich Priscilla. »Ich bin wieder da«, informierte sie ihn.

»Wunderbar. Wann sind Sie denn zurückgekommen?« Freudige Erregung durchfuhr ihn. Das war es, was er brauchte nach den Schocks am Morgen.

»Spät gestern Abend. Es war herrlich.«

»Sehr schön.« Zu seiner leichten Überraschung und Verärgerung fiel ihm nichts ein, was er ihr weiter hätte sagen können.

»Ich hätte schon früher angerufen, aber ich war mit Mami im Club. Wir sind zum Lunch dort geblieben.«

»Aha. Gut, gut«, bemerkte Morgan. Er war jetzt ein wenig beunruhigt. Diese totale Unfähigkeit, mit dem Mädchen, das er liebte, ein Gespräch zu führen, war einfach absurd.

»Morgie, dort ist heute Abend Tanz.«

»Ja, ich weiß.« Er wünschte, sie würde ihn nicht so nennen.

»Also wirklich!«, sagte sie ungeduldig. »Was ist heute in Sie gefahren? Wir gehen doch hin, ja? Es wird bestimmt schön.«

»Was? Oh, ja, wenn Sie mögen. Natürlich.« Er hielt inne – was war mit ihm los? »Es tut mir leid, Priscilla. Ich hatte den ganzen Tag viel zu tun. Kann noch nicht richtig denken.«

»Holen Sie mich um acht ab?«

»Mach ich. Punkt acht. Und ich freue mich schon darauf, Sie wiederzusehen«, fügte er mit grotesker Förmlichkeit hinzu.

»Ich mich auch. Haben Sie mich vermisst?«

»Wie bitte?«

»Ob Sie mich vermisst haben, Dummchen.«

»Oh … schrecklich.«

»Oh, *gut*. Dann bis heute Abend. Bye.«

Morgan legte auf. Er spürte, wie sich eine ungeheure Mattigkeit auf ihn herabsenkte, und er wurde sich bewusst, dass ihm gar nicht nach Ausgehen heute Abend zumute war. Und was noch verwirrender war: Er verspürte keine besondere Lust, den Abend mit Priscilla zu verbringen.

9

Priscilla trug ein neues Kleid oder zumindest eines, das Morgan noch nicht kannte. Es hatte ein weißes Oberteil mit schmalen Trägern, die über den Schultern zu Schleifen gebunden waren, einen roten Plastikgürtel und einen marineblauen Rock. Sie war während des Aufenthalts an der Küste noch etwas brauner geworden und sah gesund und selbstbewusst aus wie eine Topsekretärin oder eine Stewardess. Heute Abend hatte sie auch einen rosa-orange Lippenstift und blassblauen Lidschatten aufgelegt. Ihre Wangen und die Stirn waren noch rot vom Sonnenbrand, und an der Nase schälte sich ein wenig die Haut.

»Sie sehen großartig aus«, sagte Morgan, einen Sherry in der Hand. »Das tut sie doch, nicht wahr?«, wandte er sich Bestätigung heischend an Mrs Fanshawe.

»Sie hatte immer gern hübsche Kleider, schon als kleines Baby«, erklärte Mrs Fanshawe stolz. »Ich erinnere mich noch, als sie einmal in ihrem Kinderwagen saß, da ...«

»Oh, Mami«, unterbrach Priscilla sie lachend, »bitte, erzähl nicht noch einmal diese alte Geschichte. Die interessiert Morgie sicher kein bisschen.« Alle kicherten höflich. »Morgie« trank einen Schluck von seinem Sherry und stellte das Glas auf den Tisch neben seinen Sessel, während Mrs Fanshawe die Anekdote pflichtschuldigst zu Ende erzählte. Er hatte zum ersten Mal das Gefühl, dass Priscillas Eltern in ihm einen potenziellen Bewerber um die Hand ihrer Tochter sahen, und diese Erkenntnis brachte ihr übliches Maß an widersprüchlichen Emotionen mit sich. Er warf Mrs Fanshawe einen kurzen Blick zu, sah den Rauch aufsteigen von der Zigarette in der Spitze, deren Mundstück zwischen ihren Zähnen klemmte, sah das breite, bleiche Gesicht unter dem pechschwarzen Haar, die mächtige Bugpartie ihrer Brust. Er versuchte sich vorzustellen, wie sie sich mit seiner Mutter und Reg unterhielt bei der Hochzeitsfeier, und Panik flatterte kurz in seinem Bauch auf wie ein gefangener Vogel. Chloe Fanshawe würde seine Schwiegermutter sein … Er gebot diesem Gedankengang jäh Einhalt.

»Wir machen uns jetzt lieber auf den Weg«, sagte er mit einem nervösen Lächeln.

Priscilla eilte die Treppe hinauf, um ihre Handtasche zu holen, und Morgan stand allein in der Mitte des Zimmers wie ein Sklave bei der Auktion und war sich abermals der abschätzenden Blicke der Fanshawes bewusst.

»Priscilla hat der Angelausflug Spaß gemacht«, sagte Fanshawe. »Scheint ein hübsches Plätzchen zu sein. Müssen mich gelegentlich mal mitnehmen, Morgan.«

O nein, bloß nicht, dachte Morgan. »Gern«, sagte er. Er spürte, wie der Busen der Familie ihn mit langsamer Unerbittlichkeit breiig-sanft umschloss. Er wurde sich bewusst, dass er eigentlich zufrieden sein sollte, und er sagte sich entschlossen, dass er es auch war. Da kam Priscilla, und die Fanshawes begleiteten sie zur Tür und winkten ihnen nach.

»Amüsiert euch gut, ihr zwei«, gurrte Mrs Fanshawe ihnen zu, als sie in seinen Wagen stiegen.

Beim Club angelangt, küssten sich Morgan und Priscilla eine Zeit lang eher züchtig auf dem Parkplatz. Priscilla legte die Arme um ihn.

»Ich habe Sie wirklich vermisst«, sagte sie. »Mami und ich haben viel von Ihnen gesprochen, als wir bei den Wagners waren.«

»Wirklich?«, sagte Morgan zweifelnd.

»Sie mögen Sie beide übrigens sehr gern.«

»Die Wagners? Aber denen bin ich doch nur einmal *begegnet*.«

»Nicht doch, Dummchen!« Priscilla stieß ihn in die Seite. »Mami und Daddy natürlich.«

»Ach ja?«, sagte er erkennbar überrascht, machte dies aber mit einem hastigen »Natürlich mag ich sie auch sehr gern« wieder gut, selbst verwundert über die Fähigkeit, diese Worte zu bilden, ohne daran zu ersticken. Alles, so stellte er bei sich fest, schien sich mit außergewöhnlicher Leichtigkeit zu entwickeln. Vielleicht würde es doch noch ein schöner Abend werden. Er küsste Priscilla noch einmal, um sich daran zu erinnern, weshalb er diesen gekünstelten Austausch von Schwüren mitmachte. Er legte die Hand auf ihr Knie und schob sie dann den Schenkel hinauf, bis seine Finger an die Baumwolle ihres Schlüpfers stießen. Zu seinem Erstaunen blieb der vorwurfsvolle Klaps auf seine Hand aus, ja, ihre eigene Hand übte sogar noch leisen Druck auf seine Kreuzgegend aus. Sie lösten sich voneinander, und ihre Augen strahlten und lächelten. Das vertraute Gefühl des Erstickens stellte sich in Morgans Brust ein; es war, als bekäme man die Lungen mit Watte vollgestopft. Der Abend bot sich unglaublich vielversprechend dar. Es konnte *der* Abend werden.

Sie betraten Arm in Arm das Clubhaus, in dem der Tanz schon im Gange war. Im Club fand regelmäßig einmal im Monat eine Tanzveranstaltung statt. Das war nichts Besonderes, man wollte nur Gäste anlocken, in Nkongsambas ereignisarmes Gesellschaftsleben etwas Farbe bringen und den Umsatz von Bar und Restaurant ankurbeln. Manchmal leistete man sich eine Band, aber heute Abend verließ man sich ausschließlich auf Schallplatten. Der Salon war ausgeräumt worden, man hatte die Stühle an die Wand geschoben und die Lampen in der Mitte ausgeschaltet. Die Sessel waren um kleine Tische gruppiert worden, auf denen in Chiantiflaschen Kerzen brannten. Ein junger Mann – er war Manager der Barclay's Bank von Nkongsamba und Veranstaltungssekretär des Clubs – saß hinter dem Tisch mit dem Plattenspieler, flankiert von zwei großen Lautsprechern, und wühlte wichtigtuerisch in einem Stapel LPs. Irgendeine unbestimmbare Jazzmusik ertönte gerade, mit der Klarinette im Vordergrund. Morgan fand die Melodie besänftigend melancholisch. Einige wenige Leute saßen in den Sesseln, und drei Paare tanzten recht steif auf dem losen Parkettboden, der leise unter ihren Füßen knarrte wie ferne Kastagnetten. An der Bartheke war mehr los, sie war umgeben von Menschen, die nur wenig besser angezogen aussahen als gewöhnlich: hier und da eine Krawatte, ein Tupfer Rouge, ein Perlenhalsband; aber die Atmosphäre war kaum anders als an den übrigen Tagen. Das kam für Morgan nicht überraschend – der monatliche Tanzabend hatte allen Bemühungen zum Trotz noch nie die Creme von Nkongsambas besserer Gesellschaft hervorgelockt –, aber Priscilla schien enttäuscht zu sein.

»Ich dachte, es spielt eine Band«, klagte sie.

»Manchmal haben sie auch eine«, sagte Morgan.

»Ach, das ist ja wie eine Party bei jemandem zu Hause«, begehrte sie auf. Er gab die Schuld dem einfallslosen Clubsekretär, der wie zur Bestätigung dieses abschätzigen Urteils anschließend an den Jazz eine Cha-Cha-Cha-Platte auflegte und damit die Tanzfläche leer fegte.

»Es wird besser, wenn es auf Weihnachten zugeht«, sagte Morgan tröstend. »Wirklich. Aber jetzt trinken wir erst einmal etwas.«

Morgan und Priscilla tanzten. Sie hielten sich umschlungen und bewegten sich langsam hin und her, während jemand »Yesterday, love was such an easy game to play« sang. Morgan hatte seine Wange an Priscillas Kopf gedrückt. Er roch ihr sauberes, glattes, glänzendes Haar. Es schien ihm – eine etwas phantasievolle Vorstellung, wie er zugeben musste – ein Symbol all dessen zu sein, was bald aus seinem Leben werden würde. Er presste sein steifes Glied gegen Priscillas Leib und senkte den Kopf, um sie auf die nackte Schulter zu küssen. Sie schloss die Hände um seinen Hals und zog ihn noch näher an sich. Ihre spröde Fassade blätterte rasch ab, wie er bemerkte – sie vermisste wahrscheinlich inzwischen die Aufmerksamkeiten von Chinesencharlie. Sie hatte zwei große Scotch getrunken und auf ihre Weise eifrig die Kokette gespielt, was ihm nicht unangenehm gewesen war. Er warf einen Blick auf seine Uhr: Zwanzig vor zehn, sie waren gerade etwas über eine Stunde hier.

Während sie kurz nach ihrem Eintreffen noch an der Bar standen, hatten Jones und seine Frau sie angesprochen.

Jones schien etwas verblüfft zu sein, Morgan im Club anzutreffen, nachdem er seine Einladung abgelehnt hatte, und war auf seine entschuldigenden Erklärungen nicht gerade verständnisvoll eingegangen. Der Esel, dachte Morgan im Stillen, während er behutsam mit Priscilla in den Armen dahinschwankte, es sollte ihm inzwischen klar sein, weshalb seine Einladungen zum Abendessen im Hause Jones so regelmäßig ausgeschlagen wurden: die reizlose, beschränkte Ehefrau, die lautstarken Gören, die immer wach wurden, das trostlose Essen. Armer Jones, dachte er, armer dummer Jones. Der unfähige Clubsekretär demonstrierte erneut sein besonderes Gespür für die Stimmung einer Party, als er laute Rockmusik auflegte und die Tanzfläche sich wiederum bald leerte. Morgan und Priscilla standen unentschlossen zwischen Salon und Bar. Priscilla sah aus, als hätte man sie gerade erst aufgeweckt.

»Noch einen Drink?«, fragte Morgan.

»Ach, ich glaube, wir sollten gehen«, meinte sie viel sagend. »Würden Sie einen Augenblick warten? Ich möchte nur noch auf die Toilette gehen.« Morgan erwiderte, das sei kein Problem. Er sah ihr nach, sah die strammen Waden, die wackelnden Gesäßbacken unter dem blauen Rock. Er fühlte, wie sein Herz schneller zu schlagen begann: Das Haus war aufgeräumt, es war für den Notfall zu essen und zu trinken da, zufällig war das Bett erst gestern frisch bezogen worden – alles war in Ordnung ... Abgesehen von ihm selbst, dachte er, das unangenehme Mahnen seines Gewissens bei der Erinnerung an seinen Besuch in der Klinik, wo er die von Murray erwähnte grässliche Krankheit zur Kenntnis nehmen musste: eine Toxämie, bei der nicht unbedingt Gonokokken im Spiel sein mussten. Ganz gewiss nicht, dachte er, sich selbst aufmunternd. Sogar Murray hatte das ja gesagt. Außerdem war der brennende Schmerz nicht mehr aufgetreten, hatte es keinen weiteren hässlichen Tropfen Ausfluss mehr gegeben. Es war bestimmt alles in Ordnung – war nur ein unheimliches Zusammentreffen gewesen. Dennoch würde er, um sicher zu sein und um sein Gewissen zu beruhigen, eine letzte Prüfung vornehmen. Er ging davon, den eingängigen Refrain der Rock 'n' Roll-Nummer mitsummend, die noch immer über die leere Tanzfläche dröhnte, bog um die Menge an der Bar herum und schritt wohlgemut den Gang hinunter, der zu den Toiletten führte.

Er stand vor dem Urinbecken und ließ Wasser ohne auch nur das leiseste Brennen. Er lächelte vor sich hin: Er war seiner Verantwortung nachgekommen, konnte vor keinem geistigen Tribunal des Pflichtversäumnisses angeklagt werden. Er hatte getan, was man vernünftigerweise von einem Mann verlangen konnte, der mit seiner Angebeteten ins Bett gehen wollte. Er zog den Hosenlatz zu und wusch sich die Hände. Er betrachtete sich einen Augenblick im Spiegel, rückte die Krawatte gerade und berührte vorsichtig mit den Händen sein Haar. Er fragte sich flüchtig, ob er sich einen Bart wachsen lassen sollte – einen von diesen wallenden Bärten, wie sie jetzt Mode waren: Würde ihm wahrscheinlich ganz gut stehen. »Narziss«, klagte er sein Spiegelbild liebevoll an und wandte sich ab.

Er trat auf den dunklen Gang hinaus und stieß mit jemandem zusammen. Sie wichen beide, Entschuldigungen murmelnd, zurück. Morgan machte Murrays Akzent aus, ehe er seine Gesichtszüge erkannte. Aber an diesem Abend vermochte sein Wohlwollen jeden zu verkraften, sogar Murray, und so sagte er freundlich: »Abend, Doktor. Wollen Sie auch das Tanzbein schwingen?«

Murray antwortete nicht sogleich. »Nein«, sagte er nachdenklich, als erinnere er sich an etwas. »Ich bin hier wegen der Bibliothek.«

»Konnte Sie mir auch nicht als großen Tänzer vorstellen, Doktor«, bemerkte Morgan witzelnd – fast genoss er, was er für die ersten Zeichen eines Unbehagens hielt, die er je auf Murrays Gesicht wahrgenommen hatte. »Nun – dann gute Nacht«, sagte er fröhlich und wollte gehen.

»Mr Leafy«, rief Murray, sodass Morgan sich ihm wieder zuwandte, »ich glaube, ich kann es Ihnen jetzt schon sagen. Wir haben die Ergebnisse der Tests, die wir gemacht haben, jetzt vorliegen. Ich habe mich mit meiner vorläufigen Diagnose getäuscht.« Er vergewisserte sich, dass ihnen auch niemand zuhörte, und setzte hinzu: »Mit dieser Toxämie ohne Gonokokken.«

»Aha«, sagte Morgan triumphierend. »Das dachte ich mir doch gleich. Es haben sich übrigens auch keine Symptome mehr gezeigt. Alles in Ordnung, habe mich nie besser gefühlt. Aber machen Sie sich nichts draus, Doktor«, fügte er gönnerhaft hinzu, »Irren ist menschlich.«

»Ich wollte gerade sagen«, fuhr Murray fort, »Gonokokken sind *doch* dabei im Spiel.«

»Ich … ich verstehe nicht ganz«, sagte Morgan stockend, während sich Zweifel in seinem Hirn ausbreitete wie ein Kriegsgerücht. »Was sagten Sie?«

»Dass doch Gonokokken dabei im Spiel sind. Es tut mir leid, Ihnen das sagen zu müssen, Mr Leafy, aber Sie haben Gonorrhöe. Kein Grund zur Beunruhigung, aber es ist definitiv Gonorrhöe.«

Als Priscilla die Treppe von der Damentoilette herunterkam, fiel ihr sein gerötetes Gesicht auf, und sie fragte ihn, ob er sich nicht wohl fühle.

»Mir ist nur ein bisschen heiß«, sagte Morgan benommen. Er hatte tatsächlich das Gefühl, sein Kopf könne jeden Augenblick explodieren, gleichsam scharf gemacht durch die schicksalhaften Worte, die er gerade gehört hatte. Murray hatte ihn nach seiner ersten hysterischen Reaktion beruhigt und ihm wiederholt gesagt, es gebe keinen Grund zur Beunruhigung und er solle wie vorgesehen am nächsten Tag in die Klinik kommen. »Ich würde nur an Ihrer Stelle heute Abend nichts mehr trinken, Mr Leafy«, hatte er hinzugefügt. »Machen Sie Enthaltsamkeit überhaupt eine Zeit lang zu Ihrem Losungswort.«

Morgan kam sich wie ein zwischen den zwei mächtigen Säulen seines Dilemmas angeketteter frustrierter Samson vor. Da war einerseits das schreckliche Urteil »geschlechtskrank« und andererseits der lähmende Gedanke an den Verlauf der nächsten ein, zwei Stunden. Während er so wie erstarrt dastand und auf Priscilla wartete, konnte er sich nur immer wieder fragen: Was soll ich machen? Was soll ich machen? Irgendwie gelang es ihm, ein Plaudergespräch durchzuhalten, bis sie im Wagen saßen, wo Priscilla sich sogleich an ihn warf und mit der Zunge seinen Mund erforschte, dass ihre Zähne schmerzhaft gegen die seinen stießen. Er ging darauf ein, so gut er konnte, wobei er sich der Schlaffheit seines Glieds qualvoll bewusst war. Mein Gott, schrie es in ihm plötzlich entsetzt, was ist, wenn ich impotent werde? Er dachte an die ausschwärmenden Regimenter von Bazillen, die sich eben in diesem Augenblick in seinem ganzen Körper einquartierten und sich die bequemsten Ecken aussuchten. Und was passierte eigentlich mit einem, stöhnte er innerlich, wenn man Gonorrhöe hatte? Fiel einem da die Nase ab? Wurde man verrückt? Schwollen einem die Eier zu dicken Kürbissen an? Er hätte heiße, bittere Tränen der Wut und Verzweiflung weinen mögen.

»Morgie, Sie hören ja gar nicht zu«, beklagte sich Priscilla ungeduldig.

»Entschuldigen Sie, Liebes«, sagte er mit einem irren Lächeln. »Was ist?«

»Was machen wir jetzt?«

»Soll ich Sie nach Hause bringen?«, sagte er, ohne zu überlegen.

»Morgie!«, rief sie. »Das ist gar nicht lustig.«

»Entschuldigung, Entschuldigung. Ich habe geträumt, weiß nicht, woran ich gedacht habe.« Er küsste sie verwirrt; was auch geschah, sie durfte nie davon erfahren. »Fahren wir zu mir«, schlug er vor – er wusste, dass dies ihrem Wunsch entsprach. Er brauchte Zeit, sagte er sich, Zeit, um sich zu beruhigen, sich einen Ausweg aus dieser ekelhaften Zwangslage einfallen zu lassen.

Sie steuerten aus dem Clubparkplatz hinaus und fuhren schnell durch das etwas anrüchige Viertel von Nkongsamba, vorbei an den leuchtenden Feuern, den ausgelassenen jungen Leuten, den lärmenden Clubs. Autoscheinwerfer blendeten seine Augen, die Hupen und die dröhnenden Radios attackierten seine Ohren. Es war wie ein afrikanisches Tollhaus. Er stellte sich schwarze Teufel à la Hieronymus Bosch vor, die mit langen Zangen und stachelbewehrten Dreizacken nach seinen edlen Teilen grapschten.

Priscilla kurbelte das Fenster herunter und lehnte den Kopf gegen den Sitz zurück. Ihre heiße Hand lag beiläufig auf seinem Schenkel. »Mann«, kicherte sie, »ich habe zu viel getrunken. Wenn ich die Augen zumache, ist mir wie auf einer Achterbahn.«

Morgan erwiderte nichts darauf. Während in seinem durcheinandergewirbelten Hirn wieder ein Anflug von Ordnung einkehrte, drang eine Frage unerbittlich in den Vordergrund seines Denkens. Wenn er Gonorrhöe hatte, wie, bitte schön, hatte er sich dann überhaupt damit angesteckt? Es gab, das wusste er, nur eine einzige Antwort darauf, die in riesigen feurigen Lettern hätte am Horizont geschrieben stehen können, so offenkundig war sie. HAZEL! *Hazel.* Die Schlampe, die Hure, die widerliche, dreckige Nutte! Sie und ihre flotten Freunde waren es – *sie* hatte ihn angesteckt!

Während sie auf der Hauptstraße nach Norden dahinbrausten, dachte er sich unaussprechlich rohe und brutale Racheakte aus, die er persönlich und in aller Ruhe an ihrem verdorbenen Körper vollziehen wollte, doch als sie sich seinem Haus näherten, begannen ihn wieder die unmittelbaren Probleme zu beschäftigen. Als er in seine Einfahrt einbog und den Wagen in die Garage fuhr, ging er die Möglichkeiten durch, die er hatte, und verwarf sie nacheinander. A: ehrlich sein, ihr die Wahrheit sagen oder doch so viel wie nötig. Aber nein, das war unmöglich. Wenn nun ihre Mutter davon erfuhr? Und es gab dann auch keine Hoffnung auf eine Heirat mehr – in ihrer Welt bekam man solche Krankheiten einfach nicht. B: nicht daran denken, einfach weitermachen, als wenn nichts wäre. Er wurde fast ohnmächtig, als er die möglichen Konsequenzen dieser Verhaltensweise bedachte. Priscilla würde es bekommen, er würde seine zukünftige Ehefrau infizieren, und dann ... er dachte nicht weiter über diese Möglichkeit nach. C: lügen. Seine alte Freundin Verlogenheit und ihre Geschwister Aufschub und Ausflucht, so unwahrscheinlich sie sein mochten. Er sah jetzt, dass es für ihn nur eine einzige Hoffnung gab: Er und Priscilla durften nicht in das gleiche Bett gehen ... Er hatte plötzlich die irre Idee einer Wunde, die er sich selbst zufügte: Vielleicht konnte er sich in die Hand schneiden, wenn er Sandwiches zubereitete, oder auf dem Rückweg ins Haus stolpern und mit dem Kopf gegen die Tür stoßen. Aber er wusste, dass er nicht den Mut zu so etwas hatte. Vielleicht konnte er ein sympathischeres Leiden wie Epilepsie, Wassersucht oder Schlafkrankheit simulieren ...

»Kommen Sie, Sie Träumer.« Priscillas Stimme klang ein wenig benebelt. »Ich will nicht die ganze Nacht warten.« Morgan stieg aus dem Wagen und ging mit ihr zurück zum Haus. Er hatte den Arm um ihre Schultern gelegt, und sie lehnte sich an ihn, und so schlurften sie schwerfällig zur Tür.

Fünf Minuten später befreite sich Morgan aus Priscillas Umarmung und schwankte zu seinem Getränkewägelchen hinüber, wo er sich Murrays Warnung zum Trotz einen großen Whisky einschenkte. Er hoffte, der Alkohol werde ihn irgendwie inspirieren. Er dachte kurz daran, sich bewusstlos zu trinken, erkannte aber zu seiner erneuten Verzweiflung, dass dies die unvermeidliche

Katastrophe nur hinausschieben würde. Der nächste Tag würde kein Entrinnen bringen: Das Problem würde fortbestehen, denn mochte Priscilla eine Volltrunkenheit auch für eine Nacht hinnehmen, so war doch klar, dass sie sich generell in einer Weise benahm, die darauf hindeutete, dass sie den Geschlechtsverkehr mit ihm prinzipiell als etwas Wünschenswertes betrachtete. Sie waren schließlich keine Zufallspartner für eine Nacht, und es war nicht abzusehen, wie lange er sich enthalten musste. »Machen Sie Enthaltsamkeit zu Ihrem Losungswort«, hatte Murray in seiner typischen Art gesagt, wie eine düstere Sibylle oder eine prophetische alte Vettel in einer Moralität. Als er sich der Worte erinnerte, tauchte Murrays Bild wieder vor ihm auf: die blauen Augen, die nicht lächelten, der strenge Akzent. Morgan fühlte sich richtig benommen vor Hass: Es war Murrays Schuld, dachte er anklägerisch mit leidenschaftlicher Unlogik – Murrays Intervention hatte ihn in diese irre Situation gebracht. Seit ihrer Ankunft hatte er mit Priscilla schlafen wollen, und nun, da sie ihn zu diesem Schritt ermutigte, war er derjenige, der Zurückhaltung üben musste.

»Was machen Sie, Morgie?«, hörte er Priscilla fragen. Er war sich jetzt nicht sicher, ob ihm die Wirkung gefiel, die Alkohol auf sie ausübte: Er machte sie auf eine etwas anstößige Art liebreizend, wie eine verkommene kindliche Prostituierte.

»Nichts, Liebes«, sagte er, stellte sein Glas ab und wandte sich um. Sie war von der Couch aufgestanden, ihr Mund war vom Küssen zerknautscht, ihr Kleid zerknittert. Sie hielt die Arme nach ihm ausgestreckt. Zögernd ergriff er ihre Hände. Sie zog ihn in Richtung Schlafzimmer.

»Kommen Sie, Morgie.«

Er wandte behutsamen Bremsdruck an. Er versuchte den Alkohol mit einer Willensanstrengung durch seinen Kreislauf zu steuern. »Liebes«, sagte er, wobei er sich bemühte, in seiner Stimme subtile Abstufungen von Bedauern, Vorsicht und moralischer Klugheit mitschwingen zu lassen. »Nein. Ich glaube, wir … ich glaube, wir sollten hier bleiben …«

Gleichzeitig versuchte er seine Gesichtszüge zu einem als Ergänzung fungierenden Amalgam von Liebe, Respekt und verständiger Aufrichtigkeit zu verschmelzen. Es dauerte aber nicht lange, da stimmten seine und Priscillas Auffassungen von Gesichtsausdrücken und Stimmuntertönen nicht mehr überein. Ein Blick entzückter, verschmitzter Abenteuerlust blitzte in ihren Augen auf. Er beobachtete diese Umwandlung mit dem ganzen Grauen eines Wissenschaftlers, der die ersten tastenden Bewegungen eines Monsters verfolgt, das er unwissentlich erschaffen hat.

»Hier?«, sagte sie. »Auf dem Fußboden, Morgie? Oh, Morgie.« Vor seinem entgeisterten Gesicht wandte sie sich zur Couch um, warf mit der Wonne eines Wandalen die Kissen auf den Boden und stapelte sie in aller Eile zu einem behelfsmäßigen Haremsbett auf. Sie knipste rasch alle Lichter aus bis auf eines, rannte aufgeregt umher und achtete nicht auf Morgan, der sie beschwor: »Priscilla, warten Sie. Nein, so hatte ich das nicht gemeint … Priscilla, bitte.« Sie schnickte sich die Schuhe von den Füßen, ließ sich auf den Kissenhaufen fallen und kicherte beschwipst, während sie sich ausstreckte und in sinnlicher Hingabe schmollend die Lippen vorschob. »Kommen

Sie, Morgan«, säuselte sie. »Man lässt ein Mädchen nicht warten.«

Morgan glaubte es nicht mehr lange mitmachen zu können. Was war in sie gefahren? Er hatte immer geargwöhnt, dass sie im Grunde keineswegs prüde war – sie hatte selber entsprechende Andeutungen gemacht –, aber diese gespenstische Parodie eines Hollywoodvamps konnte nur der Alkohol bewirkt haben. Natürlich hatte sie – er erinnerte sich an Olokomeji – keinen Grund zu der Annahme, er werde durch dieses sexbetonte Spiel *nicht* stark angeregt werden. Er stöhnte leise, blickte sich wild im Zimmer um, als könnten die Renaissancedrucke an der Wand eine verschlüsselte Inspiration enthalten. Seine Augen wanderten zögernd zu Priscilla zurück, und er schrie fast auf, als er sah, dass sie sich aus ihrem Schlüpfer wand. Sie zog ihn über die Füße und schnickte spielerisch damit nach ihm. Sie lächelte in seine Richtung, ihre Augen blickten ein wenig glasig. Sie griff nach oben und löste die Trägerschleifen ihres Kleides, dessen vorderer Teil nach vorn fiel und einen trägerlosen Büstenhalter offenbarte, der völlig überflüssigerweise ihre kleinen Brüste stützte. Morgans Mund öffnete sich wortlos, als sie hinter sich griff, um ihn aufzuhaken, wobei sich die Schultergelenke rund vorwölbten und ihre Unterlippe in übertriebener Konzentration zwischen die Zahnreihen geriet. Der Büstenhalter fiel herunter, und einen kurzen Augenblick lang sah er die rosigen Brustwarzen, denn gleich darauf tat er in irrer Spontaneität das Einzige, was ihm in den Sinn kam: Er sprang durchs Zimmer auf sie zu, fiel neben ihr auf die Knie und zog ihr mit hektischen Gesten den Büstenhalter wieder über die Brüste wie ein leidenschaftlicher Sexualreformer in einer Posse.

»Nein!«, keuchte er. »Tun Sie's nicht, Priscilla. Um Gottes willen, Priscilla, machen Sie nicht weiter.«

Erstaunen blinkte eine Sekunde lang in ihren Augen auf, ehe sie in trunkener Freude an ihrem Spiel wieder kicherte. Er sah konsterniert zu, wie sie sich freizuwinden versuchte – eine Brust glitt aus ihrer schlecht angehaltenen Schale heraus – und nach Morgans Leistengegend griff.

»Nein!«, jaulte er auf und versuchte sie mit der einen Hand abzuwehren, während er mit der anderen noch immer den Büstenhalter über einen Teil ihres Körpers oberhalb der Taille hielt. Ihr Rock war bei dem Ringen hochgerutscht, und Morgan sah kurz ihr dunkles Dreieck, das er, seinen Kampf gegen die Nacktheit fortsetzend, sogleich zu bedecken versuchte, indem er mit der einen freien Hand den Rock wieder herunterzog. Jetzt plötzlich nicht mehr behindert, griffen Priscillas Finger nach seinem Reißverschluss, und ehe er sich's versah, war dieser aufgezogen, und ihre rechte Hand stieß kraftvoll in die Öffnung hinein. Morgan spürte ihre scharfen Nägel an seinen Schenkeln, fühlte, wie sich ihre Finger unter seine Unterhose schoben und um sein infiziertes Organ schlossen.

»Nicht anfassen!«, kreischte er, als wende er sich an ein argloses Kind, das eine Natter streicheln will, und sprang sofort auf, von den Kissen zurückweichend und mit der Hand hinter sich nach der Wand tastend. Er knipste die Hauptbeleuchtung an und stand dann heftig atmend in entgeisterter Bestürzung an der Tür zur Vorderveranda.

Die plötzliche Helligkeit von der Decke herunter blendete Priscilla, und einen Moment lang blickte sie sich verständnislos um, doch dann dämmerte ihr das Unvermittelte ihrer Entblößung: Die Erkenntnis, dass es gar kein Spiel gewesen war, dass es gar nichts mit Spaß zu tun hatte, drang langsam in ihr vom Alkohol umschleiertes Bewusstsein ein.

Morgan sah sie in düsterer Vorahnung an, als wäre sie eine blutverschmierte Leiche, die man ihm ins Zimmer gelegt hatte. Das Kleid umgürtete ihre Schenkel, der Büstenhalter lag ausgebreitet über einem Kissen, und die kleinen Brüste mit den rosigen Spitzen hoben und senkten sich noch von der Anstrengung. Er sah, wie sie sich mit dem Handrücken langsam über die Augen fuhr wie jemand, der aus einem Schlaf erwacht. Verlegen, fast unterwürfig zog sie das Kleid über die Beine herunter und bedeckte die entblößten Brüste mit den Armen.

»Sie Mistkerl«, sagte sie leise, und dann packte sie plötzlich den Büstenhalter und die Schuhe und rannte gebückt an ihm vorbei durch die Fliegendrahttür und den Gang hinunter zum Badezimmer. Morgan ließ vor Scham und Hilflosigkeit den Kopf hängen. Er empfand Priscillas Demütigung wie seine eigene: die wehrlose Laszivität ihrer Position auf dem Fußboden, die rückwirkende Beschämung und Verlegenheit, die bösartige plötzliche Helle, er in seiner aufrechten Haltung vor ihr mit seinem schockierten Gesicht. Aber er wusste auch instinktiv und mit aus eigener Erfahrung gewonnener Gewissheit, dass es, zumindest nach außen hin, nicht lange so bleiben würde. Die Selbstverteidigungsmechanismen der menschlichen Psyche würden rasch in Aktion treten, die Wahrheit verhüllen, neue Schuldzuweisungen vornehmen und die Schmach ihm anlasten, wie er es genaugenommen ja auch verdiente.

Benommen legte er die Kissen wieder auf die Couch. Er hätte plärren mögen wie ein Baby, seine Frustration in die Welt hinausheulen, aber stattdessen trank er noch mehr Whisky und setzte sich, um auf Priscilla zu warten. Bald darauf teilte ihm das energische Klappern ihrer Absätze auf dem Betonfußboden mit, dass inzwischen wie erwartet mehr als nur frisches Make-up aufgetragen worden war. Mit tiefer Beklommenheit registrierte er das erstarrte dünne Lächeln auf ihrem Gesicht.

»Würden Sie mich bitte nach Hause fahren.« Sie sprach wie zu einem wartenden Taxifahrer. Sie gingen schweigend hinaus zum Wagen, und Morgan fragte sich, was er tun konnte, damit der Schaden nicht irreparabel wurde. Priscilla stieg ein und saß dann steif aufgerichtet da.

»Priscilla«, begann er, »ich kann das erklären. Wissen Sie, ich dachte, es wäre das Beste, wenn …«

»Würden. Sie. Mich. Bitte. Nach. Hause. Fahren.« In ihrer Stimme war nichts mehr von Niedergeschlagenheit, nur kalter, entschiedener Hass. Er ließ den Motor an und lenkte den Wagen rückwärts die Einfahrt hinaus. Auf der Rückfahrt zum Konsulat wurde kein Wort mehr gewechselt.

Während er die Straße entlangfuhr, sah Morgan seine Zukunft vor sich entschwinden mit der unbarmherzigen Unausweichlichkeit, mit der ein von einem Torpedo getroffenes Passagierschiff in den Wogen versinkt. Schon zeugten gleich den letzten Wasserstrudeln nur noch die Falten in Priscillas Kleid von ihrer früheren Intimität. Aber auch die würden morgen ausgebügelt sein. Es würde so sein, als wenn nie etwas geschehen wäre. Morgan fiel es schwer zu glauben, dass solch strahlende Möglichkeiten so schnell und mühelos ausgelöscht werden, alle Andeutungen und Worte von Liebe, die Augenblicke der Leidenschaft, seine durchaus realisierbaren Träume so abrupt fortgewischt werden konnten. Aber die eisige Kälte, die im Wagen herrschte, ließ keinen Zweifel daran, dass es so kommen würde.

Er hielt vor dem Haus der Fanshawes und sagte sofort in flehendem Ton: »Priscilla, Liebes, glauben Sie mir, es *gibt* eine Erklärung für das alles. Ich kann es erklären. Bitte, glauben Sie nicht, weil ich …«

Sie wandte ihm das Gesicht zu. »Männer wie Sie tun mir leid«, sagte sie leise in beißendem Ton. »Ich begreife nur nicht, wieso ich das nicht schon am Anfang gemerkt habe. Es ist so offenkundig. Ihr seid armselige Burschen, alle zusammen, mit eurem großen Gerede, euren Angebereien. Armselige, schwache Kreaturen. Ich hasse Sie nicht, Morgan, ich bemitleide Sie.«

Während Morgan sich dies anhörte, kippten seine letzten Hoffnungen über die Seite ab und setzten zu einem heulenden Sturzflug an. Ihre Darstellung seines Verhaltens traf ihn wie ein Blitz: Sie glaubte, er hätte gekniffen, könnte die Hitze der Leidenschaft nicht ertragen, hätte kein Pulver auf der Pfanne – und so wollte er nun wirklich nicht dastehen. Er hatte angenommen, sie glaubte, er sei zu »nett«, zu »anständig«, um ihre Liebe mit ein bisschen Vögeln zu kompromittieren, aber er erkannte nun die absolute Vergeblichkeit seiner Wünsche. Sein Überfall auf sie am Flussufer bei Olokomeji ließ jede Verbindung zwischen ihm und Vorstellungen von gentlemanhafter Zurückhaltung seltsam unangebracht erscheinen. Mit einem plötzlichen niederschmetternden Gefühl sah er, wie plausibel Priscillas Interpretation seines Verhaltens war. Auch war ihm klar, dass sie bei all ihrem Gerede von Mitleid für ihn in Wirklichkeit nichts als Verachtung empfand. Da sah er zu seinem Schrecken, dass Fanshawe auf die Veranda hinaustrat und sie hereinwinkte.

»Leben Sie wohl«, sagte Priscilla rasch und stieg aus. Sie eilte die Stufen zu ihrem Vater hinauf. Morgan winkte kurz und fuhr sofort los, um sie nicht miteinander sprechen zu sehen. Er versuchte nicht daran zu denken, was Priscilla vielleicht sagte, welche Erklärung sie für ihre frühe Rückkehr vielleicht gab und dafür, dass er nicht mit hereingekommen war. Er neigte den Kopf zum Fenster hin und ließ sich den Wind über das Gesicht wehen. Er konnte sich, wenn er an seine Sammlung persönlicher Katastrophen dachte, keines traumatischeren und folgenreicheren Ereignisses erinnern; und doch schien er so quälend nah daran gewesen zu sein, die ersten festen Grundlagen für die neue Zukunft zu schaffen, die er sich hatte bauen wollen.

Schwache Hoffnung keimte auf, als er sich sagte, dass es vielleicht doch möglich war, aus dem Dilemma etwas hinüberzuretten: Vielleicht konnte er sie durch Tränen und liebesduselige Reden davon überzeugen, dass er es wirklich ehrlich meinte und nur nicht gewollt hatte, dass ihre Beziehung durch zu frühes Hinüberführen in ein sexuelles Stadium beeinträchtigt würde. Er trug sich diese Argumente in Gedanken aus dem Stegreif vor, aber alles klang geschwindelt und unwahrscheinlich. Und er sah auch mit bitterer mitternächtlicher Klarheit, dass alles zu weit gegangen war, dass nach dem, was Priscilla getan hatte – sie hatte sich schließlich die Kleider vom Leib gerissen, hatte praktisch um Geschlechtsverkehr *gebettelt* –, nicht mehr daran zu denken war, ihre Darstellung der Ereignisse des Abends neu zu schreiben. Er sah sich auf Dauer zur Rolle des Angebers verurteilt, dessen laut hinausposaunte Heldentaten als Sexprotz sich als reine Erfindungen eines armen Gigolos erwiesen. Er spürte, wie er vor Zorn errötete, als er die Details des Porträts sich abzeichnen sah. Wenn sie nur wüsste, wessen er wirklich fähig war … doch dann wurde aus seinem Zorn Scham, als er sah, wie das Klischeebild ihm immer enger auf den Leib rückte. Ihm war es gleich, was man sagte. Die Frauen hielten immer die letzte Trumpfkarte in der Hand – dieses Spiel konnte er nicht gewinnen.

Zu Hause legte er sich sofort ins Bett. Wie ein Napoleon bei seinem Waterloo hatte er kurz den Blick über die Szene seiner Niederlage schweifen lassen – und dabei den Schlüpfer in der Zimmerecke liegen sehen, wo Priscilla ihn in kesser Hemmungslosigkeit hingeworfen hatte. Der Gedanke, dass er eine schlüpferlose Priscilla nach Hause gefahren hatte, war nur die letzte ironische Zugabe. Er hob den Schlüpfer auf und widerstand mit Erfolg dem Impuls, daran zu schnüffeln. Er war weiß mit blauem Spitzensaum an den Beinöffnungen. Er lag jetzt in seiner Nachttischschublade, eine traurige Trophäe dessen, was hätte sein können. Als er masochistisch den Abend noch einmal in seiner Erinnerung vorüberziehen ließ, sagte er sich, dass nichts von alledem passiert wäre, wenn er Murray nicht im Club getroffen hätte – auch wenn er stattdessen beschlossen hätte, beim Eintreffen zu Hause zur Probe Urin zu lassen: Dann würde er jetzt in diesem Augenblick mit Priscilla zusammen im Bett liegen. Aber nein, die zufälligen Ereignisse und Vorkommnisse seines und Murrays Tagesablaufs *mussten* wie die *Titanic* und der Eisberg vor der Herrentoilette genau in jenem Moment exakt getimt zusammenstoßen. Und ebenso, dachte er böse, *musste* es auch Murray sein. Der Mann übernahm eine dämonische, schicksalhafte Rolle in seinem Leben, wie ihm schien. Murrays unzeitiges Auftauchen hatte sein Gewissen aus jenem Kämmerchen in seinem Denken herausgeschubst, in dem es Sekunden zuvor für die Dauer der Nacht eingeschlossen worden war, und Morgan glaubte nicht, dass er ihm das je würde verzeihen können. Ein Teil von ihm gab widerwillig zu, dass Murray von den Auswirkungen seiner vorläufigen Diagnose nichts geahnt haben konnte, doch dies wurde mehr als ausgeglichen dadurch, dass er so tückisch den Zeigefinger, den Katalysator gespielt hatte, der sein rostiges, knirschendes Gefühl für sittliche Werte scheppernd wieder in Gang setzte. Denn er wusste, dass sein Bestreben, an Priscilla »anständig« zu handeln, ihn in dieses Dilemma gebracht hatte – aber es war nicht Erleichterung oder Befriedigung über sich selbst, was er dabei empfand. Dass er es moralisch so genau nahm, sagte er sich, hatte ihn Priscilla und all die glänzenden weiteren Gelegenheiten gekostet, die sich so verlockend hinter ihr aufreihten. Wie eine prophetische Eingebung traf ihn plötzlich die Erkenntnis, warum es so viel Böses auf der Welt gab: Der Preis, den man für das Gutsein bezahlte, stand einfach in keinem Verhältnis, war viel zu hoch angesetzt. Und als Hauptkonsumenten der Ware Gutsein hatten die Menschen beschlossen, den derzeitigen Satz einfach nicht mehr zu bezahlen. Er drehte sich im Bett um und schlug wütend auf die Kissen, wobei ihm Tränen der Verzweiflung über die eigene Schwäche in den Augen brannten. Das heißt, dachte er, ausgenommen ein paar Volltrottel: ausgenommen ein paar gutmütige Dummköpfe wie er.

10

Morgan schloss das Buch und glaubte hören zu können, wie ihm das Blut aus dem Gesicht wich. Er lehnte sich gegen die nächste Wand und spürte, wie ihn blinde Angst durchbebte. Mit zitternden Händen stellte er den dicken Band an seinen Platz in der medizinischen Abteilung zurück. Das Buch trug den Titel *Durch Geschlechtsverkehr übertragene Krankheiten.*

Er hatte beschlossen, erst nach seinem Termin bei Murray ins Büro zu gehen. Eine qualvolle, Tränen auslösende Sitzung über seiner Toilettenschüssel am Morgen hatte ihn nachdrücklich an seinen Zustand erinnert, und er war auch nicht allzu sehr erpicht, Fanshawe zu begegnen. Man konnte nicht wissen, was Priscilla ihren Eltern vom vergangenen Abend berichtet hatte. Deshalb hatte er viel Zeit mit einem ausgedehnten, aber keineswegs fröhlichen Frühstück verbracht, in dessen Verlauf er beschloss, den Tatsachen ins Auge zu sehen und absolut ehrlich zu sich selbst zu sein. Zu diesem Zweck war er zu dem Buchladen der Universität gefahren, um zu sehen, was er an Einzelheiten über seine Krankheit in Erfahrung bringen konnte. Nachdem er eine Zeit lang um die medizinische Abteilung herumgeschlichen war und sich vergewissert hatte, dass ihn niemand beobachtete, hatte er das gewünschte Buch gefunden und mit unbehaglichem Gefühl seine glänzenden, reich illustrierten Seiten aufgeschlagen.

Jetzt starrte er blinden Blicks auf den sonnenhellen Platz vor dem Verwaltungsgebäude hinaus, das durch die Fenster auf dieser Seite des Buchladens zu sehen war. Sein Kopf war ein Hochglanzkatalog von schrecklichen Bildern, ein ekliger, verwesender Gemüseladen voller matschiger Gurken, zerplatzter Tomaten, fauliger Kohlröschen und schleimzerfressener Salatköpfe. Zerbröckelnde Nasen, durchlöcherte Gaumen und grotesk angeschwollene Gliedmaßen tanzten vor seinen Augen wie Bilder von einem Karnevalstreiben der Aussätzigen. Seine Ohren dröhnten wider von einer der übelsten, abschreckendsten Nomenklaturen, denen er je begegnet war: »rasch sich vermehrende Treponemata«, »eitriger Nasengang«, »Hautflecken«, »Pusteln«, *»trichomonas vaginilus«*, *»granuloma inguinale«*, »endemische Syphilis«, »venerische Warzen«, *»candida albicans«* – die ganze trostlose, gespenstische Terminologie der Medizin.

Gedankenlos berührte er den Mitesser im einen Nasenloch, fuhr er mit der Zunge die Konturen seines Mundes nach, prüfte er die Drehung seiner Kniegelenke. Da hatte es ein ganzes grausiges Kapitel über tückische Tropenkrankheiten gegeben. Sein Blick erfasste Worte wie »weicher Schanker«, »Riesenherpes«, »phagedänische Wunden«. Da gab es Leiden, die hießen »Pinta« und »Frambösie«. Ein nervöses Zucken nistete sich in seiner rechten Backe ein, und seine Augen tränten, als er in verzweifeltem Erstaunen weiterlas. Wie konnte es nur alle diese Dinge geben, fragte er sich. Welch schreckliche Notlage hatte diese hoffnungslosen Mutationsprodukte vor das Untersuchungsauge des Laboranten gebracht? Wie schleppten sie ihre bröckeligen, aufgedunsenen, Absonderungen ausschwitzenden Körper von Ort zu Ort? Er schluckte, versuchte seine ausgedörrten Speicheldrüsen zu aktivieren. Er sah an seiner stämmigen Figur hinunter, sandte vorsichtige Botschaften aus, zuckte mit Füßen und Fingern. Er schien zu spüren, wie elektrischer Strom die sich verästelnden Neuronen hinunterschoss, wie die Kapillargefäße die vernachlässigten Muskeln und Gewebe versorgten, wie Sehnen und Knorpel das schwächliche Gerüst seines Körpers zusammenhielten. Lass mich nicht im Stich, flehte er stumm, halt noch ein bisschen durch, bat er, fall nicht auseinander. Er versprach seinem Körper, er werde sich fit halten, biologisch hochwertige Nahrung essen, ihn gut behandeln, seine einzelnen Teile hätscheln und hochhalten. Er würde ein sportlicher, streng vegetarischer Mönch werden, schwor er sich – nur nicht so werden wie die Hochglanzwracks auf den medizinischen Illustrationen. *Nur das nicht.*

Er fühlte sich unsicher und verlegen, als er eine halbe Stunde später schüchtern an Murrays Tür klopfte. Murray blickte von seinem Tisch auf, als er eintrat, und sagte guten Morgen. Er schrieb gerade etwas auf ein Blatt Papier.

»Eine Sekunde«, sagte er. Morgan fragte sich, wie Murray es ihm beizubringen gedachte: ob er behutsam vorgehen und nur langsam zu der düsteren Prognose vordringen oder ob er eine brutale Breitseite abfeuern würde.

»Wir haben von der Probe, die Sie uns gegeben haben, eine Kultur angefertigt«, sagte Murray, während er gerade noch seinen Namen unter das Geschriebene setzte. Er sah mit einem kurzen Lächeln auf. »Viele urogenitale

Infektionen stellen sich als gonokokkenfrei heraus, aber bei Ihrer war das, wie ich Ihnen schon gestern Abend sagte, nicht der Fall.«

»Wie ...« Morgan räusperte sich, um seine Stimme von der Falsetthöhe herunterzuholen. »Wie ... ernst ist es? Ich meine, sind Sie hier für die Behandlung solcher Fälle eingerichtet? Wissen Sie, ich mache mir Sorgen, ob ich vielleicht nach Hause geflogen werden muss.« Er schluckte. »Und was ist mit meinem ... G-g-gesicht ... und dem übrigen Körper?«

Murray musterte die verwischten Hieroglyphen auf dem Löschblatt seiner Schreibunterlage. O Gott, dachte Morgan, er kann mir nicht in die Augen sehen.

»Sie haben Bücher gelesen, wie?«, sagte Murray resigniert.

»Ich habe was? Bücher? ... Nun, ich habe mal einen kurzen Blick hineingeworfen ...«

»Überlassen Sie das Diagnostizieren mir, Mr Leafy, dann ersparen Sie sich viel Ärger.«

Morgan missfiel der gönnerhafte Ton. »Man möchte natürlich wissen, was ... worauf man gefasst sein muss.«

Murray blickte ihn fest an. »Auf ein paar Kubikzentimeter Penicillin, Mr Leafy, und drei Wochen Quarantäne.«

»Quarantäne? Heißt das – Isolierung?«

»Nein – kein Sex. Abstinenz.«

»Das ist alles?«, forschte Morgan weiter, plötzliche Erleichterung vermischte sich mit dem obskuren Gefühl, irgendwie betrogen worden zu sein. »Eine Injektion und ... nur drei Wochen?«

Murray zog leicht belustigt die Brauen in die Höhe. »Zwei Injektionen, genau gesagt, um sicherzugehen.

Warum? Was haben Sie erwartet? Schwefelbäder und Amputation?«

Morgan kam sich töricht vor, eine Emotion, die sich immer öfter mit Murray zu verbinden schien. »Nun«, sagte er vorwurfsvoll, »man hat ja keine Vorstellung.«

»Eben«, sagte Murray recht energisch. »Wir haben im Durchschnitt drei bis vier Fälle von nichtspezifischen Geschlechtskrankheiten pro Tag. Und keineswegs alle unter Studenten oder Arbeitern. Eine ganze Menge Penicillin bekommen die leitenden Angestellten injiziert.« Murray hatte betont unbeteiligt gesprochen, doch Morgan fühlte sich automatisch einem Haufen von Geistesgestörten zugeteilt. Nun, da der Gedanke an einen langsamen, stückweisen Tod in den Hintergrund gerückt war, stellte er fest, dass Murray ihm wieder auf die Nerven zu gehen begann.

»Ich brauche noch ein paar Angaben«, sagte Murray und griff nach seinem Federhalter. »Zuerst die Namen der Personen, mit denen Sie während der beiden letzten Monate Geschlechtsverkehr hatten.«

»Ist das unbedingt nötig?«

»Die Bestimmungen sind so.«

»Oh, ich verstehe. Nun, es war nur eine Person.« Morgan sprach Hazels Namen mit einiger Gehässigkeit aus und musste daran denken, dass er um ein Haar noch einen zweiten hätte nennen müssen. Murray ließ sich ihr Alter und ihre Adresse angeben.

»Gut«, sagte er rasch. »Hatten Sie und Ihre, ehem, Partnerin oralen oder analen Sex?«

»Du lieber Gott!« Morgan errötete. »Das ist absurd. Sie betreiben doch keine Forschung, oder? Wozu müssen Sie das wissen?«

Murrays Züge verhärteten sich. »Sie könnte Geschwüre im Mund und im Rektum bekommen, Mr Leafy – wenn die Sache nicht behandelt wird.« Morgan schluckte und murmelte mit sehr geläuterter Stimme etwas von oral. An die andere Alternative hatte er nie gedacht. »Gut«, fuhr Murray fort, »ich muss ihren Namen und diese Information an die Ademola-Klinik in der Stadt weitergeben. Es wäre vielleicht besser, wenn Sie persönlich dafür sorgten, dass sie diese Klinik aufsucht. Sie muss natürlich auch behandelt und ihre anderen Sexualpartner müssen ausfindig gemacht werden.« Er lächelte grimmig.

»Es gibt keine anderen Sexualpartner«, sagte Morgan etwas selbstgerecht, aber ohne große Überzeugung. Er dachte einen Augenblick nach. »Ach, Dr. Murray – muss ich noch weiter in diese Sache hineingezogen werden? Ich meine, in die Klinik gehen – meinen Namen weitergeben lassen. Es geht mir um – um meine Stellung hier – das könnte etwas peinlich werden. Könnten wir uns in diesem Fall nicht einmal über die Bestimmungen hinwegsetzen und …?«

»Tut mir leid, Mr Leafy«, unterbrach ihn Murray mitleidlos. »Dazu gehören zwei, wie es so heißt, und ich halte es für unklug, unter diesen Umständen an Regungen wie Peinlichkeit allzu viele Gedanken zu verschwenden. Warum sollte Ihnen eine Behandlung zuteilwerden, die Sie anderen …?«

»Schon gut, schon gut«, unterbrach ihn Morgan bitter resigniert. »Habe verstanden. Aber kann sie nicht wenigstens hier behandelt werden? Seien Sie unbesorgt, ich würde dafür bezahlen. Ich bezahle gern für sie als Privatpatientin.«

»Nein«, sagte Murray. »Das ist unmöglich.« Er kritzelte etwas auf ein Blatt Papier. »Gehen Sie damit zur Schwester im Behandlungszimmer. Sie gibt Ihnen Ihre erste Spritze. Kommen Sie in sechs Tagen wieder, dann gibt es die zweite.« Er ging zur Tür und hielt sie ihm auf. »Und denken Sie daran, Mr Leafy«, sagte er. »Vier Wochen lang keinen Geschlechtsverkehr und keinen Alkohol.«

»*Vier* Wochen lang? Sagten Sie nicht zuerst drei?«

»Ich glaube, in Ihrem Fall sagen wir lieber vier.«

Eine Stunde später, in seinem Büro, kam Morgan zu dem Schluss, dass er zurzeit Murray wahrscheinlich mehr hasste als irgendeinen anderen Menschen in seinem Leben, obwohl es da wie immer ein paar Bewerber um den ersten Platz gab. Er konnte jedoch nicht begreifen, warum er sich von Murray immer wieder so zusetzen ließ. Er war schließlich nur ein Beamter, ein Funktionär, jemand mit der zeitweiligen Verantwortung für seine Gesundheit, den er im Augenblick zu konsultieren verpflichtet war. Man begegnete vielen unangenehmen Typen in dieser Kategorie – Staatsbediensteten, Bankangestellten, Politessen, Sprechstundenhilfen und so weiter – im Laufe seines Lebens, aber sie erweckten nicht diesen kräfteverzehrenden Hass. Was war das an diesem Burschen, das in ihm den Wunsch auslöste, ihm den Schädel einzuschlagen, ihn mit dem Wagen über den Haufen zu fahren, ihn mit der Machete zu Hundefutter zu zerhacken? Es war nicht einfach die wiederholt bewiesene mangelnde Hilfsbereitschaft gegenüber einem Landsmann, die Weigerung, seinen Diplomatenstatus anzuerkennen, oder die zynische Freude, die ihm seine, Morgans, Verlegenheit zu bereiten schien.

Als er noch weiter darüber nachdachte, kam er zu dem Schluss, dass es etwas mit der Art zu tun haben musste, wie Murray sich gleichsam selbstverständlich zum Richter aufschwang – eine Art Tadel in Person oder wandelnder Verweis. Es war, als sagte er, da, seht, wie schwach, armselig und anmaßend ihr alle seid. Das war jedenfalls der vorherrschende Eindruck, den Morgan von seinen Begegnungen mit ihm gewann. Und es waren wohl auch seine äußeren Merkmale: das kurz geschnittene Haar, die faltige, sonnengebräunte Klugheit seines Gesichts, die saubere Kleidung, sein spezielles Heilerwissen, die Tatsache, dass er nie von eines Zweifels Blässe angekränkelt zu sein schien. Das war es, dachte Morgan: Wenn man Murray begegnete, dann sah man sich konfrontiert mit allen schäbigen moralischen Ausflüchten, die das Leben ausmachten, mit all den Grauzonen fragwürdigen Verhaltens, mit seinem ganzen traurigen Kompendium egoistischer Handlungsweisen. Aber noch schlimmer, ganz besonders ärgerlich an Murray war, dass er, nachdem er das alles bewirkt hatte, sich weiter gar nicht mehr darum zu kümmern, gar nicht überrascht zu sein schien, dass es so viele Schwächen gab. Wir begegnen alle gelegentlich Leuten, neben denen wir uns klein und hässlich vorkommen, gab Morgan zu, aber Murray war anders. Er war wie ein Mann vom Gesundheitsamt, der in der beanstandeten Küche auf den Dreck und den Rattenkot deutete, sich aber dann abwandte, einfach fortging, ohne einem zu sagen, was man tun musste, um die Schweinerei loszuwerden, und ohne sich darum zu kümmern, ob man den Raum sauber machen konnte oder nicht.

Morgan ging langsam zum Fenster hinüber und blickte

auf das in der Hitze der Nachmittagssonne bratende Nkongsamba. Er wurde dieses Anblicks allmählich müde, er brachte keine Erleichterung, vermittelte keine angenehmeren Empfindungen, lieferte keine Einblicke in das Leben von etwas, wie viele Stunden er auch hinsah. Es ärgerte ihn, dass seine Gedanken so ausschließlich um Murray kreisten, er hatte wichtigere Probleme, die seine ganze Aufmerksamkeit erforderten, nämlich wie er seine Beziehung zu Priscilla wieder ins Lot bringen konnte, was er weiter in Sachen Adekunle unternehmen sollte und welcher gerechten Strafe er Hazel zuführen sollte.

Was letzteren Punkt betraf, begnügte er sich drei Stunden später mit einer klatschenden Ohrfeige, aber als Hazel jammernd auf dem Bett zusammenbrach, packte ihn Reue, und er entschuldigte sich, nahm sie in die Arme und bedeckte ihr Gesicht mit Küssen. Er hätte sie jedoch gleich wieder schlagen mögen, als sie die Existenz von drei anderen Teilzeitliebhabern eingestand. Er tobte fünf Minuten lang im Zimmer hin und her und erfüllte die Luft mit seinen Flüchen und Drohungen. Dann fuhr er sie zur Ademola-Klinik, einem schäbigen und übel riechenden Gebäude in einer Seitenstraße in der Nähe des Gerichts. Sie saßen in einem schmuddeligen, von Fingerspuren beschmutzten Raum voller schreiender Kinder und erschöpfter Mütter, während sie darauf warteten, dass sich ein überlasteter kinjanjanischer Arzt um sie kümmerte. Schließlich wurden sie in ein kleines Zimmer gerufen, und der Arzt nahm die Einzelheiten ihres Falles auf. Hazel gab mit leiser Stimme ihren Namen und die ihrer drei Sexualpartner an, den Blick auf die unruhigen Hände in ihrem Schoß gerichtet.

Der Arzt sah Morgan an. »Sie wurden wohl schon in der Universitätsklinik behandelt«, sagte er. Morgan bestätigte dies – Murray schien sich gleich an den Apparat gehängt zu haben. »Und Ihr Name?«, fragte der Arzt. Morgan war überrascht, Murray hatte ihm offenbar nicht alles gesagt. »Mein Name?« Morgan überlegte rasch und drückte vorsichtshalber beschwichtigend auf Hazels Unterarm. »Jones«, sagte er. »Denzil Jones. D, e, n, z, i, l. Und meine Adresse ist …«

11

Fünf Tage danach stand Morgan wieder in der kleinen Ankunftshalle des Flughafens von Nkongsamba. Ihm drängte sich ein starkes Déjà-vu-Gefühl auf. Das war die gleiche Hitze, die Dakota stand auf dem Hallenvorfeld, die Motorgondel war noch immer eingehüllt. Das mürrische Mädchen saß noch immer hinter seiner schlecht versorgten Theke, und bei den Zeitschriften im Drehständer hatte sich nichts verändert. Nur die gut gekleidete Familie fehlte. Morgan blickte auf seine Uhr: fünfunddreißig Minuten Verspätung. Er hatte eigens vorher am Flughafen angerufen und die Auskunft erhalten, die Maschine werde pünktlich landen. Er ging auf und ab und schüttelte ungläubig den Kopf. Er konnte sich in diesem Land nicht einmal auf Vorkehrungen verlassen: Alle umsichtigen Vorausplanungen erwiesen sich ebenfalls als Zeitverschwendung.

Er war auf dem Flughafen, um den neuen Mann abzuholen, einen gewissen Richard Dalmire. Er hatte seinen eigenen Wagen mitgebracht und sollte Dalmire ins Gästehaus der Universität bringen, wo er wohnen würde, bis eine Bleibe für ihn gefunden war, und dann mit ihm zu einem mittäglichen Willkommensdrink zu den Fanshawes weiterfahren. Er war der Familie aus dem Weg gegangen nach dem katastrophalen Abend mit Priscilla und hatte sich in die Arbeit gestürzt, und er wusste nicht, wie sich Mutter und Tochter ihm gegenüber verhalten würden. Fanshawe selbst hatte sich zwei Tage lang in der Hauptstadt aufgehalten und letzte Vereinbarungen für das Projekt Kanapee getroffen, von dem er noch immer schwärmte, und er hatte den Botschafter über die Entwicklungen im Mittelwesten hinsichtlich der bevorstehenden Wahlen informiert. Morgan hatte für ihn zur Weitergabe einen Bericht zusammengestellt, der auf dem sorgfältigen Studium der Zeitungen des vergangenen Monats und auf Dingen basierte, die er im Club um die Bar herum aufgeschnappt hatte. Es war ein völlig subjektiver und zum größten Teil nicht nachprüfbarer Bericht, aber er hatte ihn mit Fachjargon und offiziell klingenden Tönen gewürzt und konnte stolz darauf sein, dass er recht tiefschürfend und professionell wirkte. Er war ein wenig besorgt gewesen wegen seines Mangels an Objektivität, doch er gelangte allmählich zu der Überzeugung, dass das ein unerreichbares Ideal war und es ohnehin in der Hauptstadt keinen gab, der darüber mehr wusste als er.

Er machte Dalmire unter den Passagieren sofort aus und wunderte sich, dass er so jung war. Er trug einen hellen Anzug mit einem blassblauen Hemd darunter und einen Panamastrohhut. Er schien die Hitze gar nicht zu spüren, und er sah für Morgan wie der Reiseleiter einer anspruchsvollen Pauschalreise aus, selbstbewusst und mit allem erforderlichen Wissen ausgestattet.

»Hallo«, sagte Morgan und ging auf ihn zu. »Dalmire, nicht wahr? Ich bin Morgan Leafy, Erster Sekretär.«

Dalmire strahlte ihn an und schüttelte ihm kräftig die Hand. »Hallo«, erwiderte er. »Es ist schön, hier zu sein.

Nennen Sie mich bitte Dickie.« Er hatte eine hohe Stimme und eine perfekte Aussprache.

Morgan widerstrebte diese vertraute Anrede eigenartigerweise; er konnte sich das nicht erklären, aber irgendwie schien ihm, dies wäre wie eine Kapitulation, bevor der erste Schuss gefallen war. »Holen wir Ihr Gepäck«, sagte er.

Auf dem Weg zum Gästehaus sagte Dalmire, wie dankbar er war, dass Morgan ihn selbst abgeholt hatte, und wie erfreut darüber, seine Bekanntschaft zu machen, und wie aufregend er es fand, dass man ihn nach Nkongsamba geschickt hatte. »Ich meine, sehen Sie das doch nur alles«, sagte er und deutete auf einige dürftige Hütten und eine kleine Ziegenherde bei einem Bahnübergang, dem sie sich näherten. »Einzigartig, nicht wahr. Afrika. Diese Hitze … das Leben … Es ist alles so anders. Wir werden es nie wirklich verändern. Nicht unten am Grund.«

Morgan wandte das Gesicht ab, um das Lächeln zu verbergen, das sich darauf eingestellt hatte. Du lieber Gott, dachte er, wo graben sie diese Leute denn aus? Er hatte auch einmal Afrika in romantischem Licht gesehen, aber das war zu Hause in England gewesen, bevor er hierhergekommen war. Seine farbenprächtigen Bilder und lieb gewonnenen Illusionen waren nach fünf Minuten schon verflogen gewesen, vertrieben von der Hochofenhitze auf seinem Weg vom Flugzeug zur geschäftigen Passkontrollbaracke auf dem internationalen Flughafen. Alle seine schwärmerischen Afrikavorstellungen – von Rider Haggards *Jock of the Bushveldt* über »Dr. *Livingstone, nehme ich an?*« bis zu Graham Greenes *Das Herz aller Dinge* – wurden mit dem Schweiß von seiner Stirn fortgewischt. Dalmires Naivität schien von entschiedenerer, hartnäckigerer Art zu sein, als die seine damals gewesen war: Er gab ihm so um die vierzehn Tage.

Sie mieteten Dalmire im Gästehaus ein, stellten sein Gepäck ab und machten sich nach einer kurzen Erfrischungspause auf die Weiterfahrt zum Konsulat. Dalmire war voller Fragen wie ein neuer Junge am ersten Tag in der Schule und schloss sich freudig jeder Ansicht an, die Morgan vorbrachte.

»Fanshawe ist ein Fernostmann, nicht wahr?«, fragte Dalmire. »Ja«, sagte Morgan. »Deshalb haben sie ihn nach Afrika geschickt.«

»Scheint wirklich etwas seltsam«, gab Dalmire zu, noch immer die vorüberfliegende Landschaft bewundernd. »Wie lange sind Sie schon hier?«

»Bald drei Jahre.«

»Aha, dann konnten sie deshalb Fanshawe hierherschicken – Sie kannten sich hier schon gut aus.« Morgan blickte ihn scharf an, um zu sehen, ob er einen Witz machte, aber er schien es ernst zu meinen.

»Sie mögen recht haben«, sagte er und bog in die Zufahrt zum Konsulat ein.

Eine halbe Stunde später stand Morgan mit einem Orangensaft in der Hand da und beobachtete von der Seite, wie Dalmire sich mit Priscilla unterhielt. Es war besser gegangen, als er befürchtet hatte. Priscilla hatte ihn recht freundlich begrüßt – keiner hätte gemerkt, dass zwischen ihnen etwas nicht in Ordnung war. Fanshawe war rau, aber herzlich gewesen, hatte ihm Dalmire überflüssigerweise noch einmal vorgestellt und einige gönnerhafte, aber schmeichelnde Bemerkungen über seine, Morgans,

Qualitäten gemacht. Nur von Mrs Fanshawe war eine spürbare Kälte ausgegangen, und ihre Augen hatten sich ein klein wenig verengt, als sie fragte, ob es wie immer Sherry sein sollte. Morgan hatte so breit gelächelt, wie er konnte, und gesagt, nein, ihm wäre eher nach einem Saft oder dergleichen zumute.

»Oh«, sagte sie überrascht. »Alles in Ordnung?«

»O ja«, erwiderte er zuversichtlich. »Kleine Magenverstimmung, weiter nichts.« Das frostige Lächeln auf ihrem Gesicht, als sie ihm einen Orangensaft reichte, ließ ihn wissen, dass sie nichts weiter von seinen Verdauungsstörungen hören wollte. Er war jedoch erstaunt, als er Dalmires Antwort auf Mrs Fanshawes geflötetes »Für Sie einen Sherry, Dickie?« hörte.

»Ich hätte lieber einen Gin mit Tonic, wenn's keine Umstände macht«, hatte Dalmire erwidert.

Da sah man wieder, sagte sich Morgan resigniert, dass er nie richtig hineingepasst hatte. Er trank seit Jahren ihren öden Sherry, weil er irrigerweise glaubte, sie würde ihn deshalb lieber mögen. Er hatte, abgesehen von heute, nie etwas anderes verlangt in dem Glauben, es sei unhöflich und aufdringlich, und so war Sherry *sein* Drink geworden. Er war einfach ein Tölpel, sagte er sich traurig und sah neidisch zu Dalmires hellem bläulichem Gin mit den klirrenden Eiswürfeln darin hinüber. Er fühlte sich plötzlich deprimiert. Fanshawe war inzwischen beim Projekt Kanapee angelangt und hob hervor, wie wichtig sein Bericht gewesen sei, aber Morgan hörte nur halb hin. Dalmire kam mit Mrs Fanshawe ins Gespräch und stellte ihr kluge Fragen, die das Mobiliar betrafen. Priscilla schlenderte mit einem Tablett Appetithäppchen zu ihnen hinüber, und bald plauderten sie eifrig und unbeschwert drauflos in einer Art, wie er, Morgan, das nie fertiggebracht hätte.

Später, als sie sich auf der Veranda verabschiedeten, führten die Fanshawes Dalmire ein Stück fort, um ihm ihre Topfpflanzen zu zeigen, und da war er plötzlich mit Priscilla allein.

»Priscilla«, begann er und kam sich wie ein unbeholfener Teenager vor. »Wegen neulich Abend ...« Sie unterbrach ihn mit einem Lächeln von solch seraphischer Strahlkraft, dass er sich fragte, ob sie plötzlich verrückt geworden war.

»Morgan«, sagte sie, »sprechen wir nicht mehr darüber. Vergessen wir die Sache. Es war auch meine Schuld – in gewisser Weise –, tun wir deshalb einfach so, als wäre es nie passiert. Okay?« Sie hielt kurz inne. »Er scheint sehr nett zu sein – Dickie.«

Morgan ging nicht darauf ein. Hoffnung flatterte in seinem Herzen auf wie ein Falter um eine Kerzenflamme. »Priscilla, würden Sie ... können Sie ... Nun, wir könnten irgendwohin fahren, nur auf einen Drink, dabei könnten wir ...«

Das strahlende Lächeln stellte sich wieder ein. »Haben Sie nicht gehört, was ich gesagt habe?«, fragte sie ruhig. »Es ist nichts passiert. Es wird nichts passieren. Lassen wir es dabei bewenden. Ich glaube, das ist das Beste. Es war alles ein schrecklicher Irrtum. Ich glaube, es ist besser so.«

Morgan ließ den Kopf hängen. »Ja«, sagte er. »Natürlich. Aber ich wollte nur sagen ...« Aber er konnte nichts mehr sagen, weil in diesem Augenblick Mrs Fanshawe herbeigerauscht kam mit Dalmire und Mr Fanshawe im Schlepptau.

Auf der Rückfahrt zur Universität sagte Dalmire vor sich hin sinnend: »Sie scheinen sehr nette Leute zu sein. Wirklich sehr nett.«

»Mmm«, sagte Morgan unverbindlich und dachte: Du bist ein hoffnungsloser Fall, mein Junge. Aber seine Gedanken weilten bald wieder bei anderen Dingen wie etwa seinen trüben Aussichten bei Priscilla.

»... Priscilla auch.«

»Was?«

»Ich sagte gerade, ihre Tochter hat mir auch gefallen. Sehr attraktives Mädchen«, bemerkte Dalmire anerkennend.

»Ja, ich war selber ein paar Mal mit ihr aus, seit sie hier ist«, sagte Morgan in einem Ton, der Besitzansprüche anmelden sollte.

»Oh, tut mir leid ... ich hoffe, Sie denken nicht ... Wirklich, ich habe nur ...«

»Schon gut«, sagte Morgan lachend, aber ohne große Überzeugungskraft. Dalmire war ehrlich verwirrt. »Sie ist attraktiv«, setzte Morgan weltmännisch hinzu. »Ein netteres Mädchen finden Sie hier nicht.«

»Tut mir leid«, fuhr Dalmire fort. »Sie hat mir gerade angeboten, mich heute Abend mit in den Club zu nehmen. Mir alles zu zeigen. Es wäre mir nicht lieb, wenn Sie dächten« – er drehte die Hände umeinander –, »ich hätte etwas ... etwas versuchen wollen.«

Morgan zwang sich zu einem Lächeln. »Ich würde mitkommen«, sagte er, seinem Gesicht die Maske der Gleichgültigkeit überstülpend, »aber ich habe noch zu viel Arbeit.«

12

Der Morgen war zur Hälfte um, und im oberen Teil des Fensters von Morgans Büro war ein klarer hellblauer Himmel zu sehen. Er saß seit halb acht am Schreibtisch. Da läutete das Telefon.

»Hier Leafy.«

»Mr Leafy, hier spricht Sam Adekunle.« Morgan ließ vor Überraschung fast den Hörer fallen. »Mr Leafy?«, wiederholte Adekunle.

»Hallo«, keuchte Morgan. »Schön, von Ihnen zu hören. Kann ich etwas für Sie tun?«

»Ja, das können Sie in der Tat.« Adekunles Stimme klang selbstsicher und ruhig. »Es ist wegen unseres letzten Gesprächs. Ich glaube, es könnte sich lohnen, es wiederaufzunehmen, wenn Sie mich recht verstehen, wie Sie Engländer so sagen.«

Morgan pflichtete ihm bei. Er sagte, er nehme immer gern Diskussionen wieder auf.

»Dann treffen wir uns doch bei mir zu Hause«, schlug Adekunle vor. »Wissen Sie, wo auf dem Universitätscampus das ist? Fragen Sie am Haupttor. Sagen wir halb vier heute Nachmittag?« Morgan sagte, das sei ihm recht. Er legte auf und saß dann leicht erregt da. Das war endlich der erhoffte Durchbruch. Aber was hatte das zu bedeuten? Fanshawe verlangte immer wieder Fortschritte beim Projekt Kanapee, und Morgan war es kaum gelungen,

ihn mit den endlosen Abschnitten seiner Akte über Adekunles Partei zu befriedigen. Er hätte sich praktisch um
den Posten eines offiziellen Parteihistorikers bewerben
können, so gründlich waren seine Kenntnisse, was Ent-
stehung, Mitgliedschaft, Machtbasis und Einfluss der KNP
betraf. Und seit Dalmire da war und ihm den größten Teil
der Routinearbeit abnahm, hatte Morgan viel Zeit, um
weitere Mengen sinnloser Informationen anzusammeln.
Es hatte sich jedoch herausgestellt, dass die Entscheidung,
sich gerade mit der KNP zu beschäftigen, richtig gewesen war, soweit es Großbritannien betraf. Sie hatte eine
scheinbar liberaldemokratische kapitalistische Basis und
repräsentierte eine Koalition von kinjanjanischen Stam-
mesloyalitäten im Gegensatz zu dem begrenzten regionalen Umfeld der regierenden UPKP. Ob sie gewinnen
würde, war wieder etwas anderes. Es herrschte im Volk
Unzufriedenheit mit der Korruption und den Mausche-
leien der Politiker. Absurderweise gehörte Kinjanja welt-
weit zu den zehn wichtigsten Importeuren von Champagner; die Zeitungen der Konkurrenzpartei überfielen die
verarmte, von der Bürokratie gequälte breite Masse mit
Skandalgeschichten von Wochenendeinkaufstouren in
Paris und London, von Riesenpartys mit Gästen, die per
Hubschrauber herbeigeflogen wurden, von der Benut-
zung der Maschinen der kinjanjanischen Luftverkehrs-
gesellschaft für private Zwecke und so weiter. Morgan
hatte ganze Seiten mit Zeitungsausschnitten über grobe
Fälle von Machtmissbrauch zusammengestellt. Die UPKP
würde gehen müssen, aber es war nicht klar, ob aus den
Reihen der Oppositionsparteien ein eindeutiger Sieger
hervorgehen würde. Letztlich entschieden bei diesen

Dingen, wie Morgan inzwischen wusste, Stammesräson und theologische Momente, und die ethnische und religiöse Vermischung in Kinjanja schien, soweit er feststellen konnte, noch nicht auf eine Mehrheitsregierung hinzudeuten. Aber immerhin, dachte er beim Zuklappen seiner Akte – wenn man auf ein Pferd in diesem Feld setzen musste, war die KNP gewiss kein schlechter Tipp.

Adekunles Haus war imposant und sah doppelt so groß aus wie die anderen auf dem Campus – wahrscheinlich gebaut von der Ussman Danda Limited, dachte Morgan. Es war ein zweigeschossiges quadratisches Gebäude mit einem von Säulen gestützten Balkon um den ganzen ersten Stock herum. An die eine Seite des Hauses schloss sich ein Gewirr von Personalunterkünften an, und auf der anderen war eine Garage für drei Fahrzeuge. Das Anwesen lag in einem großen, gepflegten Garten, der von einem hohen Stacheldrahtzaun umgeben war. Es wirkte eher wie die Residenz eines Provinzgouverneurs als wie das Haus eines Professors für Wirtschaftswissenschaft, und Morgan fragte sich, wie Adekunles Universitätskollegen über einen solchen Prestigebau dachten. Zwei khakifarben gekleidete Wächter öffneten das eiserne Tor, und Morgan fuhr in die Einfahrt und parkte beim Haupteingang. Fanshawe war vor Freude außer sich gewesen, als Morgan ihm von dem Anruf berichtete und sich nicht zum ersten Mal fragte, ob sein Chef ihn über alles informiert hatte, was vom Erfolg des Projekts Kanapee abhing. Die Flugtickets lagen offenbar bereit – warteten nur noch auf das Datum –, und Fanshawe zufolge waren im Claridge's die Betten schon bezogen.

Morgan klingelte an der Tür und wurde von einem weißgekleideten Butler in ein geräumiges Wohnzimmer geführt, das wie die meisten Häuser in Kinjanja zum Garten und zur Windseite hin offen war. Der Fußboden war aus Holz, das Mobiliar wirkte leicht und sah schwedisch aus. Einige schöne Africana – Masken, gehämmerte Bronzetafelbilder, geschnitzte Kalebassen – hingen an den Wänden. Er vermutete, dass dies Celia Adekunles Werk war.

Sie kam gerade herein. »Hallo«, sagte sie. »Sam hat mir gesagt, dass Sie kommen. Ich fürchte, er wird sich etwas verspäten.« Sie trug ein helles, lindgrünes Sommerkleid mit einem V-Ausschnitt und ohne Ärmel. Morgan wurde sich bewusst, dass er sie zum ersten Mal europäisch gekleidet sah. Hier, im Schatten des Zimmers und abgehoben von dem hellen Kleid, wirkte ihre Bräune recht dunkel.

»Oh«, sagte Morgan. »Ist es recht, wenn ich warte?«

»Natürlich«, sagte sie. »Ich bitte Sie darum. Hätten Sie gern einen Tee?« Sie tranken Tee und plauderten aufs Geratewohl.

»Sehr schönes Haus«, sagte Morgan.

»Finden Sie?« Das klang nicht sehr begeistert. »Wir hatten umziehen wollen. Ich kann den Zaun nicht ausstehen. Sam wollte ein Haus näher bei der Stadt bauen, aber« – sie lachte kurz auf – »er kann es sich nicht leisten – diese Wahlkampfkosten sind schrecklich. Das Dumme ist nur, dass wir, wenn er gewinnt, wahrscheinlich einen noch höheren Zaun brauchen« – die Vorstellung schien ihr gar nicht zu behagen – »und Wachposten.«

»Wollen Sie nicht, dass er gewinnt?«, fragte er.

Sie sah ihn kritisch an. »Was ich will, ist nicht wichtig«,

sagte sie mit klangloser Stimme. Sie stand auf und nahm eine Zigarette aus einem Kästchen auf dem Couchtisch vor ihm. Als sie sich dabei vorbeugte, sah er die bleiche Weiße des Büstenhalters in ihrem Ausschnitt. Sie sah auf und bemerkte seinen Blick.

»Zigarette? Ach, nein, Sie sagten ja, Sie hätten es aufgegeben, nicht wahr?« Sie sah auf ihre Uhr, Morgan warf einen Blick auf die seine: Es war nach vier. »Hätten Sie gern einen Drink?«, fragte sie. »Es ist etwas spät für noch mehr Tee.« Sie rief den Butler. »Was hätten Sie gern?«, fragte sie ihn.

»Oh ...« Er versuchte den Eindruck zu erwecken, als dächte er nach. »Ich nehme ... ach, ich nehme nur ein Coke.«

»Ein Coke und einen Wodka mit Tonic«, wies sie den Butler an. Sie kehrte den Blick wieder Morgan zu, ein Lächeln auf dem Gesicht. »Sie rauchen nicht, Sie trinken nicht. Sie sind völlig ohne Laster, Mr Leafy?«

»Nennen Sie mich bitte Morgan«, sagte er, und dann zuckte er die Achseln. »Nein, ich habe auch schon die meinen.« Sie war eine eigenartige Frau, dachte er, sie hatte etwas seltsam Aggressives. Er beobachtete sie, wie sie sich wieder hinsetzte. Ihr Haar sah trocken aus, es war nachlässig zu einem Pferdeschwanz zurückgebunden; ihre Augen hatten diesen angegriffenen, schwerlidrigen Blick, der ihm früher schon aufgefallen war. Ihre übereinandergeschlagenen Beine waren sehr braun – selbst ihre Zehen waren, wie er bemerkte, braun, wo sie aus den Sandalen hervorsahen. Ihre Haut hatte jenes überbräunte Stadium erreicht, in dem sie ihren Glanz und Schimmer verliert und stumpf und matt wird.

»Wohin sehen Sie?«, fragte sie ihn plötzlich.

Morgan war etwas überrascht. »Ich … ich habe Ihre Bräune bewundert«, sagte er verwirrt.

»Nun, ich habe sonst nicht viel zu tun«, gestand sie. »Ich kann den ganzen Tag draußen auf dem Balkon liegen. Der Sonne folgen. Es ist … ganz privat. Die Kinder sind auf dem Internat, es gibt hier sonst nichts für mich zu tun.« Sie machte eine Geste, die das Haus bezeichnen sollte. »Manchmal fahre ich morgens in die Stadt und besuche den Club, um von der Universität und den Universitätsfrauen fortzukommen. Den ganzen Tag wird nur geklatscht.« Sie drückte ihre Zigarette aus. »Ich bin wochentags zwischen neun und elf oft da unten.« Sie blickte ihn geradeheraus an. »Schwimmen Sie, Morgan?«

Du liebe Güte, dachte er, das ist nicht gerade die subtile Art. »Ja«, sagte er, »ich schwimme gern.« Es trat eine Pause ein. Er glaubte, die Atmosphäre ein wenig entspannen zu sollen. »Ich werde jetzt mehr Zeit dafür haben«, sagte er lebhaft. »Wir haben jetzt einen neuen Mann, der mir die Routinesachen abnimmt.«

Sie kam herüber, um sich eine weitere Zigarette zu holen. »Sind das die Einreiseangelegenheiten und Visaanträge?«, fragte sie in beiläufigem Ton.

»Ganz recht. Alles an Dalmire abgegeben. Lässt mir Zeit für anderes.« Er hatte das nicht als versteckte Andeutung gemeint und hoffte, dass sie es auch nicht als solche deutete. Seine Libido war dieser Tage nicht in Bestform, und er hatte von seiner Quarantäne noch anderthalb Wochen vor sich.

»Aber –« Sie blies beiläufig Rauch in die Luft. »Aber Sie, ehem, haben das noch alles unter Ihrer Aufsicht, ja?«

»O ja«, sagte Morgan etwas herablassend. »Der junge Dalmire erledigt nur die Routinefälle – kennt sich noch nicht so richtig aus. Alles, was problematisch ist, läuft noch immer über meinen Schreibtisch.«

»Aha.« Sie nickte und sah dann plötzlich auf. »Ich glaube, das hört sich nach Sam an.« Sie erhob sich. »Wenn Sie mich jetzt bitte entschuldigen wollen, Morgan, ich weiß, Sam will nicht gestört werden.« Sie schritt auf die Treppe zu. Morgan stand auf. »Ich habe mich gern mit Ihnen unterhalten«, sagte sie. »Vielleicht sehe ich Sie diese Woche einmal morgens im Club.« Sie sprang schnell die Treppe hinauf, während Morgan Adekunle durch die Eingangstür hereinkommen hörte. Er wandte sich zu ihm um.

»Mein guter Freund Mr Leafy«, begrüßte ihn Adekunle jovial. Er sah eingeschnürt und verschwitzt aus in seinem dreiteiligen Anzug. Er ließ eine schmale Aktentasche auf einen Sessel fallen und kam, eine blassbraune Hand ausgestreckt, durch das Zimmer auf Morgan zu. »Wie geht es?«, fragte er. »Hat Celia sich gut um Sie gekümmert?«

»Er will *was*?«, quiekste Fanshawe empört und zupfte sich an den winzigen Haaren seines Schnurrbarts. »Mein Gott, diese Unverschämtheit!«

»Ja, zweifelsohne«, sagte Morgan. »Er will zwei Wochen im Claridge's und einen Wagen mit Fahrer haben.«

Fanshawe blickte schockiert. »Meine Güte«, sagte er. »Was glauben diese Burschen, wer sie sind?«

»Und«, fuhr Morgan fort, »er will ein Blankoticket – zwei, genauer gesagt –, und er möchte offiziell am Flughafen abgeholt werden.«

»*Offiziell?*« Fanshawe schüttelte ungläubig den Kopf. »Was haben Sie denn dazu gesagt?«

Morgan hielt kurz inne. »Ich habe gesagt, es sei okay ...« Fanshawe sah ihn bestürzt an. »Ich habe natürlich gesagt, das müsste noch geklärt werden – ich habe ihm nichts fest versprochen.«

»Gott sei Dank.« Fanshawe fuhr sich mit der Hand über den Kopf und glättete das schon glatte Haar. »Ganz gut so, denn ich weiß nicht, ob wir das alles schlucken können, bin mir da nicht sicher.«

»Es sollte aber möglich sein«, meinte Morgan. »Adekunle sagte, wenn wir das in die Wege leiten könnten, würde er die anderen Einladungen vergessen.«

»Welche anderen Einladungen?« Morgan hatte ihm davon nie etwas gesagt.

»Nach Paris, Washington und Rom.«

»O mein Gott!« Fanshawe wurde blass. Morgan fragte sich, was er dem Botschafter berichtet, was den hohen Tieren im Außenministerium garantiert hatte. Er sah plötzlich, dass Fanshawe genauso verzweifelt zu entfliehen suchte wie er: Das Projekt Kanapee stellte auch *seine* Ausreisegenehmigung aus Nkongsamba dar. Er beobachtete, wie Fanshawe nervös mit den Fingern auf der Schreibtischplatte trommelte. »Dann will er die vergessen, sagten Sie?«, fragte er.

»Das hat er mir versichert«, antwortete Morgan. »Er sagt, er sei nicht bereit, im Augenblick auf der ganzen Welt für Kinjanja Reklame zu machen.« Um ihn zu beruhigen, setzte Morgan hinzu: »Ich finde, das ergibt einen Sinn, von Adekunle ganz abgesehen. Kinjanja war britische Kolonie, da ist es ganz natürlich, dass er sich an uns wendet. Und ich glaube auch, er blufft ein wenig. Er will nicht, dass Westafrika noch mehr unter französischen Einfluss gerät, und die Amerikaner sind in Vietnam gebunden.«

Fanshawe blickte ihn an. »Ja«, pflichtete er ihm bei. »Aber es wäre gar nicht gut, wenn er diese anderen Länder besuchte. Vor allem, wenn wir ihm geben, was er verlangt – ich meine, das müssen wir zur Bedingung machen. Wäre gar nicht gut«, wiederholte er, »er ist ja noch nicht einmal gewählt.«

»Ich glaube nicht, dass er es könnte, auch wenn er es wollte. Wenn er sich zwei Wochen in Großbritannien aufhält, bleibt ihm nicht mehr viel Zeit für den Wahlkampf. Er muss hier anwesend sein: Der Wahltag rückt immer näher, und er ist ein wichtiger Mann in der Partei.«

Fanshawes Gesicht hellte sich bei diesen Worten auf. »Das stimmt«, sagte er. »Sie haben recht.« Morgan war mit sich zufrieden: Ihm gefiel es, so über die Franzosen und Amerikaner zu sprechen, er genoss seine zuversichtlichen Analysen der politischen Situation. Fanshawe setzte großes Vertrauen in ihn, das war offensichtlich.

»Ich will sehen, was ich wegen dieser verschiedenen Forderungen tun kann«, sagte Fanshawe, vor Denkanstrengung die Stirn runzelnd. »Es zeichnet sich mehr und mehr ab, dass diese Wahlen von großer Wichtigkeit sind. Im Flussdelta hat man ein weiteres Ölvorkommen entdeckt. Viel britisches Geld steckt da jetzt drin. Neue Raffinerie im Bau.« Er breitete die Hände auf der Schreibunterlage aus und lächelte Morgan schwach an. »Ihre Berichte haben Adekunle als unseren Mann bestätigt. Der Botschafter ist von Ihrer Arbeit sehr beeindruckt, aber es hängt viel davon ab, wissen Sie. Mehr als zwei Wochen im Claridge's. O ja, viel mehr jetzt.« Er hielt inne, die Stirn noch immer von Falten zerfurcht. Morgan spürte, dass Unruhe in der Luft lag, sie sickerte ihm durch die Poren. Er fragte sich kurz, ob Fanshawe ihn ins Bockshorn zu jagen versuchte – aber so ein guter Schauspieler war er nicht.

»Ich bin sicher, wir haben die richtige Wahl getroffen, Arthur«, sagte er.

»O ja«, sagte Fanshawe und wedelte mit der Hand, als wolle er Zigarettenrauch fortwehen. »Ich bin sicher, das haben wir.«

Morgan trat aus dem Herrenumkleideraum in die Helle der Morgensonne hinaus und wurde sich plötzlich des funkelnden Glanzes seiner Wellenreitershorts bewusst. Um den Hals hatte er sich lässig ein Badetuch geschlungen, dessen Enden ihm über die breite Brust hingen. Er hatte nicht allzu viel für Schwimmen in der Öffentlichkeit übrig, er wurde dann immer wieder an seine mangelnde Bräune, an den beträchtlichen Umfang seines Körpers und an die Millionen von Sommersprossen erinnert, die sich auf ihm tummelten. Als er sich vor dem Hinausgehen im Umkleideraum vor dem hüfthohen Spiegel im Profil betrachtete, hatte er mit Bestürzung registriert, wie weit seine Brüste vorsprangen, und sich abermals vorgenommen, eine Diät einzuhalten und Sport zu treiben.

Er schritt mit vorgetäuschter Zuversicht auf die Terrasse hinaus und spürte deutlich, wie seine Brüste unter dem Tuch schwabbelten. An den Tischen und Pritschen um das Schwimmbecken herum saß die übliche Anzahl gelangweilter Ehefrauen, manche mit Kindern, die für den Kindergarten noch zu klein waren. Der einzige Mann war ein weißhaariger alter Bursche, der im Tiefen die Ellenbogen um die Umlaufstange geschlungen hatte und mit den Beinen müßig im Wasser strampelte. Morgan sah genau zu ihm hin: Er vermutete in solchen Fällen immer, dass da einer heimlich unter Wasser pinkelte, aber der alte Herr hier schien wirklich nur die Sonne zu genießen. Morgan fand zwei freie Pritschen und legte sein Tuch und die Armbanduhr ab. Celia Adekunle hatte um halb elf beim Schwimmbecken sein wollen. Sie war gewöhnlich pünktlich.

Er ging zum niedrigen Ende hinüber und tauchte in das kühle blaue Wasser ein. Er glitt unter der Oberfläche dahin und genoss das Gefühl des über seine Haut fließenden Wassers, stieß dann ins Sonnenlicht hinauf und schwamm mit kräftigen Kraulbewegungen zum anderen Ende, wobei er den alten Mann verscheuchte. Einer von Morgans Armen klatschte ihm über ein zurückweichendes Bein.

»Oh, Entschuldigung«, rief Morgan. »Kann scheinbar nicht mehr umsteuern, wenn ich einmal gestartet bin.«

»O Gott!«, rief Morgan, als ein Spritzer kaltes Wasser auf seinem heißen Rücken landete. Er drehte sich herum und schielte in die Sonne, und da sah er Celia Adekunle, die sich über ihn beugte und ihr nasses Haar über seinem Körper auswrang.

»Tut mir leid, dass ich mich verspätet habe«, sagte sie. Sie ließ sich auf die Pritsche fallen und breitete, das Gesicht der Sonne zukehrend, die Arme aus. »Hui«, keuchte sie, »das Wasser ist herrlich.«

»Mann«, sagte Morgan und trocknete sich den Rücken ab. »Durch so was könnte einer ja einen Herzanfall bekommen.« Er lächelte. Das war ihre dritte Begegnung beim Schwimmbecken jetzt in drei Tagen. Eines Morgens war er auf dem Weg zum Konsulat durch Nkongsamba gefahren und hatte spontan den Entschluss gefasst, im Club Station zu machen. Wie sie angekündigt hatte, fand er Celia dort vor. Am Tag darauf trafen sie sich wieder; diesmal hatte Morgan seine Badehose dabei, und sie waren geschwommen und hatten sich gesonnt und geplaudert. Sie war kurz nach Mittag gegangen, aber nicht ohne diese dritte Begegnung zu vereinbaren. Morgan stellte fest, dass er gern mit ihr zusammen war. Wie ihm schon bei ihrer ersten Begegnung aufgefallen war, hatte ihr Umgang miteinander etwas unterschwellig Vertrautes, als wisse einer insgeheim etwas vom anderen und als ahnten sie instinktiv die in den Schatten versteckten gemeinsamen Motive, genössen aber dennoch die Wahrung des Scheins. Er konnte es sich nicht genauer beschreiben oder erklären, warum dieses Gefühl überhaupt entstanden war.

Er sah zu, wie sie es sich auf der Pritsche bequem machte. Sie hielt die Augen vor der Sonne geschlossen, sodass er sie ungestört beobachten konnte. Sie trug einen gelben Bikini, und ihr Körper war schmal und sehr braun. Ihre Brüste waren klein, und an den dünnen Beinen standen die Knie knochig vor. Über der Bikinihose war eine zwei, drei Zentimeter lange Narbe von einer Blinddarmoperation zu sehen. Die Haut über der Magengegend war lose, ledrig fast von der Sonne und faltig, wohl als Folge ihrer zwei Schwangerschaften, wie er vermutete. Als er sie derart leidenschaftslos ansah, musste er sich eingestehen, dass da eigentlich nichts war, was ihn körperlich an ihr reizte, und das verwirrte ihn ein wenig.

Er ließ sich auf das Badetuch zurücksinken und schirmte die Augen mit dem Unterarm ab. Wenn dies so war, weshalb, so fragte er sich, verbrachte er dann so viel Zeit zusammen mit ihr? Nun, sagte er sich, sie war potenziell eine wichtige Informationsquelle, was Adekunle und die KNP betraf – dies würde er als Erklärung vorbringen, sollte Fanshawe es für angebracht halten, ihn wegen dieser am Schwimmbecken verbrachten Morgenstunden zu befragen. Immerhin hatte er erfahren, dass ein beträchtlicher Teil von Adekunles Privatvermögen in sehr teure Geschenke für einflussreiche Persönlichkeiten geflossen war, und gehört, dass die Ussman Danda Ltd. ihr Bankkonto gefährlich überzogen hatte. Doch sonst hatte er wenig herausbekommen, was er nicht schon wusste: Wie es schien, redete Adekunle nicht viel über seine politischen Geschäfte, und wie Celia sagte, sprach er überhaupt kaum mit ihr. Die Ehe, so betonte sie, existiere jetzt praktisch nur noch auf dem Papier. Diese Information war ihm am Tag zuvor zuteil geworden. Morgan hatte sie nach dem Schwimmen zu ihrem Wagen begleitet. Nachdem sie ihm dies gesagt hatte, war eine Pause eingetreten. Morgan hatte gesagt: »Oh, ich verstehe.«

»Übrigens«, hatte sie unvermittelt gesagt und ihn dabei mit verwirrender Offenheit angesehen, »wir müssen uns nicht *hier* treffen. Es könnte auch woanders sein.«

»Woanders?«, hatte er naiv erwidert. »Ich fürchte, ich verstehe nicht ganz …«

Sie hatte eine kleine Grimasse geschnitten, als hätte sie

mit einer solchen Antwort gerechnet. Sie zog die Schultern hoch. »Wir könnten einmal nachmittags fortfahren.«

Er hatte sich angerührt und geschmeichelt gefühlt durch die Freimütigkeit ihres Angebots, da er verschwommen ahnte, welch emotionale Anstrengung dazu nötig gewesen war. Er war geschmeichelt, weil ihm dies zum ersten Mal widerfuhr – zumindest bei Tageslicht und ohne die Einwirkung von Alkohol. Er dachte an seine Quarantänezeit, die noch einige Tage dauerte, und sagte, ihr die Hand auf den Arm legend, mit dem ganzen Respekt und Verständnis eines Gentleman: »Nein, Celia, ich glaube, das sollten wir nicht tun, nicht jetzt, jedenfalls.«

Sie hatte mit falscher Fröhlichkeit gelacht und ihr Haar ausgeschüttelt. »Ja, Sie haben recht«, sagte sie. »Töricht von mir. Ich muss ganz durcheinander sein.« Sie hielt inne. »Aber vielen Dank«, setzte sie in ernstem Ton hinzu und stieg in ihren Wagen. Sie kurbelte das Fenster herunter. »Aber morgen können wir uns doch wieder hier treffen, ja? Um die gleiche Zeit?«

Während er sich jetzt zurücksinken ließ, fragte er sich, ob er sich wohl so zuvorkommend und zurückhaltend benommen hätte, wenn er nicht noch damit beschäftigt gewesen wäre, die gefürchteten Gonokokken loszuwerden. Er ging dieser Frage nicht allzu energisch nach, bestand nicht auf einer Antwort: Es genügte gewiss, dass er sich lobenswert verhalten und darauf geachtet hatte, dass Celia nicht glauben musste, sie hätte etwas Schäbiges getan. Aus dem Augenwinkel heraus beobachtete er, wie sie sich herumdrehte und das Bikinioberteil aufknöpfte, um der Sonne den nackten Rücken zuzukehren. Als sie unbeholfen die Arme aus den Trägern herauszuziehen versuchte, hing eine Brust plötzlich frei wie eine Glocke, ehe sie wieder in die Halterschale hineingeschoben wurde. Da wusste er dann, dass er sich etwas vormachte: Seine morgendlichen Begegnungen mit Celia hatten nichts mit dem Sammeln von Informationen zu tun.

Eine Weile später, nachdem sie eine Zeit lang geschwommen waren und sich anschließend unterhalten hatten, bestellte er Drinks und einen Sandwich. Der Kellner brachte das klirrende Tablett an ihren Platz. Celia blickte über ihren Wodka mit Tonic zu ihm hin, der seine Cola trank, und sagte: »Ich weiß nicht, wie Sie das machen, Morgan. Sie sind wahrscheinlich der einzige Mann in Nkongsamba, der keinen Alkohol trinkt.«

Morgan klopfte sich auf den Magen. »Ich habe mir vorgenommen, einige Pfunde zu verlieren.«

Celia lachte. »Nun, Colatrinken hilft Ihnen da aber wenig.« Da hatte sie recht, dachte er. Er wollte gerade hinzusetzen, dass er vorhatte, ohnehin bald damit aufzuhören, als er etwas sah, was ihm einen kleinen Schock versetzte.

»So was Dummes!«, fluchte er. Aus dem Umkleideraum für Frauen kamen Priscilla und ihre Mutter geschritten. Priscilla trug das verstärkte Badekostüm von Olokomeji, während ihre Mutter sich für einen kurzen weißen Frotteemantel entschieden hatte, der beim Gehen auseinanderschlug und den Blick auf einen umfangreichen zweiteiligen kastanienbraunen Badeanzug frei gab, von der Art, wie ihn Frauen in anderen Umständen oder prüde Amerikanerinnen bevorzugten; der Art, bei der zwei lose, faltenwerfende Schals von der oberen Hälfte herabhängen, die für den notwendigen Anstand sorgen, während sie der Trägerin die Freiheit eines Zweiteilers erlauben –

wenn sie schwanger ist – oder den Eindruck, für einen solchen noch jung genug zu sein – wenn sie eingebildet ist. Durch die Lücke in der Mitte sah Morgan kurz sehr, sehr weiße Haut aufblitzen, und über dem Oberteil bemerkte er die rasiermesserdünne Spalte eines zusammengepressten Brustansatzes, umgeben von einer wabbelnden, fest eingepackten Brustmasse. Zwei stämmige, blaugeäderte Schenkel vervollständigten diese Vision von einer alternden Juno, einer dick gewordenen, in die Jahre gekommenen Botticelli-Venus, die in die Wogen zurückkehrt, in der rechten Hand eine mit Gummiblumen verzierte Badekappe.

Während sie näher kamen, wurde Morgan deutlich, dass sie ihn gesehen hatten, aber – unabhängig voneinander oder in stillschweigendem Einverständnis – so tun wollten, als hätten sie dies nicht. Aus reinem Eigensinn beschloss er, es dazu nicht kommen zu lassen.

»Chloe! Priscilla!«, rief er, als sie noch ein paar Schritte getan hatten, und die Jovialität seines Tons täuschte über seine Nervosität hinweg. Er hatte Priscilla nicht mehr gesehen seit dem Tag, an dem er sie und Dalmire zufällig im Club getroffen hatte: Dalmire freundlich und gesprächig, Priscilla stolz zurückhaltend. Nachdem sein Zuruf ein Ausweichen unmöglich gemacht hatte, sah er, wie sie die Nichtspassiert-Maske überstreifte.

»Hallo«, sagte sie fröhlich. »Diese Hose kam mir doch gleich bekannt vor.«

Er sah an sich hinunter und war sich plötzlich bewusst, wie deutlich seine Leistengegend sich wölbte. »Ja«, sagte er und spürte, wie die Nervosität ihn überwältigen wollte. »Sie zieht wirklich eine Menge Aufmerksamkeit auf sich.«

Er stellte eilig Celia vor. »Sie kennen Celia Adekunle, glaube ich. Chloe Fanshawe, Priscilla Fanshawe.« Sie sagten, ja, man kenne sich. Morgan spürte, wie Mrs Fanshawes Augen, die hinter den dunklen Gläsern ihrer Sonnenbrille brannten, die Situation aufnahmen, einschätzten, verdammten.

»Tag frei genommen?«, fragte sie zwischen lächelnden Zähnen hindurch.

Er war wütend über die unterschwellige Andeutung. Er sah sie an. »Brot und Spiele gehören dazu«, sagte er mit schneidender Stimme. »Das wussten schon die alten Römer.«

Es trat ein unbehagliches Schweigen ein, und man glaubte die Feindseligkeit zwischen ihnen knistern zu hören. »Nun, wir wollen Sie nicht länger stören«, sagte Mrs Fanshawe. »Guten Tag, Mrs Adekunle … Morgan.« Sie gingen weiter, und Morgan warf Mrs Fanshawes breiter Gestalt hasserfüllte Blicke nach.

»Du liebe Güte«, sagte Celia. »Womit haben Sie sie denn so beleidigt?«

»Das weiß der Herrgott.« Morgan war nicht recht wohl in seiner Haut. »Scheint empfindlich zu sein.« Er saß stumm da, vor Zorn kochend, und fluchte darüber, dass andere ihn in dieser Situation sahen.

»Morgan«, sagte Celia, »was ist da zwischen …« Einen schrecklichen Augenblick lang glaubte er, sie werde ihn nach Priscilla fragen, aber die Pause kam nur zu Stande, weil sie sich eine Zigarette anzündete. »… zwischen Ihnen und Sam? Was hat es mit diesem großen Interesse auf sich?«

Er seufzte erleichtert auf. »Eigentlich nichts«, sagte er

vorsichtig, obwohl er das Gefühl hatte, dass er ihr vertrauen konnte, »nur so eine Idee von Fanshawe. Er glaubt, Sams Partei gewinnt die Wahlen, und da zeigen wir uns sehr freundlich.« Er war in Gedanken noch immer bei Priscilla, und so fügte er ohne nachzudenken hinzu: »Deshalb bekommt er von uns die Flugreise.«

»Flugreise? Wohin?«

»Nach London. Zwei Wochen.« Er sah sich um. »O Gott«, sagte er. »Wussten Sie das nicht? Mist – tut mir leid.«

Celia lächelte grimmig und tat einen langen, zittrigen Zug an ihrer Zigarette. Als sie den Rauch ausblies, schüttelte sie den Kopf. »Nein«, entgegnete sie. »Das wusste ich nicht. Nach London?«

»Ja«, sagte er und fragte sich, ob er da lieber den Mund hätte halten sollen. »Er hatte ausdrücklich um zwei Plätze gebeten – ich habe ihm die Tickets heute zustellen lassen – ich hatte angenommen, er nimmt Sie mit … Vielleicht ist es als Überraschung gedacht«, setzte er mutig hinzu.

Sie lachte kurz auf. »Nicht anzunehmen. Wissen Sie, Sam betrachtet mich so als seinen Besitz. Er erlaubt mir nicht, das Land zu verlassen. Ich bin seit drei Jahren nicht mehr zu Hause gewesen. Er glaubt, wenn ich erst wieder in England bin, sieht er mich nie wieder.«

Morgan schluckte. »Und würden Sie das auch tun? Ihm davonlaufen?«

Sie schien sich wieder gefasst zu haben. »O ja«, sagte sie. »Ohne zu zögern.«

13

Es war 3 Uhr 45 nachmittags. Morgans Peugeot war auf einem Fahrweg im Schatten eines hohen Mangobaums abgestellt, der in der Mitte eines noch jungen Teakbaumwaldes stand. Schlanke, sechs, sieben Meter hohe Teakbäume wuchsen zu beiden Seiten des Wegs, und ihre übergroßen Suppentellerblätter hingen regungslos in der drückenden nachmittäglichen Hitze herab. Celia Adekunles Mini parkte gleich vor Morgans Wagen, dessen Türen alle offen standen, als hätten ihn Fahrer und Mitfahrer plötzlich bei einem Überfall oder Angriff aus der Luft verlassen und im Wald Schutz gesucht.

Celia und Morgan knieten nackt voreinander auf dem mit einem Badetuch bedeckten Rücksitz. Dies schien der Punkt zu sein, auf den alle ihre Gespräche und Begegnungen unausweichlich zugesteuert waren. Es lag ein Gefühl von etwas Endgültigem in der Luft, von etwas Abgeschlossenem, Erreichtem. Sie hatten sich ruhig unterhalten, hatten sich geküsst und dann ihre Kleider abgelegt ohne eine Spur von Befangenheit. Jenseits des Schattenrunds unter dem Mangobaum schien die Sonne mit metallischer Härte auf den heranwachsenden Wald hinunterzustoßen wie Stäbe rings um eine Gefängniszelle. Morgan spürte, wie ihm ein Schweißtropfen am Gesicht herunterlief. Celias Haar sah feucht und zerzaust aus. Sie zog es zurück und hielt es mit beiden Händen vom Nacken fort und bewirkte dabei, dass die kleinen, flachen Brüste mit ihren überproportional großen Warzen sich hoben.

»O mein Gott«, sagte sie. »Es ist zu heiß für Sex.«

Morgan beugte sich über seinen dicker werdenden Penis vor und fuhr mit der Zunge über den Schweißglanz zwischen ihren Brüsten. Er hatte das Gefühl, in einer Art blechernen Sauna zu sein – jeder Zoll seines Körpers war feucht, warm und tropfte.

»O nein, das ist es nicht«, sagte er.

»Sehr gut gemacht«, sagte Fanshawe. »Man war sehr beeindruckt in der Botschaft. Sehr beeindruckt.« Er reichte die Akte Projekt Kanapee zurück. Morgan klemmte sie sich unter den Arm. Fanshawe war gerade von einer wichtigen Besprechung in der Hauptstadt zurückgekehrt. Er lehnte sich in seinem Sessel zurück. »Wir können uns sehen lassen, Morgan«, sagte er. »Genau die Resultate, die ich mir erhofft hatte von dieser kleinen … Übung. Ich kann Ihnen mitteilen, dass als Folge unserer Einschätzung der politischen Zukunft Kinjanjas von wachsenden britischen Investitionen hier im Lande die Rede ist. Man will ihnen auch mehr Öl abkaufen.« Er streckte ihm über den Schreibtisch die Hand entgegen. »Zeit für eine kleine gegenseitige Gratulation, glaube ich.« Morgan schüttelte die Hand und kam sich ein wenig dämlich vor. »Es ist aber noch nicht ausgestanden«, fuhr Fanshawe fort und wackelte warnend mit einem Finger. »Hoffen wir, sie verlieren die Wahl nicht.« Er lachte. »Haha. Hohohoha.« Er machte Scherze.

Morgan rang sich ein Zahnpastagrinsen ab, eine jähe

Kühle verscheuchte die kurze Wärme der Selbstgratulation. Irgendwie wünschte er, Fanshawe nähme ihn zu diesen Besprechungen in der Botschaft mit; ohne diese Überprüfung war nicht zu sagen, welche Lügen und geschönten Daten er weitergab. Fanshawe redete noch immer. Morgan hörte das Wort »Bestrebungen«.

»Entschuldigen Sie, Arthur, was sagten Sie gerade?«

Fanshawe runzelte die Stirn. »Ich sagte, worüber wir noch etwas mehr wissen müssten, das sind Adekunles persönliche Bestrebungen. Offenbar hat man den Eindruck, dass er sich ein höheres Ziel gesteckt hat als das Außenministerium. Wie denken Sie darüber?«

»Ich will sehen, was ich herausbekommen kann«, sagte Morgan beflissen. Er würde Celia fragen. Er traf sich wieder mit ihr um sechs Uhr im Teakbaumwald. Adekunle war für zwei Tage nicht in der Stadt. Der Gedanke ging ihm durch den Kopf, dass er sie damit unschön benutzte – aber er blieb nicht haften.

»Ich höre, Sie haben eine Quelle ganz in der Nähe unseres Mr Kanapee gefunden«, sagte Fanshawe verschmitzt. Offenbar hatte seine Frau geredet, dachte Morgan.

Morgan erwiderte mit Unschuldsmiene: »Oh, ich halte nur die Ohren offen, weiter nichts.«

Fanshawe lachte leise. »Tüchtig, tüchtig«, sagte er und erhob sich. »So, ich gehe zum Mittagessen.« Morgan brachte die Akte in sein Büro und ging dann zusammen mit ihm die Haupttreppe hinunter. Im Erdgeschoss kamen sie an Dalmires Büro vorbei. Acht mit Dokumenten bewaffnete Visumantragsteller saßen vor der Tür auf Holzbänken.

Morgan und Fanshawe standen im Schatten des Portikus und sahen die Einfahrt hinunter wie zwei Gutsherren, die die Blicke über ihre Ländereien schweifen ließen.

»Ich sehe, Kanapee hat seine kleine Reise noch nicht angetreten«, bemerkte Fanshawe.

»Nein«, sagte Morgan. »Ich habe ihm die Tickets vor zwei Tagen geschickt. Er wollte ja die Daten offengelassen haben.«

»Ich weiß«, sagte Fanshawe. »Ich werde nur immer wieder gefragt, wann er kommt. Offenbar gibt's da Ärger mit dem Hotel. Können Sie ihm nicht sagen, er soll in die Gänge kommen?«

»Das geht nicht bei jemandem wie ihm«, erklärte Morgan. »Muss aber jetzt bald sein, die Wahlen rücken immer näher.«

»Begreife das nicht«, sagte Fanshawe. »Man hätte meinen sollen, diese Burschen greifen sofort zu, wenn sie ein paar Tage London geboten bekommen ...« Er hielt einige Sekunden inne, als sänne er weiter über das seltsame Verhalten der Eingeborenen nach. »Der junge Dalmire scheint sich gut eingearbeitet zu haben«, fuhr er dann fort, das Thema wechselnd.

»Ja«, pflichtete ihm Morgan bei. Jetzt waren sie Internatslehrer, die über die Meriten eines neuen Aufsichtsschülers sprachen. »Angenehmer Bursche«, setzte er hinzu. Der Status, zu dem er sich durch dieses Gespräch emporgehoben fühlte, dünkte ihn nicht unerfreulich. Einen Augenblick lang verstand er, wie das in den alten Zeiten gewesen sein musste, als sie auf den knirschenden Kies der Einfahrt hinaustraten. Der uniformierte Pförtner hob die Hand an die Mütze, die schwitzenden Gärtner in ihren zerfetzten Shorts hielten im Hacken und

Jäten inne, um sie mit einem unterwürfigen Lächeln zu begrüßen.

»Bald haben wir auch diesen offiziellen Besuch«, rief ihm Fanshawe in Erinnerung, wobei er gebieterisch über den staubigen, braunen Rasen blickte. »Die Herzogin von Ripon. Es scheint jetzt, sie wird über Weihnachten bei uns sein. Art Zwischenaufenthalt hier, bevor sie zu den Feiern am Jahrestag der Unabhängigkeit in die Hauptstadt weiterreist.«

»Ah ja, ich verstehe.« Morgan nickte wie bei etwas sehr Wichtigem. Fanshawe hatte ihm schon davon berichtet, und er fragte sich, worauf er jetzt hinauswollte.

»Dachte, das könnte etwas für Dickie sein.«

»Wie bitte? Für wen?«

»Dalmire, Dickie Dalmire.«

»O ja.«

»Dachte, ich lasse ihn die nötigen Verabredungen treffen. Hat sich herausgestellt, dass seine Mutter die Herzogin recht gut kennt.«

»Richtig.« Morgan war überrascht und ein wenig verärgert. »Es ist das Beste, wenn so etwas in der Familie bleibt, glaube ich. Ich wusste nicht, dass da eine Verbindung bestand.«

»Ich auch nicht«, sagte Fanshawe. »Er hat es uns erst gestern beim Abendessen gesagt.«

Morgan sah sich mit Hazel die Wohnung an. Sie war spärlich möbliert, aber für sie würde es genügen. Sie lag auch in einem besseren Teil der Stadt, worauf er Wert legte. Es war keine Slumgegend, und es waren Läden in der Nähe, was seine Anwesenheit erklären konnte, wenn er je auf der Straße gesehen wurde. Und es war ein Viertel, das selten von Europäern besucht wurde. Ihre Nachbarn waren der Bruder des libanesischen Hausbesitzers mit seiner dicken, provinziellen Frau und ein stellvertretender Aufnahmeleiter aus den KTV-Studios. Wenn er umsichtig war – vor allem, wenn Hazel umsichtig war –, sollte es keine Probleme geben, und es war auf jeden Fall besser als das schäbige Hotel, in dem sie bis jetzt gewohnt hatte.

Mr Selim, der Hauswirt, war unten in seinem Stoffladen und wartete, während sich Morgan die Räumlichkeiten ansah. Er schlenderte ins Schlafzimmer hinüber. Dort stand ein Metallbett mit einer dünnen rosafarbenen und mit undefinierbaren Flecken behafteten Dunlopillomatratze darauf. Hazel kam herein und hopste auf dem Bett herum zu einer Kakophonie von Metallgeräuschen.

»Ah-ah«, sagte sie, »Bett hier brauchen Öl.« Diese Anspielung auf den Hauptzweck ihres Einzugs in die Wohnung war ein weiteres Beispiel für ihre zwanghafte Taktlosigkeit, dachte Morgan. Unter der europäischen Kleidung und dem Make-up steckte so etwas wie eine aufsässige, primitive Unschuld, eine Art fröhlicher Fatalismus. Sie zog sich Gonorrhöe zu, sie war untreu, sie beschwatzte ihn dazu, ihr eine Wohnung zu mieten: Für sie war das alles gleich. Er konnte toben und schimpfen, sich in Pose werfen und dozieren, schien ihre Haltung auszudrücken, aber er würde sich sehr bald wieder beruhigen – wenn ihm das nächste Mal nach Bett zumute war. In der letzten Zeit hatte er diese Weigerung, sich etwas vorzumachen, dieses Sichzufriedengeben mit den harten Tatsachen als sehr ärgerlich empfunden, doch gleichzeitig beneidete er sie darum. Er argwöhnte, dass sich das Leben auf diese Weise viel weniger kompliziert darstellen könnte.

Hazel kam zu ihm und legte ihm die Arme um den Hals. Sie trug ein kurzes orangefarbenes Kleid und eine Sonnenbrille mit weißem Gestell. »Was meinst du, Morgan?«, fragte sie. Sie betonte bei seinem Namen die zweite Silbe. »Es wird passen, findest du nicht?«

»Setz diese Sonnenbrille ab«, befahl er barsch. Sie gehorchte fügsam. Er sah sich um. »Nicht gerade das Feinste«, sagte er, »aber es wird gehen, denke ich.« Hazel stieß einen kleinen Freudenschrei aus und küsste ihn. Er gab den Kuss zurück. Sie nahm seine Unterlippe zwischen die Zähne und knabberte behutsam daran.

Morgan löste sich von ihr. Er hatte mit Hazel noch keinen Verkehr gehabt, seit ihre Quarantänezeit zu Ende war. Etwas an der unverschämten Gesundheit ihres Körpers hielt ihn zurück, auch die dumpfe Vorstellung, dass er sie noch immer irgendwie bestrafen müsse, ihr zeigen müsse, dass seine Missbilligung ihres früheren Benehmens andauerte. Er fragte sich, ob sie die subtilen rachsüchtigen Motive hinter seinem Verhalten wahrnahm. Nein, dachte er, wahrscheinlich hielt sie ihn für einen Idioten. Zum Ausgleich erinnerte er sich an Celias abgenutzten, keineswegs makellosen Körper: an die kleinen, hängenden Brüste, die stumpfe, zu stark gebräunte Haut, die Blinddarmnarbe, ihre entgegenkommenden Schenkel. Da war zumindest jemand, der ihn – so erstaunlich das schien – um seiner selbst willen schätzte.

Er blickte auf Hazels Gesäßbacken, die den orangefarbenen Stoff des Kleids strafften, auf ihre schlanken Beine über den hohen Absätzen, auf die falsche Üppigkeit ihrer Perücke. Aber er gab zu, er brauchte auch Hazel. Bei ihrem letzten Rendezvous hatte Celia ihn an das bevorstehende Eintreffen ihrer zwei Jungen zu den Weihnachtsferien erinnert; dann würden sie sich vielleicht kaum noch treffen können.

Er beglückwünschte sich zu seinen gut ausgedachten Ausweichplänen; er empfand die Befriedigung eines Lebensmittelhamsterers in Zeiten der Not – wie klug war er gewesen, wie gut würde es ihm gehen. Aber er verspürte auch den innerlichen Stich des einsamen Egoismus, und er gestand sich resigniert ein, dass er einfach nicht der Mann war, der das Geld packen und davonrennen konnte; er musste immer vor der Bank stehen bleiben und sich die Sache überlegen.

»Du hast Mr Selim nicht gesagt, wer ich bin, oder?«, fragte er Hazel. »Er weiß nichts über mich, nicht wahr?« Hazel versicherte ihm, dass Selim nur das absolut Notwendige über ihn wusste. Morgan hoffte, dass sie die Wahrheit sagte. Selim war kein Dummkopf, er würde ahnen, was vorging – wichtig war, dass er keine Verbindung zwischen ihm und dem Konsulat herstellte. Ein Skandal von solchen Ausmaßen wäre katastrophal, und nicht einmal das Ansehen, das er sich im Zusammenhang mit dem Projekt Kanapee erworben hatte, würde ihm da helfen können.

Er zählte eine Monatsmiete ab und gab Hazel die Scheine. »So«, sagte er. »Ich komme morgen Abend vorbei, um zu sehen, wie du dich eingerichtet hast. So um sieben herum bin ich da.«

14

Morgan schlüpfte in seine Schuhe und stand auf. Die Sonne war fast untergegangen, er sah, wie ihr orangerotes, klebriges Licht die flachen Blätter in den Wipfeln der höheren Teakbäume vergoldete. Er streckte sich und lehnte sich mit der Seite einen Augenblick lang an das warme Metall des Peugeot. Er war nackt. Er spähte in den Wagen hinein und sah, wie Celia sich mit einem Papiertaschentuch abtupfte.

»Geh nur mal pinkeln«, sagte er. Er ging ein paar Meter in den Wald hinein, wobei seine Schuhe den spröden Laubteppich mit widerhallendem Knacken zerdrückten, und bespritzte eine Ameisenkolonne mit seinem Urinstrom. Die Kolonne rannte verwirrt auseinander, und er vergnügte sich damit, Nachzügler zu erwischen, solange es der Druck noch zuließ. Er fragte sich, was die Ameisenwelt wohl aus dieser kleineren Episode machte. Passte sie irgendwo in das System von Ameisenangelegenheiten hinein?

Er ging zum Wagen zurück, wobei er sich unter die Äste duckte und einige der niedrigeren Zweige achtlos beiseiteschob. Er spürte eine leichte Brise auf seinem nackten Körper, der darauf mit einer Gänsehaut reagierte. Er vernahm das verrückte unveränderliche Zirpen von Grillen und das piepsende Sonar eines Flederhundes irgendwo in der Luft.

»Ein einzelner Mensch gegen die Natur«, sagte er im Selbstgespräch, »nackt im afrikanischen Urwald.« Ein, zwei Sekunden lang versuchte er sich selbst derart exponiert vorzustellen, als reines Instinktwesen. Die Szenerie war richtig: Dämmerung, Hitze, Laubwerk, animalische Geräusche, mysteriöses Knistern im Unterholz. Aber *er* passte nicht hinein. Was würde von ihm denken, wer ihn jetzt sah? Ein nackter, übergewichtiger, sommersprossiger Weißer, der auf Ameisen pinkelte. Er sah auf seine Füße hinunter. Und, fügte er hinzu, der braune Wildlederschuhe trug.

Als er sich dem Wagen näherte, riss er ein Blatt von einem Teakbaum ab und hielt es sich über die Genitalien. Celia saß auf dem Rücksitz, den Kopf in dem Winkel zwischen dessen Rücklehne und dem Fenster ruhend. Sie machte ein träumerisch-friedliches Gesicht. Als sie ihn sah, lachte sie.

»Und sie sahen, dass sie nackt waren«, sagte er mit sonorer Stimme, »und schämten sich gar sehr. Komm, Eva, mach dir eine Schürze aus Teakblättern.« Er warf sein Blatt in den Wagen und stieg zu ihr hinein. Er drückte sein Gesicht in ihren Schoß und fühlte die drahtige Feuchte ihres Schamhaars an Wange und Nase. Er roch den leicht bitter-salzigen Geruch ihrer Vereinigung.

Sie fuhr ihm mit den Fingern durchs Haar. Er wünschte, dass sie das nicht tun würde.

Er setzte sich auf und sah sie an. Er fuhr mit dem Fingernagel den Hof ihrer Brustwarze nach und beobachtete, wie sie sich kräuselte und verdickte. Er drückte sie, als wäre sie ein Klingelknopf aus Fleisch.

»Okay?«, sagte er. Sie nickte, noch immer lächelnd. »Wieder erholt?«, fragte er.

»Ja, danke, liebster Adam.«

»Gott, wenn du nichts dagegen hast. Ich habe da drüben gerade ein paar hundert Ameisen ertränkt.«

»Warum um Himmels willen, du Schlimmer?«

Er gab ihr einen Kuss. »Wir machen uns lieber auf den Weg.«

»Es hat keine Eile«, erwiderte sie und strich über sein Gesicht. »Ich habe dir doch gesagt, Sam kommt erst morgen zurück.«

»Wunderbar«, sagte er. »Dann trinken wir irgendwo noch was.«

Sie zogen sich an, stiegen jeder in den eigenen Wagen und fuhren vorsichtig den Weg hinauf zur Straße. Morgan blickte in seinen Rückspiegel und sah dicht hinter sich die Lichter von Celias Mini. Er fühlte sich steif, müde und bemerkenswerterweise glücklich, wie er glaubte.

Etwa drei Kilometer vor Nkongsamba fuhr er auf den Parkplatz eines recht großen Hotels an einer Straßenkreuzung. Es nannte sich Nkongsamba Road Motel. In Kinjanja bewegten sich die Namen zwischen extravaganter, metaphorischer Phantasie und prosaisch-nüchterner Sachlichkeit. Ein Mittelding gab es nicht. Sie gingen in die Bar, die von grünen Neonröhren erleuchtet und mit Werbeplakaten für alkoholfreie Getränke und Bier ausgeschmückt war. Etwa ein Dutzend Metalltische stand da mit leicht ramponierten Stühlen darum herum. An einer Wand hing ein Plakat mit einem Bild von Adekunle und dem Slogan »KNP für ein vereintes Kinjanja«.

»Ich scheine nicht von ihm loszukommen«, sagte Celia mit einem grimmigen Lächeln.

»Sollen wir woanders hingehen?«, fragte Morgan, dem

der Anblick von Adekunles Gesicht auf den Magen schlug.

»Unsinn«, sagte sie. »Mich stört es nicht, und hier erkennt mich gewiss niemand.« Sie setzte sich entschlossen hin, und Morgan bestellte zwei Bier. In der Bar war es still um diese Abendstunde, an zwei anderen Tischen saßen nur ein junges Paar, natürlich mit Sonnenbrillen, und vier Soldaten. Morgan und Celia zogen neugierige, aber keineswegs feindselige Blicke auf sich: Das Nkongsamba Road Motel lockte nicht viele weiße Gäste an.

Sie tranken schweigend ihr Bier. Morgan fühlte sich jedoch nicht recht wohl, wo Adekunles Gesicht ihn über Celias Schulter hinweg anstarrte.

»Keine Aufregung«, sagte sie. »Es ist doch nur ein Plakat.«

»Aber er sieht mich geradewegs an«, sagte Morgan nur halb im Scherz. »Es ist unheimlich, wie einem seine Augen durch den ganzen Raum folgen.« Er hielt sein Glas hoch. »Prost – auf den Garten Eden.« Sie stießen miteinander an.

»Aber es ist heiß, finde ich«, sagte Celia. »Kannst du nicht etwas am Wetter ändern, liebster Gott?« Morgan lächelte, es war der erste Witz, den nur sie beide verstanden, sakrosankt, wie ein Code, den niemand knacken konnte.

»Auch verdammt unbequem«, sagte er. »Muss mir mal das Designteam von Peugeot vorknöpfen. Bei ihrem Rücksitz haben sie sich schwer vertan, das muss ich schon sagen. Nicht weit genug gedacht.«

»Ein Bett, das wäre was«, seufzte Celia.

»Darauf trinke ich einen Schluck.« Er hob abermals das Glas.

»Stell dir vor …« Celia dämpfte die Stimme zu einem leiseren Flüstern. »Ich spüre, wie du langsam aus mir herausläufst, während ich hier sitze.« Aus irgendeinem Grund war er angesichts der ungeschminkten Offenheit dieser Feststellung um die rechte Antwort verlegen.

»Tut mir leid«, brachte er nur heraus.

Sie griff über den Tisch und legte ihm die Hand auf den Arm. »Das braucht dir nicht leidzutun«, sagte sie leise. »Es ist herrlich.«

Sie tranken ihr Bier aus und gingen hinaus zu ihren Wagen. Eine schmale Mondsichel hing über Nkongsamba. »Morgan«, sagte Celia. »Warum kommst du nicht mit zu mir heute Nacht? Solange Sam fort ist.«

»Meinst du?« Morgan hatte ehrliche Zweifel. »Ist das nicht ein bisschen riskant?«

»Bitte«, sagte sie. »In einer Woche sind die Kinder da. Es könnte unsere letzte Chance sein.«

Er zögerte. »Nun, wenn du glaubst, es ist nicht zu schwierig.« Er hielt inne. »Das klingt jetzt absurd nach viktorianischem Zeitalter«, setzte er hinzu und versuchte, dabei nicht zu lachen, »aber was ist mit den Dienstboten?«

Sie hatte nicht solche Hemmungen und lachte hell auf. »Keine Angst«, sagte sie, »um die kümmere ich mich schon. Komm nur.«

Er lag auf Celias Bett. Sein Kopf ruhte auf einigen Kissen. Ein Glas Whisky balancierte auf seiner Brust. Er schielte hypnotisch danach, während es mit dem Auf und Ab seiner Atemzüge schwankte und wackelte.

»Empfindest du gar kein Schuldgefühl?«, fragte er. »Sam gegenüber?« Es war eine Frage, die er allen Ehefrauen stellte, mit denen er schlief. Celia stellte ihr Glas auf dem Nachttisch ab und schlüpfte zu ihm ins Bett. Morgan hielt sein Glas fest.

»Nein«, sagte sie frei heraus, wie alle anderen. Celia lehnte sich gegen das Kopfbrett und zog die Knie an. »Warum sollte ich? Er hat alle seine Cousinen und Nichten durch, die so ums Haus herumhängen, und Gott weiß, was er treibt, wenn er auswärts ist.«

»Ist es das erste Mal, dass du …?« Er ließ die Frage unbeendet in der Luft hängen.

Sie sah ihn fest an. »Nein. Aber lassen wir das.«

»Okay«, sagte er, »entschuldige.« Er war sich nicht sicher, wie ihn dieses Eingeständnis berührte. Er hatte sich für so etwas wie einen Befreier gehalten, einzig in seiner Art. Er schlug es sich aus dem Sinn.

Celia war zum Haus vorausgefahren, hatte den Dienstboten gesagt, sie könnten nach Hause gehen, war, sowie die Luft rein war, dorthin zurückgefahren, wo er den Peugeot geparkt hatte – dreihundert Meter vor dem Haus –, und hatte ihn mitgenommen.

Ohne die Zwänge, die der Rücksitz eines Wagens bedingt, hatte ihr Liebesakt einen neuen und unvertrauten Charakter angenommen, was Morgan seltsam und ein wenig verwirrend fand. Es war leidenschaftlich und emotional gewesen – zum größten Teil, was Celia betraf –, geradeheraus und ohne Umstände. Sie hatte ihn fast mütterlich liebkost, hatte Zärtlichkeiten geflüstert, ihn fest an sich gedrückt, und er hätte am liebsten gesagt »Langsam, Augenblick, das ist Sex, ein Spaß, keine Liebesaffäre«. Aber er hatte es nicht gesagt und zu seiner Bestürzung festgestellt, dass er mitmachte, die Augen schloss, romantisch keuchte und da und dort Küsschen aufdrückte.

Danach, bei Licht, hatten die Dinge wieder auf den Boden der Tatsachen zurückgefunden. Morgan lag auf dem Rücken und dachte über alles nach, ein Runzeln auf der Stirn. Er war sich nicht sicher, ob dies die Art war, wie er sein Verhältnis mit Celia fortzuführen wünschte.

»Woran denkst du jetzt?«, fragte sie.

»Was? ... Oh, an nichts Bestimmtes«, lächelte er. Sie kuschelte sich an ihn, und er stellte sein Glas auf den Nachttisch. Die Klimaanlage war eingeschaltet und der Deckenventilator über dem Bett ebenfalls, das Tuch lag trocken über ihnen beiden. Morgan genoss das Fehlen von Schweiß. »Es war ein herrlicher Tag«, sagte er und meinte es auch halb.

Sie küsste seine Brust. »O ja«, pflichtete sie ihm voller Begeisterung bei. »Das war es. Das war es.«

Morgan flüsterte ein Lebewohl, als Celia ihn zur Vordertür hinausließ. Es war fast vier Uhr und noch völlig dunkel. Er ging vorsichtig die breite Einfahrt hinunter, schritt durch das offene, unbewachte Tor und dann die Straße entlang bis zu seinem Wagen. Er fühlte sich geistig und körperlich müde. Dass er in vier Stunden schon wieder arbeiten sollte, war gar keine erfreuliche Aussicht.

Er suchte im Dunkeln nach seinen Wagenschlüsseln.

»Guten Morgen, Mr Leafy«, sagte da neben ihm eine tiefe Stimme. Der Schock war so groß, dass ihm das Herz aus der Brust zu springen und vom Inneren seines Schädels zurückzuprallen schien. Er wirbelte voller Angst und maßlosem Erstaunen herum, und sein Puls hämmerte wie wild irgendwo in der Gegend seines Halses. Es war Adekunle.

»O mein Gott, o du große Scheiße«, wimmerte Morgan in rasender Verzweiflung, und die Schlüssel entglitten seiner Hand und fielen auf die Straße. Adekunle bückte sich und hob sie auf. Morgan nahm sie mit zitternden Fingern entgegen.

»Hatten Sie eine angenehme Nacht?«, fragte Adekunle spöttisch, ohne eine Spur von Zorn in der Stimme. »Haben Sie mit meiner Frau ›einen Fang gemacht‹?« Seine gebildete Stimme betonte den kinjanjanischen Ausdruck, er wirkte erstaunlich ruhig.

»Bitte«, begann Morgan, in die Defensive gehend, wobei er den überwältigenden Drang zum Davonrennen zu unterdrücken versuchte, »ich möchte nicht, dass Sie denken …«

»Sagen Sie mir nicht, was ich denken soll, Mr Leafy«, unterbrach ihn Adekunle, und ein feindseliger Ton schlich sich in seine Stimme ein. »Ich brauche Ihre Hinweise in dieser Beziehung nicht. Überhaupt nicht.« Er hielt inne und fuhr dann fort: »Nein, wir haben ein Problem mit Ihnen hier; der Stein ist jetzt einmal ins Rollen gekommen, wie man so sagt.« Bei dem Wort »wir« blickte Morgan auf und sah in ein paar Metern Entfernung zwei dunkle Gestalten stehen. Adekunle ließ ihm Zeit, diese Tatsache zu registrieren, ehe er fortfuhr: »Ich frage mich, was Ihr Mr Fanshawe sagt, wenn ich mich bei ihm beschwere über die … ehem, nächtlichen Aktivitäten seiner Leute.« Er stieß Morgan heftig gegen die Schulter. »Was glauben Sie, wie er reagieren wird, Mr Leafy?« Morgan konnte nicht antworten: Er war nahe daran, sich zu übergeben und Adekunle die Schuhe vollzukotzen. Adekunle versetzte ihm noch einen Stoß. »Sie sind ein sehr gieriger Mensch, Mr Leafy. Sehr großer Appetit. Meine Frau *und* Ihre kleine Schwarze in der Stadt.«

Morgan hatte das Gefühl, dass seine Beine gleich zuckend unter ihm zusammenbrechen würden. Er lehnte sich zittrig an seinen Wagen. »Woher wissen Sie das alles?«, fragte er mit schwacher Stimme. »Von Hazel und … und heute Nacht?«

»Lassen Sie das meine Sache sein, wie ich so etwas erfahre«, sagte Adekunle mit samtiger Stimme. »Ich habe einige sehr treue Diener, die für mich arbeiten. Ihnen entgeht nichts.«

Morgan versuchte im Dunkeln Adekunles Gesichtszüge zu erkennen. Ihm war übel vor Angst und schlimmer Vorahnung. Adekunle würde doch damit gewiss nicht zu Fanshawe gehen? Die Schande, der Gesichtsverlust wäre zu grässlich. Vielleicht wäre es das Beste, wenn Adekunle einfach seine Schläger auf ihn losließ.

»Schauen Sie«, begann Morgan verzweifelt, »ich weiß nicht, was Sie tun wollen, aber ich glaube, Sie …«

»Einen Augenblick, Mr Leafy«, unterbrach ihn Adekunle in scharfem Ton. »Sie erliegen da einem Irrtum. Es geht darum, was *Sie* tun werden. Für mich.«

Morgan glaubte, gleich in hysterisches Lachen ausbrechen zu müssen. »*Ich?*« wiederholte er langsam, als wäre er geistig zurückgeblieben. »Für *Sie?*«

»Sie haben gleich beim ersten Mal den Nagel auf den Kopf getroffen, wie man so sagt«, beglückwünschte ihn Adekunle. Morgan erkannte mit plötzlicher lähmender Klarheit die Unmöglichkeit seiner Situation. Wenn Adekunle zu Fanshawe ging, dann war das wirklich das Ende, es gab einfach keine Möglichkeit, sich da herauszureden. Er stöhnte leise in sich hinein. Mit Kanapees Gattin zu schlafen! Fanshawe würde überschnappen. Und er konnte sich vorstellen, wie Adekunle das hochspielte: Fanshawe würde darin das Ende all seiner expansionistischen Pläne erblicken – die Ölraffinerie, die neuen Investitionen, sein neuer, attraktiverer Posten: alles im Eimer – er würde es als einen persönlichen Affront auffassen. Und da war auch noch Hazel. Morgan fühlte, wie ihm das Blut aus dem Kopf wich. Wenn er sein Leben einigermaßen so fortsetzen wollte, wie er es sich einmal gedacht hatte, würde er tun müssen, was Adekunle von ihm wollte. An die Alternativen zu denken, das war einfach zu demütigend und verheerend. Adekunle hatte ihn völlig in der Hand.

»Was werden Sie tun?«, krächzte Morgan. Es war ihm egal: solange er nur seinen Hals aus der Schlinge ziehen und seinen Job retten konnte.

»Wie ich schon sagte, Mr Leafy: *ich* werde *nichts* tun. Gar nichts. Als Gegenleistung werden Sie mir einen Gefallen tun – etwas, was für einen Mann wie Sie nicht allzu schwierig sein dürfte.« Er hielt kurz inne. »Wir sind beide gebildete Menschen, Männer von Welt, Mr Leafy. Ich glaube, wir können beide profitieren von dieser … dieser Unbedachtheit Ihrerseits. Sie behalten Ihren Job, Ihren Status und Ihren guten Ruf. Während ich …« Er sprach den Satz nicht zu Ende.

»Was soll ich tun?«, fragte Morgan mit müder Stimme. Ihm war schleierhaft, wie er Adekunle von Nutzen sein sollte: Dazu hatte er einfach nicht genug Einfluss.

»Sie sollen nur mit jemandem eine Bekanntschaft anknüpfen«, sagte Adekunle. »Weiter nichts. Nur seine Bekanntschaft machen.«

»Und wer ist dieser Jemand?«

»Dr. Alex Murray. Vielleicht kennen Sie ihn sogar schon?«

15

Adekunle gab ihm noch andere Anweisungen in dieser Nacht. Vor allem sollte er sich von Celia fernhalten – ihre Affäre war beendet. Adekunle, so stellte sich heraus, trat in drei Tagen seine Reise nach London an, und Morgan hatte sich Celia unter keinen Umständen zu nähern, während er fort war. Er, Adekunle, werde es sofort erfahren, versicherte er ihm, wenn Morgan den Versuch unternahm, mit ihr in Verbindung zu treten. Sodann durfte er ihr nie etwas von ihrer Begegnung heute Nacht sagen: Celia sollte nicht erfahren, dass Adekunle von der Affäre wusste. Morgan stimmte betrübt allen Bedingungen zu – er durfte ihr nur eine kurze Nachricht zukommen lassen, in der er sein Fernbleiben mit plötzlicher Arbeitsüberlastung oder dergleichen erklärte.

Was Murray betraf, so sollte sich Morgan möglichst mit ihm anfreunden oder doch wenigstens gesellschaftlichen Kontakt mit ihm pflegen und sich in denselben Kreisen bewegen wie er.

»Das ist alles, was ich von Ihnen verlange«, hatte Adekunle gesagt, und im heraufdämmernden Morgengrauen glänzten bleich seine Zähne beim Lächeln. »Keine sehr beschwerliche Aufgabe zum Ausgleich für einen Fehltritt wie Ihren, der eine Menge Schaden hätte anrichten können. Ich möchte, dass Sie ab morgen mit Dr. Murray freundschaftlichen Umgang pflegen – lernen Sie ihn kennen, sorgen Sie dafür, dass Sie sich näherkommen. Das dürfte doch nicht allzu schwierig sein.«

Mein Gott, dachte Morgan, wenn du wüsstest! »Aber warum?«, hatte er in kläglichem Ton gefragt. »Warum Murray? Was hat er mit Ihnen zu tun?«

»Nun, sagen wir fürs Erste, es handelt sich um eine Vorsichtsmaßnahme«, hatte Adekunle erwidert. »Zu gegebener Zeit werden Sie es erfahren.« Er klopfte auf die Kühlerhaube von Morgans Wagen, um seinen Worten Nachdruck zu verleihen. »Was ich nicht weiß, macht mich nicht heiß, so sagt man wohl, und ich möchte auf keinen Fall, dass Sie einen Schaden davontragen.«

Morgan lächelte nervös. Er glaubte ihm kein Wort. Dass er auf Murray angesetzt werden sollte, beunruhigte ihn nicht weniger als der Umstand, dass Adekunle so gar nicht wie der wütende betrogene Ehemann reagierte. Ganz kurz ging ihm der Gedanke durch den Kopf, dass man die Situation absichtlich sich hatte so entwickeln lassen – mit ihm und Celia als den ahnungslosen Mitspielern. War alles bis ins Kleinste geplant gewesen? Adekunle glich eher jemandem, der um einen reservierten Parkplatz streitet, als einem Mann, der wütend den Geliebten seiner Ehefrau zur Rede stellt, und Morgan fand dieses ruhige Verhalten, dieses Ausbleiben jeden Zorns höchst verdächtig. Was bedeutete das alles, fragte er sich und suchte in Adekunles Gesichtszügen nach einem Hinweis. Entweder waren ihm Celias außereheliche Eskapaden gleichgültig, oder er brauchte ihn, Morgan, so dringend als zeitweiligen Gehilfen, dass aller verletzter Stolz deshalb hintangestellt werden musste. Natürlich mochte beides zutreffen, aber Morgan neigte doch stark der zweiten Erklärung zu. Er hatte das sichere Gefühl, dass Adekunles Rache schnell und unbarmherzig gewesen wäre, wenn er ihm nicht irgendwie nützlich sein könnte. Er hatte den Eindruck, dass sich seine Brust mit etwas Hartem und Festem anfüllte – es hätte schnell abbindender Zement sein können –, während er an dies und an die schwere Zeit dachte, die zweifellos vor ihm lag.

Das war vor zehn Tagen gewesen. Seiner Feigheit bewusst, schrieb er Celia ein paar Zeilen und sprach von Stapeln von Papierkram, die auf seinem Schreibtisch gelandet waren. Er beauftragte Kojo im Büro und Friday zu Hause, alle Anrufe für ihn abzufangen und Geschichten von herkulischer Geschäftigkeit zu erzählen, und bald stellte Celia ihre Anrufe ein. Auch die Besuche bei Hazel schränkte er ein, da er in jedem Passanten einen Agenten von Adekunle vermutete – er ging nur zweimal zu ihr. Hazel schien diese Vernachlässigung nicht zu berühren: Er glaubte ein neues Selbstbewusstsein in ihr zu entdecken, das sicher mit dem Umzug in die eigene Wohnung zu tun hatte. Er vermutete, dass sie ihre Freunde dorthin einlud – seinen strikten Anweisungen zum Trotz –, war aber zu sehr mit anderem beschäftigt, um etwas dagegen zu unternehmen.

Halbherzig versuchte er Adekunles Direktiven zu befolgen. Er erkundigte sich vorsichtig bei Bekannten an der Universität nach Murray, und bald war klar, was Morgan schon immer vermutet hatte: Murray verkehrte nicht viel in Gesellschaft und suchte nur selten den Universitätsclub auf. Er hatte einige gute Freunde, aber mit denen verkehrte er privat. Morgan wusste nicht recht, wie er sich in Murrays Leben einschmuggeln sollte, wenn er nicht in die

Klinik eindringen, seinem Wagen auf der Heimfahrt auflauern oder in seine Dinnerpartys hineinplatzen wollte. Er saß ratlos zu Hause herum und war sich beklommen bewusst, dass die Zeit verrann. Adekunle würde bald aus London zurück sein und erwarten, dass er Fortschritte gemacht hatte. Und immer wieder fragte er sich, was wohl das Bindeglied zwischen Adekunle und Murray war. Sie schienen so verschieden zu sein, wie zwei Menschen nur sein konnten.

Er wurde zu einer einsamen, stillen Gestalt bei der Arbeit, vervollständigte pflichtschuldigst das Projekt Kanapee mit Schaubildern und Statistiken und beschränkte sich bei Gesprächen mit den Kollegen auf geschäftliche Dinge. Er verbrachte ruhige Abende zu Hause, blätterte ziellos in seinen Taschenbüchern, verfolgte das grässliche kinjanjanische Fernsehprogamm, sprach eifrig dem Alkohol zu. Er beobachtete, dass Friday und Moses wegen dieses für ihn untypischen Brütens besorgte Blicke tauschten. Friday fasste sich sogar eines Abends ein Herz.

»Masta geht nicht gut«, sagte er.

»Nein«, gab Morgan zu.

»Was ist Grund? Masta mir sagen?«

Morgan fragte sich, wie er sein spezielles Problem erklären sollte. »*C'est cafard*«, sagte er schließlich, da das französische Wort alles recht gut zusammenfasste.

»Ah bon«, sagte Friday. »*Maintenant je comprends.*«

Als seine Probleme fortbestanden und er sich nicht in der Lage sah, sie abzumildern, wandte er sich dem Alkohol schon allein deshalb zu, weil er vergessen machte. Die letzten drei Abende nach seinem Geständnis Friday gegenüber hatte er sich zu einem wimmernden Kloß von

Selbstmitleid getrunken, hatte in der Ecke seines Wohnzimmers gehockt, von Zeit zu Zeit starke Cocktails mixend, die er dann hinunterkippte wie ein Sokrates, der seinen Schierlingsbecher leerte. Gelegentlich brach er in kurze Perioden rasender Wut aus. Das Gesicht vulkanisch gerötet, üble Flüche ausstoßend wider alle, die sein Leben zu ruinieren trachteten, tobte er dann ein, zwei Minuten durchs Haus, bis sich der Anfall so plötzlich wieder legte wie ein Tropengewitter.

Mit der trüben Logik verkaterter Morgenstunden gab er sich gute Ratschläge und ermahnte sich zu Ruhe und Selbstbeherrschung angesichts der drohenden Möglichkeit eines Zusammenbruchs.

Langsam, aber sicher schien diese seine spezielle Aversionstherapie eine gewisse Wirkung auszuüben. Er saß an einem jener düsteren Nachmittage in seinem Büro und fragte sich, ob er endlich die Talsohle erreicht hatte und jetzt vielleicht den langen, langsamen Aufstieg in Betracht ziehen konnte, als es – er rang gerade mit der Frage, ob er sich von Kojo noch ein Alka Seltzer machen lassen sollte – an der Tür leise klopfte.

»Herein«, sagte er.

Es war Dalmire.

»Haben Sie einen Moment Zeit, Morgan?«, fragte er. »Es gibt da etwas, was ich … was ich Ihnen sagen möchte.«

»Bitte, setzen Sie sich doch.« Morgan versuchte die Erschöpfung aus seiner Stimme herauszuhalten. Er massierte sich die Schläfen. Dalmire trug seine altkoloniale Montur mit den weißen Shorts und den beigen Kniestrümpfen.

»Ich wollte, dass Sie der Erste sind, der es erfährt«, sagte er und verbesserte sich dann: »Dass Sie zu den Ersten gehören, die es erfahren.«

»Mmm? Erfahren? Wovon?« Morgan zog höflich die Brauen in die Höhe und fragte sich, warum er jede Plombe in seinem Mund schmecken konnte.

»Gestern Abend«, sagte Dalmire. »Ich weiß, dass Sie … nun, dass Sie beide einmal …« Er hielt inne und fuhr dann fort: »Ich wollte es Ihnen einfach selbst sagen … wollte nicht, dass Sie es von einem anderen erfahren.«

Was redet er da nur, fragte sich Morgan. »Tut mir leid, Richard«, sagte er, »aber ich bin heute etwas schwer von Begriff, und ich komme einfach nicht ganz mit. Könnten Sie es mir noch einmal in ganz einfachen Worten sagen?« Er deutete an seinen Kopf. »Leichter Kater.«

»Oh, tut mir leid«, sagte Dalmire mit einem verständnisvollen Lächeln. »Ich gestehe, mir ist selbst ein bisschen so.« Er beschrieb mit den Händen einen rasch sich ausdehnenden und wieder zusammenziehenden Kopf. »All dieser Champagner. Ist stärker, als man meint.«

»Champagner, sagten Sie?«

»Ja. Unseretwegen. Priscillas und meinetwegen.«

»Priscillas. Und. Ihretwegen.«

»Ja.« Dalmire lächelte bescheiden. »Wir haben uns gestern Abend verlobt.«

Es trat eine lange Pause ein. Auf der Straße nach Nkongsamba hupte ein Auto.

Morgan erhob sich auf unsicheren Beinen, sein Gesicht war wie erstarrt. Er gestattete sich kein Nachdenken. Er hatte die automatische Steuerung eingeschaltet. Er zog die Lippen von den pelzigen Zähnen zurück zu einem Lächeln, von dem er nur hoffen konnte, dass es so etwas wie

Glückwunschstimmung ausdrückte, und stieß den Arm über den Tisch vor.

»Gratuliere«, sagte er, und Dalmire schüttelte lebhaft die hingestreckte Hand. »Großartig.« Er wandte sich zu seinem Aktenschrank um. »Wie wär's mit einem Drink?« Er hielt die Ginflasche hoch, die er in der obersten Schublade aufbewahrte. Dalmire mimte begeisterte Zustimmung. Morgan schenkte zwei Gin ein und goss den Rest einer Tonicflasche hinzu. Er reichte Dalmire das eine Glas.

»Sehr freundlich«, sagte Dalmire und nahm dankbar den Gin entgegen. »Wirklich sehr freundlich.«

III

Fanshawe und Morgan blickten auf die tote Innocence hinunter. Morgan deckte das Tuch wieder über sie. Er fühlte sich müde, schmutzig, hungrig und auf einmal sehr traurig. Er konnte nicht verstehen, warum Fanshawe ihn gebeten hatte, das Tuch zu entfernen, und blickte ihn böse an, während er so dastand, die Hände auf dem Rücken verschränkt und nachdenklich an der Unterlippe kauend.

»Mmm, ehern«, sagte er nach einer Weile. »Dann ist sie also noch da.« Morgan schaute zum klaren Morgenhimmel auf – der Mann war wirklich erstaunlich schnell von Begriff. »Dumme Sache«, fuhr Fanshawe fort. »Sehr dumme Sache.« Er wandte sich ab und stieß zwischen den Zähnen pfeifende Geräusche hervor. Die kleine Gruppe der Zuschauer bestand jetzt in der Hauptsache nur noch aus Frauen und Kindern; in der Nähe baute eine ältere Frau ungerührt ihren Verkaufsstand auf. Auf dem Boden neben der Toten lagen kleine Jujuzeichen: ein Häufchen Steine, zwei Federn und ein Blatt, eine senkrecht aufgestellte Dose mit einem Stein obendrauf.

Morgan trat zu Fanshawe.

»Was sollen wir tun – was meinen Sie?«, fragte Fanshawe.

»Ich?«, sagte Morgan, ganz erstaunt, dass er noch immer herausgegriffen wurde.

»Ja, Morgan, Sie«, sagte Fanshawe in entschiedenem

Ton. »Ich beauftrage Sie mit der Erledigung dieser unerfreulichen Angelegenheit. Ich bin vollauf von dem Besuch der Herzogin in Anspruch genommen« – er machte eine Handbewegung zu der Leiche, den Zuschauern, den Jujuzeichen hin –, »außerdem ist mir das alles ein Rätsel. Hätte drüben im Osten nie passieren können.« Er schüttelte bekümmert über die Verrücktheiten Afrikas den Kopf.

Morgan schwankte vor Müdigkeit hin und her. Er funkelte ein nacktes Kind an, das ihn und Fanshawe angestarrt hatte, während sie miteinander sprachen. Das Kind wich zurück, ging aber nicht fort, weil es offenkundig zu neugierig war und sehen wollte, was diese zwei weißen Männer als Nächstes taten. Morgan blickte sich um. Menschen schlenderten hin und her; Arbeiter kauften Lebensmittel an den Verkaufsständen, Frauen glitten vorbei mit vollen Wassereimern auf den Köpfen, Kinder tollten auf der Veranda herum. Es war stiller als gewöhnlich, wie aus Achtung vor Innocence, doch das war, wie Morgan bemerkte, auch das einzige Zugeständnis, das sie machten. In der Tat war die Atmosphäre eher eine der Gleichgültigkeit, der schicksalsergebenen Unerschütterlichkeit, was in starkem Gegensatz zu dem angestrengten Kopfzerbrechen stand, dem er und Fanshawe sich hingaben.

»Herrgott«, sagte Fanshawe unvermittelt. »Mir ist gerade eingefallen: Die Tote darf nicht mehr hier sein, wenn die Herzogin kommt.«

»Seien Sie unbesorgt, sie wird sie ohnehin nicht sehen«, sagte Morgan.

»Nein«, gab Fanshawe zu, »aber das tut nichts zur Sache. Es ist einfach nicht richtig, wenn Sie wissen, was ich meine, dass da irgendwo eine Leiche herumliegt. Das geht einfach nicht. Sie werden sie fortschaffen müssen, Morgan. Ich verlasse mich auf Sie.«

Morgan spürte, wie sich in seinem Mund schon die Entgegnung bildete, biss aber die Zähne zusammen, um sie zurückzuhalten. Er blickte Fanshawes schmales Gesicht mit dem lächerlichen Schnurrbärtchen an, und wenn er einen zweiten Blitzstrahl hätte bestellen können, hätte er ihn sofort auf den Konsul gelenkt.

»Das Problem ist«, sagte Morgan ruhig, »dass keiner die Tote fortschaffen will, solange nicht bestimmte Riten vollzogen sind. Ein Tod durch Blitzschlag ist offenbar sehr teuer, weil er ein seltenes Zeichen von Shangos Missbilligung ist. Es kostet, so habe ich gehört, etwa sechzig Pfund, aber dann kommt danach noch die besondere Bestattung – die extra zu bezahlen ist.«

»Aha«, sagte Fanshawe. »Was ist mit ihrer Familie?«

»Da ist nur Maria.«

»Hat sie nicht das nötige Geld?«

Morgan verblüffte die Dummheit dieses Mannes. »Sie besitzt nur fünfzehn Pfund«, sagte er in knappem Ton.

»Oh«, sagte Fanshawe, als wäre dies die Folge einer von Maria betriebenen Verschwendungspolitik.

Morgan rieb sich die Stirn. »Ich habe Murray letzte Nacht um Hilfe gebeten, aber er hat keinen Finger gerührt. Ich fand das sehr unschön.« Er blickte Fanshawe an und rechnete mit Zustimmung.

»Sie können Murray da keinen Vorwurf machen«, sagte Fanshawe jedoch sogleich.

»Aber warum denn nicht?«, fragte Morgan aufgebracht.

»Weil er den Fuß nicht vor die Universität setzen darf. Bekommt scheinbar endlose Schwierigkeiten mit den Gesundheitsbehörden von Nkongsamba. Es muss da viele Reibereien zwischen den städtischen Angestellten und denen des Gesundheitsdienstes geben. Ich glaube, der eine neidet dem anderen die Bezahlung und die Arbeitsbedingungen.«

»Davon hat er mir nichts gesagt«, begehrte Morgan auf.

»Es ist allgemein bekannt, alter Junge. Dachte wahrscheinlich, Sie wüssten Bescheid.«

Morgan seufzte: Diese Information war nicht gerade hilfreich. »Nun«, fuhr er verbissen fort, »die Ademola-Klinik sagt, sie nimmt die Leiche nur an, wenn wir sie hinschaffen können.«

Fanshawe sah auf seine Uhr und blickte dann zu Innocence hin. »Ich übergebe die Sache Ihren fähigen Händen, Morgan. Ich muss jetzt gehen. Ein großes Unglück, ein großes Unglück.« Morgan fragte sich, ob er dabei an Innocences schrecklichen Tod oder an die Ungelegenheiten dachte, die dieser ihm bereitete.

»Ach, übrigens – ist dieser Dichter eigentlich aufgetaucht?«, fragte Fanshawe.

»Was?!!«

»Priscilla sagte etwas von einem Dichter, der vermisst wird.«

Morgan erinnerte sich wieder des in der Nacht zuvor spontan vorgebrachten Vorwands. Er fluchte innerlich, weil ihm wieder einfiel, dass er nicht völlig erfunden war. Es *gab* einen Dichter, und er hatte ihn eingeladen, im Konsulat zu logieren. Er wusste nicht mehr, wann er eintreffen sollte – die genauen Daten waren ihm entfallen. Was ihm jetzt gerade noch fehlte, war ein Dichter, der plötzlich auftauchte und ein Bett suchte. Er würde sich später darum kümmern; vorerst spielte er auf Zeit.

»Oh, ja, der Mann vom British Council. Machen Sie sich keine Sorgen, Arthur, das ist alles geregelt.«

»Gut«, sagte Fanshawe, Innocence einen letzten Blick schenkend. »Lassen Sie mich wissen, wie Sie vorankommen.« Er drehte sich um und schritt rasch auf das Haus zu.

Am Abend kam Morgan zurück und blieb vor Innocences eingehüllter Leiche stehen. Er verscheuchte mit dem Fuß einen schnüffelnden Hund und versuchte sich den Klumpen als eine stämmige, fröhliche Frau vorzustellen, aber sein erschöpftes Hirn sah nur die klumpige Masse. Es war halb zehn. Er war aus einem Impuls heraus zum Konsulat gefahren in der abwegigen Hoffnung, irgendein Ereignis könnte Innocence während seiner Abwesenheit fortgezaubert haben, aber ihre schiere Körperlichkeit schien ihm einen scharfen Tadel auszusprechen und machte seinen wilden Phantasien ein Ende. Er hatte am Nachmittag mit zwei anderen Leichenbestattern telefoniert, die sich sofort bereit erklärt hatten, die Leiche fortzuschaffen, aber offensichtlich waren beide dann doch zurückgeschreckt bei dem Gedanken an die schlimmen Folgen, die eintreten mochten, wenn man es sich mit Shango verdarb.

Er hatte eine weitere halbe Stunde vor dem Telefon gesessen und sich gefragt, ob er Adekunle anrufen und ihm von der katastrophalen Wendung berichten sollte, die seine »Freundschaft« mit Murray genommen hatte. Schließlich hatte er sich gesagt, dass es sicherer war, vorläufig abzuwarten. Die Dinge hatten sich jetzt so total seiner Kontrolle entzogen, dass völlig offen war, was als Nächstes geschah.

Heute war Dienstag. Er hatte vorgehabt, am Donnerstag mit Murray Golf zu spielen, und Adekunle hatte sich vor diesem Zeitpunkt mit ihm treffen wollen. Morgan erschauerte angesichts des Gewirrs von Komplexitäten, das sich vor ihm erstreckte, und verfluchte abermals seine Unentschlossenheit, sein Zögern, das endlose Schwanken, dem er sich hingab. Hamlet war gegen ihn ein voreiliger Hitzkopf. Er wandte sich von Innocence ab und ging niedergeschlagen über den roterdigen Platz auf das Konsulat zu, wie immer gefolgt von einer kleinen Schar neugieriger Kinder. Rings um ihn herum in der Dunkelheit pickten Hühner, kauten Ziegen, und scharfe Kochgerüche stiegen ihm in die Nase von den Holzkohlebecken, die auf den Veranden zu beiden Seiten glühten. Die Nacht war heiß und schwül, und die Sternbilder standen klar am schwarzen Himmel über seinem Kopf.

»Guten Abend, Sah«, rief eine Stimme von der einen Seite her. Morgan wandte sich in die Richtung. Da saßen auf Packkisten um eine Laterne herum Isaac, Ezekiel und Joseph. Sie trugen Tücher um die Hüften und hatten nackte Oberkörper bis auf Isaac, der in einer zerfetzten Weste dahockte. Sie schienen Palmwein zu trinken.

»Abend«, erwiderte Morgan und schritt auf die Veranda zu. Es trat eine Pause ein, als erwarteten sie, dass er etwas sagte. Er dachte ein paar Sekunden nach und setzte dann etwas hilflos hinzu: »Sie ist immer noch da.«

»Ja«, sagte Isaac. »Bitte, Sah, sparen Sie Mühe. Schicken Sie nicht noch einmal Bestattungsmann hierher. Sie können sie nicht mitnehmen. Das hier Shango-Tötung. Sie könnten Tote nicht anfassen.«

Ezekiel und Joseph pflichteten ihm brummelnd bei. Aus Isaacs Ton sprach keine Feindseligkeit; er war ein geduldiger Lehrer, der es mit einem besonders begriffsstutzigen Kind zu tun hatte.

»Aber ich muss es versuchen«, widersprach Morgan. »Mr Fanshawe ist unzufrieden. Die Herzogin kommt bald.« Leises Gemurmel bezeugte Mitgefühl mit seiner Notlage. Morgan sah die drei Männer an, die da mit ihrem Palmwein und ihrer festen Überzeugung vor ihren Häusern saßen, und fühlte sich plötzlich verloren in diesem Gefühl des Abgesondertseins.

»Stört euch das nicht?«, fragte er sie plötzlich. »Dass Innocence da herumliegt?« Er deutete in die Richtung, wo sie lag. »Was glaubt ihr, was passieren wird?«

Die drei sahen einander an, als fiele es ihnen schwer, ihn zu verstehen. »Da ist kein Problem«, sagte Ezekiel schließlich. »Ein Fetischpriester muss kommen, dann Sie können sie mitnehmen.« Darauf folgte belustigtes leises Kichern. Die Dinge nehmen den Verlauf, den Shango ihnen zugewiesen hat, schienen sie anzudeuten.

Morgan wünschte ihnen eine gute Nacht und ging zurück zu seinem Wagen.

2

Am nächsten Morgen fuhr Morgan früher zur Arbeit als gewöhnlich und traf zu seiner Überraschung vor dem Tor zum Konsulat, das fest verschlossen war, eine Gruppe von Demonstranten an. Es waren etwa dreißig, vierzig junge Leute, die wie Studenten aussahen, einige wenige trugen in aller Eile angefertigte Plakate. Morgan drückte auf die Hupe, und sie gaben mit ein paar spöttischen Rufen bereitwillig die Straße frei. Als das Tor aufging, erschien ein Kopf an seinem Wagenfenster, und Morgan erkannte die ernsten Gesichtszüge Femi Robinsons von der marxistisch-leninistischen People's Party Kinjanjas.

»Mr Leafy«, sagte Robinson, »wir möchten ernstlich protestieren.« Robinson trug ständig einen besorgten Gesichtsausdruck zur Schau, der ihm tiefe Falten in Form eines umgekehrten V in die Stirn eingegraben hatte, und natürlich das dünne Bärtchen und die Afrofrisur, wie sie schwarze amerikanische Radikale bevorzugten. Morgan fragte sich, woher Robinson seinen Namen kannte, während er die dürftigen Spruchbänder und Plakate zur Kenntnis nahm. KEINE ENGLISCHE EINMISCHUNG IN DIE KINJANJANISCHE POLITIK und KEIN BRITISCHER IMPERIALISMUS IN KINJANJA war da zu lesen.

»Was geht denn hier vor?«, fragte Morgan erstaunt.

»Wir protestieren gegen die – ehem – destabilisierenden Eingriffe der britischen Regierung in die Innenpolitik Kinjanjas.«

Morgan versuchte ein besonders verblüfftes Lächeln aufzulegen, das andeuten sollte, dass er nicht die geringste Ahnung hatte, wovon Robinson sprach, obschon in seinem Hirn so viele Warnlampen aufblinkten wie auf dem Instrumentenbrett eines abstürzenden Flugzeugs. Robinson zückte ein Exemplar des *Daily Graphic*. Morgan sah ein großes Foto von Adekunle, wie er unten an einer Flugzeuggangway stand und gerade einem Vertreter des Foreign Office die Hand schüttelte. Die Schlagzeile lautete: ADEKUNLE BESUCHT GROSSBRITANNIEN. Morgan spürte, wie sich sein Magen rührte.

»Hat nichts zu bedeuten«, versicherte er rasch in entschiedenem Ton. »Völliger Unsinn. Offensichtlich Propaganda der KNP. Wenn Sie mich jetzt bitte entschuldigen wollen – ich muss arbeiten.« Er setzte seinen Wagen in Bewegung, und während er durchs Tor fuhr, hörte er noch, wie Robinson ihm nachrief: »Ist das offiziell?«

Aufgeregt rannte er die Treppe hinauf in sein Büro und riss einem verblüfften Kojo alle drei Exemplare der kinjanjanischen Tageszeitungen vom Schreibtisch. Adekunle auf offiziellem Besuch ... eingeladen zu ... begrüßt vom stellvertretenden Außenminister ... Konsultationen im Foreign Office ... Morgan setzte sich, und ihn schwindelte. Es waren keine zwei Wochen mehr bis zu den Wahlen; der ganze Ton der Berichte unterstrich, dass nach Ansicht der britischen Regierung die KNP in Kinjanja die Regierung übernehmen sollte.

Morgan schätzte in aller Eile die schlimme neue Entwicklung ab, bedachte die Auswirkungen dieses Vertrauensbruchs und versuchte sich über Adekunles Motive klar zu werden. Natürlich bedeutete das einen Statusgewinn für die KNP – es stellte sie mit der UPKP gleich, der Partei, die derzeit an der Macht war. Solch offizielles Getue und Begrüßen beeindruckte den noch unentschlossenen lesekundigen kinjanjanischen Durchschnittsbürger – aber gewiss redete man auch bald schon in der letzten Hütte davon. Schließlich besprach sich niemand mit irgendeiner anderen Partei. Und natürlich fühlten sich die anderen verletzt, vor allem die lautstarke Minderheit – Femi Robinson und seine Genossen –, aber Morgan vermutete, dass Adekunle das für zweitrangig erachtete angesichts dieses Coups in Sachen Wahlwerbung.

Er fühlte sich eigenartig unberührt von der ganzen Angelegenheit: Sie konnte entweder eine katastrophale Wendung im Gang der Ereignisse bedeuten oder völlig unwichtig sein. Das Projekt Kanapee war ans Tageslicht gekommen, aber wen kümmerte es? Er wurde sich auch bewusst, dass er und Fanshawe von Adekunle an der Nase herumgeführt worden waren – manipuliert und ganz mühelos ausgenutzt. Es überraschte ihn nicht so sehr: Das Projekt Kanapee hatte von Anfang an etwas Stümperhaftes gehabt und hauptsächlich von Fanshawes extravaganten Träumen gelebt. Es schien irgendwie angemessen zu sein, dass es sich jetzt als das entpuppte, was es war. Aber sein Herz schlug noch immer schneller, weil alles sich gar so plötzlich in Luft aufgelöst hatte. Er fragte sich, wie Fanshawe wohl reagieren würde. Er wurde bei diesen Gedanken durch Kojo unterbrochen, der zur Tür hereinsah.

»Entschuldigen Sie, Sah«, sagte der kleine Mann. »Der

Pförtner sagt, da ist ein Mr Robinson am Tor, der Sie dringend sprechen will.«

»Nein, nein, nein!«, rief Morgan. »Sagen Sie ihm, er soll zu Mr Fanshawe gehen.«

»Mr Fanshawe ist nicht da.«

»O Gott!« Er schlug sich theatralisch an die Stirn. »Na gut, schicken Sie ihn herauf.«

Robinson war kurz darauf da. Morgan bemerkte, dass er einen schwarzen Rollkragenpullover und schwarze Lederhandschuhe trug und eine billige Sonnenbrille mit Nickelgestell – jeder Zoll der Black-Power-Aktivist. Morgan sah, wie ihm der Schweiß in Perlen auf Stirn und Nase stand.

»Mr Robinson«, sagte er, »was kann ich für Sie tun?«

»Wir verlangen eine Erklärung«, begann Robinson sogleich, wobei er mit einem behandschuhten Finger auf Morgans Schreibtisch klopfte. »Mit welchem Recht lädt die britische Regierung Politiker zu Konsultationen nach London ein, die nicht gewählt sind?«

»Ich habe keine Ahnung«, sagte Morgan, die Verantwortung anderen zuschiebend. »Ich bin selbst sehr überrascht. Ich fürchte, Sie werden darüber mit Mr Fanshawe sprechen müssen. Aber vielleicht weiß der auch nicht mehr«, fügte er fairerweise hinzu.

Robinson schien zu einem heftigen Ausbruch spöttischen Unglaubens anzusetzen, doch sein Eifer stürzte vor Morgans Augen in sich zusammen, als hätte ihm jemand einen Schlag in den Magen versetzt. »Mr Leafy«, sagte er resigniert und zog die Handschuhe aus, um seine feuchten Hände an der Hose abzuwischen, »was Sie auch tun, Sie spielen ein sehr gefährliches Spiel. Wir haben hier ein

Sprichwort: ›Wenn du ein Zimmer sauber machst, dann kehr den Dreck nicht unter den Teppich …‹«

»Aha.«

»Denn wenn man das tut, kann ganz leicht jemand kommen und den Teppich hochheben und den Dreck darunter finden. Das hat man in Kinjanja in den letzten fünf, sechs Jahren so gemacht. Aber jetzt wird der Teppich hochgehoben!« Die alte Leidenschaft stellte sich für einen Augenblick wieder ein.

Morgan nickte verständig, als bewundere er den Scharfsinn kinjanjanischer Volksweisheit. »Nun, das ist alles sehr interessant, Mr Robinson, aber es gibt leider nichts, was ich oder auch die britische Regierung ändern könnte an … an der schludrigen Hausarbeit, wenn Sie wissen, was ich meine. Es ist ein kinjanjanisches Problem.«

»Wenn es ein kinjanjanisches Problem ist, warum besprechen Sie sich dann mit der KNP?«

»Tun wir das, Mr Robinson? Sind Sie sich da ganz sicher?«, entgegnete Morgan, diplomatisch die Frage mit einer anderen parierend.

Robinsons Frustration machte sich Luft. »Da steht's doch geschrieben!«, rief er und stieß mit dem Finger nach den Zeitungen auf Morgans Schreibtisch. »Da, da und da!«

»Oh, aber Sie dürfen nicht alles glauben, was in der Zeitung steht, schon gar nicht in Zeiten vor einer Wahl.«

»Dann geben Sie ein Dementi heraus.«

»Wie bitte?«

»Dementieren Sie es. Stellen Sie die KNP bloß, wenn sie lügt, wie Sie sagen.«

Morgan verspürte ein Flattern des Unbehagens. Er lächelte. »Nein, das können wir nicht. Wir geben keine

Dementis heraus, grundsätzlich nicht. Wir finden, damit wertet man in gewisser Weise Vorwürfe und, ehem, Ungenauigkeiten auf, die eigentlich gar keine Beachtung verdienen.«

»Das ist leeres Gerede!«, widersprach Robinson heftig, verzweifelt mit den Armen wedelnd. »Das sind diplomatische Winkelzüge. Wenn jemand sagt, Sie hätten seine Frau getötet« – er deutete auf Morgan –, »schweigen Sie dann etwa? Wenn einer Sie des Diebstahls bezichtigt, streiten Sie es dann nicht ab?«

»Mr Robinson, bitte« – Morgan fühlte sich durch die Schlüssigkeit dieser Beweisführung aus der Fassung gebracht. »Das sind untaugliche Beispiele. Sie müssen das mit diesen Zeitungsmeldungen in der richtigen Perspektive sehen. Das ist ein Wahlpropagandatrick – Stimmenfang.«

Robinson ließ sich auf seinem Stuhl zusammenfallen. »Vom britischen Standpunkt aus mag es nichts bedeuten, aber vom kinjanjanischen aus ist es eine sehr ernste Sache.« Er hielt inne und fuhr dann fort: »Ich will Ihnen auch sagen, warum. Wenn die KNP deshalb gewinnt oder auch wenn es wieder die UPKP schafft, wird es sehr ernste Probleme geben.«

»Ich kann Ihnen da nicht ganz folgen«, sagte Morgan.

»Wissen Sie« – der Finger stieß wieder nach seiner Brust –, »dass Kinjanja der siebtgrößte Importeur von Champagner auf der ganzen Welt ist? Wissen Sie, dass letztes Jahr für Regierungsbeamte über zweihundert Mercedeslimousinen gekauft wurden?« Er lehnte sich zurück. »Man wird nicht dulden, dass es mit dieser Korruption so weitergeht. Dann kommen gefährliche Zeiten.«

»Wer?«, fragte Morgan. »Wer wird das nicht dulden?«

»Das Militär natürlich«, sagte Robinson und warf die Arme in die Höhe. »Im Norden ist es schon zu Meutereien gekommen. Alle Soldaten sind in die Kasernen zurückgerufen worden. Sie werden die Macht übernehmen.«

Morgan runzelte skeptisch die Stirn. »Sind Sie da sicher?«

»Das weiß jeder«, erklärte Robinson in ätzendem Ton.

»Aber was ist mit den Wählern? Was ist, wenn sie eine Partei an die Macht wählen?«

»Gehen Sie in ein Dorf. Geben Sie dem Häuptling dort Geld. Sagen Sie ihm, stimmt für mich, und Sie bekommen ihre Stimmen.«

»Aber in den Städten, da ...«

»In den Städten ist es genauso.«

Morgan zuckte hilflos die Achseln. »Aber ich sehe nicht, was ich daran ändern kann.«

»Decken Sie die Lüge auf«, sagte Robinson voller Eifer. »Das ist ganz einfach. Wenn die KNP lügt, müssen Sie das sagen.«

Morgan schluckte. Er versuchte dem Gespräch eine andere Richtung zu geben. »Aber warum hier? Warum in Nkongsamba? Wir sind doch hier nicht so wichtig. Sie sollten zur Botschaft in der Hauptstadt gehen.«

»Das haben wir getan«, sagte Robinson. »Wir stehen in diesem Augenblick vor dem Tor der Botschaft. Aber Adekunle ist, wie Sie wissen, der politische Führer hier in Nkongsamba; es besteht eine starke Verbindung zur Stadt.«

»Nun, es tut mir leid«, entschuldigte sich Morgan. »Ich kann wirklich nichts für Sie tun. Aber ich gebe Ihre Bedenken gern weiter – ich bin sicher, an höherer Stelle wird man sich damit befassen.« Er erhob sich, um anzudeuten, dass das Gespräch beendet war. Robinson lächelte sarkastisch.

»Das nützt nichts«, sagte er. »Sie müssen jetzt handeln. Es bleibt nicht mehr viel Zeit.«

Sowie Robinson gegangen war, stürzte Morgan aus seinem Büro und stieß auf dem Flur mit Mrs Bryce zusammen. Sie trug einen Stoß Betttücher auf den Armen.

»Ah, Mrs Bryce«, sagte er atemlos. »Genau Sie suche ich. Wo ist Mr Fanshawe?«

»Er ist fort«, sagte sie nur.

»Das weiß ich«, erwiderte Morgan langsam und betont ruhig. »Aber wo?«

»In der Hauptstadt, um die Herzogin von Ripon abzuholen. Sie kommt heute an. Hat man Sie darüber nicht informiert?«

Natürlich, Morgan erinnerte sich wieder: der verflixte Besuch.

»Morgen ist er wieder da«, fuhr Mrs Bryce fort. »Etwas Dringendes?«

»Nein, nein. Die Sache kann warten. Hat sicher bis morgen Zeit.« Er sah Mrs Bryce erneut an. »Ich hoffe, Sie verzeihen mir die Frage, Mrs Bryce, aber wozu sind diese Betttücher?«

»Für die Betten in der Gästesuite«, sagte sie und schritt über den Flur auf ebendiese zu. »Die Herzogin verbringt Weihnachten hier bei uns.«

Morgan wünschte ihr eine eitrige Entzündung an die fliegenzerstochenen Beine und ging nachdenklich ins

Büro zurück. Kojo saß an seinem Schreibtisch, die eine Hand über der Sprechmuschel seines Telefons.

»Mr Fanshawe ist am Apparat, Sah«, sagte er. »Er ruft aus der Botschaft an.«

»O Gott, auch das noch«, murmelte Morgan. Er hob in seinem Zimmer den Hörer ab. »Arthur?«, sagte er in gespielt lebhaftem Ton. »Hallo. Wie steht es so bei Ihnen?«

»Schon die Zeitungen gesehen?«, quäkte Fanshawe wütend durchs Telefon. »Eine Katastrophe, Mann. Eine Katastrophe erster Ordnung!«

»Tut mir leid, Arthur ... Ich sehe nicht ganz ... ich meine ...« Er bekam ein hohles Gefühl im Magen und spürte, wie ihm das Blut aus dem Gesicht wich.

»Hier vor der Botschaft sind an die zweitausend Demonstranten versammelt und machen großes Geschrei. Die Telefone laufen den ganzen Tag auf Hochtouren. Seine Exzellenz ist zur Regierung bestellt worden. Die UPKP ist wütend. Stinkwütend. Es ist schrecklich, Morgan. Schrecklich.«

»Gott« war alles, was Morgan zu sagen einfiel.

»Ja, und die Herzogin soll heute Nachmittag hier eintreffen. Was wird sie denken, wenn sie die Botschaft von Randalierern umlagert vorfindet?«

Ein Schweigen. Es schien Morgan, Fanshawe erwarte eine Antwort darauf. »Ich weiß es nicht«, begann er. »Ich nehme an ...«

»Sie wird das für höchst skandalös halten, sage ich Ihnen«, fuhr Fanshawe fort. »Also wirklich, Morgan, was treibt Adekunle da für ein Spiel?«

Morgan überlegte rasch. »Vielleicht ist das gar nicht so schlimm – auf lange Sicht. Wenn er nun gewinnt?«

»Nun, davon wurde gesprochen«, gestand Fanshawe zu, und seine Stimme beruhigte sich ein wenig. »Das würde alles anders erscheinen lassen. Unsere Experten hier glauben, dass das Prestige, das er mit seinem Besuch gewonnen hat, jeden Schaden mehr als ausgleicht. Aber – und das ist der Hauptpunkt – das Projekt Kanapee hätte überhaupt nicht so laufen sollen. Die ganze Sache ist sehr schlecht gehandhabt worden. Sehr schlecht.«

Morgan fühlte Zorn in sich aufflammen unter dem Eindruck, dass die Gewehrläufe der Schuldzuweisung auf ihn herumschwenkten. »*Wir* konnten aber doch nicht ahnen, dass er das tun würde, Arthur, oder? Die Sache ist ein Vertrauensbruch seitens Adekunles, nicht von unserer Seite. Was sollen wir tun, was meinen Sie?«

»Ja, hm …«, sagte Fanshawe, offensichtlich etwas bestürzt. »Die offizielle Politik ist nichts sagen, nichts tun. Die Wahlen sind nicht mehr fern, alles kann gut werden, wenn die KNP aus ihnen als Sieger hervorgeht. Aber wenn die UPKP erneut an die Macht kommt, wird das den anglo-kinjanjanischen Beziehungen zweifellos schaden.«

Einen Augenblick lang fragte er sich, ob er Robinsons düstere Warnungen weitergeben sollte, doch dann entschied er sich dagegen: Fanshawe hatte wie sie alle schon genug Probleme. »Hier war es einigermaßen ruhig. Wir hatten eine kleine Demo, aber nichts weiter Vermeldenswertes: die PPK-Leute.«

»Und wer um Himmels willen ist die PPK?«, verlangte Fanshawe ungeduldig zu wissen. »Ich komme nie mit diesen Initialen klar.«

»Die Marxisten: die People's Party of Kinjanja, Femi Robinson und seine Genossen.« Er reckte den Hals, um die

Zufahrt zum Gebäude überblicken zu können. »Aber sie sind jetzt alle nach Hause gegangen, mehr oder weniger.«

»Das ist wenigstens etwas«, sagte Fanshawe ungnädig. »Aber was ist mit unserem anderen Problem?«

»Innocence? Ah, ja. Ich fürchte, da gibt's noch keine großen Fortschritte. Ich hatte zwei weitere Bestattungsleute da, aber sie wollten sie nicht anrühren.«

»Verdammt«, fluchte Fanshawe zornig. »Alles geht schief. Hören Sie zu, Morgan. Ich brauche von Ihnen zweierlei: eine Art Dementi oder Entschuldigung von Adekunle, und Innocence muss aus dem Weg sein, bevor die Herzogin kommt.« Er sprach von ihr, als wäre sie ein Baum, der umgestürzt war und seine Einfahrt blockierte.

Morgan verwünschte ihn im Stillen. »Aus Adekunle werden Sie keine Silbe herausbekommen, das kann ich Ihnen jetzt schon sagen«, entgegnete er barsch. Dann setzte er hinzu: »Entschuldigen Sie, Arthur, ich weiß nicht, wo mir der Kopf steht. Ich will sehen, was ich tun kann.« Er dachte: du hässliches, grässliches kleines Miststück.

»Na schön«, sagte Fanshawe mit verletzter, beleidigter Stimme. »Versuchen Sie es, und weisen Sie einmal ein paar Resultate vor.«

Er legte auf, verwünschte Fanshawe noch einmal und dachte grimmig daran, wie zerbrechlich Loyalität war. Er starrte leeren Blicks auf seine Schreibtischplatte. Katastrophe türmte sich auf Katastrophe. Was sollte er tun?

Ein forsches Klopfen an seiner Tür, und Dalmire kam herein. Er sah flott und frisch und aufreizend gut gelaunt aus.

»Entschuldigen Sie, dass ich so spät bin«, sagte Dalmire. »Wurde durch eine Demonstration vor der Universität aufgehalten. Und dann komme ich hierher, und was sehe ich? Wir haben unsere eigene Demonstration. Worum geht es da eigentlich?« Morgan deutete mürrisch auf die Zeitungen. Dalmire warf einen Blick auf die Schlagzeile. »Mann«, sagte er, »ganz schön unverfroren, was?«

»Nun – ja und nein«, sagte Morgan zweideutig. Ihm war im Augenblick nicht danach zumute, Dalmire die Feinheiten des Projekts Kanapee zu erklären. »Haben sie bei der Universität auch dagegen demonstriert?« Er deutete auf die Zeitungen.

Dalmire war ans Fenster getreten. »Nein«, sagte er. »Da ging es um etwas ganz anderes. Offenbar droht die Regierung mit der Schließung der Universität. Es heißt, nach den Weihnachtsferien würde nicht wieder aufgemacht wegen eines allgemeinen Linksdralls der Studenten.« Er lächelte, als beschäftige er sich im Stillen mit ganz anderen Dingen. »Ich habe keine Ahnung, worum es geht, aber um das Verwaltungsgebäude herum waren Hunderte von Studenten. Es scheint, sie wollen bleiben und die Räume die Ferien über besetzen. Eines von diesen Sit-ins oder wie man das nennt.«

»Typisch«, sagte Morgan voller Abscheu, wenn auch dankbar dafür, dass das wenigstens nichts mit dem Projekt Kanapee zu tun hatte.

»Schon mal zum Skilaufen gewesen?«, fragte Dalmire unvermittelt.

»Was? Nein, reizt mich nicht. Warum?«

»Wir dachten an Skifahren – ich und Pris – in den Ferien.«

»In den Flitterwochen, meinen Sie?« Morgan versuchte ohne Groll und Verärgerung zu sprechen.

»Nein, nein, das ist erst später.« Dalmire hielt kurz inne, er schien leicht verlegen. »Habe ich Ihnen das nicht gesagt? Wir fahren in Ferien. Gleich nach Weihnachten. Ich dachte mir, Skifahren wäre ganz lustig. Silvester und Neujahr auf den weißen Hängen, frohe Tage in den Bergen, so nach diesem Muster.«

»FERIEN?«, rief Morgan entgeistert aus. »Aber Sie sind doch erst seit zwei Monaten hier. Mein letzter Urlaub war im März.«

»Ich nehme die Tage von meinem Jahresurlaub, seien Sie unbesorgt«, versicherte Dalmire eilends. »Es war eigentlich Priscillas Idee. Arthur meinte, es ginge in Ordnung.«

Morgan hatte das Gefühl, er müsse gleich vor Wut sinnlose Laute von sich geben, vermochte sich aber gerade noch zu beherrschen. Der Glückspilz, dachte er, und Neid vermischte sich mit Empörung über die grobe Ungerechtigkeit. So ging es eben, wenn man die Tochter des Chefs heiratete. Dalmire schien seinen Groll jedoch überhaupt nicht zu bemerken.

»Was halten Sie also davon?«, fragte er. »Vom Skilaufen?«

»Hört sich großartig an«, sagte Morgan und dachte: Vielleicht bricht er sich dabei das Bein. Oder das Rückgrat. Ein böser Gedanke schlich ihn an und wollte ausgeführt werden. »Ach, übrigens, Dalmire – haben Sie gehört, was Innocence passiert ist?«

Drei kleine Jungen sahen zu, als Dalmire sich erschüttert auf die Veranda setzte. Er sah ganz bleich aus. »Oh, mein Gott«, sagte er benommen und hielt sich den Handrücken vor den Mund. Morgan war gleichfalls erbleicht und warf das Tuch wieder über Innocences Leichnam, wobei er eine Wolke von Fliegen aufscheuchte.

»Schon recht grausig, nicht wahr«, sagte Morgan.

Dalmire schluckte und blies die Backen auf. »Mein Gott«, wiederholte er. »Das ist ja abstoßend. Widerlich. Sich vorzustellen …« Er hielt inne und fügte dann zur Erklärung hinzu: »Das ist die erste Leiche, die ich zu Gesicht bekomme.«

Man hatte neben Innocence in einem Kohlebecken ein kleines Feuer angezündet, auf das gelegentlich Laub und grüne Zweige geworfen wurden. Ein bläulicher Rauchschleier hing an diesem Ende des Platzes in der Luft, der, wie Morgan annahm, wohl die Fliegen abhalten und den Geruch überdecken sollte.

Dalmire erhob sich und schritt auf wackligen Beinen davon. Morgan empfand ein wenig Mitleid mit ihm: Es war eine gemeine Art von Rache, aber dennoch ungeheuer befriedigend, ihn so aus der Fassung zu sehen.

»Oyibo, oyibo«, rief ein kleines nacktes Mädchen entzückt und tanzte auf der Veranda umher und deutete mit einem pummeligen Finger auf den zitternden Dalmire.

»Die Kinder«, sagte Dalmire. »Dass diese Kinder hier so herumlaufen? Das ist richtig unwirklich.«

»Ja«, gab Morgan zu. Er ging zu ihm hinüber und warf dann einen Blick zurück, der alles erfasste: die zugedeckte Tote, den Waschplatz, die Jujuzeichen, das rauchende Feuer, die umherschlendernden halb nackten Kinder, die im Staub pickenden Hühner. Er fühlte sich keineswegs so abgeklärt und erhaben, wie er sich den Anschein gab. »Aber das ist Afrika.«

Sie schritten in nachdenklichem Schweigen langsam

zum Konsulat zurück, als ein schriller Ruf über den Rasen drang.

»Morgan. Oh, Morgan.« Es war Mrs Fanshawe. Sie stand am Rand der Zufahrt zu ihrem Haus und winkte ihn zu sich herüber.

»Verdammt«, sagte er ärgerlich. »Was will sie denn?« Dann fiel ihm ein, dass sie Dalmires zukünftige Schwiegermutter war, und er setzte hinzu: »Entschuldigen Sie, Richard – ich bin ein bisschen durcheinander.« Dalmire jedoch war viel zu sehr mit der Vorstellung von Sterblichkeit beschäftigt, um sich beleidigt zu fühlen, und winkte nur ab.

»Morgen, Chloe«, sagte Morgan, als er näherkam. Mrs Fanshawe trug ein leuchtend ultramarinblaues, ärmelloses Kleid mit enger Taille, das sich stark abhob von ihrer fast ätherisch blassen Haut und dem rabenschwarzen Haar. Sie sah darin auch irgendwie doppelt so groß aus wie sonst.

»Habe gerade nach Innocence gesehen«, sagte er wie jemand von einem karitativen Hilfsdienst. »Leider will niemand sie fortschaffen.«

»Sie liegt immer noch da?«, rief Mrs Fanshawe aus und fasste sich an die Schläfen. »Das ist ja zu grässlich.«

»Ja, schon ein anstrengender Tag gewesen bisher«, sagte er kummervoll, »mit unserer Demonstration. Haben Sie das gesehen?«

»Ja, sie geht noch weiter«, erwiderte sie verächtlich, »wenn man das Demonstration nennen kann. Ich bin gerade aus der Stadt zurückgekommen, und da drücken sich noch so drei Leute am Tor herum. Dieser komische kleine Mann mit diesem Bärtchen und der riesigen Haarfrisur hat mir etwas zugerufen beim Hineinfahren.« Sie gingen aufs Haus zu. »Er trug einen schwarzen Rollkragenpullover und Lederhandschuhe. Sah ganz erhitzt aus.«

Morgan misstraute dem freundlichen Geplauder: Sie wollte etwas von ihm. »Das war sicher Femi Robinson von der Stadtguerilla«, sagte er. »Muss immer die echte Anarchistenuniform tragen, wissen Sie.« Sie kicherten gönnerhaft darüber, während sie das Wohnzimmer betraten.

»Einen Drink?«, fragte Mrs Fanshawe. »Sie müssen einen nötig haben. Und Sie sind doch wohl nicht noch immer bei Orangensaft?«

»Nein, nein.« Er stieß ein unechtes Lachen aus. »Ich nehme einen Gin Tonic, wenn ich darf.« Was Dalmire kann, kann ich schon lange, dachte er.

Mrs Fanshawe sah ihn prüfend an. »Ich dachte schon immer, Gin Tonic müsste eher Ihr Drink sein. Habe Ihre Vorliebe für Sherry nie begriffen.«

Morgan war verblüfft. Was war in die Frau gefahren? Sie war noch nie so vertraulich gewesen. Er fragte sich, was wohl dahinterstecken mochte, als ihm von einer Maria mit geröteten Augen der Gin gereicht wurde. Er musste plötzlich an ihre Mutter denken, die drüben langsam in der Sonne schmorte.

»Sie wollte unbedingt wieder arbeiten«, flüsterte Mrs Fanshawe schuldbewusst, als Maria hinausging. »Wollte nicht länger fortbleiben.«

»Priscilla zu Hause?«, fragte Morgan, dem es nur darum zu tun war, an andere Dinge zu denken.

»Nein«, sagte Mrs Fanshawe. »Sie ist im Club. Will ihrer Sonnenbräune noch etwas nachhelfen. Sie und Dickie wollen ein paar Tage verreisen, wissen Sie.« Er wusste es. Mrs Fanshawe hielt inne, um eine Zigarette in ihre Spitze zu stecken. »Ich möchte, dass Sie mit heraufkommen, Morgan«, sagte sie. »Ich muss Ihnen etwas zeigen.«

Morgan folgte argwöhnisch den großen türkisfarbenen Rundungen ihrer Gesäßbacken die Treppe hinauf und fragte sich abermals, was vorging. Die allgegenwärtige chinesische Atmosphäre des Hauses trat im ersten Stock nicht so deutlich hervor und beschränkte sich auf Bilder und Vorhangstoffe. Mrs Fanshawe führte ihn in ein kleines Zimmer mit einem niedrigen Diwan und einem Tisch, auf dem eine Nähmaschine abgestellt war. In der Ecke stand eine Schneiderpuppe. Morgan trank einen stärkenden Schluck von seinem Gin, den er mitgenommen hatte. Mrs Fanshawe deponierte ihre Zigarette auf einem Aschenbecher und nahm etwas von dem Haken an der Rückseite der Tür. Es war rot. »Was halten Sie davon?«, fragte sie.

»Sieht für meine Begriffe verdächtig nach einem Overall aus«, meinte er.

»Ist es auch – oder war es einmal. Es ist ein ganz gewöhnlicher weißer, den ich rot gefärbt habe. Ich habe auch die Ärmel kürzer gemacht. Ich dachte, das gibt einen hübschen Weihnachtsmann für die Tropen.«

»Hmmm … tut mir leid. Ich …«

»Natürlich nähe ich noch etwas Flitterkram dran, den ich aus der Stadt mitgebracht habe.« Sie strahlte ihn an. »Aber ich dachte, es ist besser, Sie probieren das Kostüm schon mal an.« Sie runzelte die Stirn und sah ihn von oben bis unten an. »Ich wusste nicht, welche Größe Sie haben. Wir werden vielleicht hier und da noch ein bisschen herauslassen müssen.«

»Ich finde, es passt«, sagte Morgan, den diese beiläufige Bemerkung über seinen Körperumfang kränkte.

Aber Mrs Fanshawe war nicht recht überzeugt. »Nein«, befand sie in entschiedenem Ton. »Probieren Sie es jetzt an, ich will ganz sichergehen.«

»*Jetzt?*«, kreischte Morgan auf. »Kann ich es nicht mitnehmen? Und es Ihnen nachher sagen?«

»Nein«, sagte Mrs Fanshawe, »das wäre zu ungenau. Schlüpfen Sie einfach jetzt hinein.«

Morgan wurde plötzlich schwindelig. Mit tauben Fingern nahm er das schreckliche rote Gewand von Mrs Fanshawe entgegen. Er zog die Schuhe aus und war im Begriff, den linken Fuß in das entsprechende Hosenbein zu stecken, als Mrs Fanshawe ein helles Lachen ausstieß.

»Seien Sie nicht so zimperlich«, spottete sie. »Sie tragen an dem Tag ja auch kein Hemd und keine Hose. Wie soll ich Ihnen den Anzug denn sonst passend nähen?«

Der Sprache unfähig, entledigte sich Morgan zögernd der Krawatte, des Hemds und der Hose und stand dann regungslos in weiten Shorts und Socken da, leicht vornübergebeugt, die Schultern unnatürlich hochgezogen, als hätte er einen schlimmen Rücken.

»Kommen Sie schon«, befahl Mrs Fanshawe im Ton einer Sportlehrerin, die eine zögernde Hockeymannschaft anfeuert.

Mit vorgewölbter Brust stieg Morgan in den Overall hinein, zog die Hosenbeine hoch und schob die Arme in die Ärmel. Er versuchte nicht daran zu denken, wie er vorher in der weiten Unterhose und den braunen Socken ausgesehen hatte, versuchte den säuerlichen Geruch frischen Schweißes zu ignorieren, der aus seinen Achselhöhlen hervorzuwabern schien. Mrs Fanshawe eilte um ihn herum und zupfte da und dort, während er vorn langsam die Knöpfe zumachte.

»Nicht schlecht«, sagte sie. »Gar nicht übel. Muss vielleicht um den Bauch herum noch etwas herauslassen, aber das ist auch alles. Wollen Sie sich mal im Spiegel sehen?«

Morgan schüttelte emphatisch den Kopf.

»Super«, verkündete sie begeistert. »Ich mache noch einen Bart aus etwas Watte, nähe noch eine Kapuze daran, und fertig ist der Weihnachtsmann. Die Kinder werden hingerissen sein.«

Morgan glaubte, ihm müsse schlecht werden, als er sich wieder aus dem engen Overall herauszwängte. Seine Nervosität und große Verlegenheit hatten ihm Schweißperlen auf die Stirn getrieben, und er musste sich winden und krümmen, um Schultern und Hüften von dem starren Stoff freizubekommen. Mrs Fanshawe summte vor sich hin, während sie in ihrem Nähkorb wühlte. Morgan bückte sich, hob den Overall vom Boden auf und reichte ihn ihr. Er wich ihrem Blick aus, aber als sie sich umwandte, um ihm das Kleidungsstück abzunehmen, hörte ihr Summen ganz plötzlich auf, und sie sagte im Ton bestürzten Erstaunens: »Oh!«

»Was ist mit Gummistiefeln?«, fragte Morgan wie in Trance, den Blick fest auf einen Spalt in der Wand gerichtet. »Die werde ich wohl auch noch brauchen.« Er griff nach seinem Hemd auf dem Diwan.

»Oh … ja. Ja«, sagte Mrs Fanshawe plötzlich verwirrt, packte den Overall zu einem Bündel und drückte ihn sich an die Brust. »Ehem. Ja … ich kümmere mich darum. Ja, das tue ich.« Morgan warf ihr einen Blick zu. Sie war auf einmal ganz komisch geworden und starrte angestrengt zum Fenster hinaus.

»Mir ist gerade etwas eingefallen«, sagte sie hastig. »Etwas, was ich dringend erledigen muss.« Sie eilte auf die Tür zu. »Sie finden ja allein hinaus, ja?« Und schon war sie weg.

Eine sehr, sehr merkwürdige Frau, dachte Morgan, während sein aufgewühltes Hirn wieder normal zu funktionieren begann. Die Fanshawes waren schon eine seltsame Familie, aber was war plötzlich in diese Frau gefahren? Er setzte sich auf den Diwan, über dem eine grob gewebte Tagesdecke lag. Er spürte das Kratzen des Stoffs an der Rückseite seiner Schenkel und, wie er sich plötzlich bewusst wurde, an einem Teil seiner Anatomie, der von der Kleidung hätte bedeckt sein sollen. Er bildete mit dem Mund ein stummes, entsetztes »O nein!« und blickte langsam auf seinen Schoß hinunter. Aus dem simplen Schlitz in seinen weiten Shorts, der als Hosenlatz diente, sah sein Penis hervor, lang, bleich und schlaff. Er musste hervorgerutscht sein, als er sich bemühte, aus dem Overall herauszukommen. Jetzt war ihm einiges klar.

3

Morgan fuhr zum Club. Auf seinem Gesicht lag ein eigenartiges starres Lächeln, als stünde er unter Hypnose oder als wäre er eine Cartoonfigur, die einen heftigen Schlag vor den Kopf bekommen hat. Er hatte mit der ganzen Fertigkeit eines Zen-Meisters sein Denken völlig abgeschaltet und war jetzt nur ein Bündel von Reflexen, das die Straße entlangfuhr, ein benommener Flüchtling, der blindlings vor der Pilzwolke von Scham und Peinlichkeit floh, die über dem Konsulat hing.

Es war Mittagszeit, und am Schwimmbecken war es ruhig. Er kleidete sich um, trat auf die raue Betonfassung hinaus und schwang sich, begeistert wie ein wiedergeborener Täufer an den Ufern des Jordan, ins Becken. Er schwamm mit kraftvollen Stößen unter der Oberfläche, stieß sich durch das kühle blaue Wasser, die Augen verschleiert auf die wechselnden fleckigen Lichtmuster am Beckenboden gerichtet. Er stellte sich vor, dass Schweiß, Schmutz und Schmach von seinem Körper glitten wie eine Schicht Sonnenöl.

Er stieg aus dem Wasser, ließ sich im Schatten eines Sonnenschirms nieder und trank schnell hintereinander zwei Flaschen eiskaltes Bier. Ganz behutsam, in aller Ruhe, begann er wieder zu sich zu kommen. Nach einer Stunde eingehender Selbstberatung und Analyse und nach einer gründlichen Untersuchung und methodischen Ausbreitung seiner Probleme fanden sich die durcheinandergeratenen Perspektiven seines Lebens wieder in der rechten Weise zusammen, und vernünftiges Denken nahm erneut so etwas wie seinen angestammten Platz in der Ordnung der Dinge ein.

Ruhigeren Gemüts und recht zufrieden mit diesem Gewaltakt von Selbstdisziplin kleidete er sich wieder an und durchquerte auf dem Weg zu seinem Wagen das Clubgebäude. Als er im Vestibül am Anschlagbrett vorüberkam, fiel sein Blick auf eine Ankündigung in roter Schrift: GROSSES GOLFTURNIER AM 2. WEIHNACHTSFEIERTAG. Er bemerkte – so instinktiv, als wäre es sein eigener gewesen – Murrays Namen auf der Liste derer, die daran teilzunehmen wünschten. Morgan wurde zwangsläufig an seine ausgefallene Golfpartie erinnert, und er fühlte, wie es sich der Mühlstein seiner Sorgen wieder um seinen Hals bequem machte.

Morgan kam der kindliche Gedanke, wenn er sich nur lange genug still verhielte, wenn er niemandem Ärger machte und keinerlei Aufmerksamkeit auf sich lenkte, dann würden sich all die grässlichen derzeit durch sein Leben wütenden Traumata schon bald langweilen und an ihm vorbei weiterziehen wie eine marodierende Söldnerbande, um das nächste Dorf an der Straße zu überfallen. In diesem Sinne schlich er in sein Büro und saß eine Dreiviertelstunde lang still an seinem Schreibtisch und malte seine Löschblattunterlage mit kleinen Spiralen und konzentrischen Kreisen aus. Aber dann machte ihm ein Gähnen, bei dem sein Kiefergelenk knackte, bewusst, dass totales Stillverhalten, völlige Passivität keine Hoffnung und kaum Reize barg. Außerdem war er einfach nicht der Typ dafür: Er *musste* etwas tun, selbst wenn er die Dinge nur noch mehr vermasselte. Er blickte unschlüssig auf seine vollgemalte Schreibunterlage und fragte sich, ob er während der letzten zwei Stunden vielleicht einen kleineren Nervenzusammenbruch gehabt hatte – ob es einem so ging, wenn man anfing, verrückt zu werden.

»He, Mann«, sagte er mit gekünstelt krächzender Stimme, »erst wenn's richtig hart wird, kommt Schwung in die Bude!« Er schlug mit der Faust auf den Schreibtisch, und sein Gesicht verzog sich zu einem Piratengrinsen. »Genauso ist das. Nur nicht unterkriegen lassen.« Seine forschen Sprüche munterten ihn für einen Augenblick auf, doch dann brach die Hochstimmung so plötzlich zusammen wie ein Springbrunnen, der abgestellt wird. Er ergriff den Füller und brachte in einer Lücke an der Ecke seiner Schreibunterlage noch eine winzige Spirale unter.

Kojos Gesicht erschien in der Tür.

»Schon gut, Kojo«, sagte Morgan traurig. »Ich habe mit mir selbst gesprochen.«

»Entschuldigen Sie, Sah. Da ist ein Mann am Telefon. Er will seinen Namen nicht nennen, aber er beschimpft mich, weil ich ihn nicht mit Ihnen verbinden will. Er sagt, sagen Sie Mr Leafy, Sam will ihn sprechen.«

»O Gott«, sagte Morgan niedergedrückt. Es gab keinen Aufschub. »Stellen Sie ihn durch.«

Sogleich war Adekunles Stimme zu vernehmen. »Guten Tag, mein Freund. Ich dachte mir, wie man so sagt, Vorsicht ist die Mutter der Weisheit, unter den gegebenen Umständen.«

Morgan gingen Adekunles Redensarten und Sprichwörter allmählich auf die Nerven. »Wir sind hier alle sehr verärgert über Sie«, sagte er mutig. »Um es gelinde auszudrücken, wie man so sagt.«

Adekunles herzhaftes Lachen hallte blechern in seinem Ohr wider. »Ach ja?«, sagte er. »Wie Sie mir gewiss bestätigen werden, Mr Leafy, ist in der Liebe und in der Politik alles erlaubt. Aber«, fuhr er fort, und seine Stimme bekam einen härteren Klang, »ich habe Sie nicht angerufen, um mit Ihnen über dieses Thema zu diskutieren. Sie haben morgen Ihr ›Treffen‹ mit Dr. Murray. Ich muss davor noch mit Ihnen sprechen.«

»Ja, hm«, sagte Morgan, dem plötzlich alles egal war, »da gibt es ein kleines Problem. Ich fürchte …«

»Es gibt kein Problem«, entgegnete Adekunle barsch. »Ich hoffe das in Ihrem Interesse.« Morgan schluckte, seine Kehle war wie ausgetrocknet. »Kennen Sie den Fischteich auf dem Universitätsgelände?«, fragte Adekunle. Morgan sagte, er kenne ihn. »Gut, dann treffen wir uns dort heute Nachmittag um halb sechs.«

In besagtem Fischteich waren zweifellos Fische, aber es handelte sich eigentlich eher um einen ziemlich großen künstlichen See am Südwestrand des Campus. Morgan saß in seinem Wagen und blickte auf das Wasser, während er auf Adekunle wartete. Was sich normalerweise als ruhige Szenerie von großer Schönheit darbot, war für Morgans aufgewühltes Gemüt heute nur primitive Natur, feindselig und abweisend, wild und unsicher.

Der Fischteich bildete ein schlankes Oval, etwa achthundert Meter lang und in der Mitte dreihundert Meter breit. Ein breiter Bach ergoss sich träge am einen Ende in ihn hinein, aber es war nicht zu erkennen, wo das Wasser wieder abfloss. Vielleicht saugte die Erde es einfach auf, dachte Morgan, denn der Teich hatte die starre, unnatürliche Stille eines stehenden Gewässers, und die hohen, bleichstämmigen Bäume, die das gegenüberliegende Ufer säumten, spiegelten sich deutlich in seiner glasglatten Oberfläche.

Das beigegraue Licht der herannahenden Abenddämmerung milderte scharfe Kanten ab und ließ Konturen verschwimmen. Drüben zu seiner Rechten sah Morgan das weiße Dach eines Hauses für die höheren Angestellten, aber abgesehen von der Asphaltstraße, auf der sein Wagen stand, war alles andere unberührt und naturbelassen. Er wäre nicht überrascht gewesen, wenn sich von einem der dunkler werdenden Bäume ein Flugsaurier in die Luft geschwungen hätte oder irgendein schuppiges Urtier aus dem hohen Schilf heraus auf den Schlammstrand unterhalb der Straße getappt wäre. Er spürte, wie die Depression sein Hirn eisig umklammerte, während er über den stillen, geduldigen See hinwegblickte.

Sein düsteres Sinnieren wurde durch das Geräusch von Adekunles Mercedes unterbrochen. Morgan stieg aus seinem Wagen, als Adekunle hinter ihm hielt. Adekunle rauchte eine dicke Zigarre, aber Morgan spürte, dass er nicht in seiner gewöhnlichen zynisch-jovialen Stimmung war.

»Mr Leafy«, sagte er ohne Umschweife, »Sie haben mich mit Ihrem Gerede von Problemen und Schwierigkeiten beunruhigt. Was ist da schiefgegangen?«

Morgan kickte einen Kieselstein von der Straße. »Ich hatte eine Auseinandersetzung mit Murray«, sagte er in knappem Ton. »Unter diesen Umständen können wir morgen keine gemütliche Runde Golf spielen.«

»So geht das nicht«, entgegnete Adekunle scharf. »So leicht können Sie sich nicht davonstehlen. Sie müssen Dr. Murray unser ... Angebot vor dem Neunundzwanzigsten dieses Monats vorgetragen haben. Ich muss bis dahin wissen, wo ich stehe.«

»Ich sage Ihnen doch, wir hatten einen Krach«, begehrte Morgan auf. »Ich habe ihn angebrüllt. Ich habe ihn beschimpft. Er muss wütend auf mich sein.«

»Ein sehr schlechter Witz, mein Freund.« Adekunle wackelte mit der erhobenen Hand. »Ich sehe, wie Sie versuchen, sich aus unserem Abkommen herauszuwinden. Aber das wird Ihnen nicht gelingen. Sie zwingen mich nur, mit meiner Beschwerde zu Mr Fanshawe zu gehen.«

Morgan schluchzte fast vor Verzweiflung. »Ich versichere Ihnen, es war so. Es war am Montagabend ... ach, was soll's.« Er hob einen Zweig auf und schleuderte ihn zornig nach dem schimmernden Fischteich. Die Grillen zirpten drauflos, über ihren Köpfen flogen die Fledermäuse auf und nieder. Etwas in seinem Ton musste Adekunle bewusst gemacht haben, dass er nicht log.

»Schön«, sagte Adekunle widerwillig. »Okay. Sie haben einen Rückschlag erlitten. Aber der muss noch vor den Wahlen überwunden werden. Wie, das ist mir gleich. Diese Sache mit Dr. Murray muss bis dahin erledigt sein. Sie müssen das schaffen.« Er fuchtelte aggressiv mit der Zigarre vor Morgans Gesicht herum.

»Aber warum ich?«, jammerte Morgan. »Warum rufen Sie ihn nicht einfach an? Sagen es ihm selbst?«

»Mein lieber Freund Mr Leafy«, Adekunle lachte leise

in sich hinein, »wie naiv Sie doch sind. Ist es nicht besser, wenn man eine ... einen finanziellen Anreiz von einem Landsmann angeboten bekommt? Von jemandem, von dem man normalerweise annehmen würde, er sei über eine derartige Transaktion erhaben? Von einem Vertreter der britischen Krone außerdem.« Er tat einen befriedigten Zug an der Zigarre. »Glauben Sie mir, es fällt sehr schwer, ehrlich zu bleiben, wenn die Maßstäbe der Oberen infrage gestellt sind.«

Morgan pflichtete zögernd der Scharfsinnigkeit dieser Logik bei. Wenn in diesem Sinn die Konsulatsangestellten auf ihren finanziellen Vorteil bedacht wären, warum sollte dann ein anderer davor zurückschrecken, sich die Hände schmutzig zu machen? »Wer aber wacht über die Wächter« und so. Wiederum fragte er sich, wie Murray reagieren würde.

»Würden Sie gern sehen, warum wir uns all diese Mühe machen?«, fragte Adekunle.

Morgan sagte ja, gut, und folgte Adekunle die Straße hinauf, fort von dem Haus mit dem weißen Dach und am Fischteich entlang. Am Ende des Sees führte eine Straße eine kleine Anhöhe hinauf, beschrieb eine Kurve und erreichte wieder den Campus. Von diesem etwas höheren Punkt aus konnte Morgan hinter sich die Lichter weiterer Häuser für die Angestellten sehen.

»Da haben Sie es vor sich«, sagte Adekunle. Vor ihnen fiel das Gelände zu einem flachen, sumpfigen Flusstal ab und stieg dann auf der anderen Seite plötzlich zu einem kleinen Plateau hinauf an. In der zunehmenden Dunkelheit machte Morgan eine Baumreihe aus.

»Das ist das Land, das mir gehört«, sagte Adekunle.

»Bis zu diesen Bäumen hinauf. Dort wollen sie das Wohnheim und die Cafeteria hinstellen. Wie Sie sehen können, ist die Lage ideal.«

»Wo soll es den Müllplatz geben?«, fragte Morgan ungerührt.

»Hinter diesen Bäumen. Weit dahinter. Ich habe das Land dort vor mehreren Jahren verkauft. Die Müllwagen und die Transporter mit Abtrittsdünger bringen ihren Kram schon dorthin«, sagte Adekunle traurig. Er hielt kurz inne. »Hier sind wir zehn Minuten vom großen Hörsaal entfernt, zehn Minuten zu Fuß bis zum Universitätszentrum.« Er blickte Morgan an und dann das Ende seiner Zigarre. »Wenn Dr. Murray nicht wäre«, sagte er in heftigem Ton, »bekäme ich den Scheck dafür noch *heute*!« Das letzte Wort schrie er fast hinaus. »Er hat die Sitzung des Bauausschusses schon dreimal verschoben, um seine Ermittlungen fortzusetzen. Ich weiß, er beabsichtigt, einen negativen Bericht abzugeben. Und deshalb bin ich jetzt zu dieser verzweifelten Maßnahme gezwungen.«

Morgan bemühte sich nicht allzu sehr um Mitgefühl. »Für wie viel verkaufen Sie das Grundstück?«

»Für zweihundertfünfundsiebzigtausend Pfund«, sagte Adekunle mit Gefühl. »Und zehntausend wollen Sie dafür zahlen«, sagte Morgan. »Nicht schlecht.«

Adekunle trat auf ihn zu und ergriff seinen Arm. Morgan konnte seinen Zigarrenrauch riechen. »Deshalb werden Sie mir helfen, Mr Leafy, sonst beschwere ich mich über Ihr Verhalten beim *Botschafter*. Ich gehe nicht erst zu Mr Fanshawe, ich gehe gleich zum obersten Mann hier im Lande.« Er ließ Morgans Arm los. »Ihr freundliches Angebot mit dem Besuch in London war sehr nützlich.

Ich habe dort jetzt einige gute Freunde. Glauben Sie mir, Mr Leafy, wenn ich das will, kann ich Ihnen großen Ärger machen. Sie müssen irgendwie an Murray herankommen. Das ist alles. Und vor dem Neunundzwanzigsten.« Seine Stimme klang wieder rau und zornig.

Morgan versuchte etwas Speichel in den trockenen Mund zu bekommen. »Aber wie?«, jammerte er. »Ich habe Ihnen doch gesagt, ich ...«

»Das ist mir egal!«, stieß Adekunle plötzlich vor Wut bebend hervor. »Die Karriere eines kleinen Diplomaten ist mir völlig gleichgültig!«

»Nun gut«, sagte Morgan leise. »Ich werde mir etwas einfallen lassen.« Er fühlte sich auf einmal sehr müde, wandte sich um und ging zur Straße zurück, wo sein Wagen stand. Adekunle ging ihm nach.

»Verzeihen Sie, dass ich die Beherrschung verloren habe«, sagte er ruhig, »aber wie ich Ihnen ja erklärt habe, sind die Kosten eines Wahlkampfes sehr hoch.« Er setzte in erstaunlich sanftem Ton hinzu: »Sie wissen nicht, was diese ... diese Blockierung durch Murray bedeutet. Ich habe meine eigenen Sorgen.« Morgan schwieg. »Aber warum sollten wir nicht beide profitieren von dieser – hm, wie sollen wir sagen? – Partnerschaft?«, fuhr er fort.

»Danke«, sagte Morgan mit dumpfer Stimme. Er würde es tun, das wusste er: zum einen, um seinen Job nicht zu verlieren. Aber es gab noch einen anderen Grund. Etwas in ihm gab ihm das Gefühl, dass Murray das Geld annehmen würde, und er wollte den Tag erleben, an dem er auch nur ein Mensch war und den Denkmalsockel unter sich fortgekickt bekam. Und er wollte derjenige sein, der dabei mit dem Stiefel zutrat.

Er blieb unvermittelt stehen. Er hatte eine Idee.

»Kennen Sie den Golfplatzmeister im Club?«, fragte er.

»Nein«, sagte Adekunle, »wie heißt er?«

»Bernard Soundso. Bernard Odemu, glaube ich.«

»Ist er Kinjanjaner?«

»Ja.« Morgan hielt kurz inne. »Glauben Sie, Sie könnten ihn dazu ›bewegen‹, für mich bei dem Golfturnier am zweiten Weihnachtsfeiertag Murray als Partner zu bestimmen? Glauben Sie, das ist möglich?«

»Ist das alles?«, fragte Adekunle belustigt. »Kein Problem.«

Macht, dachte Morgan, ein ganz erstaunlich Ding.

4

Jetzt ging, wie Morgan feststellte, von Innocences Leiche ein deutlich wahrnehmbarer Geruch aus: eine Art süßsaurer Geruch. Was nicht weiter überraschend war, da sie jetzt seit fast vier Tagen in der Sonne lag. Es war der Morgen des 24. Dezember – Heiligabend –, und es war klar, die Sonne schien, und es war um die dreißig Grad warm. Er wartete auf Fanshawe.

Fanshawe hatte ihn zu den Dienstbotenunterkünften bestellt, um, wie er es ausdrückte, »dieses Innocence-Problem ein für allemal zu klären«. Das Innocence-Problem lag – wie schon die ganze Zeit – unbeweglich, stoisch unter seinem knallbunten Leichentuch. Mit jedem Tag waren neue Jujuzeichen hinzugekommen, und jetzt lagen etwa zwanzig Häufchen von Blättern, Zweigen und Steinen um die Leiche herum.

Er sah Fanshawe über den Platz näher kommen. Er konnte an den energischen Schritten erkennen, dass sein Vorgesetzter nicht in der besten Stimmung war. Er seufzte leise in sich hinein.

»Morgen«, sagte Fanshawe barsch. »Wie stehen die Dinge?«

Morgan fühlte sich aus irgendeinem Grund seltsam gelassen und erhaben. Die Begegnung mit Adekunle schien ihn aus dem beginnenden Zusammenbruch herausgerissen, der zufälligen Natur seiner verschiedenen Probleme eine Form verliehen und ihm eine zu befolgende Richtung gewiesen zu haben. Zumindest musste er jetzt handeln, wie unangenehm das auch sein mochte. Er hatte auch das Gefühl, dass es jetzt kaum noch schlimmer kommen konnte – obschon dies, wie er wusste, eine gefährliche Annahme sein mochte.

»Nun«, sagte er mit einem Achselzucken als Antwort auf Fanshawes Frage, wobei er gleichzeitig auf Innocences Leichnam deutete, »wie Sie sehen, hat sich nicht viel verändert.« Er fand Gefallen an seiner Unbekümmertheit – er musste diese Haltung in Zukunft öfter einnehmen.

»Herrgott!«, fluchte Fanshawe, und seine Stirn legte sich in finstere Falten. »Verdammtes unerträgliches Land!«, schimpfte er. »Sie gehen weiter ihren Geschäften nach, ohne sich um etwas zu kümmern, als wäre es ein ganz gewöhnlicher Tag, steigen über Leichen hinweg, ohne einen Gedanken daran zu verschwenden ... gefühllose Wilde.«

»Nun«, sagte Morgan nachdenklich – er liebte es, seine Sätze mit »nun« zu beginnen, das verlieh ihnen etwas Überlegtes, Wohlbedachtes –, »das ist nur von unserem Standpunkt aus so, Arthur. Shango ist eine recht hochrangige Gottheit hier zu Lande, und wir müssen respektieren ...«

»Ich interessiere mich nicht für diesen Hokuspokus, Leafy«, zischte Fanshawe durch seine zusammengebissenen Zähne. Ein Speicheltröpfchen flog ihm aus dem Mund und landete auf Morgans Ärmel, aber er verzichtete barmherzig darauf, dadurch die Aufmerksamkeit darauf zu lenken, dass er es mit dem Taschentuch abtupfte. Er blieb kühl. Er hatte auch den pointierten Gebrauch seines Nachnamens zur Kenntnis genommen. Fanshawe erhitzte sich zusehends, die Sache schien über seine Kräfte zu gehen.

»Dieser verdammte Juju-Unsinn geht mir auf die Nerven ... Herrgott, Mann, die Herzogin von Ripon kommt morgen hierher. Die persönliche Vertreterin der Königin! Das ist unmöglich.« Fanshawe schüttelte heftig den Kopf. »Die Leiche darf nicht mehr hier sein.«

»Nun ...«, begann Morgan.

»Ich wünschte wirklich, Sie würden nicht alle Ihre Bemerkungen mit ›nun‹ einleiten, Leafy, das ist höchst aufreizend«, stieß Fanshawe erregt hervor.

»Oh, ich bitte um Entschuldigung.« Morgans Augenbrauen gingen erstaunt in die Höhe. »Ich wollte nur sagen, dass die Herzogin wohl kaum die Dienstbotenunterkünfte aufsuchen wird.«

»Das macht nicht den geringsten Unterschied«, verkündete Fanshawe. »Es geht ums Prinzip. Der Grund und Boden hier gehört dem Konsulat, es geht einfach nicht, dass hier verwesende Leichen herumliegen. Und wenn Sie das nicht einsehen«, setzte er verächtlich hinzu, »dann tun Sie mir sehr leid. Wirklich sehr leid.«

Es trat ein lastendes Schweigen ein. Morgan drückte mit dem Daumennagel an einigen Fingern die Nagelhaut zurück.

»Ich glaube, wir bringen es lieber hinter uns«, sagte Fanshawe plötzlich und schritt auf die Leiche zu. »Kommen Sie«, rief er. Morgan gesellte sich zu ihm und fragte sich, was er zu tun gedachte.

»Was haben Sie vor?«, fragte Morgan.

»Ich will mir das natürlich mal ansehen«, sagte Fanshawe, und auf seinen Backenknochen zeigten sich die ersten Spuren einer Röte.

»Warum?«

»Na ja, mal selbst sehen«, sagte er und strich sich über den Schnurrbart. »Die Sache überprüfen, verstehen Sie.« Morgan wurde klar, dass Fanshawe fasziniert war: Er hatte das Gefühl, dass das Tuch ihm etwas verbarg.

»Es ist kein schöner Anblick«, warnte Morgan.

»Bitte, Masta«, rief da eine Stimme aus der Menge. Sie blickten sich um, es war Isaac. Er trat ein paar Schritte vor. »Ich bitte, Sah, nicht berühren keinmal. Nicht gut. Das kein Respekt.«

»Ich will sie mir ja nur einmal ansehen«, erklärte Fanshawe hochtrabend. »Seien Sie ganz unbesorgt, Isaac.« Er flüsterte Morgan zu: »Schlagen Sie das Tuch zurück.« Morgan war danach zumute, »Schlag es doch selbst zurück« zu sagen. Er begann sich über die Vorstellung zu ärgern, dass er eine Art Gehilfe in Leichenangelegenheiten war, aber dann kam er der Anweisung doch nach.

Fanshawe taumelte zurück, als hätte man ihm einen Schlag gegen die Brust versetzt. Die Augen traten ihm aus den Höhlen. »O Gott«, sagte er heiser. Morgan atmete durch den Mund. Die Menge schob sich vor, um auch etwas zu sehen. Morgan zog das Tuch wieder über die Tote. Er trat vorsichtig zurück.

»Hui«, sagte er zu Fanshawe und betupfte sich das Gesicht mit dem Taschentuch. »Es ist erstaunlich, wie schnell … wissen Sie, wie rasch alles …«

Fanshawe war bleich und offensichtlich geschockt. Er führte Morgan zittrigen Schritts ein Stück von den anderen fort.

»Das reicht«, sagte er in heftigem Ton. »Sie muss weg. Sie muss einfach. Das ... das ist obszön, das ist es. Ich hatte keine Ahnung, dass ... dass es so etwas gibt. Schaffen Sie sie fort. Nur fort. Weg von hier. Schaffen Sie sie fort, Morgan. Ganz gleich, auf welche Weise.«

Morgan verspürte den Zorn des Untergebenen, der immer die schmutzigen Arbeiten zu erledigen hat. »Aber *wie denn*, Arthur?«, begehrte er auf. »Sagen Sie mir das, und ich tu's. Überlegen Sie sich das doch, um Gottes willen. Sie sehen ja selbst, wie unmöglich ...«

»Das ist mir egal!« Fanshawe kreischte fast. »Ich gebe Ihnen vierundzwanzig Stunden. Es ist jetzt Tage her, dass ich Ihnen den Auftrag gegeben habe, sich darum zu kümmern. Hätten Sie die Sache gleich am ersten Abend richtig in die Hand genommen, hätten wir jetzt nicht dieses grässliche Theater. Nehmen Sie sich eine bewaffnete Wache oder was immer. Nur schaffen Sie die Leiche fort, bevor die Herzogin kommt.« Er starrte Morgan grimmig an, die Kinnbacken zusammengepresst, und am Hals traten ihm die Muskeln und Sehnen hervor. Dann machte er auf dem Absatz kehrt und stürmte zum Konsulat zurück.

Morgan stand starr vor kalter Wut da. Du stinkender kleiner Mistkerl, rief er Fanshawes sich entfernendem Rücken mit Lippenbewegungen stumm hinterdrein. Er machte mit den Händen verzerrte Vampirkrallen und zerfleischte die Luft vor seinem Gesicht. Er drehte sich um und funkelte die Menge an, die sich jetzt langsam verlief. Sie hätten Wachsfiguren, Mondmenschen oder Zombies sein können, so wenig hatte ihr Denken mit dem seinen gemein. Aber dasselbe konnte man auch über den Abgrund sagen, der zwischen ihm und Fanshawe lag.

Morgan musste gestehen, dass das Innocence-Problem unlösbar schien. Seine eine gute Idee machte Fanshawe rasch zunichte. Morgan war zur Eingangstür des Konsulats hinuntergegangen und hatte sich bei Isaac nach der Jujuzeremonie erkundigt. Wenn er jetzt das Geld hätte, fragte Morgan, wie lange würde es dann dauern, bis Shango besänftigt war? Isaac überlegte. Wenn der Fetischpriester noch an diesem Abend kommen konnte, wenn die Ziege, das Bier und die anderen Sachen unverzüglich gekauft wurden, dann konnte die ganze Zeremonie auf zwei Tage verkürzt werden. Aber da morgen Weihnachten sei, gab er zu bedenken, verlange der Priester vielleicht zusätzliches Geld für die Arbeit an einem gesetzlichen Feiertag.

Als er wieder im Büro war, hatte er Fanshawe angerufen.

»Ich glaube, ich habe eine Lösung gefunden, Arthur«, sagte er.

»So – reden Sie schon!«, schnappte Fanshawe.

»Wir tun es auf ihre Art. Wir sind bis jetzt gegen den Strom geschwommen. Deshalb besorgen wir jetzt den Jujumann, schlachten die Ziege und lassen ihn den bösen Geist oder was immer exorzieren. Ich sehe keine andere Möglichkeit.«

»Ich dachte, es gäbe auch ein Problem mit Geld.«

»Ja, das stimmt. Aber nur soweit es Maria betrifft. Aber ich dachte, wir könnten das für sie bezahlen.«

»Kommt nicht infrage«, sagte Fanshawe sofort, »wir dürfen keinen Präzedenzfall schaffen.«

»Langsam«, sagte Morgan, der die Geduld verlor. »Denken Sie doch mal darüber nach. Könnten wir ihr das Geld nicht wenigstens leihen?« Geiziger Kerl, dachte er im Stillen.

»Nur, vielleicht. Wir könnten uns das mal überlegen. Aber sagen Sie, wie lange wird dieser ›Exorzismus‹ dauern?«

»Zwei Tage. Ich kann mich mit ...«

»Nein, nein!«, unterbrach ihn Fanshawe. »*Unmöglich.* Hören Sie mir denn gar nicht zu? Die Leiche muss bis morgen fort sein. Die Herzogin ...« Morgan ließ ihn weitergeifern. Seine Kopfhaut prickelte vor Hass auf die Unnachgiebigkeit des Mannes. »... und merken Sie sich, Morgan, ich gebe dieser Sache höchste Priorität. Vergessen Sie Kanapee, vergessen Sie die Wahlen. Ich will nur diese Leiche forthaben. Ich mache Sie dafür verantwortlich.«

Und du machst es dir bequem, dachte Morgan grimmig, als er den Hörer auflegte, aber was sollte *er* tun?

Um vier Uhr nachmittags beschloss er, nach Hause zu fahren. Am Tor stand Femi ganz allein mit einem Plakat, auf dem stand KEIN SUEZ IN KINJANJA.

Morgan hielt an und lehnte sich zum Wagenfenster hinaus. »Ist das nicht ein wenig übertrieben?«, rief er. Robinson kam auf den Wagen zu. Er war noch immer in Rollkragenpullover und Handschuhen. Irgendwie war es ihm gelungen, eine Mütze über seine Afrolookfrisur zu ziehen. Sein Körpergeruch ging ihm wie eine Senfgaswolke voraus. Sein bekümmertes Gesicht glänzte vor Schweiß, der ihm in Rinnsalen die Kinnbacke herunterlief. Ein Bläschen hing ihm am Kinn.

»Finden Sie nicht« – Morgan deutete auf das Plakat –, »dass es auch, na ja, etwas schwer verständlich ist?«

»Die Botschaft ist an euch Briten gerichtet«, sagte Robinson kämpferisch. »Nicht an meine Gefolgsleute.«

»Und wo sind die, wenn ich fragen darf?«

»Sie sind beide Bier holen gegangen, da unten an der Straße.« Robinson zog die Brauen zusammen, als er Morgan lachen sah. »Lachen Sie nur«, empörte er sich, »aber das wird Ihnen schon bald vergehen.«

»Entschuldigen Sie«, erwiderte Morgan, das Grinsen unterdrückend, »aber was Sie da gesagt haben ... das ist ein Witz, und kein neuer.«

Robinson entspannte sich plötzlich. Er lächelte. »Ich gebe zu, ihr Eifer ist heute nicht gerade groß, aber es werden ihrer bald mehr sein. Sehen Sie sich vor. Ich glaube, der Botschafter hat sich entschuldigt. Die Verlagerung des Problems auf die diplomatische Ebene ist ein Ablenkungsmanöver. Und«, er schlug mit der Faust auf den Fensterrahmen, »wenn die KNP gewinnt?« Er zog Luft durch die Zähne ein und schüttelte traurig den Kopf.

»Danke für die Warnung«, sagte Morgan. Er legte den Gang ein. Robinson trat zurück und hielt sein Plakat hoch.

»Ich bleibe«, sagte er, »um sicherzustellen, dass Sie nicht vergesslich werden.«

Zu Hause stellte sich Morgan unter die Dusche und kroch dann zu einer kleinen Siesta ins Bett. Er schloss die Augen und verordnete sich innere Ruhe, gebot jeder Sehne und Muskelfaser, sich zu entspannen, und wies das Herz an, langsamer zu schlagen. Aber Fanshawes hysterische Befehle schienen im Inneren seines Kopfes herumzuflitzen wie eine Reihe kräftig geschlagener Squashbälle. »Sie sind verantwortlich ... höchste Priorität ... vierundzwanzig Stunden ...« Er nahm an, es war eine Art von indirekter Bestrafung für die Verlegenheit, in die ihn Adekunles wirkungsvolles Propagandamanöver für die KNP gebracht hatte. Morgan fragte sich, ob Adekunle schon das mit dem Golfspiel arrangiert hatte. Er fühlte sich plötzlich schwach und hilflos: ein ohnmächtiger Sisyphus, dem man gerade gesagt hat, dass er es vom nächsten Morgen an mit zwei Felsblöcken zu tun hat – ein ausgelaugter Herkules mit einer Unzahl von zu vollbringenden Arbeiten. Er hätte heulen und plärren mögen. Es war nicht fair, es war einfach nicht fair ...

Da klingelte es an der Tür. Er erinnerte sich, dass Friday und Moses erst später kamen, schlüpfte in seinen Morgenrock und schlurfte brummelnd den Gang hinunter, um zu sehen, wer es war.

Draußen standen Kojo, seine Frau und ihre drei Kinder. Kojo trug einen schwarzen Anzug, glänzende Schuhe und einen knallroten Schlips. Auf dem Arm hatte er eine große Emailschüssel, die etwas enthielt, das mit einem Tuch bedeckt war. Seine Frau, ein kleines lächelndes Wesen mit cremig-karamellfarbener Haut und großen baumelnden Ohrringen, hatte eine Spitzenbluse, einen üppigen schwarzsamtenen Wickelrock und ein Kopftuch angelegt. Die drei Jungen waren Miniaturausgaben ihres Vaters in kleinen Anzügen mit kurzen Hosen und roten Krawatten, kurz geschnittenem Haar und ernst-beklommenen Gesichtern. Mit solch beängstigendem Aufputz konfrontiert, wurde sich Morgan jäh seiner haarigen Schienbeine und bloßen Füße, des abgetragenen Morgenrocks und des zerzausten Haars bewusst.

»Kojo«, sagte er. »Hallo ... ja, was, ehem ... hallo.« Er war sehr überrascht über ihr Kommen.

Kojo lächelte angesichts seiner Verwirrung. »Guten

Tag, Sah. Ich habe meine Familie mitgebracht, um Sie zu begrüßen.« Er hielt inne, um zu sehen, ob Verstehen auf seinem Gesicht zu dämmern begann. »Zu Weihnachten«, setzte er schließlich hinzu. Morgan verstand. Angestellte und Dienstboten statteten alljährlich solche Höflichkeitsbesuche ab. Morgen erwartete er den Nachtwächter, den Gärtner und den Mann, der einmal in der Woche seinen Wagen putzte, aber Kojo war noch nie gekommen.

»Natürlich«, sagte Morgan, »kommen Sie bitte herein. Nehmen Sie Platz. Ich muss mir nur etwas anziehen.«

Vor Ärger in sich hineinfluchend, ging er ins Schlafzimmer zurück und zog sich an. Als er ins Wohnzimmer zurückkam, saß die kleine Familie auf den Kanten von zwei Stühlen und einer Sitzbank.

»Ja«, sagte er stupide und rieb sich die Hände in schlechter Nachahmung eines freundlichen Gastgebers, »ich glaube, ich habe Ihre Frau und Ihre Söhne noch nicht kennengelernt.«

Kojo stand auf. »Das ist meine Frau Elizabeth.« Elizabeth erhob sich halb, als Morgan ihr die Hand schüttelte, und machte einen gezierten Knicks. »Ja, Sah«, sagte sie.

Kojo führte ihn weiter zu den drei Jungen. »Und das sind meine drei Söhne Anthony, Gerald und Arthur.«

»Genannt nach Mr Fanshawe?«, fragte Morgan neugierig.

»Ja, Sah. Ich habe ihn um seine Erlaubnis gebeten.«

»Gut«, sagte Morgan, am Ende mit seinem Konversationslatein. »Gut, gut, gut. Ja«, sagte er unvermittelt. »Ich weiß. Was möchten Sie gern trinken? Gin, Whisky, Bier?«

»Etwas ohne Alkohol, bitte. Aber vorher, bitte, habe ich

dieses Geschenk für Sie.« Kojo schob die Emailschüssel auf dem Teppich vor. Morgan musterte das dunkle Tuch, das ihren Inhalt bedeckte. Aus irgendeinem Grund fühlte er sich an Innocences Leichentuch erinnert. Er glaubte schon, seine Augen spielten ihm einen Streich, denn er war sicher, eine Bewegung darunter wahrzunehmen, als ein entfernt musikalisches Krächzen unter dem Tuch hervordrang. Morgan machte einen Satz zurück, sodass Kojos Buben leise untereinander kicherten.

»O Gott!«, rief Morgan aus und bedauerte diese Lästerung sogleich wieder. »Das lebt ja!«

Kojo zog das Tuch zurück und offenbarte einen großen Truthahn, dessen Beine zusammengebunden waren. Mit einiger Mühe hob er ihn an den verschnürten Beinen hoch und hielt ihn kopfüber Morgan hin. »Frohe Weihnachten, Sah«, sagte Kojo. Die Stummelflügel des Truthahns waren auch zusammengebunden, und der Vogel versuchte vergeblich damit zu schlagen. Die rosa Kehllappen hingen ihm über das verstörte Gesicht. Zwischen den baumelnden Kämmen schien das eine funkelnde Auge Morgan anklagend anzustarren. Mit einem leisen Übelkeitsgefühl streckte er den Arm aus und griff nach den schuppigen stockdünnen Knöcheln. Als er das ganze Gewicht in der Hand hielt, zuckte der Truthahn mit dem Kopf, öffnete den Schnabel und stieß ein unterdrücktes Kollern aus. Morgan ließ prompt los, und der verängstigte Vogel fiel auf den Fußboden, wo er einen lauten Kollerschrei und eine grünliche Masse von sich gab. Kojos Familie amüsierte sich köstlich über seine klägliche Vorstellung, Mrs Kojo mit den Armen vor dem Leib verschränkt, höflich vornübergebeugt, um ihr Gesicht zu verbergen, die drei Jungen herzlich lachend und einander auf die Schultern klopfend.

Kojo hob den verstörten Vogel auf. »Sah«, sagte er rücksichtsvoll, »wenn Sie ihn nicht mögen, kann ich ihn entfernen.«

Morgan grinste verlegen. »Ja, ich glaube, Sie übernehmen das am besten.«

Kojo trug den Truthahn in den Garten hinaus und band eines seiner Beine mit einer langen Schnur an einen Busch, während Mrs Kojo als erfahrene Hausfrau den Teppich säuberte und Morgan Saft einschenkte. Sie plauderten höflich eine Weile, aber bald erhob sich Kojo und sagte, sie müssten gehen. Morgan eilte in sein Arbeitszimmer und stellte einen Scheck über zehn Pfund aus, den er in einen Umschlag tat und Kojo an der Tür zusteckte.

Kojo schob ihn in seine Jackentasche. »Danke, Sah«, sagte er nur.

Morgan sah der kleinen Familie nach, wie sie durch den Garten hinausging im weichen Licht des Spätnachmittags und die kleinen Jungen sich noch einmal neugierig nach ihm umblickten. Er hörte sie aufgeregt schnattern. Er fragte sich, was sie wohl über ihn sagten, was sie von dem dummen, dicken Weißen hielten, der zu viel Angst hatte, um einen Truthahn festzuhalten. Er betrat den Garten und schlenderte nach hinten bis in die Nähe der Küche. Der Truthahn hatte die Schnur aufs äußerste gespannt und zerrte vergeblich mit dem einen Fuß, während der Schnabel nach etwas gerade außerhalb seiner Reichweite zu picken versuchte. Es war ein großer Vogel, und er war in guter Verfassung. Er fragte sich, wie viel er gekostet hatte: Jedenfalls keine zehn Pfund, sagte er sich lieblos; Kojo war zumindest nicht umsonst gekommen.

Die Abenddämmerung rückte weiter vor, und er hörte, wie das vielstimmige Tierorchester zu spielen begann. Er ging missmutig wieder ins Haus. Es kam ihm riesig und verlassen vor, und er fühlte die leeren Räume und dunklen Winkel melancholisch und bedrückt wispern.

»Auf«, sagte er laut zu sich selbst und schritt auf sein Hi-Fi-Gerät zu, wo er sich für Frank Sinatras *Songs for Swingin' Lovers* entschied, »du bist kein armseliger romantischer Dichter.« Als die Musik losdröhnte, hörte er den Truthahn draußen im Garten kollern, und er sah nach den Dellen und Mulden, die Kojos Familie in den Kissen seiner Stühle und der Sitzbank hinterlassen hatte. Die flachen Abdrücke, die ihre Körper geformt hatten, schienen ihre Abwesenheit noch zu betonen. Er war plötzlich zornig auf sich selbst wegen der niedrigen Motive, die er ihrem Besuch unterstellt hatte. Kojo war noch nie zuvor gekommen, und jetzt fühlte er sich irgendwie befriedigt und geschmeichelt, dass er seine Familie mitgebracht hatte. Wahrscheinlich mochte er ihn sogar aus irgendeinem Grund. Dieser Gedanke heiterte ihn auf, und er begann mit Frank zusammen zu summen. Er lächelte vor sich hin, als er sich erinnerte, wie er den Vogel fallengelassen und wie der Vogel reagiert hatte, als er auf den Teppich geplumpst war. Was hatte Kojo gesagt? Typisch Kojo: das Taktgefühl in Person – »Wenn Sie ihn nicht mögen, kann ich ihn entfernen.«

»Wenn Sie ihn nicht mögen, kann ich ihn entfernen ...«
Friday kam ins Wohnzimmer gesprungen. »*Bon soir,*

Masta«, sagte er fröhlich. »Das sehr feiner Vogel für Garten. *Extra.*«

Morgan blickte ihn an, und eine verrückte Idee nahm in seinem Kopf Gestalt an. Ja. Er würde es ihnen zeigen.

»Sag mal, Friday«, fragte er ganz harmlos, »was hast du heute Abend vor?«

5

D a ist sie«, flüsterte Morgan und duckte sich hinter einer Zwergpalme. Er deutete auf das dunkle Bündel fünfzehn Meter weiter, das Innocences Leichnam war, im Mondlicht gerade noch auszumachen. Friday kauerte sich neben ihm hin.

»Ah-ah-ah«, krächzte er. »Ich sehen.«

Sie hielten sich versteckt in dem kleinen Gehölz von Bäumen und schlecht gepflegten Parzellen von Yamswurzeln und Manioksträuchern hinter dem Waschplatz am Nordende der Dienstbotenunterkünfte. Es war halb vier morgens. Zu seiner Linken konnte Morgan die unregelmäßige Reihe hoher Zedrachbäume erkennen, die das Konsulatsgebäude umgrenzte – und die Dienstbotenunterkünfte vom Garten trennte – und dahinter die dunkle Masse des Hauses der Fanshawes. Am Himmel hing ein klarer Dreiviertelmond, der alles bleich erhellte und bewirkte, dass die Gebäude, Bäume und Sträucher scharfkantige, undurchdringliche Schatten warfen. Zwanzig Meter hinter ihnen war mit erwartungsvoll geöffnetem Kofferraum auf einem Feldweg der Peugeot abgestellt. Mit einiger Mühe hatten er und Friday ihn von der Hauptstraße zu einem Punkt möglichst nahe bei den Dienstbotenunterkünften hinaufgeschoben.

Hinter sich konnte Morgan Fridays Angst förmlich wie einen Parfümduft riechen.

»Ich dachte, du hättest keine Angst vor Shango«, flüsterte er bissig.

»*Comment?*«

Herrgott, fluchte Morgan in sich hinein und fragte sich, was er sich da für einen Komplizen ausgesucht hatte. Er versuchte es noch einmal. »Du mir gesagt, du nicht Angst vor Shango. *Tu n'as pas peur de Shango*«, übersetzte er noch nachträglich.

»Ist wahr, Masta. Aber ich Angst vor diesen Leuten, wenn uns erwischen.« Er deutete zu den dunklen Umrissen der Häuser hin. Diese Angst war nicht ganz unbegründet, das musste Morgan zugeben. Bis jetzt hatte er sich am meisten wegen der Hunde gesorgt, aber sie waren noch keinem begegnet. Es hatte ein einzelnes Meckern einer Ziege und den markerschütternden schrillen Schrei eines erzürnten Hahns gegeben, aber da jedermann wusste, dass kinjanjanische Hähne zu jeder Zeit krähten, nur nicht bei Morgengrauen, hatte dies offenbar niemand für ungewöhnlich gehalten.

Morgan hatte Friday nur mit großer Mühe dazu gebracht, ihn bei diesem Unternehmen zu begleiten. Er hatte zunächst festgestellt, dass Friday, der aus Dahomey kam, von Shango gar nichts wusste und deshalb gar keine Angst haben musste, ihn zu kränken. Da religiöse Bedenken keine Rolle spielten, hatte er ihm zuerst gut zugeredet, dann mit sofortiger Entlassung und / oder schwerer Körperverletzung gedroht und ihn schließlich mit der Aussicht auf fünf Pfund Belohnung dazu bewogen, an der Operation Leichenraub teilzunehmen.

Morgan war es kribbelig vor unbehaglicher Erregung. Gewiss, er war stark angetrunken, aber nicht so nervös, wie er erwartet hatte. Das war das Herrliche am Handeln, dachte er; er tat zumindest etwas zur Lösung seiner Probleme und saß nicht zu Hause herum und ließ sich durch sie verrückt machen. Er hatte vor, Innocences Leiche einfach in den Kofferraum zu verfrachten und sie dann ins Leichenschauhaus der Ademola-Klinik zu bringen. Es war ihm ziemlich gleichgültig, wen er damit vor den Kopf stieß: Was ihn betraf, so befolgte er nur Fanshawes ausdrückliche Anweisung. »Schaffen Sie sie weg«, hatte er gesagt. Er solle eine bewaffnete Wache hinzuziehen, falls nötig, hatte er hinzugefügt. Nun, ganz so dramatisch brauchte es nicht zu werden.

»*Allons-y!*«, zischelte er Friday zu, und sie huschten näher, gebückt wie zwei Leute eines Kommandotrupps hinter den feindlichen Linien. Sie glitten in den Mondschatten hinein, den die Giebelseite des dem Konsulat am nächsten gelegenen Wohnblocks warf, und pressten sich mit den Rücken an die Hauswand. Die Tote lag ein paar Meter von ihnen entfernt jenseits der Lücke zwischen der Veranda des Blocks und dem erhöhten Zementboden des Waschplatzes. Das durch das Laub des hoch aufragenden Wollbaums fallende Mondlicht besprenkelte den Boden mit Schatten. Nicht weit entfernt stiegen Rauchkringel auf von dem Grünzeug, das man auf das Holzkohlenfeuer gelegt hatte. Aber der Rauchgeruch genügte nicht.

»*Oh là là*«, flüsterte Friday. »*Ça pue.*«

Morgan roch die faulige Süße, die ihm durch die Nase und in die Lungen hinunterfloss wie Wasser. Er fühlte, wie sich sein Magen anhob und ihm Speichel in den Mund schoss. Er lehnte den Kopf an die raue Wand hinter sich.

Plötzlich wünschte er, er wäre nicht hier. Was hatte ihn dazu getrieben, so etwas zu tun? Wie war er nur …

»*Ça va*, Masta?«, fragte Friday besorgt.

»*Oui*, ich meine, ja.« Er schluckte. Jetzt oder nie. »Komm«, sagte er. Sie schlichen zu der Leiche hinüber. Der roterdige Platz lag verlassen da, und alles war still und badete im Graublau des Mondscheins. Rasch schlug Morgan das Tuch von dem jetzt vertrauten toten Körper zurück. Der Geruch schien wie eine Explosion herauszuquellen. Friday stieß ein leises Wimmern aus, als er Innocence sah. Fleckiges Mondlicht lag über ihrem Gesicht; ein Klecks Licht auf ihrem Mund ließ die Zähne aufglänzen. Morgan musste würgen.

»*Vite*«, flüsterte er heiser. »*Prends la main et …*« Ihm fiel das französische Wort für »ziehen« nicht ein. »… Zieh!« Ohne weiter nachzudenken, packte er Innocences aufgedunsenen Unterarm mit beiden Händen und sah einen zurückschaudernden Friday widerstrebend das Gleiche tun. Die Haut war anders als jede andere Haut, die er bisher berührt hatte – wie dickes Gummi. Er hielt es für bittere Ironie und eigenartig typisch für ihn, dass er sich am Nachmittag nicht dazu hatte überwinden können, die Beine eines Truthahns festzuhalten. Er zerrte, und Innocence bewegte sich. Obwohl sie leicht wie ein Ballon schien, war sie beunruhigend schwer. Und steif. Er sah, dass der Arm, an dem er zog, unnatürlich gekrümmt blieb. Er stieß einen leisen Schluchzer aus.

»Zieh, Friday«, flüsterte er. »*Zieh!*«

Sie zogen und schleiften sie, wobei Sand und kleine Steine kratzten, in den sicheren Schatten der Giebelseite des Wohnblocks. Morgan merkte, dass er laut keuchte.

Friday sah aus, als sähe er sich einem Erschießungskommando gegenüber. Morgan traute sich nicht, Innocences Handgelenk loszulassen aus Angst, er könnte sich nachher nicht dazu bringen, es erneut zu packen. Durch seine rauen Atemgeräusche hindurch hörte er das grässliche Summen aufgestörter Fliegen. Mit einem Erschauern sperrte er seine Phantasie für die Dauer der Nacht ein. Er blickte zu der Stelle zurück, an der Innocence gelegen hatte. Das Tuch lag da wie eine schwarze Wasserpfütze, umgeben von den kleinen Häufchen von Jujuzeichen. Er fragte sich, was die Konsulatsdienstboten wohl dachten, wenn sie am Morgen aufwachten. War es so gewesen, als sie gesehen hatten, dass der Stein fortgewälzt war, fragte er sich aus einem bizarren Impuls heuristischer Theologie heraus. Doch diese Spekulationen wurden unterbrochen durch ein leises Angstwimmern, das aus Fridays Mund kam.

»Still!«, zischte Morgan. »Komm!«

Mit Mühe schleiften sie Innocence ein paar Meter auf das Gelände mit den Bäumen und Gartenparzellen. Morgan war verwundert über die Starre ihrer Gelenke und fragte sich, wie lange sie der Beanspruchung wohl noch standhielten. Er dachte gar nicht gern daran, was wohl passierte, wenn sie nachgaben. Sie hielten ein paar Sekunden inne, um Atem zu schöpfen. Sie hockten stumm da, und nur ihre Brustkörbe bewegten sich. Friday, die Hände auf den Knien, blickte starr vor sich zum Konsulatsgarten hin.

Da stand ihm plötzlich der Mund offen, und seine Augen weiteten sich vor Schreck.

»Masta«, stammelte er und deutete mit zitterndem Arm zum Konsulat hinüber. »*Mais non …!*«

Morgan riss den Kopf herum, während sein Herz irgendwo hinten in seiner Kehle einen Satz machte. Jenseits der Zedrachbäume lag die große Fläche des Konsulatsgartens in stillem Mondlicht da. Und dort sah Morgan deutlich eine große weiße Gestalt, die sich langsam hin und her bewegte. Er hörte ein leises Geräusch über den Garten herüberwehen:

»... oooh ... ooooh ...«

»Mmnngrllggrk« war der einzige Laut, den seine erstarrten Stimmbänder hergaben.

Friday war aufgesprungen, blankes Entsetzen stand in seinen ungläubigen Gesichtszügen geschrieben. »*Shango!*«, keuchte er. »Shango gekommen!«, stöhnte er hilflos und trat wie von einer fremden Kraft beherrscht von der Leiche zurück. »*Je m'en vais.*«

Gräuliche Katastrophen zeichneten sich jäh in Morgans Vorstellung ab. Er sprang auf, packte Friday ungestüm am Hemd und zog den kleinen Mann auf die Fußspitzen hoch. »Du bleibst hier!«, flüsterte er brutal. »Oder ich bring dich um!« Friday verdrehte die Augen angesichts der Wildheit dieser Drohung. Morgan drückte ihn wieder neben Innocences Leiche auf die Knie.

Friday schlug sich die Hände vors Gesicht. »Masta«, winselte er, »ich bitte, lassen Sie mich nicht bei diese tote Frau ...« Er deutete plötzlich noch einmal: »Ah-ah! Shango kommen!«

Morgans aufgewühltes Hirn nahm die Anwesenheit des bleichen Gespenstes auf, das abermals im Garten umherwandelte. Ohne zu überlegen, rannte er auf die Baumreihe zu, presste sich an einen dicken Stamm und spähte um ihn herum über den mondbeschienenen Rasen.

Es schien ein Mensch zu sein, groß und weiß gekleidet, mit etwas in der einen Hand. Er lauschte angestrengt, um die Geräusche zu verstehen, die die Gestalt machte.

»Hallo-ooo«, hörte er. »Jemand daa-aaa?«

In plötzlicher blinder, rasender Wut, in seinen Empfindungen wirr vor Schrecken, Erleichterung und schäumendem Zorn stürzte er in einem wilden armwedelnden Sprint über den Rasen auf die Gestalt zu. Der Mann – während Morgan sich rasch näherte, erkannte er die Gestalt als einen solchen – blickte sich um, als er Morgans donnernde Schritte hörte, zögerte einen Augenblick und begann, offenkundig seinerseits von Schrecken gepackt, selbst loszurennen – ein nicht ganz leichtes Unterfangen, da er durch einen Koffer behindert war. Sein verrücktes Tempo brachte Morgan bald in Greifweite des schwerfällig dahintapsenden Shangoimitators, und wie ein mutiger Verteidiger, der einen heranstürmenden Gegner kurz vor dem Touch-down umreißt, warf er sich dem Flüchtenden gegen die Knie.

Der Mann in Weiß stürzte mit einem schrillen Aufschrei des Schmerzes und der Überraschung zu Boden. Morgan biss sich auf die Lippen, um den eigenen Schmerz – zwei aufgeschundene Knie von dem betonharten Rasen – daran zu hindern, sich in einem Qualgeheul Ausdruck zu verschaffen. Er sprang auf, noch immer außer sich vor Zorn. Der Mann verharrte leicht betäubt auf allen vieren und suchte auf dem Boden nach etwas.

»Wer ... zum Teufel ... sind Sie?«, verlangte Morgan in einem atemlosen bühnenreifen Schreiflüsterton zu wissen. »Was zum Donnerwetter ... treiben Sie sich in der Nacht ... hier herum ... und regen die Leute auf?«

Der Mann fand eine Brille mit Goldgestell, setzte sie auf und erhob sich langsam. Er war sehr groß und schlank. Im Mondlicht konnte Morgan langes blondes Haar, einen Mittelscheitel, eine stark vorspringende Nase und Wangen mit Schattenhöhlungen erkennen. Er warf einen Blick zurück zu den Dienstbotenunterkünften. Er sah keine Lichter und hoffte nur, dass Friday noch bei Innocence war. Er sah wieder zu dem Mann hin, der etwas von einem Dildo murmelte.

»Dildo?«, wiederholte Morgan wütend-verständnislos, während ihn noch immer der Zorn durchströmte. »Was haben denn Dildos damit zu tun, verdammt noch mal?« Er sah den Koffer des Mannes auf dem Rasen liegen und glaubte einen irren unwirklichen Augenblick lang, er habe den Vertreter einer Firma für Sexartikel zu Boden gestoßen, die in Westafrika einen neuen Absatzmarkt witterte.

»Nein«, sagte der Mann mit einem Wimmern. »Bilbow. So heiße ich. Mein Name ist Greg Bilbow.« Seinem Akzent nach schien er aus Yorkshire zu kommen.

»Wie Sie heißen, ist mir ganz egal. Was schleichen Sie hier mitten in der Nacht herum? Das will ich wissen.«

Der Mann schien dem Zusammenbruch nahe zu sein, aber Morgan war unerbittlich. Die Gefühle eines Weltenbummlers aus Yorkshire interessierten ihn nicht, er hatte sich um Wichtigeres zu kümmern.

»Ich habe eine Fahrt hinter mir, die war ein reiner Albtraum«, fuhr sein Opfer in klagendem Ton fort. »Ich habe gerade fünfundvierzig Pfund für eine Taxifahrt bezahlt. Fünfundvierzig Pfund! Ich glaube, ich bin dabei bis nach Timbuktu gekommen!« Er schnüffelte. »Ich bin heute Abend um halb acht in Nkongsamba aus dem Zug gestiegen, und dann habe ich mir ein Taxi genommen und als Ziel das britische Konsulat angegeben.« Er blickte auf seine Uhr. »Wir sind über acht Stunden in der Gegend herumgefahren.« In seiner Stimme schwang ein kaum unterdrücktes Schluchzen mit.

»Nun, jetzt sind Sie da«, sagte Morgan barsch und dachte im Stillen, dass man solch naive Zeitgenossen wirklich nicht auf die Welt loslassen sollte. »Man hat Sie übers Ohr gehauen. Der Bahnhof ist nur zwanzig Minuten entfernt.«

»Gott sei Dank«, sagte der Mann, dem offenbar nur wichtig war, dass er es geschafft hatte. »Oh, Gott sei Dank!«

»Aber Sie werden morgen wiederkommen müssen«, sagte Morgan gnadenlos und musste dabei an die Zeit denken, die er verschwendete. »Jetzt ist alles geschlossen. Ein Stück die Straße hinunter ist ein Hotel, dort kriegen Sie ein Zimmer.«

»Aber ich habe kein Geld«, jammerte der Mann. »Ich habe alles für das Taxi gebraucht.«

»Das ist Ihr Problem, mein Lieber.« Morgan lachte grausam – in ihm war auch der letzte Tropfen Milch der Menschenliebe ausgetrocknet. »Jetzt hauen Sie ab.«

Der Mann wedelte mit einem Blatt Papier. »Aber ich habe hier einen Brief von einem Morgan Leafy, der schreibt, ich kann im Konsulat wohnen.« Er ließ verzweifelt die Schultern sinken. »Bitte«, setzte er leise hinzu.

Räder begannen sich schwerfällig in Morgans Hirn zu drehen. »Wie war noch einmal Ihr Name?«

»Bilbow. Greg Bilbow.«

»Und Sie sind …?«

»Dichter.«

Morgan und Friday fanden es überraschenderweise gar nicht mehr so schwer, Innocence auch noch die letzten Meter weiterzuschleppen und sie dann mit der Kraft der Verzweiflung in den Kofferraum zu hieven. Morgan klappte zu und schloss ab. Er kam sich vor wie ein Fahrer, der auf einer abfallenden Straße im Gebirge die Kontrolle über seinen Wagen zu verlieren droht. Aber er unterdrückte entschlossen den Drang, sich hinfallen zu lassen, zu schreien und mit den Fäusten auf den Boden zu schlagen, und erklärte Friday ganz ruhig in einem Pidgin-Französisch die wahre Natur der Gespenstererscheinung von vorhin. Friday stand fassungslos da und nickte nur und murmelte vor sich hin: *»Jamais … jamais de ma vie … non, non … jamais.«* Normalerweise hätte Morgan Mitgefühl mit ihm gezeigt: die einsame Wache im Dunkeln bei Innocences Leiche, der Gestank, die Fliegen, Shango, ein davonrennender Komplize, der ihm den gewaltsamen Tod androhte – all das musste ihn arg mitgenommen haben.

Sie schoben den Wagen zur Straße zurück und fuhren dann zum Konsulatseingang, wo Bilbow verabredungsgemäß wartete. Morgan hatte sich erboten, ihn für die Nacht bei sich unterzubringen. Bilbow nahm auf dem Beifahrersitz Platz.

»Ich bin Ihnen unendlich dankbar«, begann er. »Erstaunlicher Zufall, dass Sie zu dieser Zeit gerade hier draußen waren.«

»Ja, allerdings«, sagte Morgan und überlegte rasch. »Ich fahre meinen Boy nach Hause, der seine Frau ins Krankenhaus gebracht hat.« Er deutete mit dem Daumen nach hinten, wo Friday saß. »Ich kam gerade am Konsulat vorbei, als ich jemanden im Garten herumwandern sah.«

»Sie haben mir einen schönen Schrecken eingejagt«, sagte Bilbow fröhlich. Er schien sich beruhigt zu haben. »Wie Sie da aus den Büschen herauskamen, die fuchtelnden Arme, dieser Blick auf Ihrem Gesicht – ich bin fast gestorben.« Der Yorkshireakzent zog die Vokale endlos in die Länge. Morgan spürte, wie sich eine ungeheure Müdigkeit auf ihn herabsenkte. Da fuhren sie über ein Schlagloch, und Innocences Leiche im Kofferraum rumste. Friday stieß einen unterdrückten Schreckensschrei aus.

»Er ist verstört«, erklärte Morgan als Reaktion auf Bilbows überraschtes Gesicht. »Jung verheiratet.« Bilbow nickte verständnisvoll und wandte sich kurz zu Friday um, der fragend dreinschaute.

»Tut mir leid, das mit Ihrer Frau«, sagte Bilbow. »Ich hoffe, sie ist bald wieder gesund.«

Morgan fuhr weiter. Es hatte keinen Sinn, die Leiche mitten in der Nacht zur Ademola-Klinik zu bringen, dachte er. Man würde damit bis zum Morgen warten müssen.

»He!«, sagte Bilbow jovial. »Mir fällt gerade ein, es ist Weihnachten. Frohe Weihnachten alle miteinander!«

6

Bilbow trug ein altes grünes Frotteehemd mit kurzen Ärmeln und die weißen Baumwolljeans, die noch die Schmutzstellen von seinem Zusammenstoß mit Morgan in der Nacht zuvor aufwiesen. Auf den ersten Blick wirkte er lächerlich jung mit seinem großen, schlanken Körper, den blauen Augen hinter den runden Brillengläsern und der insgesamt hellen Färbung seines Gesichts – langes, glattes, platinblondes Haar, unsichtbare Brauen und Wimpern, rosa Starletlippen. Beim näheren Hinsehen bemerkte man jedoch das Körnige seiner Haut, die dünnen Fältchen, die sich von den Nasenflügeln hinunterzogen, und andere, die Klammern um seinen Mund bildeten. Seine Stimme, der seine Panik und Verzweiflung in der Nacht etwas Weinerliches verliehen hatte, klang jetzt dunkler und hatte bei all ihren vielleicht komischen Yorkshiretönen ein echt freundliches und ruhigentspanntes Timbre.

»Frohe Weihnachten«, sagte er, als Morgan durch die Fliegendrahttür auf die Veranda geschlurft kam. Er saß am Verandatisch mit den Überresten seines Frühstücks vor sich. Er deutete auf den in der Sonne liegenden Garten. »Irgendwie unfassbar«, sagte er. »Da sitze ich hier in einem kurzärmeligen Hemd und esse – wie heißt das? – Papaya bei dreißig Grad Wärme, während sie sich zu Hause dick eingewickelt vorm Fernseher kuscheln.«

»Ja, ja«, sagte Morgan verdrießlich durch seinen Kater hindurch und dachte an die Ereignisse der vergangenen Nacht, »das ist Afrika: Hier ist alles außergewöhnlich.«

»Ich habe ein Geschenk für Sie«, sagte Bilbow. »Na ja, weniger ein Geschenk als ein Dankeschön für vergangene Nacht. Haben mir das Leben gerettet.« Er hielt ihm ein schmales Bändchen hin. Morgan nahm es entgegen. *Die kleine Karaffe und andere Gedichte* von Greg Bilbow.

»Danke«, sagte Morgan etwas schroff. »Ich ... ähem ... sehe es mir später an.« Er setzte sich an den Tisch vor seine Schüssel mit Haferflocken. Er rieb sich die Augen. Verdammte fröhliche Weihnachten. Er fühlte sich ausgelaugt, wie jemand, der eine wochenlange Schlacht überlebt hat. Jetzt würde sich doch gewiss alles beruhigen, oder? Er blickte über den Tisch hinweg Bilbow an – das zarte mittelgescheitelte Haar, das schmale, bebrillte Gesicht. Er schien nichts gemerkt zu haben vergangene Nacht, schien mit Morgans Darstellung der Ereignisse völlig zufrieden zu sein. Das war immerhin etwas.

Morgan schob die nicht verzehrten Haferflocken zur Seite und dachte an den vor ihm liegenden Weihnachtstag. Zuerst musste er die verwesende Leiche im Kofferraum seines Wagens loswerden, dann als Weihnachtsmann an Kinder Geschenke verteilen: Der Kontrast schien gespenstisch obszön.

»Aber da wir gerade bei Geschenken sind«, unterbrach ihn Bilbow in seinen Gedanken, »da ist ein recht großes für Sie abgegeben worden. Es liegt im Wohnzimmer. War auch ziemlich schwer.«

Auf dem Teppich im Wohnzimmer lag in der Tat ein bunt eingewickeltes Geschenk von etwa anderthalb Meter

Länge. Morgan ließ sich daneben auf die Knie fallen und riss mit ungestümen Bewegungen das Papier auf.

»Oh«, sagte Bilbow bewundernd.

Morgan machte ein entgeistertes Gesicht. Es war eine schwere senfgelbe und schwarze Golftasche, die Art, wie sie amerikanische Golfchampions trugen oder vielmehr deren schwankende Caddies. An den Schnallen und Haken fummelnd, zog Morgan die Haube auf. Ein kompletter Satz glänzender Golfschläger kam zum Vorschein, frisch angefertigt wie tödliche Waffen.

»Hier ist etwas Geschriebenes«, sagte Bilbow und holte aus dem zerrissenen und zerfetzten Einwickelpapier eine Karte heraus. »›Viel Glück beim Spiel. Sam.‹ Wer ist Sam?«

»Mein Onkel«, log Morgan mit trockener Kehle. »Ein exzentrischer Millionär.«

»Das muss stimmen«, bemerkte Bilbow. »Das ist alles zusammen so seine vierhundert Pfund wert.«

»Tatsächlich?«, entgegnete Morgan verdutzt. Er hatte nicht mehr an Murray gedacht. Das war Adekunles Art, ihm mitzuteilen, dass er mit dem Schotten zusammengetan worden war. Morgan saß mit überkreuzten Beinen auf dem Fußboden seines Wohnzimmers, die Hände vorm Gesicht.

»Ist Ihnen nicht gut, Morgan?«, fragte Bilbow.

Das Telefon läutete. »Ich nehme ab«, sagte Bilbow hilfsbereit. Er ging hinüber zum Telefon. »Für Sie«, sagte er dann. »Jemand namens Fanshawe.«

Morgan schlurfte zum Apparat.

»Leafy!«, kreischte Fanshawe durch die Leitung. »Kommen Sie sofort herüber! Sofort!«

Femi Robinson grüßte mit der geballten Faust, als Morgan an ihm vorbei ins Konsulat hineinfuhr. Er bemerkte, dass am Tor keine Wachen standen, dachte sich aber nichts dabei. Es war schließlich Weihnachten: ein Feiertag für alle – außer für Robinson. Man musste das Durchhaltevermögen des Mannes bewundern, dachte Morgan, als er aus dem Wagen stieg, er hätte eine Portion davon gebrauchen können.

Fanshawe ging auf den Eingangsstufen auf und ab, das Gesicht weiß und verzerrt vor Zorn.

»Frohe Weihnachten, Arth...«

»Sie ist fort!«, rief Fanshawe mit schriller Stimme aus. »Fort. Über Nacht verschwunden. Nicht mehr da!«

»Natürlich ist sie nicht mehr da«, sagte Morgan ruhig. Was regte sich der kleine Schwachkopf so auf, fragte er sich ärgerlich. Hatte er nicht genau das gewollt?

»Was soll das heißen – natürlich?« Fanshawes Gesicht war dem seinen jetzt ganz nah. Morgan wich die Stufen hinunter zurück.

»Um Gottes willen, Arthur«, begehrte er auf, »Sie haben mir doch gesagt – nein, Sie haben mir *befohlen*, Innocences Leiche fortzuschaffen. Höchste Priorität, ich sei allein dafür verantwortlich, erinnern Sie sich? Nun, ich habe nur Ihre Anweisungen befolgt.« Er verschränkte die Arme vor der Brust und blickte verletzt und beleidigt.

»*O nein!*«, stöhnte Fanshawe. »Oh Gott, nein! Sagen Sie mir nicht, sie ist im Leichenschauhaus. Katastrophe. Ganz große Katastrophe.«

»Nein«, sagte Morgan, erstaunt über seinen heftigen Ärger. »Sie ist nicht im Leichenschauhaus, sie ist im Kofferraum meines Wagens.«

Fanshawe starrte ihn an – als ob sein Gesicht plötzlich leuchtend grün geworden wäre oder Rauch aus seinen Ohren käme.

»Was?«, fragte Fanshawe mit rauer Stimme.

»In meinem Wagen.«

»In dem da?«

»Ich habe keinen anderen.«

»O mein Gott.«

»Was ist das Problem?«, wollte Morgan wissen. Er verlor rasch die wenigen Reserven an Geduld, die ihm noch geblieben waren.

»Sie müssen sie zurückschaffen.«

Morgan blickte durch sein Bürofenster auf die einsame, trotzige Gestalt Femi Robinsons hinunter. Gewiss konnte er etwas lernen aus der verbissenen Hartnäckigkeit dieses Mannes, aus seinem Beharren – oder? Er sah unten auch seinen Peugeot auf dem leeren Parkplatz stehen in der Hitze der Nachmittagssonne. Er zuckte zusammen. Der Kofferraum musste wie ein Dampfkocher wirken: Gott allein wusste, was mit Innocence dort drin geschah. Er wandte sich ab, schürte die Feuer des Hasses auf Fanshawe. Wäre der dumme Mensch nur seinem Rat gefolgt, dachte Morgan zornig, aber nein, in der Nähe der Herzogin durfte es keine verwesende Innocence geben. So hatte der eifrige Leafy denn die Leiche wie befohlen fortgeschafft – und was war passiert? Alle Dienstboten des Personals waren auf der Stelle in den Streik getreten, hatten sich geweigert, ihre Unterkünfte zu verlassen, außer um einem verstörten Fanshawe beim Weihnachtsfrühstück von diesem Umstand Mitteilung zu machen.

Fanshawe war schnüffelnd um Morgans Wagen herumgeschlichen wie ein argwöhnischer Zollbeamter auf der Suche nach Drogen und war ab und zu stehen geblieben, um Morgan ungläubig anzublicken. Der Geruch und die umherschwirrenden Fliegen überzeugten ihn bald davon, dass die Leiche tatsächlich dort drin lag.

»Sie müssen sie zurückschaffen«, sagte er erschöpft. »Ich hatte es heute Morgen fast mit einer Revolte zu tun. Einem Aufruhr. Es war schrecklich.« Er lehnte sich gegen den Kofferraum des Wagens und machte dann einen Satz, als wäre das Metall glühend heiß. »Wie können Sie herumfahren«, sagte er mit geschmackloser Neugierde, »mit … dem da in Ihrem Wagen?« Er sah Morgan verständnislos an. »Regt Sie das nicht auf?« Morgan ignorierte die Frage. »Zurückschaffen?«, sagte er ungläubig. »Was reden Sie da? Wie denn, um Gottes willen, wie denn?«

»Das ist mir gleich«, beharrte Fanshawe mit durchdringender Stimme. »Dieser Streik, den Sie uns da eingebrockt haben, ist eine absolute Katastrophe. Die Herzogin kommt nach dem Mittagessen, und keiner vom Personal ist an seinem Platz.« Er blickte sich wild im Garten um, als rechne er damit, sie trotzig hinter den Bäumen und Büschen kauern zu sehen. »Und morgen«, fuhr er fort, »morgen kommen zweihundert Personen hierher zu einem Empfang mit kaltem Büfett. Es wird zu einer Farce werden. Eine große Schmach und Schande!« Er rieb sich heftig die Stirn, wie um die Bilder von ungefüttert und ungetränkt umherirrenden Würdenträgern zu verscheuchen. »Wenigstens haben Sie sie nicht ins Leichenschauhaus gebracht, das ist immerhin ein Punkt zu Ihren Gunsten. Wir haben die Chance, einige kümmerliche Reste unseres Rufs zu retten. Sie *müssen* Innocence bis morgen wieder dorthin schaffen, wo sie war: Nur dann kommen die Leute wieder zur Arbeit. Mehr ist dazu nicht zu sagen. Heute können wir uns behelfen, aber morgen muss einfach jeder auf seinem Posten sein. Sonst ist es ganz unmöglich – wir würden es niemals schaffen.«

»Augenblick«, sagte Morgan, der sich nur mit Mühe davor zurückhielt, Fanshawe an die dürre Kehle zu springen. »Ich kann nicht einfach da hinüberfahren und sie aus dem Kofferraum kippen, da würden sie mich lynchen, Herrgott noch mal! Was soll ich also tun?«

»Ich habe absolut nichts mehr damit zu schaffen«, rief Fanshawe aus, und seine Stimme wurde mit steigender Erregung immer schriller, und er wedelte mit den Händen vor seinem Gesicht hin und her. »Nichts. Gar nichts. Es ist alles Ihre Schuld, jetzt bringen Sie auch alles wieder in Ordnung. Bringen Sie sie zurück, das ist das einzig Wichtige. Dieser Streik muss bis morgen beendet sein.« Er zuckte bei der Erinnerung sichtlich zusammen. »Das war einfach schrecklich heute Morgen. Wir sitzen gerade in festlicher Stimmung am Tisch und tauschen Geschenke aus, als dieser Mob draußen auftaucht. Isaac, Joseph, alle diese normalerweise ganz friedlichen und freundlichen Leute. Sie haben sich höchst aggressiv und beleidigend benommen. Chloe war sehr aufgeregt, richtig verstört. Sie musste hinaufgehen und sich hinlegen und ...«

»Sie denken doch nicht, dass ich es getan habe, oder?«, fragte Morgan, plötzlich beunruhigt.

»Nein – zumindest glaube ich das nicht. Aber sie sind überzeugt, dass wir etwas damit zu tun hatten. Deshalb streiken sie weiter, bis wir die Leiche zurückbringen. Das war ihre Bedingung.« Fanshawe scharrte mit dem Fuß im Kies. Einen Augenblick lang sah ihn Morgan als einen verwirrten und beunruhigten Menschen, der nicht wusste, wie er mit einer Situation fertig werden sollte. Dann veränderte er sich vor seinen Augen: Die Schultern strafften sich, das Kinn ging vor, die Augen glänzten wichtigtuerisch auf.

»Ärger auf der ganzen Linie«, sagte er anklägerisch zu Morgan. »Das Projekt Kanapee ist ein Scherbenhaufen, wir müssen vor der derzeitigen Regierung einen Kotau machen, was wir gar nicht vorhatten. Dann dieser grässliche Todesfall: Leichen liegen in der Gegend herum. Und jetzt haben Sie uns einen Generalstreik eingebrockt, wo gerade die Herzogin kommt. Ihr Besuch hier in Nkongsamba wird gekennzeichnet sein von unserer Unfähigkeit und Schludrigkeit. Wie werden wir wohl nachher dastehen? Ich will's Ihnen sagen: Absolut fünftklassig und unentschuldbar unbritisch wird man das nennen. Und jetzt überlasse ich es Ihnen, die Sache einzurenken, so gut es geht. Das Projekt Kanapee ist jetzt nicht mehr zu retten, aber wir können zumindest dafür sorgen, dass die Herzogin einmal gern an Nkongsamba zurückdenkt und dem Botschafter keine Horrorgeschichten zu erzählen hat, wenn sie in die Hauptstadt weiterreist.« Seine Stimme wurde etwas ruhiger. »Ich bin sehr enttäuscht von Ihnen, Morgan. Sehr. Ich habe Sie immer für einen erfahrenen und fähigen Menschen gehalten. Für jemanden, auf den man sich verlassen konnte. Aber ich muss leider sagen, Sie haben mich in jeder Beziehung im Stich gelassen – wollen wir jetzt sehen, was Sie zu Wege bringen, um das wiedergutzumachen.«

Morgan hatte ihm nachgeblickt, wie er davonging. An die Stelle der irren schwarzen Wut, die normalerweise ausgebrochen wäre, war diesmal düstere, zynische Resignation getreten. Die Ungerechtigkeit war so riesengroß, so ungeheuer, dass kein Zorn hoffen konnte, ihr gerecht zu werden. Fanshawe war für seine Begriffe ein Häufchen Dreck und nicht einmal seiner tiefsten Verachtung wert.

Er wandte sich vom Fenster ab und trat zurück zu seinem Schreibtisch. Dort zusammengefaltet auf seinem Stuhl lagen ein Weihnachtsmannoverall und ein großer Wollbart. Unter dem Sitz standen glänzende schwarze Gummistiefel. Auf dem Tisch lag ein Zettel von Mrs Fanshawe mit näheren Anweisungen über den Ablauf der Zeremonie.

Sein Magen knurrte. Er war nicht nach Hause zurückgefahren, sondern war im Konsulat geblieben und hatte Trübsal geblasen. Um die Mittagszeit hatte er bei sich angerufen und mit Bilbow gesprochen.

»Zu schade, dass Sie nicht kommen können«, hatte Bilbow gesagt. »Ihre Boys haben mir einen großartigen Lunch gemacht. Ausgezeichneten Truthahn, mit allem Drum und Dran.«

Morgans Speicheldrüsen traten in Aktion, aber »Lassen Sie mir etwas übrig« war alles, was er sagte. Bilbow nahm am zweiten Weihnachtsfeiertag an einem Festakt mit Dichterlesung und Tanzdarbietungen in der Universität teil, der als Teil der landesweiten Festlichkeiten zum Jahrestag der Unabhängigkeit gemeinsam vom kinj anj anischen Kultusministerium und vom British Council gesponsert wurde. Morgan erinnerte sich verschwommen an den Brief, den er vor einiger Zeit unterschrieben und in dem er ihm mitgeteilt hatte, dass er im Konsulat unterkommen konnte. Es war unter den Umständen nicht verwunderlich, dass er an die Sache nicht mehr gedacht hatte. Er sagte Bilbow, er könne weiter bei ihm wohnen, wenn er wolle, und zu seiner Erleichterung war das dem Dichter recht. Morgan hielt es für ganz gut, wenn er nicht mit den Fanshawes zusammenkam.

Er sah auf seine Uhr: Viertel vor vier. Nach den Anweisungen musste er um vier Uhr im Club sein, wo ein Geländewagen mit den Geschenken wartete, die er verteilen sollte. Von Selbstmitleid niedergedrückt begann er sich als Weihnachtsmann umzukleiden. Er zog Hemd und Hose aus und schlüpfte in den roten Overall. Mrs Fanshawe hatte noch goldenes Flitterzeug und eine Kapuze angenäht. Er stieg in die Gummistiefel und hakte sich den Bart über die Ohren. Ein, zwei Sekunden lang glaubte er, er müsse ohnmächtig werden. Es gab keinen Aufschub, keine Pause in der Folge der Hiobsqualen, mit denen er geschlagen war. Er fragte sich, wie er wohl aussah, und ging auf der Suche nach einem Spiegel zum Badezimmer über den Flur.

Hier draußen war offenkundig Mrs Bryce am Werk gewesen. Über dem abgewetzten Parkettboden lag jetzt ein Stück Teppich, und auf jeder Fensterbank stand eine Vase mit Blumen darin. Morgan spähte in die Gästesuite hinein. Alles war sauber und frisch – Ihre Hoheit konnte kommen. Im Badezimmer glänzte das Porzellan vom Putzen; kleine Seifenstücke und ordentlich gefaltete Tücher waren wie zu einer Inspektion ausgebreitet. Das einzige etwas kitschige Element war der Duschvorhang aus Plastik mit seinen verblassten Wassertiermotiven; um den auszutauschen, hatte Fanshawes Budget offensichtlich nicht ausgereicht.

Morgan betrachtete sich im Spiegel des Medizinschränkchens. Er sah wirklich angemessen weihnachtlich aus, wenn ihm auch die kurzen Ärmel in Verbindung mit seinen kräftigen Armen und breiten Schultern eine leicht burschikose Note verliehen. Er seufzte, was ein Flattern des Barts zur Folge hatte: Was tat er nicht alles für sein Land.

Als er auf dem Weg zu seinem Wagen unten an der unbesetzten Telefonzentrale vorbeikam, läutete es dort gerade. Er zögerte einen Augenblick und ging dann hinein und hob den Hörer ab.

»Hier britisches Konsulat.«

»Morgan?« Es war Celia. Ihn verließ der Mut. Sie weinte. »Gott sei Dank, du bist es.«

»Was gibt's?«, fragte er, bemüht, sich keine Resignation anmerken zu lassen.

»Ich habe versucht, dich zu Hause anzurufen, und da hat mir jemand gesagt, du bist im Konsulat.« Sie schniefte. »Ich muss dich sprechen. Es ist dringend. Ich bin so unglücklich. So verzweifelt.«

Da bist du nicht allein, dachte er unfreundlich. »Celia«, sagte er in hilflosem Ton, »ich weiß nicht recht. Ich habe furchtbar viel zu tun. Ich laufe sogar gerade als Weihnachtsmann herum.«

»Bitte«, jammerte sie. »Es ist schrecklich wichtig. Du musst mir helfen.«

Nein!, schrie er innerlich. *Nein.* Er konnte keinem anderen helfen, nicht jetzt und auch in Zukunft nicht; er war vollauf damit beschäftigt, sich selbst zu helfen. Nein, nein, tausendmal nein. Aber er sagte nur: »Ich kann jetzt nicht sprechen, Celia. Ruf mich irgendwann morgen an, okay?«

»Gareth Jones ... Da bist du, frohe Weihnachten ... Bronwyn Jones. Hallo, Bronwyn, frohe Weihnachten ... Funsho Akinremi? Frohe Weihnachten, Funsho ... Trampus McKrindle. Ah, Trampus? Wo ist Trampus ... Da bist du, frohe Weihnachten ... Wen haben wir hier? Ich kann das nicht lesen ... Ja, Yvonne und Tracy Patten. Frohe Weihnachten, ihr zwei ...«

Es dauerte fast eine Stunde, bis er die Geschenke aus den zwei Säcken verteilt hatte, die hinten auf dem Wagen standen. Er war auf dem Rasen vor dem Club geparkt. Auf dem Gras unterhalb der Terrasse standen lange Tische, an denen die Kinder Weihnachten gefeiert hatten und die jetzt mit den unglaublichen Abfällen bedeckt waren, die alle Kinderpartys zu hinterlassen schienen. Die Tische, verschmiert mit Brocken vielfarbiger Gallertmasse, plattgedrücktem Kuchen, verschütteter Limonade, herausgedrückter Gebäckfüllung und schmelzender Eiscreme, ließen Morgan an unaufgeräumte Operationstische auf einem Feldverbandsplatz des vergangenen Jahrhunderts denken. Er hatte jedem Kind zwei Geschenke überreicht – eines von den Eltern und eines mit Süßigkeiten von der Herzogin – und die Namen von den Kärtchen mit dunkel dröhnender Weihnachtsmannstimme vorgelesen. Seine Wangen und Backenknochen schmerzten vom langen krampfhaften Lächeln. Trotz des Bartes hatte er mit normalem Gesicht keinen freundlich-herzlichen Ausdruck zu Stande gebracht. Auf der Terrasse standen die Eltern und andere interessierte Zuschauer mit Drinks in der Hand. Morgan sah die Jones, Dalmire und Priscilla. Auf einem niedrigen Podest zur Rechten des Geländewagens saß die Herzogin von Ripon, flankiert von den Fanshawes.

Als alle Geschenke überreicht waren, trat Dalmire auf den Rasen hinaus, klatschte um Ruhe bittend in die Hände und hielt ohne die geringste Spur von Befangenheit eine kurze Rede, in der er der Herzogin dafür dankte, dass sie die Party ermöglicht und den Club mit ihrer Anwesenheit beehrt hatte, und forderte alle Anwesenden auf, sie hochleben zu lassen.

Nachdem der letzte Hochruf verklungen war, kletterte Morgan vom Wagen herunter, riss sich den Bart ab und eilte auf die Bartheke zu. Er sah jedoch, dass Fanshawe ihn gebieterisch zu sich und der Herzogin herüberwinkte. Zögernd schwenkte er um.

»Das ist Mr Leafy, unser Erster Sekretär«, stellte Fanshawe ihn der Herzogin vor.

»Sie waren ein hervorragender Weihnachtsmann, Mr Leafy, ich bin Ihnen sehr dankbar.« Morgan sah in die lidschweren, zutiefst gelangweilten Augen einer untersetzten Frau mittleren Alters. Sie hatte graublond getöntes Haar, das sich unter einem Strohturban hervorringelte, und grobe, unangenehme Gesichtszüge, in denen sich Dekaden von Unaufrichtigkeit, Arroganz und schlechten Manieren widerspiegelten. Als er ihre feuchte, weiche Hand schüttelte, fiel ihm auf, wie das lose Fleisch an ihrem Oberarm schlabberte.

»Keine Ursache, Ma'am«, sagte er. »Es war mir ein Vergnügen.«

Mrs Fanshawe geleitete sie zum Dienstwagen, während

Fanshawe ein Stück zurückblieb. Er umklammerte Morgans Handgelenk.

»Glücklicherweise speisen wir heute Abend beim Gouverneur«, zischte er, unnachgiebig in seinem Missfallen. »Aber was passiert mit Innocence?«

»Ja, darüber denke ich noch nach, Arthur.«

»Wo ist sie?«

»Oh, etwa fünfzig Meter von hier entfernt.«

»Etwa in Ihrem ...«

»Ja. Ich fürchte, der Wagen ist der sicherste Ort, bis mir eine Idee kommt.«

Fanshawe war wieder erbleicht. »Ich werde Sie nie begreifen«, sagte er dumpf und schüttelte den Kopf. »Niemals. Schaffen Sie sie wieder an ihren Platz. Bringen Sie sie heute Nacht noch zurück.« Morgan schwieg, er konnte nur noch an den Drink denken, der an der Bar auf ihn wartete.

»Nichts anderes darf mehr schiefgehen«, drohte Fanshawe. »Alles muss bis morgen früh erledigt sein. Ich warne Sie«, fügte er grimmig hinzu. »Ihre Zukunft hängt davon ab.«

Morgan beobachtete, wie in den Dienstbotenwohnungen die letzten Lichter ausgingen. Er saß in seinem Wagen, einen Benzinkanister an die Brust gepresst, und das Wageninnere schaukelte und schwankte vor seinen Augen wie ein Boot in rauer See, und er vermochte den Blick kaum länger als zwei Sekunden auf ein und denselben Gegenstand zu richten. Er hatte an der Bar den ganzen Abend getrunken, noch immer in seinem Weihnachtsmannkostüm – er erinnerte an den kleinen Diktator einer

Bananenrepublik mit seinen Gummistiefeln und Flitter-
epauletten. Er hatte viel gutmütiges Rippenstoßen über
sich ergehen lassen müssen, ständig ein leeres Lächeln auf
dem Gesicht, und allen möglichen Leuten erlaubt, ihm
einen Drink zu spendieren. Um elf Uhr herum hatte sein
alkoholisiertes Hirn schließlich eine Idee hervorgebracht,
einen Plan zum Rücktransport von Innocences Leiche,
und er wartete jetzt darauf, dessen erste Phase auszu-
führen.

Um zehn nach zwölf war er es schließlich leid, weiter
herumzusitzen, und er verließ den Wagen, taumelte über
die Straße, wobei er mehrmals die Richtung änderte, und
steuerte im Zickzackkurs auf die Dienstbotenunterkünfte
zu. Er näherte sich ihnen von der Straßenseite her. Zwischen der Straße und dem ersten Wohnblock lagen ein
Graben, ein Stück Ödland und der ziemlich große Hügel, zu dem sich der Abfall aus den ganzen Wohnungen
dort aufgetürmt hatte. Morgan fiel in den Graben, rappelte sich heraus und durchquerte, so leise er konnte, das
öde Gelände, wobei er den Kanister mit beiden Händen
festhielt. Er war dankbar für die Gummistiefel, da sie ihn
vor irgendwelchen Schlangen und Skorpionen schütz-
ten, denen er begegnen mochte. Er erklomm unbeholfen
den bröckeligen, übel riechenden Hang des Abfallbergs.
Er hörte Wesen vor seinen Füßen davonhuschen, versuchte aber, nicht an sie zu denken. Als er das erste der
Autowracks erreichte, die oben auf dem Berg lagen, hielt
er inne und kauerte sich daneben nieder, um Atem zu holen. Er war jetzt etwa zehn, fünfzehn Meter vom ersten
Block der Dienstbotenunterkünfte entfernt. Alle Fenster
auf dieser Seite waren mit Läden verschlossen. Zu seiner

Linken konnte er gerade das Blechdach des Waschplatzes ausmachen. Der Mond spendete gefälligerweise das gleiche Licht wie etwa vierundzwanzig Stunden zuvor. Wenn er da gewusst hätte, dass er so bald wieder hier sein würde! Er setzte sich behutsam hin und lauschte, ob er Geräusche hörte. Er rechnete damit, dass Isaac, Joseph und Ezekiel heute wachsamer waren als vergangene Nacht, und deshalb wollte er ein Ablenkungsmanöver durchführen. Er hörte nichts Ungewöhnliches. Der Mond schien auf die Wellblechdächer der Wohnblocks, rings um ihn her stieg träge der Geruch von verwesendem Gemüse und altem Kot auf. Ohne lang nachzudenken, schraubte er den Kanister auf und goss seinen Inhalt über den Fußboden des rostigen Chassis und das aufgerissene Sitzpolster. Dann trat er zurück, rieb ein Streichholz an und warf es in den Wagen. Es tat sich nichts. Er trat ein ganz klein wenig näher, rieb ein weiteres Streichholz an, warf es hinein. Noch immer nichts. Des Spiels müde, trat er dicht an den Wagen heran und warf das Streichholz direkt auf die Reste des Rücksitzes. Mit einem leisen *Wumpf* schien der Wagen vor ihm zu einem Feuerball zu explodieren. Er spürte die Hitze an seinen Augen und wich erschrocken zurück. Der Wagen stand in Flammen und färbte alles orangerot. Morgan dachte nicht mehr an sein Gesicht.

»FEUER!«, brüllte er ebenso heiser wie laut zu den Unterkünften hin. »ES BRENNT!«

Während er geduckt auf seinen Wagen zurannte, hörte er Türenknallen und die ersten Alarmrufe. Er sprang in den Wagen und fuhr rasch hundert Meter die Straße hinauf, um ihn dann scharf nach rechts herumzuwerfen und den roterdigen Fahrweg anzusteuern, den er und Friday ihn in der Nacht zuvor so mühsam hinaufgeschoben hatten. Er brauste bis zum Ende des Wegs hinauf, alle Vorsicht in den Wind schlagend in der Überzeugung, dass alle sich jetzt nur noch um das Feuer kümmerten. Mit ausgeschalteten Scheinwerfern und knirschenden Gängen stieß er den Wagen in das kleine Gehölz hinein, soweit er konnte. Durch die Bäume hindurch sah er von dem lodernden Wrack eine Flammensäule aufschießen und vor dem Feuerschein Gestalten hin und her rennen. Er fummelte mit den Schlüsseln, öffnete den Kofferraum und klappte ihn auf.

Der Gestank sprang heraus und traf ihn mit fast greifbarer Gewalt, als wäre er ein mächtiger, plötzlich aus den dunklen Winkeln des Wagens befreiter Geist. Morgan glaubte, er müsse ohnmächtig werden: Er schluckte und spuckte mehrmals auf den Boden. Dann hievte er mit der Kraft und Zielstrebigkeit eines vom Dämon getriebenen Betrunkenen Innocences Leiche aus dem Kofferraum. Die widerlichen Gerüche schienen nach seiner Kehle zu krallen wie knochige Finger, als er sie auf den Boden fallen ließ. Er packte ihre steifen Arme und schleifte sie den Weg entlang. Er spürte, wie sich sein Gesicht anspannte und zu einer schluchzenden Grimasse verzerrte, während er an seiner gespenstischen Last zog und zerrte. Er blieb einen Augenblick hinter einem Baum stehen, um sich die schweißnassen Hände am Overall abzuwischen, wobei es ihm säuerlich in die Kehle hinaufstieg und das Herz ihm in den Ohren trommelte. Er sprang in den Schatten der Giebelseite des nächsten Wohnblocks. Leute jammerten und rannten über den freien Platz, einige schleppten Eimer mit Wasser, aber die meisten schienen auf der hinteren Seite des anderen Blocks zu sein und das Feuer zu bekämpfen oder zu beobachten. Morgan eilte zu Innocences Leiche zurück, packte sie zum letzten Mal und schleifte sie den Weg entlang und in den Schatten hinein und ließ sie nur wenige Meter von der Stelle entfernt liegen, an der sie der Blitz getroffen hatte. Er blickte die aufgeblähte, unförmige Leiche an.

»Da sind wir wieder«, sagte er mit einem irren Beiklang in der Stimme, dann rannte er wie ein namenloser Dämon oder Teufelslehrling von Baum zu Baum zu seinem Wagen zurück.

Morgan hielt an, nachdem er die Straße ein Stück weit entlanggefahren war, und beobachtete, wie das Wrack rasch ausbrannte. Er spürte, wie ihm Tränen aus den Augen rannen, führte dies aber auf die sengende Hitze zurück, die sie empfangen hatte, als der Wagen in Flammen aufging. Seine Finger waren erdverkrustet von dem Grasstreifen, an dem er sie abgerieben hatte, in einem wahnsinnigen, Lady-Macbeth-mäßigen Bemühen, das klebrige Gefühl von Innocences Haut von den Händen zu bekommen. Er kam sich in der Tat sehr seltsam vor: ein verrücktes Bündel von Stimmungen und Empfindungen, noch immer vom Alkohol berauscht, Verwesungsgeruch in der Nase, eine Faust empörter Traurigkeit irgendwo im Nacken, am ganzen Körper zitternd von der massiven Adrenalindosis, die ihm durch Muskeln und Gewebe geschossen war.

Kurz darauf hörte er erstaunte, aufgeregte Stimmen: Sie hatten die Leiche entdeckt. Und als er weitere zehn Minuten später vorbeifuhr, sah er kurz eine Anzahl von Laternen jenseits des Waschplatzes. Er parkte den Wagen zweihundert Meter hinter dem Konsulat am Straßenrand und ging die Strecke vorsichtig zurück. Er wollte den lächerlichen Weihnachtsmannanzug loswerden und sich auch unbedingt die Hände waschen. Er war froh, dass das Konsulatsgebäude vollkommen im Dunkeln lag, wenn auch das Haus der Fanshawes hell erleuchtet war. Er nahm an, dass die Herzogin dort noch bewirtet wurde, da in der Einfahrt mehrere Wagen abgestellt waren. Er fragte sich, ob sie das Feuer auf dem Abfallberg bemerkt hatten.

Er schloss leise die Eingangstür zum Konsulat auf und schlich durch die Vorhalle und die Treppe hinauf. Auf dem Flur beschloss er, sich zuerst zu waschen, ehe er seine eigenen Sachen wieder anzog. Er betrat auf Zehenspitzen das Gästebadezimmer und zog leise die Tür hinter sich zu. Er knipste das Licht an und riss vor entsetztem Erstaunen den Mund auf, als er sich im Spiegel sah. Sein Gesicht war schwarz vor Dreck und Rauch und von Tränenspuren ge- zeichnet. Eine Augenbraue war abgesengt, an ihrer Stelle zeigte sich ein glänzender rosiger Hautstreifen, und das spärliche Haar des in der Mitte spitz zulaufenden Haar- ansatzes war von der Hitze zu einer krausen blonden Tolle gleich einer Dauerwelle aus Zuckerwatte verformt worden. Seine entgeisterten Augen starrten ihn in zorni- ger Albinorötung trübe an.

»Ach du lieber Gott!«, jammerte er bestürzt. »Du ver- dammter, armer Idiot.« War es das wert, fragte er sich, war es das wert?

Er hatte gerade begonnen, sich die Hände zu waschen, als er von unten Stimmen hörte. Mrs Fanshawe jodelte laut Gutenachtwünsche, und dann kamen zwei Personen die Treppe herauf. Panik drückte sein Herz zu einem kleinen klopfenden Ball zusammen. Er knipste das Licht aus und stand wie angenagelt in der Mitte des dunklen Raums und fragte sich, was er tun sollte, bis ihn ein schwacher Selbsterhaltungsinstinkt zur Wanne hinlenkte. Er stieg hinein und zog den Duschvorhang um sich – eine noch so dürftige Art von Schutz war besser als gar keine.

Er hörte gedämpfte englische Stimmen. Jemand sagte: »Haben Sie alles ausgepackt, Sylvia?« Und Sylvia erwiderte: »Ja, Ma'am.« Dann war Ma'am wohl die Herzogin, sagte er sich, aber wer war Sylvia? Wahrscheinlich eine Hofdame, Gesellschafterin oder Kammerfrau oder was immer. Er hoffte wider alle Wahrscheinlichkeit, dass vielleicht niemand das Badezimmer zu benutzen brauchte …

Das Licht ging an. Morgan erstarrte hinter seinem Duschvorhang.

»… Grässlicher kleiner Mann, fand ich«, hörte er die Herzogin sagen. »Und seine Gattin! Du lieber Gott, was für eine erstaunliche … ach, ich weiß nicht, die Leute, die sie hier hinausschicken.« Morgans instinktive Abneigung wurde durch diese allgemeine Verunglimpfung noch verstärkt. Die Tür wurde geschlossen, und er roch Zigarettenrauch. Er versuchte den Atem anzuhalten. Durch den halb durchsichtigen Plastikstoff des Vorhangs konnte er einen verschwommenen grauen Umriss ausmachen. Er hörte, wie ein Reißverschluss aufgezogen und dann raschelnd ein Kleid heruntergelassen wurde. Er sah, wie sich der Umriss auf das WC setzte, hörte die drückenden Geräusche, die Winde, das Plätschern. Ah, dachte er, und ein irres Kichern schnatterte in seinem Kopf, dann gehen sie also doch aufs Klo wie jeder andere. Es folgte das Geräusch von knisterndem Papier, das der Spülung, der

Kleider, die wieder angezogen wurden, des Wassers, das aus dem Hahn lief. Er hörte die Herzogin »Ganz schön schmutzig« murmeln – das galt dem Zustand, in dem er das Waschbecken hinterlassen hatte –, dann hörte das Wassergeräusch auf. Die Tür wurde geöffnet.

»Sylvia?«, kam die Stimme aus etwas größerer Entfernung vom Flur her. »Wann genau reisen wir morgen ab?«

Morgan atmete wieder, vielleicht schaffte er es doch noch. Er fragte sich, ob er wohl genug Zeit hatte, um zum Badezimmerfenster hinauszuklettern und über den Rasen an der Rückseite zu entfliehen. Vielleicht würde auch Sylvia nur Pipi machen und dann Schluss. Er fühlte sich so angespannt, dass er glaubte, seine Wirbelsäule müsse brechen. Aber er hatte keine Zeit, sich bei seiner körperlichen Verfassung aufzuhalten, da draußen wieder Schritte kamen. Oh Gott, Sylvia kommt, dachte er. Ein obskures Verlangen nach Verkleidung ließ ihn in die Tasche greifen und den Wollbart hervorholen, den er sich rasch umband. Er hörte die Tür zuschnappen, roch Zigarettenrauch und wusste, dass die Herzogin zurückgekehrt war. Lieber Gott, betete er mit aller ihm zur Verfügung stehenden Inbrunst, mach, dass sie sich nur noch die Zähne putzt. Ich tue alles, lieber Gott, versprach er, *alles*. Er hielt in qualvoller Erwartung den Atem an. Er hörte ein Rascheln, das Schnappen eines Gummibands, das Geräusch von etwas, das sanft zu Boden glitt.

Er sah eine Schattenhand nach dem Duschvorgang greifen. Mit einem rostigen Klicken von Metallröllchen wurde der Vorhang zurückgezogen. Morgan und die Herzogin standen einander Auge in Auge gegenüber. Er hatte noch nie entgeisterte Überraschung und Schock so deutlich auf dem Gesicht eines anderen gesehen. Aber schließlich – der Gedanke zuckte ihm durch den Kopf – begegnete man in seinem Badezimmer auch nicht jeden Tag dem Weihnachtsmann. Die Herzogin stand da, schlaff und gedrungen, vollkommen nackt bis auf eine blassblaue Badekappe und eine halb geraucht Zigarette in der einen Hand. Morgan sah Brüste wie leere Socken, schlottrige Speckfalten, graues Haarpolster, Truthahnschenkel. Ihr Mund stand offen vor vollkommener Fassungslosigkeit.

»Abend, Herzogin«, quiekste Morgan unter seinem Bart hervor und stieg mit der Unverfrorenheit eines Gentleman-Einbrechers aus der Wanne. Er stieß das Badezimmerfenster auf, klappte den WC-Deckel herunter, trat darauf und schwang die Beine über den Sims. Er blickte sich noch einmal um. Jetzt war ihm alles gleich. Ihr Mund stand noch immer offen, aber ein Arm lag über ihren Brüsten, und eine Hand war auf ihren Schoß gepresst.

»Hören Sie zu«, sagte er. »Ich verspreche Ihnen, ich sage nichts, wenn Sie auch nichts sagen.«

Er ließ sich die anderthalb Meter auf die Dachpappe der Hinterveranda fallen, kroch zur Kante vor, hängte sich daran, ließ los und landete auf dem Rasen. Beim Rennen über das dunkle Gras zum Tor war ihm eigenartig hochgemut und unbekümmert zumute, während er darauf wartete, dass die schrillen Schreie der Herzogin die stille Nacht zerrissen. Aber nichts störte den ruhigen Blick der Sterne und das gelassene Schweigen des Schauplatzes.

Bilbow streckte den Kopf zum Gästeschlafzimmer heraus, als Morgan zwanzig Minuten später heimkam.

»Mann«, sagte Bilbow, als er Morgans Gesicht sah.

»Was ist denn mit Ihnen passiert, Weihnachtsmann? Sind Ihnen die Rentiere durchgegangen? Ist der Schlitten ausgebrannt?«

Morgan hielt sich nicht mit einer Antwort auf – er war völlig damit beschäftigt, sich einen großen Drink einzugießen.

»Übrigens«, sagte Bilbow, ins Wohnzimmer hinüberschlendernd, »da hat den ganzen Tag jemand namens Adekunle angerufen. Hat gesagt, Sie sollen *unbedingt* zurückrufen, sobald Sie nach Hause kommen, ganz gleich, zu welcher Tages- oder Nachtzeit. Macht das einen Sinn?«

Es machte keinen. Also ging er ins Bett.

7

Morgan stand neben dem »Caddiekäfig« – einer Art Kriegsgefangenenlager en miniature, in dem sich die Golfjungen aufhielten – und wartete darauf, dass ihm der Caddiemaster einen Jungen zuteilte. Eine Zweitfeiertagssonne strahlte am klarblauen Himmel, und es war für zehn Uhr schon recht warm. Er sollte um 10 Uhr 30 beim ersten Tee sein, war aber schon frühzeitig gekommen, da er nicht länger zu Hause bleiben wollte. Er hatte Adekunle nicht wie verlangt angerufen und hatte sich auch nicht mit Fanshawe in Verbindung gesetzt, um sich nach der Reaktion auf das wundersame Wiederauftauchen von Innocence zu erkundigen. Beim Frühstück hatte das Telefon zweimal geläutet, aber er hatte nicht abgehoben. Auf der Fahrt zum Club war er durch einen Wahlumzug von Anhängern der UPKP aufgehalten worden, der sich auf dem Weg zu einer Kundgebung im Fußballstadion durch Nkongsambas gewundene Straßen schlängelte. So ereignisreich war sein Leben geworden, dass er völlig die Wahlen vergessen hatte, die am nächsten Tag begannen.

Ein Junge in einem schmuddeligen Hawaiihemd warf sich Morgans Schläger über die Schulter. Morgan hatte einige von Adekunles Prachtstücken in seine abgewetzte Golftasche aus Plastik und Leinwand gesteckt, da er belustigte Kommentare oder Spekulationen über Adekunles Monstrum vermeiden wollte, das gewiss einer deutschen

Dogge als Hütte oder einem Motorrad als Garage hätte dienen können, wenn es nicht gerade auf einem Golfplatz herumgeschleppt wurde. Außerdem war er sicher, dass er zu seinem Transport bestimmt zwei Caddies gebraucht hätte, und er wollte heute möglichst wenig Leute um sich haben. Er schlenderte langsam zum ersten Tee hinüber. Viele Golfer hatten früh angefangen, da das Turnier um Mittag herum enden sollte. Er und Murray waren die Drittletzten. Morgan nickte und lächelte denen zu, die er kannte, und erntete im Gegenzug viele erstaunte Blicke. Er war sich bewusst, dass er ein wenig seltsam aussah mit seiner Halbstarkentolle (die, nass gekämmt, gerade zwei Minuten am Kopf kleben blieb), mit dem Pflaster an der Stelle der einen Braue, mit geröteten Augen und einer rosa glänzenden Nase. Er streifte sich einen grün-durchsichtigen Sonnenschild über die Stirn, um sein empfindliches Gesicht vor der zunehmenden Sonnenstrahlung zu schützen. Ohne rechte Lust probte er seine Bestechungsrede, aber die Worte wollten sich in keine überzeugende Ordnung bringen lassen, und als sie es dann endlich taten, glaubte er, so müsse sich ein schmieriger Zuhälter anhören, der sein Mädchen anpries. Nein, auf diese Art kam er an Murray niemals heran. Ganz allgemein fiel es ihm immer schwerer, sich auf das zu konzentrieren, was er später im Verlauf des Morgens tun musste. Das Trauma von Innocences Tod, der Leichenraub, der ... wie immer man die Umkehr eines Leichenraubs bezeichnen wollte – die Leichenrückgabe, die absolut irre Begegnung mit der Herzogin, all das hatte ihn jeder Befriedigung beraubt, die er aus seinem symbolischen Akt der Korrumpierung hatte beziehen wollen. Dieser war nun zu einem simplen Akt der Notwehr geworden, mit dem er seine Haut retten wollte, denn er wusste – jetzt mehr denn je –, dass er, wenn er nicht ein für allemal die Kontrolle über sein Leben verlieren wollte, an seinem Job festhalten musste.

Auch fühlte er sich stark angeschlagen. Die Aufregungen der zwei letzten Nächte und das heftige Trinken hatten zu einem Kater von gewaltigen Ausmaßen geführt. Ihm war, als hätte man seinen ganzen Körper mit einem jener ausgezackten kleinen Holzhämmer bearbeitet, mit denen man Steaks weichklopft. Seine Zunge fühlte sich doppelt so groß an wie sonst, als wäre sie bestrebt, ihm seitlich aus dem Mund herauszuhängen wie bei einem Hund, und er hatte ein neuralgisches Kopfweh, das jeden Zahn in seiner Höhle lockerte und in seinen Nasengängen ein Summen wie von Stimmgabeln hervorrief.

Er schwang probeweise einen Golfschläger durch die Luft. Er hatte seit einem Vierteljahr oder länger nicht mehr Golf gespielt, und er hörte Rücken und Schultern unter der ungewohnten Anstrengung knacken und schnappen. Er prüfte gerade seine Ausholbewegung, als er plötzlich Murray am Caddiekäfig vorbei auf sich zukommen sah und sein Herz vor Aufregung einen Satz machte. Dann erblickte er Murrays Sohn, und aus der Panik wurde irrationaler Zorn. Warum hatte er seinen verflixten Jungen mitgebracht?

Murray trat auf ihn zu. Er lächelte ruhig.

»Frohe Weihnachten, Mr Leafy. Ich sehe, man hat uns zusammengetan.«

»Ja, so ein Zufall, nicht wahr?« Er hielt kurz inne. »Ach, ehem … ich … ich wollte mich noch entschuldigen wegen neulich Abend … wegen des Anrufs bei Ihnen. Ich war etwas erregt. Sie wissen ja, die Tote und, na ja, alles miteinander. Ich war mir über Ihre Position nicht im Klaren.«

»Keine Sorge«, sagte Murray. »Nichts passiert.«

»Gut – dann tragen Sie mir nichts nach?«

»Nein, nein, Mr Leafy.« Er sah Morgan näher an. »Ist mit Ihrem Gesicht alles in Ordnung?«

Morgan lachte. »Kleiner Unfall mit meinem Gaskocher. Rückstoß oder so ähnlich nennt man das. Haha.«

»Soso.« Murray musterte ihn noch genauer. »Verleiht Ihnen einen eigenartigen Gesichtsausdruck.« Nach einer kurzen Pause setzte er hinzu: »Ich hoffe, Sie haben nichts dagegen, dass mein Sohn mitkommt und ein paar der kürzeren Löcher übernimmt?«

»Keineswegs.« Morgan zwang sich zu einem Lächeln zu dem Jungen hin. »Hat der Weihnachtsmann dir was mitgebracht?«

Morgan spielte sehr schlecht. Die Fairways waren von der Sonne fast weiß verbrannt und richtig hart. Fast bei jedem seiner Schläge, eingeschlossen seine Putts, rutschte ihm ein gewisser Drall hinein. Die kleinen Greens – als »Browns« bekannt wegen ihrer Oberfläche aus Teer und Sand – waren schwer zu treffen, die Bälle hüpften immer wieder über sie hinweg und wollten ihr Tempo auf dem festgebackenen Boden nicht verlangsamen. Murray war gern bereit, ihn mit Morgan anzureden, plauderte ganz freundlich und erklärte seinem Sohn mit professioneller Knappheit und Genauigkeit die Spielregeln. Weil der Junge einige der kürzeren Löcher spielte, winkten sie die Zweierteams, die nach ihnen kamen, weiter, und bald waren sie die letzten in der Turnierreihe, was Morgan gut ins Spiel passte.

Sie brachten die ersten neun Löcher bis zur Mittagsstunde hinter sich und legten bei einem Trinkhäuschen eine Pause ein, um ihren Durst zu stillen. Morgan hatte es auf eine trübe 63 gebracht – Murray auf eine gute 37 –, und es sah ganz so aus, als sollte dies in mehr als einer Hinsicht sein bisher schlechtestes Spiel werden. Er hatte sich vorgestellt, nach allem, was er durchgemacht hatte, werde es ihm ein Leichtes sein, Murray zu bestechen, doch wie eh und je brachte ihn die reine körperliche Gegenwart des Mannes aus der Fassung. Er war nervös und kam sich unreif vor und ohne jedes Selbstvertrauen.

Die ersten neun Löcher hatten sie an der einen Seite eines Flusstals hinauf- und an der anderen hinuntergeführt. Die zweiten neun zweigten in den dichten Wald ab, der Nkongsamba umgab. Nach dem elften folgte ein scharfer Knick, und das Clubhaus und die Außenbezirke der Stadt kamen erst beim sechzehnten wieder in ihr Blickfeld. Morgan beobachtete, wie Murray ganz lässig spielte. Der Ball flog zweihundert Meter in gerader Linie und hüpfte weitere fünfzig, sodass er es bis zum Brown nicht mehr weit hatte. Morgan stellte sich vor seinem Ball auf. Er beschloss, alles in ihn hineinzulegen, diesem alten Mann zu zeigen, wie man einen Golfball schlug, und sich dabei vorzustellen, es wäre Fanshawes Kopf. Er holte ganz weit aus und traf den Ball mit aller Kraft: Er schoss in einer stetigen Kurve nach rechts davon und sprang in dichtes Dorngestrüpp hinein.

»*Scheiße!*«, fluchte er und entschuldigte sich dann wegen des Jungen.

»Sie sollten versuchen, nicht so fest zu schlagen«, riet Murray. »Bei diesem Spiel muss man ganz entspannt sein.«

»Das ist das Ärgerliche beim Golf«, klagte Morgan, der wusste, dass er im Augenblick auf Entspannung gerade nicht hoffen konnte. »Es ist ein so *beherrschtes* Spiel, wissen Sie. Alles ist Zurückhaltung. Man kann nicht drauflosschlagen, seine Aggressionen loswerden, sich austoben wie bei anderen Sportarten. Jedes Mal, wenn ich zu einer großen Anstrengung ansetze, weiß ich, es gibt eine Katastrophe.«

Murray sah ihn fragend an, als böte dieses Eingeständnis den Schlüssel zu seinem Charakter. »Darum geht es aber doch eigentlich, nicht? Zu wissen, wann man sich zurückhalten muss. Die Beherrschung nicht zu verlieren. Den Kopf und andere hölzerne Schläger zu benutzen.«

Morgan lachte gezwungen: Die darin anklingende Kritik gefiel ihm nicht. »Ich nehme an, ich bin für das Spiel nicht der richtige Typ«, sagte er resigniert.

»Geben Sie nicht so leicht auf«, meinte Murray, während er zusammen mit ihm zu dem Gestrüpp hinüberging. »Lassen Sie nicht locker. Eines Tages bekommen Sie den Bogen vielleicht heraus.«

Sie stocherten auf der Suche nach Morgans Ball in den Büschen herum. Sie wirbelten dicke Wolken von Staub, Fliegen, Zecken und Heuschrecken auf, entdeckten einen ausgetrockneten Kothaufen, aber keinen Ball.

»Gefällt es Ihnen hier draußen?«, fragte Morgan Murray, während er mit dem Schlägerkopf nach dem Unterholz hackte. »Staub, Hitze, Gestank ... undurchdringlicher Dschungel ...«

»Oh, ganz gut«, sagte Murray. »Mir gefällt es hier

wahrscheinlich so gut, wie es mir auch anderswo gefallen würde. Es hat seine Vor- wie auch seine Nachteile.«

»Dann sind Sie ganz zufrieden«, stellte Morgan ein wenig kampflustig fest.

Murray ließ den Busch los, den er zurückgezogen hatte. Er lächelte. »Gibt es einen *ganz* zufriedenen Menschen?«

»Nun, ich weiß jedenfalls, dass *ich* es *nicht* bin«, gestand Morgan. »Aber Sie scheinen es zu sein – als Erster von allen Menschen, denen ich begegnet bin.«

Murray deutete mit dem Schläger nach ihm. »Sie wollen mir sagen, wie ich mich fühle«, entgegnete er. »Lassen Sie sich einen guten Rat geben: Verwechseln Sie nie Schein und Sein. Man kann natürlich nie etwas ganz sicher wissen, aber das ist eine ziemlich allgemein gültige Maxime.«

»Du liebe Güte, da spricht der Philosoph. Dann sind Sie hier also nicht glücklich?«

Murray lachte. »Das hat ja recht ernste Züge angenommen für eine harmlose Runde Golf, finden Sie nicht? Ich glaube, wir geben Ihren Ball lieber verloren. Spielen Sie einen zweiten?«

»Nein, danke.« Er beobachtete, wie Murray seinen Ball bis kurz vor das Brown spielte.

»Wollen Sie Ihr ganzes Leben hierbleiben?«, fragte Morgan, während sie dem Ball nachschritten.

»Nein«, sagte Murray. »Ich werde gehen, wenn ich kann.«

»Aha«, sagte Morgan. »Dann gefällt es Ihnen hier also nicht.«

»Worauf wollen Sie eigentlich hinaus?«, fragte Murray mit einem belustigten Lächeln. »Das hat nichts damit zu tun, ob es mir hier gefällt oder nicht, es gibt einfach noch andere Dinge im Leben, die ich tun will, außer der Arbeit hier in Afrika.« Er kalkulierte seinen Chipschlag, spielte und trieb den Ball anderthalb Meter vom Loch auf das Brown.

»Woran denken Sie da?«, forschte Morgan weiter. »Was wollen Sie als Nächstes tun? Nach Schottland zurückgehen?«

»Nein«, sagte Murray und visierte an seinem Putter entlang. »Ich habe noch keine festen Pläne.« Er spielte den Ball ins Loch. »Ich würde gern irgendwohin gehen, wo es warm ist – ich glaube, einen Winter in England könnte ich nicht mehr ertragen – Portugal vielleicht. Schwimmen gehen, segeln, ein bisschen Golf spielen, ein bisschen mehr lesen, meine Familie heranwachsen sehen – so in dieser Richtung. Recht durchschnittliche und gewöhnliche Ziele, fürchte ich.«

»Und das ist alles?« Aus irgendeinem Grund fühlte sich Morgan enttäuscht.

»Was haben Sie erwartet?«, wies Murray ihn scherzhaft zurecht. »Dass ich Präsident der Weltgesundheitsorganisation werden will? Ich will schon ›zufrieden‹ genug sein, wenn ich das andere schaffe.«

Sie spielten die nächsten zwei Löcher. Morgans Nerven stellten sich wieder ein, und die Sonne brannte unbarmherzig herunter, während sie weiter in den Wald eindrangen. Die Fairways waren jetzt auf beiden Seiten von hohen Bäumen und dichtem Unterholz eingeschlossen. Schmale Pfade kamen aus dem grünen Dickicht heraus, schlängelten sich über den Golfplatz und verschwanden in engen Öffnungen im Dschungel auf der anderen

Seite. Wenn man nicht genau traf, bestand praktisch keine Hoffnung, den Ball wiederzufinden. Morgan verlor weitere Schläge, Murray kam mit der festgesetzten Zahl aus, selbst der Junge spielte besser als er.

Morgan wusste, dass er Murray bald ansprechen musste, sonst war es zu spät, und ihm wurde immer beklommener zumute. Das Golfspiel war, wie er jetzt erkannte, keine gute Idee gewesen. Wenn Murray sich über seine Grobheit neulich abends verärgert gezeigt hätte, wenn er zurückweisend gewesen wäre, wenn er zu erkennen gegeben hätte, dass er sich nicht viel aus ihm machte und den Gedanken an eine gemeinsame Runde Golf mit ihm widerlich gefunden hätte, vielleicht wäre dann alles weniger problematisch gewesen. Er hatte wohl so etwas Ähnliches erwartet: die kalvinistische kalte Schulter. Aber Murray war freundlich und rücksichtsvoll gewesen, und ihm wurde klar, dass die Träume von seiner Vernichtung keinen Reiz mehr besaßen, ja, gar nicht mehr existierten, weil der Murray, den er verachtete, nur in seiner Vorstellung weiterlebte – wenig oder nichts mit dem Mann zu tun hatte, der da an seiner Seite schritt. Es würde ihm jetzt keine Befriedigung mehr verschaffen, mit anzusehen, wie dieser Mensch zerbrach: Dazu hasste er ihn einfach nicht mehr genug; ja, so erstaunt er über dieses Eingeständnis war: Er *mochte* ihn fast. Murray hatte recht: Er hatte tatsächlich Schein mit Sein verwechselt. Er hatte in seinem Kopf eine Vorstellung von dem Mann aufgrund von zwei Vorfällen entwickelt und sich nie die Mühe gemacht, ihre Richtigkeit zu überprüfen. In einem schmerzhaft hellen Blitz der Erkenntnis wurde er sich bewusst, dass er so mit fast allen Personen verfuhr, denen er begegnete … Doch alle diese Spekulationen führten zu nichts: Murray musste nach wie vor bestochen werden, da half gar nichts – sein eigenes Überleben hing davon ab. Es tat ihm nur leid, dass dieses neu gewonnene Wissen von seinem Opfer den Erfolg seines Unternehmens fast unvermeidlich machte: Murray war ein Mensch und so fehlbar wie er selbst.

Er gestattete seinen Gedanken ein Umschwenken auf Fanshawe und den Empfang für die Herzogin, der jetzt in diesem Augenblick stattfand. Er hatte sich nicht damit aufgehalten, irgendwen davon zu verständigen, dass er nicht anwesend sein würde. Aber das war wohl nicht weiter schlimm. Er war gewiss, dass die Herzogin nichts dagegen hatte – er wusste mit eigenartiger Sicherheit, dass niemand etwas von ihrer Begegnung im Badezimmer erfahren würde. Bei der Erinnerung leise erschauernd, musste er wieder an die wenig anziehende nackte Erscheinung denken. Ein weiteres Beispiel, wie er plötzlich erkannte, für den alten Schein-Sein-Abgrund: einfach eine Frau mittleren Alters wie so viele andere – nichts Königliches, nichts auch nur entfernt Besonderes oder Abgehobenes.

Sie bewegten sich auf dem Fairway des vierzehnten Lochs. Er war recht lang, für fünf Schläge vorgesehen, und stellte den weitesten Vorstoß der Golfstrecke in den Dschungel dar. Danach wandten sie sich wieder der Stadt zu. Morgan spürte eine ganz neue Schwäche in den Knien, ein ruhiges Brausen in den Ohren, und das Herz klopfte ihm stark im Kopf. Er vergewisserte sich, dass Murrays Sohn außer Hörweite war.

»Was ...« Er räusperte sich das leise Krächzen aus der

Stimme. »Was würden Sie von zehntausend Pfund halten?«, fragte er plötzlich.

»Wie bitte?« Murray blickte überrascht auf.

»Zehntausend Pfund. Was würden Sie davon halten?«, wiederholte er mit grinsender Begierde.

»Haben Sie die anzubieten?«, fragte Murray lächelnd.

»Nein, ich meine … Sie könnten doch mit zehntausend einiges anfangen. Ich meine, *man* könnte …« Er schaltete einen etwas langsameren Gang ein. »Wissen Sie, ich dachte gerade, das ist so … so eine ganz nützliche Summe. Nicht das große Los … aber doch ganz nützlich.«

»Ja«, sagte Murray. »Da haben Sie wohl recht. Sehr nützlich. Warum?«

Morgans innere Kraft schien in sich zusammenzufallen wie ein verglühender Stern. »Sie können sie haben, wenn Sie wollen«, sagte er leise.

Murray blieb unvermittelt stehen. »Pardon?«, sagte er. »Ich kann *was* haben?«

»Zehntausend Pfund. Sie können sie haben.«

»Soll das ein Witz sein?« Er winkte seinen Sohn fort, der zurückgeschlendert kam, um zu sehen, warum sie stehen geblieben waren. »Wie meinen Sie das, ich kann zehntausend Pfund *haben*?«

Morgan schluckte. Er spürte die Hitze, die auf seinen Kopf herunterhämmerte. Die versengten Stellen im Gesicht brannten unter dem Schweiß. »Ich gebe Ihnen zehntausend Pfund«, sagte er langsam, »wenn … wenn Sie etwas tun.«

»Komm, Dad – wir wollen weiter«, rief der Junge.

»Ich verstehe«, sagte Murray. Er sah ernst und bekümmert aus. »Wenn ich etwas tue. Und was ist dieses Etwas?«

»Sie müssen zu dem Grundstück für das neue Studentenwohnheim und die Cafeteria einen positiven Bericht abgeben«, sagte Morgan rasch in einem Zug.

Murray zog erstaunt die Brauen hoch. Er richtete seinen durchdringenden Blick auf Morgans schwitzendes Gesicht. »Das Wohnheimgrundstück? *Sie* wollen, dass ich meine Meinung ändere. Woher wissen Sie ...? Augenblick, Augenblick ... Was haben Sie denn mit dem Bauprogramm der Universität von Nkongsamba zu tun, um Gottes willen?«

Morgan zog seinen Sonnenschild ab und wischte sich die Stirn. Er glaubte, er müsse gleich sterben. Verzweiflung stieg in seinem Körper hoch wie Flutwasser hinter einem schwachen Damm. Er versuchte ruhig zu bleiben.

»Nun, nicht eigentlich *ich*. Ich handele in jemandes Auftrag.«

»In wessen Auftrag?«

»Das ... das kann ich natürlich nicht sagen.«

Murray packte Morgan am Arm. »Wo sind Sie da hineingeraten, Sie Dummkopf!« Morgan drehte sich der Kopf. Alles lief falsch. Warum fragte Murray ihn so aus? Er sah, wie Murray angestrengt nachdachte.

»Wer steckt dahinter?«, fragte er noch einmal.

Morgan versuchte sich zusammenzureißen. »Ich bin nicht befugt ...«, begann er großartig, aber Murray unterbrach ihn, indem er die Hand hob.

»Lassen Sie mich raten«, sagte Murray. »Es ist Adekunle, nicht wahr?«

»Nein!«, sagte Morgan rasch, merkte dann, dass er mit verräterischer Schnelligkeit reagiert hatte, und sagte: »Wer?«, in dem müßigen Bemühen, verlorenen Boden zurückzugewinnen. Er sah, dass ein Abstreiten sinnlos war. »Ja«, gab er mit leiser Stimme zu.

Murray lockerte seinen Griff. »Das dachte ich mir«, sagte er wie zu sich selbst. »Ich hatte schon so einen Verdacht …« Er wandte seine Aufmerksamkeit wieder Morgan zu, der dastand und vor sich zu Boden sah. »Das tut mir leid, Morgan«, sagte er mitfühlend. »Sehr leid. Aber ich kann das einfach nicht auf sich beruhen lassen. Sie können gewiss meine Lage begreifen. Ich muss das melden.«

Jetzt war es so weit. Der Druck war zu groß für die eilig zusammengeraffte Ansammlung von Ästen und Zweigen. Die Flut durchbrach den Damm und riss alles mit sich fort. Morgan fühlte das Prickeln von Tränen an den Augenlidern, hinter den Wimpern. Zu spät schloss er die Augen, presste sie ganz fest zu, aber die Tränen sickerten hindurch, dick und heiß, und liefen ihm die Wangen hinunter, während die Beine unter ihm nachgaben.

Murrays Sohn stand ein paar Dutzend Meter weiter bei den zwei Caddies. Er sah verwirrt und zornig aus, wie Morgan schien, der beobachtete, wie der Junge Steine in den Busch warf. Morgan saß am Rand des Fairways auf dem Boden, mit dem Rücken an einem Baum. Er fragte sich, ob er ohnmächtig geworden war oder ob sein Hirn sich lediglich geweigert hatte, gewisse Ereignisse zu registrieren, peinlich, wie sie gewesen waren – eine Art Amnesie zu dem Zweck, ihm weitere Qualen zu ersparen.

Murray stand neben ihm und blickte zu ihm hinunter. »Besser jetzt?«, fragte er fürsorglich.

Morgan rappelte sich auf und rieb sich die Augen. »Du lieber Gott«, sagte er mit bebender Stimme. »Entschuldigen Sie, dass ich abgebaut habe.« Er holte tief Atem. »Aber wenn Sie wüssten, was ich in den letzten paar Tagen durchgemacht habe, würden Sie sich wundern, dass ich überhaupt noch einigermaßen normal funktioniere.«

»Adekunle?«

»Nein. Nicht nur. Es kommt noch anderes hinzu. Ich erzähle Ihnen später einmal davon: Ihnen werden die Haare zu Berge stehen.« Morgan klopfte sich das Gras von der Hose. »Alles zusammengenommen, hat sich Adekunle in Anbetracht der Umstände noch ganz vernünftig aufgeführt.«

Murray reichte ihm seinen Sonnenschild. »Ich glaube, wir machen lieber Schluss«, sagte er. »Gehen zurück zum Clubhaus.« Morgan war einverstanden, und sie schritten schweigend den Fairway entlang, wobei Murrays Sohn und die beiden Caddies ihnen rücksichtsvoll in einem Abstand von zehn Metern folgten. Morgan warf einen verstohlenen Blick auf Murrays Gesicht. Der Schotte schien, die Stirn runzelnd, weiter angestrengt nachzudenken. Morgan rieb sich den Nacken, massierte die Spannungsknoten, zu denen seine Muskeln sich verkrampft hatten. Paradoxerweise war ihm jetzt wohler: Ein Problem war zumindest erledigt – gelöst –, wie wenig zufriedenstellend auch immer. Er würde Murray nicht wieder zu bestechen brauchen.

»Schauen Sie«, sagte Morgan, der das Schweigen brechen wollte, »es tut mir leid. Ich ... ich habe auf Anweisung gehandelt.«

»Ich nehme an, er bedroht Sie mit irgendetwas?«

»Ja, allerdings. Sie glauben doch nicht, ich sei sein Komplize in der Sache?« Morgan blickte beleidigt.

Murray entschuldigte sich. »Was hat er denn gegen Sie in der Hand?«, fragte er.

Morgan atmete geräuschvoll aus. »Ich glaube, es ist besser, wenn ich das für mich behalte. Nur so viel: Er weiß etwas, von dem ich nicht möchte, dass mein Chef es erfährt. Es ist nichts Kriminelles«, fügte er rasch hinzu. »Passt eher in die Rubrik Skandalgeschichten, wenn Sie wissen, was ich meine.«

»Verstehe.« Murray fuhr sich mit der Hand durchs Haar. »Hört sich nach einer sehr dummen Sache an.« Er hielt inne. »Was würde Ihnen passieren, wenn Mr Fanshawe von diesem ›Skandal‹ erführe – was es auch immer ist?«

Morgan zuckte die Achseln. Er sagte sich, dass es jetzt nicht mehr so sehr darauf ankam. »Ich weiß nicht so genau. Ich würde in Ungnade fallen. Heimgeschickt werden. Ganz bestimmt würde ich meinen Job verlieren. Fanshawe und ich sind zurzeit nicht gerade die besten Freunde.«

Murray sagte nichts dazu, und sie gingen schweigend weiter. Im Clubhaus entlohnten sie die Caddies und verstauten die Schläger in ihren Wagen. Morgan warf die seinen auf den Rücksitz. Den Kofferraum würde er nie wieder benutzen.

Plötzlich spürte er, wie die vertraute Panik sein Herz erfasste, als er sich vorstellte, was geschah, wenn Murray die Sache meldete. Er hatte sich früher etwas vorgemacht: Sein Job bedeutete ihm *doch* sehr viel, bedeutete ihm mehr als alles andere, und der Gedanke an eine Rückkehr nach England in Schande war ihm unerträglich. Irgendwie musste er Murray dazu bringen, ein Auge zuzudrücken; der Mann schien ihn zu mögen, vielleicht würde er ihm helfen, wenn er wusste, wie ihm wirklich zumute war.

Er ging zu Murrays Wagen hinüber und hörte gerade, wie sein Sohn fragte: »Dad, warum hat denn der Mann so geweint?«, und er wünschte, der lästige kleine Kerl würde verschwinden.

»Alex«, rief Morgan, »Kann ich ... kann ich Sie noch einmal kurz sprechen?« Murray kam herüber.

»Das ist mir unglaublich peinlich«, sagte Morgan, »aber ich muss mich an Sie wenden: Bitte zeigen Sie die Sache nicht an.«

»Aber ich habe Ihnen doch gesagt ...«

»Ich *bitte* Sie darum«, sagte Morgan in inbrünstigem Ton. »Ich verliere sonst ganz bestimmt meinen Job, und das ist das Einzige in meinem Leben, was mir etwas bedeutet. Bitte.«

»Was verlangen Sie da von mir?«, entgegnete Murray. »Soll ich so tun, als wäre nichts geschehen?«

Morgan wand sich. »Nun ... ja.« Aber er sah sogleich, dass das nicht genügte. »Könnten Sie nicht auf den negativen Bericht über dieses Grundstück verzichten? Denn wenn Sie gegen das Projekt Einspruch erheben, geht Adekunle ohnehin zu Fanshawe. Das war unser Abkommen: Ich sollte verhindern, dass Sie den negativen Bericht abliefern.«

Murray dämpfte die Stimme. »Dann wollen Sie also praktisch, dass ich meine Zustimmung zu dem Wohnheimprojekt gebe. Aber warum sollte ich das tun?«

»Um *meinet*willen«, flehte Morgan. »Sonst bin ich erledigt. Ich meine das im Ernst. Nicht nur mein Job wäre hin. Alles.«

»Warum ist das Projekt für Adekunle so wichtig? Macht er über Ussman Danda ein Angebot für den Bauauftrag?«

»Nein«, sagte Morgan ruhig. »Er ist Besitzer des Grundstücks.«

Murray warf den Kopf in die Höhe. »Heiliger Himmel«, lachte er spöttisch, »kein Wunder, dass er da zehntausend Pfund zahlen will.«

»Die sind übrigens noch immer verfügbar«, warf Morgan ein.

»Ich will vergessen, dass Sie das gesagt haben«, erwiderte Murray in knappem Ton. Er hielt kurz inne. »Sie bitten mich darum, das Wohnheimprojekt um Ihretwillen durchgehen zu lassen – damit Sie Ihren Job nicht verlieren.«

Morgan blickte vor sich zu Boden. »Ja«, sagte er voller Scham. »Ich weiß, dass ich ein verdammter Narr bin und mich selbst in diese Situation gebracht habe, aber ...«

»Nein«, sagte Murray entschieden. »Es tut mir leid, Morgan, aber es geht nicht. Das kann ich einfach nicht machen.«

»Aber warum nicht?«, beschwor ihn Morgan wider alle Vernunft. »Warum nicht? Was ist so wichtig an der Universität von Nkongsamba, an Adekunle, an diesem Land? Was schert es uns – Leute wie uns? Zum Schluss können wir gar nichts tun; die Adekunles dieser Welt werden am Ende die Gewinner sein. Sollen sie das verdammte Wohnheim doch dort bauen.« Er fühlte sich wie jemand, der merkt, dass er nicht mehr weiterweiß.

»Es hat überhaupt nichts mit der Universität von Nkongsamba zu tun«, sagte Murray ruhig.

»Warum wollen Sie mir dann diesen Gefallen nicht tun?«, fragte Morgan verzweifelt. »Ich falle vor Ihnen auf die Knie, wenn Sie wollen.« Er merkte, wie sich die vertrauten Gefühle heftigen Murray-Hasses wieder einstellen wollten. »Ist es, weil es ›unrecht‹ ist?«, fragte er sarkastisch. »Sie wollen nichts ›Unrechtes‹ tun – ist es das? Können Sie nicht sehen, dass das Leben nicht ganz so einfach ist? Gut-schlecht, recht-unrecht. So funktioniert das heute einfach nicht mehr.« Er breitete die Hände aus. »Sie leben in einer anderen Zeit, stehen da ganz allein, Alex: Niemand hält sich mehr an diese Regeln – also warum tun Sie es? Warum ist es so wichtig, dass ich meinen Job verliere?«

Morgan sah, wie sich Murrays Kinnmuskeln strafften. »Offen gesagt ist mir Ihr Job völlig egal«, sagte er mit seiner stählernen schottischen Stimme. »Wenn Sie so dumm sind, sich mit Leuten wie Adekunle einzulassen, dann ist das Ihr Problem. Und was Ihre Einschätzung meiner Denkweise betrifft, auch da liegen Sie ganz falsch. Mir geht es nicht um ›gut‹ und ›schlecht‹, wie Sie es ausdrücken; wenn ich an etwas interessiert bin, dann daran, dass in der Welt ein bisschen Fairness herrscht, und ich glaube, es ist nicht fair, dass so ein gieriger Bursche wie Adekunle sich auf Kosten anderer Leute um mehrere hunderttausend Pfund bereichert. Ich kann einfach nicht tatenlos zusehen, wie er damit durchkommt. Und wo ich jetzt in der Lage bin, ihn daran zu hindern, wird mich nichts davon abhalten. Es kümmert mich wenig, ob das recht oder unrecht ist, aber ich habe wenigstens die Gewissheit, dass es irgendwo gerecht zugegangen ist und zumindest *einem* Ausbeuter mehr ein Strich durch die Rechnung gemacht wurde. Es tut mir leid, aber ich sehe nicht, wie ich es zulassen kann, dass Sie Ihren Job behalten, wenn ich damit gleichzeitig zulasse, dass die Universität von Nkongsamba ein Wohnheim auf einem Müllplatzgelände errichtet und Adekunle dabei ein kleines Vermögen einstreicht – das wäre nicht im Entferntesten gerecht oder fair. Es mag töricht klingen, aber ich könnte mir das nicht verzeihen.«

Morgan ließ die Schultern sinken. Er war erschöpft. Er war zornig, weil er darauf keine Antwort zur Verfügung hatte: Er musste Murray in allem recht geben.

»Hören Sie zu«, fuhr Murray in ruhigerem Ton fort, »ich will Ihnen etwas sagen. Ich werde keinen Bericht erstatten vor dem dritten Januar – an dem Tag tritt mein Ausschuss wieder zusammen. Adekunle ist jetzt erledigt. Ich bin nicht so naiv zu glauben, dass ich ihm je den Besitz dieses Landes beweisen kann, aber er kann mich nicht an der Abgabe meines negativen Berichts hindern. Das gibt Ihnen Zeit, selbst die Dinge in Ordnung zu bringen – und ich verspreche Ihnen, dass ich Ihren Namen im Zusammenhang mit dieser Angelegenheit nicht erwähnen werde.«

»Aber Adekunle wird das tun, ist Ihnen das nicht klar?«

»Doch, aber deshalb gebe ich Ihnen ja so viel Zeit. Kommen Sie ihm zuvor. Gehen Sie selbst zu Fanshawe: Erzählen Sie ihm alles, bevor Adekunle es tun kann.«

Morgan stöhnte. »Nein, das hat keinen Zweck. Ich könnte Fanshawe das nie erzählen. Sie kennen ihn nicht, Sie haben keine Ahnung, was er von einem verlangt. Er würde überschnappen.«

»Es ist Ihre einzige Chance«, meinte Murray. »Man weiß nie genau, wie jemand reagiert, was er denkt, was er tun wird. Vielleicht erleben Sie eine Überraschung.« Er winkte seinem Sohn. »Sprechen Sie mit Fanshawe«, riet er, »legen Sie die Karten auf den Tisch. Aber denken Sie daran: Am dritten Januar erstatte ich dem Bauausschuss meinen Bericht.« Er hielt inne und berührte Morgan flüchtig an der Schulter. »Es tut mir leid«, sagte er, »aber ich kann nicht anders.«

Morgan sah ihm nach, wie er zu seinem Sohn ging.

8

Morgan lag auf Hazels Bett und starrte, die Hände hinterm Kopf, zur Decke hinauf. Hazel ging gerade noch Bier holen, da er im Laufe des Nachmittags alle sechs Flaschen, die im Kühlschrank gewesen waren, getrunken hatte. Er war gleich nach seiner katastrophalen Golfpartie mit Murray in die Wohnung gekommen und wie ein Flüchtling auf Tauchstation gegangen. Vom Club aus hatte er noch Bilbow angerufen und ihm gesagt, er wisse nicht, wann er zurückkomme.

»Dieser Adekunle kam heute morgen vorbei, als Sie gerade weg waren«, hatte Bilbow gesagt. »Schien Sie unbedingt sprechen zu wollen. Ja, und wenn dieser Fanshawe noch einmal anruft, ich glaube, dann schnappe ich über. Er war heute schon ein halbes Dutzend Mal am Apparat. Was haben Sie dem denn getan?«

Morgan sank der Mut. Worauf waren Fanshawe und Adekunle aus? »Macht nichts«, sagte er zu Bilbow. »Richten Sie ihnen einfach aus, Sie wüssten nicht, wo ich bin.«

»Wie Sie wollen, Chef«, erwiderte Bilbow fröhlich.

Morgan hatte den Tag in einer verwirrenden Folge von Stimmungen verbracht: düstere Schwermut, absolute Gleichgültigkeit, beklemmendes Selbstmitleid und seine üblichen apokalyptischen Phasen der Wut und des Hasses auf die ganze Welt hatten miteinander abgewechselt. Das einzig Neue an diesem Stimmungsmuster war der Umstand, dass Murray nicht mehr als Hauptzielscheibe seines rachsüchtigen Zorns fungierte. Zwischen ihm und Murray war es jetzt nicht mehr so wie früher, der alte scharfe Gegensatz war durch etwas Komplexeres und Rätselhaftes ersetzt worden. Die Frontlinie war verschwunden. Dies stellte eine Wendung im Ablauf der Dinge dar, die er ausgesprochen unangenehm fand, schien sie doch außer Acht zu lassen, dass Murray ihm klipp und klar erklärt hatte, er werde seine Meinung, was den negativen Bericht betraf, nicht ändern – und davon hing seine Zukunft ab. Er konnte einfach nicht verstehen, weshalb er den Mann so leicht davonkommen ließ.

Am nächsten Morgen lag er zufrieden im Bett und sah zu, wie Hazel sich ankleidete. Die Sonne schien durch die Ritzen der Fensterläden. Von der Straße drang gedämpft der Verkehrslärm herauf.

»Wo gehst du denn hin?«, fragte er.

»Zur Wahl, natürlich«, sagte sie.

»Ach ja!«, rief er aus. »Ganz richtig, heute ist ja Wahltag. Du liebe Güte, das hatte ich völlig vergessen. Für wen stimmst du?«

Hazel griff nach der Handtasche und rückte die Perücke zurecht. Er wünschte, er hätte sie nicht gefragt: Er wusste, was sie sagen würde. Sie wandte den Kopf zu ihm um. »KNP«, sagte sie. »Für ein vereinigtes Kinjanja.«

Um Morgans friedliche Morgenlaune war es geschehen. Er dachte plötzlich an sein Schicksal und die düstere Alternative – entweder *er* ging zu Fanshawe oder aber Adekunle tat es. Er setzte sich auf und machte ein ernstes Gesicht.

»Ich glaube, es gibt da etwas, das du wissen solltest, Hazel«, sagte er. Hazel blieb an der Tür stehen. »Ich fürchte, es könnte bald eine Veränderung geben.«

»Inwiefern?«

»Es könnte sein, dass ich fortgehe. Zurück nach England.« Er forschte in Hazels Gesicht nach einer Reaktion. Sie schien über die Mitteilung nachzudenken, die Unterlippe vorgeschoben, die Mandelaugen verengt.

»Weshalb?«

»Nun ... ich stecke hier in Schwierigkeiten, weißt du, und man schickt mich vielleicht zur Strafe nach Hause«, sagte er. Hazel zuckte die Achseln. »Wie stehst du dazu?« Er winkte sie zu sich herüber. Sie setzte sich neben ihm aufs Bett, und er legte ihr den Arm um die Schultern. »Wirst du traurig sein?«, fragte er.

»O ja«, sagte sie. »Ich will nicht, dass du gehst.« Aber er konnte keine Tränen in ihren Augen entdecken.

Morgan blieb während des ganzen Wahltags – es war der siebenundzwanzigste Dezember – in Hazels Wohnung. Am Morgen des Achtundzwanzigsten fuhr er zurück nach Hause und traf Bilbow beim Packen an.

»Sie reisen schon wieder ab?«, fragte er.

»Ja«, sagte Bilbow. »In zwei Stunden geht eine Maschine, mit der fliege ich zurück in die Hauptstadt. Aber wo waren Sie die ganze Zeit?«, erkundigte er sich belustigt. »Sie sind die gefragteste Person, die mir je begegnet ist. Das Telefon ging ununterbrochen. Wieder Ihre Freunde Adekunle und Fanshawe, aber auch ein weibliches Wesen namens Celia.«

»O Gott«, stöhnte Morgan, theatralisch die Augen verdrehend. Er hatte Celias hysterischen Anruf vom ersten Weihnachtsfeiertag ganz vergessen.

»Sind Sie in irgendwelchen Schwierigkeiten?«, fragte Bilbow teilnahmsvoll.

»Das ist eine Untertreibung.«

»Tut mir leid. Kann ich etwas tun?«

»Nein, nein. Sie haben mir schon große Dienste geleistet, als mein Anrufbeantworter.«

Bilbow lächelte. »Kein Problem. Nur dieser Fanshawe. Ich glaube, der hielt mich für Sie und meinen Yorkshireakzent für Maskerade. Er hat immer wieder gesagt, ›Kommen Sie, Leafy, ich weiß, dass Sie es sind‹ oder ›Lassen Sie diese kindischen Spielchen, Leafy‹.« Bilbow ahmte Fanshawes großspurigen Ton hervorragend nach.

Morgan lachte etwas unsicher. »Typisch Fanshawe.« Er sah in Bilbows schmales Gesicht. »Wissen Sie was, ich fahre Sie zum Flughafen. Möchte nicht, dass Sie sich noch einmal über ein Taxi ärgern müssen.«

Zu seinem Erstaunen gelang es Morgan, bei dem mürrischen Mädchen an der Getränketheke des Flughafens zwei Flaschen Bier zu kaufen. Sie waren nicht gekühlt, aber man konnte nicht alles haben. Morgan und Bilbow setzten sich an einen Tisch, um auf die Maschine zu warten, die fünfzig Minuten Verspätung haben sollte. Sie tranken ihr Bier und unterhielten sich dabei. Zu seiner Überraschung stellte Morgan fest, dass er Bilbow recht sympathisch fand. Der Mann hatte einen trockenen Humor, und Morgan wünschte, er hätte mehr Zeit in seiner Gesellschaft verbringen können. Er holte noch zwei Flaschen Bier und sagte ihm das.

»Ja, es tut mir leid, dass ich mich seit Ihrer Ankunft so

mysteriös benommen habe«, sagte Morgan. »Ich hätte Ihnen ein bisschen die Gegend zeigen können. Aber ich dachte auch, Sie würden noch etwas länger bleiben. Hätte Ihre anglo-kinjanjanische Festivität nicht erst in zwei Tagen zu Ende sein sollen?«

»Ja, ja, das stimmt«, sagte Bilbow, »aber man hat die ganze Sache vorzeitig beendet wegen der Unruhen an der Universität. Gestern waren da große Demonstrationen. Die Bereitschaftspolizei musste eingreifen. Sah aus, als könnte sich eine sehr üble Situation daraus entwickeln. Ich dachte, es hätte etwas mit den Wahlen zu tun, aber mir wurde gesagt, es ist wegen der drohenden Schließung der Universität zum nächsten Semester.«

Morgan schlug sich mit der Faust in die Hand. »Herrgott, die Wahlen«, sagte er. »Die vergesse ich doch immer wieder.« Die Auszählung der Stimmen würde heute weitergehen, am späten Nachmittag musste das Ergebnis vorliegen. Er fragte sich, ob ein Sieg der KNP ihm möglicherweise helfen würde.

Das Knacken eines Lautsprechers kündigte die kurz bevorstehende Landung von Bilbows Maschine an.

»Nur eine Stunde und zehn Minuten Verspätung«, bemerkte Morgan verwundert. »Es scheint bergauf zu gehen.«

Morgan war gerade aus der Badewanne gestiegen, als einige Zeit später an diesem Nachmittag das Telefon läutete. Er warf sich den Morgenrock um und tappte auf noch nassen Füßen über den Flur ins Wohnzimmer.

»Hallo«, sagte er etwas zögernd. »Hier Leafy.«

»Ah, mein guter Freund, Sie sind von Ihrer Reise zurück.« Es war Adekunle. Morgan lehnte sich vor Schwäche an die Wand. »Ja«, sagte er, »ich wollte Sie anrufen. Ich …«

»Um mir zu gratulieren, hoffe ich.«

»Wie bitte?«

»Mein lieber Leafy – hören Sie sich nicht die Wahlergebnisse an? Wir haben gewonnen, mein Freund. Der Sieg ist unser!« Adekunles Stimme war von Leutseligkeit getränkt.

»Oh.« Morgan verspürte keine Erregung. Er wusste nicht, ob das eine gute oder eine schlechte Nachricht war. »Gratuliere.«

»Diese Begeisterung«, sagte Adekunle spöttisch. »Immerhin. Es sieht nach einer kleinen Mehrheit aus, aber nach einer Mehrheit auf alle Fälle.« Er hielt inne und setzte dann hinzu: »Ich habe versucht, Sie anzurufen. Ich nehme an, Sie haben mit der anderen Sache weitergemacht. Dr. Murray und unser Abkommen.«

»Ehem, nun – ja. Deswegen wollte ich …«

»Haben Sie weitergemacht oder haben Sie nicht weitergemacht?«

Morgan dachte ganz schnell. »Ich habe nicht weitergemacht«, sagte er, instinktiv die Rettung in einer Lüge suchend. »Ich … ich habe seine Stimmung abgeschätzt, und die Umstände schienen mir nicht günstig.«

»Gut«, sagte Adekunle. »Gut.«

»Was sagten Sie gerade?«

»Ich sagte ›gut‹. Jetzt bin ich beruhigt. Deshalb habe ich Sie anzurufen versucht, aber Sie waren nirgendwo zu erreichen. Ich wollte Ihnen sagen, dass Sie nichts weiter unternehmen sollen.«

Morgan setzte sich auf den Fußboden. »Warum?«, fragte er. Er brachte das nur in einem entgeisterten Flüstern heraus.

»Ich habe meine Pläne geändert. Ich erzähle Ihnen davon heute Abend.«

»Heute Abend?«

»Ja, bei mir zu Hause. Kleine Siegesfeier, bevor ich in der Regierung meine neuen Pflichten übernehme. Sagen wir um acht Uhr?«

»Nun, es ist sehr freundlich von Ihnen, mich einzuladen, aber ich …«

»Mein guter Freund«, sagte Adekunle. »Lasst uns essen, trinken und fröhlich sein, wie es heißt. Ich rechne mit Ihnen. Bis dann.«

9

Innocence war an ihren ursprünglichen Platz zurückgeschafft worden. Der Jujuzeichen waren jetzt noch
mehr, das alte Tuch hüllte sie wieder ein. Morgan sah hin:
Es war, als wäre inzwischen nichts geschehen, als hätte es
diese grässlichen zwei Nächte überhaupt nicht gegeben.
Er reichte Ezekiel die Fackel zurück. Die warme afrikanische Nacht umfing sie: Im Westen hielten sich noch ein
schmaler Streifen von hellem Orangerot, einige Grautöne
und Schattierungen in Rosaviolett und metallischem Blau
als Umrandung der Regenwolken am Horizont.

»So«, sagte Morgan in die Runde. »Sie ist noch da.«
Isaac, Joseph und Ezekiel nickten zustimmend.

»Jemand sie fortgeschafft vor drei Tagen«, informierte
ihn Isaac mit zutiefst argwöhnischer Stimme.

»Ich weiß«, sagte Morgan. »Mr Fanshawe hat es mir erzählt. Dumme Sache. Aber ich bin sehr froh, dass man sie
zurückgebracht hat.«

»War kein Respekt«, versicherte Ezekiel.

»Nun«, sagte Morgan, der plötzlich zu einem Entschluss gekommen war, »ihr könnt Maria sagen, dass sie
morgen den Fetischpriester holen kann. Ich werde alles
bezahlen.« Das löste erstauntes Gemurmel aus.

»Sie werden bezahlen, Sah?«, meinte Isaac.

»Das sagte ich gerade. Ich bezahle. Für alles.«

»Auch für Begräbnis?«, fragte Joseph.

»Ja, ja. Bringen wir die Sache hinter uns. Aus. Fertig.«

»Das sehr gut«, erklärte Ezekiel. »Sehr, sehr gut.«

»Isaac«, sagte Morgan, »wenn ich Ihnen morgen das Geld gebe, werden Sie dann das Bier und die Ziege und so weiter für Maria kaufen? Ist das okay?«

»Ist in Ordnung«, bestätigte Isaac. Sie trafen ihre Vereinbarungen. Morgan stellte fest, dass die Kosten einen Sprung auf achtzig Pfund gemacht hatten, als nun feststand, dass er die Rechnung begleichen würde. Es würde eine besonders große Feier geben, versicherten sie ihm, zu der er herzlich eingeladen war. Morgan missgönnte die Feier keinem. Und wenn jemand einen festlichen Abschied verdiente, dann die arme Innocence. Er würde sich alles, ehe er fortging, irgendwie aus der Portokasse wieder zurückholen.

Sie schlenderten zum Rand des Wohnbezirks. Kochgerüche wehten von den Holzkohlebecken herüber. Eine zahnlose Frau kam im Dunkeln an ihnen vorüber, ihre flachen schwarzen Brüste schwangen im Schein der Laterne, die sie auf dem Kopf balancierte. Das Kind, das sie an der einen Hand führte, deutete auf Morgan und rief »Oyibo, oyibo«. Weißer Mann. Morgan fragte sich, ob sie wohl je aufhörten, das zu bemerken.

Er schnupperte die Luft ein. »Regnet's heute noch?«, fragte er.

»Ich glaube, wir kriegen kleinen Regen heute Nacht, Sah«, sagte Isaac. Morgan wollte noch eine Bemerkung über den Blitz machen, der nie zweimal an derselben Stelle einschlägt, überlegte es sich dann aber anders. Er sagte, er werde am nächsten Morgen wiederkommen, und ging quer über den Rasen zu seinem Wagen.

Er fuhr nach Hause, um sich für Adekunles Party umzukleiden. Während er das Hemd überstreifte, rief er zu
Friday hinüber, er solle ihm einen Whisky mit Soda machen. Friday brachte ihm den Drink und ließ sich sagen,
dass kein Abendessen zubereitet zu werden brauchte.
Morgan entschied sich gegen den Smoking und für einen
blassgrünen Anzug. Als er in den Schrank griff, um ihn
herauszuholen, bemerkte er, dass Friday noch in der Tür
stand.

»Ja, Friday – was ist?«

»Bitte, Sah. Ich will Sie warnen vor etwas.«

»Mich warnen? Wovor?«

»Nicht nach Nkongsamba gehen morgen. Bitte, Sah.«

»Aber warum denn nicht?«

»Soldaten werden da sein.«

»Soldaten? Wovon redest du da? Ein Staatsstreich?
Denkst du an einen *coup d'état*?«

»*Ah oui. C'est ça. Un coup d'état. Demain.*«

»Woher weißt du das?«

»Jeder weiß.«

»Okay, Friday, vielen Dank.« Der kleine Mann ging da-
von. Was für ein Unsinn, dachte Morgan, als er sich die
Krawatte band. Die Nacht mit Innocence musste ihm den
Verstand verwirrt haben.

Als er sich um zehn vor acht zu Adekunle auf den Weg
machte, fühlte er sich wie jemand, der auf geborgte Zeit
lebt. Die Eröffnung, dass er Murray gar nicht hätte zu bestechen brauchen, war ein besonders grausamer und iro-
nischer Schlag gewesen. All diese Demütigung, all diese
Seelenerforschung hätte nicht zu sein brauchen – zumindest jetzt nicht. Adekunle schien nur von einer Verschie-

bung, einer vorübergehenden Änderung seiner Pläne gesprochen zu haben. Jedenfalls war die Sache jetzt erst einmal vorüber, und vielleicht war das nicht zwangsläufig schlecht. Zum ersten Mal seit Wochen spürte er, wie wieder ein klein wenig Ruhe in sein Leben kam, wahrscheinlich einfach deshalb, weil er jetzt kaum noch etwas tun konnte, um den Lauf der Dinge zu verändern oder zu beeinflussen. Er nahm sich vor, Murrays Rat zu befolgen und Fanshawe von seiner unbesonnenen Affäre zu berichten und dadurch Adekunle des Triumphs zu berauben, seine Drohung wahr zu machen. Fanshawe würde ihn natürlich trotzdem entlassen – oder seine Entlassung empfehlen –, aber das war immer noch viel besser, als Adekunle zu erlauben, mit seinen Verleumdungen aufzuwarten. Ja, er entschloss sich sogar, Fanshawe nicht das Vergnügen zu machen, ihn entlassen zu können. Er würde selber kündigen – er würde Fanshawe alles erzählen und dann seine Kündigung einreichen. Er lächelte bei dem Gedanken: Ja, das war das Beste. Er brachte endlich seine Angelegenheiten in Ordnung, und jetzt war auch das Problem Innocence erledigt und alles für die Totenwache in die Wege geleitet. Die einzige kleine ungelöste Wolke am Horizont war Celia. Er spürte, wie sich die Wärme der Zuneigung in seinem Körper ausbreitete, als er seine Erinnerungen Revue passieren ließ. Celia, die einzige wahre Liebesaffäre seines Lebens, wie er erstaunt feststellte, oder doch die Beziehung, die ihr am nächsten kam. Nun, da er sich Adekunles wegen keine Sorgen mehr machte, musste er versuchen, mehr mit ihr zusammen zu sein, ehe er die Heimreise antrat.

Als er auf dem Weg zur Universität eine Anhöhe hinauffuhr, erfassten seine Scheinwerfer eine schwarz gekleidete Gestalt. Es war Femi Robinson, der mit einem Bündel von Plakaten unterm Arm die Straße entlangstapfte. Morgan hielt an, und Robinson kam auf den Wagen zu.

»Kann ich Sie ein Stück mitnehmen?«, fragte Morgan. Er fühlte sich großmütig, und er hatte nichts gegen Robinson, ja, er hatte sogar Verständnis für ihn. »Ich fahre bis zur Universität«, setzte er hinzu. Robinson nahm dankend an, warf die Plakate auf den Rücksitz und stieg ein. Morgan warf einen Blick auf ein Plakat, auf dem stand: PÄDAGOGIK JA! DEMAGOGIE NEIN! Er fuhr wieder los. Offenbar hatten sie das gleiche Ziel.

»Dann haben Sie uns also aufgegeben?«, sagte Morgan, der auf die Plakate deutete und dann das Fenster bis zum Anschlag herunterkurbelte. Robinson wäre in einem allegorischen Werbespot für Körperspray die ideale Besetzung für den Schweiß gewesen.

Robinson runzelte die Stirn. »Da die Wahlen nach Ihren Plänen ausgegangen sind, hat es keinen Zweck mehr, die Leute zu warnen. Deshalb protestieren wir heute Abend gegen die Anwesenheit von Bereitschaftspolizei auf dem Universitätsgelände und die geplante Schließung im nächsten Semester.«

»Aber wird die neue Regierung das nicht anders entscheiden?«, fragte Morgan.

Robinson lachte verächtlich über so viel Naivität. »Sie machen wohl Witze. Ich habe Ihnen doch gesagt: UPKP, KNP – das ist alles eins. Sie mögen es nicht, dass Studenten ihnen Ärger machen.«

»Dann wollen Sie also jetzt die Studenten unterstützen.«

»Solange ich das kann, ist es meine Pflicht. Ich rechne damit, dass die PPK bald verboten wird.«

Morgan sah Robinson mit einiger Bewunderung an. Er schien immer auf der Suche nach neuen hoffnungslosen Schwierigkeiten zu sein, mit denen er sich messen konnte. »Nun«, sagte er, »ich werde beim neuen Außenminister ein gutes Wort für Sie einlegen.«

Robinson blickte ihn scharf an. »Sie treffen sich schon mit Adekunle?«

Morgan lachte. »Keine Sorge. Es ist ganz inoffiziell – eine Siegesparty, glaube ich.«

»Da wird wohl auch Fanshawe dabei sein«, meinte Robinson spöttisch, »mit herzlichen Glückwünschen für seine Marionette.« Er verlieh dem letzten Wort einen besonders giftigen Klang.

An diese Möglichkeit hatte Morgan nicht gedacht. Er hoffte, Robinson irrte sich da. »Adekunle Fanshawes Marionette? Das ist doch etwas lachhaft, finden Sie nicht?«

Robinson verschränkte die Arme vor der Brust. »So sehen wir das geheime Zusammenspiel Großbritannien-KNP vor den Wahlen. Wie sollen wir es anders interpretieren?«

Morgan fiel dazu nichts ein. Er hoffte nur, dass es kein Fehler gewesen war, ihm von Adekunles Siegesparty zu erzählen.

Er hielt vor dem Haupttor der Universität an. »Ich lasse Sie hier aussteigen, Femi, wenn Sie nichts dagegen haben«, sagte er. »Es wäre vielleicht nicht gut, wenn man sähe, wie ich Revolutionäre zu ihren Demonstrationen fahre.«

Robinson sammelte seine Plakate ein. »Danke fürs Mitnehmen«, sagte er. »Unser Gespräch war höchst interessant.«

434

Als Morgan sich Adekunles Haus näherte, hielt ihn ein uniformierter Wächter an und bedeutete ihm, den Wagen ein Stück weiter weg zu parken. Die Straßen waren von Fahrzeugen gesäumt, aber als er näher kam, sah er, dass die Flächen unmittelbar um das Haus frei gelassen worden waren und das Haus selbst von Scheinwerfern angestrahlt wurde. Auf dem Balkon im ersten Stock waren Lautsprecher angebracht, und vor dem Tor standen etwa ein Dutzend KNP-Anhänger. Es sah so aus, als wollte Adekunle irgendwann im Verlauf des Abends eine Dankrede an seine treuen Wähler halten. Der Vordereingang wurde geöffnet, als Morgan sich ausgewiesen hatte, und er schritt die Einfahrt entlang. Bei den Garagen standen mehrere dienstlich aussehende Limousinen, und mit einem flauen Gefühl im Magen erkannte er Fanshawes schwarzen Austin Princess neben Mullers recht schmutzigem Mercedes. Beide Wagen zeigten an der Kühlerhaube die jeweilige Nationalflagge.

Peter, der Fahrer des Konsulats, absolvierte einen übertriebenen Gruß, als er vorüberkam. »Abend, Sah«, rief er. Morgan ging auf ihn zu.

»Hallo, Peter. Mr Fanshawe hier?«

»Ja, Sah. Ich sie alle gebracht.«

»Alle?«

»Ja, Sah. Mrs Fanshawe, Mr Dalmire und auch Miss Fanshawe.«

Morgan blickte zu dem Haus hin. Die Räume im Erdgeschoss schienen voller Menschen zu sein. Eine kleine Siegesfeier, hatte Adekunle gesagt.

»Sind viele Leute da?«, fragte er.

»Oh ja«, sagte Peter. »Sehr viele, Sah.«

Im Wohnzimmer schob sich Morgan durch das Gedränge in Richtung Bartheke. Die Atmosphäre war heiß und ausgelassen, und es lag eine euphorische Stimmung in der Luft, fast wie auf einer Silvesterparty. Er hielt den Kopf gesenkt. Er wollte niemanden sehen, er war nur hier, weil Adekunle es ihm befohlen hatte. Endlich war er an der Bar.

»Einen großen Whisky, bitte. Mit Soda.«

»Hallo«, hörte er da eine Frauenstimme sagen und drehte sich um. Es war Priscilla. »O Gott!«, rief sie. »Was ist denn mit Ihrem Gesicht passiert? Und mit Ihrem Haar?«

»Weihnachtspudding«, erklärte er. »Zu viel Brandy. Gar nicht gewusst, dass das Zeug so leicht brennt.« Sie erschien ihm atemberaubend begehrenswert, vom Hals abwärts: sonnengebräunt und vor Gesundheit strahlend in einem cremefarbenen Kleid mit rundem, tiefem Ausschnitt.

»Also deshalb hat man Sie nicht gesehen«, sagte sie und steckte sich eine Olive in den Mund. »Ich glaube, Daddy versucht Sie seit zwei Tagen zu erreichen.«

»Ach ja?« Morgan fasste sich mit der einen Hand an die Pflasteraugenbraue, während er mit der anderen die federleichten Haare seiner Stirntolle zu bändigen versuchte. »Musste mich schonen«, setzte er zur Erklärung hinzu. Er wechselte das Thema. »Ich dachte, Sie und Dickie wollten nach Weihnachten ein paar Tage Ferien machen. Zum Skilaufen.«

»Das tun wir auch noch«, sagte sie. »Wir müssen sogar hier bald gehen, da wir dann sofort die Nacht durch in die Hauptstadt fahren, wo unsere Maschine ganz früh am

Morgen startet. Peter fährt uns hin in dem großen Wagen. Oh, da kommt Dickie.«

Dalmire sah jung und sauber aus in einem weißen Smoking. »Ha«, sagte er, »der verlorene Sohn ist zurückgekehrt. Aber was, um Gottes willen, haben Sie mit Ihrem Gesicht gemacht?« Er beugte sich vor urid flüsterte Morgan ins Ohr: »Arthur möchte Sie sprechen, Morgan. Ich glaube, er ist ein bisschen wütend.«

»Weswegen?«

»Hauptsächlich wegen Innocence, glaube ich.«

»Das ist jetzt alles erledigt.«

»Und auch wegen etwas mit der Herzogin.«

»O Gott. Dann bringe ich das lieber gleich hinter mich. Wo ist er?«

»Da drüben am anderen Ende. Wo an der Wand dieses Maskending hängt.«

Morgan schlängelte sich in der von Dalmire angegebenen Richtung durch die Menge. Auf halbem Weg, eingekeilt zwischen einer stattlichen Kinjanjanerin und einem gestikulierenden Herrn von der KNP, fühlte er sich am Ärmel gezupft. Es war Denzil Jones.

»Hallo, Denzil. Später, ich muss zu Arthur.«

»Nur ganz kurz, Morgan.« Denzil schob sich dichter an ihn heran. Er sah niedergedrückt und ernst aus. Schweiß glänzte auf seinen Backen. Er blickte sich nervös um. »Können Sie sich das erklären?«, fragte er und schob Morgan ein Blatt Papier in die Hand. Es war eine Rechnung der Ademola-Klinik für Hazels Behandlung samt den Angaben über die Penicillindosis.

»Sagt mir nichts«, erwiderte Morgan mit Unschuldsmiene. »Hat man Ihnen zu viel berechnet?« Er fluchte in sich hinein: Er hatte Hazel das Geld zur Begleichung dieser Rechnung gegeben.

»Ich habe damit überhaupt nichts zu tun, Mann!«, jammerte Jones. »Das ist doch keiner Ihrer Witze, oder? Denn der wäre gar nicht lustig.« Er sah bemitleidenswert aus. »Geraldine ist übergeschnappt. Sie hat sich geweigert, hierher mitzukommen.«

»Tut mir leid, Denzil. Wahrscheinlich einer von den Burschen im Club.« Er klopfte Jones auf die Schulter. »Kopf hoch, alter Junge.« Das hatte er schon immer einmal zu Jones sagen wollen. Er schob sich weiter durch das Gedränge.

»Hallo, Arthur«, sagte er. Fanshawe war in voller Kriegsbemalung: kurzer Smoking, Kummerbund, Ordensbänder.

»Morgan! Wo zum Teufel haben Sie gesteckt?«, wollte er wissen. »Und was, um Gottes willen, haben Sie mit Ihrem Gesicht angestellt?«

»Ein kleiner Unfall. Musste mich dann schonen. Brauchte ein bisschen Ruhe und Frieden.«

»Na, wunderbar«, sagte Fanshawe in stark sarkastischem Ton. »Wunderbar. Und was ist mit Innocence, hm? Die lassen Sie einfach verfaulen.«

»Ich hab sie zurückgeschafft – oder etwa nicht?«, entgegnete Morgan gereizt. Er erläuterte die neuen Vereinbarungen, die er getroffen hatte, und Fanshawe schien sich etwas zu beruhigen. »Die Dienstboten waren alle rechtzeitig wieder auf ihren Posten, nehme ich an?«, fuhr er fort. »Ist der Empfang gut über die Bühne gegangen?«

Fanshawe stützte die Hände in die Hüften. »Ja, das ist er. Aber warum waren Sie nicht da?«

»Ich sagte Ihnen doch, mir war nicht gut. Arthur, ich muss Ihnen …«

»Sie wurden nämlich vermisst«, sagte Fanshawe. »Insbesondere von der Herzogin. Aus irgendeinem Grund hat sie immer wieder gefragt, wo Sie seien. Sie wurde fast böse, als Sie nicht auftauchten.«

Fanshawe sann noch weiter darüber nach. »Merkwürdige Frau … aber sehr angenehme Person, wohlgemerkt. Schien sich nur über Ihre Abwesenheit zu ärgern.« Er blickte Morgan argwöhnisch an. »Können Sie sich das erklären?«

»Nein, wirklich nicht«, sagte Morgan. »Arthur, ich muss mit Ihnen über etwas sehr Wichtiges reden.«

»Aber egal«, sagte Fanshawe, ohne auf ihn einzugehen. Er klopfte ihm auf die Schulter. »Das ist alles schon wieder Vergangenheit.« Er machte eine Geste zu dem Partytreiben hin. »Alles in Ordnung et cetera.« Er dämpfte die Stimme. »Es scheint, Kanapee zahlt sich aus. Glück für uns alle.«

»Gerade darüber wollte ich mit Ihnen sprechen, Arthur. Ich …«

»Grund*gütiger*!« Chloe Fanshawe schob zwei andere Partygäste beiseite, um sich in ihr Gespräch einzumischen. »Was ist mit Ihrem Gesicht passiert? Und Ihrem Haar?« Sie trug ein mit Stickereien verziertes grellrosa Kleid und hatte eine dreireihige Perlenkette um das weiche Fleisch ihres Halses hängen. Sie musste sich das Haar frisch gefärbt haben, seine Schwärze war sehr intensiv und verlieh ihrer Haut eine gleichsam essbar wirkende Struktur und Weiße.

»Mein Weihnachtsgeschenk«, improvisierte Morgan.

»Zigarettenfeuerzeug. Hab den Flammenstärkeregler in die falsche Richtung gedreht. Eine Zigarette angezündet und wumpf.«

»Du liebe Güte, so etwas … Arthur, komm. Ich möchte dich bekannt machen mit …«

Morgan bahnte sich den Weg zurück zur Bar. Offenbar sollte es ihm nicht gelingen, Fanshawe heute Abend die Neuigkeit von seiner Kündigung zu überbringen. Er ließ sich das Glas wieder füllen. Dalmire und Priscilla plauderten traulich miteinander, und für einen Augenblick stellte sich bei ihm der alte Neid wieder ein. Er wandte sich um und sah Georg Muller und seine Tochter Liesl, die auf ihn zukamen. Morgan hob zum Gruß die Hand. Er kannte sie gut, sie kam jedes Jahr zu Weihnachten nach Nkongsamba.

»Ich möchte Ihnen einen Kuss geben«, sagte Liesl kokett, »aber ich will Ihnen nicht wehtun.«

»Haha«, sagte Morgan. Er wurde es müde, den Zustand seines Gesichts zu erklären.

»Was ist passiert?«, fragte Muller, der in einem zerknitterten grünen Safarianzug so smart wie immer aussah.

»Ach, da war dieses Baby in einem brennenden Haus und … egal. Wie geht es Ihnen, Liesl? Sie sehen gut aus.«

»Mir geht es auch gut«, sagte sie. Mit ihren hohen Absätzen war sie fast zehn Zentimeter größer als er. »Ich wollte, ich könnte Ihnen das Kompliment zurückgeben. Kinjanja scheint Ihnen nicht zu bekommen.«

»Wem sagen Sie das«, entgegnete Morgan seufzend.

»Die Briten sind heute Abend in voller Stärke erschienen«, bemerkte Muller trocken. »Sie müssen mit dem Ausgang der Wahlen sehr zufrieden sein.«

Morgan zuckte die Achseln. »Das kommt alles auf den Standpunkt an.«

Muller lachte. »Sie sind ein gerissener Bursche, Morgan. Ich habe unsere letzte Begegnung nicht vergessen.« Es entstand eine unbehagliche Pause. Morgan ging plötzlich auf, dass Muller ihm grollte, glaubte, er habe etwas Schlaues und Hinterhältiges mit Adekunle und der KNP abgehandelt.

Liesl brach das Eis. »Die neue Regierung hat jedenfalls schon ihre erste Krise. Wie ich höre, haben die Studenten das Verwaltungsgebäude besetzt. Man hat wieder die Bereitschaftspolizei gerufen.«

»Ich habe gerade mit dem Vizekanzler gesprochen«, sagte Muller. »Ihm hat das ganz schön das Weihnachtsfest verdorben.«

»Ich weiß, wie ihm zumute ist«, sagte Morgan. In diesem Augenblick sah er Adekunle näher kommen, indes sich die Menge seiner Gäste fügsam vor ihm teilte wie das Rote Meer vor Moses. Morgan verspürte plötzlich ein Zittern oben im linken Bein.

»Georg, mein Freund«, dröhnte Adekunle, »darf ich Ihnen unseren leicht ramponierten Mr Leafy für einen Moment entführen?« Muller bedeutete mit einem Kopfneigen sein Einverständnis, und Morgan folgte Adekunles wallenden Gewändern durch den Raum und in die gedämpfte Stille seines Arbeitszimmers.

Adekunle ließ seine Körpermasse vorsichtig auf der Kante des Schreibtisches nieder. »Nun?«, sagte er.

»Entschuldigung.« Morgan fiel es schwer, sich zu konzentrieren. »Herzlichen Glückwunsch zu Ihrem Wahlsieg.«

»Danke«, sagte Adekunle herablassend. »Aber ich dachte eigentlich an unsere Abmachung. Sie sagten, Sie hätten beschlossen, schließlich doch nicht mit unserem Vorschlag an Dr. Murray heranzutreten.«

»Ganz recht«, log Morgan – er wollte Adekunle so lange beruhigen, bis er die Gelegenheit gehabt hatte, mit Fanshawe zu reden. »Es hat nicht hingepasst. Seine Stimmung … er wäre bestimmt nicht zugänglich gewesen, das konnte ich deutlich spüren.«

Adekunle zündete sich eine Zigarette an. »Sind Sie dessen sicher? Sie haben nichts zu ihm gesagt? Weil wir nämlich jetzt andere Pläne haben. Eine Geldzahlung an Murray käme jetzt sehr ungelegen.«

»Er beabsichtigt noch immer, einen negativen Bericht über dieses Grundstück zu erstatten«, sagte Morgan, ausnahmsweise einmal bei der Wahrheit bleibend. »Nehme ich an«, fügte er hinzu.

»Gut.«

Morgan war verwirrt. »Warum gut?«

Adekunle blickte ihn an. »Sagen wir so: Ich habe im Senatsbüro einen … einen ›Vetter‹ entdeckt. Es geht jetzt nur noch darum, die Protokolle von der Sitzung des Bauausschusses zu verlegen, wenn Murray gegen das Grundstück Einspruch erhebt.« Er blies Rauch in die Luft, ein befriedigtes Lächeln auf dem Gesicht. »Eine simple, effektive und, wie sich herausstellt, viel billigere Methode. Es tut mir nur leid, dass ich das nicht früher arrangieren konnte. Hätte Ihnen damit vielleicht einiges an, na, sagen wir Gewissenserforschung, einigen Kummer erspart.« Adekunle klopfte Asche in einen Glasaschenbecher mit dickem Boden. Morgan hätte ihn ihm in den

Kopf rammen mögen. Also würde Murrays Bericht abgefangen werden. Und nun, da Adekunle Außenminister war, würde Murray auch mit einer Anzeige keinen großen Erfolg haben. Etwas Dreck würde vielleicht hängenbleiben, aber wie die kinjanjanische Politik beschaffen war, würde das nichts weiter ausmachen. Es tat ihm auf einmal leid um Murray und sein Streben nach »Fairness«. Er war einfach ein zu kleiner Mann. Die Adekunles dieser Welt schwammen immer oben.

»Was ist dann mit mir?«, fragte er mit matterer Stimme, als er beabsichtigt hatte.

»Ja, was ist mit Ihnen, Mr Leafy. Ich glaube, wir werden Sie für eine Weile auf Eis legen, wie man so sagt. Sie sind mir noch immer einiges ›schuldig‹, wie Sie gewiss zugeben werden. Ich kann mir einen Zeitpunkt in der Zukunft vorstellen, an dem sich Ihnen die Möglichkeit bietet, diese Schuld zu begleichen.«

Da wusste Morgan, dass es um seinen Job endgültig geschehen war. Es hatte die leise Hoffnung bestanden, Adekunle könnte ihn bei einer Art Nach-Wahl-Amnestie laufen lassen, nun, da alles für ihn so positiv ausgegangen war. Jetzt war er froh, dass er sich bereits zur Kündigung entschlossen gehabt hatte. Er konnte nicht als Mann Adekunles weiter im Konsulat verbleiben, jetzt nicht mehr. Er spürte, wie sich zu seiner allgemeinen Verzweiflung ein seltsames Gefühl der Erleichterung gesellte. In gewisser Hinsicht war er froh, die ganze Farce hinter sich zu bringen – sich endlich aus dem hemmenden Netz von Lügen und Mittäterschaft herauszuwinden.

Das Telefon auf Adekunles Schreibtisch läutete. Er nahm den Hörer ab. »Ja«, sagte er in scharfem Ton.

»Was? … Diese verdammten Idioten! … Okay, okay, ziehen Sie sie hinzu … Das muss heute Abend noch abgestellt werden.« Er legte auf.

»Diese Studenten«, sagte er. »Setzen die Fahrzeuge in Brand, vernichten Unterlagen. Das kann nicht geduldet werden.«

»Nein«, pflichtete ihm Morgan bei, »das geht nicht.«

Morgan starrte trüben Blicks zum Fenster des Badezimmers im ersten Stock hinaus und versuchte durch die Scheinwerferhelle hindurch etwas zu erkennen. Er hatte sich gerade über der Toilettenschüssel erbrochen – die Folge von zwei Gin, einem Bucksfizz, einem Whisky und einem Drambuie, die er nach dem Verlassen von Adekunles Arbeitszimmer den umhergehenden Dienern vom Tablett gerissen und hintereinander getrunken hatte, als gälte es, den Weltrekord irgendeines Trinkers zu brechen. Zur Feier seines Lebensendes, hatte er sich gesagt.

Wie dies gewöhnlich nach einem durch Alkohol ausgelösten Erbrechen der Fall war, fühlte er sich zugleich besser und schlechter. Er griff nach einer Zahnbürste und putzte sich die Zähne. Unten vor dem Haus standen kaum mehr Leute als vorher, und sie verhielten sich ruhig. Kaum die ganz große Wahlsiegerstimmung, dachte Morgan, der sich fragte, wann Adekunle wohl seine Rede hielt. Er öffnete das Fenster und lauschte angestrengt: Er glaubte ein fernes Geschrei zu hören, das lauter zu werden schien – wohl die Leute von der Parteibasis, die sich da näherten.

Er verließ das Badezimmer und steuerte unsicheren Schritts auf die Treppe zu. Er musste hinuntergehen und noch etwas trinken, um die düstere Zukunft zu verschleiern, die unausweichlich vor ihm lag. Priscilla, Adekunle, Fanshawe, Kanapee, Innocence und Murray: Es war einfach zu viel gewesen. Er hatte es versucht, er hatte gekämpft, aber er vermochte nicht mehr Schritt zu halten. Die Chancen waren zu ungleich verteilt gewesen, es war Zeit, aufzugeben.

»Psst, Morgan.«

Er blickte sich überrascht um. Celia erschien für einen Augenblick auf einer Türschwelle. Sie winkte ihn zu sich in das Zimmer. Sie schloss die Tür hinter ihm, und sie küssten sich. Er war froh, dass er sich die Zähne geputzt hatte. Sie standen, soweit er das erkennen konnte, in einem Gästeschlafzimmer. Celia hatte das Licht ausgeschaltet gelassen.

»Wo bist du gewesen?«, fragte er etwas undeutlich sprechend. »Ich habe dich unten nicht gesehen.«

»Das wollte ich gerade dich fragen. Du hast mir gesagt, ich soll dich anrufen, erinnerst du dich?«, sagte sie in verletzt-anklagendem Ton. »Ich bekam immer nur diesen Mann aus Yorkshire an den Apparat, der sagte, er wisse nicht, wo du bist.«

»Ich … ich war außerhalb«, sagte Morgan. Er strich ihr übers Haar und küsste ihre Wangen. »Ich hatte etwas zu erledigen.« Er zog sie an sich. »Ich habe dich vermisst, Celia«, begann er, aber sie schob ihn von sich.

»Es geht um Sam«, sagte sie verzweifelt. »Ich habe mich entschlossen, ihn zu verlassen. Du musst mir helfen.«

»Celia, Celia«, sagte er in klagend-behutsamem Ton, »fang nicht wieder damit an. Ich weiß, er ist ein Ekel, aber wie kannst du ihn verlassen? Was ist mit den Jungen?«

Sie hatte das Thema schon früher einmal zur Sprache gebracht, aber ihm war es immer gelungen, es im Keim zu ersticken.

»Nein, mir ist es ernst!«, sagte sie in schrillem Flüstern. »Ich habe einen Plan.« Er sah sie genauer an, ein wenig beunruhigt durch ihre Heftigkeit: Sie schien am Rand eines Nervenzusammenbruchs zu sein.

»Aber ich kann dir nicht helfen, Celia«, sagte er ruhig. »Nicht mehr. Ich bin dazu nicht in der Lage. Ich werde …«

»Was redest du da?«, entgegnete sie gereizt. »Du bist der Einzige, der helfen kann. Du hast die nötige Autorität.«

Er fühlte sich irgendwie geschmeichelt durch diesen Hinweis auf seine männlichen Talente. Er versuchte abermals, den Arm um sie zu legen, aber wiederum schüttelte sie ihn ab. »Celia, Liebling«, sagte er. »Du hast meine ganze Unterstützung und … Zuneigung.« Er hätte beinahe »Liebe« gesagt, aber solange sie in dieser Stimmung war, wollte er das Wort vermeiden. »Und du bist für mich etwas ganz Besonderes.« Er stieß ein leises Lachen aus. »Du bist das Beste, was mir in diesem verdammten Land begegnet ist. Nein« – er hob mit betrunkener Hartnäckigkeit die Hand, als sie ihn unterbrechen wollte –, »nein, ich meine das ernst. Ich habe mich keinem anderen Menschen so nahe gefühlt wie dir. Ehrlich«, sagte er aufrichtig. »Das ist ja das Teuflische. Das ist das Einzige, was mich bekümmert, wenn ich gehe. Ich möchte dich nicht verlassen.«

»Wenn du *gehst*?«, keuchte sie. »Was heißt das, wenn du *gehst*?«

Er versuchte seine Stirnlocke zu glätten. »Ich habe mich in ernsthafte Schwierigkeiten gebracht«, sagte er – er hielt es noch immer für klug, Adekunle in diesem Zusammenhang nicht zu erwähnen. »Meine Schuld. Meine Dummheit, aber die Sache ist ernst. Ich würde meinen Job verlieren. Also reiche ich die Kündigung ein. Gleich morgen. Ich gehe zurück nach England.«

Celia stieß einen erstickten Schrei aus. »Aber das darfst du nicht.«

»Was darf ich nicht, Darling?«

»Du darfst deinen Job nicht aufgeben.«

Er lächelte sie zärtlich an. »Ich muss«, sagte er. »Ich bin in einer schrecklichen Lage. Wenn du Bescheid wüsstest, würdest du auch sagen, das ist die einzige Lösung. Ich habe keine andere Wahl.« Im Dunkel des Zimmers sah er, wie ihr Tränen über die Wangen liefen. Eine Gefühlswelle überlief ihn. Sie hielt zu ihm, sie mochte ihn wirklich.

»*Nein!*«, sagte sie mit einem schmerzlichen, irren Krächzen. »Nein. Du darfst nicht kündigen«, wiederholte sie.»Du darfst nicht, noch nicht. Ich brauche dich. Ich brauche dich für das Visum. Du bist der Einzige, der mir das Visum besorgen kann.«

»Visum? Was für ein Visum?«

Sie klopfte ihm mit ihren kleinen Fäusten gegen die Brust. »Du musst mir ein Visum für Großbritannien besorgen«, schluchzte sie, das Gesicht von Angst und Schmerz verzerrt. »Ich bin kinjanjanische Staatsbürgerin. Ich habe einen kinjanjanischen Pass. Ich kann ohne Visum nicht heimfliegen. Du musst mir eins besorgen. Ich brauche ein Visum für die Heimreise, und nur du kannst mir eins besorgen.« Sie sank langsam vor ihm auf die Knie.

Morgan stand wie erstarrt da. Es war, als hätte alles in seinem Körper für eine Sekunde aufgehört sich zu bewegen. Kurzer Scheintod. Seine Gedanken flogen zurück zu seinen früheren Begegnungen mit ihr. Er erinnerte sich jetzt, dass es fast vom ersten Augenblick an harmlose Fragen nach seiner Tätigkeit und seinem Verantwortungsbereich gegeben hatte: die vorübergehende Beunruhigung, als Dalmire eintraf, Erleichterung, als sie erfuhr, dass er noch immer die Oberaufsicht hatte. Er ließ einen langen, zitternden Atem hinauszischen, als ihn mit schmerzhafter Wucht die Wahrheit traf: Er war nur Teil ihres Fluchtplans gewesen – ein wichtiger, aber doch nur ein Teil. Sie konnte nur mit ihrem kinjanjanischen Pass nicht nach Großbritannien einreisen: Sie benötigte ein Visum. Also suchte sie sich jemanden, der eines beschaffen konnte, ohne dass ihr Ehemann etwas davon erfuhr.

Morgan sah zu der weinend am Boden Kauernden hinunter. Hat man dich wieder einmal benutzt, Leafy, dachte er. Du armer Narr. Er war wütend auf seine Selbstgefälligkeit, wütend darauf, dass er sich eingebildet hatte, hier sei etwas Besonderes, etwas ganz anderes. Es war genau wie alles sonst auch, dachte er mit traurigem Zynismus, genau das Gleiche. Doch was machte es ihm schon aus? Er war ein Aristokrat des Schmerzes und der Frustration, ein Fürst der Qualen und der Peinlichkeit. Er ging auf die Tür zu.

»Es tut mir leid, Celia«, sagte er. »Aber es ist jetzt zu spät.«

Auf dem Flur draußen wischte er sich die Augen, holte ein paar Mal tief Atem und stieß mit einigen K.-o.-Schlägen nach einem unsichtbaren Gegner. Was lustig war: Er stellte fest, dass er Celia gar nicht einmal böse war. Er war nur wütend auf sich selbst, weil er sich etwas vorgemacht hatte. Murray hatte recht: Es war wieder die alte Schein-

Sein-Falle, und er tappte jedes Mal in sie hinein. Wo war dieser durchdringende Scharfblick, auf den er sich so viel zugute hielt, wo das bohrende Auge, das Doppelspiel und Anmaßung entlarvte? Er hörte ein dumpfes Brausen im Kopf. Er lehnte sich gegen die Wand und schloss die Augen, es ging aber nicht fort. Er schlug die Augen wieder auf, und er merkte, dass das Geräusch von außen kam. Er rannte zu einem Fenster und blickte hinaus. Die Menge schien plötzlich stark zugenommen zu haben. Jenseits des von den Scheinwerfern erhellten Gartens drängte sich eine dunkle Masse vor dem Stacheldrahtzaun und nahm die Straße ein. Man rief etwas rhythmisch im Chor. Er sah eine kleine Gestalt in Schwarz, die die Rufe mit einem Megaphon dirigierte. Er hörte genau hin. Und er traute seinen Ohren nicht.

»FAN-SHAWE!«, brüllte die Menge. »FAN-SHAWE! FAN-SHAWE! FAN-SHAWE!«

Morgan eilte die Treppe hinunter. Die Gäste waren spontan an die von der Demonstration am weitesten entfernte Wand zurückgewichen. Es summte von beklommenen Fragen, aber am meisten waren die Leute damit beschäftigt, sich vorsichtig nach Notausgängen umzublicken, als befänden sie sich in einem im Keller gelegenen Nachtclub mit einer notorisch defekten Sprinkleranlage. Der Konsulatsstab stand beisammen, und man machte immer besorgtere Gesichter. Morgan gesellte sich zu ihnen.

»Was geht denn vor?«, fragte er.

»Wir wollten gerade gehen«, ließ sich Fanshawe nervös vernehmen. »Dickie und Pris müssen ja in die Hauptstadt fahren, wo ihre Maschine auf sie wartet.« Er schluckte.

»Peter hatte den Wagen zum Vordereingang gefahren. Wir sahen die Menschenmenge, die sich eingefunden hatte. Wir dachten, es seien KNP-Anhänger, aber als ich herauskam, sind sie verrückt geworden. Haben gerufen und gejohlt.«

»Ja«, schaltete sich Jones ein. »So rhythmisch: FAN-SHAWE, FAN-SHAWE.«

»Vielen Dank, Denzil«, fuhr ihn Fanshawe an. »Wir wissen, was sie rufen.« Er wandte sich an Morgan. »Worum geht es da, Morgan?« Alle blickten ihn an.

»Warum fragen Sie mich?«, begehrte er auf. »Ich habe keine Ahnung.« Doch ehe jemand noch ein Wort sagen konnte, klirrte oben Glas, und weibliche Gäste schrien auf. Dann folgte ein Steinhagel, der das Haus traf. Die Party löste sich in einem Durcheinander auf, Leute rannten, kreischten, krochen unter Tische, kauerten sich in erschrockenen Grüppchen zusammen, als Steinbrocken durch die offenen Verandatüren geflogen kamen und über den Teppich hüpften. Sessel und Sofas wurden zu Behelfsbarrikaden aufgetürmt, hinter denen sich verstörte Gäste duckten.

Morgan stürzte zur Vordertür und öffnete sie einen Spaltbreit. Er sah gerade noch, wie Peter aus dem Konsulatswagen sprang und davonrannte. Vorn an der Einfahrt, in etwa dreißig Meter Entfernung, sah Morgan eine Reihe von Dienstboten Adekunles in Uniform, die das geschlossene Tor bewachten. Und direkt vor dem Tor, ein Megaphon in der Hand, stand eine kleine, dunkle Gestalt: Femi Robinson.

»ENGLAND RAUS!«, brüllte er. »KEINE EINMISCHUNG IN DIE KINJANJANISCHE AUTONOMIE!«

Da die Menge das nicht im Chor sprechen konnte, begnügte sie sich mit den FAN-SHAWE-, FAN-SHAWE-Rufen.

Ein Stein klatschte dumpf gegen die Tür. O mein Gott, dachte Morgan, ich habe ihm gesagt, dass wir hier sind. Robinson musste eine große Zahl der demonstrierenden Studenten dazu gebracht haben, ihre Proteste nicht gegen die Universitätsbehörden, sondern lieber gegen Fanshawe zu richten. Sie mussten darin eine einmalige Gelegenheit gesehen haben: die Verschwörer mitten im Feiern ertappt. Morgan glaubte, ihm müsse übel werden. Er blickte sich um und sah den Gegenstand des Volkszorns gleichfalls fahlgesichtig vor Angst.

»Woher wussten sie, dass ich heute Abend hierher kommen würde?«, wimmerte Fanshawe. »Morgan, das ist entsetzlich. Sie müssen etwas tun.«

»Ich?« Es folgten neuerliche Rufe und Schreie unter den Gästen, als eine weitere Salve von Wurfgeschossen gegen die Hauswand prasselte. Morgan sah, wie Adekunle und Muller auf sie zukamen.

»Stecken Sie etwa dahinter, mein Freund?«, zischte Adekunle Morgan an.

»Ich?«, wiederholte Morgan, der es nicht fassen konnte, dass er in solcher Weise herausgegriffen wurde. »Um Gottes willen – nein!«

»ADEKUNLE IST EINE MARIONETTE GROSSBRITANNIENS!«, brüllte Robinson beim Tor.

»FAN-SHAWE! FAN-SHAWE! FAN-SHAWE!«, fiel die Menge ein.

»Studenten!« Adekunle spie das Wort aus. »Gehen Sie ans Telefon und rufen Sie die Polizei«, wies er einen Helfer an.

Muller spähte zur Tür hinaus. »Das Tor wird bald nicht mehr standhalten«, bemerkte er ruhig. »Da – jetzt verbrennen sie einen Union Jack.« Morgan blickte sich kurz um und bestätigte dies.

»FAN-SHAWE! FAN-SHAWE!«, rief die Menge unermüdlich. Der Name eignete sich gut für solche Chorrufe, sagte sich Morgan.

»Mein Gott, was ist, wenn sie das Tor durchbrechen?«, quiekte Fanshawe, an seine Frau, Jones, Dalmire und Priscilla gewandt, die sich der Gruppe in der Diele angeschlossen hatten. Sie duckten sich alle, als irgendwo über ihnen ein weiteres Fenster zersplitterte.

»DIE KNP IST EINE BRITISCHE PARTEI!«, dröhnte Robinsons Stimme durchs Megaphon.

»Das ist skandalös, einfach unerträglich!«, schimpfte Adekunle. »Mein Haus wird zerstört. Mein Ruf wird ruiniert. Ich soll eine Siegesrede halten. In einer Stunde werden Presse und Fernsehen hier sein.« Seine Worte wurden fast übertönt durch das im Takt gebrüllte FAN-SHAWE FAN-SHAWE aus Hunderten von Kehlen.

»Mir scheint, sie wollen nur was von euch Briten«, stellte Muller kühl fest. »Mit uns anderen hier haben sie keinen Streit. Wenn Sie gehen, vielleicht lassen sie uns dann in Ruhe.«

»*Na also!*«, protestierte Mrs Fanshawe und warf Mullers hagerer Gestalt einen vernichtenden Blick zu.

»Typisch deutsch«, kläffte Fanshawe neben ihr.

»Ja«, setzte Jones patriotisch hinzu. »Wer hat den Krieg gewonnen, Mann, hm? Sagen Sie mir das, bitte!«

»Daddy, Daddy, was sollen wir machen?«, klagte Priscilla. Dalmire umarmte sie beruhigend.

»FANSHAWE IST EIN FASCHISTISCHER IMPERIALIS-
TISCHER VERBRECHER!«, trompetete Robinson, was bei
der Menge einen beunruhigenden Schrei auslöste.

»Sie müssen raus!«, rief Adekunle plötzlich. »*Gehen
Sie!* Verlassen Sie mein Haus. Ich befehle es Ihnen.« Seine
Augen waren weit aufgerissen vor panischer Angst.

»Langsam«, begehrte Morgan zornig auf. »Wir können
nicht einfach hinausgehen. Die steinigen uns ja zu Tode.«
Wie um diese Feststellung zu unterstreichen, flogen weitere Steine gegen die Tür.

»Das ist mir egal!«, erklärte Adekunle. »Muller hat
recht. Man will nur Sie haben. Gehen Sie in *Ihre* Häuser.
Tragen Sie Ihre Auseinandersetzungen auf Ihrem eigenen
Grund und Boden aus.«

Wie man so sagt, dachte Morgan sarkastisch. Er glaubte,
noch nie eine so feige Gesellschaft beisammen gesehen zu
haben. »Hören Sie zu«, sagte er, »ich habe eine Idee.« Alle
Blicke richteten sich auf ihn. »Sie wollen Arthur? Gut,
dann sollen sie Arthur kriegen.«

»Leafy!«, krächzte Fanshawe und taumelte zurück.
»Sind Sie von Sinnen? Was reden Sie da, Mann?«

»Nicht *Sie*, Arthur«, sagte er, während ihm ein Schub
Zuversicht durch die Adern strömte. »*Mich.* Ich nehme
als Lockvogel Ihre Stelle ein. Ich lenke die Menge von hier
fort, und dann können Sie anderen sich retten.« In der
Diele wurde es plötzlich still, als sie über diesen Vorschlag
nachdachten. Morgan fragte sich, was ihn zu dieser Geste
getrieben hatte. Der Alkohol, ja. Auch ein Schuldgefühl.
Aber vor allem das Verlangen, hier fortzukommen, etwas
zu *tun*.

»Aber wie werden sie wissen, dass ich es bin und nicht

Sie?«, fragte Fanshawe, in dessen Augen leise Hoffnung aufblitzte.

»Ich nehme den Dienstwagen«, sagte Morgan. »Sie anderen nehmen meinen, er steht ein Stück weiter oben an der Straße. Fahren Sie direkt in die Hauptstadt und zur Botschaft. Dickie und Priscilla können sogar ihre Maschine noch erwischen.« Er gab Fanshawe seine Autoschlüssel in die Hand. »Und wir sollten den Anzug tauschen«, fügte er einer Eingebung folgend hinzu. »Die Wachen sollen das Tor öffnen, und dann fege ich hinaus.«

»Es könnte klappen«, meinte Muller.

»Tun Sie das!«, befahl Adekunle.

Morgan und Fanshawe tauschten, so schnell sie konnten, ihre Sachen, wobei sich die Frauen diskret zur Seite drehten. Fanshawes Kleider, Jackett wie Hose, passten Morgan so knapp wie eine zweite Haut; wenn er die Schultern straffte, die Brust herausdrückte, bedeckten ihm die Ärmel nur die halben Unterarme, und zwischen Hosenumschlägen und Socken waren fünf Zentimeter Bein sichtbar.

»Etwas eng, nicht?«, sagte Mrs Fanshawe, die Stimme erhebend, um sich verständlich zu machen bei dem Stimmenchor, der weiter den Namen ihres Mannes rief.

»Mir geht's nur um den Eindruck«, keuchte Morgan und band hastig die Schleife. »Sie werden nur jemanden in Schwarz und Weiß in den Wagen springen sehen.« Adekunle gab inzwischen einem Dienstboten den Auftrag, die Wachen am Tor von dem Plan zu verständigen, und der Mann schlüpfte widerwillig zur Vordertür hinaus und rannte die Einfahrt hinunter, um die Instruktion weiterzugeben.

»Okay?«, fragte Morgan, der fort sein wollte, ehe er sich's wieder anders überlegen konnte.

»Wir brauchen einen Schnurrbart«, meinte Dalmire, und Priscilla wühlte in ihrer Handtasche nach einem Augenbrauenstift und malte Morgan dann einen Schnurrbart auf die Oberlippe.

»Wie sehe ich aus?«, fragte er, und alle lachten nervös. »Gut«, sagte er. »Los geht's. Sobald die Meute Platz macht, steigen Sie in meinen Wagen und fahren los. Vielleicht belagern sie morgen das Konsulat.« Er stand einsatzbereit an der Tür und war innerlich erstaunlich ruhig. Er war froh, aus dem Haus herauszukommen. Er hatte es satt, in diesem Land den Narren zu spielen.

»Warten Sie«, verkündete Mrs Fanshawe plötzlich. »Ich komme mit Ihnen. Es ist viel überzeugender, wenn ich dabei bin. Arthur würde doch kaum ohne mich losfahren.«

»Nein, Mami!«, rief Priscilla.

»Chloe, das kann ich nicht zulassen«, ließ sich Fanshawe vernehmen.

»Unsinn«, rief Mrs Fanshawe aus. »Wenn ihr fortkommt, fahrt ihr gleich ins Konsulat – wir werden versuchen, euch dort zu treffen. Wartet nicht zu lange. Wenn wir aufgehalten werden, dann fahrt weiter in die Hauptstadt. Es gibt viele Leute, bei denen ich bleiben kann, bis sich alles beruhigt hat. Mir droht keine Gefahr!« Sie wollte nichts von Gegenargumenten hören. »Meinen Sie nicht auch, Morgan?«, fragte sie.

»Eine blendende Idee«, befand Adekunle.

»Nun, es würde gewiss glaubwürdiger aussehen«, gab Morgan zu. »Aber sind Sie sicher ...«

»Natürlich bin ich sicher.« Sie verabschiedete sich von

ihrer Familie: Fanshawe wirkte wie ein jammervoller Obdachloser in einem zu großen Anzug von der Heilsarmee, Dalmire und Priscilla sahen stolz und jung aus (Priscilla schluchzte ein wenig, war aber wahrscheinlich froh, dass sie ihren Skiurlaub nicht verpasste, dachte Morgan). Adekunle und Muller standen hinter ihnen – Adekunle grimmig und empört, Muller völlig unbeteiligt. Über sie hinwegblickend sah Morgan Celia, die hilflos auf den Treppenstufen kauerte.

Jones klopfte ihm auf den Rücken. »Tüchtig, Morgan«, sagte er. »Zeigen Sie's ihnen.«

Morgan und Mrs Fanshawe verständigten einander mit einem Kopfnicken, blieben an der Tür kurz stehen, rissen sie dann auf und stürzten die Stufen hinunter zum Wagen. Die Massen hinter dem Zaun heulten auf, als die Zielscheiben ihres Hasses auftauchten, und eine neue Salve von Steinen kam geflogen. Morgan sprang auf den Fahrersitz und schlug die Tür zu, und Mrs Fanshawe tat das Gleiche auf der anderen Seite. Peter hatte glücklicherweise den Zündschlüssel stecken lassen, und Morgan ließ den Motor an. Steine prallten von der Karosserie ab. Die Menge drängte schreiend und rufend gegen den Zaun vor.

»Runter!«, rief Morgan. »Los geht's!« Er legte den Gang ein und fuhr, über das Lenkrad gebeugt und mit der Hand auf die Hupe drückend, immer schneller die Einfahrt hinunter. Durch diesen plötzlichen stürmischen Angriff aus der Fassung gebracht, wich die Menge am Tor erschrocken zurück, da sich niemand überfahren lassen wollte. Die Wächter öffneten die Torflügel, und Sekunden danach donnerte der große schwarze Wagen hindurch, und die Leute sprangen ihnen mit wilden Sätzen aus dem Weg.

Morgan steuerte den Wagen mit einem heftigen Ruck auf die Straße, während gleichzeitig alle Fenster zu Bruch gingen, als sich ein Sperrfeuer von Stöcken, Flaschen und Steinen gegen dieses neue Ziel richtete. Er sah aus dem Augenwinkel heraus, wie sich Femi Robinson, in hoffnungslosem Zorn das Megaphon schwenkend, von den Ästen eines Buschs befreite. Morgan stieß mit dem Ellenbogen ein Loch in die zersplitterte Windschutzscheibe, trat aufs Gaspedal und raste von Adekunles Haus fort die Straße hinunter. Von beiden Seiten bewarfen die Demonstranten den Wagen mit Steinen, als er vorüberschoss. Ein kleiner Stein kam durchs rechte Fenster und streifte Morgan am Kopf. Automatisch riss er das Steuer herum, und der Wagen geriet von der Straße herunter in den flachen Graben. Morgan blickte sich kurz um und sah, dass die Verfolger schreiend hinter ihnen herkamen und die Anführer an ihrer Spitze nur zwanzig, dreißig Meter entfernt waren. Verzweifelt schaltete er herunter, trat fest aufs Gaspedal, und der Wagen sprang aus dem Graben, wobei die Hinterräder sich wie wild drehten und Wolken von Staub und Kieselsteinen aufwirbelten. Ohne zu überlegen, wohin er fuhr, bog Morgan an der ersten Kreuzung ab, fuhr weiter, bis eine weitere Abzweigung kam, bog in diese ein, fuhr dann einmal links, zweimal rechts. Sehr bald blieb der Lärm der Verfolger hinter ihnen zurück. Er fuhr weiter stetig die baumgesäumten schmalen Straßen des Campus entlang, während ihn allmählich die Panik verließ, die Bungalows sich ruhig zu beiden Seiten aufreihten und der Wind durch die zersplitterten Scheiben pfiff und sein Gesicht kühlte.

»Ich glaube, wir haben es geschafft«, sagte er mit rauer Stimme zu Mrs Fanshawe.

»Ja«, sagte sie, wieder aufrecht sitzend, in ruhigem Ton. »Glauben Sie ... glauben Sie, die anderen sind herausgekommen?«

»Das nehme ich doch an, wir haben für genug Ablenkung gesorgt. Und außerdem war doch ziemlich klar, dass sie es auf uns abgesehen hatten ... ich meine, auf Arthur.«

»Armer Arthur«, sagte Mrs Fanshawe und fasste sich an den Mund. »Das wird ihn alles schrecklich aufregen.«

Morgan erwiderte darauf nichts. Er blickte nach vorn die Straße entlang. Er hatte keine Ahnung, wo sie waren. Die Wohnbezirke des Universitätsgeländes waren ein Irrgarten von stillen, dunklen Straßen. Er warf Mrs Fanshawe einen kurzen Blick zu. Sie hatte kaum gesprochen, hatte nicht geschrien oder sich angestellt, hatte sich nur an ihren Sitz geklammert. Er war beeindruckt. Sie kamen an eine Kreuzung, und er hielt an.

»Welche Richtung – haben Sie eine Ahnung?«, fragte er, den Kopf zu ihr umwendend.

»O Gott, Sie haben ja Blut am Gesicht«, sagte sie. Morgan fasste sich über dem rechten Auge an die Stirn. Als er die Hand fortnahm, waren die Finger dunkel und nass.

»Da hat mich ein Stein getroffen. Sieht wahrscheinlich schlimmer aus, als es ist. Gewiss nur ein Kratzer«, setzte er tapfer hinzu.

»Ich glaube, wenn Sie hier links abbiegen, kommen wir zum Haupttor.«

Morgan folgte dem Rat, und ihm fiel auf, dass die Straßen merkwürdig leer waren. Sie hatten keinen anderen Wagen gesehen, und in vielen der Häuser des Personals brannte kein Licht. Alles machte die Luken dicht angesichts der Campusrevolte, dachte er. Er hörte schweres Donnergrollen. Der angekündigte Regen kam näher.

»Es donnert«, bemerkte er, nur um etwas zu sagen. »Das dürfte die erhitzten Gemüter etwas beruhigen.«

Sie fuhren um eine scharfe Biegung herum, und dabei erfassten die Scheinwerfer die einsame Gestalt eines Mannes, der an der Ecke einer Straßeneinmündung stand. Morgan fuhr weiter und bremste dann scharf.

»Warum halten Sie an?«, fragte Mrs Fanshawe verwundert.

»Das war Murray.«

»Wer?«

»Murray. Dr. Murray. Der Mann, der da an der Straße stand.«

»Und?«

»Ich ... ich muss ihm etwas sagen. Dauert nur einen Augenblick.« Morgan stieg aus dem Wagen und lief das Stück zurück.

»Dr. Murray«, rief er. »Alex. Ich bin's, Morgan Leafy.« Murray stand am Straßenrand in seiner üblichen Kleidung – graue Flanellhose, kurzärmeliges weißes Hemd und Krawatte. Er nahm Morgan im Dunkeln näher in Augenschein.

»Was ist denn mit Ihnen passiert?«, fragte er im Ton ehrlicher Überraschung. Morgan wurde sich plötzlich bewusst, wie er aussehen musste in dem viel zu kleinen Abendanzug und mit der Heftpflasteraugenbraue, dem angemalten Schnurrbart und der blutigen Stirn. Er erzählte Murray rasch von dem Aufruhr vor Adekunles Haus.

»Mrs Fanshawe und ich sind entkommen«, schloss er. »Haben den Mob abgelenkt, nehme ich an.«

»Dann sind Sie ja ein richtiger Held«, sagte Murray trocken. »Aber ich würde an Ihrer Stelle auf dieser Straße nicht weiterfahren«, fuhr er fort. »Zwischen der Bereitschaftspolizei und den Studenten, die die Verwaltungsbüros besetzt halten, ist eine richtige Schlacht im Gange. In die geraten Sie genau hinein, wenn Sie weiter diese Straße benutzen. Hören Sie?« Morgan hörte zwischen dem Zirpen der Grillen im Gras und in den Hecken in der Ferne Rufe und so eine Art leises Feuerwerksknallen.

»Ich habe gehört, die Polizei schießt auf alles, was sich bewegt, und überall treibt Tränengas herum.«

»O Gott«, sagte Morgan, »was machen wir denn da?«

»Es gibt nur eine einzige andere Straße aus dem Campus hinaus, aber das sind einige Kilometer in der anderen Richtung. Ich glaube nicht, dass Sie den Weg finden würden.«

»Was machen Sie übrigens hier draußen? Wenn ich fragen darf.«

»Sie dürfen«, sagte Murray. »Ich warte auf meinen Ambulanzwagen, der mich mitnehmen wird. Offenbar ist meine Klinik voll von verletzten Studenten. Schädelbrüche und Knochenbrüche. Und einige Schussverletzungen.«

»Oh.«

»Wenn Sie in meinem Haus bleiben wollen, sind Sie herzlich willkommen. Es ist gleich da oben.«

»Danke«, sagte Morgan. »Ich muss Mrs Fanshawe wieder zu ihrer Familie und dann zum Konsulat bringen. Ich will versuchen, um die Kampfzone herumzufahren, und dann werden wir uns zum Haupttor hinausschleichen.«

»Na schön, aber seien Sie vorsichtig. Diese Burschen von der Bereitschaftspolizei fackeln nicht lange.«

»Wir passen schon auf«, sagte Morgan. Nach einer kurzen Pause fuhr er ein wenig verlegen fort: »Weshalb ich eigentlich angehalten habe ... Ich wollte Ihnen sagen, dass ich beschlossen habe, morgen meine Kündigung einzureichen. Ich werde bald nach Hause fliegen – Sie brauchen also bei Ihrem Bericht auf mich keine Rücksicht zu nehmen. Ist egal.« Er zuckte die Achseln. »Sie hatten recht, es ist besser, sich den Tatsachen zu stellen.« Er versuchte im Dunkeln zu grinsen, aber es wollte ihm nicht so recht gelingen. »Ich glaube, das ist das Richtige, wissen Sie. Dieses Land hier und ich ... wir haben uns nie richtig vertragen. Ich habe das Gefühl, irgendwie bin ich sogar froh, wenn ich das alles los bin. Also« – er breitete die Arme aus – »zeigen Sie's Adekunle. Es gibt nichts, was er tun könnte, um mir zu schaden. Ich bin ihm zuvorgekommen. Haha.« Das hohle Lachen verklang.

»Das werde ich«, sagte Murray. »Seien Sie unbesorgt.«

Es trat ein Schweigen ein. Es schien so etwas wie eine Mauer zwischen ihnen zu bilden. Plötzlich gab es so vieles, was er Murray sagen wollte. Verschwommen erfasste Ideen, halb durchdachte Vorstellungen, alte Entschuldigungen, Erklärungen.

»Noch etwas«, sagte Morgan. »Das hätte ich fast vergessen. Ich habe heute Abend herausbekommen, dass Adekunle im Senat einen Kumpel sitzen hat, der Ihre Ausschussprotokolle ›verlieren‹ will. Ich würde an Ihrer Stelle einige Kopien anfertigen.«

»Das werde ich tun«, erwiderte Murray. »Vielen Dank. Man wird ihm dieses Gelände nie abkaufen, seien Sie ohne Sorge.«

»Wunderbar«, sagte Morgan und klopfte sich auf die Ta-

schen wie jemand, der nach Streichhölzern sucht. »Gut –
wir können Sie also nicht irgendwohin mitnehmen?«

»Nein, danke. Die Ambulanz muss jeden Augenblick
hier sein.«

»Gut.« Er blickte sich um. »Nun ...« Er atmete geräuschvoll aus. Wie konnte er Murray sagen, wie ihm zumute war? »Ich wollte nur mit Ihnen sprechen ... Ihnen
alles sagen.« Er ließ den Blick auf Murrays Gesicht ruhen,
konnte aber im Dunkel seine Züge nicht genau erkennen.
Er streckte die Hand aus, und Murray schüttelte sie kurz.
Er hielt die trockene, kühle Hand eine Sekunde lang fest.
»Nun, ich – ehem – lasse mich mal sehen, Alex. Vielleicht
nächste Woche? Vielleicht könnte ich mal vorbeikommen ... ehe ich abreise. Wollte Sie nur jetzt schon ins Bild
setzen.«

»Gut«, sagte Murray. »Danke, Morgan. Das war anständig von Ihnen.«

Morgan deutete ein Winken an, murmelte etwas Un-
deutliches und ging. Über ihm am Himmel grollte der
Donner. Im Wagen blickte er sich um und sah Murray
dort an der Straße stehen, sah das schwache Aufglänzen
seines weißen Hemds.

10

»Was machen wir?«, fragte Mrs Fanshawe angesichts der Polizeikette zwischen ihnen und dem Haupttor, das sie passieren mussten. Morgan fiel keine Antwort ein, und so schwieg er. Sie hielten sich hinter einem dichten Busch versteckt, etwa fünfzig Meter vom Verwaltungsblock entfernt, der aussah, als wäre er Ziel eines Luftangriffs gewesen. Drei Fahrzeuge davor standen in hellen Flammen und warfen einen flackernden orangeroten Lichtschein über die Wände des Hörsaals der philosophischen Fakultät, des Buchladens und der Senatsbüros. Alle Fenster, die zu sehen waren, waren eingeworfen, Barrikaden aus Büromöbeln versperrten Wege und Eingänge, und Tausende von losen Aktenblättern wirbelten über den freien Platz und den Sockel des Uhrturms. Vor ihnen erstreckte sich die Schnellstraße, die zum Haupttor führte und auf der jetzt in drei Reihen hintereinander die voll ausgerüstete Bereitschaftspolizei langsam auf die besetzten Verwaltungsbüros vorrückte. Aus dem Dunkel kamen Schreie, Rufe und Pfiffe von plündernden Studenten, die gelegentlich nahe genug an die sich neu formierende Polizei herankamen, um sie mit Steinen und anderen Gegenständen bewerfen zu können. Die Luft prickelte von verwehendem Tränengas, das nicht nur die Augen angriff, sondern auch Hautjucken verursachte. Von Zeit zu Zeit gab ein nervöser Polizist einen Warnschuss in die Luft ab.

Morgan erinnerte die Atmosphäre an die trügerische Ruhe vor einem Sturm. Gleich einem melodramatischen Bühneneffekt grollte in der Ferne der Donner, und über den westlichen Horizont zuckten Blitze. Es sah so aus, als werde das Zentrum des Gewitters knapp an Nkongsamba vorbeiziehen, aber ein paar Regentropfen waren gefallen und hatten noch zu ihrem Unbehagen beigetragen.

Nachdem sie Murray zurückgelassen hatten, waren sie, während der Lärm vor ihnen zunahm, immer langsamer auf der Straße weitergefahren. Sie dachten kurz daran, umzukehren und nach dem hinteren Tor zu suchen, doch da sie den Weg nicht kannten und damit rechnen muss-ten, aufgebrachten Randalierern zu begegnen, entschlos-sen sie sich, den demolierten Wagen stehen zu lassen und zu versuchen, die Unruhezone zu umgehen. Abseits der Straßen hatten sie sich durch mehrere Gärten bis zu dem Busch vorgearbeitet, hinter dem sie sich jetzt befanden. Morgan sah Mrs Fanshawe an. Ihr rosa Kleid war am Saum aufgerissen und sah schmuddelig aus, die Perlen um ihren Hals fingen jede für sich die Flammen der bren-nenden Wagen ein. Ihr war noch nichts von Ermüdung anzumerken.

Morgan dagegen fühlte sich erschöpft, die Anspan-nung am Steuer hatte alle seine Muskeln verknotet und verkrampft. Auch war ihm verdrießlich und gleichgültig zumute, die seltsame Begegnung mit Murray hatte ihn verwirrt …

»Morgan«, zischelte Mrs Fanshawe, »wenn diese Män-ner weiter in der Richtung vorrücken, werden sie bald über uns stolpern.«

»O Gott, ja, Sie haben recht. Was möchten Sie tun,

Chloe? Sollen wir zum Wagen zurückgehen? Vielleicht könnten wir uns in einem der Häuser verstecken?«

»Wir müssen heraus aus diesem Irrenhaus«, sagte sie. »Wenn wir uns wieder durch die Gärten schlagen« – sie deutete auf die Gärten der Häuser, die die Schnellstraße säumten –, »kommen wir sicher außen herum bis zum Haupttor.«

»Ja«, sagte er und bewunderte ihre Geistesgegenwart. »Gute Idee.« Er verspürte das jähe Bedürfnis, sich hinzulegen und zu schlafen. Er beobachtete, wie die vorrückende Bereitschaftspolizei ein halbes Dutzend Tränengasgranaten auf die besetzten Verwaltungsbüros abfeuerte. Zwei von ihnen explodierten auf dem freien Platz und verbreiteten dicke orangefarbene Gaswolken über den zertrampelten Blumenbeeten und Zierteichen.

»Morgan!« Mrs Fanshawe stieß ihn an. »Wir müssen los!« Er blickte auf und sah kaum dreißig Meter entfernt die Polizeikette – manche trugen runde Schilde, Gasmasken und lange Knüppel, manche hielten ihre Gewehre schräg vor dem Körper. Ein eisiger Guss blanken Schreckens schoss ihm durch die Adern, er packte Mrs Fanshawes Hand, und sie rannten gebückt hinter ihrem Busch hervor und überquerten ein Stück freies Gelände in Richtung auf die hohe Hecke des nächstgelegenen Gartens.

Sofort wurden bei der Polizei laute Rufe ausgestoßen, und aus dem Augenwinkel heraus sah er Mündungsfeuer aufblitzen. Er hörte nicht eigentlich die Schüsse, sondern nur einen eigenartigen klatschenden Laut in der Luft um seinen Kopf herum, den er halb bewusst als das Geräusch dicht vorbeifliegender Kugeln registrierte. Er stieß ein tiefes Schluchzen aus, richtete sich auf und zog Mrs Fanshawe hinter sich her. Er hörte das Stampfen schwerer Stiefel, als einige der Polizisten die Verfolgung aufnahmen.

»Schnell!«, rief er entsetzt. »Sie sind hinter uns her!«

Die Hecke ragte im Dunkel vor ihnen auf. Er verlangsamte das Tempo nicht, zog nur den Kopf ein, hielt den Unterarm davor und stürmte hindurch. Ein Ast versetzte ihm einen Schlag, der ihm kurz den Atem nahm, aber er kam frei und taumelte in den ruhigen Raum eines großen Gartens hinein. Vor ihnen lag ein dunkles Haus mit geschlossenen Fensterläden. Weitere Schüsse wurden abgefeuert, Kugeln flogen mit dumpfem Geräusch in Baumstämme und rissen Blätter von den Ästen. Sie sind verrückt, dachte er verzweifelt, sie schießen auf alles, sie sind rücksichtslos.

»Kommen Sie!«, keuchte Mrs Fanshawe, die, unbeholfen dahintappend in ihren eleganten Schuhen, den Garten schon halb durchquert hatte. Morgan setzte ihr nach, angespornt durch die Rufe der Polizisten, die sich mit Knüppeln ihren Weg durch die Hecke bahnten.

Sie rannten weiter in den nächsten Garten, an einem Hühnerstall vorbei, der in aufgeregtes Gackern ausbrach, durch noch eine Hecke, wobei sie über Wurzeln und Bodenunebenheiten stolperten. Morgan ergriff wieder Mrs Fanshawes Hand und zerrte sie mit sich, und das Herz klopfte ihm durch den Brustkasten, das Blut brauste ihm in den Ohren, es stach ihn links und rechts, und in seinen Beinen fühlte er nur noch rohen und folternden Schmerz.

»Halt!«, keuchte Mrs Fanshawe. Er blieb stehen. Sie fielen hinter einem Baum zu Boden, hustend und schwer atmend vor Erschöpfung. Es schien ihnen niemand mehr zu folgen. Sie hörten eine dumpfe Explosion, und ein Fesselballon aus Flammenschein schwebte in den Nachthimmel über den Verwaltungsbüros. Wieder ein Wagen hochgegangen, dachte Morgan – der Benzintank. Oder vielleicht hatte die Bereitschaftspolizei die Artillerie hinzugezogen – überrascht hätte es ihn nicht.

Als sie den Campus-Umfassungszaun erreichten, hatte es zu regnen angefangen. Kein Wolkenbruch, nur ein ununterbrochener Nieselregen. Morgan hielt den Stacheldraht so weit auseinander, wie er konnte, aber Mrs Fanshawe zerriss sich dennoch recht übel ihr Kleid, als sie ihre stattliche Fülle hindurchzwängte. Sie krochen einen Hang hinauf zur Hauptstraße. Es war wie eine andere Welt. Ihnen gegenüber war ein kleines Dorf, Laternen brannten friedlich in Eingängen, blaues Neonlicht kennzeichnete ein Trinkhäuschen am Straßenrand. Sie ließen sich auf dem Seitenstreifen zu Boden sinken. Mrs Fanshawe zog ihre Schuhe aus. Beide Absätze waren abgebrochen. Hinter ihnen in der Ferne waren noch immer Rufe und trockenes Knallen zu hören – die Bereitschaftspolizei rückte weiter vor.

»Gott sei Dank – da sind wir rausgekommen«, sagte Morgan. Etwa vierhundert Meter die Straße hinunter sah er die Lichter des Haupttors der Universität. Mehrere Lastwagen und so etwas wie ein Panzerfahrzeug standen davor.

»Sie haben tatsächlich auf uns geschossen, nicht wahr?«, sagte Mrs Fanshawe in fassungslosem Ton, während sie ihre Füße massierte.

»Ja, allerdings«, bestätigte Morgan, der spürte, wie ihn

ein verspäteter Schock anfallen wollte wie ein wildes Tier. Er erhob sich. Er musste sich in Bewegung halten.

»Wir bringen Sie jetzt als Erstes ins Konsulat«, sagte er und half Mrs Fanshawe auf die Beine. Sie humpelten über den warmen Asphalt zu dem Kiosk hinüber. Hinter der kleinen Theke stand ein junger Bursche mit einer Baseballkappe, dessen Gesicht von dem knisternden fluoreszierenden blauen Streifen über seinem Kopf eine groteske Färbung bekam. Vorn an dem Kiosk stand geschrieben SISSY'S GO-WELL DRINKOTHEQUE. Der Junge mit der Kappe blickte erstaunt auf, als Morgan und Mrs Fanshawe aus dem Dunkel heraus auftauchten.

»Oh!«, rief er aus und rieb sich das Gesicht. »Was passiert? Jesus!« Er schüttelte den Kopf. Morgan sah Mrs Fanshawe an. Der Riss im Saum hatte sich bis zum Schenkel hinauf vergrößert, das rosa Kleid war zerfetzt und schmutzig, und am Stacheldraht hatte sie sich irgendwie ein dreieckiges Stück aus dem Oberteil herausgerissen, sodass ihr massiver Büstenhalter hervorsah. Sogar ihr normalerweise unbewegliches Haar hing ihr in feuchten Strähnen in die Stirn. Sie hielt in jeder Hand einen Schuh ohne Absatz. Morgan wusste nur zu gut, wie er aussah in seinem schmutzigen Clownskostüm. Verlegen versuchte er sich den Schnurrbart von der Oberlippe zu wischen. Aus den Lehmhütten hinter dem Kiosk blickten einige neugierige Gesichter herüber. Ein kleiner Junge kam um eine Hausecke gerannt und sagte »Oyibo«, doch das Wort erstarb ihm auf den Lippen, als er diese seltsamen Weißen sah.

»Guten Abend«, sagte Morgan zu dem jungen Burschen. »Gibt Wagen in diesem Dorf?«

»Sie wollen Wagen?«

»Ich zahle zehn Pfund, wenn du uns zum britischen Konsulat bringst.«

»Zehn Pfund?«

»Ja.«

»Mir jetzt Geld geben.«

»Nein«, sagte Morgan in entschiedenem Ton. »Erst fahren, dann Geld.«

Der Junge verließ den Kiosk und verschwand in einer der Lehmhütten, wo dann lautstark gestritten wurde. Nach einigen Minuten erschien ein älterer Mann in ausgefransten Shorts und ärmellosem Trikothemd.

»Guten Abend, Sah«, sagte er. »Mein Name ist Pious. Ich habe einen Wagen. Ich kann Sie fahren.« Er führte sie einen schlammigen, übel riechenden Weg entlang zu einem alten schwarzen Vauxhall Velox. Morgan und Mrs Fanshawe stiegen hinten ein. Innen im Wagen roch es irgendwie nach Tieren, als wäre er zum Transport von Schafen oder Ziegen benutzt worden, aber Morgan regte sich über so etwas nicht mehr auf.

Nach mehreren Versuchen sprang der bronchitische Motor schließlich an, und sie machten sich auf den Weg zum Konsulat. Wieder fiel Morgan auf, wie leer die Straßen waren.

»Warum sind denn heute Abend keine Autos unterwegs?«, fragte er den Fahrer.

»Armee kommt«, sagte Pious nur.

»Die Armee? Wie meinen Sie das? Wegen des Aufruhrs in der Universität?«

Pious zuckte die Achseln. »Ich weiß nicht. Viele Armeelaster vorbeigekommen heute Abend. Viele.« Morgan

lehnte sich zurück. Er erinnerte sich an Robinsons Andeutungen und an Fridays Warnungen vor einem Staatsstreich. Er gab es auf. Es war denkbar, dass die Bevölkerung von etwas wusste, wovon die Politiker nichts ahnten.
Hier konnte alles passieren, wurde er sich jetzt bewusst.

Im Konsulat war alles dunkel, und das Gebäude war
nicht belagert. Das Haus der Fanshawes war verschlossen und leer. Eine kurze Nachricht von Fanshawe lag
da, die besagte, dass sie gesehen hatten, wie Morgan und
Mrs Fanshawe dem Mob hatten entrinnen können, dass
sie selbst auch aus Adekunles Haus hatten fliehen und
den Campus durch das hintere Tor hatten verlassen können und dann, nachdem sie eine Stunde gewartet hatten,
in Richtung Hauptstadt weitergefahren waren. Die Jones
waren, wie es schien, bereit, Mrs Fanshawe bei sich aufzunehmen, solange ihre Familie abwesend war.

»Nun«, sagte Morgan, als er dies hörte, »dann fahren
wir Sie am besten gleich zu den Jones. Es scheint alles gut
gegangen zu sein.« Er hielt kurz inne. »Sie könnten auch
hier bleiben, wenn Sie wollen. Ich könnte die Dienstboten holen ...«

»Nein«, sagte Mrs Fanshawe und überflog den Zettel noch einmal. »Ich will hier nicht allein bleiben. Aber
könnte ich mich zuerst bei Ihnen ein wenig sauber machen? Denzil könnte dann vielleicht kommen und mich
abholen.«

»Gewiss doch«, sagte Morgan. »Das geht schon.«

Pious brachte sie zu Morgans Haus. Morgan eilte hinein,
um das Geld für die Fahrt zu holen. Sie war wirklich ihren
Preis wert gewesen. Er sah auf seine Uhr. Halb zwölf. Er
hatte das Gefühl, wochenlang auf der Flucht gewesen zu

sein. Aber, so sagte er sich mit einem schiefen Lächeln, in gewisser Hinsicht war er das ja auch. Pious fuhr mit viel Geknatter fort, und Morgan stand allein in seiner Einfahrt, und der Regen nieselte ihm auf den Kopf. Kleiner Regen, hatte Isaac gesagt. Einen Augenblick lang glaubte er das Spielzeugpistolengeräusch fernen Schießens zu hören. Er fragte sich, was da vorging: Heute Nacht schoss jeder auf jeden. Es überlief ihn, als er daran zurückdachte. Donner murmelte, und Blitze zuckten drüben im Südwesten. Er roch den muffigen Dachbodengeruch feuchter Erde und lauschte den Fledermäusen und Kröten, dem Zirpen der Grillen, das wieder eingesetzt hatte.

Er ging ins Haus zurück. Mrs Fanshawe stand mitten auf dem Teppich und musterte die Risse in ihrem Kleid. Sie stieß ein müdes Lachen aus, als er hereinkam.

»Mein Gott, Morgan«, sagte sie, »wie müssen wir aussehen!« Morgan lächelte. Sie sah recht eigenartig aus mit ihren kleinen bloßen Füßen, dem durch den Riss im Kleid entblößten Oberschenkel, dem zerzausten Haar, der zur Hälfte sichtbaren Unterwäsche – wie eine Frau, die einen Flugzeugabsturz überlebt hat. Nur die drei Perlenschnüre gehörten zu der Mrs Fanshawe vom Beginn des Abends.

»Ich glaube, ich sollte Ihnen danken, Morgan«, sagte sie.

»Wofür?«

»Für alles, was Sie heute Abend getan haben. Sie waren wunderbar.«

Morgan verneigte sich. »Danke«, sagte er und setzte etwas unbeholfen hinzu: »Sie waren auch nicht schlecht.«

Die gegenseitigen Komplimente machten sie verlegen, und sie blickten beide auf das Webmuster des Teppichs. Morgan ging zum Barwägelchen.

»Hätten Sie gern einen Drink?«, fragte er. »Oder wollen Sie lieber als Erstes ein Bad nehmen?«

»Oh, ein Bad, glaube ich«, sagte sie. »Herrlich.« Morgan führte sie über den Flur in sein Schlafzimmer. Er zeigte ihr das Badezimmer.

»Tücher sind genug da«, sagte er. »Aber ich fürchte, mit einem neuen Kleid kann ich nicht dienen.«

»Machen Sie sich darum keine Sorgen«, beruhigte sie ihn.

Er ging zurück ins Wohnzimmer und goss sich einen Whisky ein. Er setzte sich in einen Sessel und trank einen Schluck. Draußen im Dunkel plätscherte leise der Regen auf die Blätter und tropfte in die Rinnen. Er fühlte sich müde. Er wusste um die Beschuldigungen, Gegenbeschuldigungen und Probleme, die ihm bevorstanden: die Kündigung, Adekunles Zorn, Celias Bloßstellung. Seine Züge verkrampften sich, als er an die Szene in ihrem Haus dachte. Aber was soll's, dachte er plötzlich großmütig. Sie konnte ihr Visum haben: Es war ihm eigentlich egal. Sie war einfach verzweifelt, saß in der Klemme: Er hätte sich unter diesen Umständen genauso benommen – oder noch schlimmer. Er wollte dafür sorgen, dass sie morgen ein Visum bekam.

Er stand auf und schenkte sich noch einen Whisky ein. Er fühlte sich enttäuscht und demoralisiert. Alles, was er getan hatte, war vergeblich gewesen, sagte er sich. Nicht einmal seinen Job hatte er im Griff. Er hörte das Quietschen der Schwingtür, und Mrs Fanshawe kam herein. Sie trug seinen blauen Frotteemorgenrock und hielt ihr Kleid in der Hand.

»Haben Sie Nadel und Faden?«, fragte sie in aller Unschuld. »Ich will versuchen, diese Risse zu beheben, ehe ich Denzil anrufe.«

Morgan wühlte in ein paar Schubladen und fand, was sie brauchte. Mrs Fanshawe setzte sich hin und begann ihr Kleid zu flicken. Morgan fand diese häusliche Szene seltsam verunsichernd. Sie erinnerte ihn auf unbehagliche Weise an jenen heißen Nachmittag in ihrem Haus, als er das Weihnachtskostüm anprobiert hatte und seine Boxershorts … Er sagte, er wolle rasch duschen, und ging hinaus.

Im Badezimmer zog er sich aus und wusch sich den verschmutzten, verschwitzten Körper unter dem kalten Wasser. Er beugte sich vor nach der Seife auf dem Badewannenrand und merkte, dass sie nass und glitschig war. Während er sich einseifte, fand er die Vorstellung eigenartig, dass die Seife Minuten zuvor in ähnlichen Bahnen über Mrs Fanshawes umfangreichen Körper geglitten war. Er bemerkte eine Spur Körperpuder auf dem Fußboden, und er sah einige schwarze Haare, die sich deutlich von dem weißen Email der Wanne abhoben. Aus irgendeinem Grund war ihm ein wenig beklommen zumute, er schien schlucken zu müssen. Er und Mrs Fanshawe hatten zusammen einiges durchgemacht heute Nacht, sagte er sich. Sie waren beide in großer Gefahr gewesen, man hatte auf sie geschossen …

Er zog ein frisches Hemd und eine Hose an und tappte zum Wohnzimmer zurück. Mrs Fanshawe saß auf dem Sofa, das geflickte Kleid neben sich. Ihr Gesicht sah sauber aus, das schwarze Haar, aus der weißen Stirn zurückgekämmt, war noch immer etwas feucht.

»Haben Sie Denzil schon angerufen?«, fragte Morgan mit ungewohnt stockender Stimme.

»Nein«, sagte sie langsam, und sie ließ einen Augenblick verstreichen, ehe sie hinzufügte: »Ich habe mich
entschlossen, heute Nacht hier zu bleiben, wenn Ihnen
das recht ist.«

O mein Gott, dachte Morgan, als er sein Hemd aufknöpfte. Nein, o Gott, nein. Was tat er da, fragte er sich
hysterisch. Was glaubte er, was er da tat? Auf der anderen Seite des Bettes schlüpfte Mrs Fanshawe aus dem
Morgenrock, ihre Augen ließen nicht von seinem Gesicht,
und ihre Lippen umspielte ein eigenartiges entspanntes
Lächeln. Morgans Blick war an den ihren gekettet, und
er nahm nur verschwommen den großen weißen Körper
in seiner nüchternen Unterwäsche wahr, registrierte nur
unscharf die weißen Brüste, die der stützende Nylon-
kürass jetzt frei gab, ahnte mehr die Bewegung des
Vorbeugens, die kurz das Schwarz zwischen den creme-
weißen Flächen ihrer Schenkel offenbarte, ehe sie sich
in sein Bett gleiten ließ und das Tuch bis zum Hals hin-
aufzog.

Morgan ließ die Hose herunter. Nachdem sie ihn gefragt
hatte, ob ihm ihr Bleiben recht war, hatte sie sich erhoben
und war auf ihn zugetreten. »Lassen Sie mich mal nach
der Verletzung an Ihrer Stirn schauen«, hatte sie befohlen, und er hatte gehorsam den Kopf gesenkt, damit sie
die Stelle besser sehen konnte, wobei ihre Gesichter sich
sehr nahe gekommen waren. Morgan schluckte. Plötzlich
küssten sie sich, ihre dünnen Lippen pressten sich auf die
seinen, ihre Hände gingen seinen Rücken hinauf und hinunter. Und jetzt lag sie nackt in seinem Bett. Er streifte die
Unterhose ab und glitt zu ihr unter das Bettuch. Sie zog

ihn an sich. Zögernd erlaubte er seiner Hand, sich auf ihre Hüfte zu legen, wo es noch sicher war. Ihre Haut fühlte sich unglaublich zart und verhätschelt an.

Sie schob sich näher zu ihm hin. Er spürte, wie das kissenweiche Gewicht ihrer Brüste zwischen ihnen zusammengedrückt wurde. Sie umfasste sein Gesicht mit beiden Händen.

»Morgan«, sagte sie, »wir haben heute Abend zu viel durchgemacht, um jetzt nicht ... um jetzt nicht zusammen zu sein.«

Er nickte wortlos. Er fühlte, wie Scheu und Überraschung langsam einer deutlichen Erregung Platz machten. Er streifte mit den Fingern über ihre breiten Schenkel. Plötzlich fiel ihm ein, dass Priscillas Schlüpfer noch in seiner Nachttischschublade lag. Was war das für eine merkwürdige Welt, dachte er hilflos, in der dergleichen schicksalhafte Ironie möglich war.

»Wissen Sie noch, wie Sie neulich zu mir kamen, um das Weihnachtsmannkostüm anzuprobieren?«, fragte sie leise.

Er nickte abermals.

»Seitdem denke ich an Sie«, sagte sie. »Sehr viel.«

Sie glaubte doch gewiss nicht, dass er das damals absichtlich hatte geschehen lassen, fragte er sich leicht entrüstet. Sicher traute sie ihm eine etwas sensiblere Verführungstechnik zu. Wie um dies zu beweisen, stieß er mit der Nase nach ihren Brüsten und berührte eine Brustwarze mit den Lippen, während sie an seinem Ohr dankbar seufzte.

Da läutete das Telefon neben dem Bett.

Morgan blickte auf. »Ich gehe lieber ran«, sagte er. »Ich gehe an den Apparat im Wohnzimmer. Vielleicht ist es ...«

Sie wussten beide, wer es vielleicht war. Er zog den Morgenrock an und rannte den Flur entlang.

»Ja?«, sagte er, den Hörer abhebend.

»Mr Leafy?«

»Ja, am Apparat.«

»Erster Konsulatssekretär?«

»Ganz recht.«

»Hier spricht Inspektor Ghebo, Polizeipräsidium Nkongsamba.«

»Hallo, Inspektor.« Morgan knotete den Morgenrock zu. »Was kann ich für Sie tun?«

»Ich habe schon bei Mr Fanshawe im Konsulat angerufen, aber da meldet sich niemand. Sie sind, nach meinen Unterlagen, nach Mr Fanshawe der ranghöchste britische Vertreter in Nkongsamba, nicht wahr?«

»Sehr richtig«, sagte Morgan etwas ungeduldig. »Aber worum geht es denn?«

»Nur ein Routineanruf bei einem Todesfall, Sir. Zur Weiterleitung der Information.«

»Todesfall?«

»Eines britischen Staatsbürgers, ja.«

Morgan spürte, wie sein Herz schneller schlug. Er holte tief Atem, schloss die Augen, und ein Zucken überlief ihn.

»Aha«, sagte er. »Um wen handelt es sich?«

»Um einen Mann. Einen Dr. Murray. Dr. Alexander Murray. Von der Universität ... Hallo, Mr Leafy. Sind Sie noch da?«

»Er ist tot?«

»Ja, Sir.«

»Wie ... was ist da geschehen?«

»Ich glaube, er war dabei, mit dem Ambulanzwagen der

Universität verletzte Studenten in die Ademola-Klinik zu bringen. Der Wagen ist ins Schleudern gekommen und umgestürzt. Auf der nassen Straße. Murray kam dabei ums Leben.«

»Sonst noch jemand?«

»Nein, nur einige Beulen und Schrammen. O ja, und der Fahrer hat sich das Bein gebrochen.«

»Haben Sie Dr. Murrays Familie schon benachrichtigt?«

»Ja, Sir.«

»Ich danke Ihnen für den Anruf, Inspektor. Ich melde mich morgen Früh wieder.«

Morgan legte behutsam den Hörer auf die Gabel. Murray war tot. Er versuchte diese Tatsache zu verarbeiten. Er trat auf die Veranda hinaus. Tot. Wie Innocence. Alle möglichen Gedanken und Bilder schwirrten ihm durch den Kopf. Er fasste sich mit beiden Händen ans Gesicht.

»Wer war es, Morgan?«, rief Mrs Fanshawe aus dem Schlafzimmer. »War es Arthur?«

»Nein. Es war die Polizei. Murray ist tot.« Er bekam seine Stimme wieder in die Gewalt. »Dr. Murray.«

»Tot? Der Mann vom Straßenrand heute Abend?«

»Ja, der.«

»Wie ist das passiert?«

»Ein Unfall. Ausgerechnet mit der Ambulanz. Jedenfalls eine verdammt dumme Geschichte.«

»Oh … Kommen Sie wieder ins Bett?«

»Ja. Gleich.«

Es regnete noch immer, auf dem Dach prasselte es leise. Er stand am Rand der Veranda und blickte in die Nacht hinaus. Der Donner schob sich weiter auf die Küste zu. Über dem Dschungel im Süden blitzte das Wetterleuchten auf. Shango war zornig. Ihm ging der Gedanke durch den Kopf, dass er Murrays Familie würde aufsuchen müssen, und da zog sich ihm die Kehle zusammen, und ganz kurz standen ihm Tränen in den Augen. Warum Murray, fragte er sich verzweifelt. Ein tüchtiger Mann wie er: Es gab ihrer nicht so viele – Kojo, Friday. Warum nicht Dalmire, warum nicht Fanshawe? Warum nicht ich?

»Morgan«, rief Mrs Fanshawe. »Kommen Sie, Morgan.«

Er wandte sich um. Adekunle zumindest würde keine Träne vergießen. Sein Land war jetzt so gut wie verkauft. Murray würde das gar nicht mögen, dachte er. Ja, Murray würde erwarten, dass er jetzt etwas unternahm. Und vielleicht würde er das auch, nun, da er nichts mehr zu verlieren hatte. Vielleicht. Er dachte darüber nach. Innocence konnte bestattet werden. Celia konnte ihr Visum bekommen. Vielleicht verdiente Murray, dass er jetzt »fair« war. Aber was blieb Morgan Leafy? Recht wenig, gab er sich selbst zur Antwort. Kein Job und keine Zukunft. Mrs Fanshawe im Schlafzimmer. Und Hazel. Hazel, die ihm gesagt hatte, sie wolle nicht, dass er ging ... doch nein, bei Hazel war er sich nicht sicher.

Er öffnete die Fliegendrahttür und ging langsam durch den Flur zum Schlafzimmer und zu Chloe Fanshawe. Er fragte sich, was Murray davon halten würde. Nicht viel, dessen war er sicher. Ob lebendig oder tot, Murray gelang es irgendwie, so hartnäckig wie eh und je in sein Leben einzugreifen. Und plötzlich hatte er keine große Lust mehr weiterzumachen: zwei große, weiße Körper, die sich da in einer lächerlichen Liebesparodie unter Gestöhn hoben und senkten.

Er blieb an der Schlafzimmertür stehen. Chloe Fanshawe lag auf dem Bett, auf den Ellenbogen gestützt, das Tuch um den breiten Körper geschlungen. Sie schlug es zurück.

»Da sind Sie endlich«, sagte sie. »Was hat Sie aufgehalten?«

»Chloe«, begann Morgan zögernd, »ich … ich habe über einiges nachgedacht, und ich bin mir nicht mehr so ganz sicher …«

Draußen im Dunkeln fiel leise der Regen, die Kröten und Grillen machten ihre Geräusche, und alle möglichen Arten von Insekten begannen ihre Flügel zu bewegen und auszubreiten in der Erwartung, dass der Regen wieder aufhörte. Der Aufruhr war vorüber, der freie Platz lag verlassen da, Rauchfäden kräuselten noch aus den ausgebrannten Autos. Anderenorts im Land umstellte die kinjanjanische Armee das Regierungsgebäude, besetzte die Rundfunk- und Fernsehstationen und begann die führenden Politiker zu verhaften. Innocence lag auf dem schlammigen Gelände bei den Dienstbotenwohnungen, und Murray lag auf einem kalten Tisch im Leichenschauhaus der Ademola-Klinik. Der Donner wanderte weiter zur Küste hin, und irgendwo über dem schweigenden, tropfenden Dschungel blitzte und hüpfte Shango fröhlich hin und her, dieser geheimnisvolle und unbegreifliche Gott.

Wenn Ihnen dieses KAMPA POCKET
gefallen hat, gefällt Ihnen vielleicht auch der
Lesetipp auf der gegenüberliegenden Seite.

Schicken Sie uns bitte Ihren LIEBLINGSSATZ
aus einem Kampa Pocket, bei einer Veröffent-
lichung auf unseren Social-Media-Kanälen
bedanken wir uns mit einem Buchgeschenk:
lieblingssatz@kampaverlag.ch